佐藤春夫と大正日本の感性

「物語」を超えて

河野龍也

鼎書房

本罫紙は、一九二九年九月、武蔵野書院より刊行された
佐藤春夫『車塵集』（小穴隆一装）によるものである。

畵家の目をした詩人の肖像

佐藤春夫「自画像（眼鏡のない）」1915年
（『殉情詩集』1921.7　新潮社）

…これら二枚の画に描かれた春夫は、一見別人と見まがうほど互いに似ていない。…最も異なるのは、自画像に自慢の鼻眼鏡が描かれていないことである。二科展出品時のタイトルは「自画像（眼鏡のない）」。眼鏡の〝欠落〟が故意の演出であることを示したタイトルだが、その頃のトレードマークだった鼻眼鏡を、春夫はなぜ描かなかったのだろうか。…（89頁）

高村光太郎「佐藤春夫像」1914年
（個人蔵）

…「猫と女との画」では目や口などの細部が大胆に省略され、二人の女と一匹の猫からなる逆三角形の配置に力学的緊張感が見出されている。さらに「上野停車場附近」は、一度幾何学図形の断片にまで解体した対象を再度積み上げる手法で風景に重量感を生み出したもので、春夫の画風は年々デフォルマシオン（解体－再構成）の度合いを強め、後期印象派（セザンヌ）風から立体派（キュビズム）風へと傾いていった過程がよく分かるのである。…（93頁）

佐藤春夫「猫と女との画」1916年
（『詩文半世紀』1963.8 読売新聞社）

佐藤春夫「上野停車場附近」1917年（『二科会画集』1917.9 石井柏亭）

虚構化される失戀

サンドロ・ボッティチェリ「マニフィカトの聖母」
（1483-85年頃　ウフィツィ美術館蔵）（175頁）

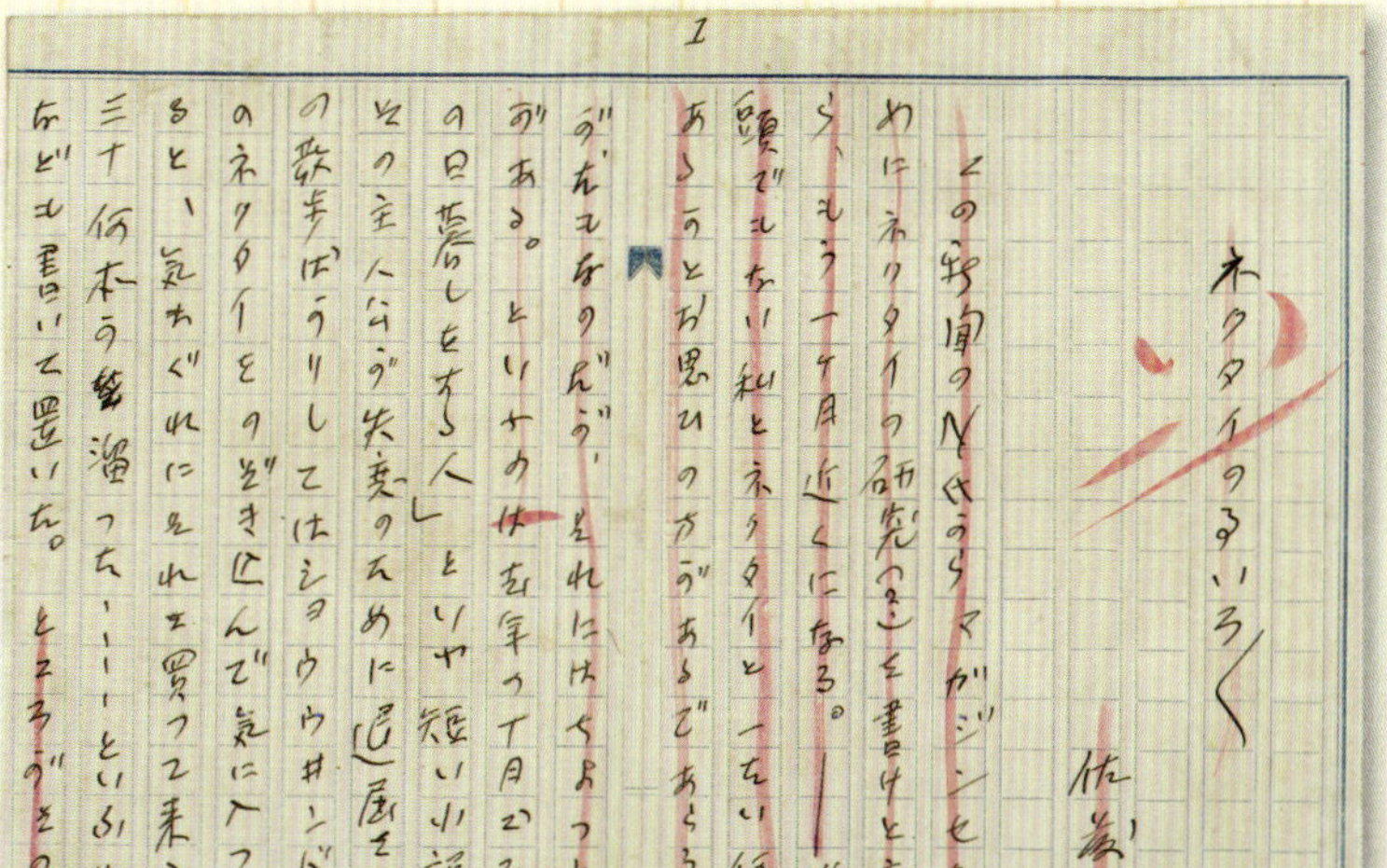

1

ネクタイのるいろく

佐藤春夫

この新聞のＮ氏からマガジンセクションのために ネクタイの研究を書けと言はれてから、もう一ケ月近くになる。―洋品店の番頭でもない私とネクタイと一たい何の関係があるのかとお思ひの方があるであらう。その方がたも尤もなのだが、それにはちよつとしたわけがある。とりわけ去年の十月ごろ私は「その日暮しをする人」といふ短い小説を書いて、その主人公が失恋のために退屈をして、市中の散歩ばかりしてはショウウヰンドウのなかうのネクタイをのぞき込んで気に入つたのがあると、気まぐれにそれを買つて来る。それが三十何本の数に溜つた……といふやうなことなども書いて置いた。ところがその小説はす

「私の顔とネクタイ」（『サンデー毎日』1922.4.9）草稿１枚（229頁）（著者蔵）

廢墟と路地の誘惑

1910年頃の安平第一橋
五条港の分岐点。左方が禿頭港。（249頁）（著者蔵）

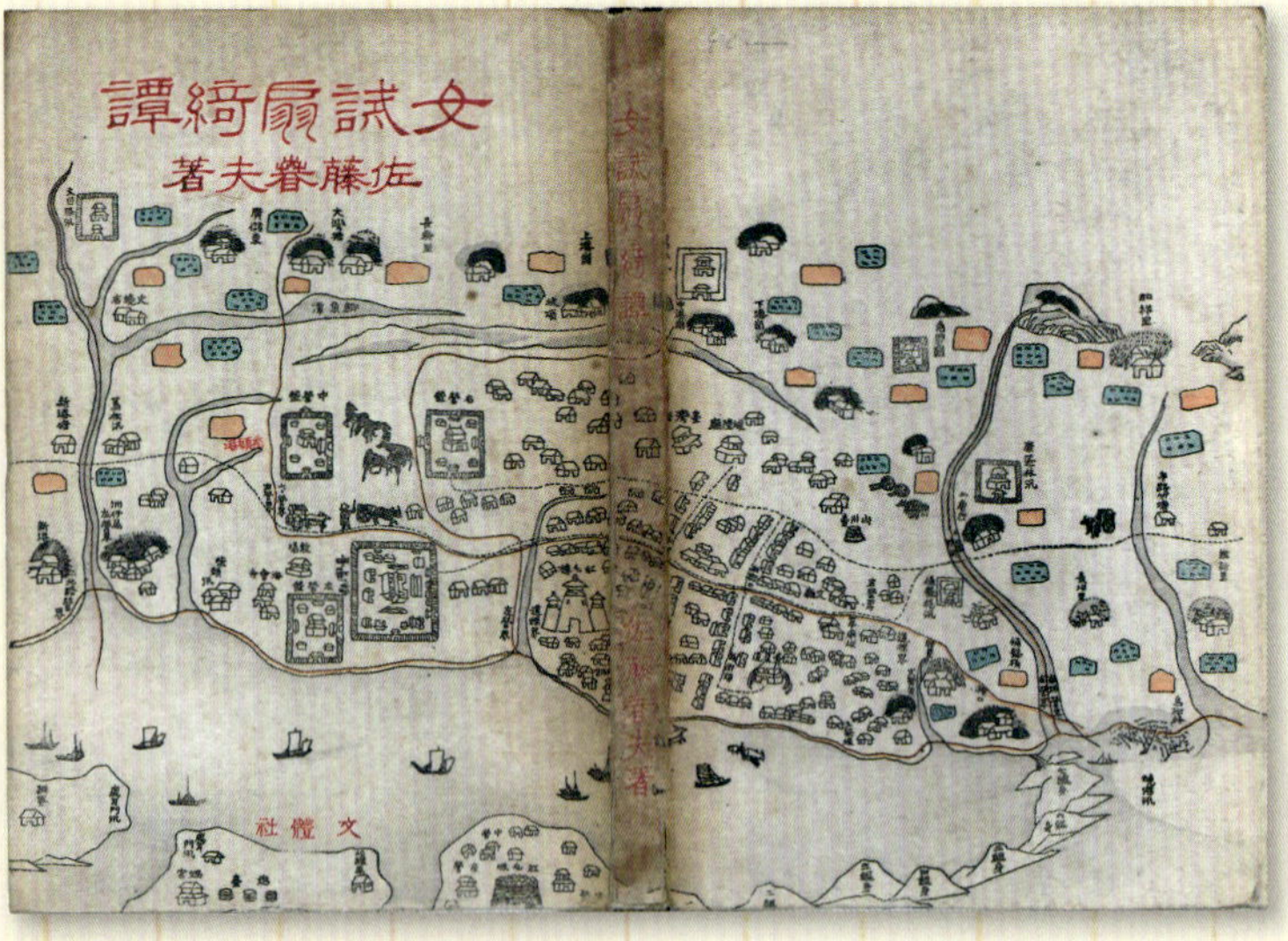

戦後版『女誡扇綺譚』（1948.11 文体社）**表紙の「台湾府古図」**（277頁）

私はその日、友人の世外民に誘はれるがままに、安平港の廢市を見物に行つてのかへり路を、世外民が参考のために持つて来た台湾府古図の導くがままに、ひよつくりこんなところへ来てゐた。

——「女誡扇綺譚」——

❶1933年頃の廠仔《チョンア》の銃楼（前嶋信次撮影・黄天横氏提供）（241頁）❷1939年に新垣宏一が「女誡扇綺譚」の廃屋のモデルとした廠仔の二階屋。軒下にＳ字の「壁鎖」がある。2013年取壊し。（245頁）❸Ｔ字とＳ字の「壁鎖」がある平屋の廠仔遺構。（245頁）❹二階屋入口の壁面。「老古石」が歴史を語る。（245頁）（❷〜❹は2012年著者撮影）

大きな石と言ひ巨溝と言ひ、恰も小規模な古城の廃墟を見るやうな感じである。いや、事実、城なのかも知れないのだ——崩れた石垣の向ふのはづれに遠く、一本の龍眼肉の大樹が黒いまでにまるく、青空へ枝を茂らせてゐて、そのかげに灰白色の高い建物があるのは、ごく小型でこそはあれ、どうしたつて銃楼でなければならない。

——「女誡扇綺譚」——

…土地の歴史が囁きかけるかぼそい声に耳傾け、過去の幻影を眼前に招き寄せようとする世外民が、その日の歴史散歩を大西門外の旗亭（酔仙閣）で締めくくるというのはいかにも意義深い行動である。それ自体が水仙宮に守られた港町台南の栄光の名残を探る歴史散歩であり、伝統的な文人として祖先の土地に繋がれた絆を再確認する行為であったからである。…（263頁）

右）宮後街19號に残る旧酔仙閣の一部
（257頁）（2012年著者撮影）

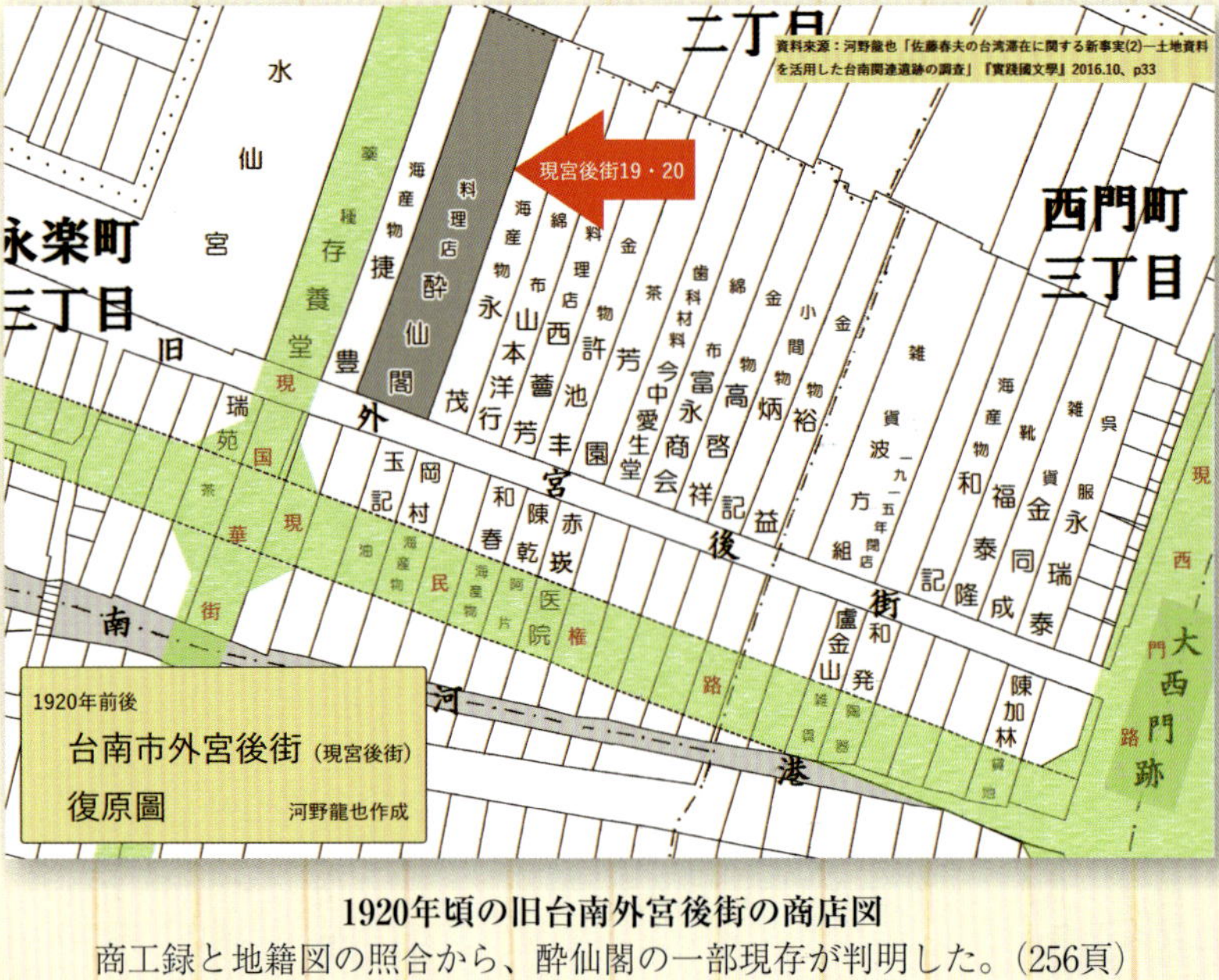

1920年頃の旧台南外宮後街の商店図
商工録と地籍図の照合から、酔仙閣の一部現存が判明した。（256頁）

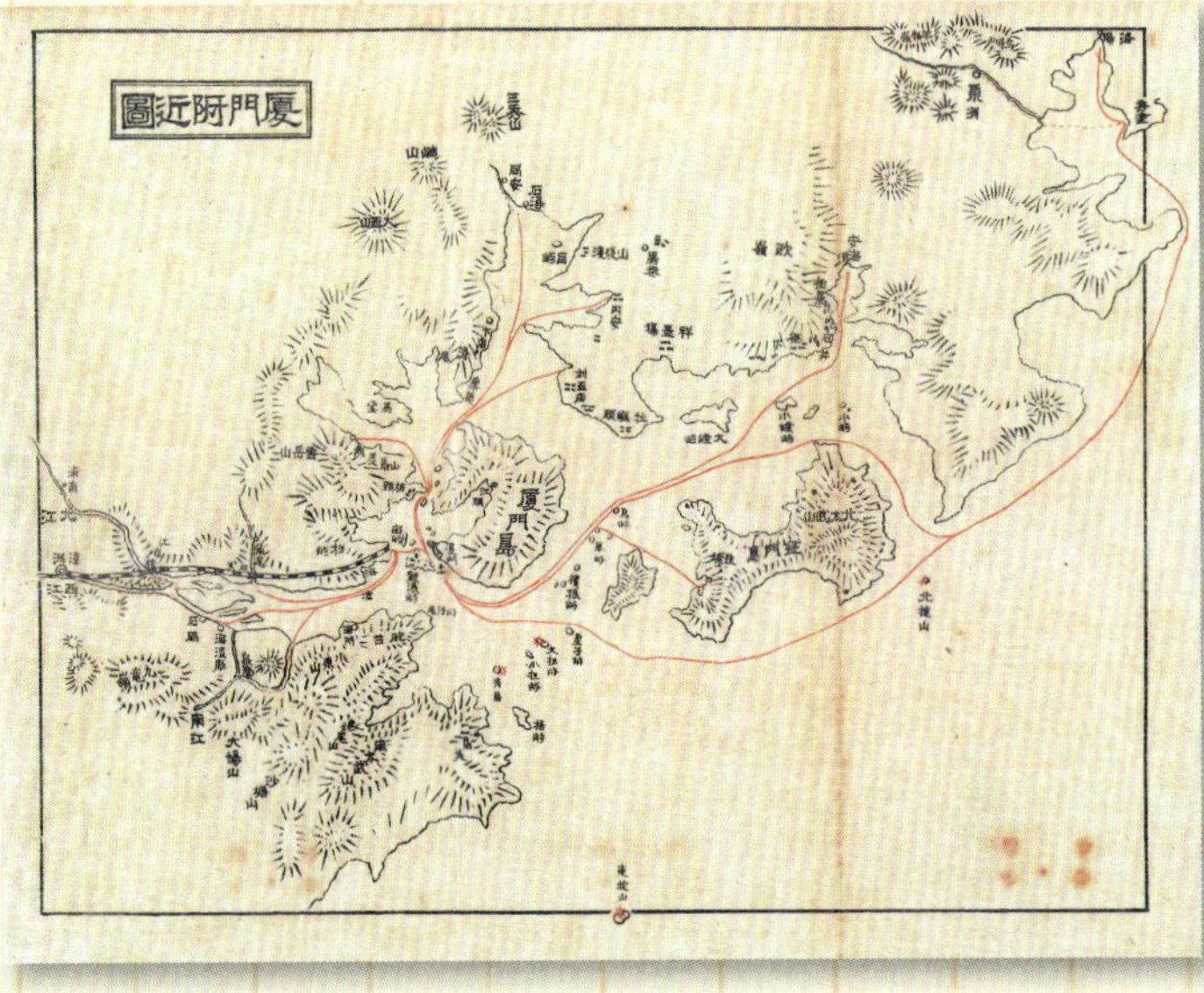

『厦門事情』（1917.11 厦門日本居留民会）（山口大学図書館蔵）
春夫が『南方紀行』巻頭に記憶で描いた厦門地図の原図と考えられる。（283頁）

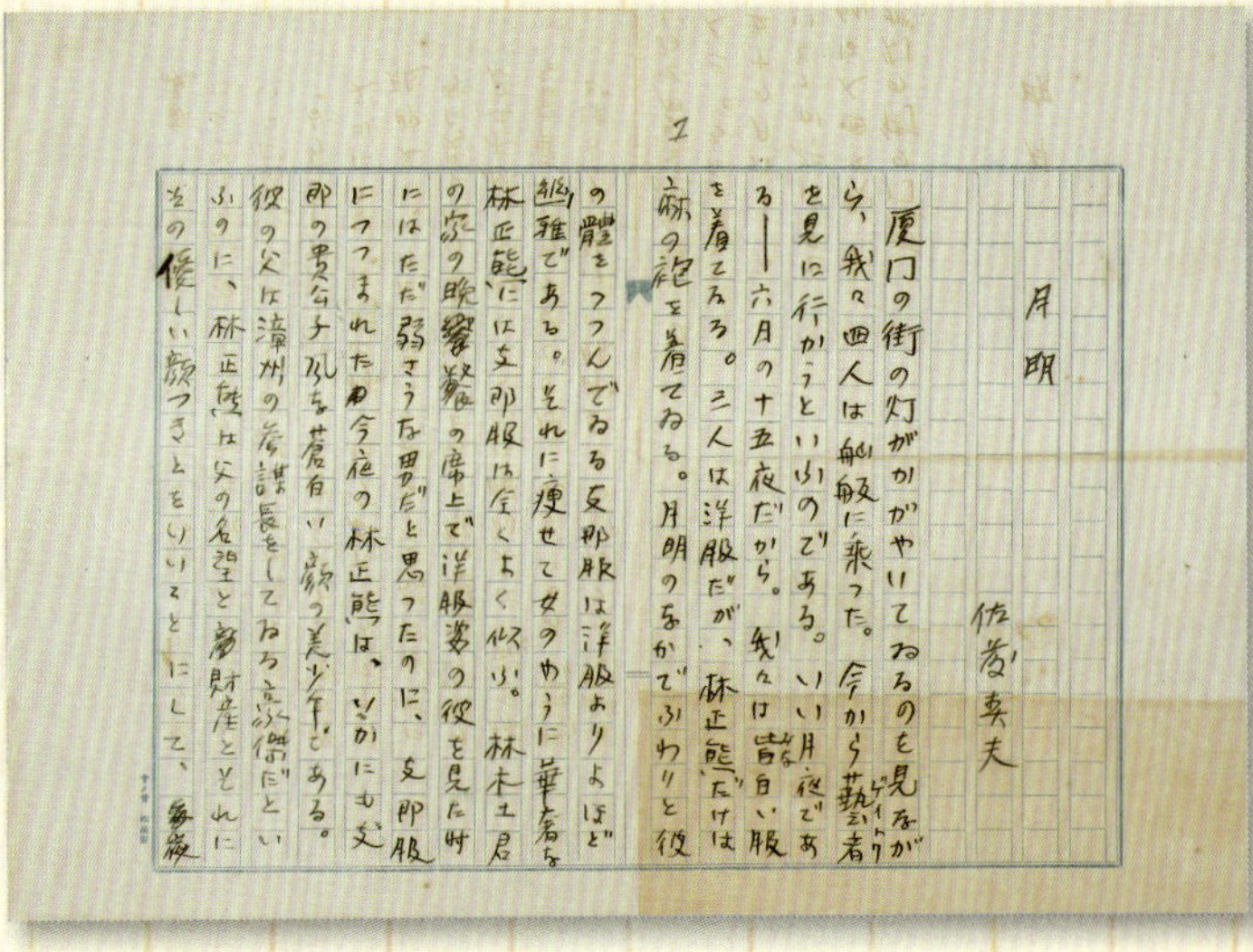
1

月明

佐藤春夫

厦门の街の灯がかがやいてゐるのを見ながら、我々四人は舢舨に乗った。今から藝者《ゲイシャ》を見に行かうといふのである。いい月夜である――六月の十五夜だから。我々は皆《みな》白い服を着てゐる。二人は洋服だが、林正熊だけは支那の袍を着てゐる。月明の中でふわりと彼の體をつつんでゐる支那服は洋服よりよほど優雅である。それに痩せて女のやうに華奢な林正熊には支那服は全くよく似ふ。林木土君の家の晩餐の席上で洋服姿の彼を見た時にはただ弱さうな男だと思ったのに、支那服につつまれた今宵の林正熊は、いかにも支那の貴公子らしい蒼白い顔の美少年である。彼の父は漳州の参謀長をしてゐる豪傑だといふのに、林正熊は父の名望と多財産とそれに母の優しい顔つきとをゆずりうけて、[illegible]

「月明」（『改造』1921.11）**草稿１枚**（個人蔵）
発表形と大きく異なる。「鷺江の月明」の題で『南方紀行』に収録。（333頁）

南洋兄弟煙草有限公司　民国九年月份牌（326頁）（上海市歴史博物館蔵）

…不安に苛まれ、南華旅社の暗い一室に輾転反側するその死体のような〈私〉の姿を、紫煙をくゆらせながら見おろしている一人の女がいる。…（338頁）

佐藤春夫と大正日本の感性　「物語」を超えて

目次

第三部　詩・小説・批評　ジャンル論の実践

凡例

・佐藤春夫の作品からの引用は、発表時期が問題にならない限り、初収刊本に準拠する『定本佐藤春夫全集』全三六巻補巻二（一九九八・四〜二〇〇一・九、臨川書店）に基づいた（ただしルビは必ずしも全集の通りではない）。これは多くの春夫作品が初出段階では未定稿であり、刊本収録時に加筆されて、はじめて構想の全体像が明らかになる場合が少なくないからである。初出から刊本収録まではさほど年代的な隔たりはないが、引用の際に初出と照合し、本論の論旨に影響しないことを確認した。むろん、必要な場合は初出の引用を示した。

・春夫以外の引用は、初出本文を原則とした。ただし、漢字は常用漢字に改め、ルビは必要なものに限った。

・引用中の傍点・傍線は、特に断りがない限り、論者（河野）が付したものである。本論の地の文における作品引用は〈 〉で示し、論者の用いるキーワードは「 」で示した。もちろん、引用文中の語句をキーワードとして用いる場合も多い。引用中の／は原文における改行箇所を示す。

・日本語文献・中国語文献の双方を用いる都合上、引用文・参考文献の年代は、基本的に西暦に統一し、適宜元号を付した。文章のタイトルは「 」で、刊本・収録紙誌名は『 』で示した。

第一部

「物語」を超えて

起源の探究とアイデンティティー

第一章　「日本人ならざるもの」の誕生――うつろなるフルサトを求めて

「わんぱく時代」の〈うそ八百〉

歌に詩に、小説はもちろん評論、翻訳、戯曲そして美術まで、佐藤春夫の活動は近代文学史上無類の多彩さを誇る。その輝きを前にすると、いかに突き詰めたつもりの考察でも、多面体のある一面しか捉えていない結論の小ささに恥じ入らされるような不気味さが春夫の魅力でもあろう。しかし本書の企図を臆面もなく言うなら、その捉えにくい春夫文学の急所を一つ押さえてみたいという所にある。一見、春夫固有の奇妙さと見えるものの中にも、近代日本の典型的な発想が現れていることもあり得る。それを明らかにしたいのである。

むろん本書で扱うことができる範囲にはおのずから限界がある。これから考察する作品の大部分は、明治末から大正期までの活動初期のものに限られている。が、そこで培われた特質は、生涯にわたるスケールでこの作家の活動を規定したように思われる。文学活動の初期に形成され、春夫文学を貫く原形質として存在し続けたものは何か。それを確認する意味で、最初にあえて晩年の代表作を取り上げることにしたい。春夫がその文学的生涯をかけて向き合った大きなテーマの輪郭を巨視的に把握しておくことで、「ちっぽけな結論」に足を取られる危険性を回避したいと考えるからである。その作品とは、『朝日新聞』夕刊に連載された「わんぱく時代」（一九五七・一〇・二〇～一九五八・三・一七）。日露戦争の戦勝に沸きかえる木材の街・紀州新宮での少年時代を、老詩人が回想した自叙伝形式を取る作品である。

作品の梗概は次のようなものである。〈僕〉（須藤）は熊野川にのぞむ城下町・新宮の町方にある病院の子で、丘を隔てた海辺の熊野地から来た暴れ者の崎山栄に手を焼いていた。彼の転校は、新宮と熊野地という、もともと対立感情を持つ二つの地域の子供間に緊張を生み出した。が、知恵者の〈僕〉は明確なルールに基づく戦争ごっこを提案し、この対立にはけ口を与えようと崎山に持ちかける。これをきっかけに、〈僕〉は彼と深い信頼を寄せ合う仲になった。やがて、日露戦争が始まる。〈僕〉は中学に進学、本物の戦争の殺伐とした時代を背景に、反骨精神旺盛な文学青年へと育っていく。一方、進学せずに働き始めた崎山は、差別問題への疑問から社会運動家たちに近づいていく。一九一〇（明治四三）年六月、降って湧いたような家宅捜索が始まってこの地方に激震を走らせ、東京に出ていた〈僕〉が翌年一月に手にした号外には、貧民救済で慕われた新宮の医師・大石誠之助と並んで、崎山栄の名が「大逆罪」の有罪判決者の中に記されていた。天皇暗殺の謀略に荷担したのだという。逆徒の汚名を着せられ、東北地方の獄中で短い命を終わった崎山の無辜《むこ》の死を、老詩人になった〈僕〉は痛恨の思いで振り返る。そして、「大逆事件」という不当なフィクションで親友を奪った当時の暗黒裁判に激しい怒りを覚えるのである。

ところが、その直後に語られる次の告白は、読者を思いもよらぬ混乱の中に叩き落とす。

詩歌であると小説であるとを問はず、文芸の作品は美と真実とのために事実を変更する自由を持つことは、新聞記事や一般の記録とはおのづから違ふ。それ故、文学上の作品は真実ではあつても必ずしもいつも事実どほりであるとは限らない。（略）大逆事件の記録中に崎山栄などといふ青年が見つからないのを気にするやうな読者があつたならば、僕はその読者に向つて言ひたい。裁判官たちの大逆事件には崎山は加はつてゐなかつた。しかし僕の知つてゐる大逆事件には崎山がゐた。（略）そもそもわが崎山栄は、僕がわがあばら骨一本を抜いて僕の胸中に生み、さうして真実の大逆事件といふ社会機構の毒蛇の口に泣きながら人身御供に捧げるために僕が愛し育てて来た象徴的人物なのである。

少年時代の記憶に深く刻み込まれたはずの崎山栄は、詩人の〈僕〉が空想の中から生み出した架空の存在だと言うのである。「わんぱく時代」を事実の回顧談だと考えていた読者は、語り手の突然の「背信」にしばらくの間唖然とするしかなく、また歴史的証言だと考えていた読者からすれば、厳粛な態度で真相を究明すべき「大逆事件」を勝手な空想の種にしたと非難したくもなっただろう。いずれもあまりに真っ当な反応ではあるのだが、むしろ気になるのは、こんな奇妙な結末を持つ作品がなぜ書かれたのかということである。春夫は自叙伝をフィクションとして語った。人があえてそうしなければならない場合があるならば、それは一体どんな場合なのか。

実は、本作はすでに予告の段階から、〈根も葉もあるうそ八百〉という触れ込みで紙面に登場している。[1] この結末も当然、最初から計画に組み込まれていたと考えられる。己を大きく見せるために、あるいは同情を引くために、〈うそ八百〉の自叙伝が書かれる場合はおそらく世間にそう珍しくはない。だが、自分から〈うそ八百〉だと名乗りを上げる自叙伝は普通では考えにくいだろう。もっとも、そのような肩透かしにこそ春夫の個性があると解説するのは難しいことではない。例えば、本作はリアリズム偏重の日本近代文学史に対するアンチテーゼであり、虚構の世界に己を賭ける孤独な浪漫主義者の真骨頂なのだ——という具合にである。だが、リアリズム対ロマンティシズムというような単純な図式では語り得ないものが、このフィクションにはあまりに多量に含まれているように思われてならない。

自叙伝が己の来歴、すなわち現在へと繋がる己の起源を語ろうとするものである以上、当の起源を明らかなフイクションにすり替えてしまうということは、「あるべき物語」への欲求が極めて強い場合だと言える。逆に言うとそれは、出身地や血縁、現実の幼少期の経験をありのままには認められない、ある場合には隠したいとする心理機制の発現と見てよいだろう。そこから繰り出された〈うそ八百〉が、一方では〈根も葉もある〉と呼ばれるところに春夫特有のややこしさはあるものの、「わんぱく時代」が所与の郷里を素直に受け入れられない語り手が作り上げた幻想のフルサトに関する物語であることに変わりはない。そこには、現実の郷里に屈折した思いを抱き、これをタブー視せざるを得ない何らかのわだかまりが潜んでいると考えるべきではないか。虚構の「起源」として希求の対象になるポジティヴな「故郷」のイメージを、現実の「郷里」と区別するため、これからは仮に「フルサト」とカタカナ表記で示すことにしよう。

さて、こんな言い方をすると、春夫はしばしば「望郷」（ノスタルジア）をテーマに郷里新宮への哀切な思慕を歌ったではないかという反論が聞こえそうである。確かに、〈塵まみれなる街路樹に／哀れなる五月來《さつき》にけり／石だたみ都大路を歩みつつ／戀しきや何ぞわが古郷《ふるさと》〉で始まる「望郷五月歌」（『婦人公論』一九三一・六）は春夫詩のなかでも傑作に数えられるし、〈いたずらに名を追ひ疲れ／さすらひに老いにけるかな／風さむき都の空に／／ふるさとの初春戀し／若き日の夢のかけらか／熊野路の花や貝がら〉と歌いあげる「望郷新春曲」（『三和家庭グラフ』一九五八・一）の佳作もある。したがって、春夫が「望郷詩人」と呼ばれること自体に異論があるはずもないが、重要なのは、「望郷」という感覚が、郷里との心理的な隔絶を前提にしながら、虚構のフルサトを創造し、慕い求める精神の活動だということである。郷里を遠く望みいとおしむこの身は、いま汚れた都会の中にある。この隔たりの感覚が、現実の郷里を甘美なフルサトに変える。

この事情は逆に、郷里そのものに身を置く視点で書かれた詩をみると、一層はっきりする。初恋の人・大前俊子[2]に寄せた旧作の短歌〈ふるさとの柑子の山をあゆめども／癒えぬなげきは誰《た》がたまひけむ〉（『スバル』一九一〇・六、初出では〈誰が與へけん〉を挿入した「ためいき」（『スバル』一九一三・六初出。引用部は『殉情詩集』一九二一・七で追加）や、彼女の早世を悼んだ〈ふるさとはみんなみの國／みな月の青葉ににほひ／かがやかに照る日のもとに／たちばなの花さきしかげ／われをよぶつぶらひとみの／ミニヨンにまがひしひとは／早く世にあらずなりぬる〉という「望郷曲」（『東天紅』一九三八・一〇、中央公論社）などは、郷里のうつろなありようを残酷なまでに映し出している。そこで得られるのは、癒しを与えてくれるべき存在が決定的に欠けているという苦渋に満ちた認識であった。その意味で、「ためいき」や「望郷曲」は、郷里をユートピアのように詠う「望郷五月歌」や「望郷新春曲」の世界が必死に目をそむけようとしている郷里の空疎さにじかに触れた春夫詩中の異色作と言えよう。

　春夫が「わんぱく時代」において〈うそ八百〉のフルサトを語ったのも、現実の郷里に向き合えば必ず掻き立てられるこの喪失感に対抗するためだったのではないか、と考えてみたい。そこでは、遠くから「望郷」の念で郷里を美化するのではなく、喪失感そのものに人の形を与えることで、現実の郷里の中に虚構のフルサトを構築する奇策が試みられている。幾昔も前に若くして死んだ〈つぶらひとみの〉初恋の人・大前俊子は、お昌ちゃんという架空の名と長寿とを与えられて尾張半田に命を永らえ、無から生み出され「大逆事件」の犠牲に供された崎山栄は、短いながらに波乱に満ちた人生を〈僕〉の分身として生かされた。〈わがあばら骨一本を抜いて〉作られた人物だというのは、彼こそが、可能世界（あり得たかも知れないもう一つの世界）におけるもう一人の自分だという意味である。誤解を恐れずに言えば、春夫は崎山という存在を作り出すことで、自分を「大逆事件」の犠牲者に殉死させようと仮想していたのかも知れない。後に述べるとおり、春夫にとって「大逆事件」は他人事ではない、極めて身近な事件だったからである。この作品は、自分があの日あの場所で権力に殺されたと仮定して、その死者である自分の眼差しから、生きながらえてここにある自分の人生を裁こうと企図した恐るべき分身小説ではないのだろうか。

中学時代の〈僕〉は、講演会での演説が問題視されて停学処分を受けたり、学生ストライキの首謀者と疑われたりする札付きの反抗児として新宮の反権力的な不穏さの中に騒動の種を播いていた。しかし、結局は本物の危険をうまくやり過ごし、社会の不正を見過ごせなかった本当の義人の方が架空の罪名で殺されていくのを傍観するしかなかった。自分は殺されなかったという、自己の運命に絡みついたどうにもしがたい罪悪感が、崎山栄という分身を育くむ揺籃《ようらん》となったのである。崎山が転校したての頃に〈僕〉に放った一言、〈お前は小利口な、いやなヤツだな〉という言葉を、彼の存在の虚構性を知った上で振り返ってみると、それは老詩人の〈僕〉が自分に向けて放った痛烈な処罰感情の表れであったことに気づかされる。「わんぱく時代」の物語を語っているのは、生涯自分の臆病さと小器用さとにやましさを抱き続けて生きてきた老人なのである。しかもこの語り手は、崎山の死に涙を流すという甘い予定調和さえ自らに許さず、彼という存在が幻影にすぎないことを述べて作品を閉じるのである。

語り手が完結の手前で物語を破壊したのは、やり直しのきかない人生の苦さと、それでも崎山のような存在にすがって人生のやり直しを夢想してしまう救いのなさを、終わりなく噛みしめていこうとする決意表明ではなかっただろうか。その意味で「わんぱく時代」は、大切な人のいないうつろになった郷里に対抗すべき架空のフルサトの物語を紡ぎつつ、それをも拒否せざるを得ない虚無感の中にしか居場所がない老詩人のありようを示した作品である。〈根も葉もあるうそ八百〉という矛盾した春夫の自解も、実は決して奇抜さを狙った機智ではなく、虚実のはざまにいて着地点を見出せない語り手の真情を、実はありのままに語った素直な言葉ではなかっただろうか。(3)

中上健次と「愚者の死」

物語によるカタルシスを求めながら、しかしそこに身を委ねることにも忸怩《じくじ》たる思いを消せない春夫の分裂は、一口に耽美派として共に括られることの多い永井荷風や谷崎潤一郎には見出すことができないこの作家の特質であろう。同郷の作家・中上健次はこの特質を正確に理解し、〈春夫はあらゆる物語に過敏だった〉と看破している。

中上は記紀に現れる古代以来の熊野＝紀州新宮について、〈ここは敗れた者、おとしめられた者、不具の者、異形の者、死んだ者の視線でつくられた国家である〉と述べ、「大逆事件」を〈紀州という闇の国家〉が〈現存する国家〉に抵触した何度目かの〈戦争であった〉と位置付ける。そして春夫もまた新宮の人間として紛れもなく〈現存する国家〉を〈裏切っていた〉のだが、「大逆事件」の衝撃は春夫を二〇歳にして〈転向〉させたのだと言う。〈紀州について口をひらけば、あの物語とこの物語が、身を滅びさす〉。だから春夫は〈紀州新宮出身をひとまず身の内側にかくす事〉にしたと言うのである（『物語の系譜』[4]）。

転向という言葉を使う以上、中上は、叛逆者として登場した春夫が、基本的には〈現存する国家〉の物語を受け入れ敗北したのだという見方をしている。そこには、日中戦争から第二次世界大戦にいたる戦時下に〈軍国主義の国家体制に身を寄せ、現実の可視の状態になった法や制度に身を寄せて発言し物を書〉いた春夫の抜きがたいイメージが影を落としているのだろう。だが、敗北自体を〈紀州という闇の国家〉に蓄積された力とみなす中上の論理からすれば、それは単純な変節や放棄ではあり得ない。現に中上は、春夫が〈最初の転向につまずいて〉おり、〈熱いあざのような〉〈紀州の刻印〉を額に印づけられているとも言っている。つまり、〈現存する国家〉の物語に荷担するとしても、その荷担するということにすら失敗してしまう紀州人の宿命を、中上は春夫の中に見ていた。そしてその宿命に春夫はもっと自覚的であるべきだったと苛立っているのである。この苛立ちは期待ゆえの無念さであり、そこには同郷の先輩作家に対する強烈な愛情が裏返しの形で現れている。

中上の春夫論は、神武東征以来、熊野を統一国家の権力に対峙する神話的呪力の中心地と見なし、その土壌から生まれた書き手という視点で春夫を読み解こうとするものである。少年時代の春夫が、〈紀州という物語〉と〈現存する国家という物語〉との〈二つの物語のズレに気づいた〉蹉跌《さてつ》の悲劇を経験したことに対し、中上が強い思い入れを示しているのも同族意識のなせるわざだろう。そして中上にとっての最大の敵は、安易なカタルシスを生み出す装置としての「物語」であった。この立場から春夫の反「物語」的な特質を称《たた》えたのが『物語の系譜』の春夫論である。

中上の論理を借りるなら、確かに「わんぱく時代」の土壇場の「物語破壊」についても明快な説明を得ることができる。すなわち、春夫は〈現存する国家という物語〉が紡ぎ出した「大逆事件」の虚構と対決するため、崎山栄なる不可視のヒーローを〈紀州という物語〉の中から生み出した。しかし、それもまたカタルシスを生む「物語」の一つに過ぎないことを、春夫は十分に知っていただろう。彼が目論む〈二つの物語〉の軋み合いを可視化するためには、読者を道連れにして「物語」の外に飛び出すしかない。だから春夫は自らの手で「物語」を破壊する選択を行ったのである、と。

「物語」を標的とする激しい闘争精神を持つ中上が、従来の反リアリズム的ロマンティシストとしての春夫理解ではほとんど看過されてきた春夫の潜在力を明らかにした功績は大きい。だが、中上が春夫に自己の問題を強く投影し、紀州新宮という特別な出自との血縁の濃さを強調し過ぎるあまり、春夫の持つ別な一面を看過した感があることも否めない。郷里新宮がいくら神話以来の叛逆と敗残の地だとしても、木材による富の集積地であった新宮は、すでに紛れもなく近代資本主義国家の一隅に位置を占めていた。だから熊野新宮と言っても決して一枚岩ではない。そして郷里に対する春夫の態度も、実際には違和感や喪失感を含めてずっと複雑に表現されているということである。

いま、それをはっきりさせるために、春夫の文学的出発を語る際には誰もが引用する次の詩を、やはりここでも引いておくことにしたい。

愚者の死

千九百十一年一月二十三日
大石誠之助は殺されたり。

げに嚴肅なる多數者の規約を
裏切る者は殺さるべきかな。

死を賭して遊戲を思ひ、
民俗の歷史を知らず、

日本人ならざる者
愚なる者は殺されたり。

「僞《うそ》より出でし眞實《まこと》なり」と

絞首臺上の一語その愚を極む。

われの鄕里は紀州新宮。
渠の鄕里もわれの町。

聞く、渠が鄕里にして、わが鄕里なる
紀州新宮の町は恐懼せりと。
うべさかしかる商人《あきうど》の町は歎かん、
――町民は愼めよ。
教師らは國の歷史を更にまた說けよ。

（『スバル』一九一一・三）

一九一〇（明治四三）年五月二五日、宮下太吉、新村《にいむら》忠雄が爆弾製造で逮捕された明科《あかしな》事件は、翌週には天皇暗殺の陰謀、いわゆる「大逆罪」（刑法第七三条ノ罪）の容疑に切り替えられ、そこから社会主義者や無政府主義者の大検挙へと発展していった。湯河原における幸徳秋水・管野《かんの》スガらの逮捕に続き、六月三日には秋水の交際範囲を洗って新宮にも家宅捜索が及び、とうとう六月五日、町医者の大石誠之助の拘引にまで至ったのである。一二月一〇日、二六被告に関する非公開の大審院公判が開廷され、同二九日には早くも弁論終結。そして翌一九一一（明治四四）年一月一八日の判決は、二四名の死刑。翌日一二名が特赦によって無期懲役に減刑されるが、幸徳秋水ら一一名に対しては一月二四日（「愚者の死」の〈二十三日〉は誤り）、管野スガに対しては翌二五日に刑が執行された。新宮周辺の六名の有罪判決者に関しては、大石誠之助と成石《なるいし》平四郎が死刑、高木顕明《けんみょう》・峯尾節堂・

成石勘三郎・崎久保誓一が無期懲役に処せられた。高木と峯尾は収監中に獄死している。自殺と病死であった。

大石誠之助の刑死をうたった「愚者の死」は、作品の発表時期からして処刑の号外が出た直後に起筆され短い間に成ったらしい。前年の一九一〇（明治四三）年四月に上京していた春夫は慶應義塾大学予科文学部に在学中。与謝野寛の新詩社に出入りして短歌を『スバル』に発表していたが、同誌の出資者である平出修《ひらいでしゅう》が「大逆事件」の被告人弁護を務めていたことから、与謝野寛・晶子や石川啄木などと同様に秘密裁判の内幕をある程度知り得る環境にあったと考えられる。「愚者の死」も、『スバル』だからこそ掲載できた詩であろう。

春夫の父・佐藤豊太郎は、新宮の医師として同業の大石誠之助と親交があった。春夫自身も、中学五年に在籍中だった一九〇九（明治四二）年八月二一日、生田長江・与謝野寛・石井柏亭を迎えて新宮三本杉遊廓入口の新玉座に文学講演会が催された際、懇親会の席上、文学趣味の普及に対する社会主義の効用について大石と論争したという(5)。この文学講演会では、前座で登壇した春夫の演説内容が虚無という言葉を使っていたために、ロシア革命党の感化と曲解する聴衆の抗議があって中学を無期停学になるが、その直後に校長の共同学資金流用疑惑を追及する大規模な同盟休校（学生ストライキ）が発生し、無関係の春夫が一時は煽動者のように疑われている。その際、大石は「新中問題雑感」（『熊野新報』一九〇九・一一・一二、一五）を書いて学生を掩護《えんご》し、学校当局の抑圧的な体質を批判するなかで、春夫の無期停学処分にも触れていた。春夫にとって大石は、父の友人としても本人にとっても極めて身近な存在であった。

刑死者への哀悼の念をじかに表現できなかった当時の言論状況に鑑みれば、表面的には大石を罵倒する形式を取ったところに苦肉の策があり、それは反語的な表現だと解釈するのが現在の通説になっている。もっとも、戦後の「大逆事件」再審請求を担当した弁護士で、大石誠之助研究でも知られる森長英三郎のように、〈佐藤はただ俗説にしたがって、国賊大石を罵ったのであって、反語の詩ではない(6)〉とする説もないわけではない。だが、この詩が反語以外の何ものでもないことは語義解釈の上からも明らかで、〈うべさかしかる商人《あきうど》の町は歎かん〉の意味は「なるほどね、抜け目ない商売人たちの町はさぞ歎くだろうよ」(7)。つまり、〈紀州新宮の町は恐懼〉しているかも知れないが、それは同郷者としての連帯意識から本気で天皇に申し訳なく思っているわけでも、まして大石の死を歎いているわけでもない。事件の悪評で新宮の商品（材木）が敬遠されること、ただひたすら己の商売への悪影響を懸念しているのが彼らの「歎き」の正体ではないかという限りない憤懣《ふんまん》を畳み込んだ皮肉と見るべきなのである。そうでなければわざわざ新宮を〈商人《あきうど》の町〉と呼ぶ真意が見えなくなる。

若き春夫の吐き捨てるような嫌悪の矛先を理解するとき、ここにようやく〈われの郷里は紀州新宮。／渠《かれ》の郷里もわれの町。／／聞く、渠が郷里にして、わが郷里なる／紀州新宮の町は〉という繰り返しに託された重い意味にも気づくことができる。つまり、大石の死を迷惑としか思わず、同郷人でありながら彼を冷ややかに突き放す郷里の商業本位の反応に反感を抱き、〈われ〉こそは大石の同郷人だとためらいなく名乗り出ることで、春夫は自らの郷土的な紐帯の堅さを見せつけているのである。見捨てられた大石への深い哀悼の念があることはもちろんだが、そこには経済の論理に浸蝕された郷里への強い反撥と絶望の表白がある。そして、そんな郷里に居場所をなくした異端者としての〈われ〉を、大石の境遇に重ねて理解しようとする春夫の自己認識のドラマが垣間見えている。商業主義やポピュリズムに対して生涯違和感を示し続けた春夫の原型をここに見出すこともできるかも知れない。

登壇事件で無期停学を受け、学生ストライキでは首謀者と疑われるような一連の騒動を経過したのちに上京した春夫は、「愚者の死」より早い一九一〇（明治四三）年の『スバル』六月号に、〈思ふことすべて教《をしへ》にたがふらむふるさと人はわれをしりぞく〉という短歌を発表しており、郷里に抱いたかつての違和感を吐露していた。発表はちょうど「大逆事件」の検挙が始まる頃である。これより後の同誌に掲載された石川啄木の代表作、〈石をもて追はるがごとくふるさとを出でしかなしみ消ゆる時なし〉（『スバル』一九一〇・一一）と比べてみると、同じく郷里から締め出された孤独を詠うものではありながら、春夫の短歌には郷里から「裏切られた」という形のかすかな未練と、自分に自由を与えない窮屈な郷里への歎きが葛藤として打ち出されている。郷里に対するこのような両面感情が、春夫の文学活動の基底にダイナミックな力を与えていったのではないか。

繰り返すなら、紀州新宮は、「天つ神」に対する「国つ神」の叛逆の土地という神話以来の一貫した「物語」にくるみ込めるほど無垢で単純ではない。[8] 少なくとも近代における新宮は、鉄道の発達による東北材の流入で木材の販路を帝国新領土の台湾に求めるような国家的な産業構造の変革の一翼を担っていた。その意味で新宮は、春夫の言う〈多数者の規約〉、中上のいう〈現存する国家という物語〉に呑み込まれていたのである。だから、大石や春夫の叛逆が、熊野新宮にわだかまる古代以来の叛逆の伝統を体現したものだと仮定するにせよ、すでに〈商人《あきうど》の町〉として近代的繁栄を謳歌していた新宮において、それは飽くまでもマイノリティーの側からの抵抗だったことに留意する必要がある。[9]

「愚者の死」において、春夫が死せる大石との紐帯を確認する最大の根拠は「地縁」（同郷人であること）にあったが、その根拠たる郷里のありさまに、春夫は絶望せざるを得なかった。文学者としての春夫は、帰るべき場所を失ったこの苦い「捨て子」意識の中から生まれてくるのである。〈ずつと南方の或る半島の突端に生れた〉とされる『田園の憂鬱』（一九一九・六、新潮社）の主人公が、なぜ自分の精神的な起源を〈芸術的因襲〉などという抽象的なものに求めなくてはならなかったのか、そして都会生活の癒しを求めるのに、なぜ縁もゆかりもない郊外の土地に「帰郷」しなくてはならなかったのか。これらの奇妙な行動の理由を解き明かすカギもまたこの「捨て子」意識に見出すことができるだろう。春夫の文学的営為は、「かくある郷里」ではない、「あるべきフルサト」をその起源として仮構する所から始まるのである。『田園の憂鬱』と「郷里／フルサト」の問題については、のちに章を改めて詳しく論じていくことにしよう。

「或る女の幻想」のノスタルジア

小説家デビュー（一九一八年）の前年に書かれた習作の一つに、「或る女の幻想」（原題「ある女の幻想」『中外』一九一七・一二）という作品がある。春夫が小説形式で「大逆事件」に触れた最初のものであるが、ここに早くも〈うそ八百〉の自叙伝を語る人物が登場する。約四〇年後の「わんぱく時代」の主題と照らし合わせると、自分の郷里や起源に正面から向き合うことの困難さが、春夫においていかに長く持続した深刻なテーマであったかが窺われよう。「或る女の幻想」の梗概は次のとおりである。

箱根の療養先で女が不思議な少年紳士に出会い、恋を打ち明けられる。のちに相手が伯爵家の貴公子だと分かると、彼女は身分の差に悩み始めるが、結婚を申し込まれたことで彼を信用するようになる。ところが婚約披露の直前、彼女は彼に会った帰り道に自動車で連れ去られ、気がつくと海底にある〈真白い部屋〉の中に寝かされていた。そして傍らにいた二人の男から、人民の敵たる伯爵家に嫁ぐことを非難される。社会主義者だという彼らに脅されて生命の危険を感じた彼女は、恐怖のあまり本当の婚約者は子爵令嬢のE子だと偽ってようやく解放される。その後、郷里新宮に帰った彼女は、町の牧師のOのもとに懺悔に現れ、E子を身代わりにした罪悪感と、〈真白い部屋〉の中で人生の流れを断たれた苦痛を切々と訴える。そして、自分にこの苦しみを与えた社会主義者たちは、「大逆事件」で処刑されたS・Oの一族にあたる二青年に違いないから、彼らに会って〈真白い部屋〉の場所を聞き出し、記憶に生じた間隙を埋めたい。だからぜひとも紹介してほしいとOに詰め寄るという内容である。

ここに語られた体験が、心を病んだ彼女の妄想の産物であることは、「或る女の幻想」というタイトルと、〈変体心理研究学生N氏〉の医学的資料に基づくものだという前書きによってあらかじめ知ることができる。彼女の談話は最初、〈と彼の女は言ふ〉〈彼の女の言葉をそのまゝに流用すれば〉などの伝達節を頻繁に交えて医学的な調書のように読者に取り次がれていく。だが、新宮帰郷の段になると、俄然その伝達者が叙述の前面に現れてきて、次のような裏事情を打ち明け始めるのである。

彼の女の故郷は紀州新宮地方であつた。この地方は、その当時の世界的事件である所謂大逆事件なるものに依つて、大逆者たる数人の社会主義者が一時に刑せられた。或は死刑になり、或は無期懲役になつた。さうして社会主義なる言葉は一種の地方的恐怖であつたのである。それ等社会主義のなかでもS・Oと呼ばれた人がそのなかでの最も重なる人であつた。さうして彼の一族はすべて社会主義者であるかの疑を、地方の人々に抱かせた位である。丁度、彼の女が、こんな状態で帰郷した当時S・Oの一族であるところの二人の富有な青年が、遊民的な亜米利加の生活から故郷へ帰つて居るのであつた。亜米利加から帰朝した社会党員に東京で逢つて来たところの彼の女の考へは、忽ちにS・O一族の二青年を連想した。さうして考へれば考へるほど、彼の女はこの二青年が、彼の女が東京で会つた二人の社会党員にそつくりなのに気がついた。それは無理もない事である。彼の女は初めS・O家の二青年の分身を、彼の女自身で生み出して、彼の女はそのS・O家の二青年の分身と東京で会つて来たのだつたからである。

事実を暴露する役が談話者自身でない点に違いがあるものの、語られた経歴が〈うそ八百〉だと終盤になって露顕するところには、「わんぱく時代」と同じ構造を指摘することができる。虚構の自叙伝を必要とした理由が「大逆事件」のショックにあること、そこから自分を救済するためのストーリーが最後まで完成しないことなど、二つの作品には他にも重要な共通点がある。

さて、彼女の妄想が一体どのような思考回路から生まれてきたのかを考えてみたい。新宮の商人にとって風評によるボイコット被害が最大の懸念であったように、新宮の外に出た若い娘にとって最も恐るべきことは、新宮出身であるがゆえに縁談が不調に終わる最悪の事態だろう。彼女の談話は極度に肥大化した不安が妄想に転じたものだが、〈地方的恐怖〉に囚われた当時の新宮出身者にとって、それはあながち杞憂と一笑することができないような切実さを持っていたはずである。

「大逆事件」を経過して彼女が抱いた不安を最も単純化すれば、それは「社会主義者のせいで結婚ができない」という言葉に集約できる。将来的な不利益の予想に基づくこの不安は、言わば被害者意識の先取りである。そして「なぜ社会主義者がこの私を不幸にするのか」という問いが過剰に反復されるとき、「私が貴族だからだ」という常識から逸脱した答えを得て納得する所に彼女の病があるのだろう。貴族に求婚されるという彼女の妄想は、因果関係の設定に錯誤のあるこの推論から生み出されたものである。そしてこの誤った推論は、「大逆者」の同郷人というハンディーから抜け出したいと望む出自偽装の願望にうまくマッチして、このあり得ない妄想を正当化する。

だが、このシンデレラ・ストーリーは、社会主義者に狙われているというもう一つの物語によって、結局完成されることがなかった。少年紳士との出会いは、呪われた郷里を「厭離」する感情の表出だが、今の彼女はむしろその夢を打ち砕いた社会主義者との再会を熱望している。それは呪われた郷里だからこそ過剰に関心を持ってしまうという奇妙な「欣求」の表出であろう。[10]〈白菊女史〉を名乗り、〈身の純潔〉と〈一平民〉を意味する〈白い野菊の花〉を胸に挿して二青年を待つ彼女の姿は、貴族主義に毒されない平民としての潔白を認めてもらい、今度は社会主義者に迎えられようとする花嫁の姿にも見えてくる。そこには、自分の郷里を呪われたままに受け止めようとする一つの決意がある。

ところで、彼女の懺悔の聞き役として作品に登場するＯ牧師が、この小説の元になる話を先に雑誌に公表していたという興味深い事実がある。[11] 大石誠之助や高木顕明と深い親交があり、「大逆事件」の際には家宅捜索も受けた牧師・沖野岩三郎によるレポート「私までが狂ひさうだ」（『反響』一九一五・五、九）である。これは新宮教会着任以来親しく見聞した「変態心理」（精神病理）の実例を集めて紹介したもので、連載二回分の八篇までが確認されている。前書きに〈佐藤春夫君を訪問していろ〳〵話しの末にこれを書いて見ようかと言つたのが筆を執る動機になつたのです〉とある。春夫は一九一五（大正四）年三月、遠藤幸子《ゆきこ》（女優・川路歌子）を連れて新宮に帰省し、大石の遺族を見舞いに来た与謝野晶子を迎えているから、このとき沖野から直接話を聞いた事情も分かる。「或る女の幻想」の出処は、連載二回目の冒頭に掲載された第四話の「白菊女史の暦の切断」であり、春夫がこの活字化された話にも目を通していたことはほぼ間違いない。『反響』は春夫の師・生田長江が森田草平と共に出していた雑誌であり、同じ号に妻が小説「おみさ」を舞台名の川路歌子名義で発表しているからである。

話の概略は共通しているが、相違点も多い。まず原話（沖野）では、箱根で療養していたのが彼女自身ではなく友人であり、彼女はその見舞いに行ったことになっている。恋人の身分も彼女が後で調査して分かったのではなく、最初から男爵の令息（春夫版では〈伯爵〉）だと分かっていた。彼女の結婚を妨害する監禁者が男女二人組である点、監禁部屋が明るい朝日の差す大きな西洋室である点、さらに〈社会主義者〉という直接的な語句が回避され、〈主義を同じうする同志〉となっている点も異なる。当然「大逆事件」の語や大石誠之助のイニシャルも登場しない。監禁の容疑者が〈Ｎ氏〉〈Ｏ（Ｎの弟）〉などと示されるのは春夫版より踏み込んでいるものの、これが大石誠之助の甥にあたる西村伊作と大石真子か七分の兄弟だと分かる読者はよほどの事情通か新宮の出身者に限られるだろう。

この種の婉曲化は彼女の〈郷里〉についても同様である。〈何れ近日帰国事実の真相御話し申すべく候〉という言葉から、彼女の出身も新宮近在と想像されるものの、現住所は小石川、言葉は〈江戸ッ児〉、身なりは〈意気〉と、〈垢抜けのした〉都会らしさのみが強調され、郷土性はほとんど感じられない。心の病の原因も、初婚の失敗や教師時代のスキャンダルなどが示唆され、社会主義者への〈地方的恐怖〉とは全く異なる事情へと読者を誘導している。この掲載号は「風俗壊乱」の廉で発売禁止の処分になったとのことだが、[12]仮に流通していたとしても、この話が「大逆事件」の外伝だと気づいた読者はほとんどいなかったのではないか。むろん沖野の作品が発禁の原因になったわけでもないだろう。

原話は後日談に触れ、現在の彼女（S）が円満な再婚を果たし、平穏な日常を取り戻したことを伝えている。そして、〈Sが斯様な不可思議な出来事で其の一生の暦を切断されたといふ事が、非常な幸福であつて、彼れはもう現実のまゝで理想の国を見て来た女であると思ふ〉という沖野の感想で締めくくられる。妄想体験を〈幸福〉と呼ぶのは、現実の経歴にまつわる不幸な記憶を断ち切るイニシエーション（〈理想の国〉＝「神の国」での見神体験）のような宗教的救済のイメージをそこに見たからだろう。いずれにしても沖野の原話では、彼女の幻想が新宮の〈地方的恐怖〉に胚胎するものだということがまったく主題化されていない。[13]

原話との比較作業から分かるのは、春夫が彼女の妄想の原因をはっきりと「大逆事件」に結びつけ、沖野が客観化して示せなかった問題の所在を明文化していることである。しかも「或る女の幻想」では、妄想に苦しむ彼女の身もだえし続ける姿に焦点を当て、幸せな後日談を全く削除してしまった。このことにより、「大逆事件」のもたらしたショックが、彼女においては現在進行形の悲劇として存続していることが強調される。

彼女が幻想の人生を構築し、それをまた別の幻想で破壊するプロセスには、狂気とはいえ「大逆者」と同郷人であることへのねじれた意識を確認することができる。「厭離」の対象であるはずの郷里をいつのまにか「欣求」

してしまう彼女は、社会主義者たちの存在を通じて新宮出身者としてのアイデンティティーを回復しようと志しているように見える。彼女が社会主義者たちと出会った〈真白い部屋〉とは、二つの矛盾した物語の間隙であると同時に、実は社会主義者たちに惹きつけられている彼女自身の情動が住まう空間＝「無意識」の世界であり、彼女を新宮人として再生させるための母胎と言えるものであったかも知れない。ただし、その部屋の所在がいつまでも明らかにならないのと同じく、一度裏切った郷里への帰還は先延ばしにされ続ける。葛藤の解消を簡単に描く原話とは対照的に、彼女を永続的な葛藤状態の中に苦しませること。この操作の中にこそ、当時の春夫の郷里に対する複雑な感情を読み取ることができるに違いない。

再度、中上健次の見立てによれば、春夫は「大逆事件」に〈衝撃を受け、転向した〉とされるが、〈転向〉には必ず裏切り者としての罪悪感が長くつきまとう。もっとも、春夫は「大逆者」に自己を重ね合わせることで、〈多数者の規約〉に支配されないアウトサイダーとしての領域に自己の居場所を確保し、そこから文学者としての活動を開始して「愚者の死」などの「時代批評」を書いたのだから、「大逆事件」後に〈転向〉したという言い方は正確ではない。しかし、自分は犠牲者にならなかったという引け目は、逆に「大逆者」への安易な同化を阻む意識として晩年まで存在し続けた。それこそが、「大逆者」と理解し合う架空の幼少期に慰めを求めながら、一方でその夢物語を擲《なげう》たずにはいられない「反物語的」な物語を、約四〇年の時を経て老詩人に書かせた原動力だったと思われる。

「日本人ならざる者」のゆくえ

「愚者の死」の発表から二ヶ月後の一九一一（明治四四）年五月、雑誌『新小説』の生田長江選「小評論」欄に春夫の「「日本人脱却論」の序論」が一等入選している。この文章は、生田長江の手で初めて完訳されたニーチェの『ツァラトゥストラ』（一九一〇・一二、新潮社）について、〈われらは、今、日本人と云ふわれらの生活の全部を否定しつつ、且つ切に壮重《ママ》なる芸術を思慕しつつニーチェの「ツアラトウストラ」を手にした〉と、興奮措《お》く能わずといった調子で説き起こされる。上京以来、翻訳作業に呻吟する長江の机辺にあった身として、同書の出版は他人事でなく感慨深いものだったろう。続けて、〈日本人がこの書を「危険なる洋書」と呼ぶのはまことに意味深い〉と述べ、同書の「新旧の卓」（七）より〈不敵の冒険と、長期の不信と、残忍なる否定と、倦怠と、命あるものに切り込むことと――此等のものの会すること如何に希なるかな。されど斯かる種より――真実の芽は生ず〉という一節を引きながら、因循姑息な日本社会との訣別の意志を次のように語ってみせる。

思へ。「泣く子と地頭には勝てぬ」と教へたこの国の〝Fathers〟はその〝Children〟にこれらのもの（注・前掲〈不敵の冒険と〉以下のもの）の唯一つを許すであらうか、許されてまた怜悧にすぎたるこの国の〝Children〟がこれを為し得るであらうか。／この小さな島国をまた思ふ。／この国の唯一の文明人は江戸つ子。この国の宗教はあきらめ。①「長いものに巻かれた」のがこの国の歴史。俳句と云ふものがこの国の文芸。一世紀の文明を十年で輸入する人種、折衷に長けた国民。／この独逸の時代批評の詩人は②「危険と遊戯を愛する者」を真の男性とした。日本では殺されるべきものが自殺の形式をする武士道と云ふものが尊重される。／思ふて《ママ》茲にいたる時、日本人なるものは渠が謂ふ所の「末人」それ自身として眼を瞬いてわれらの眼前に表はれる。／③日本人ならざる者は直に超人たり得るであらう。日本人は超人たらん前に先づ一度日本人を脱却しなければならぬ。

この短い文章には、ほぼ同時期に書かれた「愚者の死」と共通するキーワードがちりばめられており、詩語の注釈の役割を果していることに注目する必要がある。春夫が「愚者の死」で大石誠之助を〈死を賭して遊戯を思ひ〉（＝②）〈民俗の歴史を知らず〉（＝①）〈日本人ならざる者〉（＝③）であったと意味づけるとき、ニーチェに心酔していた彼の当時の文脈では、それらは紛れもなく「超人」を意味する最大の賛辞であった(14)。さらにまたこの文章の、〈「長いものに巻かれた」のがこの国の歴史〉という文脈から、「愚者の死」の結句である〈教師らは國の歴史を更にまた說けよ〉という箇所の文意を読み解くならば、これが事大主義を美徳にすり替える無定見な教師たちへの嘲笑をこめた揶揄《やゆ》である以外にいかなる意味も持ちえないことは明らかだろう。当時の春夫にとって、〈長いものに巻かれ〉ない者、すなわち〈嚴肅なる多數者の規約を〉〈裏切る者〉こそが〈眞實〉に目醒めた反俗の英雄だったのである。

ちなみに、春夫が「愚者の死」で〈敎師〉と共に批判の標的にした〈商人〉に、〈あきうど〉とやや特殊なルビを振っていたことに注目すれば、ここにも生田訳『ツァラトゥストラ』のはっきりとした影響を見ることができる。これは先の引用と同じ「新旧の卓」（二十一）に登場する一つのキーワードなのである。

尚ほ輝くところの総てのものの、唯だ商人《あきうど》の金のみなる処には、――商人《あきうど》をして治めしめよ。（略）如何に此等の民衆の今商人《あきうど》のごとく振舞ふかを見よ。彼等はあらゆる塵芥の間より、尚ほ且つ最小の利益を拾ふ。／彼等は互に他を陥れ、互に他を陥れて収得す。彼はこれに名けて「善隣」と云ふ。

（『ツァラトゥストラ』生田訳、三八〇～三八一頁）

ニーチェによれば、〈民衆〉は今や皆〈商人《あきうど》〉のように、己のためならわずかな富でも漁りつくす拝金主義者に成り下がり、しかもその醜い競争を〈善隣〉の道徳的仮面の下に正当化していると言う。〈さかしかる商人《あきうど》の町〉が、具体的なレヴェルでは木材の富で潤う新宮を指すことは無論だが、その批判はニーチェを翻訳した長江の訳語に基づくより広汎な意味に支えられていたことになる。

なりふり構わぬ利潤の追求と、それを糊塗する偽善を蔓延させている〈末人〉たち。そのありようを憎み憐れむのが典拠の趣旨である以上、春夫の引用もまた単に新宮の実業界という小さな的を狙っただけのものではない。それは日露戦争後の本格的な産業構造の転換に遇い、資本主義社会の急速な成熟を経験しつつあった当時の〈日本人〉全般の生き方に対する異議申し立てであり、そこには〈時代批評〉としての問題提起が含まれている。

このように、郷里に横行する〈さかしかる商人《あきうど》〉への絶望と、〈日本人ならざる者〉への憧れとは、春夫の中では一体のものであった。〈愚者〉こそが真実をとらえる者、〈さかし〉き者こそ恥ずべき者という逆説を提示して〈末人〉の社会を皮肉るのが「愚者の死」の狙いだったのである。すでに見たように、中上健次は春夫の核心部分を「熊野」（新宮）か「国家」（日本）かの二択で見極めようとしたが、現実の「熊野」も「国家」も帰属先にはならないと観念する所から、「芸術」の世界にフルサトを探す春夫の「放浪」は始まった。われとわが身を自らで「捨て子」に擬した者は、一体どこに行き、何を見るのだろうか。本書の目標の一つは、一度自分を「日本人ならざるもの」に見立ててしまった春夫が、「では何者であるのか」というアイデンティティーの問題に、彼の作品でどう向き合ったのかを辿ってみることにある。

注1　〈これは自叙伝的内容を持った虚構談である。この編の目的とするところはわが少年時代とわが少年期を過したふるさとの町と、その時代とを根も葉もあるうそ八百で表現したいので、ところどころに事実談があるからといって、全部を真に受けてもらっては困る。さればとて決してでたらめというのでもない。作者は虚実相半したところに虚虚実実の文芸の趣を求めて、ひょうたんからこまを出すのを読み取ってもらえたらうれしい〉（佐藤春夫「作

者のことば」『朝日新聞（夕刊）』一九五七・一〇・一六、五面）。

2　大前俊子の生涯と彼女をモデルにした春夫の作品については、辻本雄一「《黒瞳の少女》と《鼻の人》＝佐藤春夫『お伽噺の王女』（初恋の人）をたずねて＝」（『熊野誌』一九九〇・二）の調査が詳細を極める。

3　そもそもこの〈根も葉もあるうそ八百〉は、次に取り上げる春夫の「愚者の死」に引かれた大石の言葉〈僞《うそ》より出でし眞實《まこと》なり〉を踏まえたものである可能性が高い。「愚者の死」には〈絞首臺上の一語〉とあるが、実際には堺利彦の談話として報道された大石の収監中の言葉である。〈今度の事件は真に嘘から出た真《まこと》である、人生は要するにこんなものであらうと思ふ〉（『東京朝日新聞（朝刊）』一九一一・一・二六、五面）。

4　中上健次「物語の系譜　佐藤春夫」（『國文學』一九七九・二、一一九〜一二二頁）。

5　佐藤春夫「詩文半世紀16」（『読売新聞（夕刊）』一九六三・一・二五、八面）。

6　森長英三郎『祿亭大石誠之助』（一九七七・一〇、岩波書店、三五五頁）。

7　中上をはじめ、〈うべさかしかる〉を一連の単語のように捉えている文献は多いが、〈うべ〉の皮肉と〈さかし〉の反語を丁寧に読み解く必要がある。念のため大槻文彦の『言海』（一八八九・五〜一八九一・四）を参照すれば、「うべ（宜）」は〈肯フ意ニイフ語。実《ゲ》ニ然《サ》モアルベク。ムベ。〉（一一六頁）、「さかし（賢）」は①〈才智、敏《ト》シ。カシコシ。勝《スグ》レタリ。〉②〈勇《イサ》シ。剛《タケ》シ。〉③〈カシコダテナリ。サカシラナリ。〉（三八七頁）。ここでは③のネガティヴなニュアンスを取り、「小賢しい」「抜け目ない」と解釈しなければ意味をなさない。むろんこの語は大石を指す「愚者」に対立する語として配置されている。

8　内田隆三も中上の図式について、〈このような理解の仕方は「紀州熊野」という物語を実体化し、また「日本という国／紀州熊野」という対立の構図を実体化することになる〉と批判している（『国土論』二〇〇二・一一、二七頁）。

9　辻本雄一は、日露戦争後の新宮の経済発展を次のように解説している。〈日露戦後の経済状況は、熊野での木材需要を激増させ、山林濫伐が大手を振るって行なわれていた。それに輪をかけたのが他県に先駆けて積極的に進められた神社合祀政策で、鎮守の森、神社の木々が次々と伐採されてもいった。置娼繁盛の背後で、日露戦後の経済繁栄、新宮における木材景気の盛況に多くの人々が浮かれていたと言える〉(『熊野・新宮の「大逆事件」前後―大石誠之助の言論とその周辺』(二〇一四・二、論創社、一二三頁)。

10 中村光夫は、〈伯爵に心をひかれながら、革命党にもまた紳士を感ずる「彼の女」の心理は、おそらく作者が貧しい反抗者から、次第に広い視野を持つ大人になり、同時に趣味の贅沢な芸術家に変つて行く精神の状況を反映したものでせう〉(『佐藤春夫論』一九六二・一、文芸春秋新社、一四七頁)と指摘する。彼女が伯爵と革命党の両方に心惹かれているという前半の指摘は注目に値する。

11 沖野の原話については拙稿「「自我」の明暗―佐藤春夫の〈詩〉と初期小説―」(『國語と國文學』二〇〇四・一)で紹介した。また、石崎等「佐藤春夫と一九一〇年代(五)―ニーチェ・鷗外・大石誠之助との関わりをめぐって―」(『立教大学日本文学』二〇一四・七)に詳細な分析がある。

12 浦西和彦「解題」(復刻版『反響』第二巻、一九八五・一、不二出版、八頁)。

13 石崎等は原話の妄想について、〈男爵の御曹司との婚約は幻想であり、男女二人による脅迫はその夢を閉ざす〈狂〉として発動した自制心=情念だった〉〈遂げられない願望によって妄想がふくらみ、自ら悲劇を創作して演じていた〉と分析している。沖野が紹介した狂気の症例には総じて日露戦争後の時代閉塞の影響が認められるものの、「白菊女史の暦の切断」に〈「大逆事件」の影はない〉と指摘する(注11石崎前掲論、三五頁)。

14 春夫の「「日本人脱却論」の序論」に基づき、ニーチェ思想から「愚者の死」の反語を解釈する論考は、磯田光一の『鹿鳴館の系譜』(一九八三・一〇、文藝春秋)から、石崎等「佐藤春夫と一九一〇年代(一)―ニーチェ・鷗外・大石誠之助との関わりをめぐって―」(『立教日本文学』二〇一二・七、三四頁)、山中千春『佐藤春夫と大逆事件』(二〇一六・六、論創社、七七〜八六頁)などに引き継がれている。本論でもこれに同意したい。〈この「愚なる者」が反語であり、詩の全体が暗黒裁判への批判であることはいうまでもないが、大石誠之助を「日本人ならざるもの」と呼んでいるあたりに春夫の「日本人脱却論」の思想が感じられる。そして「死を賭して遊戯を思ひ」の一句は、ニーチェのいう「危険と遊戯を愛する者」のほとんど直接の引用である〉(磯田、一九六頁)。

第二章　『田園の憂鬱』論――自己探求の中の〝隠された公式〟

養へよとは、生めよとは

「愚者の死」を発表したのと同じ一九一一（明治四四）年、春夫は『スバル』八月号に「口論」と題する次のような詩を発表している。

――汝が言葉《ことば》教にたがふ。
かく云ひて母はなげきぬ。
――いかなれば父に反《そむ》くや。
かく云ひて父はとがめぬ。
――いたづらに父に反かず
ただ、われはわれに従ふ。
――誰れにより生《い》くると思ふ。
座を立ちて父ののしれば、
子は泣きぬ。

―養《やしな》へよとは、生《う》めよとは
何時《いつ》の日か誰が願ひけん。
生れし日なに故に殺《ころ》さざりしや。
ああわれら生れざらましかば。
―親を呪《のろ》へと生まざりき。
かく云ふ母を見やりつつ
子は泣きぬ。母のためにも。

反抗期の少年にはありふれた放言を題材にしながら、この詩がある種の強さと普遍性をもって忘れがたいのは、題材とされた言葉そのものが、単なる両親への反抗を超えた意味を持つものだからだろう。〈養へよとは、生めよとは/何時の日か誰が願ひけん〉。ここには自分という存在そのものへのいらだちがある。そして怒りの矛先を向けるべき相手が両親ではないことを、この少年ははじめから知っている。だから彼の涙は母のために流されるのである。自分は何者で、一体何のために生きているのか。この問いに恐らく正答はない。それは自分なるものが、頼んだ覚えもないのに、否応なくこの世界に存在させられている不条理そのものだからだ。

注目したいのは、春夫のデビュー作となった『田園の憂鬱』（定本は一九一九・六、新潮社）の主人公にも同じ問いが現れることである。〈人生といふものは、果して生きるだけの値のあるものであらうか。さうして死といふものはまた死ぬだけの値のあるものであらうか〉（六章）。この問いは何事にも飽きっぽい主人公の哲学者気取りなどではなく、彼の心に口を開けた底知れぬ深淵の存在を明かしている。〈この重苦しい困憊しきつた退屈が、彼の心の奥底に巣喰うて居る以上、その心の持主の眼が見るところの世界万物は、何時でも、一切、何処まででも、退屈なものであるのが当然だ〉。自己存在の不条理に気づいてしまった彼には、世上のすべての物事が無意味に退屈に見える。これこそが彼の恐るべき憂鬱の正体である。

新居の廃園で羽化したての蟬を見つけた彼が漏らす次の感想にもそれはよく表れている。

おゝ、この小さな虫が、唯一口に蛙鳴蟬噪と呼ばれて居るほど、人間には無意味に見える一生をするために、彼自身の年齢に殆ど近いほどの年を経て居やうとは！　さうして彼等の命は僅に数日――二日か三日か一週間であらうとは！　自然は一たい、何のつもりでこんなものを造り出すのであらう。いやいや、こんなものと言つてただ蟬ばかりではない、人間を。彼自身を？　神が創造したと言はれて居るこの自然は、恐らく出たらめなのではあるまいか。さうして出たらめを出たらめと気附かないで解かうとする時ほど、それが神秘に見える時はないのだから。いやいや、何も解らない。さうだ、唯これだけは解る――蟬ははかない、さうして人間の雄弁な代議士の一生が蟬ではないと、誰が言はうぞ。（四章）

自然の本性を無理想・無目的な〈出たらめ〉と見抜いてしまうニヒリズム。この感性に囚われている限り、彼は自分の生存に価値を見出すことはできない。

だが、そこで彼が気づいたのは、蟬の眼が宝玉のように輝いていることだった。そして、〈その美しさに就ては、彼自身こそ他の何人よりも知つてゐると思つた〉という。〈蛙鳴蟬噪〉と言えば蟬も人もひとしく無駄な存在に過ぎないが、もし蟬の美しさに気をつけて見れば、人はその美しさに感動することができる。〈自然そのものには何の法則もないかも知れぬ。けれども少くもそれから、人はそれぞれの法則を、自分の好きなやうに看取することが出来るのであつた〉。互いの生命にはそれだけでも生まれた甲斐があるではないか。

このようにして田園に生きる小さな生命の美しさに気づいたとき、彼は美の探求者であることにようやく生の意味を見出すのである。審美家として生きることは、彼には己の根深いニヒリズムに対抗する唯一の手段だった。そして彼が芸術家を志す理由があるとすれば、そこにこそ本来の理由があったはずなのである。だが、この後の場面では、その説明が全く違う形で行われることになる。彼の抱える別な問題がそこから見えてくるだろう。

自己暗示としての〈芸術的因襲〉

人は存在の寄る辺ない不条理さに対抗するために、アイデンティティーを必要とする。『田園の憂鬱』の主人公にとって、審美家のアイデンティティーはニヒリズムの防波堤であった。Identity には普通、①存在証明、②帰属意識、③自己同一性という三つの訳語が宛てられるが、共通することは、そのどれもが「物語」を必要とすることである。不条理に存在させられている自己を、意義と目的とを持って生まれた「何ものか」であると説明するフィクション。目的とは未来への投機を意味するから、アイデンティティーは「いま－ここ」にいる自分を「過現未」の中に位置づける物語に支えられている。その物語の構成法は、一般的に次のような形式を取る。

①未来への伏線として、現在と過去とを意味づける。(「過現」の創造)
②意味づけられた過去を根拠に、現在と未来を正当化する。(「現未」の創造)

未来のために過去が作られ、作られた過去が未来を支える。この循環の中には、後発の観念を遡行させ、先発の観念であったかのようにすり替えてしまう時間操作の手口《ギミック》がある。自分は最初からある目的のもとに生まれてきた意味ある存在であり、これからもそうであり続けるというフィクションを手にすることで、人は、気づいたら意味も分からず生存させられていたという赤裸々な存在の不安を覆い隠すのである。

さて、審美家であることに存在証明を求める『田園の憂鬱』の彼にも、この露骨な時間操作を行う場面が存在する。雑草の繁茂する廃園で枯死寸前の薔薇の木を見つけて驚喜する場面である。なぜ彼はかくも薔薇を愛し、薔薇に祈りを捧げるのか。その説明には、文学的教養（A）と感受性（B）そして芸術的才能（C）という三つの要素が絡み合っている。いま、入り組んだその論理を整理するために、この三つの要素にマークしながら文章を辿っていこう。

> 薔薇は、彼の深くも愛したものの一つであつた。さうして時には「自分の花」とまで呼んだ。何故かといふに、この花に就ては一つの忘れ難い、慰めに満ちた詩句を、ゲエテが彼に遺して置いてくれたではないか——Ⓐ「薔薇ならば花開かん」と。又、ただそんな理窟ばつた因縁ばかりではなく、彼はⒷ心からこの花を愛するやうに思つた。その豊饒な、杯から溢れ出すほどの過剰的な美は、殊にその紅色の花にあつて彼の心をひきつけた。その眩暈《めくるめく》ばかりの重い香は、彼には最初の接吻の甘美を思ひ起させるものであつた。さうして彼がⒷそれを然う感ずる為めにとて、古来幾多の詩人がⒶ幾多の美しい詩をこの花に寄せて居るのであつた。Ⓐ西欧の文字は古来この花の為めに王冠を編んで贈つた。支那の詩人も亦あのⒶ絵模様のやうな文字を以てその花の光輝を歌ふことを見逃さなかつた。彼等も亦、大食国の「薔薇露」を珍重し、この「換骨香」を得るために「海外薔薇水中州未得方」と嘆じさせた。それ等のⒶ詩句の言葉は、この花の為めに詩の領国内に、貴金属の鉱脈のやうな一脈の伝統を——今ではすでに因襲になつたほどまでに、鞏固に形造つて居るのである。一度詩の国に足を踏み入れるものは、誰しも到るところで薔薇の噂を聞くほど。さうして、薔薇の色と香と、さては葉も刺も、それらの優秀な無数の詩句の一つ一つを肥料として己のなかに汲み上げ吸ひ込んで——

それらの美しい文字の幻を己の背後に輝かせて、その為めに枝もたわわになるやうに思へるほどである。それがⒷその花から一しほの美を彼に感得させるのであつた。幸であるか、いや寧ろ甚だしい不幸であらう、Ⓒ彼の性格のなかにはかうした一般のⒶ芸術的因襲が非常に根深く心に根を張つて居るのであつた。彼が自分の事業として芸術を択ぶやうになつたのもこの心からであらう。彼のⒸ芸術的な才分はこんなⒶ因襲から生れて、非常に早く目覚めて居た。……それ等の事が、やがて無意識のうちに、彼をしてかくまでⒷ薔薇を愛させるやうにしたのであらう。自然そのものから、真に清新な美と喜びとを直接に摘み取ることを知り得なかつた頃から、それら芸術の因襲を通して、彼はこの花にのみはかうして深い愛を捧げて来て居た。馬鹿馬鹿しいことのやうではあるが、彼は「薔薇」といふ文字そのものにさへ愛を感じた。　（五章）

一体薔薇の美について語っているのか、彼の美意識について語っているのか。一見説明的な地の文が、感激の頂点へとせり上がっていく彼の興奮に巻き込まれながら、途中でどちらか分からなくなるような文脈の錯綜を現出するところにこの文章の幻惑的な力がある。雑草に養分を奪われて息絶えそうな薔薇は、都会での競争を避けて田園に来た彼自身の敗北の姿を彼に教えている。しかし彼の心には、〈優秀な無数の詩句の一つ一つを肥料とし〉、〈美しい文字の幻を己の背後に輝かせて〉冴え渡る一輪の薔薇が常に咲き誇っている。それは文学的教養という肥料をたっぷりと吸収した彼自身を象徴する花である。現実に打ちひしがれた彼の最後のプライドがそこに託されているのである。

文章の論理を辿るとこうなる。〈彼〉が薔薇を愛する理由は最初、文学的教養（ゲーテの詩）から説明されようとしていた（A）。しかしそれはすぐに撤回され、今度は感受性（心から）の側面から説明が始まる（B）。だが、結局その基盤には文学的教養（幾多の美しい詩・芸術的因襲）があるとされ（A）、最終的に文学的教養（こんな因襲〉（A）が〈彼〉の才能（性格・才分）（C）を保証するものとされていく。

この論理は一見して成り立ちそうもない。なぜなら、〈芸術的因襲〉が〈詩句の言葉〉の集合体なら、それは個を超えた連続性を持つ〈伝統〉というより、後天的な個人の知識の集積だろう。それを〈芸術的な才分〉の根拠とするなら、そこには後天的な知識が先天的な才能を保証するという明らかな非合理が含まれるからである。もちろん、その非合理は感受性という媒介項があることで緩和されている。文学的教養に関心を抱いたり、美に感じやすい心を持っていたりすることは、確かにある種の素質を伴うものである。だが、感受性が教養によって育てられることはあるにしても、教養自体から感受性が生まれるわけではない。

薔薇に対する感激が蝉の羽化の場合と決定的に異なるのは、それが現前の美ではなく非在の美（イデア）に触発されている点だろう。美しく花咲く薔薇のイメージは未来の予想図である。同様に彼の芸術的才能の開花は、誰にも保証できない「可能性」の段階にある。しかし、その不確かなヴィジョン（展望＝幻視）を彼に確信させ、すでに実現したかのような感激へと彼を導いているものこそ「物語」（表象）の力である。すなわち、望ましい未来が確実になるように、彼は自分の精神のルーツを〈詩の国〉に求め、自分の心には生まれつき〈芸術的因襲〉の尊い鉱脈が流れているという新しい過去が創造される（過現の創造）。そうすることで、彼は芸術家という唯一無二のゴールに向かって展開する人生の主人公を自負することが可能になるのである（現未の創造）。

まったく人を辟易させるような「選民意識」であるとも言えよう。だが、まだ誰も才能を認めてくれない彼は、生存の意味すら見失うようなニヒルな自己卑下の瀬戸際に立ちながら、せめてそのような物語にすがって最後の自信を保とうとしているのである。ここにあるのはどこまでも彼自身が語る夢である。それゆえ、地の文の形式で書かれているからと言って、鵜呑みにできる話ではない。そして、それは彼の傍若無人な思い上がりなどではなく、彼が目標を持って生きるために必要な自己暗示なのである。[1]

ただ、彼の場合心配なのは、そのような自己暗示に依存しすぎるあまり、それを支える宿命論的発想に自ら進んで雁字搦めになっていくことだろう。〈薔薇ならば花開かん〉という言葉との出会いは、ドイツ浪漫派の作品が日本（語）で読めるようになったという時代的恩恵の一現象にすぎない。しかし彼はその偶然を、〈ゲエテが彼に遺して置いてくれた〉ものとして、ほとんど既定の運命であったかのように考え始めるのである。偶然を必然に、つまりあらかじめ存在した目的の正確な実現へと読み替えてしまうその発想は、まさに時間操作のギミックである。芸術家になる保証がほしいあまりに、まだ見ぬ「未来」の所有に焦りを募らせる彼は、そのような欲望を次第に自分でもコントロールできなくなっていく。

作品後半に描かれる様々な強迫的予覚や既視感の例——例えば、消えない石油の匂いに火事の前兆を読み取り（二三章）、月明かりの中に立つ自分に奇妙な懐かしさを感じる（一九章）といったエピソードは、神秘体験としてより、この種のギミックをあらゆる状況理解に濫用する思考習慣が引き起こした時間感覚の錯誤と考えた方が納得しやすい。前者の予覚は現在の感覚（石油の匂い）を無理に何かの「原因」と考えたときに捻り出された「結果」（火事）の先取りであるし、後者の既視感は、現在の感覚を瞬時に過去へと転写し、その間違った記憶と現在との一致に懐かしさを刺激される錯覚体験である。この既視感のメカニズムは、最近偶然に見かけた美しい糸取り娘が、〈幼年時代の追想のなかへ、時時強ひて錯誤して織り込まれて、その奥深い記憶の森のなかで仙女にならうとして居る〉（一八章）という遡行現象としてすでに予告されていた。彼は〈さう思ひたがらうとしてゐる自分〉に気づき、「物語」への欲望が肥大化しすぎていることを自ら警戒してもいたのである。

『田園の憂鬱』は成立までに作者自身が〈つぎはぎ〉（定本後書き）と呼ぶような紆余曲折を経ているため、〈芸術的因襲〉による自己陶酔を描いた前半（一章～五章）と、病的空想の連続を描いた後半（六章～二〇章）との落差が長いあいだ問題にされてきた。だが、本作の後半には、前半に現れた「物語」による自己理解を、欲望や情動といったその土台の側から問い直し、自己理解のフィクショナルな足場を照らしていく役割がある。つまり、それは〈つぎはぎ〉どころか緊密な照応関係である。『田園の憂鬱』は、心理と生理の矛盾を孕んだ相関図なのであり、その世界自体に彼の実存の縮図が示されるような作品なのである。

机上のコスモポリタン

さて、先の引用文にはもう一つ、時間的な前後関係の不合理以外にもさらに奇妙な点がある。それは彼の言う〈伝統〉が、ゲーテの〈慰めに満ちた詩句〉や〈西欧の文字〉、〈支那の詩人〉の〈絵模様のやうな文字〉などを指し、通常〈伝統〉の語から読者が想定するような日本（文学）的要素がどこにもないことなのである。もっともそこには漢文学がある。だが、自分が常々用いているはずの漢字すら〈あの絵模様のやうな文字〉と言ってしまうこの感性は一体何だろう。少なくとも、漢字と漢文学を伝統の基盤に取り込んだ日本語や日本文学に帰属意識を持つ者の発言ではない。彼はストレンジャーのまなざしを意図的に演戯し、漢文学を故意に外国文学として取り扱っている。そして最も奇妙なのは、日本的コンテクストからわざわざ切り離した漢文学を、再度〈支那の詩人〉の文学として〈西欧の文字〉と並べ、それらを〈芸術的因襲〉として改めて己の〈才分〉の根拠に据えるという回りくどい操作を行っていることなのである。

端的に言えば、それは〈詩の国〉からの発想である。そう言っておかしければ、無国籍的な「世界市民」〈コスモポリタン〉を演じようとする人物の意識の現われと言い換えてもよい。彼の言う〈伝統〉とは、多彩な「世界文学」のヴァリエーションの中から、気に入った花を心の赴くままに摘んで花束にアレンジしたようなものである。だからそれは切り花で、土の香りがしない。産地も年代も気にせず、ただ自分の好みに従って、世界のあらゆる地域と時代から自分の〈伝統〉に数えたいものを勝手に摘み取り編み上げる自由。大正という時代は、現代からすれば奇矯とも見えるこのような発想に、ある種の新しさとリアリティーが伴った時代なのだろう。外国文学の翻訳ブームは言語という障壁を透明化し、格別な留学体験や語学力がなくとも、日本語で書かれた本の中で「世界市民」になる夢想を一般の文学青年にもたらした。『田園の憂鬱』の主人公は、日本史上の大正期に初めて登場した「机上のコスモポリタン」の一人なのである。

日本に生まれたこと（地縁）や、日本人に生まれたこと（血縁）に伴う逃れがたい所与としての文化的土壌（土着性）を一度リセットし、自分の「過去」を芸術という人類一般の共通遺産へと結び合わせ、〈詩の国〉こそわが精神のフルサトだと誇ってみせること。そのようなフルサト＝代替故郷への希求が「日本語」の恩恵で叶えられた所に彼らのアキレス腱があるにせよ、そこには読書文化に身を浸すことで、国籍の軛《くびき》から解放されようと夢見た大正の「日本人ならざるもの」たちの姿がある。こうして見ると、彼が依拠する〈芸術的因襲〉は、保守的な伝統主義とは無縁で、むしろその対極に存在することが分かる。翻訳による「世界文学」の普及を背景に、言語の問題を意識せず、手軽に「世界」をイメージし、その流行に熱狂すること。「因襲的コスモポリタン」という自己矛盾を孕んだ彼の矜持は、一方に未来像を自明化しようとする宿命論を、他方に「世界市民」への時代的憧憬を背景として育まれた夢のアマルガムなのである。

〈芸術的因襲〉という語感は、柔軟な感受性を阻害し、彼をマンネリズムの中に自足させる障害であるかのような印象を与える。そこに芸術上のオリジナリティーの問題が潜んでいることは確かだが[2]、それ以上にアイデンティティーの問題が大きいことは、これまで見過ごされてきた部分である。〈因襲〉の語に託されたコスモポリタンへの夢は、裏を返せばローカリティーからの逃避を意味する。そこで提起されている問題は間違いなく「故郷」の認否に関わるもので、芸術趣味の問題だけに矮小化してはならない。

そもそも『田園の憂鬱』の屋台骨には最初から不可解な謎がある。都会生活に疲弊したのなら、なぜ彼は本物の郷里に帰らないのだろうか。形式的には三人称を使いながら、ほとんどが彼の自己認識をなぞるだけの本作の語りにも、わずかながら妻の眼を通して彼の置かれた現実の姿が垣間見える箇所がある。それによれば、芸術家を夢見ていまだに自活の目途が立たないだけでも郷里の両親をあきれさせるには十分なのに、舞台女優との早婚はさらに両親を失望させ、この三月に父から三百円を渡されて、彼は事実上厄介払いを食わされていたのである。にもかかわらず彼は、〈わざわざ買つて貰つた自分の畑の地面をどう利用しやう《ママ》などと考へて居るでも無く〉、〈ただうかうかと〉日を送っているようにしか見えない（一章）。〈大勇猛心〉を持てという父の言葉も、恐らくは追加の無心を断る叱責の手紙にあった文面だろう（六章）。妻の衣裳簞笥が猫の重みで揺れるほど軽くなるのは、この金策の失敗がもたらした直接の結果である（七章）。女優にとって大事な着物が消えていくのに耐えられない妻は、業を煮やして東京への復帰工作を始めるのだが、この状況が〈不意に東京へ行くと言ひ出した〉（一三章）ように見えたのだとしたら、妻の心情に対する彼の無関心をこれほど明瞭に語る言葉もないだろう。

　要するに、社会的自立を求める父の態度はそれほど強硬なもので、彼は手もなく郷里から締め出されていたのである。郷里の自然を〈峻厳な父〉に喩えたのは、文字通りの厳父がいる実家の敷居の高さを詩的修辞にまぎらした告白であるし、田園生活に憧れる彼が〈「帰れる放蕩息子」に自分自身をたとへ〉るのも、『新約聖書』「路加伝《ルカ》」にあるその逸話が、父の無限の許しをテーマにした物語であることを考えれば、比喩に託された彼の本音は明白である。[3] 郷里という母性的な癒しを与える逃避場所への退路を父に奪われた彼は、その代理となるものを異郷に求めるしかなかった。都市と郊外との対比から「武蔵野」を理想化し、国木田独歩の文明批評を気取ってはみるものの、そのようなポーズの鎧の下で、彼は禁じられた郷里への思いをあふれさせているのである。先の引用に続く部分からも、彼が奏でるひそかな郷里への哀歌を聞き分けることはたやすいだろう。

それにしても、今、彼の目の前にあるところのこの花の木の見すぼらしさよ！　彼は、曾て、非常に温い日向にあつた為めに寒中に萏んだところの薔薇を、故郷の家の庭で見た事もあつた。それは淡紅色な大輪の花であつたが、太陽の不自然な温さに誘はれて萏になつて見たけれども、朝夕の日かげのない時には、南国とても寒中は薔薇に寒すぎたに違ひない。萏は日を経ても徒に固く閉じて、それのみか白いうちにほの紅い花片の最も外側なものは、日日に不思議なことにも緑色の細い線が出来て来て、葉に近い性質、言はば花片と葉との間のものとでも言ふやうなものにまで硬ばつて行くのを見た事があつた。けれども、彼が今目の前に見るこれらの薔薇の木は、その哀れな点では曾てのあの萏の花の比ではない。彼はこれ等の木を見て居るうち、衝動的に一つの考へを持つた。どうかしてこの日かげの薔薇の木、忍辱の薔薇の木の上に日光の恩恵を浴びせてやりたい。花もつけさせたい。かう言ふのが彼のその瞬間に起つた願ひであつた。併し、この願のなかには、わざとらしい、遊戯的な所謂詩的といふやうな、又そんな事をするのが今の彼自身に適はしいといふ風な「態度」に充ちた心が、その大部分を占めて居たのである。彼自身でもそれに気附かずには居られなかつたほど。（この心が常に、如何なる場合でも彼の誠実を多少づつ裏切るやうな事が多かつた）さて、彼はこの花の木で自分をトうて見たいやうな気持があつた――「薔薇ならば花開かん」！

（五章）

抽象的な芸術趣味の説明が延々と続いた末に、ふと郷里の記憶が顔を出す傍点部に注目したい。この直後に廃園の手入れを始める彼は、その行動をゲーテの詩で説明するが、果してそれは説明として正しいものなのだろうか。行動の出発点は〈衝動的〉な〈瞬間に起つた願ひ〉であり決して〈わざとらしい〉ものではない。説明が必要とあれば、不自然な〈芸術的因襲〉などを持ち出すより、郷里の薔薇を救えなかった後悔を言い立てた方がよほど説得力があったはずなのである。彼にしても恐らくはそれを知りつつ、自らを鞭撻するために、「因襲的コスモポリタン」として武装した姿を演じてみたというのが実情なのだろう。彼が内心〈わざとらしい〉と感じたのは、動機そのものについてではなく、芸術的な物語を演じるために郷里への素直な追憶を圧殺してしまう自身の不自然さについてである。

これが「故郷」の認否をめぐる葛藤なのである。彼が薔薇の愛護に感じたためらいは、教養への依存と違和の相克であると同時に、もっとより深い問題に根差している。現在の自分につながる「過去」（出自）を、無国籍の〈詩の国〉の〈芸術的因襲〉というフィクションに求める心情は、現実の郷里を捨てる選択を不可避的に伴うものである。彼の内心の声は、実はそれに対する躊躇を示したものであり、その声は、「世界市民」が忍ばねばならない「棄郷」の疚しさに震えおののいているのである。

黒い怪物のような母

郷里に捨てられた哀しみを胸に、郷里を捨てねばならぬと自らを励まし、しかもそれに疚しさを感じる彼。この屈折した思いが、母に関する様々なイメージの澱《おり》となって彼の心の深層に沈んでいる。それらが寓意という形で的確に取り出されてくるのが『田園の憂鬱』の一つの面白さである。父によって郷里から締め出された彼は、自分の田園移住を〈子に甘い彼の母〉のような〈柔かに優しいそれ故に平凡な自然〉の中へ〈溶け込んで了ひたいといふ切願〉ゆえの行動だと意味づけている。それは環境に対立する自我がない、母子分離以前の幸福な全体性を希求する退行願望である。成長（自立）を求める父に阻まれて、現実の郷里には望むべくもないこの癒しを、彼は都市郊外の自然という代理母の優しさで満たしに来たのである。そして〈なつかしい幼な心〉を取り戻そうとする彼の目論見は、転居の当初こそ達成されたかに見えたが、間もなく彼は再び絶望的なニヒリズムの淵へと呑みこまれていく。〈田舎にも、都会にも、地上には彼を安らかにする楽園はどこにも無い。何も無い〉（六章）。

田園における歓びはなぜこうも速やかに失われてしまうのだろうか。
この問題を解くカギは、〈熟睡の法悦〉を失い、不眠症の再発に悩まされる彼の半睡半醒の意識の中から拾い上げることができる。そこに紛れ込んでいる様々な幼時記憶のうち、少なくとも二つは、主人公の存在の形式を最も根源的な部分で決定づけるような重大性を持つものである。

彼は第一に母の顔を思ひ出さうと努めて見た。それは半年ばかり前にも逢つたばかりの人でありながら、決して印象を喚び起し得られなかつた。纏らない印象を無理に纏め上げて見た時に、思ひがけなくも、奇妙にも、それは十七八年も昔の或る母の奇怪な顔になつた――母は丹毒に罹つて居た。黒い薬を顔一面に塗沫して、黒い仮面のやうな、さうして落窪んだ眼ばかりが光つて、その病床の傍へ来てはならないと、物憂げに手を振つた怪物のやうな母の顔であつた。子供の彼は、しくしくと泣きながら庭へ出て行つて、もつと泣いた。その泣いた目で見たぼやけた山茶花の枝ぶりと、それのぼやけて簇つた花の一つ一つが、不思議と、母のその顔よりもずつと明瞭に目に浮び出て来る……

（一八章）

母だと思って慕い寄ってみたら、それは顔のない黒い〈怪物〉だったという、これは一般にトラウマ体験と呼ばれるものである。〈十七八年も昔〉のものとされるこの記憶は、〈二十年目位にやつと成虫になる〉蟬と〈殆んど近い〉年齢の彼にとって、間違いなく人生最初の記憶の一つである。もっとも、問題はこの記憶の真否ではない。重要なのは、彼の心にわだかまっている現在の情動が、人生の原点にある幼時記憶の形で表現されている点なのである。子供の彼が助けを求めるように庭のささやかな自然に目を向けるのは、幼年時代の実体験としてより、青年となった現在の彼における田園憧憬の心理構造を説明するものとして説得力がある。つまり、田園の自然に母性を求める彼の情動の根柢には、母から拒絶された子としての傷ましい飢渇感があるということなのである。彼の場合、闇に対する恐怖も、母の黒い顔に対する怯えの記憶につながるものと考えられるかも知れない。自己存在の起源が母であるならば、その黒い顔は自分の起源を「無」の中に溶解してしまうブラックホールのような不気味さで彼を見据えている。人生の出発点にこのような欠落感を与えられた彼が、代理の母性に過ぎない田園の自然に満たされないのは当然であろう。

そして、もう一つの母に関するエピソードもまた極めて暗示的なものである。

> 何か嘘をつくと、その夜はきつと夜半に目が覚めた。さうしてそれが気にかかつてどうしても眠れなかつた。母を揺り起して、その切ない懺悔をした上で、恕を乞ふとやつと再び眠れた。
>
> （一八章）

簡略な記述ながら、この記憶には『田園の憂鬱』の作品世界を根本から支える一つのモラル（約束事）が示唆されている。それは、安眠が母の許しによって与えられる報酬だということである。彼を引き寄せた田園の魅力が、〈熟睡の法悦〉という言葉で表現されていたことにも正確に対応するものである。さらにこのモラルは、不眠が母の与える罰だということをも意味している。田園の自然が〈子に甘い母〉に喩えられること。そして田園にくれば〈深い眠〉が回復できると期待されていること。一見無関係なこれらの発想には深い心理的連関があるのである。

それにしても、幼時の自己に仮託して表明される彼のこの罪悪感とは何だろうか。記憶の中の子供の彼が〈何か嘘をつ〉いたことを母に詫びている点からは、その罪が「言葉」の使用にまつわるものだということが分かる。一般に子供が〈嘘をつく〉のは、隠すべき真実を内面に持ったからであり、それは母と異なる世界を子供が生き始めたことの証左である。「言葉」が自分だけの内側の世界を顕わし、または隠す道具となったとき、主客未分の密着した状態から始まる母子関係には亀裂が入る。もっとも、それを罪悪と言い出せば、あらゆる人間が同様の原罪意識に絡め取られてしまうことになるだろう。だが、「言葉」に対する依存の度合いが人並み外れて大きい点で、彼の罪悪感は特別なのである。

彼がイメージする〈詩の国〉とは、〈ゲエテ〉の詩であり、古来幾多の詩人の〈美しい詩〉であり、〈西欧の文字〉、〈支那の詩人〉の〈絵模様のやうな文字〉、そして〈詩句の言葉〉〈美しい文字の幻〉〈「薔薇」といふ文字そのものにさへ愛を感じた〉などとあるように、徹頭徹尾「言葉の王国」である。それも当然かも知れない。その王国は、外国の書物やその翻訳書の活字の上に見出された世界だからである。彼が不眠時に見るという幻影の街が、この「言葉の王国」の巧みな戯画になっている点は興味深い（一六章）。その街には五層楼位の洋館があり、白い壁と青い窓掛けを持つ家並みが続いているという。これはどう見ても瓦葺で障子のある日本家屋には見えない。しかもその中に一軒、なぜか〈支那料理の店だと直覚が出来る〉家があるという。〈何処にとも言へない騒がしさ〉が明るい窓から感じられるが、この街には〈どんな種類にもせよ車は勿論、人通り一人もない〉。つまり、人間の生活感がまるでない中に言葉の気配だけが漂い、その景観は〈西洋〉と〈支那〉を思わせる世界なのである。これはまさに、彼の言う〈詩の国〉にそっくりの風景ではないか。

「言葉」のユートピアなる〈詩の国〉に自分の故郷を鞍替えし、その国の高貴な血脈である〈芸術的因襲〉に精神のルーツを仮託する彼のふるまいは、存在の根拠を丸ごと「言葉」に預けてしまうものである。それは象徴的な意味で、生母と郷里の否定であり、遺棄である。彼が母に抱く疚しさの根源はここにある。そして不眠こそ母を裏切って「言葉」の子になろうとする罪ゆえの罰ならば、〈芸術的因襲〉に縋り続ける限り、彼は永久に〈熟睡の法悦〉を手に入れることはできない。

都会の夜を歩く〈疲れ切つた流浪人〉のような彼という形容は、〈流浪〉という以上、単に都会生活に倦んだ者を意味するのではない。それは帰るべき場所を失ってさすらう者を意味している。母に拒絶された子の哀しさと、母を捨てた子の疚しさ。二つの十字架の重みに耐えながら、彼がさすらい続ける場所は「言葉」の世界にほかならない。「わんぱく時代」の老詩人のように、「芸術」とは母なる郷里を喪失した彼にとっては唯一の拠り所であった。それは彼が夢見る架空のフルサトなのだと言ってよい。

新たな芸術観へ

主人公が思い描く「芸術」の世界が、「世界文学」の言葉の枠を集結させた〈詩の国〉であることを確認してきた。だが、これとは異質な理想も彼の中には存在する。一二章に登場する〈フェアリイ・ランドの丘〉である。〈おれの住みたい芸術の世界〉だというその美しい丘は、手で触れる術はないが目には見える現実の風景である。もっとも、それを鑑賞するには庭木が形作る〈穹窿形の額縁〉を通して見る必要がある点で、これもまた観念の楽園には違いない。ちょうどこの田園が、〈TとYとHとの大きな都市〉が形作る三角形の「額縁」を通して――つまり都会との対比において、初めて土着性を脱色した〈別天地〉に見えるのと同じ錯覚の原理であろう。その意味では、〈フェアリイ・ランドの丘〉は彼が住む田園のミニチュアとも言える。

だが、〈詩の国〉の芸術性が言葉《ロゴス》という媒介物＝道具的な人工物に限定されているのに対し、後者では〈自然の上に働いた人間の労作が、自然のなかへ工合よく溶け入つてしまつて居る〉点に丘の芸術性が見出されている。「人間」の制作物を「自然」から隔てて囲い込むのではなく、両者の切れ目のない連続性の中に「芸術」の理想を見ようとしているのである。何を「芸術」と見るかでこの二つには根本的な立場の違いがある。なぜここまで異質な芸術論が、彼の中には同居しうるのだろう。

恐らくそれは、「芸術」を「人間」と「自然」との関係から規定するときに避けられない問題なのではあるまいか。「人間」を当事者とするこの問いは、結局「人間」が「人間」について問う自己規定の問題とならざるを得ない。そして、そのような存在論的探究は、常にパラドックスを孕んでしまう。なぜなら、存在の起源は完全に受動的で、自己はすでに否応なく自然界にあらしめられているのに、それでいて自らの存在意義を問うということは、つまり、その問いを発すること自体に、最初から自然界における自己の特権性が前提されているからである。だが、ともかくも自己存在を問うとき、「自然」的存在としての自己は客体化され（「見られるもの」となる）、その客体に向き合う自己が、パースペクティヴの原点として反照的に主体化される（「見るもの」となる）。これが主客の分裂であり、「人間」と「自然」（実存的には「精神」と「身体」）との分離である。

しかし、「人間」がこのように自らを主体化するとしても、存在の本性が「自然」であるという大前提の現実は動かしようがない。例えば、自分の手のひらを見るとき、自分は確かに「見るもの」（主体）であるが、手のひらとしては「見られるもの」（客体）である。しかも、どちらか一方だけが自分だと言い張ることはできない。結局「人間」（精神）は、存在論的自己探求の思考過程においてのみ「自然」（身体）に対する主体として仮想され得るに過ぎず、その現実態（「身」）[4]は依然として「自然」の一部に包摂されている。この意味で、「人間」はどこまでも両義的存在なのである。

薔薇を蘇生させようと廃園を手入れし、生命力の旺盛な藤蔓と格闘を演じた彼が、その悪戦苦闘の顚末を振返って次のような当惑を感じていることは、端的にこの真実をよく物語るものであろう。

彼は又、彼の意志――人間の意志が、自然の力を左右したやうにも考へた。寧ろ、自然の意志を人間である彼が代つて遂行したやうにも自負した。藤蔓が其処に生えて居た事は、自然にとつて何の不都合でもなか

つたであらうに。とにかく、最初に人間の手が造つた庭は、最後まで人間の手が必要なのだ……。（五章）

彼はすでに、「自然」と「人間」の両義的な相関性に感づいているようだ。そんな彼が両者の関係から「芸術」を規定するのだから、彼の芸術観が両義性を抱え込むのは当然なのである。〈人間の手が必要なのだ〉と彼がいくら考えても、藤蔓の貪欲さは〈自然にとつて何の不都合でもなかつた〉。そのような「自然」を前にしたとき、「人間」の行為や存在はいかにも無意味で無価値である。このニヒリズムの陥穽から、「人間」を審美的な主体として救済してくれるのが「芸術」だったはずである。彼はさしあたり、その救済の担い手を、〈詩の国〉のような人工楽園の側に求めた。だが、「人間」と「自然」の融合を丘の風景に見て、そこに〈住みたい〉と語る彼は、言葉の人工楽園では満たされていない本心をあけすけに吐露している。

もっとも、それでいて丘の一部を現実から切り取り、庭木の額縁が作るコンパクトな小世界に「見るもの」として喜んで君臨する彼には矛盾がある。それは「見られるもの」としての彼を捨てて、完璧な「主体」になることを求める行為だからである。考えてみれば、自分を〈わざとらしい〉と感じるような自意識の苦しみとは、自分が自分の監視に晒され、常に「見られる」客体と化してしまう所にその根源がある。彼が全能の「眼」となることに無上の喜びを見出すのは、そのような客体としての苦しみを忘れさせてくれるからだろう。〈丘以外には、世界に何も――自分自身でさへも無かつた〉という形容は、彼のその至福をこれ以上に的確に捉えた表現があるとは思えない。彼は純粋な「見るもの」となって、まさに地上から消えていたのである。

だが、彼が文字通り丘の美に「眼」を奪われている間にも、彼の「身」は田舎家の縁側に抜け殻のように置き去りにされたまま、腹を減らし続けていたのである。日没で視界が暗転したとたんに彼が空腹に悩まされるのは、彼が現実の「身」へと連れ戻された証拠である。昼間あれほどの幸福感に浸りながら、その晩千里眼の幻覚を伴うひどい浮遊感（若しや、自分自身も今ごろは、そんな人込みのなかを歩いて居るのではなからうか）や不在感（ここの自分は何か影のやうな自分ではないのか！）に苦しめられるのは、至福の一日の結末として余りにも激しい心理上の落差に見えるかも知れない（一三章）。だが、これらの幻覚の主題がいずれも「身」の空虚さという点で共通していることに思い至るなら、それがもたらす不安は「見る」快楽の正確な陰画《ネガティヴ》であり、「心」の喜びを「身」とは別の場所に求めた彼が支払うべき当然の代償であったことが了解されるだろう。決して見かけどおりの落差というものではないのである。

結局、彼のこの第二の芸術観にも、「身」をもって「住む」ことができないような場所を〈おれの住みたい芸術の世界〉と呼び、〈彼の瞳〉だけを〈喜んで其の丘の上で休息〉させているような欺瞞性がある。そこでは、行為が理念に明らかに反している。ならば逆に、そのような乖離のない境地、すなわち「自然」と「人間」との融合の中に「身」を浸すような充足体験が、『田園の憂鬱』には皆無なのかと言えば、そうではない。

例えば、一六章で、彼が毎晩深夜に幻聴を聞く場面がある。そのオルガンや楽隊の響きに合わせて〈体全体で拍子をと〉ることに〈一種性慾的とも言へるやうな、即ち官能の上の、同時に精神的でもある快楽〉を感じるところには、「精神」と「身体」とを分けない「身」の全体的な幸福感が実感されている。六章には、〈ちやうど草や木や風や雲のやうに、それほど敏感に、自然の影響を身に感得して居ること〉を〈愉快で誇り〉に思う場面もある。「自然」と「人間」あるいは心身の結びつきがもたらす充足感は、ランプに照らされた机辺に初秋の雨音を聞きながら、彼が〈或る微かな心持ち、旅愁のやうな心持ち〉を抱くという九章の場面にも描かれている。このように、「身」をもっての幸福感が絶無というわけではないのである。

特に七章では、ランプの笠に来る馬追いの背中だけが赤茶けた色をしているのに彼は気づき、〈螢の首すぢの赤いことを初めて知り得て、それを歌つた松尾桃青の心持を感ずることが出来た〉という。芭蕉作（存疑）の発句、〈書見れば首筋赤き螢哉〉が念頭に置かれていることは間違いないが、そのテクスト自体はあえて引用されず、〈心持を感ずることが出来た〉という間接的な表現にとどめられている点が重要である。彼の共感が言葉の表層にではなく、言葉を生み出す心的な態度（心持）に向けられていることが示されているのである。〈「薔薇」といふ文字そのものにさへ愛を感じた〉という場合の彼とはまるで別人のようなこの違いはどうだろう。同じ文学的教養に基づく見方でも、ゲーテの詩から廃園の薔薇を愛する場合と、松尾桃青の〈心持〉に共感するこの場合とを同日に論じることはできない。彼自身もまだ自覚していない芸術観の新たな萌芽がここに見えているようだ。

田舎家に入居する際、〈まるで浅茅が宿よ〉と言った妻に、彼が〈雨月草舎と呼ばうぢやないか〉と応じる和やかな場面が冒頭部にあったこともつけ加えておこう（二章）。文学的教養が自意識の呵責を惹起しがちな彼にしてそうならなかったのは、このときの彼が家の周囲から〈閑居とか隠棲とかいふ心持に相応した或る情趣〉を感じ取り、〈足もとから立ちのぼるその土の匂を、香を匂ふ人のやうに官能を尖らかせて泌み泌みと味うて〉いたからである（一章）。「身」は〈官能〉を通じ、「心」は〈心持〉を通じて、田園の環境と調和していた。薔薇の場合と違うのはそこである。「身」と「心」とが一致したこの状態の中に、〈わざとらしい〉という自意識が割り込んで来る余地はない。

芭蕉と秋成とは、彼にとっては文学的教養というより、心身の調和した境地の代名詞であるように見える。作中に登場する「日本文学」がこの二例のみで、いわゆる「芸術」の中ではそれらだけが彼を円満な境地へと導く役割を果している点は特に注目されてよい。「世界文学」を自らの〈伝統〉と考えることに意志を燃やす彼は、皮肉にもその〈伝統〉から排除した「日本文学」によって、知らぬ間に慰藉を与えられていたのである。

むろん「日本文学」としても、読書体験を介した後天的な文字の教養であることに変わりはない。だが、作中でそれは非-ロゴス的な感覚レヴェルの共感を彼に与える役割を担っている。『田園の憂鬱』は、彼に陶酔と苦悩とを与える「外国文学」と対比しながら、文字を超えた〈心持〉で彼を引き寄せる「日本文学」の隠微な力をさりげなく描き出していたのである。

林廣親は、主人公がいかに深く〈伝統〉に囚われ、自己の「内なる自然」に盲目であったかを鋭利な分析で明らかにした(5)。その見解に共鳴しつつ、あえてここで注目したいのは、「内なる自然」に対置されるその〈伝統〉の人工性が、実は「外国文学」の性急な受容態度を指していたということなのである。この態度に囚われる度合いが深くなるほど、彼の中では「棄郷」の疚しさがふくらんでいくことになる。この「故郷」をめぐるテーマは、「日本人ならざるもの」を自負する所から歩み出した春夫と、その後ナショナリズムに傾倒する姿勢を見せた春夫とのギャップを考える観点からもさらに踏み込むべき問題が残されている。

「心」が〈芸術的因襲〉を誇って自ら〈詩の国〉に繋がるのではなく、「身」に媒介されて古人の〈心持〉に繋がれるとき、人は自己批評から逃れて、〈芸術の世界〉に安住することができる。『田園の憂鬱』には、このような〝隠された公式〟が示されているのである。この公式の存在に、主人公も語り手もまだ気がついていないらしい。しかし、本作における混沌とした存在論的探究の試行錯誤の中から、この〝隠された公式〟を春夫が摑み出したとき、「「風流」論」（『中央公論』一九二四・四）へと至る芸術観の新たな歩みが踏み出されていくことになる。

注1　中村光夫は、『田園の憂鬱』に春夫の「選民意識」が反映されていることを指摘して、晩年の春夫と論戦を展開した（『佐藤春夫論』一九六二・一、文芸春秋新社、一八頁）。芸術家を描いても芸術的苦悩を描かず、その気質のみを示した本作を、個性崇拝の所産とする中村の批判には、日本の私小説的風土全般に対する異議申し立てが意図されている。これに対して春夫は、〈思ふに「田園の憂鬱」は消極的な少年生活人であつた芸術家の蛹が成虫にな

るための、言はば奇異な芸術修業の内面風景図であつて、一種の芸術小説ではあらうとも、決して芸術家を描いた小説ではない〉、〈何となれば彼はまだ芸術家ではなかつたのだから、そこに芸術家が棲んでゐないのは当然なのである〉と反駁している（「うぬぼれかがみ」『新潮』一九六一・一〇）。主人公が芸術家になれるかどうかは、確かに作中では誰にも分からない未来に属している。そこへ芸術家として成功した後の作者のイメージを投影し、私小説的な読みを導入しているのは中村の方である。春夫の駁論はこの誤りを鋭く突くものである。

2　『田園の憂鬱』では、オリジナリティーのテーマも、芸術論よりは存在論のレヴェルで問題にされている。例えば一五章で繰り返しランプに飛来する蛾の襲来は、個の唯一性に対する疑問を提起するものであり、ニーチェの永劫回帰を思わせる一九章の既視感は、個の一回性への疑問を寓意として提起している。自分が何かのイミテーションではないかと疑う発想は、存在を「非人称的」に捉える考え方を生み出す。主人公の中で「個我」が稀薄化し、集合的存在としての「霊」が実体化されるのもそのような場合である。

3　安田孝は、本来無縁な土地に「母」や「故郷」の代償を求める主人公の行動が〈いささか屈折した心情〉に基づくことを指摘している（「『田園の憂鬱』のトポス」『人文学報』一九九五・二、一二一頁）。安田論ではそれを父親からの拒絶によるものと見ているが、深層心理的には母親からの拒絶の方が彼にとってはより深刻な問題であろう。この点を理解する所から、「母恋い」としての田園憧憬と放浪のテーマ、そして抽象化された「故郷」の希求に伴う「母」への罪悪感といった彼の情動の構造を明らかにしていくことが可能になる。

4　身体論で知られる市川浩は、「精神」と「身体」とを個別の実体として捉える心身二元論を批判し、多義的な和語の「身」という言葉を用いることで、「心」をも含み込んだ実存としての身体（「生き身」）を世界との関係的存在として捉え直した。〈生き身である身は、それ自身、自然の一部でありながら、動的均衡を保ちつつ自己組織化する固有のシステムとして自然のうちに生起する。そのかぎり身は相対的に〈閉ざされ〉、まとまりをもったシステムであるが、自己組織化はたえまのない〈外〉との相互作用のなかで、はじめて可能になる。そのかぎり身は、〈開かれた〉システムでもある〉というわけである（『身体論集成』二〇〇一・一〇、岩波現代文庫、九頁。初出

「身体の現象論」『身体と間身体の社会学』一九九六・一、岩波書店）。本書で使う「身」の用語は、市川のこの考え方に基づき、「心」と「体」とを成層構造からなる連続体としてイメージしている。

5　林廣親は、主人公における〈因襲に根差した彼の志向の本質的な反自然性〉が〈あたかも己れの生来のものであるかのように錯覚〉されているという重要な指摘を行っている（「田園の憂鬱〈佐藤春夫〉」三好行雄編『日本の近代小説Ⅰ』一九八六・六、東京大学出版会、二〇六頁）。後天的・外発的なものを先天的・内発的なものに読み替える操作は、あらゆる〈伝統〉概念の心理的基盤を説明するものだろう。

第三章　「女誡扇綺譚」論――「物語」を超えて

台湾への旅

一九二〇（大正九）年夏の約三ヶ月間、佐藤春夫は当時日本の植民統治下にあった台湾に滞在した。春夫は数えの二九歳。一九一八（大正七）年、小説「田園の憂鬱」（『中外』一九一八・九）の成功でデビューして間もない新進作家であったが、妻の不義にまつわる心労と、夫に背かれながらその事実を知らない親友の妻・谷崎千代への同情や思慕が重なり、重度の神経衰弱に陥っていた。郷里新宮で静養中の一九二〇年六月、新宮中学の同級生で、打狗《タカオ》（現高雄）に歯科医院を新築した東熙市《ひがしきいち》と偶然再会し、誘われて台湾を訪れたのである。七月六日、基隆到着後、台北の総督府博物館で森丑之助（台湾原住民[1]研究者）に会い、旅行計画の立案を依頼。東家には翌朝到着し、打狗を拠点に対岸の福建省（七月二一日打狗発、八月四日廈門《アモイ》発）や、鳳山・台南などの古い周辺都市を見物した。九月一六日、森丑之助作成の台湾縦断プランに基づいて打狗発。嘉義・北港・集集・日月潭・埔里・霧社・能高・台中・鹿港・胡蘆屯《コロトン》（現豊原）・阿罩霧《アダム》（現霧峰）などを経て、一〇月一日（推定）[2]には台北に着いた。入山許可や行路安全のため、この縦断旅行には総督府から手厚い保護があたえられた。台北で森丑之助宅に滞在後、一〇月一五日、基隆を出発。その後、小田原の谷崎潤一郎宅に直行し（一〇月二一日着）、妻と離婚。また谷崎の合意で千代との結婚に向けた調整が始まるが、結局、谷崎の翻意で破談となる「小田原事件」が展開された。

春夫にとって、台湾・福建の旅は二つの点で重要な意味を持つ。第一に、度重なる精神的な打撃で創作意欲が減退した当時、旅行の思い出を書くことで執筆活動を維持できた点。第二に、旅行の実体験を描くことで、怪奇や幻想を主体とする仮構小説から、「私小説」への作風転換が用意された点である。「事件」後、『殉情詩集』（一九二一・七、新潮社）収録の詩で千代への未練を吐露する一方、福建省の旅に取材した紀行文を『南方紀行』（一九二二・四、新潮社）として編んでいる。また台湾関連でも、「日月潭《じつげつたん》に遊ぶの記」（『改造』一九二一・七）、「蝗の大旅行」（『童話』一九二一・九）、「鷹爪花《いえんぬゆんあんほあ》」（『中央公論』一九二三・八）、「魔鳥」（『中央公論』一九二三・一〇）、「旅びと」（『新潮』一九二四・六）、「霧社」（『改造』一九二五・三）、「女誡扇綺譚」（『女性』一九二五・五）、「奇談」（『女性』一九二八・一、のち「日章旗の下に」に改題）、「殖民地の旅」（『中央公論』一九三二・九、一〇）など一〇篇近くの作品を書き、『女誡扇綺譚』（一九二六・二、第一書房）を単行本化したほか、代表的なものを作品集『霧社』（一九三六・七、昭森社）に収録した。これらは長らく浪漫主義作家のエキゾチシズムの一面として理解されてきたが、九〇年代以降、台湾研究の分野から再評価が始まり、その後日本文学研究の分野でも注目を集めるようになった。

一九二〇（大正九）年の台湾は、日清講和の下関条約で日本の植民統治下に入ってから二五年を経過していた。一九一五（大正四）年の西来庵事件が弾圧されたのち、在台漢民族の抗議運動は、武力抗争から林献堂ら知識層による権利請願へと首座をゆずっていた。一方、統治側にも転機があり、一九一九（大正八）年一〇月に田健治郎が初の文官総督に就任したことで、七代続いた武官総督期に終止符が打たれた。田総督は原敬首相の内地延長主義を奉じ、「内台同化」の統治方針を打ち出している。春夫訪問中の八月二三日には、内地人・台湾人間の婚姻・縁組の届出を受理する「内台共婚便宜法」が施行され、この話題は「女誡扇綺譚」の構想にも影響を与えている。[3] また、一〇月一日には台湾地方自治制度が施行され、行政システムが内地と同一基準になったことで、田の唱える「一視同仁」が眼に見える形で示されたのである。それはデモクラシーの時代を象徴する一つの成果とも言えるが、実際には行政単位名を整理する名目で多数の伝統的地名が廃止され、内地風に改称されるような文化的同化の強要の側面があったことも忘れてはならない。

　帝国日本の版図に入った異民族（明清時代の漢族系入植者および台湾原住民）をいかに「日本人」として追認して行くか。武官政治からの転換期において、統治者の意識が文化戦略面に集中して行ったのが当時の台湾である。[4] 田総督時代には総督府次席・下村宏（海南）総務長官を中心に内地人招致にも力を入れ、森を介して春夫の滞在を聞いた下村は、打狗から北上の途についた春夫に便宜を図るよう関係諸官に指示した。私人として偶然台湾を訪れた春夫を総督府の賓客なみに扱い、人気作家の文筆による宣伝効果を狙ったものである。[5]

　ところが、この期待は裏目に出る。春夫は「内台同化」が飽くまでも統治者のタテマエに過ぎぬことを「台湾もの」の中で繰り返し描いたのである。例えば、一九二〇年九月一八日、霧社近傍のサラマオで起きた台湾原住民の蜂起（サラマオ事件）が、〈日本人は皆殺〉（傍点春夫）という言葉で伝えられたことに春夫は注目する（「霧社」）。〈理智的に厳密に言へば「内地人が皆殺」でなければならない。さう呼ぶやうに統治者も教へてはゐるのである〉。同化論の立場からは、当時の用語で「内地人」（日本内地からの移住者）「本島人」（漢族系移民の末裔）「蕃人」（台湾原住民）からなる台湾の住民はすべて「日本人」であるはずなのに、噂を伝える内地人の口ぶりには、「内地人」のみを「日本人」と考え、それ以外を「日本人」から排除する根強い区別の意識があることを指摘しているのである。また、阿罩霧で面会した〈林熊徴〉（実は先述の林獻堂）の言葉として、〈本島人に向つて内地人に同化せよと強要するならばこれは本島人は容易に認め得ないところでありませう。何となれば（略）本島人は既に自ら文明人なりとの自負を持つてゐる〉との発言を記し、かつて清朝の特権階級であった台湾知識層

林獻堂（1881-1956）
（『人文薈萃』1921.7、遠藤写真館）

のプライドからも、同化論への反撥があることを伝えている（「殖民地の旅」）。春夫の旅はこのように、ナショナル・アイデンティティーというものの虚構性が、日常生活のレヴェルで常に問われるような、「日本人」の臨界域を行く旅だったのである。

興味深いことに、春夫は「殖民地の旅」の大団円に、林獻堂との論戦を描きこんでいる。〈貴下は根本に於て同化論に賛成せられるか、それとも平等論に御賛成か〉。詰め寄る林に、〈土地的種族的区分に囚はれないで偕に現代の世界に於ける人類の一員といふ点に専ら基礎を置く可きと思ふのです〉〈人間同志の友愛に訴へようといふのです〉と答える春夫。林は即座に、この説が被支配者の現実的苦悩を閑却した無責任な理想論であり、美辞麗句を連ねた逃げ口上に過ぎぬことを看破する。作品は、春夫が深く恥じ入る所で幕を下ろすのである。

この結末の重さは恐らく、春夫が林との対話によって植民地の現実に気づかされたというだけのものではない。春夫が説いた〈人間同士の友愛〉説は、「人類」という概念の普遍性を楯に取った世界市民主義《コスモポリタニズム》であった。それは現実の政治的不均衡や文化的な差異に蓋をし、統治上の優位者が自己の中立性を偽装する際の口実ともなり得る。林はそれが、総督府の「一視同仁」のスローガンと大差のないものであることをすぐに見抜いたのだろう。「殖民地の旅」の特質は、このいかにも大正デモクラシー的なヒューマニズムに限界を見出し、〈僕〉自身、統治上の優位者であるがゆえに抱え込んでいた無神経さを自嘲という形式で取り出して見せた所にある。植民地の現実に気づいたというより、気づけなかった自分の鈍感さにたどり着くプロセス。それを鮮やかに描き出したのが「殖民地の旅」なのである。そこでは、他者の真実について語ることの可能性そのものが問われている。(6)

ところで、中立を装う〈僕〉のレトリックが否定される物語を語るのも、他ならぬ〈僕〉である。この場合、自己を否定する語り手自身の言葉は、無傷のままでいられるのだろうか。一人称回想体の再帰的な回路を通じて、自己否定は語る行為への懐疑として跳ね返ることはないのか。春夫の「台湾もの」が持つ批評性の構造を、自己批評と他者表象との関係性を探る観点から明らかにするために、本章では「語り」という行為が最も尖鋭的に問題化されうる小説ジャンルの作品から、代表作の「女誡扇綺譚」を取り上げて論じてみたいと考える。

本作は藤井省三によって研究史に一石が投じられた九〇年代以降、主に台湾文学研究の分野で注目を集めてきた。藤井はまず、〈「女誡扇綺譚」が台湾を舞台に、台湾人を主なる登場人物とし植民地支配のために悲劇で終わる恋愛を描いている〉と言い、そこに春夫の〈台湾ナショナリズムに示した強い関心と共感〉があると評価した。(7)この読みをベースに作品受容史の検討に入り、橋爪健の初出評から島田謹二の作品論まで〈旅愁・幻想・異国情調〉で一貫する本作への評価は、異国情趣を盛んに宣伝して内地人招致を図った総督府の文化戦略と同じ〈日本版オリエンタリズム〉の言説であると厳しく批判した。(8)

藤井はこの論の中で、登場人物である〈私〉と世外民の価値観、感情の共通性を重視している。しかし、二人の友情が〈私〉の口からのみ語られるという本作の構造に不透明なものがあることは言うまでもない。春夫が後に「殖民地の旅」で取り上げたのは、社会的不均衡が存在する中で、「友愛」説が誰の口から語られるかという極めてデリケートな問題だったが、そのような春夫の特質は、一人称の語りが不可避的に孕むこの不透明性をどのように克服しようとするのだろうか。春夫の批評の試金石がそこにある。

語り手は世外民や〈少女〉を〈私〉の視点から語る一方、彼ら台湾人を見る〈私〉自身をも生み出し、かつその見方に自己言及して行く。その中で、植民地（他者）と関わる〈私〉の姿勢は、言葉によってどう作られ、どう壊されるのだろうか。ここからは、小見出し付きの六章からなる作品のストーリー展開を段階的に紹介しながら、テクストの細部を検討する方法で理解を深めていくことにしたい。

越境する眼差し

「女誡扇綺譚」の冒頭である。〈私〉が台湾の新聞記者だった頃のこと。台湾人の世外民と一緒に、台南からトロッコで安平《アンピン》に出かけたことがあった。世外民は「台湾府古図」（【口絵⑨】）を片手に、台湾第一の港だった安平の歴史を熱心に語る。しかし、台湾史の激動を見つめた赤嵌城《シャカムシャ》の高台から見下ろす灼熱の風景は、単に土砂で埋まった古い廃港に過ぎなかった。〈私〉は港の歴史よりも、目の前の荒れ果てた景色に「荒廃の美」を感じていた〔一、赤嵌城趾〕。養魚場が広がる荒涼とした海景の中を台南西郊へと引き返した二人は、禿頭港《クッタウカン》と呼ばれる寂れた一帯に迷い込み、街角で一軒の見事な豪邸の廃墟を見つける。今は汚い場末でも、かつては確かに安平の内港（安平から遙々市内に引き込んだ運河地帯）として賑わったあたりに位置する場所である。その廃墟に踏み込むと、玲瓏たる女の声がいきなり二階から呼びかけた。世外民によれば、それは台湾通用の厦門《エイムン》（福建南部）の言葉ではない泉州《ツエンチヤオ》（福建中部）の言葉で、〈どうしたの？　なぜもつと早くいらつしやらない〉という意味だと言う。女の声はそれっきり聞こえなくなった〔二、禿頭港の廃屋〕。

この冒頭部では、同一の風景に向けられた〈私〉の視線と世外民の視線とが、すでに決定的な差異を含むものとして提示されている。「台湾府古図」を介し、古都の港の栄華を追懐する世外民と、史的知識を捨象し、嘱目の風景から〈荒廃の美〉を感得する〈私〉と。うらぶれた街の意外な場所に豪華な廃墟を見つけた時も、伝統家屋の装飾性に目を見張る世外民に対して、建物の総面積を一五〇坪と計算する徹底した即物性が〈私〉の身上である。

　もっとも、この態度は性格的な問題である以前に、〈私〉が台湾の風景を読み解く「鍵」を持たないことに由来している。〈私の目の前に展がつたのは一面の泥の海であつた。黄ばんだ褐色をして、それがしかもせせつこましい波の穂を無数にあとからあとからと翻して来る、十重二十重といふ言葉はあるが、あのやうに重ねがさねに打ち返す浪を描く言葉は我々の語彙にはないであらう〉。台湾の廃港は、地理的に「外地」とされているだけではない。日本語のコードに即した意味の解読が不可能とされる点で、それは「内地」の意味世界の外側に置かれているのである。無音の安平は、〈私〉にとって無意味の空間でもあった。もちろん、世外民の立場からすれば、事情は正反対である。

　作品序盤の記述からは、語り手を支配する言語観・文化観を垣間見ることができる。すなわち、言語は認識の枠組みそのものを呪縛するものであり、人間の感性は言語によって他者から文化的に切断されているという発想である。[10] 例えば次の引用箇所は、この発想を裏返しの形で端的に示したものにほかならない。


「このうちは、君、ここが正面、――玄関だらうかね」

「さうだらうよ」

「濠の方に向いて？」

「濠？　――この港へ面してね」

世外民の「港」といふ一言が自分をハツと思はせた。さうして私は口のなかで禿頭港《クツタウカン》と呼んでみた。私は禿《クツ》頭港《タウカン》を見に来てゐながら、ここが港であつたことは、いつの間にやらつひ忘却してゐたのである。一つには

> 私は、この目の前の数奇な廃屋に見とれてゐたのと、もう一つにはあたりの変遷にどこにも海のやうな、港のやうな名残を捜し出すことが出来なかつたからである。この点に於ては世外民は、殊に私とは異つてゐる。彼はこの港と興亡を共にした種族でこの土地にとつては私のやうな無関心者《ストレンヂヤア》ではなく、またそんな理窟よりも彼は今のさつき古図を披いてしみじみと見入つてゐるうちに、このあたりの往時の有様を脳裡に描いてゐたのであらう。「港」の一語は私に対して一種霊感的なものであつた。今まで死んでゐたこの廃屋がやつと霊を得たのを私は感じた。泥水の濠ではないのだ。この廃渠こそむかし、朝夕の満潮があの石段をひたひたと浸した。走馬楼《ツアウベラウ》はきららかに波の光る港に面して展かれてあつた。さうして海を玄関にしてこの家は在つたのか。――してみれば、何をする家だかは知らないけれども、この家こそ盛時の安平《アンピン》の絶好な片身ではなかつたか。私はこの家の大きさと古さと美しさとだけを見て、その意味を今まで全く気づかずにゐたのだ。

世外民の〈「港」といふ一言〉が、〈私〉にとっては思いがけず意味の世界（＝文化）の扉を開く貴重な「鍵」となったのである。それは〈クツタウカン――字でかけば禿頭港《クッタウカン》〉という開巻第一文の奇妙な語釈によって、読者にはすでに予告されていた瞬間だった。馴染みのない外国語の連続音（クツタウカン）が、港の名（禿頭港）を指示する記号表現《シニフィアン》として実感的に了解されたとき、目の前の空疎な世界は一変し、豊饒な意味を纏って輝き出す。〈我々の語彙〉では把握できず、無意味な暗号でしかなかった風景の意味が、現地語を理解すると同時に見事に読み解かれるさまを巧みに捉えた名場面と言えよう。〈私〉の眼はこのとき、世外民の見る世界を瞬時に共有したのである。

綺譚の幕開けを告げる女の声についても同様のことが言える。〈私〉にとっては無意味な、〈鳥の叫ぶやうな声〉でしかない泉州言葉の女の声は、世外民の翻訳によって初めて意味を顕現させる。それは伏せ字のような表記〈××××、×××××！〉を、日本語表記の〈どうしたの？　なぜもつと早くいらつしやらない。……〉へと切り替えて行くテクスト上の文字変換を伴い、〈私〉の文化的越境を視覚的なイメージとして読者に擬似体験させる。それはまさしく、暗号解読そのものを想起させるヴィジュアルな演出である。

このように、「女誡扇綺譚」序盤の語りは、記号が意味を具えて生き始める刹那を、〈私〉の文化的越境に重ね合わせて語っていく絶妙なアナロジーを特徴としている。今日の文化記号論に近い発想が縦横に活かされているのである。この語りの中で、世外民という存在は、言語上の通訳であると同時に文化の翻訳者としての役割を明確に示し始める。例えば〈私〉は、世外民という窓口を介して〈厦門の言葉〉で語られる老婆の話の内容を理解し、清代台湾の漢民族による開拓史の一端に触れて行くことになるだろう。言語コードの変換によって、無関心者《ストレンヂヤア》である〈私〉に文化的越境を促す存在が世外民なのである。[11]

しかし、両者の関係を語りに注目して捉え直してみると、そこには全く別の見方も成り立つ。〈私〉は〈厦門の言葉〉を〈三年ここにゐる間に多少覚えてゐた〉と言う。事物から文化を読み解く「鍵」となる現地語について、〈私〉は必ずしも無智だった訳ではない。にもかかわらず、語り手は地元住民の説明を直接読者に伝えようとせず、その合間に、〈外国語だけに聴きとりにくい場合や、判らない言葉などもある。私は後に世外民にも改めて聞き返したりしたが、更に老婆の説きつづけたことは次のやうである〉などという挿入句によって、「通訳＝文化翻訳者」としての世外民の介在をわざわざ強調しているのである。このような蛇足に近い説明は、世外民の役割の重要性を示唆するためというよりも、むしろ台湾の歴史的コンテクストと〈私〉との接触を世外民という窓口に限定し、〈私〉をあえて無関心者《ストレンヂヤア》の位置に据え置こうとする意図を匂わせてもいる。なぜなら、植民者である〈私〉の台湾におけるアイデンティティーは、現地の歴史や言語・生活文化について実はそれなりの知識を有しつつも、あえて無関心者《ストレンヂヤア》を装いながら、現地のコンテクストとは別の価値を対象に見つけ出すというポーズの取り方によってしか構築できないからである。アイデンティティーとは、常に他者との差異をイメージする中で立ち上げられるものである。だとすれば、「女誡扇綺譚」において世外民と〈私〉との間に差異を仮設しているのは、どのようなレトリックだろうか。

偽装される中立性

中盤の梗概である。女の声に驚いて廃屋を出た二人に、近所の老婆は次の話を語った。この廃墟はかつて清代末期の豪商・沈家の住居であった。沈家の財産は、泉州出身の四代前の祖先が築いたもので、彼は邪魔者なら兄弟や老女でも平気で殺すような残忍な開拓事業者だった。その子孫は彼の遺言に従って船問屋に転業し、安平港で繁栄を極めた。ところが、今から約六〇年前のある晩、一夜の嵐で全財産を失ったのである。悪辣な初代の遺言が一家没落の元凶となったのは、彼に殺された老寡婦の祟りだと噂されている。一方、没落の当時、沈家には婚礼を目前に控えた一人娘がいた。失意の両親が死んだ後も、彼女は一人で婚約者を待ち続け、婚礼衣裳を着たまま狂気の中で餓死したはずであった。だが、その後無人の廃墟に迷い込んだ人は、〈どうしたの？　なぜもっと早くいらつしやらない〉という泉州言葉の女の声をしばしば耳にしたという〔三、戦慄〕。一日の散策を終えて、〈私〉は世外民と馴染みの酔仙閣《ツイツエンコ》（酒楼の名）で酒を飲み始めた。老婆の因縁話を本気にしているらしい世外民が滑稽に思われる。無人の廃墟で女が一人、誰かを待っていたのなら、それは男と逢曳の約束をしていたのに決まっている。そんな古臭い怪談よりも、沈家の祖先の豪快な人間像の方が〈私〉にはよほど面白い。生命力に溢れた彼のような男の手で、未開の山野は切り開かれてきたのだ。このようにいくら説明してもなかなか納得しない世外民が少し忌々しい。世外民とは、統治に批判的な彼の漢詩を〈私〉が新聞に採用したのが縁で、一緒に飲み暮らすまでなった台湾時代唯一の友人のペンネームである〔四、怪傑沈氏〕。

　さて、女の声の解釈をめぐって、二人の立場の違いがはっきりと表れるのが酔仙閣の場面である。老婆の因縁話を真に受けて恐怖する世外民を、〈荒唐無稽好き〉と呼んで笑っているのは、〈私〉にはある確信的な推理があったからだ。〈あの場所の伝説のことは後にして、虚心に考へると、若い女が——生きた女がだよ、人に気づかれないやうな場所にたつたひとりでゐて、人の足音を聞きつけて、今の一言を言つたとすれば、これは男を待つてゐるのぢやないだらうかといふ疑ひは、誰にでも起る〉。「女誡扇綺譚」はこのように、探偵小説の要素を持っているが、謎解き自体は実にあっけない。〈私〉の推理は最初に終わってしまい、あとはその正しさが証明されていくだけだからである。むしろ興味深いのは、そのような正しさが、迷信に対する合理主義の勝利という形で権威付けられている点にある。〈私〉は世外民の感覚を〈荒唐無稽〉として貶《おとし》め、「非合理／合理」の非対称な図式を作り出しながら、そのような偏向性を〈虚心〉というタームでくるみ込むという、極めて巧妙な演出によって「合理的な〈私〉」を印象づけていく。

台湾伝統の婚礼衣裳（著者蔵）

　また、「女誡扇綺譚」は〈私〉を、「審美的な〈私〉」としても語っていく。無音・無意味の空間、それを表す表現が〈我々の語彙にはない〉という海浜の景。そこに〈荒廃の美〉を感じる〈私〉は、「内地」の伝統的な美意識から自由な地に、新奇な美を創出する可能性を探っている。台湾という「外地」は、既成文化のあらゆる価値から中立《ニュートラル》な、虚心な認識者としての〈私〉の可能性を夢見させてくれる文化の「新天地」でなくてはならなかった。それは現地語や現地の風物に正しい意味があることを知りながら、わざとそれを無視して、暗号の幾何学的な排列そのものに美しさを見ようとするような新しい感性である。現地の伝統的な感性の持ち主である世外民は、そのような〈私〉を作り出すためにも否定的媒介の役割を押し付けられているのである。

ところで、二人の間に差異が設定される際に、決まって登場する特徴的な言い回しがある。〈事実、私は歴史なんてものにはてんで興味がないほど若かつた〉〈同じやうな若い身空で世外民がしきりと過去を述べ立てて咏嘆めいた口をきくのを、さすがに支那人の血をうけた詩人は違つたものだ位にしか思つてゐなかつた〉〈一つのものが廃れようとしてゐるその影からは、もつと力のある潑剌とした生きたものがその廃朽を利用して生れるのだよ〉〈我々は荒廃の美に囚はれて歎くよりも、そこから新しく誕生するものを讃美しようぢやないか〉。こうして並べてみると、世外民の因襲的な感性からわが身を遠ざけようとするとき、そこには必ず「若さ」や「新しさ」といった「生命」のイメージが持ち出されていることに気づく。疲弊した既成文化をリフレッシュする生命の躍動感。「審美的な〈私〉」を支配する原理には、ほとんど信仰に近い生命主義の思想がある。

〈私〉の手にかかると、土地の収奪に抵抗した老寡婦を、水牛で轢殺してまで自らの版図を広げたという沈家の祖先は〈市井の英雄児〉となる。〈私〉は彼を因縁話の中の人物として恐怖するのでも、安直な人道主義や道徳観から非難するのでもない。〈生きる力〉の跳梁というただ一点を捉えて、最大限の賛辞を贈るのである。

僕には強い実行力のある男の横顔が見えるやうな気がするんだ。さういふ男の手によつてこそ、未開の山も野も開墾出来るのだ。草創時代の植民地はさういふ人間を必要としたのだ。（略）奴の仕事は何もかも生きる力に満ちてゐる。万歳だ。

世外民による台湾的な意味の解説（コード変換）に依拠しながら、それを生命主義という関数に通すことで、独自の解釈を獲得する〈私〉。この傾向は、後の場面〔五、女誡扇〕で二度目に廃屋を訪れ、紅白の蓮を描いた巧緻な扇子を拾った時にも見られる。象牙の骨に書かれた金泥の文字が曹大家《そうたいこ》の『女誡』であると聞いた途端、〈私〉の想像力はにわかに蠢《うごめ》き始め、正体不明な「声の女」が〈野性によつて習俗を超えた少女〉へと一気に色揚げされて行く。そのプロセスを支えているのも、〈怪傑沈氏〉の場合と同じ生命主義なのである。

　私は仮りに、禿頭港《クツタウカン》の細民区の奔放無智な娘をひとり空想する。彼女は本能の導くがままに悽惨な伝説の家をも怖れない。また昔、それの上でどんな人がどんな死をしたかを忘れ果ててあの豪華な寝牀の上に、その手には婦女の道徳に就て明記しまた暗示したこの扇をそれが何であるかを知らずに且つ弄び且つ翻して、彼女の汗にまみれた情夫に涼風を贈つてゐる……。彼女は生きた命の氾濫にまかせて一切を無視する。——私はその善悪を説くのではない。「善悪の彼岸」を言ふのだ……

鈴木貞美によれば、〈大正期の「生命」概念は、自我を人類や宇宙などの普遍性に開き、個の生存競争を超え、機械論的自然征服観を克服し、文化を創造し、社会を改造する思想の原理であった。総じて、近代の合理主義と功利主義を超克する原理であった。もちろん、その普遍主義はステイト・ナショナリズムをも超える〉[12]と言う。〈私〉は、自己の近代合理主義精神を〈虚心〉というタームで隠蔽する一方、特定の文化・国家を超越した人類としての普遍性を「生命」のイメージに頼って作り上げようとした。それは世界市民主義《コスモポリタニズム》の一種と言ってよい。

ただし、その中核となる生命主義の思想は、飽くまでもニーチェ・ベルクソンなどの受容によって日本の人文学界を席捲した思想的モードだったのであり、それ自体が相対的なイデオロギーであることには十分注意を要する。そして、この種の世界市民主義《コスモポリタニズム》によって演出される、既成文化のあらゆる価値から解放されたニュートラルな〈私〉もまた、言葉によって作り出され、実体があるかのごとく装われたものに過ぎないのである。

まさに、そのような偽装のための否定的媒介が世外民だったことになる。例えば、〈廃屋や廃址に美女の霊が遺つてゐるのは、支那文学の一つの定型である。それだけにこの民族にとつてはよく共感できるらしい〉〈世外民君、君は一たいあまり詩人過ぎる。旧い伝統がしみ込んでゐるのは結構ではあるが、月の光では、ものごとはぼんやりとしか見えないぜ〉〈亡びたものの荒廃のなかにむかしの霊が生き残つてゐるといふ美観は、――これや支那の伝統的なものだが、僕に言はせると、……君、憤つてはいかんよ――どうも亡国的趣味だね〉などの発言に見えるのは、「非合理／合理」、「因襲／自由」の二項対立の枠に世外民と〈私〉とを振り分け、〈亡国〉という列強の植民地主義を正当化する他者像や、〈支那文学〉という芸術趣味のレヴェル、すなわち支配者の「既知」のイメージで被支配者を概括するという、隠微な言葉の操作なのである。

そして、世外民という存在自体がニュートラルな〈私〉の演出装置である限り、〈私〉は彼の中に「非合理」で「古い」、「既知」の〈支那〉を見ることはできても、彼を通して台湾という植民地の政治的・文化的現実に触れる回路は生まれない。そこにあるのは、支配者の既成イメージを再生産し続ける自己完結的な表象体系にすぎないからである。

だが、果して、「台湾府古図」を手がかりに風景を解読し、荒廃した港に意味を求め続けている世外民の行動は、本当に古臭い〈考古家〉としての彼の性向だけが動機だったのだろうか。世外民の素性は、〈台南から汽車で一時間行程の亀山《クウソアム》の麓の豪家の出であつた。家は代々秀才を出したといふので知られてゐた〉と説明されている。文中の〈秀才〉とは「生員」の通称で、科挙の予備試験に当たる県試・府試・院試の三段階の学校試を通過し、官学への入学を許可された中国王朝の知識層のことである。臨時台湾旧慣調査会発行の『台湾私法』[13]によれば、それは紳衿階級（上流階級）の一員として庶民の尊崇を得るほか、行政面では〈生員、監生、貢生ニ対シテハ地方官礼ヲ以テ之ヲ待チ庶民ニ対スルノ態度ヲ以テ之ニ接スルヲ得ス〉とある（第二巻上巻・第二款「階級」第一項「紳衿」）。つまり、官吏の専横から身を守り、苛斂誅求《かれんちゅうきゅう》から財産を守ることができた。具体的には、租税の増徴免除、雑役免除、訴訟の回避、刑罰の軽減など種々の実際的な特権を享受できる魅力的なステータスだったのである。ところが、一八九五（明治二八）年に台湾は日本の植民支配下に入って科挙制度から離脱し、清本国でも一九〇四（光緒三〇・明治三七）年の試験を最後に、隋文帝以来一三〇〇余年の歴史を持つ科挙制度本体が廃止された。清朝滅亡はその八年後のことである。世外民が懐古的になったり、〈私〉と一緒に飲み暮らしたりするのには彼なりの理由がある。生員編入という先祖代々の栄誉が過去の夢と消え、今は植民地の被支配者としてある強烈なルサンチマンである。世外民は代々の彼の家系のなかで、秀才になれなかった最初の世代の若者である。当局から〈統治上有害〉と目されるような漢詩を作る心情も、これと無縁ではないだろう。

世外民を〈この港と興亡を共にした種族〉と認める〈私〉は、この若き台湾知的エリートが抱く台湾人ならではの鬱屈に気づいている。にもかかわらず、〈私〉と世外民との関係が、〈支那〉でなく「植民地台湾」という現実の相において明確に語られることはない。世外民の〈統治上有害〉な漢詩は、〈その反抗の気概〉ゆえに〈私〉の好尚に投じたまでであり、彼と友情を結んだ〈私〉の側の状況は、〈或る失恋事件によつて自暴自棄に堕入つて、世上のすべてのものを否定した態度で、だから世外民が友達になつたのだ〉と説明されるだけである。世捨て人のようなふるまいに共通点があるとしても、そこに到る経緯には天と地ほどの開きがある。しかし、酔仙閣で顕在化しかけたこの二人の本質的な立場の齟齬は、慌てて友情関係を強調するしたたかな語りによって、丹念に封印されてしまうのである。

結論から言えば、「女誡扇綺譚」の批評的価値は、この隠蔽された支配者の表象体系に亀裂が生じ、「植民地台湾」という現実の相を自ら触知していく経緯のうちに見出されるはずである。「女誡扇綺譚」末尾が、〈あの廃屋の逢曳の女、――不思議な因縁によつて、私がその声だけは二度も聞きながら、姿は終に一瞥することも出来なかつたあの少女は、事実に於ては、自分の幻想の人物と大変違つたもののやうに私は今は感ずる〉と結ばれるように、それは幻想の〈少女〉像が覆され、〈私〉の生命主義が凋落することによって招来される。最終章に到り、〈私はまだ年が若かつたから人情を知らずに〉云々と、突然悔悟の口調に転じる語り手は、あれほど賛美していた「若さ」にかつてのような肯定的な価値を見出すことができない。台湾時代の〈私〉と、現在の語り手としての〈私〉との間に横たわるこの断絶は何か。いよいよ本作の核心部分へと分析を進めよう。

秘められた〈私〉の罪

終盤の梗概である。世外民と安平見物をした数日後、台南に出てきた彼と〈私〉は再び廃屋を訪れる。二階の黒檀の寝台には塵が積もっていない。最近人の出入りがあった証拠である。ついでに、〈私〉は寝台の下で拾った女物の扇子を持ち帰った。それは紅白の蓮を描いた立派な細工物で、象牙の骨に書かれた文字は「女誡」の専心章だと言う。沈家の娘の無残な臨終の床で、女の貞操を説く扇とも知らずに情夫に風を送って快楽を貪る一人の少女。世外民の解説から幻想したそんな少女に、〈私〉は善悪を超えた生命のみなぎる力を感じていた（五、女誡扇）。古い失恋の痛手から自暴自棄の生活に陥っていた〈私〉のもとへ、禿頭港の廃屋で男の縊死《いし》体が発見されたという世外民からの報告がある。〈私〉は「声の女」の相手が失恋自殺したものと即断し、発見までの事情を聞き込むと、黄《こう》という穀物問屋の娘が、夢のお告げで死体のありかを言い当てたと噂になっていた。その娘こそ「声の女」だと直感した〈私〉は、世外民とその店に出かけていく。内地人が好きらしい店の主人は、新聞記者を名乗る〈私〉を喜んで迎え入れ、ついに噂の娘と面会がかなう。しかし話は全く嚙み合わず、証拠に持参した扇を泣きながら返してほしいと訴えたのは、帳《とばり》の奥から会話を聞いていた姿の見えない別の女だった。数日後、新聞社の僚友が書いた記事の中に、〈穀商黄氏の下婢十七になる女が主人の世話した内地人に嫁することを嫌つて、罌粟《けし》の実を多量に食つて死んだ〉というのがあった。彼女は、穀物問屋の主人に拾われて養育されていた孤児だったという。僚友は〈台湾人が内地人に嫁することを嫌つたといふところに焦点を置いて、それが不都合であるかの如き口吻〉で記事を書いていた〔六、エピロオグ〕。なお、作品集『霧社』に本作が再録された際のテクストには、この後に〈それが原《もと》になつて自分は僚友と論争の末退社し、食ひつめて内地へ帰つて来た。〉の一文が追加されている。

　この結末において注目すべきことは二点ある。まず、春夫渡台の当時取沙汰されていた内台共婚がモチーフに使われていること[14]。そして自殺した女の身分が行き場のない〈孤児〉であり〈下婢〉であったことである。前出の『台湾私法』によれば、〈女子ヲ買断シテ婢女ト為スハ古来頻繁ニ行ハレ現時ニ於テモ尚閩《ビン》族一般ニ行ハルル所ナリ（略）之ヲ査媒嫻《サアボオカヌ》ト称シ（略）台湾ニ於テモ査媒嫻ハ之ヲ財産ト視ルカ故ニ家長ハ其婢ヲ他人ニ転売スルヲ得ルノ慣習アリ〉（第二巻上巻・第二款「階級」第二項「賤民」[15]）。つまり当時の台湾の〈下婢〉は家の財産と見なされ、主人の権限によって金銭取引の対象になる身分的な拘束を受けていた。片岡巌の『台湾風俗誌』にはさらに次のようにある。〈台湾に於ても之（注・査媒嫻）を遇する甚だ残酷にして苛責の結果遂に死に致す等珍らしからず／査媒嫻亦容貌稍ゝ美なる者は其身価意外に増加するを以て（略）牛馬仲買様の業を為すものあり、之れ今日にありては禁ぜられたるを以て名を結婚に藉りて買売す[16]〉。「女誡扇綺譚」の〈下婢〉もまた、恐らくは内地人との取引拡大を望む主人の商売の道具として縁談を強要され、金銭で売られようとしていたのだろう[17]。このような「査媒嫻」〈査媒嫺〉の境遇を補助線にして作中の断片的な情報を寄せ集めてみると、彼女の側で何が起きていたのかが見えてくるはずである。〈下婢〉の死に関連する周辺情報をまとめれば以下のようになる。

1. 男は一人で禿頭港の廃屋で首を吊った。
2. 〈下婢〉は死体の第一発見者だったはず。しかし、自分では名乗り出なかった。〈苦しみを見兼ね〉た〈黄嬢〉〈お嬢さま〉が、夢で見たと嘘の噂を流した。
3. 穀物問屋・黄氏の主人は、〈台湾人の相当な商人によくある奴で内地人とつき合ふことが好きらし〉い人物だった。
4. 〈私〉は穀物問屋の主人と娘に新聞記者の肩書を示した。
5. 〈下婢〉は〈私〉に扇を返すよう要求し、〈その代りには何でもみんな申します〉と言った。
6. 〈下婢〉は〈私〉の訪問後間もなく自殺した。
7. 〈下婢〉の素性について、新聞社の同僚が書いた記事には、〈主人の世話した内地人に嫁することを嫌つて、罌粟の実を多量に食つて死んだ〉とあった。
8. 〈彼女は幼くて孤児になり、この隣人に拾はれて養育されてゐた〉。

一連の経緯において特に不可解なのは、男の死から〈下婢〉の死までの間に存在するタイムラグである。簡単に言えば、後で自殺するくらいなら、なぜ最初から彼女は心中しなかったのだろうか、ということだ。

まず、〈台湾人の相当な商人〉が〈内地人とつき合ふことが好き〉（3）だというのは、時の権力とのコネクションが商売人の利益を生む一般則を考えれば意外ではない。そこで穀商黄氏が〈下婢〉を〈世話した〉（7）内地人というのも、それなりの資産家か官界の人物だったと想像できる。〈下婢〉にとって主人の命令は絶対で、恋人と別れるか、さもなくば情死か駈落ちしか選択はなかった。が、結局〈下婢〉が恋人との別れを選んだことは、男が一人で死んだことから分かる（1）。命令の重さもさることながら、彼女にとっては育ての親である主人への恩義も捨てがたかったのではないか（8）。いずれにせよ、心中しなかったことで彼女を薄情者と責めることは誰にもできはしない。

人の寄り付かない場所で恋人の死体を発見したのは〈下婢〉以外には考えられない。だが、もし自分が名乗り出て、無用な場所に行った経緯が疑われ、死んだ男との関係が明るみに出たらどうだろう。まず縁談の相手が激怒して破談になる。主人の顔に泥を塗る。商売にも大損害を与えることは必定だ。主人への恩義を思って縁談を呑んだことが無駄になるばかりか、『台湾風俗誌』が言うように、台湾の当時の漢族社会では、〈下婢〉の分限を超えた「背信」にどんな過酷な処罰が下されたとしてもおかしくない。彼女を案じた慈悲深い黄嬢（主人の娘）は、〈下婢〉をそんな目に遭わすまいとして、発見者の代役を買って出たのであった（2）。〈下婢〉は悲しい恋に口を噤《つぐ》み、内地人に嫁ぐ覚悟を決めたはずである。そうすることが、黄嬢の温情に報いる唯一の途となるからである。

かくして生きようと決めた彼女の運命はしかし、新聞記者を名乗る男（〈私〉）の突然の訪問によって暗転する（4）。記者の手にある扇は、密会の部屋からいつの間にか持ち去られていたものである。それはこの記者が、密会の当時からあの廃屋に出入りしていたことを物語っている。〈下婢〉は恐怖を感じたに違いない。今最も隠そうと努力している密会の事実が、最も知られてはいけない職業の男に、とうの昔から知られていたのである。〈あなたが拾つておいでになつたその扇——蓮の花の扇を私に下さい。その代りには何でもみんな申します〉（5）という彼女の言葉には重い決意が込められている。言うまでもなく、それは死の決意である。記者は〈新聞などへは書きも何もしやしないのです〉と約束して帰ったが、見ず知らずの男が取材に来るくらいだから、記事には出なくとも知らない場所ですでに噂が立っていないとも限らない。そこから主人や縁談の相手に密会の事実を知られるのは時間の問題である。手に戻った扇をじっと見つめる〈下婢〉の眼底には恋人の面影が浮かび、彼を一人で死なせた灼きつくような後悔が湧き上がってくる――（6）。

回想として事件を語るこの語り手（現在の〈私〉）は、見かけの饒舌さに反して事件の核心部分には寡黙なまでに言葉を惜しんでいる。しかし、肝心なことを明かさないまわりくどい彼の語りの中にも、言うに言われぬ罪悪感の影があることは見逃せない。〈私は大して興味はなかった。しかし世外民が大へん面白がつた。罪を人に着せるのではない。これは本当だ。事実、世外民は先づ興味をもちすぎた。さうしてそれが私に伝染したのだ〉〈私はまだ年が若かつたから人情を知らずに、思へば、若い女が智慧に余つて吐いた馬鹿々々しい嘘を、同情をもつて見てやれなかつたのだ〉。彼女を間接的に殺したのは自分だという恐るべき事実に、今の〈私〉ははっきりと気がついているのである。決して気のせいなどではない。彼が余計な気を起こして穀物問屋を訪問しさえしなければ、それが幸福かは別として、本当に〈下婢〉は死なずに済んだはずなのである。

黄氏宅訪問のそもそもの動機は、他人を信じやすい巷の気質につけこみ、自分で捨てた恋人の死にざまを〈夢で見た〉などと白を切る女の図々しさに我慢がならなかったからだと言う。それは失恋の痛手を引きずる〈私〉の個人的な僻みからであり、またそれ以上に、おのれの美神の品位をけがした現実の女に対する、審美家としての復讐心であったかも知れない。〈野性によつて習俗を超えた少女〉――本能の燃え盛る情熱的な女として彼女を想像し、勝手に道徳破壊のヒロインに祀り上げていたのは自分なのに、ひとたび男の死を知るや、今度は自分の失恋の古傷がえぐられて、昔の女の憎さから彼女のことも冷酷で図太い女だと決めつける。この誤解に誤解を重ねた身勝手な復讐心から探偵じみた詮索を始め、〈私〉は結果的に気の毒な一人の〈下婢〉を死の淵へと追い詰めてしまったのである。

死んだ〈下婢〉について語り手はただ一言、〈あの少女は、事実に於ては、自分の幻想の人物と大変違つたもののやうに私は今は感ずる〉としか言っていない。幻想の〈少女〉ではなく現実の〈下婢〉について、訂正したイメージの内容をあえて語ろうとはしないのである。「植民地台湾」の現実を看過し、「外地」を「若い」「新しい」空間と見て、好き勝手な幻想を紡ぎ続けたこと。それがさらに誤解を生み、現実の中で苦しむ一人の少女を死なせたという罪悪感は、表象行為に本質的に備わっている暴力性についての自覚を、やり切れぬ思いとして〈私〉に植え付けた。饒舌な寡黙さで語り手が〈下婢〉の死の真相を空白としているのは、責任回避ではなくこの自覚ゆえのことであろう。

『霧社』テクストのエピソードはそのことをより明確に示している。〈下婢〉の死を単純に内地人との結婚拒否と見て、内台同化論の立場から批判する僚友は、彼女の心情を度外視して誤解の上に誤解を重ねている点で、事件前の〈私〉と全く同様の発想をしているのである。そのような彼と論争する所に、以前の〈私〉とは異なる〈私〉の姿がある。そして〈私〉が「内地」へと帰らざるをえなかったのも、無関心者《ストレンヂヤア》（＝ニュートラルな自己）を装うことによって「外地」にアイデンティティーを確保しようとした〈私〉の企図が、失敗に終わったことを示している。「女誡扇綺譚」の結末にいるのは、植民地の現実に関わってしまった〈私〉である。語り進めて終盤に到った語り手の〈私〉は、中立であると信じていた自分も、実は悲劇や暴力を生み出す無理解な支配者に過ぎなかったのだという事実を端無くも掘り起こしてしまった。改めて実感した罪の重圧にもはや語り続けることができなくなるような形で、語り手はこの物語をそっと閉じるのである。

「物語」を超えて

〈下婢〉の死について、先行研究ではいくつかの解釈が示されている。朱衛紅は、『女誡』に代表される婦徳を〈下婢〉の死因と読み、〈当時港の人々の中に中国の伝統文化がまだ根強く存在していることを伝える〉事件とした。[18] 一方、姚巧梅は、〈自由意志を最後まで貫こうとする女婢は、結局奉公する主人の命令に抵抗して自殺してしまう〉と述べ、植民地支配と伝統的家父長制（階級と性差双方による差別）の重圧に抵抗する台湾女性のナショナルな自我形成を読み取った。[19] これらは、藤井省三による〈男の残した扇の「女誡」の戒めに従い、内地人すなわち統治民族である日本人に嫁することを拒んで自殺する台湾人「下婢」[20]〉という解釈を、二つの観点から精緻に展開したものと位置づけられよう。

扇の骨に記された『女誡』とは、『漢書』を著した後漢の班固の妹である班昭（曹大家《そうたいこ》）が、嫁ぎ行く娘に新婦の心得を示した教訓書である。件《くだん》の「専心第五」章のタイトルは、「夫には心ひとすじに」ということを意味し、冒頭には、〈禮、夫有再娶之義、婦無二適之文。故曰、「夫者天也。」天固不可逃、夫固不可離也。〉（【訳】礼の定めでは、夫には再婚の義務があるとしながら、妻には再婚を許してはいません。「夫は天なり」というわけです。天はもとより逃がれられぬもの、夫ももとより離れられぬもの[21]）とある。再婚が許されぬ妻として、夫に尽すべき礼節を説く一章である。それは家父長社会の男尊女卑を、女性の側から倫理規範として根拠づけたものであり、「女誡扇綺譚」では、狂してなお婚約者を一途に待ち続けて死んだ沈家の娘の生涯を象徴するものである。

しかし、この〈女誡扇〉を手に死んだであろうもう一人の女、〈下婢〉の死の場合はどうか。彼女の死は、自らの恋に殉じたことで〈婦《つま》に二適の文無し〉の文言が訓戒する所を体現したかに見える。だが、厳密に言えばそれは婚約者への操立てではなく、自らの心に秘めた恋人の後を追う情死であり、家父長社会の規範に対する従順さとは相容れないものであった。また、主人の娘ですら〈美しい扇〉としか言わなかった黄家の女性たちのリテラシーを考えれば、そもそも下婢身分の者が文言《ぶんげん》（古典漢文）を読みこなせた可能性は限りなく低く、扇に倫理的な意味を見出していたとは考えにくい。実際、〈蓮の花の扇を私に下さい〉と言う〈下婢〉の発言によれば、扇は〈女誡扇〉ではなく〈蓮の花の扇〉であり、婦徳などではなく飽くまでも〈私の思ひ出〉を守る意味で大切な品だったのである。

　さて、この悲劇が家父長の権威や日本の植民支配、すなわち当時の「植民地台湾」の状況下で惹き起こされたことは確かである。黄氏主人の事大主義が、時の支配層である内地人に向けられており、〈下婢〉をその犠牲者として描く視点がこの作品の批判精神をなすことは間違いない。だが、〈下婢〉のレヴェルからすれば、「結婚」の相手が内地人でも台湾人（本島人）でも、恋人との仲を引き裂かれる悲しみの重さに変わりはない。だとすれば、〈下婢〉の自殺そのものに、植民地支配に対する彼女自身のヒロイックな抗議の意図を見出すことは難しい。たとえ取引の道具とされても、育ての親である主人の意に背くことは、〈下婢〉には逡巡を伴う苦しい選択であり、実際内地人との結婚を一度は受け入れようとしていたからである。彼女が恋人と心中し損なった理由はそこにあったはずである。

　伝統的倫理観の発現と言われ、また逆に近代女性の自覚と言われる、これら対照的な二つの説は、いずれも〈下婢〉の死の結果についての物語的な意味づけである。その試み自体には時代と立場に基づく相応な真実があることは疑いない。だが、このような物語化は、死に臨んだ〈下婢〉自身の悲哀の心情を理解するのとはまた別の、表象レヴェルの議論に他ならない。春夫が問題にしたかったのはむしろそのことではないのだろうか。当事者の心情と他者による表象との間にはしばしばズレが生じる。「女誡扇綺譚」が名作と言えるのは、まさにこの極めて繊細な事実を発見したことにあると考えたいのである。

　〈下婢〉の死を、〈台湾人が内地人に嫁することを嫌つた〉物語として表象した新聞社の僚友は、それを批判することで「内台同化」の統治方針に忠誠を示したわけである。そのような物語化が彼女の本物の苦しみや悲しみを捉え損ねていることに、〈私〉は気づかざるを得なかった。なぜなら、〈私〉は彼女の死の当事者だったからである。彼が新聞社を退社して行くのは当然のなりゆきだろう。統治者の物語の拡散を使命とする植民地メディアで記事を書き続ける仕事が、彼にとっては無神経なものに思えていたたまれず、もはや職務に堪えられなくなっているのだから。

ニュートラルを標榜する支配者の審美意識の体系では、〈下婢〉に望まぬ結婚を強いた台湾の現実は完全な死角になってしまう。また、否定的媒介としてその審美意識を裏から支える伝統的な美意識も、「植民地台湾」としてある現在の社会を照らし出すことはできない。要するに、〈私〉の視座からも、〈私〉によって語られた世外民の視座からも、「声の女」の本当の正体は見えずに、道徳破壊者や幽霊といういびつな幻影を招き寄せたに過ぎなかった。犠牲者の心情的なリアリティーに寄り添うためには、これらの解釈コードを放棄して、解釈しないということ以外に方法はない。語り手が〈下婢〉の死に対する意味づけを饒舌な寡黙さという逆説を通じて空白化する真意はここにあったはずなのである。

「女誡扇綺譚」の語りの特徴は、支配者の表象体系が、「植民地台湾」の現実に触れて崩壊し、語りそのものが無効化して行くプロセスを示唆するメタ性にある。本作ではほぼ一貫して〈亡国的趣味〉の〈支那〉の〈詩人〉という支配者の「既知」のイメージで表象され続ける世外民であるが、実は一箇所だけ、未知の世外民が顔を出している箇所がある。〈私〉が合理的な解釈によっていかに説得しても、〈理窟には合つてゐさうだよ。ただね、それが僕の神経を鎮めるには何の役にも立たない〉と捨て台詞を残して、〈深淵のやうに沈黙〉した酔仙閣での世外民である。実際、彼がありきたりの怪異譚に戦慄を覚えるのは、〈私〉が言うような臆病さや迷信深さ、あるいは〈支那文学〉式の審美意識などが真の理由ではないだろう。〈港〉という一語で過去の輝きを取り戻した廃屋の〈霊〉。悲劇を予見するかのように、逢曳の少女に自らの言葉を語らせた沈家の花嫁の〈霊〉。〈霊〉とは言わば、今に生きる過去の時代の記憶である。それが植民地に依然として生きていることを望むのが彼の態度なのだとすれば、これもまた彼一流の反抗心の表現であり、そこにこそ台湾伝統社会の代表者である彼の存在証明がある。清朝知的エリート末裔ゆえの鬱屈を〈私〉が理解するのは土台困難であろう。しかし、異様な沈黙を続ける酔仙閣の世外民に、〈魔気がある〉としか形容のできない他者のリアリティーを〈私〉が探り当てたことは確かだ。その世外民は〈私〉の既知の秩序を揺るがす不気味に大きなノイズであり、そんな彼を〈ほんの少しだが、忌々しく〉感じたと言う〈私〉の言葉は、自己の表象体系に亀裂が生じた瞬間の動揺を、かなり正直に告白していたのである。

作中、〈私〉の芸術表現への意欲がところどころに織り込まれ、共通して不履行（仮定または挫折）の体験とされる点も注目される。〈私にもし、エドガア・アラン・ポオの筆力があつたとしたら、私は恐らく、この景を描き出して、彼の「アッシヤ家の崩壊」の冒頭に対抗することが出来るだらうに〉〈若し私が入社した当時のやうな熱心な新聞記者だつたら、趣味的ないい特種でも拾つた気になつて、早速「廃港ローマンス」とか何とか割註をして、さぞセンセィショナルな文字を羅列することを胸中に企ててゐただらうが〉〈もしこれを本当に表現することさへ出来れば、浮世絵師芳年の狂想などはアマイものにして仕舞ふことが出来るかも知れない〉〈そいつを活動のシネリオにでもしてみる気があつて、私は「死の花嫁」だとか「紅の蛾」などといふ題などを考へてみたりしたほどであつた。しかしさう思つてみるだけで、やらないと言ふかやれないと言ふか〉。一元的な意味づけを決定的に萎えさせる現実の存在感が、芸術表現の不履行を描くことで逆に示唆されているのである。

「女誡扇綺譚」の批評的価値は、表象行為が無効化するその臨界点においてこそ、他者のリアリティーが把握されるという皮肉な事実を、一人称回想体という語りの形式を用い、〈私〉の表現意欲の挫折を含めて語ることにより捉えてみせた点にある。一見主観のうちに閉塞していくかと思われる「私語り」の形式が綻びるところから、ようやく他者の実在感が見えてくるのである。このような反省的で逆説的な方法は、表象する行為自体が含む抑圧の機構を自己言及的に問題化するものであり、それが「文明批評」の有効な方法となり得ることを、春夫はこの作品で証明してみせたと言うこともできよう。そこには、「私小説」の可能性を豊かに押し広げる一つのヒントが隠されているように思われる。

「書けない」ということそのものを「書く」。あるいは、「物語にならない」ということそのものを「物語る」。表象という行為が常に当事者のリアリティーを捉え損ねる宿痾に取りつかれたものであるならば、行為が頓挫し表象が無効になるその軌跡を描き続けることの中でしか真実に触れることはできないだろう。第一章で見た「わんぱく時代」の物語破壊や、書くことによって恋人への思いの純粋さが毀損されると感じる「剪られた花」（本書第九章）などを念頭に置き、このジレンマに極めて敏感に身もだえしたのが佐藤春夫であると見立てるなら、中上健次はその点で正しかった。春夫はまさしく「反物語」の作家なのである。

注1　現在、台湾の先住民族は、自らの文化に誇りをもって「原住民」もしくは「原住民族」を自称している。本書の説明でもこれを尊重し、特に「台湾原住民」という呼称を用いた。歴史的な文脈や引用に限っては、「蕃人」「生蕃」「化蕃」「熟蕃」「蕃族」（のち「高砂族」）などの過去の呼称に言及せざるを得ないが、統治の歴史の実態を伝える所に目的があることを諒とされたい。

2　春夫の旅程は作中の日付情報に依拠した邱若山による総合的な推定がある（「佐藤春夫台湾旅行行程考」『稿本近代文学』一九九〇・一一）。ただし、その後発見された外部資料から、春夫の日付の記憶に疑わしい点があることが明らかになった。拙稿「佐藤春夫の台湾滞在に関する新事実（三）―新資料にもとづく旅行日程の復元―」（『實踐國文學』二〇一八・一〇）においてこれを取り上げ、日月潭宿泊以降の日程が邱説よりすべて一日前倒しになることを検証した。台北到着日はこの推定による。また、春夫の基隆到着日は、藤井省三の調査により明らかになった（「植民地台湾へのまなざし―佐藤春夫「女誡扇綺譚」をめぐって―」『日本文学』一九九三・一）。

3　正式な戸籍が存在せず（戸口調査簿がその代用を果たした）、婚姻の慣習が異なる当時の台湾では、内地人と台湾人（漢族・台湾原住民）との「結婚」に関する法的手続の整備が遅れていた。入籍を伴う「正当婚姻」は特別な事例に限られ、多くは民法と戸籍法に根拠を持たない「内縁ノ夫婦」の関係であった。この「内台共婚便宜法」は台湾総督府の管轄によるローカルな公的登録を手続化したものだが、内地同様の正式な「法律婚」が台湾で可能になるのは、一九三三年三月一日施行の「内台共婚法」を待たねばならなかった。黄嘉琪「日本統治時代における「内台共婚」の構造と展開」（『比較家族史研究』二〇一三・三）に詳しい。

4　井出季和太『台湾治績志』（一九三七・二、台湾日日新報社）の第八章「田総督時代」、および小熊英二『〈日本人〉の境界』（一九九八・七、新曜社）第一〇章「内地延長主義」を参照。

5　一九二〇年八月二六日付春夫宛森書簡に、〈予て下村長官は台湾紹介の為め著名文士優待の意思あり〉と見える（牛山百合子翻刻『佐藤春夫宛　森丑之助書簡』二〇〇三・三、新宮市立佐藤春夫記念館、一一頁）。また、下村自身の評にも〈筆者は双思樹畔ばせう葉戦ぐ南国情調の一端が、図らずも君の筆によりて江湖に公にされしを喜び更にこの種の作品の続出することを台湾の為に切に期待する〉と見える（下村海南「女誡扇綺譚を読みて」『東京朝日新聞』一九二六・四・三、六面）。

6　河原功は、〈植民者と被植民者の問題をまともに取り上げているだけに、社会科学的な一面を持〉つ作品として、通常の紀行文とは一線を画する「殖民地の旅」の「文明批評」的な特質をいち早く取り出して見せた（「佐藤春夫「殖民地の旅」の真相」『台湾新文学運動の展開―日本文学との接点―』一九九七・一一、研文出版、二〇頁。初出は「佐藤春夫「植民地の旅」をめぐって」『成蹊國文』一九七四・二）。

7　藤井省三「大正文学と植民地台湾―佐藤春夫「女誡扇綺譚」」（『台湾文学この百年』一九九八・五、東方書店、九四頁。初出は前掲注2）。

8　橋爪健は、「女誡扇綺譚」の〈荒廃の美をうつすその歴史感と抒情味と、紀行風なその低徊味と、異国情調と伝説と現前の風物とを錯絡たらしめるその怪奇小説的構想〉を評価する一方、〈時代の苦悶も、社会の意慾も、積極的な何ものも呈示されてはゐない〉と指摘する（「旧さの中の新しさ（五月創作評の七）」『読売新聞』一九二五・

五・七、四面)。島田謹二は、〈真夏の熱帯の自然といひ、支那系統の文化といひ、ことごとくそれまで日本的伝統美(風雅)と考へられてゐたものの埒外に立つて(略)われわれ日本人の審美感の未だ十分に親熟してゐないものを持つて来て、われらの詩境をはるかに拡め、われらの感性の処女地に鍬を入れた〉とする(松風子「佐藤春夫氏の『女誡扇綺譚』―「華麗島文学志」―」『台湾時報』一九三九・九、五七頁)。

9 世外民が往時を偲ぶ手引きとして持参した「台湾府古図」は、鄭氏政権降伏(一六八三)後に台湾を編入した清朝作成の絵図「康熙臺灣輿圖」(一六九九~一七〇四頃成立)の一部を摸写した略図で、伊能嘉矩『台湾志』(一九〇二・一一、文学社)に色刷の折込図として収録された絵図である。蔡維鋼「佐藤春夫と〈荒廃の美〉について―「田園の憂鬱」と「女誡扇綺譚」をめぐって―」(『成蹊國文』二〇一一・三、一四〇~一四一頁)を参照。戦後再版の『女誡扇綺譚』(一九四八・一一、文体社)表紙にあしらわれ、この際原図にタイトル・作者名と「禿頭港」の文字が書き加えられた。位置は実際とは異なり、康熙年間に「禿頭港」(仏頭港)が存在したかも疑問である。

10 「詩/芸術」を普遍主義構築のキーワードとした一九一九(大正八)年前後の春夫が、言語の差異を軸とした文化相対主義へと転じている。春夫にとって、台湾紀行はその転機の一つとなったらしい。この発想は「文明批評」の原理として、他の「台湾もの」でも効力を発揮している。台湾原住民の日本化教育の困難をレポートした「霧社」の次の場面を挙げておきたい。〈最も面倒であつたのは、台湾で一番大きな町は台北、日本で一番大きな町は東京。日本で一番えらいお方は天皇陛下、台湾で一番えらい人は総督閣下。といふこの問題であつた。台湾で一番えらい人は?「東京」。日本で一番大きな町は?「天皇陛下」。四つの問題は交錯してすべてのコンビネーションで答へられた。(略)彼等は彼等の世界では想像することの出来ない種類の概念を与へられつつあるのである。それを与へる人と与へられる者との苦心は全く同情以上の値がある。〉

11 高橋世織は、〈消音された世界は、春夫の幻想綺譚を紡ぎ出す時に通有のものであるらしい〉と述べ、〈「泉州」言葉を解し得ない「私」は、廃屋に谺する言葉が「××××、××××!」、「××⁉」というかたちでしか耳に入ってこない。現地の友人「世外民」や「老婆」を介して「伝説」を知り、これらの人物のフィルターを通じ、そこで〈事実〉を屈折させて、「私」の空想は無尽に展開しえた〉と指摘する（「『田園の憂鬱』論」『日本近代文学』一九八二・一〇、一三八頁）。

12　鈴木貞美「「大正生命主義」とは何か」（同編『大正生命主義と現代』一九九五・三、河出書房新社、一一頁）。

13　臨時台湾旧慣調査会『台湾私法』第二巻上巻（一九一一・八、同会、一八四頁）。

14　〈この二三年後に台湾の行政制度が変つて台南の官衙でも急に増員する必要が生じた〉と作中にあるのが一九二〇（大正九）年一〇月一日の台湾地方自治制度施行を指すのであれば、物語の年代は一九一七年か八年頃となり、「内台共婚便宜法」の施行前にあたる。もっとも、「便宜法」は単に届出制度の整備であって、施行の前後で「結婚」の現実形態そのものに決定的な変化が起きたわけではない。

15　臨時台湾旧慣調査会『台湾私法』第二巻上巻（一九一一・八、同会、二二三頁）。

16　片岡巖『台湾風俗誌』（一九二一・二、台湾日日新報社、一八四頁）。

17　〈下婢〉の「結婚」形態を作中から確定するのは難しいが、当時の内台共婚の状況から考えれば、「正当婚姻」よりも「内縁ノ夫婦」と見るのが妥当で、妾契約であった可能性もある。春夫滞在中の一九二〇年七月二七日、『台湾日日新報』四面には、小基隆公学校長石川勝憲の「共婚に就て（上）」という文章が寄稿されている。共婚の実現には〈査媒嫺購買結婚〉を撤廃すべしとの主張や、〈内台人の結婚に、聘金何百円を贈ると云ふが如き事が依然として存在する〉という言葉が見えることから、当時の状況の一端を推し量ることができよう。なお、大東和重『台南文学―日本統治期台湾・台南の日本人作家群像』（二〇一五・三、関西学院大学出版会）は、台湾における査媒嫺の問題を扱った諸作品の中に「女誡扇綺譚」を位置づけている（「第一章　佐藤春夫「女誡扇綺譚」の台南―「廃市」と「査媒嫺」」八八〜九九頁）。

18　朱衛紅「佐藤春夫『女誡扇綺譚』論―「私」と世外民の対話構造が意味するもの―」（『日本語と日本文学』二〇〇二・八、七三頁）。

19　姚巧梅「植民地台湾に見る女性像―佐藤春夫「女誡扇綺譚」における沈女と下婢―」（『社会文学』二〇〇二・八、

八四頁)。

20　注7藤井前掲書、九二〜九三頁。

21　『女誡』解説および本文と訳は、山崎純一『教育からみた中国女性史資料の研究—『女四書』と『新婦譜』三部書—』(一九八六・一〇、明治書院、九六〜九七頁)による。

第二部

デザインされる「心」

自己存在をめぐって

第四章　画家の目をした詩人の肖像——表象と現前のはざまで

眼鏡のない自画像

小説家としてデビューする前の佐藤春夫を描いた肖像画が現在二枚残されている（【口絵】）。一枚は高村光太郎が描いた春夫像。一九一四（大正三）年、数え二三歳の春、高村のアトリエに通ってモデルを務め、自身で買い取った肖像画である。徴兵検査の直後のことで、頭髪は短く刈られ、服は一分の隙もない洋装。鼻眼鏡をかけ、視線を画面左手にまっすぐ向けて胸を張っている。

もう一枚は自画像である。薄暗い背景の前に立つ蓬髪の男。和服を着、鼻と耳の大きい浅黒い顔を斜めに構えた陰鬱な絵で、挑むような眼差しをこちらに向けている。第一詩集『殉情詩集』（一九二一・七、新潮社）の巻頭に三色版（カラー印刷）で掲げられたこの自画像は、張り出した顴骨から頤《おとがい》に至る鋭いラインも、喉仏が突き出た、顔とほぼ同じ幅のがっしりとした首のラインも、輪郭線はすべて黒々と太く描かれ、眉から額、額から鉤鼻に至る単純化された造形が彫刻のような印象を与える。一九一五（大正四）年、第二回二科美術展覧会の入選作である。

これら二枚の画に描かれた春夫は、一見別人と見まがうほど互いに似ていない。あたかも自画像を描く際の春夫が、服装も髪型もわざと高村の絵から遠ざかるように意図したかと見えるほどなのである。最も異なるのは、自画像に自慢の鼻眼鏡が描かれていないことである。二科展出品時のタイトルは「自画像（眼鏡のない）」。眼鏡の〝欠落〟が故意の演出であることを示したタイトルだが、その頃のトレードマークだった鼻眼鏡を、春夫はなぜ描かなかったのだろうか。

自画像は、描かれた人物が同時に描き手でもあるという二重性を背負っている点で、単なる肖像画とは異なる。この場合、眼鏡を外すことは、春夫が二つの選択を行ったことを意味している。一つは、素顔を人目に晒すこと。鼻眼鏡が昂然たる青年紳士としての社会化された春夫像を構成するなら、自画像の方はその〝武装〟の道具で隠された〝ありのまま〟の春夫を、見る者の前に引き出すのである。もう一つは、裸眼で描くこと。視力を矯正せずに描くのだから、顔の表層を仔細に観察するような描き方は最初から放棄されている。絵画において〝ありのまま〟の姿に迫る方法は、何も細部の〝正確さ〟を期することだけではない——「自画像（眼鏡のない）」というタイトルは、そのような描き手の作画思想を端的に示す挑発的なタイトルなのである。

この思想は作品そのものからもはっきりと読み取ることができる。光の理論から厳密な写実を目指した「印象派」は、輪郭線を不自然なものとして排除したのに対し、対象の実質を確かな造形として捉えることを目指した「後期印象派」では、立体を面として把握するための有効な手段として輪郭線を重視した。春夫の自画像も一見して後者の特徴をよく具えている。そして輪郭線を採用することは、それ自体が従来の写実主義に対する挑戦を含意した思想表明であった。

「写実」とは確かに、坪内逍遙の『小説神髄』を起源とする日本近代文学の主要課題として位置付けられてはきたものの、正岡子規の「写生」や自然主義の「描写」論が美術——特に西洋絵画の思想と関連して唱えられたことを持ち出すまでもなく、それは本来視覚芸術の分野の課題であった。佐藤春夫が面白いのは、彼が詩歌から散文へと活動の中心を移す際に、そこで不可避の課題となる「描写」＝現実再現の方法を、油絵の方法として考える機会があったことなのである。大正前期の若手文学者のうち、本格的な油絵の実作経験を持つ者として、春夫は例外的な珍しい存在であった。しかも、当時の美術界は、現実把握の仕方に大きな転換のうねりが生じていた時期でもある。

第二章で見たように、『田園の憂鬱』には美意識の中に二つの欲求を混在させた主人公が登場する。一つ目は、現実の物語的把握への欲求であり、その典型例が〈芸術的因襲〉による自己理解である。物語は時間的進行を基本構造として持つから、それは現実の背後に、過去から未来に到る歴史的経緯を想定する。したがって、そこには現在をいかに歴史的に「表象」（シンボライズ）するのかという問題意識がある。この欲求が主人公の場合、自己存在の起源を「世界文学」に置くのか「日本文学」に置くのか、あるいは自己の来歴をユートピア（フルサト）に求めるのか現実の郷里に求めるのかというアイデンティティーの葛藤として現象していることはすでに述べた。これを「表象」への欲求と呼びたい。

本章で考えるのは二つ目の欲求についてである。『田園の憂鬱』には羽化する蟬や〈フェアリイ・ランドの丘〉に没我的な美的交感を期待する主人公の姿が描かれている。「表象」への欲求とは異なり、今まさに目の前に「現前」している対象の姿を捉えようとするもので、それは感覚的なものであり、観念的なものではない。これを仮に「現前」への欲求と呼ぼう。

「現前」への欲求においては、言うまでもなく視覚が大きな役割を果している。それは物語的な要素を排除し、対象をありのままに捉えようとするものだが、単に物体としての形態を正確に読み取るだけの知的な「観察」の域を超えて、対象の生命感を「観照」しようとする特殊な眼差しを特徴とするものである。そのような「ものの見方」にはいかなる由来があるのだろうか。ここではまず、デビュー前の春夫の油絵体験に注目することで、それを洗い出して行きたいと考える。

拡大する「写実」の時代

石井柏亭の勧めで油絵を始め、高村光太郎の実作に見習った佐藤春夫の腕前は確かなものだった。一九一五（大正四）年の第二回二科会展に「自画像（眼鏡のない）」「静物」が入選して以来、一九一六（大正五）年の第三回には「猫と女との画」「夏の風景」が、一九一七（大正六）年の第四回には「上野停車場附近」「静物」が入選している。

この時期、春夫は文学者として窮地に追い込まれていた。本間久雄訳『遊蕩児』（ワイルド作『ドリアン・グレイの肖像』、一九一三・四、新潮社）の誤訳指摘で文壇に活躍の場を失い、詩歌から小説に転じる試みも充分実らぬままに、一九一六年、東京を離れ、神奈川県都筑郡中里村に元芸術座女優の遠藤幸子《ゆきこ》と「隠棲」したのである。[1]結局、その地での生活を描いた「田園の憂鬱」（『中外』一九一八・九）の成功で春夫は起死回生を果すのだが、春夫の油絵制作はこの「隠棲」前後の時期にピークを迎えているのである。[2]

文展の官学アカデミズムに対抗して設立された二科会への出品作としては当然のことながら、春夫の画業は当時の画壇ではアヴァンギャルド系統の作風に位置付けられていた。例えば斎藤与里は、安井曾太郎らとの比較の上で、春夫の第二回出品作を〈セザンヌ系の画風〉としている（「二科会展覧会評」『中央美術』一九一五・一二）。『読売新聞』の無署名記事は、春夫の第三回出品作を〈変つた作〉として東郷青児・横井弘三らと並べ（「二科鑑査」一九一六・一〇・一〇）、山脇信徳は第四回出品作の全体を〈一、セザンヌの画風、二、立体派及未来派の画風、三、草土社の画風〉に分類の上、春夫を萬鉄五郎と共に〈立体派の画風〉（「二科会の出品作品」『中央美術』一九一七・一〇）に数えた。同じ第四回の時には、矢代幸雄が春夫の「静物」を〈革命の芸術〉の一例として取り上げていることも注目される（「二科院展洋画評」『読売新聞』一九一七・一〇・一一）。

現在、実物またはモノクロ写真で確認できる入選作は三点ある。最初の「自画像（眼鏡のない）」は、対象（自己）を「面」の造形的結合と見る構成法に特徴があるが、次の「猫と女との画」では目や口などの細部が大胆に省略され、二人の女と一匹の猫からなる逆三角形の配置に力学的緊張感が見出されている。さらに「上野停車場附近」は、一度幾何学図形の断片にまで解体した対象を再度積み上げる手法で風景に重量感を生み出したもので、春夫の画風は年々デフォルマシオン（解体―再構成）の度合いを強め、後期印象派（セザンヌ）風から立体派（キュビズム）風へと傾いていった過程がよく分かるのである（【口絵】）。ただし、当の春夫自身は立体派や未来派に一定の理解を示すとしながらも、自身の立場については〈後期印象派に最も同意する〉と述べていた（「立体派の待遇を受ける一人として」『読売新聞』一九一七・九・一六）。

セザンヌ・ゴッホ・ゴーギャンを代表とする「後期印象派《ポスト・インプレッショニスト》」は、従来の「印象派」に対する反動として起こった画風を指すものである。外光を構成する七原色の発見と、人間の網膜構造の共通性に関する解剖学的知識に基づき、「ものの見え方」を万人共通のものと前提する「印象派」は、網膜上の映像を光学的に再現することが絵画の使命であるという厳密な科学主義を理論的特徴とするものであった。これに対し、「後期印象派」は認識主体の知解作用（主観）を重視し、対象の表層よりも実質を把握することに意義を置く。それは個性の伸張が即ち人類の意志であると説く「白樺派」が、自我主義の支柱として日本への導入に努めたことでも知られていよう。[3]「印象派」と「後期印象派」とは、認識論的には客観主義と主観主義という対極に位置するものなのである。[4]

しかし、当時日本に流布した新芸術運動の解説書を見ると、意外にも「後期印象派」の理論は「写実」概念の拡大として説明されている場合が多い。例えば、キュビズムの画家であるAlbert《アルベール》 Gleizes《グレーズ》 と Jean《ジャン》 Metzinger《メッツァンジェ》 による *Du "Cubisme"*（1912）の木村荘八訳では、セザンヌの美術史的意義が次のように解説されている。

彼（註・マネー）の歿後には一寸断れ目がある。写実的衝動は外面上の写実と内面のそれとに分たれた。前者は印象派《アムプレツシヨニスト》を必要とした、――モネー、シスレー、及び其他――後者にはセザンヌがゐる。（略）セザンヌを理解することは即はち立方派を先見することになる。で、我々には臆する所なくかう云へるが、立方派とこの以前の状態との間に横はる相違と言へば、只々烈しさの相違である。そこで自分達を事実に確かめる上から、わけても此の写実主義、即はちクルベーの外形的実在を離れてセザンヌと共に以上に深い実在へ突入し入り不知の物を撤回しやうと努めつゝ光を増して行く写実主義の手法を、気を付けて見守るのが必要になつて来る。

（『芸術の革命』一九一四・五、洛陽堂、五〇一～五〇五頁）

同様に、アメリカのコレクターでアヴァンギャルド美術の草分け的な紹介者だったArthur《アーサー》 Jerome《ジェローム》 Eddy《エディー》による*Cubists and Post-impressionism*（1914）の久米正雄訳でも、「印象派」の発展方向はA「表面的印象派《スーパーフイシアルイムプレツシヨニズム》」（モネー）、B「写実的印象派《リアリステイツクイムプレツシヨニズム》」（マネー）、C「実質的印象派《サブスタンシヤルイムプレツシヨニズム》」（セザンヌ）の三派に分たれ、Cについて〈それは表面的からは遠いが、写実的とは可なり共通点を持つてゐる。（略）セザンヌは物体及び人物の表面又は特質を描くことに満足しなかつた。彼はもつと深く行き、真の実質を摑んで、その根本的な性質を画面に表はさうとした〉（『立体派と後期印象派』一九一六・九、向陵社、二七七頁）と解説されているのである。「写実Realism」という言葉が、単に外面上の再現だけを意味するものではなく、むしろ内面的な真実を重視する所にまで意味範疇を拡大していることが分かる。

さて、春夫がこの頃、詩歌から散文へと活動の中心を移し始めたことはすでに述べたが、彼の最初に書いた小説がまさに「写実」概念の拡大をテーマにしたユーモア小説だったことが注目される。『青鞜』の活動家・尾竹紅吉を姉に持つ尾竹ふくみと、洋画家・安宅安五郎との結婚に衝撃を受けて書かれた小説「円光　或はAn Essay on Love and Art」(『我等』一九一四・七)は、ちょうど高村光太郎のアトリエに通い、自身も油絵を描き始めた時期の作品である。それだけに、単なる失恋小説ではなく、芸術論風に十分昇華された作品となっている。当時の美術思潮が、小説家春夫の出発期にいかに影響を及ぼしたのかを、まずはこの作品から確認していくことにしよう。

小説「円光」のモラル

「円光」の梗概は次のようなものである。

新婚の画家のもとに、妻の旧知の男から、彼女の〈写実的な〉肖像画を描いてほしいという依頼状が届く。画家は不安を感じながらも、恋に勝利した者の余裕を見せつけるためにその依頼を引き受け、描き始める。しかし、制作の終盤に至って、絵筆を持つ画家の心に一瞬疑惑の影が落ちて来る。

> 今日は口と顎とを纏めねばならない。彼は妻の唇を注視した、その時ふと心が曇つて来た。この甘く美しい唇を、果して、その男は一度も吸はうとはしなかつたらうか。それは厭はしい形を、写実の色を具へて幻に見えた。しかしいゝ具合にその空想は束の間であつた。／頸、衣裳、バック、と終に纏つて、この製作もまた月曜日に初まつて土曜日に完成した。彼は三歩退いて自分の画に見惚れた。「どうだい、素的だらう」と妻に言ひながら。妻は黙つて優しく、快よげな苦しげな、寂しげな、楽しげな笑を笑つた。モナリザの笑ひを笑つた。

絵は無事完成したが、その絵はすぐに送り返されてくる。添えられた手紙には次のような文言が記されてあった。〈吁《ああ》、誰か醜悪如斯《かくのごとき》画面を見て、彼の女が肖像なりと信ずべき者の候べき。殊にその唇の野卑は何ぞや〉〈貴下は可なり忠実なる写実なりと申し乍ら、終《つひ》に彼の女が頭を囲繞する円光に就て描き給ふところなきは何ぞ〉――依頼人によれば、〈彼の女〉の頭上には、虹よりも美しい〈円光〉が見えていたはずだという。それを描かなかったのは、画家の〈芸術上の謬見〉が原因だと難癖をつけてきたのである。画家はこの依頼人を詩人か狂人かと訝しむが、その正体を夫に問われた妻は、〈確か批評家だつたと思ひますわ〉と屈託なく答えた。

以上の話の最後にある妻の言葉を一種のオチと見るならば、失恋の意趣返しを芸術論に仕組んだ批評家〈依頼人〉の罠に、幸福に酔って自慢げな画家がまんまと陥れられるブラック・ユーモアを読み取ることも可能だろう。[5]単なる嫌がらせなのか、本気の信仰告白なのか、依頼人の真意は不明である。だが、ここで重要なのは、彼が〈忠実なる写実〉の語をあえて心的な意味――つまり「後期印象派」の文脈で使い、その新しい「写実」の立場から画家を貶めている事実なのだ。もっとも、「写実」を外貌の再現としか考えないらしい画家に、依頼人の批判は届いていない。だが、妻の唇を描く際の動揺が作品に残されていたのが事実だとすれば、絵は「心」を映しだすメディアだという依頼人の主張を、画家は知らぬ間に自らの行動で裏付けてしまったことになる。

考えてみると、「写実」の齟齬を描くこのような物語は、それが純粋な客観主義のキーワードであった時代には決して生まれ得なかったものである。その意味で「円光」は、間違いなく美術の新時代を象徴する作品だった。依頼人が一見奇矯な言辞を通して述べているのは、「眼」で捉えたものより「心」が捉えた映像を写し取ることが真の「写実」だと言う主張である。[6]「ものの見え方」を決めるのは「心」の状態であり、外側の物理的要因（「印象派」では光線）が重要なのではない、とその説を敷衍すれば、これはまさに「後期印象派」の「写実」論そのものと言ってよいだろう。

ところで、「円光」の論理によると、画家が依頼人の言う心的な「写実」に失敗し、彼女本来の美質を描けなかったのは、虚栄心や疑惑などの雑念が絵画にノイズを混入させてしまったからだということになる。むろん依頼人の狂信的な主張の方が彼女への正しい理解と愛情表現になっているとはさらに思えないのだが、注目したいのは、絵画がそれほど敏感に描き手の「心」を写すものだと考えられていることである。「円光」という作品が提起する一つのモラルは、対象の真を写すならまず画家は「無心」に徹すべしという「忘我」のすすめである。これは依頼人のみならず、春夫自身が油絵作者として持っていた一つの哲学でもあった。

私は私の目を神と信じて（また誰れしもさうするより他に仕方がないのだ）それを目の僕《しもべ》である手が、出来る丈け忠実に写さうとして居るばかりです。私は私の目で、物の存在を認識しやう《ママ》として居るのです、絵はそれの記録です。見たまゝ、感じたまゝを確実に、出来るだけごまかしのないやうに描いて居ると一つの絵が出来ます。そこで初めて自分自身でも、成程今描いたものはかうであつたと思ふのです。尤もそれがどうかすると、ちよつと手さきだけ達者に、皆が見て容易に感心するやう、或はその奇抜なのに驚くやうに描いて見やう《ママ》と思ふことが時々あつて困ります。はつと気がついてそれをやめます。私の手が他のいかなる人の目の奴隷にもなるべき筈でもなく、なれるものでもないからです。

（「立体派の待遇を受る一人として」『読売新聞』一九一七・九・一六）

絵を描くなら、〈皆が見て容易に感心するやう〉〈奇抜なのに驚くやうに描いて見やう《ママ》〉などと成心をもってはならぬと言う。特定の目的（ここでは他人への迎合）に向かって発動される日常的な意志は、〈物の存在〉への眼差しを曇らせるからである。そして、〈成程今描いたものはかうであつた〉と完成後に気づくほど「観察」に没入して出来上がった絵画は、本人すら自覚していなかった自分の「ものの見方」に気づかせてくれる。言わば無意識の眼で見よと説く春夫によれば、絵画制作における対象の「観察」とは、己の中の未知の領域を探究することと同義なのである。

「後期印象派」理論の紹介者だったアーサー・エディーは、前述の書物の中でセザンヌの特質について次のように述べている。

> セザンヌは印象派の再現の勝利を以て満足することが出来なかつた。就中、彼は実在《リアリティ》の一瞬間の相《すがた》を描くといふ印象派の主張に反逆した。彼はいはゞ当時の芸術家中の一種のプラトーとも云ふべく、実相の中に永久の秩序があり、芸術家の眼と心とに自《おのづか》ら映ずる意志《デザイン》があり、それを自分の作中に表現するのが芸術家の仕事であると信じてゐたのである。併し彼は此意志を他の芸術家の作中にではなく、実相其物の中に発見しやうと決心した。
>
> （『立体派と後期印象派』久米正雄訳、五五頁）

自己の観察を飽くまでも重んじるセザンヌの作画姿勢を解説した一節である。一般に「自我主義」と理解されるその態度はしかし、何か明確なヴィジョンを画家が自ら作りだしてそれを実現するというような意図的な力わざを意味するものではない。むしろ現象の裏側にある〈永久の秩序〉を信じ、〈眼と心とに自ら映ずる意志〉を描くという徹底した受動性こそがセザンヌの優れた特質だとエディーは言うのである。真の芸術家は「自我」を主張する前にすべからく「無心」になれ、対象に潜む〈意志〉がおのずから＝自然に己の内側へと働きかけてくるのを待てという発想は春夫の作画態度にも通じている。

春夫の方法は言わば、知的理解による先入主を避けるため、意識状態ではなく、無意識状態で受け取った視覚情報をダイレクトに絵筆に伝えようとするものだった。それは後にシュルレアリストが用いた自動筆記（Automatism）の発想を髣髴とさせる。作為を完全に脱落させた創作活動であることから、自動筆記はしばしば「憑依」（他者による支配）の感覚と関連付けられるわけだが、「無心」状態における絵画制作の主張にもその傾向はよく現れている。例えばエディーが言う〈芸術家の眼と心とに自ら映ずる意志〉（a design which reveals itself to the eye and mind of the artist）とあるのがそれで、画家が主体的意志を失っている以上、絵を完成させる原動力は彼の外部に求めるしかない。他なる意志＝「霊」（Spirit）が、芸術家の中に入り込む（In-）というインスピレーション（Inspiration）の発想は、浪漫主義的な一つの信仰である以前に、「無心」を重視する創作的立場では不可欠な論理上の作業仮説なのである。

廃園にみなぎる「意志」

さて、春夫が油絵制作に最も打ち込んだのと同じ時期に、めくるめくような感覚世界の消息を描く『田園の憂鬱』が成立した事実をどう捉えるべきだろうか。

例えば本作を「私小説」とする従来の読解の代表者であった中村光夫は、主人公が〈詩をつくらぬ詩人〉として無能化されているところに、計算や努力より即興性に芸術の純粋性を見る個性偏重の選民意識が現れているという批判を展開している。〈芸術家が芸術家になるのは、その作品によつてである以上、「彼」はこの「田園」の生活を自分にとつても他人にとつても無意味なものにしないために、何かの作品を産みださなければならない〉、しかし〈その作品がまさに「田園の憂鬱」だといふことになつて、主人公の作者への依存は、普通の私小説とちがつて二重になつてゐます〉[7]。

中村の発言は、「小説の書けない小説家」を描く後年の典型的な「私小説」の形式を念頭に、そのメタ・フィクションとしての祖型を『田園の憂鬱』に見ようとする点では示唆に富むものである。そしてデビュー後の春夫の作品には、確かに「形影問答」（『中央公論』一九一九・四）のように、テクスト自体が主人公（小説家）の作品だという設定下で「書く行為」そのものを問うていく確実なメタ・フィクションも存在している。だが、本作の場合は主人公の目標が小説家なのか詩人なのか、あるいは画家なのか建築家なのかが最後まではっきりしない。『田園の憂鬱』を主人公自身の作品と考える手がかりはないのである。

ただ、〈詩をつくらぬ詩人〉がなぜ芸術家へと脱皮できずにいるのか、その感性にひそむ問題点を、『田園の憂鬱』が叙述のレヴェルで開示していく構造を持つことは事実である。主人公の彼は、世界のイメージを俯瞰的に所有（「表象」）するための足場を求めて文学的教養に依存する側面と、世界を既知の退屈なものに変えてしまう教養を忌避して目の前の対象（「現前」）をはっきり見ようとする側面との葛藤を抱えた存在として登場する。そして本作の記述そのものが、矛盾を抱えた彼の声そのものを響かせて分裂している。例えば、田園移住の動機を説明する冒頭部分にもすでにそれは現れている。

「帰れる放蕩息子」に自分自身をたとへた彼は、息苦しい都会の真中にあつて、柔かに優しいそれ故に平凡な自然のなかへ、溶け込んで了ひたいといふ切願を、可なり久しい以前から持つやうになつて居た。おゝ！そこにはクラシックのやうな平静な幸福と喜びとが、人を待つて居るに違ひない。Vanity of vanity, vanity, all is vanity! 「空《くう》の空《くう》、空《くう》の空《くう》なる哉《かな》都《すべ》て空《くう》なり」或は然うでないにしても……。いや、理窟は何もなかつた。ただ都会のただ中では息が屏《つま》つた。人間の重さで圧しつぶされるのを感じた。其処に置かれるには彼はあまりに鋭敏な機械だ、其処が彼をいやが上にも鋭敏にする。それればかりではない、周囲の騒がしい春が彼を一層孤独にした。「嗟、こんな晩には、何処でもいい、しつとりとした草葺の田舎家のなかで、暗い赤いランプの陰で、手も足も思ふ存分に延ばして、前後も忘れる深い眠に陥入つて見たい」といふ心持が、華やかな白熱燈の下を、石甃《いしだたみ》の路の上を、疲れ切つた流浪人のやうな足どりで歩いて居る彼の心のなかへ、切なく込上げて来ることが、まことに屢《しばしば》であつた。　（一章）

〈空の空、空の空なる哉都て空なり〉という『旧約聖書』（「伝道之書」一 - 二）の章句を使った衒学的な解説が始まろうとする途端、それは〈いや、理窟は何もなかつた〉という言葉で発作的に否定されてしまい、改めて都会生活に強いられた精神と肉体の疲労が移住の動機として選ばれていく。教養への依存と忌避という彼の葛藤が、説明的な地の文の上でも演じられていく所に本作の特徴がある。

　さて、彼に巣食う教養依存の側面を最も端的に示す場面は、瀕死の薔薇の木に自分の将来を重ね、再起の祈りを捧げるあの著名な場面であろう。彼はなぜかくも薔薇を愛し、薔薇に祈りを捧げるのか。その説明に含まれる危うい論理構造と、コスモポリタンを自負する彼の自己暗示については第二章ですでに確認した通りである。しかし、〈薔薇ならば花開かん〉というゲーテの詩を用いた説明が、〈そんな理窟ばつた因縁ばかりではなく、彼は心からこの花を愛するやうに思つた〉と一度翻されている点からも見て取れるように、教養依存が真の意味での芸術的成長を自分にもたらすものではないことに彼自身も気づき始めている[8]。だが、自分の美的感覚を独自の形に結晶させる術を知らない彼は、みずからの存在を「教養を養分として咲く花」に重ね合わせることでしか、芸術家としての将来に希望が持てない状況なのである。

　既成の教養に縛られない感性を伸ばすにはどうすればよいのだろうか。いま彼が真摯に向き合うべき問題はそこにあるはずである。そして実のところ、彼のなかにはすでに、教養依存型のそれとは全く異なる感性の存在も指摘できるのである。

真夏の廃園は茂るがままであつた。／すべての樹は、土の中ふかく出来るだけ根を張つて、そこから土の力を汲み上げ、葉を彼等の体中一面に着けて、太陽の光を思ふ存分に吸ひ込んで居るのであつた――松は松として生き、桜は桜として、槇は槇として生きた。出来るだけ多く太陽の光を浴びて、己を大きくするために、彼等は枝を突き延した。互に各の意志を遂げて居る間に、各の枝は重り合ひ、ぶつつかり合ひ、絡み合ひ、犇《ひしめ》き合つた。（略）これが彼等の生きやうとする意志である。又、「夏」の万物に命ずる燃ゆるやうな姿である。（略）それ等の草木は或る不可見な重量をもつて、さほど広くない庭を上から圧し、その中央にある建物を周囲から遠巻きして押迫つて来るやうにも感じられた。（四章）

荒れ放題の田舎家の廃園をつくづくと眺める彼の眼には、夏の草木が繰り広げる熾烈《しれつ》な生存競争の姿が映り込んでくる。ここにはことごとに教養を参照する彼の衒学性はなく、廃園を〈生きやう《ママ》とする意志〉の闘争の場、動態エネルギーの激しい戦場として捉える視線がある。[9] 表面的・静止的なカタチの観察でなく、存在の内側にみなぎるチカラの可視化へと向かう彼の視力が、大正中期という時代性を考えたとき、「後期印象派」から「立体派」「未来派」に到るアヴァンギャルド芸術の世界認識と密接な関係にあることは言うまでもないだろう。さらに、そのような「他なる意志」が、観察者である彼の存在の深部に名状しがたい一撃を加える次のような状況も、前述の「憑依」の感覚に符合するものと見てよいはずである。

この家の新らしい主人は、木の影に佇んで、この廃園の夏に見入つた。さて何かに怯かされてゐるのを感じた。瞬間的な或る恐怖がふと彼の裡に過ぎたやうに思ふ。さてそれが何であつたかは彼自身でも知らない。それを捉へる間《ひま》もないほどそれは速かに閃き過ぎたからである。けれどもそれが不思議にも、精神的といふ

よりも寧ろ官能的な、動物の抱くであらうやうな恐怖であつたと思へた。（四章）

ここでは、彼の何気ない〈見入〉る（凝視する）という動作が、廃園の圧倒的なチカラを受信する引き金の役割を果していることに注目したい。坂口周によれば、当時流行した催眠術では、「凝視」が被術者を催眠状態に導入する有効な手段として活用されていたように、一見集中力を高める作用がありそうな〈見入〉るという行動には、「忘我」＝「無心」の状態を作り出し、「他なる意志」（催眠術の場合は施術者の意志）の支配を受け入れやすい態勢を作り出す効果があるという。[10]『田園の憂鬱』でも、「凝視」をきっかけに自己が別物に変容してしまうという例は枚挙に遑《いとま》がない。例えばそれは、羽化した蟬（四章）や〈フェアリイ・ランドの丘〉（一二章）など、望ましい対象との同化願望を満たす場合もあれば、ランプの下（七章）や丘陵の彼方（一四章）に都会の電気照明を幻視したり、酔漢の殺気に感応して、庇っていたはずの犬をいきなり打ち据えたり（一〇章）、竈の火の中に東京を散歩する妻の姿を見、自分もそこにいる錯覚を味わったりするなど（一三章）、「いま－ここ」にいて自己存在を統べる主体性が稀薄となり、「心」に「他なるもの」の感覚が充満する不気味さを残す場合もある。

彼は廃園で体験した引用部の事態を、知的レヴェルでは把握できていない。「他なる意志」に対する反応（恐怖）は、彼という生命体の内部（彼の裡《うち》）で発生しているにもかかわらず、意識の自覚領域からは窺い知れぬ外部＝暗部での出来事とされているのである。人の「心」の構造を仮に表層から深層までの幅を持った意識の層としてイメージするなら、知性によって統合された自覚領域が表層意識の世界であり、逆にその自覚が耗弱に向かうのが深層意識の世界である。この深層意識の世界では、「個」としての統合力に緩みが生じているため、例えば忘却しかけた記憶が眠っていたり、それが他人の記憶であるかのように思われたり、外来の〈意志〉とのコンタクトが行われたりする。まさに外部に向かって開かれているこの領域は、気候に気分が左右されたり、他者の視線に圧迫を感じたりするような「生理」のレヴェルと溶け合っている。『田園の憂鬱』は、人の「心」の構造をこのようにデザインしてみせるのである。

恐らく引用部の記述は、彼が自分の存在の基底にこのような未確認領域＝「闇」の領域を初めて見出してしまった瞬間の驚愕を示しているのだろう。そして『田園の憂鬱』に描かれる様々な神秘体験は、この「闇」の世界の動向におそるおそる眼を凝らしたときに見えてきた彼の深層意識の光景の数々だと考えられるのである。問題は、それこそが彼の感受性のボーダーを豊かに押し広げるためのヒントであるにもかかわらず、依然として教養への依存が才能の根拠になり得るという信仰を手放せないでいる彼の誤った期待なのである。

絵画的感性と文学的感性

ここで再度、〈眼と心とに自ら映ずる意志〉を描いたというセザンヌを想起するなら、対象の中に息苦しいほどの〈意志〉＝生命力を〝見る〟ことができる彼の感性は、文学面での彼が教養に縛られていることに比べると、画家を目指した方がよほど芸術家への近道に思われるくらい鋭敏かつ新鮮である。しかもその絵画的感性は、確かに彼の文学的感性を刺激し、これを開発していく側面すら持ち合わせていた。例えば作中唯一の芸術活動として彼が詩を書く場面でも、その創作欲を駆り立てたのは、〈所謂言霊をありありと見るやうにさへ思ふ〉（六章）という擬似視覚的な体験だった。また、ランプの光に寄ってきた馬追いを観察し、背中の一部だけ赤茶けているのを知った彼が、その驚きから〈松尾桃青の心持を感ずることが出来た〉（七章）とするのも同様で、文学的な表現意欲はあたかも、〝見る〟ことによって言葉の創造主の〈意志〉に「憑依」され、己の存在を共振させる所から始まると言わんばかりの体験が見受けられるのである。

〝見る〟ことから言葉が生まれる。この構図は、『田園の憂鬱』の一見不可解な結末の中にも反復されている。

秋の長雨の後、久々の晴天の下で庭に見出した薔薇の花を妻に摘ませ、火鉢の前で彼がその花を仔細に吟味し始めたときにそれは起こる。

何といふ虫であらう――茎の色そつくりの青さで、実に実に細微な虫、あのミニアチュアの幻の街の石垣ほどにも細かに積重り合ふた《ママ》虫が、茎の表面を一面に、無数の数が、針の尖ほどの隙もなく裹《つつ》み覆うて居るのであつた。灰の表を一面の青に、それが拡がつたと見たの《ママ》とは幻であつたが、この茎を包みかぶさる虫の群集は、幻ではなかつた――一面に、真青に、無数に、無数に……／「おお、薔薇、汝病めり！」／ふと、その時彼の耳が聞いた。それは彼自身の口から出たのだ。併しそれは彼の耳には、誰か自分以外の声に聞えた。彼自身ではない何だか《ママ》、彼の口に言はせたとしか思へなかつた。その句は、誰かの詩の句の一句である。それを誰かが本の扉か何かに引用して居たのを、彼は覚えて居たのであらう。（二〇章）

「凝視」の果てに、彼の存在は身体ごと「他なる意志」に支配されてしまい、〈おお、薔薇、汝病めり！〉の詩句を壊れた楽器のように繰り返し奏で始めたというのである。この結末の意味をどう理解すればよいのだろうか。

青虫に茎や葉の表面を隙間なく埋め尽くされた薔薇の現実の姿は、毎日の長雨で体中を蚤が這い回っているという彼の身体そのもののアナロジーである。さらに蕾の脇腹に深く穴を穿って入り込んだ虫が花の中に潜んでいるイメージは、存在の深部に「他なる意志」の支配力を潜ませ、あらゆる行動や感性が自分本来のものとは思えなくなった彼の実存の見事な写し絵だった。文学的教養を通して「表象」された薔薇ではなく、「現前」の薔薇の生命にじかに触れたとき、その哀れな姿と自身の実存とが確かに重なることに気がついた彼を襲うのが、〈おお、薔薇、汝病めり！〉という言葉なのである。それは「教養を養分に咲く花」という彼の理想的自己像が投影されるレヴェルとは全く異なる隠喩関係で、彼と薔薇とを結びつける。この新たな隠喩の思いがけない発見は、将来の芸術家として「表象」された物語的な自己像を打ち砕くものである。そして、彼には受け入れがたい「現前」としての自己の姿を鋭く彼に突きつけてくる。

もっとも、新たな自己認識を彼に迫るこの言葉に、真の新しさがあるかと言えばそれはない。彼に繰り返し襲いかかるこの言葉が、ウィリアム・ブレイクの著名な詩（'The Sick Rose'）の日本語訳であることは明白だからである。それがことさらに謎めいた響きを持つのは、単に彼が詩の作者名と文脈を忘却しているからだと言ってしまえばそれまでだろう。だとすれば、新たな自己像に直面し、それを言葉にする場合にさえ、彼は無意識のうちに既存の詩句を借用せずにはいられないというのがこの場面の真意なのだろうか。そして本作の結末とは、結局最後まで教養依存から抜け出せなかった主人公の度し難いディレッタンティズムを描いたものでしかないのだろうか。

まず注目したいのは、〈誰かが本の扉か何かに引用して居たのを、彼は覚えて居たのであらう〉という一文である。ゲーテの〈薔薇ならば花開かん！〉という詩句に代表される〈詩の国〉の言葉（芸術的因襲）は、自分の芸術的才能を先天的《ア・プリオリ》（先験的）に保証する母胎だというのが、彼の信じる自己暗示の論理だったはずである。彼の才能が〈詩の国〉から生まれてくるためには、当然〈詩の国〉の方が彼より先に存在していなくてはならない。だから実際には後天的《ア・ポステリオリ》な「世界文学」の教養に過ぎないそれを、彼は先天的《ア・プリオリ》なものへと読み替えようとしていたのである。そうすることで彼は、「世界市民」たるアイデンティティーと、芸術家たるべき未来の自己像とを一石二鳥で手に入れられるからである。ところが今挙げた問題の一文は、彼の言う〈因襲〉が個人の読書経験に過ぎないことを身も蓋もなく暴いている。それは後天的《ア・ポステリオリ》な経験を先天的《ア・プリオリ》な才能の根拠にするという論理が、単なる時間操作のまやかしに過ぎないと自ら暴いているに等しい。天性の芸術家であることを信じようとした彼のアイデンティティーは、もはや音を立てて崩れ去るしかない。

このように考えると、詩の作者名が忘却されていることにも意味がある。仮に〈おお、薔薇、汝病めり！〉という不気味な言葉が、もしブレイクという名とともに思い出されていたら、〈薔薇ならば花開かん！〉というゲーテの詩と同様に、恐らくはこの場面も悲壮な芸術的自己演出として彼のディレッタンティズムを満足させていたのだろう。というのも、〈薔薇ならば花開かん！〉と唱えて彼が自らを譬えていた対象は、薔薇のイデアである以上にゲーテという「大芸術家」だったのではないかと思われる節もあるからだ。だからこそ、薔薇の花に我知らず涙を催したとき、〈俺はいい気持に詩人のやうに泣けて居る〉（八章）という自嘲の言葉が聞こえたのである。しかし、〈おお、薔薇、汝病めり！〉という結末の言葉の場合、それはすでに作者名と切り離されてしまっている。少なくとも彼にとって、それは彼自身をいかようにも譬えるすべのない、顔のない〈誰か〉の呼び声なのである。[11] その声に全身を委ねてしまうことは、自分もまた顔のない〈誰か〉に変貌していたという事実を受け入れてしまうことになる。〈言葉が彼を追つかける。何処までも何処までも……〉（二〇章）という結末には、出自の不明なこの言葉に己を引き渡すまいとあがき続ける彼の姿がある。かくして教養という逃げ場すら失ったこの時の彼を摑んでいるのは恐らく、自分はもはや何者でもないという事実、他者の言葉や「意志」がただ交錯するだけの抜け殻のような存在の軽さに直面させられることへの恐怖である。郷里を逐われ、擬似故郷（フルサト）の〈詩の国〉も信じることができない彼には、もう自己存在の母胎と呼べるものがない。あたかもそれは、存在の原点である母が、いつの間にか顔のない真っ黒な化け物の〈誰か〉に変わっていたという恐怖体験（一八章）の再現である。

さて、ここまで来て再び確認したいのは、『田園の憂鬱』がまさに、絵画的感性による世界認識に基づいて成り立った物語だということなのである。大正中期の日本で「芸術家」を目指そうとする彼の眼は、「後期印象派」

の絵画理論に洗礼を受けた新しい「ものの見方」を身に着けていた。それは「現前」の対象を凝視し、「無心」＝「忘我」の状態に入ることで、対象の〈意志〉やエネルギーといった、不可視のものを深層意識の領域で感じ取る眼差しである。

ところが、一方では文学的教養に依存し、教養を才能の保証であるかのように錯覚している彼は、「他なる意志」に自己存在を委ねてしまうこの深層意識の活動に、不安や恐怖を覚えずにはいられない。もっとも、彼には〈言霊〉を〝見る〟という形で、絵画的感性を文学的感性の刷新に活かす試みがなかったわけではないが、〈言霊〉は人の深部を揺さぶる実感ではあっても、〈言葉と言葉とが集団して一つの有機物になって居る文章〉を組み立てるには至らず、したがって文学として通用させることはできなかった（六章）。「忘我」の活動である絵画制作と、理性の活動を要する文学創作との亀裂の構図がそこには見出される。

佐藤春夫は『田園の憂鬱』において、過剰に〝見る〟絵画的感性にとまどう、教養依存型の文学的感性を描いた。ジャンルのはざまに置かれた芸術的感性の亀裂そのものの感覚を言葉にすることが、小説家春夫の原点となったのである。これは谷崎潤一郎夫人をめぐる「小田原事件」以後、詩の宛先である恋人を奪われ、それが書けなくなった状況を散文で描くという逆説的な「心境小説」の方法とも共通する部分があり、また〈放心〉によって深層意識に文章を書かせようと企図した後年の「しやべるやうに書く」の主張にも、『田園の憂鬱』の主人公がなし得なかったことへの挑戦が含まれている。後者について中村光夫は、〈表現のための努力の必要をまったく無視するもので、芸術家の存在理由の否定〉であると激しい口調で批判を展開したが[12]、春夫の発想のベースには、間違いなく「後期印象派」の絵画論があった。とすれば、小説家デビュー前夜のわずかな一時期、春夫が画家を目指して油絵の制作に打ち込んだことは、思いがけないほどの長い射程で、この作家の足取りに影響を与えていたことになる。

注1　『田園の憂鬱』は「病める薔薇」のタイトルで『黒潮』に初稿掲載（一九一七・六）の後、稿を改めた『中外』掲載の続篇「田園の憂鬱」（一九一八・九）で評判を取り、その後短篇集『病める薔薇』収録時（一九一八・一一、天佑社）と、単行本『田園の憂鬱』（一九一九・六、新潮社）収録時に大幅に加筆された。

2　当時、母校の同窓会誌（『会報』一九一七・一二、新宮中学校同窓会、一二三頁）の卒業生名簿「現況欄」には〈絵画ノ研究〉、翌年の同欄には〈絵画文学ノ研究〉（同、一九一八・一二、一二三頁）と見える。同誌閲覧の際、和歌山県立新宮高等学校の大谷貴彦氏にお世話になった。記して謝意にかえたい。

3　「絵画の約束論争」（一九一一～一二）の経緯が象徴的である。性急な「後期印象派」の移入を文明論的観点から批判した木下杢太郎と、批判対象となった山脇信徳および擁護者の武者小路実篤の間で戦わされた論争で、ゴッホ・セザンヌを「自己の為の芸術」の師表と仰ぐ白樺派の性格を明らかにした。

4　「印象派」から「後期印象派」に至る芸術思潮の「主観主義化」と、後続するアヴァンギャルド芸術流派の受容状況および春夫の位置については、原仁司「佐藤春夫における絵画と自我の問題―「田園の憂鬱」成立の前景―」（『國語と國文學』一九九〇・八、五六～九頁）に詳細な言及がある。なお、同様の動向は、子規の客観的「写生」から離脱し、〈実相に観入して自然・自己一元の生を写す。これが短歌上の写生である〉（「『短歌と写生』一家言」『アララギ』一九二〇・九）と「写生」を定義した斎藤茂吉の「実相観入」説にも顕著にみられる。ちなみに、「写生」説に直接言及した部分はないものの、春夫は『アララギ』一九一五年四月号に『赤光』評を寄せて茂吉短歌を激賞している。〈彼の率直な感傷の披瀝と、自然に対する深い愛情と言葉（それも一種の自然的なものに外ならぬが）に対する忠実なる理解とが、彼の用ゐる言葉の一つ一つに、命を賦与して、意義的に色彩的に音楽的に生きたるものたらしめて、我々の感覚をそそる〉（「「赤光」に就て」）。

5　生田長江は〈溜息を笑にまぎらし、ユウモアの奥に涙をかくしたあの含蓄〉と、本作にユーモア小説の特徴を認めている（「最近の新聞雑誌から」『反響』一九一四・七、七六頁）。

6　海老原由香は、「円光」の依頼人の主張を、〈芸術は対象以上に、対象に注いだ魂を表現すべきだという芸術観〉

と要約し、それを春夫の芸術観に重ねている（「小説家佐藤春夫の出発点―『円光』をめぐって―」『國語と國文學』一九九五・二、五三頁）。

7　中村光夫『佐藤春夫論』（一九六二・一、文芸春秋新社、三八頁）。

8　この点に関して、林廣親は本作を〈意識の骨絡みとなった因襲の毒のために己れの本来の内的欲求に盲いた者の悲劇〉と指摘する（「田園の憂鬱〔佐藤春夫〕」三好行雄編『日本の近代小説Ⅰ』一九八六・六、東京大学出版会、二一四頁）。

9　〈生きやう《ママ》とする意志〉の語には、ショーペンハウアーの影響を指摘できる（姉崎正治訳『意志と現識としての世界』一九一〇・一〇～一九一一・一〇、博文館）。また、「田園の憂鬱」には、〈闇といふものは何か隙間なく犇き合ふものの集りだ。それには重量がある〉（一六章）、〈闇が彼の身のまはりに犇いて居た。それは赤や緑や、紫やそれらの隙間のない集合で積重ねてあった。無上に重苦しい闇であつた〉（一九章）など、通常の視力では捉えられない闇のエネルギーを感受しようとする視点もある。

10　坂口周は、催眠術を〈被催眠者の自発的活動を停止させ、その意志の所有権を奪ってしまう技術〉と要約し、またその典型的手法である〈注意凝集法〉（凝視）を、人為的に脳貧血を起こす方法とする学説が当時行われていたことを紹介している（『意志薄弱の文学史―日本現代文学の起源』二〇一六・一〇、慶應義塾大学出版会、三三一頁、一二六頁）。

11　詩の作者が「誰か」とされる匿名性について重視した論に、中島国彦『近代文学にみる感受性』（一九九四・一〇、筑摩書房、六〇四頁）、勝原晴希「他界のリアリズム―『田園の憂鬱』を読む―」（『駒澤國文』一九九五・二、六五頁）がある。

12　中村光夫『佐藤春夫論』（一九六二・一、文芸春秋新社、一七頁）。

第五章　「或る男の話」論——高等物置の秘密

幻のデビュー計画

文学史上における佐藤春夫のイメージは、反自然主義耽美派が拠る『スバル』『三田文学』から少年詩人として登場し、オスカー・ワイルドやエドガー・アラン・ポーなど世紀末芸術の影響下で小説家に転じた仮構的・幻想的作風の浪漫主義作家、というものが一般的であろう。だが、初期春夫の活動が必ずしも空想的な浪漫主義の枠にのみ収まり切らない要素を持っていたことは、紀州新宮歌壇における自然主義的な作歌活動について論じた辻本雄一や、田園生活期前後における後期印象派風絵画の制作について論じた原仁司の指摘によって明らかにされている。(1)これらの優れた論考は、デビュー前の春夫が、自己の資質をいかなる形で発信しようと試みていたのかを、時代状況との関わりの中で検討し直す貴重な視点を提供してくれる。

一方、今日の固定化された春夫のイメージがどのような経緯で定着したのかを考える視点も必要であろう。「李太白」（『中央公論』一九一八・七）の推敲や「田園の憂鬱」（『中外』一九一八・九）の掲載先斡旋など、谷崎潤一郎が陰で春夫のデビューを支えたことは有名だが、むしろ見逃せないのはそのメディア上での発言である。〈佐藤君の身辺には常に芸術の香気が漂ひ、空想の国土が展けて居る〉（「梅雨の書斎から」『中外』一九一八・七）、〈芸術家の空想がいかに自然を離れてゐようとも、それが作家の頭の中に生きて動いて居る力である限り、空想も亦自然界の現象と同じく真実の一つではないか〉（「序」『病める薔薇』一九一八・一一、天佑社）――春夫のデビューには、彼を〈自然派〉に対峙する〈空想〉作家の旗手として迎え入れようとする谷崎の強い思惑が働いていたのである。同じ頃、文芸同人誌『星座』（一九一七・一～五）時代に付き合いの深かった江口渙もまた、白樺派の人道主義文学を批判する一環として掲げたロマンティシズム待望論の中で、〈世間から比較的冷遇されてゐる佐藤春夫氏の作品の上と、銀の雨が注ぐやうな美しいリリシズムと、青く澄んだやうな月光が張り落ちるやうなデリケートな感覚との奥に、計り知ることの出来ない位豊富なロマンティシズムが流れてゐる〉（「真純なるロマンティシズムの要求」『文章世界』一九一八・七）と、盟友に対するエールを惜しまなかった。好むと好まざるとにかかわらず、浪漫主義者としてのふるまいを期待される中で文壇登場の機会を摑んだのが春夫だったのである。デビュー後の彼が、〈自分はあくまでも芸術至上の考なのだから、その自分の信じて居る所をハツキリ人にも自分にも示して見度い〉（「音楽的な作品、芸術の宗教的な意義」『雄弁』一九一九・三）と語っている所には、周囲の期待に必死に身の丈を合せようとする春夫の傷ましい決意が現れていることを見逃してはなるまい。(2)

実際、デビュー作「田園の憂鬱」に与えられた評価が、〈月夜のやうに青く、蜘蛛の巣のやうに微かにおのゝける情操〉（谷崎「序」）というリリシズムを重視する声と、〈病的神経のリアリズム〉（広津和郎「新人佐藤春夫氏」『雄弁』一九一八・一二）を重視する声とに二分されていたことを考えると、初期の春夫には空想作家という後年の彼のイメージに収まりきらない過剰性があったようなのである。例えば『病める薔薇』の所収作「歩きながら」（原題「一疋の野兎とさうして一人の外国人」『我等』一九一四・四）は、肉屋の店先で血まみれの肉塊になる野兎を、歯茎の膿んだ歯痛病みの青年の眼から眺めるという陰鬱なスケッチであるし、「戦争の極く小さな挿話」（『星座』一九一七・五）は、激戦の末、意識の統御を離れた身体が勝手に動き出すことへの兵士らの恐怖を描く小品としていずれも異彩を放っている。(3) イデア的な美の世界への憧憬とは対極的な地平で、肉体の事実性が持つ醜怪な質感にどこまでも拘泥する暗さが、初期習作の一つの特徴をなしていたとさえ言えるのである。

実際、神奈川県都筑郡中里村での田園生活（一九一六・五〜同年末）に終止符を打ち、文壇再起を目指して東京に復帰した春夫は、「西班牙犬の家」（『星座』一九一七・一）や「月かげ」（『帝国文学』一九一七・三）などの幻想的作風で才能を示し始めるが、必ずしもその路線に将来を賭けていたわけではなかった。[4]というのも、春夫は後の自己演出からは想像もつかないような作品によるデビュー計画を立てていたからである。あまり言及されない事実だが、春夫は『田園の憂鬱』の未定稿にあたる「病める薔薇」（『黒潮』一九一七・六）の起筆直前、性欲の問題を〝自然主義的〟に扱った「五月」と題する告白体小説を書いていた。それは〈処女作と云ふやうな意識をもつて自分を試みやうとした〉最初の作品だったが、持ち込み先の『新小説』から不満が出て掲載を断念したのだと言う（「十年前」『文章倶楽部』一九二四・八）。空想的な美意識のみで語られがちな春夫の資質を立体的に捉えなおすヒントがここに隠されているのではないか。

そもそも浪漫主義とは、鋭い現実認識のもとに理想との乖離を自嘲することで、高遠な理想世界の表現を逆に可能ならしめようとする逆説に満ちた言語戦略だったはずだ。したがって、春夫を「理想」か「現実」かのどちらか一方に納めてしまう視点からはそのアイロニーの動態が見えてこない。春夫の小説が形而上の「理想」を語るためには、必ず形而下のニヒルな「現実」認識がスプリングボードとなっている。それを問うことにこそ、春夫の浪漫主義の独自性を探り出す端緒があるに違いない。

「五月」は『新小説』で没書になった後、長らく幻の処女作として未発表のままだったが、『雄弁』編集者の求めに応じて後に活字化されたという。〈不良少年文学で、放縦な性的の描写〉を含むゆえに、〈殆んどフセ字だらけ〉にされてしまったというその内容や掲載時の状況に合致する作品は、一九二〇（大正九）年一月、『雄弁』に掲載された「或る男の話」以外には考えられない。

『田園の憂鬱』の起筆直前の時期に、それとは全く異質に見える「或る男の話」が執筆されていた事実は、従来長らく閑却されてきた。高踏的な芸術小説としての表向きの顔のみで評価されたり、批判されたりしてきたのが『田園の憂鬱』なのである。だが、芸術的な自己陶酔の陰に、主人公が深いニヒリズムを潜ませている事実を見過ごすべきではない（本書第二章参照）。そして、この点において「或る男の話」が、『田園の憂鬱』に非常に近い世界を示していることは確かである。本章では、「或る男の話」を取り上げることで、『田園の憂鬱』に示された独特な存在論の由来を掘り下げてみたい。

二つの自然観

「或る男の話」（原題「五月」）の梗概は次の通りである。

六年前、高等学校二部の生徒だった〈私〉（井上）は、兄の先輩A夫妻の家に寄寓していた。四月中頃、〈私〉はその家の女中おきみと肉体関係を持つ。しかし、〈教養のあるものであり乍ら、下女風情と関係をした〉ことに〈私〉の自尊心は傷つき、また悪友との遊蕩で患っていた性病がおきみに伝染した場合の不安に襲われる。もし伝染によって関係が発覚すれば、勤勉温良な学生で通っている〈私〉の信用が失墜することを恐れたのである。おきみの誘惑も煩わしく、〈私〉は夫妻の家を出て下宿に転居した。そこで見せる当てのないA夫人宛の恋文を書いて日々を過ごす。そんな五月のある日、所用で再びA夫妻の家を訪れた〈私〉は、同家の書生、謙ちゃんとおきみが通じている場面を目撃し、やっとおきみから解放されたように思う。しかし、彼らの情事がA夫妻に知れた時、二人の口から自分の名が出ることを危ぶんで、〈私〉は再び激しく煩悶するという内容である。

かつての自分の不条理な自尊心と冷酷なエゴイズム、そして卑怯な保身術を、六年後の〈私〉（語り手）は批判的に振り返っている。冒頭にはゲーテの言葉〈人は散文で懺悔することを好むものではない〉をエピグラフに掲げてあるが、〈私〉の〈懺悔〉は例えば、〈こんな場合にさへ自分の見えを、それぱかりを考へて居るのでした〉という注釈を交えながら語られて行く。赤裸々な「告白」行為を行う当人が、自らを〈見え〉にこだわる人間だと規定するこの一種の矛盾に注意を払いたい。なぜなら、この場合、恥を掻き捨てて「告白」するという行為自体が、それだけで果敢な自己批判としての意味を帯びてしまうからである。「告白」は本来、倫理的な観点から自己を裁断するために企てられたはずであった。だが、それがいつの間にか自己を救済する方便になっているところに、「或る男の話」の〈懺悔〉たるゆえんがある。自分の犯した罪が、告白によって浄化されるというのが、〈懺悔〉本来の意味であろう。

まず、〈私〉の告白内容を、その論理構造に注目しながら分析してみたい。かつての〈私〉は、〈下女風情〉〈うす汚い田舎娘〉〈不潔物〉などと内心軽蔑するおきみと肉体関係を持つ一方、A夫人を禁欲的な〈プラトニッククラブ〉の対象にしていた。語り手はそのような過去の自分を〈恋愛と性慾とを全然区別して考へる側の少年〉と説明している。だが、〈私〉の実際の行動と照らし合わせてみると、この規定もかなり疑わしいものに見えてくる。例えばおきみとの関係を画策した当日、A夫人の外出を見届けるためとはいえ、その〈着換へて居るところ〉を窃視した事実や、おきみとの行為の後に人の気配を察して〈それが奥さんだつたらあの気品のある若い婦人がどんな表情をしてこの場へ現れたらう〉と〈卑しく想像〉した事実、さらにはその直後、情交の露顕を契機に〈姉妹を同時に犯した〉悪友の話を思い出す事実など、〈私〉はA夫人に対してかなり冒瀆的な欲望の眼差しを向けていたからである。〈毎夜獣に私がなつて居るかと思ふばかり〉に性欲の虜となった〈醜い自分〉の姿が行動の端々に反映している。おきみとの一件はそれを決定付ける出来事だったのであり、〈私〉が〈おきみを理由なく憎悪する心〉を抱き続けるのも、自分の実態が軽蔑すべき〈悪党〉や〈田舎の若い衆〉と何ら変りのない〈堕落書生〉であることが、おきみとの情事によって既成事実化してしまったからなのである。

〈私〉はそのような〈醜い自分〉に気づきながら、それでもなお身勝手な〈見え〉と〈自尊心〉から自分を〈教養のある〉〈高潔〉な人間だと思い続けたがっている。そこで六年前の〈私〉が考え出したのは、おきみとの過ちを糊塗する次のような理屈であった。

哀れなのはこの頃の私の反省の力である。罪は私にあることを私は充分知つて居た。併も、その責任に就て考へますと、私はぢつと目を閉ぢて、見ぬふりをして居たのでした。その時、私に極く都合のいゝ考が浮びました――いや、いや、春といふ季節が、一人の年若い人間に作用したまでだ。あの枯枝に花を咲かせ、石原に草を萌出させる力が。と私はさう考へると一先づ安心したのです。さすれば罪はどの人間にもない、己にもない。若しあるといふならばそれは己ばかりぢやない。人間全体の共犯さ。

自分の行為は〈春といふ季節〉にそそのかされたのだという正当化である。そしてほんのひとときの間、〈私〉は〈拷問から逃れ得た囚人のやう〉な安堵を得るのであった。が、次の瞬間、〈私〉は思いがけぬことから再び激しい自責の中に突き落とされてしまう。

けれども、かう考へて「萌出す草」といふ言葉が頭に浮ぶと、私はあの事の直ぐ後に凝乎と空地の草のかたまりを見て居た自分になつて、論理と空想との必然性である多少遊戯的な世界から、私は現実の世界へどたんと突落されました。然うだ。すべてのことはこの此処で行はれたのだ！　それに従事したのがこの己だ！

おきみとの情交直後の場面には、確かに〈私〉が部屋の窓ガラス越しに〈目の下の地面を凝視〉するくだりがある。〈きのふけふ萌え初めた雑草が一かたまり青い。（略）屋根から雀が、からみ合ひながら二羽でまくれ落ちて来て、直ぐまた飛立つた。私は異常な綿密さでそれ等のものを見入つて居ました〉。〈私〉は〈萌出す草〉からの偶然の連想でこの外界の自然の光景を思い出し、行為の責任が他ならぬ自分にあることを自覚させられたと言う。それにしても、一度は〈都合のいゝ考〉と思われた遁辞が、自分の観察した風景を思い出すことでいきなりリアリティーを剝奪され、そこへ再び責任意識が呼び戻されてくるのはなぜだろうか。実はこの急展開のうちに、自然観の内訌とでも言うべき奥深い問題が潜んでいるように思われるのである。

　最初に〈私〉が考え出した自己救済の論理は、人間の性欲を自然界に遍満する生命力の発露とするものであった。人為を偉大な自然の営みに帰一させるこの「一元的な自然」観に基づけば、行為の結果を個人の責任から切り離して考えることが可能になる。個が普遍的な生命力を介して自然の中に融解する時、その境地にはもはや自意識など存在するはずもない。しかし、そのような主客合一の没我境から〈私〉を疎外するのが、〈異常な綿密さ〉で自然を観察せずにはいられない〈私〉の「客体的な自然」観だったのである。

　この二つの自然観の不協和が自意識を生み出していることも注目される。おきみとの行為の直後、異常に綿密な観察によって自然を強く客体視する〈私〉〔A〕は、青々と萌え出す雑草や二羽の雀が絡み合う自然の生殖の営みのうちに、〈私〉自身の象徴〔B〕を見出そうとしていた〈私〉でもあった。自然への自己投影と自然観察とを同時進行させるとき、必然的に〈私〉は、「主体としての自己（見る自己）」〔A〕と「客体としての自己（投影された自己）」〔B〕という二つの〈私〉へと分裂して行くだろう。本来なら人間を慰藉するはずの自然への同一化が、鋭い観察眼の介在によって逆に自意識（自己の客体化）の昂進に一役買ってしまうというパラドックス。これによって、「一元的な自然」への帰一の夢は、瞬時に崩壊せざるを得なかったのである。

「生命」や「一元的な自然」の与える宇宙的普遍性のイメージが、孤立した個人を救済する切り札として大正期の有力な思想的モードを形成していたことはよく知られている。[5] この発想が後年の「女誡扇綺譚」(『女性』一九二五・五)にも顕著に見られることはすでに本書の第三章で触れたとおりである。「女誡扇綺譚」では、熱帯の植民地に生命主義の「新天地」を夢見た語り手の憧れが、最後に幻想として否定され、自分の犯した現実の罪に向き合わざるを得なくなる結末が用意されている。「或る男の話」でも、この崇高な理念は、結局〈下女〉との密通を糊塗する無責任な遁辞に利用されるまでに矮小化されているのである。

春夫独特の位置取りをここに見ることができよう。すなわち、自然を観察対象として鋭利な視線で捉えて行く「客体的な自然」観が自己を客観視する契機となり、大正生命主義の「一元的な自然」観は単なる〈遊戯的な世界〉の範疇に封じ込められてしまう。そのような所に、時代の標準に対するこの作品の偏差があったと思われるのである。

空っぽな家に満ちるもの

ここで、少し別の角度から「或る男の話」を読んでみたい。作品の書き出しは、次のようなものである。

> 春の昼間のひつそりとした空気が、一種お屋敷風とでも言ふべき物静かさで、のつそりと家中《うちぢう》にひろがつて居ました。十二畳の書院や、茶室や、皆して「高等物置」と呼んだ部屋などは勿論、恐らくは納戸にも茶の間にも、誰も居ないのであらう。事のおこりはこゝで初まりました。//丁度六年前の四月の中頃でした。//二階の自分の部屋の窓から、私は凝乎《ぢつ》と遠方を見据ゑて、併し、目には何にも見ては居なかつた。私はとう〱二階から下り初めた。

この小説で特徴的なのは、家の間取りが不必要なほど細かく描写されていることである。そしてそれぞれの部屋が、そこで起きた事件にしっかりと関連づけられていることである。〈私〉の部屋は二階の八畳であり、梯子段を降りた所に六畳の「高等物置」がある。そこから大きな姿見のある廻り縁を曲がってすぐの所に六畳の茶の間と客間があり、客間の前の納戸を抜けると主人の書斎、納戸の隣に一二畳の書院[6]、ほかに茶室がある。この〈廻り縁や廊下などの多い〉〈立派な家〉が、A夫妻と〈私〉、健ちゃん、そしておきみの五人の住まいであった。〈私〉が広い家の中で唯一と思われる二階の特別な部屋をあてがわれている事実は、A夫妻からの待遇の手厚さを物語っている。茶の間にいたおきみを〈私〉が誘い込んで事に及んだのはここである。また、置手紙を書こうと主人の書斎に向かった〈私〉は、納戸に来たところで隣の一二畳（書院）にうごめく謙ちゃんとおきみの情事を発見している。なお、最初の事件は六年前の四月中旬、一九歳の学生当時の出来事であり、その自己嫌悪から〈私〉はこの家を去った。後の事件に遭遇するのは五月とあるが、〈出社しないで〉A氏に面会に来たという記述から、〈私〉はすでに就職していることが分かる。二つの出来事の間には、少なくとも一年以上の時間が経過していることになる。

さて、この家の間取りの中で最も印象深く描かれる場所は、「高等物置」の六畳と廻り縁の角とである。「高等物置」は〈いやにうす暗い六畳〉で、〈西南に開いた西洋風の窓〉を持つ明るく瀟洒な〈私〉の部屋とは全く対照的な空間である。〈私の部屋への往来より外《ほか》には別に用もなく使はれて居る部屋〉だったというその用途とは、〈秘密なある種の病気（注・性病）をこつそりと直《ママ》す〉ことだった。おきみと通じる決心を持って梯子段を降りた〈私〉は、〈今のさつき使つたあの薬の臭が非常に劇しく鼻につくのを感じながら〉、この部屋を茶の間へと通り抜けて行くのである。そして〈おきみはもう己の心を見抜いた〉、つまり心の秘密が露顕したという強い思い込みに駆り立てられて、〈私〉はその後の行為へと突き進むのである。

〈皆して「高等物置」と呼んだ〉この暗い部屋が持つ暗い意味は、以上の経緯からもはや問うまでもないだろう。それは剝き出しの〈情慾〉が住む〈私〉の心の暗部である。その暗部はまずおきみに見透かされるのであり、続いて健ちゃんにも知られることになる。そもそも「高等物置」という名称は、学生向けの安下宿の看板によく掲げられていた決まり文句「高等御下宿」の明らかなもじりである。場合によっては、名前負けのする貧相な内実を揶揄する高等ジョークとしても通用するだろう。〈私〉はこの「高等物置」に隠された〈情慾〉の秘密が家人に露顕するのをひどく恐れているが、それは自分こそが〈皆して「高等物置」と呼〉ぶのに適当な、中身の乏しい、虚飾の存在であると見抜かれることに対する恐怖なのである。おきみの身だしなみについて、〈上べだけは流石に、奥さんの注意から小ざつぱりと着るやうにはなつて居たけれども、外から見えぬところへ纏うたもののうす汚さ！〉と蔑んでいるのは、内側と外側とで激しいギャップのある自分の写し絵を見せられていることへの苛立ちがあることを確認しておきたい。

一方、廻り縁の方にも意味がある。それは獣の〈私〉が棲む秘所としての「高等物置」と、一家の者が顔を合わせる公共空間としての茶の間とを繋ぐ経路である。曲り角には趣味人のA主人が以前、〈自画像を書くためとかに買つた〉姿見が掛けられていた。自画像が見知らぬ自分と向き合うために描かれるものだとすれば〈本書第四章参照〉、この鏡は秘められた己の正体を自らの外に取りだして見せる照魔鏡である。この場所で用心深く〈信用の篤い秀才〉の仮面をかぶり直さなければ、〈私〉は「一家団欒」の中に姿を現すことはできない。おきみを誘う日の〈私〉が鏡の前で逡巡し、〈今自分のして居る事、しや《ママ》うとして居る事が、何となく客観的に感じられました〉というのも無理はない。この鏡は、自分の行為を見つめるもう一人の自分の眼だからである。

ここで注目したいのは、家の中のこれらの場所の空間的な配置が、〈私〉の〈心〉そのものの構造を表現しているということである。〈私〉の部屋は二階の八畳だが、階下の六畳が自室への通り道以外に用途がないとすれば、積み重なったこの二層の部屋が〈私〉の私的領域である。性病の治療薬を塗布するなら他人に見られる気遣いがより少ない二階の自室で行う方が安全なのに、彼があえてそれを階下で行うのには心理的な理由があろう。階上はA夫妻の大事な客分であるという自分の信用を保証する空間であり、そこに「不浄」を持ち込みたくないというのが彼の真意に違いない。〈私〉の私的領域は、梯子段によって神聖な階上と穢れた階下との垂直方向に隔てられている。そして廻り縁の鏡（＝自意識）は、秘密の〈私〉が家人の公的領域（茶の間）へとそのまま持ち込まれることがないように監視役を担っている。要するに、A家の秩序を破壊しかねない〈私〉の性的欲望は、梯子段と姿見という二つの結界によって、「高等物置」の中だけに封印されているのである。

それではなぜこの日に限ってその封印が解かれてしまったのかと言うと、その理由を極めて隠微な形で述べているのが冒頭の引用文なのである。〈事のおこり〉は何よりも、自分とおきみ以外屋敷には〈誰も居ない〉ことを〈私〉が意識した所にある。より正確に言うなら、A夫妻の不在が、家庭的なモラルの不在として認識された所にある。〈広くひつそりして居ることが私には一つの誘惑でした〉というのは、〈信用の篤い秀才〉を演じなければならない心理的負担からの解放感を表現していることは間違いない。だが、それだけのことで封印解除＝境界侵犯が行われたわけではない。〈春の昼間のひつそりとした空気が、一種お屋敷風とでも言ふべき物静かさで、のつそりと家中にひろがつて居ました〉とあるように、〈私〉の秘められた〈情慾〉が解放されるには、秩序の去ったA家の空洞に淫蕩な「春」の空気が侵入し、「春」のその遍満する力で、家の中に設けられた煩わしい公私の境界が溶解されてしまうというイメージが必要だったのである。

奇妙なのは、このイメージを獲得する際の〈私〉の身体に、ある独特な兆候が現れていることである。〈二階の自分の部屋の窓から、私は凝乎と遠方を見据ゑて、併し、目には何にも見ては居なかった〉。単純に言えば放心状態だが、注意すべきはその状態が「凝視」という目の動作に誘発されていることである。第四章でも触れたように、「凝視」には「忘我」（無心）という催眠状態を作り出し、「他なる意志」の支配を受け入れやすい態勢を作り出す効果がある。社会的信用にこだわる監視者としての自分がこの「忘我」によって消滅し、〈私〉の心もまた、A夫妻のいない屋敷によく似た真空地帯になる。用心深いはずの〈私〉の心は、かくして〈枯枝に花を咲かせ、石原に草を萌出させる力〉としての〈春といふ季節〉に占領されるのである。〈一人の年若い人間〉の本能が解放されるまでの経緯における「凝視」の動作には重要な意味がある。それが引き金となって、封印を解かれた彼の性的欲望は、「高等物置」から梯子段を上がって二階の神聖な八畳に侵入し、とうとうそこをおきみとの情交の現場に変えてしまうのである。

〈西南に開いた西洋風の窓からは、カアテンも引かれないガラス障子から、西日が強くそれ等の人間達の上を直射して居ました〉。伏字処理された「行為」の場面の後に続く部分の描写である。ここで裸形のおきみと自分はことさらに〈人間達〉と表現されている。その時の〈私〉の眼は、〈見るともなく、高い其処から目の下の地面を凝視し〉、自分の行為を〈きのふけふ萌え初めた雑草〉の青さや、〈からみ合ひながら二羽でまくれ落ちて来〉た雀と何ら違いのないものであることを確認しようとしていた。だが、問題はこの視線が〈高い其処〉から地面に向けられていることである。この高低差の感覚は、A夫妻からのかけがえのない信用の証である二階の部屋に、裸の〈下女〉と共にいる現実を彼に教えるのである。〈凝視〉によって再び空洞化した〈私〉の心に、今度は監視者としての自分が帰ってくる。〈或る神秘な瞬間を過ぎてがらりと私の心境が変ると、頭のその空虚へ颶風のやうに突進して来て居た恐怖〉という言葉は、この監視者の帰宅を表現したものに他ならない。ここでの〈凝視〉は結局、自然と自己との隔たりを再認識する「客体的な自然」観を呼び込んでくるきっかけに変じているのである。

ちなみに、その日〈私〉が見たという夢が、やはり家の構造に関する夢であったことは興味深い。

その晩も夢を見ました。私はその頃よく夢ばかり見て居た。併しその夜の夢は別にその事件に関係のありさうな夢ではなかつた。それで、その晩も夢を見た事を反つてよく覚えて居る――何でも海岸の大きな広い、上つたり下りたりする廊下が無暗にある家に私が住んで居るのである。それがどうしたのだつたか忘れたが、何でも快い夢でした。

現実のA氏の広い家に住む〈私〉の心の窮屈さと、夢の中の広い家に住む〈私〉ののびやかな快さとを対比と見るとき、この夢の持つ一つの奥深い意味が初めて顕現してくるはずである。夢の家に住むことの快さは、〈私〉がその家の主人でなくしては得られないものだろう。さらにその快さの由来を、秘密の憧れが夢において実現したものと考えるならば、当時の〈私〉の人に言えぬ願望とは、A氏になり替って夫人を娶りたいというものだったことは確かである。幻のその家に梯子段のアップダウンが多いことは、そこが階上と階下の区別のかえって明瞭でない家であることを示している。夫人の前で外面（タテマエ）の自分と内面（本音）の自分の面倒な使い分けに煩わされる必要がなく、その両者を融通無碍に往来できるのは夫のみに許された特権であろう。性愛は極めてプライヴェートなもので、社会の表には出せない個人の秘所だとしても、結婚という制度に守られた夫婦関係の中で行われる限り、それは何ら社会のモラルと抵触する心配のない公然の秘密である。人間の行為としては同様でも、〈私〉の立場のままでA夫人やおきみに通じる場合とでは、言うまでもなくその社会的な意味には大きな違いがある。つまりこの夢は、美しい夫人と共に広い家に住み、夫人との性愛によって何ら社会的非難や悖徳《はいとく》感に怯える必要のないA氏の立場に向けられた、〈私〉の限りない羨望を示したものなのではあるまいか。

祈る姿を描くこと

人間が仮構する内外＝公私の境界を「生命」によって乗り越えようとする「一元的な自然」観が、「客体的な自然」観の介入によって〈遊戯〉と貶められ、自己弁護どころか自意識の増大をもたらして頓挫したとき、あやまちを犯した自分を救うべき拠り所を、今度の彼はどこに見出そうとするのだろうか。そこで注目されるのが、A夫人との純愛である。おきみの誘惑を逃れて別な下宿に転居したのち、〈私〉はA夫人に宛てて猛然と恋文を書き始めている。ここにこそ、〈私〉の次なる自己救済の仕掛けが施されているのである。

> 私は毎晩、殆んどか丶さずに毎晩、この人に宛て丶手紙を書いて居たものです。（略）それを自分の机の抽斗《ひきだし》へ蓄めて居るのでした。他日見せや《ママ》うとの目的も何もあるのではありません。尤も、自分が今でも死ぬるやうな事があれば、その時にはこれをあの人に贈つて読んで貰はう、あの人への遺書にしや《ママ》うなどと、時々馬鹿な空想はしましたが併し、その目的でそれを蓄めて置いたのぢやない。その人に手紙を書く事が、その頃の私の日々の祈だつたのだ。

〈私〉にとって、大正生命主義的な言説が論理的な遊戯の枠を出なかったことはすでに確認した。そもそも自己の性欲を自然や宇宙の一元性へと開いていく発想では、軽蔑すべき〈悪党〉や〈田舎の若い衆〉と自分とを区別立てるどころか、むしろその同一性を積極的に肯定することにつながってしまう。彼らとの同一性を打ち消し、改めて〈高潔〉で〈教養のある〉自己の回復を目論んだとき、〈私〉にとって唯一残されていた途がA夫人への純愛を精一杯に演じることだったのだ。人妻を相手に、誰の目にも触れることのない恋文を一人で書き続ける行為は、この〈プラトニッククラブ〉が自分宛のパフォーマンス——観念的であるよりも能動的な実際行動であり、また〈私〉自身に向けた演戯であるという両義性において——であったことを何よりも雄弁に物語っていよう。目的の成就よりも行為自体に重い価値が置かれている点で、それはまさに〈祈《いのり》〉の語が充てられるにふさわしい。しかし、その〈祈〉が〈高潔〉さの捏造という本当の目的を隠した身ぶりであったことは、例えば謙ちゃんとおきみの密通を知った日に限り、〈出しはしない珍奇な手紙を書くことを休んだ〉事実によっても明らかである。二人を非難する口実が得られたその日、〈私〉はもう祈る必要がなかったのである。

　そのような自分を、〈恋愛と性慾とを全然区別して考へる側の少年〉と振り返る六年後の〈私〉は、A夫人への〈プラトニッククラブ〉が自己欺瞞の手段であったことに恐らくは気づきながら、今度はそれをもっとしたたかに利用している。〈私がこの人にもつた感情は、言はゞ極く普通の少年の平凡な感傷的な初恋なのでせう。その心持はくだ〳〵しく述べるまでもありますまい。あなたの初恋の心持を思ひ出していただければそれと同じ事です、きつと〉。作中のここだけ、ことさらに〈あなた〉と呼びかける語り口の不自然さ。あえて聞き手を巻き込み、その内省に訴えることで、自分の過去を「純粋な初恋」という普遍的な物語に昇華させようとする語りの詐術がきわどく透けて見える箇所である。

　「或る男の話」とは、後年春夫が解説したような〈苛酷な程の寧ろヒステリカルな自己反省をする、と云ふ多少は倫理的な気持〉（「十年前」）の表現というよりも、実際は自分の社会的な体裁を保つのに不利な性的行動を何とかして正当化し、あるいは糊塗するために様々な論理を駆使する自己弁護の物語だったのである。その是非を問うことよりも、春夫の問題として考えたときに意義深いのは、自然主義的な「現実」（肉体の事実性）を見据える自意識の呵責の中にあって、〈祈〉という実際行動の純粋性のみが、「自然」や「生命」から疎外された孤独な個人の救済を担うと考えられている点である。小説に「理想」を呼び込む手段として、〈祈〉の身ぶりを描くという一つの方法がここに見出されたのだと言い換えてもよい。

この「或る男の話」（原題「五月」）が、発表のあてもなく未完に終わった直後に書かれたのが『田園の憂鬱』の初稿にあたる『黒潮』版の「病める薔薇」である。三上於菟吉宛の献辞には、〈詩はわが懺悔である〉というゲーテの言葉が引かれているが、これは「或る男の話」の冒頭にある〈人は散文で懺悔することを好むものではない〉の言い換えにあたると考えてよい。(7) 本書の第六章で詳しく述べるが、按ずるに、『田園の憂鬱』起筆当初の執筆動機は〈懺悔〉、すなわち告白による自己批判＝自己救済にあったのではないか。『田園の憂鬱』の本文生成過程では、語り手が主人公に接近することで彼の自意識に満ちた内面や自然への自己投影を表現の中心に据えて行ったが、もともと初稿の『黒潮』版の段階では、彼の無自覚な芸術家気取りを批判できる位置に語り手が置かれていたのであり、田園の自然を俯瞰的に描き、彼やその妻の主観にも出入りできるという全知的な視点が取られていた。(8) つまり、彼の身ぶりを身ぶりとして描き得る距離を保っていたのである。

〈息苦しい都会の真中にあつて、柔かい優しい、それ故に平凡な自然のなかに溶けこんで仕舞ひたい切願を持つやうになつた〉という「病める薔薇」の主人公は、「一元的な自然」との没我的な出会いを求めて田舎に現れるのである。そのような慰藉が結局は幻想に過ぎなかったという方向にむかって『田園の憂鬱』は完成されて行くのだが、それでも『黒潮』版「病める薔薇」を原型とする定本（最終版）の冒頭五章では、束の間ながら「一元的な自然」への帰一を楽しむ彼の姿が描かれている。その際の最も至福に満ちたシーンが羽化したての蟬に見とれる場面で、ここにもやはり〈祈禱〉という行為が登場してくる。

彼はこれ等を二十分の間眺めつくしたが彼は自分の心に対《むか》つて言つた。「見よ、こんな小さなものが生れるためにも、これだけの苦しみがあるではないか。」それから重ねて言つた。「この虫は己だ、どうぞ、蟬よ、早く飛立てるやうになつてくれ！」彼の奇妙な祈禱はこんな風にして行はれた。この時ばかりではない、彼の祈禱は常に斯くのごとくにしてなされてあつた。

後の天佑社版と定本では、彼のこの眼差しが〈病的な綿密さ〉であったと解説される。この種の「凝視」は眼前の対象を強く客体化する契機ともなり得たはずであった。ところが、〈この虫は己だ〉という〈祈禱〉の言葉が、主客を隔てる厳しい垣根を即座に取りのけてしまったのである。〈爽やかな緑色で、連想は豆の双葉の芽を思浮べさせた。それはただにその色ばかりではなく、羽全体が植物の芽生を思はせた〉という美しい蟬の姿は、個物や類を超越した普遍的な生命力の象徴であった。たった一語の隠喩《メタファー》によって「一元的な自然」への参入が劇的に果たされる喜び。孤立した主体が慰藉的な自然の中に解消されるさまを、広義の詩的言語（隠喩的《メタフォリカル》な言葉）が媒介となって演出する構図が見えてくる。

　これと対蹠的なのが〈日かげの薔薇〉をめぐるエピソードだった。彼と薔薇との関係については、〈自然そのものから、清新な喜びと美しさとを汲み出すことを知らなかつた頃から、彼はこの花にのみは深い愛を捧げて来た〉とあり、文学的なイメージに従って薔薇を〈自分の花〉と呼ぶことが習慣化していたと言う。眼前の具体的対象に美を見出した上での隠喩構築ではなく、そこには最初から〈芸術の因襲〉への自己同一化という作為が隠されていたのである。したがって、薔薇＝自分を庭の手入れによって救済する行為は、さらに自己愛的な作為を積み重ねることを意味するはずであった。「自然」の恩恵を享受できずにいる〈日かげの薔薇〉を他ならぬ「自然」（日光）の力で癒す行為。それは「自然」によって慰藉されようと田園にやって来た彼の行動を戯画化しかねない。実際、彼の都会脱出の動機には、〈「帰れる放蕩息子」に自分自身をたとへ〉とあるように、〈伝統的な詩を喜ぶ故意とらしい遊戯的な心〉の一端が最初から含まれていたからである。

『黒潮』版「病める薔薇」は、春夫によれば一種の妨害工作に遭って後半の採録を雑誌に拒まれたため、結末部を欠いている。[9] だが、「病める薔薇」というタイトルからすれば、青虫にびっしりと覆われた薔薇の姿を発見する結末は、『黒潮』版の段階から構想されていたと考えてよいだろう。現実の対象を閑却し、イメージの中の薔薇に自己を投影してしまったために、彼は現実の手痛い復讐に遭う。論理によって構築された〈遊戯的な〉世界は、現実観察の眼差しによって覆されてしまうのである。作為的な隠喩関係の構築から自己の象徴に見立てた〈薔薇〉（客体としての自己）を、彼（主体としての自己）が克明に観察することによって、今度は予想すらしなかった自然の禍々しい実相を、自らの象徴として引き受ける破目になってしまう。

対象と自己との関係を固定化する言語が、流動し混沌とした様相を見せる自然対象との対応関係の中で本来の趣旨とは異なる意味内容の幅を具えてしまったとき、言葉は発信者の意図を離れた自律的な「他者」として、不気味に眺め直されることになるだろう。このとき彼の耳に〈おゝ、薔薇、汝病めり！〉の詩句が繰り返しこだまするという事態には、隠喩関係を構築した主体でありながら、その言葉を制御できなくなった彼の当惑が、自ら発した言葉を他人の声として聞くという寓意によって語られているようだ。ブレイクの著名な詩句が、『中外』版、天佑社版、定本（最終版）のすべての版で、故意に〈誰かの詩の句の一句である。それを誰かが本の扉か何かに引用して居たのを、彼は覚えて居たのであらう〉と朧化される必要があったのもそのためである。それは彼の内側の〈芸術の因襲〉リストに登録された既知の'The Sick Rose'ではなく、すでにそれ自体として外側から彼に呼びかける超越的な〈誰か〉の声（他者化した言葉）に変貌していたのである。

『田園の憂鬱』における〈薔薇〉のエピソードからは、人間の認識自体がそもそも絶望的なまでに文化規範化された枠組みを通じて行われるものであり、その時点で自然から疎外されているのだ、という具合の一般的な認識論を読み取ることができるかも知れない。だが、彼の悲劇はそのような認識の枠組みすら自覚しなければならなかったことにある。一見馴致したかに見える言葉からさえも疎外されて孤独な自分、それを現実対象への克明な観察を介して探り当ててしまうのが『田園の憂鬱』末尾の場面だったのではないか。これは本書の第四章で、絵画的感性と文学的感性の相克という形で扱った問題そのものである。

このように、『田園の憂鬱』には、「一元的な自然」との合一による自己救済を求めて田園を訪れた彼の企図が、「客体的な自然」観によって崩壊させられるプロセスが含まれている。「或る男の話」において、〈萌出す草〉の意味づけが抽象的な「春」（＝生命力）と具体的な「現実」という二つの内容に引き裂かれていたように、彼の意識もまた「一元的な自然」観と「客体的な自然」観との不安定な拮抗関係の間で板ばさみになっていた。それは廃園の手入れの際、しぶとい生命力を見せ付けた藤蔓がついに枯れたのを見て抱く感想のうちにも端的に見て取ることができたはずである。本書の第二章ですでに定本から引用を示した箇所であるが（五〇頁）、その発想は『黒潮』版の原型の段階からもはっきりとしたものであったことを次の引用について比較されたい。

彼は自分の意志か《ママ》――①人間の意志が、自然の力を左右したことを考へた。寧ろ②自然の意志を人間が遂行したやうにも考へた。藤が彼処に生えて居た事は、自然にとつて何の不都合もなかつたのであつたらうが。併し、③始め人間が造つた庭には、終りまで人間の手が必要だつた。

ここには〈自然〉と〈人間〉とを峻別する「客体的な自然」観（①③）と、〈人間〉を〈自然の意志〉の代行者として位置づける「一元的な自然」観（②）とのせめぎ合いがある。最終的に彼は〈人間〉の側に身を置くことでこの考察を閉じるが、重要なのはその結論が、完全に割り切れない含みを残している点であろう。彼は自分が〈自然の意志〉の代行者であるという自負も抱いていたのである。

『田園の憂鬱』を従来の標準的な図式に添って要約すれば、〈自然〉と〈人間〉との対立構図において、〈人間〉〈人工性〉の側に立つ反自然的傾向の芸術家青年が、周囲の自然を芸術的主観によってイメージ化して行く物語ということになろうか。このような作品評が、主人公の造形に作者像を重ね合わせる私小説的な読みのモードに支えられていることは言うまでもない[10]。だが、〈自然〉対〈人間〉（反自然）という従来の春夫像を縛ってきた既成の文学史的枠組みに彼を再び当てはめることよりも、まず吟味されるべきは彼自身の自然観に見られるこの種のゆらぎだったのではないか。というのも、自然をイメージとして内面化する手続き自体が決して円滑に達成される訳ではなかったからである。春夫像の読み替えもそこから改めて可能になるに違いない。

自己救済のゆくえ

『田園の憂鬱』（定本）の後半は長雨のもたらす憂鬱な心理描写で覆われている。そのような生活に一縷の光明をもたらしたのが、縁側から望見される女性的な丘陵（フェアリイ・ランド）の光景だった。杉苗栽培の整然とした畝を見て、〈自然の上に働いた人間の労作が、自然のなかへ工合よく溶け入つてしまつて居る（略）おれの住みたい芸術の世界はあんなところなのだが〉と彼は思う。しかし、実際その境地は、〈彼の庭の樹樹の枝と葉とが形作つたあの穹窿形の額縁をとほして見る〉場合に限り、その中でのみ成立する、手の届かない〈別天地〉になっていたのである[11]。そこは主客の分裂を誘発するミクロの視線も届かずにすむため、飽かず視線の先に置いて楽しむことができるだろう。彼の手許から距離が取られることによって、「一元的な自然」の境地は一段とイデア化され、理想の芸術境と見なされるまでになった。だが、それと引き換えに、主客合一は〈フェアリイ・ランド〉が象徴するような、極めて限定的な枠の中の遠景の世界となってしまったのである。

この状況から考えると、前半の蟬をめぐる廃園のエピソードは、「一元的な自然」との没我的な邂逅という得がたい美的経験を描き出した場面として全篇でも突出している。「或る男の話」の〈私〉と同様、自然への自己投影は克明な観察眼を持った者にとって自意識の誘因であり、「一元的な自然」や「生命」の原理による自己救済は、『田園の憂鬱』の彼の場合も甚だしい困難を伴ったはずである。しかし、〈祈禱〉というパフォーマンスの能動性に訴えることで、彼は辛うじて自意識の発生を抑止することができた。「現実」を超越し、「理想」を語る小説作法として、一九一七（大正六）年初頭に獲得された〈祈〉の姿を描く手法は、「或る男の話」（「五月」）から『田園の憂鬱』へと確かに受け継がれているのである。

　大正生命主義的な主客合一の理想的境地は、「客体的な自然」を凝視する現実への酷烈な視線によって、単なる〈遊戯〉の域にまで矮小化されるものだった。ただし〈祈禱〉というパフォーマンスを描き続けることのみが、論理的構成物に過ぎない主客合一のリアリティーをかりそめに支える手段だったようなのである。このような「理想」と「現実」との相克が、一九一九（大正八）年に量産された芸術論の基本的な原理を形成していることは注目に値する。春夫が〈自分が芸術の才能があり、亦芸術と云ふものは一種の祈りの様式である事に気が付いた時に、自分を美しいものにする機会をつくる方法として芸術が一つの宗教の様な意義を持つ〉（「音楽的な作品、芸術の宗教的な意義」）と述べるとき、芸術自体が〈祈り〉という能動的な行為のレヴェルにおいて把握されているのを見ることができるだろう。どんな芸術が目指されるべきかという内容よりも、いかに芸術を目指すべきかという態度を問題とするのが春夫の〈芸術至上〉主義であったが、それは芸術を自己救済のためのパフォーマンスと位置づけるこの発想と無縁ではない。

　その際、〈出発点がやがて目的地で、それは行き着くといふことを目的にしてゐない〉（「詩人に就て」『文章倶楽部』一九一九・一〇）という行為自体を重んじる芸術として、〈詩〉が必然的に理想化されることになる。〈詩人は思想しながら彼自身の舞踏の足どりのリズムを人々に会得させ、その足どりによつて思想の上を舞踏する事を人々に要請する。その詩人のリズムに惹き入れられて、彼と、一緒に彼のリズムを知る時に、彼の謎はたちどころに解ける。〉（同）という〈詩人〉の定義もその延長線上にある。さらに春夫の言に従えば、〈詩人〉は自らの〈信念〉に即して〈舞踏〉を続けることによってのみ、〈常に主観にのみ拠る。詩人は主観ある事を知つて、客観を知らない。といふよりも、彼には主観と客観とが全然同一のものなのである〉という主客合一の境地を現出することができるのだという。詩人から小説家へと転向することで文壇デビューを果たした春夫が行き着いたのは、皮肉にも、〈詩〉と〈詩人〉の極端な理想化だったのである。

ただ、繰り返すなら、春夫文学における主客合一の境地とは、〈フェアリイ・ランド〉のようにその範疇を限定された到達困難なイデアと化していたのであり、〈祈禱〉行為のパフォーマティブな一回性のみがわずかにその境地を実感する術だったことである。〈祈禱〉によって実現される「理想」が限定的なものであればこそ、それを相対化して行く「現実」もまた際立つというように、春夫独特のアイロニーの原点がここにはある。このことは、〈詩〉や〈詩人〉を極度に理想化しながら、一方でそれらの役割に限定をつけていく春夫のジャンル論とも密接に関連している(12)。『殉情詩集』（一九二一・七、新潮社）で戦略的に「理想」（純愛）を語る詩人を演じながら、同時にその理想からの脱落と詩境の喪失を『剪られた花』（一九二二・八、新潮社）で散文化して行くという詩と散文との共犯関係の基盤は、デビューを挟むこの時期からすでに用意されつつあったと考えられるのである。

注1　辻本雄一「春夫文学の《胎動》—「自然主義」思想からの出発—」（『日本文学』一九八一・四）、原仁司「佐藤春夫における絵画と自我の問題—「田園の憂鬱」成立の前景—」（『國語と國文學』一九九〇・八）。

2　春夫のデビューは、『新潮』『文章倶楽部』など新潮社系文芸雑誌を先導役に、作家が作品の外で言質を取られ、その芸術と人格とが同一視される強力な条件が整えられて行った時期に重なる。山本芳明「大正八年の芥川龍之介」（『文学者はつくられる』二〇〇〇・一二、ひつじ書房）、紅野謙介「解説」（『編年体大正文学全集第八巻　大正八年』二〇〇一・八、ゆまに書房）などを参照。

3　中村光夫は〈よき生殖は正しきことなり（略）われらは獣に學ぶべきなり〉と詠う初期詩「夜の意義」（『スバル』一九一三・一）との関連で、前者を〈ここに氏が肉体でうけとめた自然主義がある〉（『佐藤春夫論』一九六二・一、文芸春秋新社、一四二頁）と評した。また後者には広津和郎の〈センチメンタリズムの絶無なのが快かつた〉（「新人佐藤春夫氏」）という評価がある。

4　「西班牙犬の家」発表当初の春夫は同作を〈悪作〉と呼び、〈僕はあんな畑を芸術の本領だとも、また自分の本領だとも言つた覚えはない〉（「同人語」『星座』一九一七・四）と述べていた。仮にこれが屈折したプライドの表現だとしても、〈この作を私の処女作と言ひたい。（略）正直にいふが私もあの小篇を自分で愛してゐる〉（「思ひ出と感謝」『新潮』一九二四・四）という後年の評価との落差はあまりにも大きい。浪漫主義作家としてのデビューを通じて、春夫の自己解釈に変化が生じたことをよく示している。

5　鈴木貞美は、これを「大正生命主義」と呼び、〈大正期の「生命」概念は、自我を人類や宇宙などの普遍性に開き、個の生存競争を超え、機械論的自然征服観を克服し、文化を創造し、社会を改造する思想の原理であった〉と要約している（「「大正生命主義」とは何か」同編『大正生命主義と現代』一九九五・三、河出書房新社、一一頁）。

6　書斎と書院とは同義語としても使われるが、「或る男の話」では、書斎の机で置手紙をしたためている〈私〉のもとへ、一二畳（書院）でおきみと密通していた健ちゃんが、〈いかにも忍びやかに這入つて来た〉とある点から、ここでは別の部屋と考えておく。

7　春夫と共に生田長江に師事した生田春月は、後に出版した『ゲエテ詩集』（一九一九・五、新潮社）の扉に〈佐藤春夫君に献ず　訳者〉と献辞を掲げ、冒頭二番目にこの詩「懇篤な読者に」を収録している。〈詩人は沈黙することを好まない／世間に自分を示したがる／賞賛と非難とはもとより覚悟のまへだ！／何人《だれ》も散文で懺悔するものはない／ただ詩神《ミユウズ》のしづかな森でだけ／我々はそれをこつそりやる／／わたしがどんなに迷ひ、どんなに努めたか

／どんなに悩み、どんなに生きたかは／ここなる花輪の花となる／さうして老境もまた青春も／徳も不徳も集めて見れば／また捨てがたい歌となる〉（四〜五頁）。

8　『黒潮』版初稿では、〈遊戯的〉な芸術家気取りを〈彼自身ではそれを知らないで居た〉としていたが、『中外』版続稿を含めて改稿した天佑社版『病める薔薇』所収本文以後、同一箇所を〈彼自身でもそれに気付かずには居られなかつた〉としている。

9　〈後で、谷崎潤一郎が、誰から聞いたのか知らないが、その雑誌の記者は、誰かから、佐藤春夫のものなぞを載せると、君の折角の品位が落ちるぞ、と云はれたためだと言つて憤慨してゐた。（略）私は自分がそんなにまで、知らない所で憎まれてゐたかと思ふと、随分厭にもなつたが、なんか人に憚られてゐるやうな気持で、たゞの不愉快ばかりではなかつた〉（「『田園の憂鬱』を公にするまで」『文章倶楽部』一九二六・六）。

10　彼の芸術家意識の〈人工〉性を、反自然主義的性格に結び付けた代表的な論考に、島田謹二「佐藤春夫の『薔薇』―推敲過程の一考察」（『明治大正文学研究』一九五五・一〇）がある。また、〈この主人公が芸術家であることがこの「憂鬱」の唄が成立つた必須の前提でありながら、彼の芸術家としての内面は少しも描かれてゐません〉（『佐藤春夫論』、三八頁）と難じた中村光夫も、私小説批判という自身の意図に反し、明らかに私小説的な読みのモードに基づいて『田園の憂鬱』を読んでいたことになる。一方、『田園の憂鬱』を芸術家小説として読むことに疑義を呈した論に、林廣親「田園の憂鬱〈佐藤春夫〉」（三好行雄編『日本の近代小説Ⅰ』一九八六・六、東京大学出版会）がある。

11　大久保喬樹「収縮、幻想化、理想化する自然―大正期日本文学における自然意識―」（『東京女子大学紀要論集』一九九四・九）は、枠組みの設定によって現実の自然が心象風景に転じることを指摘している。

12　後年の春夫は、〈僕は僕の中に生きてゐる感情が古風に統一された時に詩を歌つてゐる（略）詩人は僕の一部分である。散文家は僕の全部である〉（「僕の詩に就て」『日本詩人』一九二五・八）と、自分の詩にはっきりとした限界を設けている。

第六章　『田園の憂鬱』成立考——無意識という暗室

つぎはぎが生んだ新展開

半世紀に及ぶ文筆活動の中で膨大な数の作品を生み出した佐藤春夫の文業のうち、デビュー作『田園の憂鬱』を最高峰と位置づける見方は作者の生前から根強い。これについては春夫自身が〈発表以来三十余年まだ読まれてゐるのは有難いが、作者を定評で捕へて常にこの一作中に軟禁して外に作品が無いかのやうに云はれるのは少しく有難迷惑である〉(1)と幾分拗ねて見せるほどであった。にもかかわらず、本作について作者ほど長期にわたり、言及を続けてやまなかった論者は他に見当たらない。それはむろんデビュー作の周辺に作家誕生秘話を期待するジャーナリズムの要望に応じたためでもあるが、おそらく理由はそれだけではない。

『田園の憂鬱』が「定本」と銘打たれるまで(『田園の憂鬱』一九一九・六、新潮社)、先行発表された未定稿には数度にわたる加筆作業が行われた。だが、春夫はこの改作に決して満足した訳ではなかった。定本後書きにはむしろ、完成への未練が作品への不満となってわだかまっている。〈もともと今日から見て落筆を誤つたものがあつた為めに、一度不完全に表現されてしまつたものは、今更これをどうすることも出来なかつた〉〈いつまでも二つの名を負はされたこの一篇は、いつまでも不完全でつぎはぎであるらしい〉(「改作田園の憂鬱の後に」)。春夫がデビュー作を語って生涯倦《う》むことがなかったのは、あるいはこの「未成品」としての印象が長く尾を引いたためではないか。少なくとも定本脱稿時の発言において、作者は自作を渾然《こんぜん》たる一つの世界へと統一することができず、その完成度に大きな不満を抱いていた。(2)

それは、作品が常に作者の意図を超えたものであるというような一般論へと安易に回収すべき事柄ではなく、むしろどこまでも『田園の憂鬱』という作品の特殊な成立事情に起因する問題として理解すべきであろう。『定本佐藤春夫全集』第三巻（一九九八・四、臨川書店）には、定本を含め未定稿段階で雑誌掲載された『田園の憂鬱』のヴァリエーションがすべて収録されており、成立過程の検討に多大な便宜が図られた。いま各稿をその発表順（執筆順）に示せば以下のようになる。

（A）「田園雑記」（『文芸雑誌』一九一六・一一）
（B）「病める薔薇」（『黒潮』一九一七・六）
（C）「田園の憂鬱」（『中外』一九一八・九）
（D）「病める薔薇（或は田園の憂鬱）」（短篇集『病める薔薇』一九一八・一一、天佑社）
（E）「或る晩に」（『雄弁』一九一九・六）
（F）『改作　田園の憂鬱（或は病める薔薇）』（一九一九・六、新潮社）＝定本。

タイトルに付された符号は全集解題のそれに一致させてある。一九一六（大正五）年、神奈川県都筑郡中里村在住当時の通信文（A）を三人称小説として全面的に書き改めたのが（B）。ただしこれは用意した原稿の前半部分に過ぎず、後半は『黒潮』誌の採録拒否に遭い春夫の手で破棄された（定本後書き）。（C）はこの没書となった原稿とは別に起稿されたもので、諸家の絶賛に迎えられ、春夫を一躍文壇の寵児にした稿である。その後すぐに天佑社から第一短篇集を出す計画がまとまり、紙数調整の都合から急遽（B）と（C）とを一本化したものが（D）。ちなみにこれは、（B）を前半に、（C）を後半に据えて両者の接合を図っている。定本（F）は（D）

での推敲をより徹底させたもの、（E）はその際に増設した断章の下書きにあたる。最終稿（F）の全二〇章の中で言えば、冒頭五章までが（B）に由来する部分、六章以降が（C）に由来する部分ということになる。

ここで最も注目すべき転機は、（D）稿（天佑社版）の成立である。偶然かつ外面的な事情に促されて二つの作品を接合する時、春夫は嫌でも両作の齟齬に直面せざるを得なかった。本来別々の作品として構想された（B）（『黒潮』版）と（C）（『中外』版）との間に、春夫はどう折り合いを付けようとしたのだろうか。出来上がった作品の完成度を読者の立場から云々することとは別に、改作作業が目指した方向性を見極めておくことは、その後の春夫の展開を窺う上でも不可欠のことと思われる。というのも、『田園の憂鬱』が他ならぬ「未成品」だったからこそ、春夫はそこに残された問題から離れることができなかったのであり、そのことが独自の芸術観を構築する糧になった節も見受けられるからである。こうした例の一つに、「「風流」論」（『中央公論』一九二四・四）がある。

春夫はこの中で、〈風流の根柢〉をなすものは〈無常感〉という〈一つの感覚〉だと主張している。「観」の字を使わずあえて「感」としたのは、この評論が久米正雄・徳田秋声らが説く意志的・観念的な「風流」解釈への駁論として書かれた事情が関連していよう。さてその〈無常感〉の内実とは、〈人間の須臾微小と自然の悠久無限とを認めて感ずるといふだけのその感覚乃至は情操〉であると言う。春夫の「風流感覚説」が拠って立つ核心部分がここにあるわけだが、この断案を支えている根拠はと言えば、それは春夫自身の身に起きた以下のような体験の記憶であることに注目したい。

諸君子は、身体なり精神なりのひどく衰へてゐる時の或る瞬間に、もしや己の手や頭等の如き或る部分が、遽《にはか》に無限に拡大したかと思ふと、見る〳〵うちにそれが一時に芥子粒程に縮まるかのやうな一種不気味な心持に襲はれた覚えはなかつたか。私は屢々そんな現象を感じた事がある。さうして私はそれをひとりで勝手に解釈した——これこそは、我々の祖先、乃至は我々自身が自分で気づかなかつたほど稚《をさな》かつた頃に、無意識的に自然の偉大と人間の微小とを感得したその一瞬間の驚きが、今に我々の心の奥底にそれほど深く刻まれてゐて、我々がぼんやりとした折ふしに我知らず第一に思ひ出されることがそれなのではないだらうか。あの不気味に大きな自分の掌や、不気味に消えてなくなりさうになる自分の掌は、宇宙と人間との象徴ではないだらうか

同じ体験が『田園の憂鬱』の定本（F）では一六章に登場している。ただしそこには、〈こんな風に無限大から無限小へ、一足飛びに伸縮する幻影は、彼にさへ不気味で、また悩しかつた〉というコメントしか付けられてはいない。「風流感覚説」の根拠となる体験は、一九一九（大正八）年の『田園の憂鬱』本文の中では、主人公の理解も語り手の理解も及ばない、意味の宙吊り状態に置かれていたのである。

これまで確認してきたように、『田園の憂鬱』の中には、後天的な教養を無意識化した上での伝統構築の問題（本書第二章）や、自然と人間との関係についての考察（本書第二・五章）というテーマが存在することは確かである。だが、それらは他にも数多くある種々雑多な感想の中に紛れ込んでおり、しかも冒頭附近の（B）由来の部分に集中している。ここでの考察を（C）由来の後半のエピソードを解釈するのに応用することで「「風流」論」の核が成立したのだとすれば、（B）と（C）とのぎこちない〈つぎはぎ〉を解消するという作業上の要請が、春夫の芸術観の形成に深く関与した可能性がある。

「「風流」論」を〈初期の秀作「田園の憂鬱」や「都会の憂鬱」などの一解題として、かなり恰好の文字〉(3)と言ったのは平野謙であるが、確かにそれは、『田園の憂鬱』の〝書かれなかった完成形〟への有力な方向性を指し

示すものである。現実の推敲作業は定本で打ち切られたが、可能態として軋《きし》み合っている多様なコードの中から、何を作品の統一原理として見出して行くのかという摸索は、形を変えて別の場所でも続けられていた。その成果の一つが「「風流」論」だったのだと言える。

作者は自らの思い描いた青写真通りに作品を仕上げようと心掛けるが、作業の具体的な局面にあっては、むしろ作品の側が作者を、所期の目的地とは違った場所へと誘い出して行くのが常であろう。『田園の憂鬱』の推敲過程を検討することによって確認したいのは、そうした作者と作品との間に横たわる緊張関係の様態である。本作の生成研究は、従来文体論において一定の成果があり[4]、それは春夫自身が自己のデビュー期を、詩人から小説家への転換期として、また結晶体の散文を断念して「しやべるやうに書く」流動体を獲得するまでのプロセスとして語っていたこととも符合する[5]。だが、春夫自身の回想とは別の視角から活動初期の暗中摸索の状況を照らし出すために、本章では小説構成の要となる視点や語りの問題に的を絞って、各稿の特徴や問題点を明らかにしてみたいと考える。なお、文中で『田園の憂鬱』と表記する時は作品総体の呼称と解されたく、そのヴァリエーションについては基本的に、『黒潮』版・『中外』版・天佑社版・定本（新潮社版）と表記している。成立の前後関係が分かりやすいよう、前記のアルファベットを併記した場合もある。各稿の引用箇所には臨川書店版全集第三巻の該当頁数を付した。

『黒潮』版「病める薔薇」――失われた「君」

「田園雑記」（A）の原文を紹介した島田謹二は、この〈極くあらあらのスケッチ風な雑記〉が、『黒潮』版（B）では物語的な主題性と芸術的な粉飾とを加味されて書き換えられたことを指摘し、〈「田園雑記」の中にみられるやうな素朴な自然の理《ことわり》に、かれ（注・春夫）はもはやたゞ感動してゐる人ではなくなつた。かれはもう人工的なものにより多く加担する人になつて、自然の秘密を看破する目をもつた、一人の人工的な芸術家になつてゐるのである〉[6]と述べている。だが、〈人工的な芸術家〉としての面目は、飽くまでも作中の主人公に対する性格規定として行われたものであることに注意したい。それが結果において春夫の自然観を変化させ、芸術家としての成長を促すことがあったとしても、推敲の具体的な局面に現れていたのは、雑記を小説形式に書き換えていく際の技術的な問題だったはずなのである。

『田園の憂鬱』の最も原初的な形態を示す「田園雑記」（A）は、「一　少年教師、二　日かげの薔薇、三　馬追ひ、四　風の日に、五　太鼓を買つて貰ふ相談」の五節からなる生活雑記である。それは一九一六（大正五）年、中里村に「隠棲」した春夫の実際の見聞や活動に基づくものと見え、各節の内容的な関連性は薄いものの、例えば〈ああ、牧歌のなかの若者たちよ、ふだんは精一杯身体を働い《ママ》て、祭の夜には、新しい太鼓を見せびらかし、田園のニンフ達のために息のつづくかぎり笛を吹きたいといふのか。それがよい。それが一等だ。私は心からこの若者達を敬慕する。まことわれわれの求めてやまぬユウトピアの民も悉く卿達《おんみたち》のやうである筈なのだ。〉（「五」二六八頁）という末尾の感想などには、鄙びた田舎を現世の別天地として賛美する春夫の意図が露出している。そこにあるのは、都市郊外を反文明的な理想郷とするお手本どおりの浪漫主義的幻想に過ぎないが、「田園雑記」で注目されるのは、こうしたモチーフが一人の共感的な読者の存在を匂わせる手法によって支えられている点にある。まさにその手本になったと思しき国木田独歩の「武蔵野」（原題「今の武蔵野」『国民之友』一八九八・一、二）でも、共に郊外を散策した〈朋友〉が後半部分に登場し、一読者として彼が作者に書き送ってきた手紙が紹介される構成となっている。春夫が独歩から学んだ痕跡は、そのような形式面にも顕著である。[7]だが、結論から言えば、この閉じられた対話形式と手放しの自然賛美からなる独歩的な世界からの離脱のプロセスが『田園の憂鬱』の生成過程となるのだが、まずはさしあたり「田園雑記」を見よう。次に掲げるのは、〈私〉の手入れの甲斐あって、廃園の薔薇が開花した時の感激を語った一節である。

　Ｏ君よ！　その花はどんな花であつたと思ふ。それはまあ丁度豆の花ほど大きかつた。併し、併し、その小さな花が、矢張薔薇特有に紅くまたその気品を失はずに、香をさへ微かに保つて居るのを知つた時、私は何故か知ら悲しさがこみ上げてくるやうに思へて、言ひがたい、さう、たとへば何とも気にもとめて居なかつた娘から「私はあなたのことばかり思つて居たのです」とでも言はれたやうな気持がした　（「二」二六六頁）

〈算術の四則には長けて居ても美に就ては一向無頓着な、当主の小学校長〉（同）による植木の売却と、日々の暮らしに精一杯な先代借家人の無関心によって荒れ果てた庭。その庭に今改めて慈愛の眼差しを送る〈私〉は、自分が世俗を超えた〈美〉の愛好者であるということを、深い矜りを持って〈Ｏ君〉に告白するのである。薔薇のエピソードに仮託して語られるのは、言うまでもなく〈私〉のナルシシズムである。

　ところで、このような自己肯定が極点に達する瞬間にのみ、〈Ｏ君〉への呼びかけが現れるところに注意したい。そこには、〈私〉という存在が持つ微妙な屈折が露呈しているようだ。仮に〈Ｏ君〉という言葉を除外してしまった場合、〈私〉はかくも無邪気に自己のナルシシズムを公言できただろうか。例えば、〈木や草の事などを考へる閑な人〉（二六五頁）と言ったり、ランプの馬追いに〈お前も道楽で遊びに来るのではなかつたのだな〉（二六七頁）と話しかけたりする所からは、功利社会の価値観を十分に内面化しているもう一つの〈私〉の顔が浮かび上がってくる。そこに基準を置くことで、自己を敗残者として意味付ける契機もこの文章の中には存在していた。にもかかわらず、〈私〉の自負が決して自嘲へと反転しないのは、気心の知れた友人への通信文であるという設定が、免罪符として機能するからに他ならない。つまり、プライヴェートな告白形式に仮託している限りにおいて、〈私〉は屈託なく唯美主義者としての自負を公言することができたのである。[8]

「田園雑記」（A）が〈O君〉の存在を必要としたこと。このことは翻って考えるに、ナルシシズムが裸形のままでは通用しないことを、春夫自身が感覚的に、そして極めて常識的に弁えていたことを示している。従って、『黒潮』版（B）以降の書き換えの中で、〈彼〉の唯美的な矜持が否定されていくプロセスを辿るのは、本書第一部で見た春夫の「物語」解体の傾向が顕在化した結果であると同時に、小説という表現形式の必然的な制約の面からも考えるべき現象であろう。私信形式を捨て、三人称小説に就くことは、ナルシシズムを肯定する構造化された枠組みが取り外されることを意味した。春夫は〈彼〉の美意識を、もはや〈彼〉一個の自己満足という形でしか位置づけられなくなったのである。

『黒潮』版の語り手は、〈彼〉を〈幸《さいはひ》であるかそれとも不幸《ふかう》であるか、一般に芸術上の因襲が深く彼の心のなかに根を張って居た〉と性格規定した上で、薔薇を丹精する〈彼〉の行動は、〈伝統的な詩を喜ぶ故意《わざ》とらしい遊戯的な心〉からのものであり、しかも〈彼自身ではそれを知らないで居た〉のだと説明する（二七九頁）。そして〈自然そのものから、清新な喜びと美しさとを汲み出すこと〉（同）に重きを置く語り手は、自己暗示に過ぎない〈因襲〉という先入観に侵された〈彼〉の感受性を批判的に提示して行くのである。直接経験によらない対象への予断という意味では、〈科学〉もまた〈因襲〉と同じようにここでは否定されることになる。次の箇所は、蟬の羽化を凝視する〈彼〉が、緑色の体についた小さな紅い眼の美しさに感激する場面からの引用である。

その宝玉的な何ものかは、科学の上では何であるか彼は知るべくもなかつた。けれどもその美しさは、この小さな虫の誕生を、彼をして神聖なものに感ぜさせる為めには非常に有力であつた。彼は有るか無いかの科学上の知識のなかに、蟬といふものは、二年目にやつと成虫になるものだといふやうなことを、何時か何処

かで、聞き嚙つたことがあつたやうに思ひ出した。　（『黒潮』版二七八頁）

〈彼〉の科学的知識が、ここであえて呼び込まれ、またことさらに曖昧化されている。語り手は見せ消ちの多いこの文章を通じて、自然の美を直接感受するためには、〈因襲〉にしろ〈科学〉にしろ、観察に先行する「知識」が無用の長物であるということを潜在的にメッセージ化して見せるのである。

だが、この作品の設定には大きな矛盾が潜んでいた。冒頭の叙景や蟬の場面は、〈彼〉がいかに〈芸術上の因襲〉に毒された存在であるかを示すよりも、むしろいかに先入観から自由であるかを証明してしまうのである。「後期印象派」から「立体派」に到る初期アヴァンギャルド絵画の洗礼を受けた観察眼を、春夫は確かに視点人物である〈彼〉を通じて行文の上に反映させようと意図しているようだ（本書第四章参照）[9]。だがそれは、語り手による〈彼〉の性格規定とは全く方向性を異にする企画だったのである。『黒潮』版以降、自然観察の合間に〈三徑就荒〉や〈蛙鳴蟬騷〉など漢籍からの引用句を鏤めることで、春夫は〈因襲〉を才能の根拠にしようとする〈彼〉の執拗なこだわりを補強すべく努めているが[10]、この問題は定本に到るまで十分に解決されることはなかった。

物語設定上、因襲的な感性に束縛されていると思い込んでいる〈彼〉が、一方では曇らぬ眼で作品の潑溂たる自然描写に寄与するというこの矛盾は、構造的なものであるだけに深刻であった。それは絵画的感性に戸惑う文学的感性の持ち主として、むしろ魅力的な性格の矛盾を〈彼〉において形成する結果になっているのだが、春夫は逆にその矛盾を解決しようとして腐心したらしく思われる。ここで天佑社版（D）での書き換え箇所を確認すると、まず〈彼〉の性格については、『黒潮』版で〈幸《さいはひ》であるかそれとも不幸《ふかう》であるか〉と留保されていた部分が、〈幸であるか、いや寧ろ甚だしい不幸であらう、彼の性格のなかにはかうした一般の芸術的因襲が非常に根深く心に根を張つて居るのであつた〉（三二七頁）と変更されており、また薔薇を丹精する動機説明の箇所も、次のように改められていることに気がつく。

> 彼はこれ等の木を見て居るうち、衝動的の一つの考へを持つた。どうかしてこの日かげの薔薇の木、忍辱の薔薇の木の上に日光の恩恵を浴びせてやりたい。花もつけさせたい。かう言ふのが彼のその瞬間に起つた願ひであつた。併し、この願のなかには、故意とらしい遊戯的な所謂詩的といふやうな、又そんな事をするのが今の彼自身に適はしいといふ風な「態度」に充ちた心が、その大部分を占めて居たのである。彼自身でもそれに気付かずには居られなかつたほど。（この心が常に、如何なる場合でも彼の誠実を多少づつ裏切るやうな事が多かつた）
>
> （天佑社版三二八頁）

『黒潮』版の矛盾を解決するための唯一の秘策が、こうして〈彼〉に自己分析の能力を与えることだったのである。規範化された感性を〈彼〉に不幸として自覚させ、そこから脱却を心掛ける存在として〈彼〉を再規定すること。そうすることでしか、因襲に呪縛されながら新鮮な観察を行うという〈彼〉の二面性は、説明づけられない。

だが、このとき〈彼〉の客観的な性格造形は、〈彼〉自身が自己の性格をどう捉えるかという「自意識」の問題へと置き換えられたことに注意したい。この変更は、語り手による〈彼〉の性格分析と批判という『黒潮』版の企図が成り立たなくなったことを意味しており、『田園の憂鬱』成立史上の重要な転換点になっている。作中に過剰な感覚表現を混入させた結果、批判すべき〈彼〉の性格を客観的に確定することが困難になった事情が読み取れる。

天佑社版（D）は、ナルシシズム批判という『黒潮』版（B）のモチーフから春夫が離れる契機となったが、それを促したのは言うまでもなく『中外』版（C）との接続という作品構成上の外的な事情であった。感覚情報の「再現」とそれを意味づける「批評」との間を、いかに調整するかということは、三人称小説の骨格部分に関わる課題であろうが、それを巡って春夫が悪戦苦闘する様子は、次に見る『中外』版の中にも違った形で現れてくる。

『中外』版「田園の憂鬱」──自意識の介入

『中外』版（C）が『黒潮』版（B）と顕著に異なるのは、主人公に対する批評が本人の自意識によって代弁されてしまい、語り手が批評的な機能を発揮できずにいるということである。また、作中に集められている多様な体験の解釈に関しても、語り手が〈彼〉に比べて格別優れた洞察力を発揮する訳でもない。こうして語り手と主人公との距離を限りなくゼロに近づけておくことは、〈彼〉の内面に肉薄し、その憂鬱な情感を描出する『中外』版の表現には確かに必要なことだったのであろう。だが、本作独特のものと言える、作品の内外が奇妙に癒着したようないびつな世界の感触は、実はもっと別のより深い所から来ているように思われる。

例えば、〈生気のない無聊〉が嵩じて心身に変調を来たし、幻視や幻聴に悩まされる後半部分で、〈彼〉が修道院生活のもたらす宗教的な感情の起源を考察するという場面がある。それは、〈彼はそんな事を考へた。併しこの考は、この当座よりも、ずつと後に纏つた〉（三〇一頁）という言葉で締めくくられているのだが、問題はこの〈ずつと後〉に相当する時点が、作中のどこにも設定されていないことである。そのためこの箇所には、未来の〈彼〉と語り手とが作品世界の外側で地続きになり、過ぎ去った〈彼〉の経験を仔細に吟味しているかのような倒錯した印象を喚起するのである。天佑社版（D）と定本（F）との二度の訂正の機会を経てもここがほぼ同じ文句で維持されている所を見ると、それは明らかに春夫の単純なミスではない(11)。

そもそもこの箇所は、単に語り手の注釈としておくか、物語の現在時にある〈彼〉の考察としておき、わざわざ〈この考は、この当座よりも、ずつと後に纏つた〉などと付け加えない方が自然だったはずである。〈彼〉の内面に肉薄するため、語り手が突出する第一の選択を忌避したのだとしても、まだ第二の選択は残っているのであり、現にこの直前には、〈彼が闇といふものは何か隙間なく犇き合ふものの集りだ。それには重量があると気付いたのもこの時である〉(三〇〇頁)という例すらある。にもかかわらず、春夫はなぜこの箇所だけを〈ずつと後〉のこととしなければならなかったのか。〈彼〉の考察とは次のようなものである。

若し彼が彼の妻と一緒にこんな生活をして居るのではなく、永貞童女である美しいマリアの画像を拝しながら、この日頃のやうな心身の状態に居るならば、夜の幻影は、それは多分天国のものであつたらう。その不快なものは地獄のものであつたらう。(略)修道院では生活や思想がすべて、そんな風な幻影を呼び起すやうに、呼び起さなければならないやうないろいろの仕掛で出来て居るのだから。

(『中外』版三〇〇頁)

修道院で体験される宗教的な幻想は僧侶の信仰心を堅くするが、それは閉鎖的な環境で生じる心身の変調が、あらかじめ施された教育によってそのように解釈されるからに過ぎない。すなわち修道院とは、宗教的幻想を必然的に体験させるべく仕組まれた巧妙な装置なのである、というのが〈彼〉の考察であった。不可視の〈仕掛〉(システム)を剔抉《てっけつ》する、この余りにもニヒルで怜悧な〈彼〉は、幻視や幻聴の訪れに戸惑い、闇に怯えてそれを神秘的な比喩にまで高めて行く〈彼〉とは対極的な存在である。小説作法を無視してまで春夫がこの考察部分を物語世界から追放せざるを得なかったのは、〈彼〉の感覚世界をリアルに描き切るために、「考える〈彼〉」を

「感じる〈彼〉」から隔離しておかなければならなかったからではないか。本書ですでに使った用語と接続するなら、「「表象」する〈彼〉」と「「現前」する〈彼〉」の対立と言い換えてもよい。次の場面も、これと同じ論理で読み解くことができるだろう。


譬へば、それはふとした好奇な出来心から親切を尽してやつて、今は既に忘れて居た小娘に、後に端なくめぐり逢うて「わたしはあの時このかた、あなたの事ばかりを思ひつめて来ました」とでも言はれたやうな気持であつた。彼は一種不可思議な感激に身ぶるひさへ出て、思はず目をしばたたくと、目の前の赤い小さな薔薇は急にぼやけて、双の眼がしらからは、涙が二しづくほどわれ知らず流れて居た。

涙が出てしまふと感激は直ぐ過ぎ去つた。併し、彼はまだ花の枝を手にしたまま呆然と立ちつくし、心のなかの自分での会話を、他人ごとのやうに聞いて居た。

「馬鹿な、俺はいい気持に詩人のやうに泣けて居る。花にか？　自分の空想にか？」

「ふふ。若い御隠居がこんな田舎で人間性に饑えて御座る！」

「これやあ、俺はひどい憂鬱症だわい。」


（『中外』版二八五頁）

激しい喜怒哀楽に身をゆだねる〈彼〉の姿を、何人かの彼自身が俯瞰的な高みから批判している。これは一見〈彼〉の鋭敏な批評意識を描いた場面のように見えて、そうではない。通常の自己批判であれば、〈彼〉の中に掻き立てられた葛藤が、その後の行動に何らかの形で影響をもたらすはずなのだが、それを〈他人ごと〉として聞き流す〈彼〉の場合、自己批判は発展の糧にはならない。「考える〈彼〉」と「感じる〈彼〉」とは互いに向き合うことなくすれ違い続ける。というのも、憂鬱や倦怠や恍惚、恐怖や強迫観念など、「感じる〈彼〉」の情感をリアルに追求するためには、「考える〈彼〉」は常に別のステージに隔離されてある必要があったからである。[12]

だが、この全く相容れない資質を持った両者は結局、一人の人物を指す〈彼〉の名で呼ばれることによって、無理にも結びつけられずにはいられない。この時〈彼〉という存在は二つに引き裂かれることになるのである。作品の語りは「感じる〈彼〉」の意識の上に定位されているため、「考える〈彼〉」は意識の外、無意識の領域に割り振られて行く。かくして〈彼〉という存在は、「意識」の水準と「無意識」の水準との二層構造へと分割されることになるだろう。しかも前者は不確かなもの、後者は深遠な真実に通じるものという非対称な価値づけがそこに介在している。分析力に限界のある意識上の〈彼〉が、識閾下の闇の世界に潜むあのニヒルで怜悧な己の声を、その意味も分からずに呆然と耳にするという構図になるのである。

作品の大団円において露呈しているのも、やはりこうした〈彼〉という存在の不統一な内面のありようではなかっただろうか。[13] 識閾下から来る声、〈お、、薔薇、汝病めり!〉という自己批評の言葉は、またしても〈彼〉の意識から〈他人ごと〉のように隔てられている。

> ふと、その時彼の耳が聞いた。それは彼自身の口から出たのだ。併しそれは彼の耳には、誰か自分以外の声に聞えた。彼自身ではない何かが、彼の口に言はせたとしか思へなかつた。その句は、誰かの詩の句の一句である。それを誰かが本の扉か何かに引用して居たのを、彼は覚えて居たのであらう。(『中外』版三一二頁)

ブレイクの詩の記憶が不自然なまでに曖昧化される理由は様々に解されようが、小説設定の問題から見たそれは極めて明瞭なものである。声の由来を理解できるほど、またそれを自己批評の言葉であると気づくほど、〈彼〉が賢くては困るのだ。[14]〈その声は一体どこから来るのだらう。天啓であらうか。予言であらうか〉(三六四頁)

――結論が出ない。というよりも、〈彼〉はついにその意味を理解し得なかった、という結末こそが重要だったわけである。なぜなら、神秘への戦きを〈彼〉と共に追体験するのがこの『中外』版（C）の眼目だったのだから。こうして『中外』版の末尾には、意味を宙づりされた「おゝ、薔薇、汝病めり！」という言葉だけが、〈彼〉の内側のものとも外側のものとも区別がつかない、中有の世界からの謎語のようにこだまし続けるのである。

無意識という暗室

以上のように、『田園の憂鬱』の成立史を、「〈君〉を失った時に始まる語りの摸索史」として辿ってみると、この方面での春夫の苦心はもっぱら、〈彼〉の内側（主観）と外側（客観）とをいかに架橋するかに集中していたことが分かる。[15]『中外』版（C）で「無意識」の問題が登場するのは、このことと無縁ではなかったはずである。それは内でもあり外でもあるという両義性を具えた世界であり、語り手と視点人物（焦点人物）との周辺に生じがちな矛盾を、春夫はこの余白において処理しようとしたのである。

さて、このような経緯から必要とされた「無意識」は、天佑社版（D）以降の推敲過程で思わぬ働きをすることになる。「無意識」に向けて注がれた春夫の眼差しが、旧『黒潮』版（B）の中に埋もれていた可能性を改めて掘り起こすことになったのである。

彼は薔薇を深く愛して居た。さうしてある時には、「自分の花」とも呼んだ。何故かと言うに、この花に就ては一つの忘れ難い、慰めに満ちた句をゲエテが、彼に残しておいてくれたではないか――「薔薇ならば花開くべし」と。（略）幸であるかそれとも不幸であるか、一般に芸術上の因襲が深く彼の心のなかに根を張つて居た。そのことがやがて無意識に、彼をして薔薇を愛させるやうにした。自然そのものから、清新な喜びと美しさとを汲み出すことを知らなかつた頃から、彼はこの花にのみは深い愛を捧げて来た。

（『黒潮』版二七九頁）

『中外』版（C）において、「無意識」は「考える〈彼〉」を抑圧し閉じ込めておく領域であった。一方、『黒潮』版（B）におけるそれは、〈彼〉の趣味嗜好や衝動を形成している様々な文学的章句とそのイメージ＝「芸術的因襲」が根を張る世界だったのである。両者が想定する「無意識」の領域には本来大きな落差が存在していたが、天佑社版（D）では〈彼〉の内なる別の顔として双方が同列に並べられることになる。このことは、大団円の声の位置づけにも微妙な影響を与えることになった。

『中外』版（C）の段階では、〈おゝ、薔薇、汝病めり！〉の声は、聞き手の〈彼〉がそれと気づかぬ自己批評の声であって、それ以上の意味を見出すべくもない言葉であった。しかし、冒頭箇所に『黒潮』版（B）が追加された天佑社版（D）の場合、この言葉は薔薇を手入れする意識的な目標であった〈薔薇ならば花開くべし〉（ゲーテ）という言葉との比較において意味を生み出すことになるだろう。〈彼〉と芸術（的因襲）との相関関係ということが、作品の主要テーマとして浮上してくるのである。

春夫は推敲過程の途中で、『田園の憂鬱』が「芸術小説」であることの可能性に気づいた。天佑社版（D）から定本（F）に至る最終段階の加筆のあり方がこの見方を裏付けている。例えば、〈彼〉が一種の言霊思想を抱く六章、馬追いを観察して芭蕉の〈心持〉を追体験する七章、遠景の女性的な丘を〈芸術の世界〉と呼ぶ一二章、夜汽車の音に〈ポオの小話の発端〉を得る一六章など、『田園の憂鬱』を「芸術小説」として読み解く場合の根拠となる箇所は、ほとんどがこの段階に至って集中的に形づくられて行くのである。

その時、言葉といふものが彼には言ひ知れない不思議なものに思へた。それには深い神的な性質があることを感じた。それら言葉の一つ一つはそれ自身で既に人間生活の一断片であつた。それら言葉の集合はそれ自身で一つの世界ではないか。それらの言葉の一つ一つを、初めて発明し出したそれぞれの人たちのそれぞれの心持が、懐しくも不思議にそれのなかに残つて居るのではないか。永遠にさうして日常、すべての人たちに用ゐられるやうな新らしい言葉のただ一語をでも創造した時、その人はその言葉のなかで永遠に、普遍に生きてゐるのではないか。

（定本六章・二一九頁）

彼は螢の首すぢの赤いことを初めて知り得て、それを歌つた松尾桃青の心持を感ずることが出来た。

（定本七章・二三一頁）

さうして、この場合どこからどこまでが自然その儘のもので、どこが人間の造つたものであるかは、もう区別出来ないことである。自然の上に働いた人間の労作が、自然のなかへ工合よく溶け入つてしまつて居る。何といふ美しさであらう！　それは見て居て、優しく懐しかつた。おれの住みたい芸術の世界はあんなところなのだが……

（定本一二章・二三四頁）

さうしてそれが彼の耽奇的な空想に、怖ろしい、併し魅惑のあるポオの小話の発端を与へた。

（定本一六章・二四七頁）

定本で初めて加筆されたこれらの箇所には一つの顕著な特徴がある。かつて創作に従事した古人の〈心持〉を

〈彼〉が今改めて感じ取ること（六・七章）。緑の丘こそは〈彼〉が自分の芸術境として見出したものであるということ（一二章）。そして一見摸倣を志すように見えながら、実は飽くまでも彼自身の空想に〈言霊〉（インスピレーション）が注入されるという関係で、ポーの小説が想起されているということ（一六章）。これらはすべて、自己劇化やアイデンティティー構築のために先行作品の章句を意図的に借用する「態度」とは異質な芸術との向き合い方であると言えよう。

さて、本稿では『田園の憂鬱』の成立過程を、主に語りの変遷に注目して考えてきたが、それは語りの側から課せられる様々な制約を、「無意識」という余白を確保することで、春夫が巧みにかいくぐって行く過程であった。その中で、旧『黒潮』版が提起した〈芸術的因襲〉の問題と、旧『中外』版が提起した自己批評の問題とが互いにバイアスとして作用し合うことになり、古人の感興が個を超えたものとして（ウィリアム・ブレイクのではない無名の言葉として）ダイレクトに自己に囁きかけてくるという意味づけを、結末の言葉に対して与えたのである。天佑社版および定本における加筆修正は、この結末への伏線を強化するために行われたが[16]、それはまさしく春夫自身が芸術観を獲得し、さらに深化させて行くその方向性を決定づけたのである。その集大成とも言える「風流」論」は、日本文化の本質論としてよりも春夫の日本的アイデンティティーを語るものとして、あるいは大正後期になって盛んになる私小説・心境小説論議の中での春夫の特異な位置取りを示すものとして成立したのだが、そのような一作家の個性を打ち出した芸術観が、あらかじめ意図されたものではなく、異質な作品をつなぎ合わせるという作業上の要請によって意識化されたものであることをここでは確認しておきたい。

注1　佐藤春夫「あとがき」（『田園の憂鬱』一九五一・七、岩波文庫）。
2　本作のタイトルが現れる春夫の文章は、臨川書店版全集収録分で五一篇に及ぶ。その内容はほぼ伝記的背景の注

釈と作品評価の二点に絞られ、特に大正期には文体実験の失敗作とする例が多い。定本後書きのほか、〈しつかりした底力のある本当の散文的な作品を生みたく思ふ〉（「叙事散文詩的の作品」『新潮』一九一八・一二、のち「自分の作品に就て」と改題）、〈「病める薔薇」―「田園の憂鬱」の第一稿前半―の身構へに満ちた嫌味な文章と「西班牙犬の家」とは好一対をしてゐる〉（「思ひ出と感謝と」『新潮』一九二四・四）などの例がある。

3　平野謙「作品解説」（『日本現代文学全集五九　佐藤春夫集』一九六九・一、筑摩書房、四二一頁）。

4　中里弘子「「田園の憂鬱」の成立」（『言語と文芸』一九六六・五）、永尾章曹「佐藤春夫「田園の憂鬱」の文体について」（『国文学攷』一九六六・六）、根岸正純「「田園の憂鬱」の文体」（『岐阜大学国語国文学』一九八三・一）など。

5　佐藤春夫『詩文半世紀』（一九六三・八、読売新聞社）の第四章「歌・詩・画・散文」。

6　島田謹二「佐藤春夫の「病める薔薇」―推敲過程の一考察―」（『明治大正文学研究』一九五六・一〇、五一・五四頁）。

7　『詩文半世紀』によれば、春夫が最初に読んだ小説は、姉が読み古した『女学世界』にあった国木田独歩の「春の鳥」（『女学世界』一九〇四・三）であったという。〈こうしてわたくしは先ず独歩に食いつき、町の本屋にたのんで〝武蔵野〟という小さな本で独歩の初期の短篇「馬上の少年」や「源おぢ」「武蔵野」などをすっかり読んだころから、独歩の名が売れはじめて新しい「濤声」という集が出たころには押しも押されもしない新進の雄ということになっていた。わたくしはヒイキ作者が有名になったので得意であった〉。『濤声』は一九〇七（明治四〇）年六月、彩雲閣出版で、当時の春夫は一六歳。『武蔵野』は一九〇一（明治三四）年三月、民友社出版。少年時代、春夫を文学へといざなった契機の一つが独歩であった。

8　本書第五章で論じたように、「田園雑記」執筆の直後、そして『黒潮』版執筆の直前に、春夫は「五月」と題する告白体小説を執筆している。後に「或る男の話」（『雄弁』一九二〇・一）と改題されるこの小説でも、〈私〉から〈あなた〉へという閉じた語りの場が、〈私〉の自己正当化の方便として巧みに利用されている。後述の「戦争の極く小さな挿話」も含めて（注15）、一人称の告白体からいかに三人称小説へと離脱するかが一九一七（大正六）年初頭の春夫の意識を占めていたらしい。

9　春夫自身も、『田園の憂鬱』の描写を当時の画業との関連において次のように言っている。〈「田園」を書く時は、努めて濃密な油絵の描写のやうにといふ理想があつた〉（「追憶の「田園」」『新潮』一九三六・九）、〈「田園の憂鬱」にしろ「スペイン犬の家」にしろ、そのどこかに画家の眼や油絵の手法見たいなものが何か多少は現はれてゐないだらうか〉（「処女作のころ」『光』一九四八・六）。

10　薔薇に関する漢籍からの引用文〈海外薔薇水中州未得方〉〈新花對白日〉は、「李太白」（『中央公論』一九一八・七）に見える酒の名の羅列と同じく、『黒潮』版以後に谷崎潤一郎の教唆があったと思しき清代の百科事典『淵鑑類函』からの借用である。春夫は同事典を『田園の憂鬱』にも活用して〈彼〉の性格付けに具体性を持たせようとしたことが分かるが、それは後付け的な努力であった。

11　天佑社版（D）を含む短編集『病める薔薇』の中扉には、ブレイクの'The Sick Rose'がエピグラフとして掲げられているが、それは作中の〈その句は、誰かの詩の句の一句である。それを誰かが本の扉か何かに引用して居たのを、彼は覚えて居たのであらう〉という一節と奇妙な共犯関係を取り結んでおり、作中の〈彼〉があたかもそれを収録した春夫の本を読んでいたかのような倒錯した印象によって読者を楽しませる。メフィストフェレスが森鷗外の訳本『ファウスト』（上巻一九一三・一、下巻一九一三・三、冨山房）の中から呼びかけるという定本『田園の憂鬱』（F）の一八章や、作中に登場する自分の著作の余白に書かれた文章として設定される小品「形影問答」（『中央公論』一九一九・四）など、春夫は「フレーム超え」を小説の中に作り出すことを意図的に行っている。

12　このような『中外』版の制約は、その後の〈彼〉に対する性格づけにも影響を与えている。〈神が創造したと言はれて居るこの自然は、恐らく出たらめなのではあるまいか。さうして出たらめを出たらめと気附かないで解かうとする時ほど、それが神秘に見える時はないのだから。いや、いや、何も解らない〉（定本二一三頁）。「知」から眼を背けることでしか神秘は感得できない。そのため〈彼〉は、神秘体験のメカニズムを知る〈彼〉自身（「考える

〈彼〉」）と訣別するのである。

13　中島国彦による、〈この「誰か」は、名を伏せたのではなく、名づけられぬもの、ある絶対的な存在であろう。次元が明らかに違うのだ〉という示唆的な指摘がある（「『田園の憂鬱』への道」『近代文学に見る感受性』三三章、一九九四・一〇、筑摩書房、六〇三頁）。

14　中村光夫は、〈彼〉の造形について、〈彼がどういふ動機で芸術に志し、なにを願ひ、なにを計画してゐるかといふ消息は、ほとんど故意に抹殺されてゐます〉〈「彼」には、芸術家としての意志も知性もまつたく感じられないのです〉（『佐藤春夫論』一九六二・一、文藝春秋新社、三八頁）と指摘する。〈彼〉が芸術家であるという前提を別にすれば、この指摘は核心を突いている。『田園の憂鬱』には、意志や知性を取り除いた心理そのものの変転を複写する象徴主義的なモチーフが込められていたからである。

15　作中人物の視線と、その人物に対する外部からの視線とをどう結びつけるかで当時の春夫は悩んだ。戦場における兵士（内山）の死を、塹壕にいる別の兵士の眼から描いた「戦争の極く小さな挿話」（『星座』一九一七・五）の末尾に次のような一節がある。〈私は当時（二年ほど前）、内山一等卒を、心理的に書いたらばと思つたが、私には今だにその腕はない〉。ちなみにこの部分の記述は天佑社版ではより明確化され、〈この話を、内山の方からとKの方からと、両方から心理的に書いたらば面白からうと思つた〉と補足されている。

16　佐久間保明によれば、『田園の憂鬱』は〈変化する物象（瀕死の薔薇・再生した薔薇・病める薔薇）と主人公の憂鬱とが巧みに組み合わされた堅固な構造である〉といい、広津和郎の批評（「新人佐藤春夫氏」『雄弁』一九一八・一一）以来、構成の破綻として位置づけられることの多かった結末は、実は周到に用意されたものであるという（「『田園の憂鬱』の構成」『武蔵野美術大学研究紀要』一九八九・三、一七頁）。ここではそうした小説の内的論理が、改稿過程の中で後発的に「発見」され、精緻化されて行き、春夫の芸術論へと地続きに繋がって行くものと考えた。

第三部

詩・小説・批評

ジャンル論の実践

第七章　「自我」の明暗――初期小説と「詩情」

本書前半のまとめ

ここまでの考察を振り返ってみたい。第一部では、現在一般に「望郷の詩人」としてイメージされることの多い佐藤春夫が、むしろ自らに「郷里」を禁じる叛逆の少年詩人として出発したことを重視し、喪ったアイデンティティーを再構築することが彼のモチーフの原点になっていることを指摘した。アイデンティティーへの希求は「表象」への希求であり、「物語」への希求である。「望郷」も「郷里」の喪失を潜り抜けた先に形成される「起源」の探求であり、アイデンティティーの一つの形である。

現在を支点に、望ましい未来と、望ましい過去との釣り合いを図ろうとするこの「物語」的な企図は、しかしながら、春夫の描く世界においては円満に達成されることがない。その原因にはまず、アイデンティティー自体の葛藤がある。『田園の憂鬱』の場合、芸術にすがることで「世界市民」の自負を得ようとしていた主人公は、「故郷」に対するやましさを密かに膨張させていた。「棄郷」が「望郷」を共起させていたのである。ただ、この葛藤は選択の問題にとどまり、「物語」的に自己を把握する欲望自体を否定するものではない。むしろ致命的なのは、「いま－ここ」に「現前」している身体的存在としての自己を捉える主人公の眼差しである。哀れな薔薇を哀れな自分の実像と見る虚飾のない眼差しこそが「物語」を破壊する。

この「現前」を見る眼は、因果論的展開の相において自己を歴史化（「物語」化）するものではなく、世界に遍満する生命エネルギーの一局部として活動する自己の相を、リアルタイムの身体感覚から摑もうとするものである。春夫はそのような自己理解の感性を、油絵制作を通じて「後期印象派」から学んだ。それは言わば、存在の基底に満ち引きする不条理なチカラを可視化しようとする視線であり、その視線自体に、自己をとりまく「物語」を解体する破壊力がある。それは因襲に囚われない自由なものの見方で新たな世界の光景を捉える反面、ややもすれば世界を「盲目の意志」のはびこるカオスの荒野にも変えてしまう。その点では自らの生存の意義を疑問視するニヒリズムの悲観性にも道を通じていて一筋縄ではいかない。第二部では、この感性の側面を中心に扱った。

人間の自己理解や感受性の問題に迫り、言わば「心」をデザインしてみせた『田園の憂鬱』の稀有な存在論的達成は、「物語」的な「病める薔薇」（『黒潮』版）と反「物語」的な「田園の憂鬱」（『中外』版）との接合によって形作られたこの作品の特殊な成立事情に負う所も大きい。前者が、自己の生存を様々な「物語」によって意味づけようとする「心理作用」の現場（それは顕在的な「意識」と潜在的な「無意識」を含む）にスポットを当てた作品だとすれば、後者は外部環境の干渉によって気分反応が現れる、より生物的で身体的な「生理作用」の現場にスポットを当てた作品である。この両者が接合されたことで、『田園の憂鬱』は「心理」と「生理」の複合的存在者としての人間像をリアルに捉えることに成功している。

このように、「芸術小説」としての先入観を一度離れてから『田園の憂鬱』を読んでみると、寓意に満ちたその存在論的考察の高度な表現に改めて驚嘆せざるを得ない。主人公が当初、〈薔薇ならば花開かん〉というゲーテの言葉を芸術的才能の自己暗示に用いた所には、世界の運行を予測可能なものとして眼下に把握しようとする一つの世界観が現れていた。世界にはやがて実現されるべき隠れた既定のヴィジョンがあり、過去と現在とは、未来に置かれたその場所を目指して発展する途上に位置するという宿命論の発想である。

その典型的な例として、彼が愛用の杖を腹立ちまぎれに水路に投げ込む場面を補足として示しておきたい。彼は水路で失われた杖が、〈涯しのない遠い何処かへ持つて行かれるために流れて行く〉様子を想像する（一〇章）。「流されて遠くに運ばれる」という受動的な結果として捉えるべき事態が、日本語の文法さえ無視して、「遠くに運ばれるために流れる」という所期の目的（意志）の実現へと、ここでは無理に読み替えられているのである（ちょうど、英語の to 不定詞結果用法を目的用法に誤訳するのに似ている）。結果を目的に、偶然を必然に転倒させたがる彼の発想をこれほど端的に示した表現はないだろう。

だが、結局その杖は近場から発見されて彼の手に戻ってくる。すると彼はまた懲りもせず、最近毎晩安眠を妨げていた水路の水音こそ〈この杖のさせた声〉であり、〈杖はさうすることに依つて、それを捜し求めて居る彼に、杖自身の在処を告げたのであらう〉という新たな「物語」を構築し、目的実現的に事態を捉えようと試みる（一六章）。当然その晩も水音がやむことはなく、彼の予想は裏切られる。『田園の憂鬱』の後半に現れるのは、彼の期待する予定調和への願いが、現実によって繰り返し嘲笑される姿である。彼がいかに「物語」的想像を逞しくして世界の所有を試みようとも、世界の実相は結局〈でたらめ〉な偶然の連続であり、その期待はいつまでもはぐらかされ続けるほかはない。

青虫にびっしりと覆われた薔薇の姿を最後に発見する彼の狼狽は、要するに、予想通りにならない世界の無軌道さを見せつけられたショックに他ならない。薔薇が醜い姿で咲いたことではなく、思いもよらない姿でそこにあったことがショックなのである。それを「自分の花」と呼んでいた彼は、まさに彼自身が、予測不能な運動体である世界の中に含まれつつ生起する存在者に過ぎないことを、薔薇から教えられているのである。

青虫に表皮をすべて覆われた不気味な薔薇の姿は、蚤が〈体中をのそのそと無数の細い線になつて這ひまはつ〉ているという彼の姿（九章）のアナロジーである。このアナロジーの発見は、世界を俯瞰し運命を所有する立場にあるという彼の拡大した自我意識を覆し、人間も薔薇も肉体を持って世界の中にある有限な存在に過ぎないという、身も蓋もない実情を彼に告げている。その時彼の耳に聞こえる〈おお、薔薇、汝病めり！〉（二〇章）という不可解な詩句は、ゲーテの詩の場合とは異なり、彼の把握する予想可能な世界から来た言葉ではない点が重要である。ブレイクの詩だという出所やその詩の内容が重要なのではなく、彼が知らない言葉であるということ、すなわち、茫洋たる世界の不可知性と、自我の限界との象徴として現れるその登場の仕方にこそ意味があったのだと言える。

心持・気持・気分

以上が『田園の憂鬱』を「芸術小説」から「存在論小説」へと読み替える本書前半の骨子であるが、さらにもう一点、この読み替えに関してまだ触れていない着目点を一つここにつけ加えておきたい。「心」をデザインする小説としての『田園の憂鬱』が、その「心」の状態を表現するのに用いる基本語句は「心持」であり、新潮社版定本で数えて三六例ある。一方、これに隣接する語句として、「気持」が一三例、「気分」が六例数えられる。その全用例を本書の【付録2】に掲げておいた。これらの使い分けには一つの世界観が現れている。

国語学の分野における「心持」と「気持」の一般的な使い分けについては松井栄一《しげかず》の研究がある。[1] 松井によると、「心持」は〈元来心の持ち方ということで、気だて・心がまえなどの意〉を、「気持」は〈感覚的な気のありぐあいの意〉を示したが、江戸中期以降、「心持」が〈物事に際して感じた心の状態の意〉に中心を移し、「心地」のくだけた表現として用いられ始めたため、両者は類義になったとある。ただし、「気持」は基本的に話者自身のそれを指し、他人にも使われる「心持」より主観性や俗語性が強かったらしく、明治期では比較的改まった「心持」が日常語として優位な状態が続いたが、大正期には「気持」の俗語的な感じが薄れて用例が増え、昭和期には「気持」が圧倒的に優位になったとされている。

この整理によれば、『田園の憂鬱』が現れた大正期は、「心持」が俗語的ニュアンスの同義語である「気持」に急速に凌駕されていく過渡期ということになる。作中の地の文における両語の混用は確かにその兆候とも言えるが、単に雅俗に差がある同義語というだけの説明では済まない要素もある。例えば次の例などはどうだろうか（4・16・40＝付録番号。以下同）。

> まるで苦行者が苦行をでもつづけるやうに自分自身の気分を燃える炎のなかに見つめて、犬や猫にとり囲まれて蹲つて居る自分。これは若しや本当の自分自身ではないので、本当のものは別にちやんと何処かに在るので、ここの自分は何か影のやうな自分ではないのか！　そんな気持がひしひしと彼に湧いて来た。その心持が彼に滲入つた時に、冷たい感覚が彼の背筋の真中を、閃くが如くに直下した。
>
> （一三章）

〈燃える炎〉のようにゆらぎ続ける動的な「気分」を〈見つめ〉ているうちに、自己存在の稀薄さを意識する「気持」がひしひしと〈湧いて〉くる。ただし、その「気持」が本物の実感として彼の存在の中に〈滲入〉ってくるためには、意識が「心持」にまで明瞭な形を取る必要があるようなのである。「気分」「気持」「心持」は連続的に移行する心の状態を示しているが、それらが示す段階には差異があり、ある程度の意味の区別をもって使い分けられていることが確かに分かる。

「気持」と「心持」との用例を広く比較してみると、当然ながら意味の重なる部分があって区別がはっきりしない例もある。だが、両者が隣接して登場する場面から使い分けの傾向を想定すると、区別の一つの指標が見えてくる（10・32）。

それは恰も、あの主人に信頼しきつて居る無智な犬の澄みきつた眼でぢつと見上げられた時の気持に似て、もつともつと激しかつた。譬へば、それはふとした好奇な出来心から親切を尽してやつて、今は既に全く忘れて居た小娘に、後に偶然にめぐり逢うて「わたしはあの時このかた、あなたの事ばかりを思ひつめて来ました」とでも言はれたやうな心持であつた。（八章）

ここでも「心持」は、「気持」よりも〈もつともつと激し〉い存在の芯となる部分の反応を示していることが分かる。「気持」がその場の外部状況に即した一時的な反応であるのに対し、「心持」は空想を伴うより内的で観念的な反応である点も注目される。

この点から言えば、例えば〈閑居とか隠棲とかいふ心持〉（23）〈牧歌を歌ふ娘のやうな声と心持〉（24）〈悪人の最後を舞台で見てよろこぶ人の心持〉（25）〈彼の心持は（略）狂気の画家たちによほどよく似て居た〉（29）〈松尾桃青の心持〉（30）〈旅愁のやうな心持ち〉（34）〈フェアリイが仕事をして居るのをでも見るやうに、この小さな丘に或る超越的な心持を起しながら〉（37）〈子供が百色眼鏡を覗き込んだやうに、目じろきもしない憧れの心持で〉（38）〈あの淋しい、切ない、併しすがすがしい、涙を誘はうとするやうな心持は、確かに懺悔心になつたであらう〉（44）などの例は、いずれも空想や想像力に結びついたある種の抽象性をもっていることが確認できる。「気持」の用例には、この定義に該当するものを見出すことは難しい。

さらに、『田園の憂鬱』では、ある心の状態が、個人の具体的な経験のレヴェルではなく、比喩を通じて他に置き換えることができ、人間一般の普遍性として考えることができるような場合に「心持」の語が用いられる傾向がある。だからこそ、それは主人公が考える芸術論的考察にも核心的な役割を果たすのである（27・28）。

> 一つ一つの言葉に就てはいろいろな空想を喚び起すことが出来た。それの霊を、所謂言霊をありありと見るやうにさへ思ふこともあつた。その時、言葉といふものが彼には言ひ知れない不思議なものに思へた。（略）それらの言葉の一つ一つを、初めて発明し出したそれぞれの人たちのそれぞれの心持が、懐しくも不思議にそれのなかに残つて居るのではないか。永遠にさうして日常、すべての人たちに用ゐられるやうな新らしい言葉のただ一語をでも創造した時、その人はその言葉のなかで永遠に、普遍に生きてゐるのではないか。（略）さうして或る一つの心持を、仲間の他の者にはつきりと伝へたいといふ人間の不可思議な、霊妙な慾望と作用とに就ても、おぼろに考へ及ぶのであつた。（六章）

〈言葉のなかで永遠に、普遍に生き〉るという「不死の願望」を芸術論へと昇華させる中で、彼が「心持」というキーワードをことのほか強く意識していることが読み取れる。〈言葉〉を「心持」の憑り代と考えれば、特定の時間と空間とに縛られている卑小な個人でも、存在の限界性を超えて他者を共感させ、あるいは自分のものではない他者の人生を擬似体験することが可能である。また、そのような形で、肉体が滅んだあとも、後世の人と関わり続けることができるというのである。「心持」の語には、他者と代替可能な互換性と、時代を超えて滅びない永続性への期待が込められていると言ってよいだろう。

「心持」の用例に比べると、「気持」の方は場に即したもので、互換性や永続性とはあまり関わらない個人の具体的経験のレヴェルにとどまっている。〈何でも引き切つてやりたいやうな気持〉（9）〈彼の気持をじめじめさせる〉（12）〈のびのびした気持〉（13）〈不思議でならない気持〉（14）〈陰気な気持ち〉（18）〈東京へ引き上げたいといふ気持〉（19）などである。とりわけ、18の〈さうして、陰気な気持ちは妻の言つたとほり、いやな天気から来たものだつた〉という用例は、「気持」が外部の気候に影響される気まぐれな「気分」と同様の意味で使われている例と言ってよい。「気分」については、〈気分も自ら平静〉（2）〈馬鹿げた感激の後に来る重い気分〉（3）〈気分を燃える炎のなかに見つめて〉（4）〈気分は井戸水のやうに落着いた〉（5）などのように、基本的にその場その場の外部環境に応じて流動的に変化する体調に関連づけられる。

この「気分」が「心持」と連続性を持ちながらも、位置として対極にイメージされていることは、妻の述懐のなかに見える〈さうすれば、風のやうに捕捉し難い海のやうに敏感すぎるこの人の心持も気分も少しは落着くことであらう〉（1・21）という並列の用例からも確認できるはずである。「気分」と「心持」の使い分けを考えるには、まず「気」と「心」との関係から捉えていく必要があるが、ほぼ同時期の夏目漱石が「道草」の連載第二四回（『東京（大阪）朝日新聞』一九一五・六・七）で、〈彼の心は沈んでゐた。それと反対に彼の気は興奮してゐた〉という書き方をしていることも興味深い。文芸社会学の赤塚行雄はこれについて、〈実際に「心」と「気」は異なっていて、「心」は沈みきっているのに、「気」はピリピリしているといったことも少なくない。（略）「心」というものは本来、内に向って閉されているものだが、「気」は外に向って、一種の目に見えない触手のように動いている〉、〈「心」は、「気」によって外部と接触している〉(2)と述べているのが参考になるだろう。

『田園の憂鬱』の場合、〈運動の不足のために、暫く忘れて居た慢性の胃病が、彼を先づ体から陰鬱にした。それがやがて心を陰鬱にした〉（九章）とあるように、「心」の外縁には「体」が地続きのものとイメージされている。さらに長雨の毎日の〈些細な単調な出来事のコンビネエシヨンや、パアミテエシヨン〉は、〈彼の体や心の具合に結びつ〉き、それらを〈悉く憂鬱な厭世的なものに〉変えるという記述からすれば（九章）、「心」と「体」を併せた「身」は、さらに外縁にある外部環境（世界）と地続きになっていることが分かる。つまり彼という存在は、〈「自然」の影響を身に感得〉（六章）することで、存在の様態をリアルタイムに絶えず組み替えられている。「体」と「心」とのこの関係は、「気」と「心」との関係に重ねることが可能である。

　以上を総合して「心持」「気持」「気分」の関係性を整理するなら、環境の直接的な影響下にあって彼の「心」を流動的に左右するのが「気分」であり、その対極の安定した「心」の状態が「心持」（心境）、そしてこれらの中間的な領域に「気持」があると考えてよいだろう。いまそれを仮に二通りの模式図にして考えると、『田園の憂鬱』が想定する「心」の構造がうまく捉えられる。【図1】は、「心持」を主人公の存在の最も内側にある核心的な状態と考え、そこから同心円状に広がって外部環境に接するまでの成層構造を彼の存在としてイメージし、内的領域が外部に対して開かれてある程度に応じて「気持」と「気分」の領域を配置したものである。また【図2】は、「心持」を存在の最深部に底流する安定した深層水域に喩え、外部環境によって常に波立っている「気

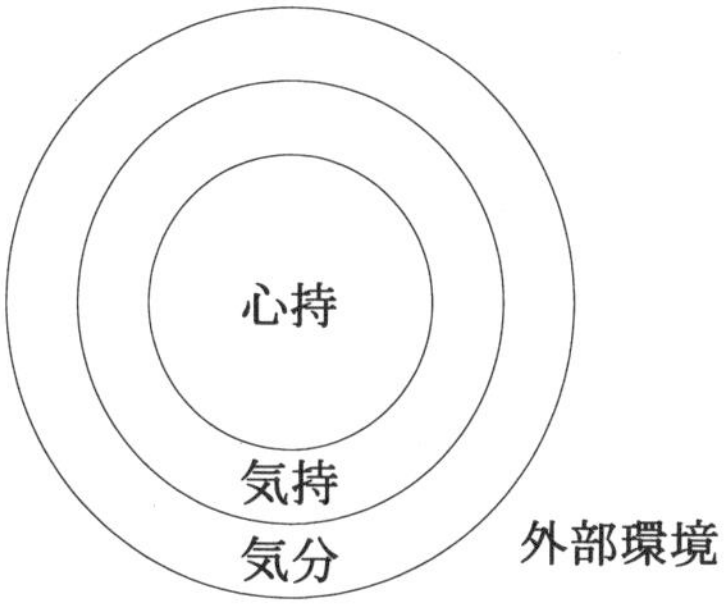

【図1】

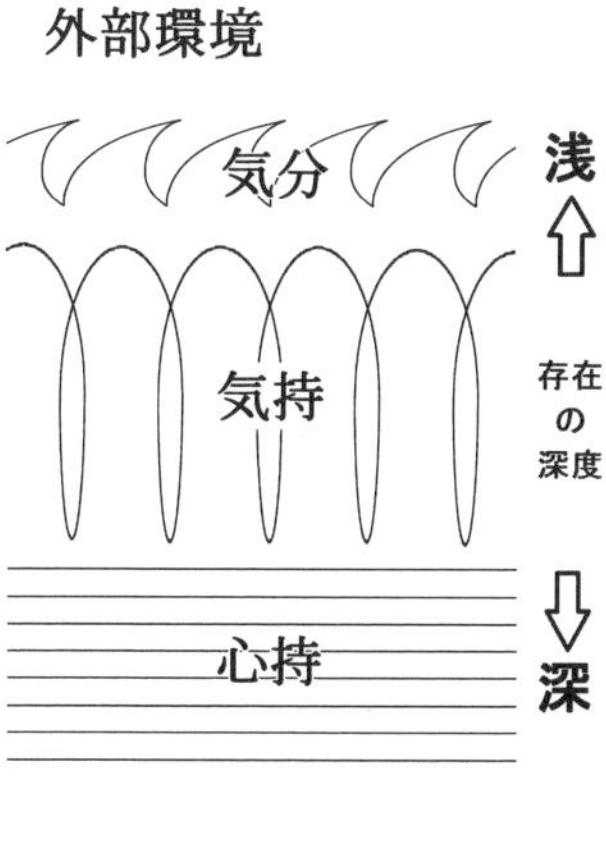

【図2】

分」を水面域に、「気持」を中間の対流域に配置したイメージで、いずれも便宜的な概念図だが、理解の一助にはなるはずである。

そこで春夫のデビュー作の『田園の憂鬱』とは、内部に向って閉ざされた「心持」の座である「自我」の領域が、実は外部と地続きになって「気分」を呼び込むより広い裾野を持った「自己」の一部に過ぎないことを暴いて見せた小説だと言うことができる。初期の春夫の最も重要なモチーフは、まさにこの「自我」の構築と解体のテーマを様々なヴァリエーションにおいて示すことだったのであり、その集大成の位置に『田園の憂鬱』があると考えてみるのはどうだろう。春夫流の芸術論、特にそのジャンル論も、そのような存在論的探究の一部として生み出されたものと捉えるのがふさわしい。以上の見通しを手に入れた上で、第三部では、春夫がデビューの前後に発表していた様々な小説や評論に眼を転じ、これらの位置づけを考え、本書の前半で捉えたテーマが、大正期全体に引き継がれて展開されている様相を追ってみることにしたい。

空想のリアリティー――「或る女の幻想」

小説家・佐藤春夫誕生までのプロセスにおいてまず問題となるのは、詩作との関係である。明治末期に少年詩人として知られながら、一九一四（大正三）年頃から小説の試作を始め、「田園の憂鬱」（『中外』一九一八・九）で一躍デビューを果たすまでの散文の習作期間に春夫は四年の歳月を費やした。さらにこの出世作自体も、原形「田園雑記」（『文芸雑誌』一九一六・一二）から数度の改稿を経て二年半後にようやく決定稿の『田園の憂鬱』（一九一九・六、新潮社）まで辿りついたのである。これらの事実から、初期春夫の軌跡は、詩人による散文体獲得の困難な道のりとして把握されるのが一般的である。晩年の春夫自身がこの時期を、〈結晶体〉の文体実験に挫折し、〈流動型文体に転向〉する過程として振り返っていることもその有力な傍証とされる。(3)だが、そこにはもう少し複雑な問題が孕まれていたのではないか。

一九二一（大正一〇）年、親友・谷崎潤一郎の妻千代に対する絶望的な恋情を、春夫が詩に託して詠い始めたことはよく知られている。春夫が近代作家中の異色たるゆえんも、ほぼ生涯にわたって両ジャンルの制作を継続したことにある。一度詩作を断ち、苦労して小説に転じたはずの春夫は、なぜもう一度、詩という表現形式を選ぶ必要があったのだろうか。詩から散文へ、という一方向的な視角で初期の春夫に迫る限り、その実情は決して見えてこないだろう。千代をめぐる「小田原事件」の葛藤が、偶発的な外的条件として作用したにしても、それ以前の段階で、春夫が詩形式に何らかの意義を再認識していたのでなければ、詩作の再開はあり得なかったはずである。

この問題を解く鍵は、一九一九（大正八）年に書かれた芸術論の数々にある。そもそも、デビュー翌年の一年が、芸術態度論にとりわけ多くの収穫を見たのは単なる偶然だろうか。経済的に安定した中産階級における芸術趣味の広がりと、ジャーナリズムの拡大を背景にして、文学の商業化が急速に進行したのが大正中期である。この時代に職業作家となった春夫が、居並ぶ俊才の間で自らの特色を示し、殺到する原稿依頼の中で筆力を維持するためには、半ば強引な形であっても自己の創作理念を明確にしておく必要があった。芸術論への抱負は焦燥感の裏返しとして、〈自分の芸術論と云ふ様なものを披瀝して見度いのだ。自分はあくまでも芸術至上の考なのだから、その自分の信じて居る所をハッキリ人にも自分にも示して見度い〉（「音楽的な作品、芸術の宗教的な意義」『雄弁』一九一九・三）と表現されている。芸術至上主義者の代表格であるはずの春夫にあって、しかしそのアイデンティティーは当初から揺るぎないものだったわけではない。春夫の芸術的信念は、実際にはデビューよりも少し遅れて理論化が志されたことは、本書の第五章にも述べた通りである。職業作家としての振舞い方を摸索する中で、芸術観の深化が図られていったというのが実情であるらしい。

そして、多くの自己暗示的な芸術論の中に頻出する語彙が、奇妙なことに〈詩〉なのである。繰返し強調すれば、散文作家としてデビューした当座の春夫は、ほとんど自作詩を発表していない。だとすれば、これは現実の詩作品を意味するものではなく、観念的に理想化された〈詩〉（詩情）なのである。〈散文〉の形式を獲得する努力の背後では、ひそかに〈詩〉が概念化され、新たな意義を獲得していくプロセスが存在したのではないだろうか。春夫が〈詩〉を、〈散文〉との相対関係の中でなぜ改めて理想化する必要があったのか。そこに託されているものは何だったのか。ここでは、春夫が〈散文〉の実作において掘り当てていた問題を見極める所からこれらの疑問について具体的に考えて行きたい。

第一短篇集『病める薔薇』（一九一八・一一、天佑社）の上梓に際して、谷崎潤一郎は序文を寄せ、〈空想に生きる者のみが芸術家たり得る資格がある〉と春夫を絶賛した。それは春夫を浪漫主義作家として擁立しようとする文壇一隅の気運を代表する評言であった[4]が、自身の特色とされた〈空想〉小説を、当の春夫が方法面でどう捉えていたのかが窺われる資料がある。芥川龍之介の「妖婆」（『中央公論』一九一九・九〜一〇）を評した文芸時評「「苦の世界」と「妖婆」」（「創作月旦（3）」『新潮』一九一九・一〇）である。

芥川の作品冒頭では、呪術的な力で人の運命を支配する妖婆の存在を〈大正の昭代〉（現代）に配する手続きとして、都会的怪異の実例が複数列挙されている。路上のつむじ風に舞う紙片の中心には必ず赤い紙があって他の紙を支配していること、市電の車掌が誰もいない停留所に客の気配を見ることなどがそれである。が、春夫は導入部のこの二つの挿話からして〈拵へごと〉だと断じ、〈大胆にも芥川氏はこの種の作品に於て唯一の力であるところの空想上のリアリテイを先づ無視してかかつてゐる〉と痛烈に批判する。

私は最初前に述べた二つの挿話を見て、これは好んで物事をかう見たがるところの一人の変態心理の男が出て来たものとしてそれを認めやう《ママ》としかけたのであつた。ところが作者は忽然と筆尖を転じて、この一見変態心理者としか思へない人が、その理智的な文章を書いてゐるところの作者自身であつて、この物語には別に一人の主人公があることにして話を進めて居るのである。

続いて、芥川が採用した〈間接談話〉（聞書体）は、怪奇な話を日常世界に接続させるには有効な手段だったはずだが、「妖婆」の場合、〈作者と作者たるの権威でこれは本当の話だぞと念を押〉すばかりであったために、かえって虚構らしさが見え透いて読者を離反させるのだと春夫は述べる。作者は合理的な立場から〈空想〉を相対化すべきであった。例えば語り手が〈変態心理者〉として作中に明かされたなら、〈空想上のリアリテイ〉は保てたはずだと言う。

興味深いのは、「妖婆」評における芥川への注文が、すでに春夫自身が実践していた〈空想〉小説の方法によく合致していることである。〈変態心理〉患者の告白である旨を冒頭に前置きし、臨床記録風に仕組んだ小説「或る女の幻想」（『中外』一九一七・一二）である。この作品が「大逆事件（幸徳事件）」に翻弄された春夫の郷里・新宮の地方的恐怖から生み出された幻想であることは、新宮教会の牧師職にあり、刑死者の大石誠之助と親交があった沖野岩三郎（一八九七・六〜一九一七・六在職）が紹介した実話記録とともに、すでに本書の第一章で触れた通りである。

そこでは、主人公の女性における相反する「郷里」への思いが、縫合できない二つの「物語」として彼女のアイデンティティーを分裂させている点に、原話にはない春夫作品の特色を指摘しておいた。だが、彼女の性格造形についてさらに考えを進めると、原話と春夫作品との間にはもう一つの重要な相違点があることに気がつく。それは前書きに最初から〈変態心理者〉であると予告されている彼女が、その情報さえなければ、通常以上に的確で繊細な判断力を持つ極めて怜悧な談話者として造形されている点である。

沖野の原話の方では、彼女に結婚を申し込んだ少年紳士の身分は最初から貴族だと分かっていた。彼女も箱根から帰京してすぐに誕生会に招かれるなど、正当に婚約者の待遇で交際を続けていたというから、彼に対する疑念が語られることはない。一方春夫の方では、少年紳士の身分は当初全くの謎とされ、帰京後しばらくの間音信不通になっている。彼女は自分が騙された可能性を考え始め、逡巡しながらも、彼の家を自ら探るという探偵めいた行動さえ取っているのである。そして教えられた住所が伯爵邸であったことを知ると、身分違いのこの恋を諦めようとしたり、伯爵の公子の名を騙る不良少年だったのではないかと彼の素性を疑ってみたりして悩むのである。そこへ緊急入院したという少年紳士の手紙が来ることで事情が分かり、交際が再開されるが、伯爵家から正式に婚約の申し入れがない限りは何の返答も与えず、まして軽々しく身を委すなどのことはすまいと誓うなど、堅い警戒心を最後まで解こうとはしない。そして婚約発表の園遊会を目前に、海底の〈真白な部屋〉へと誘拐された彼女は、そこで社会党員に少年紳士から来た手紙を奪われてしまったために、自己の経験の唯一の物証となるべき手紙を聞き手の牧師Oに対して示せないという説明にも、一通り筋が通っている。

以上の設定は、原話にはまったく見られないもので、春夫が独自に考案した脚色と見なすことができる。事実に反する〈空想〉を、「あり得る話」にするためにはどうすればよいのか。沖野の原話と対照すると、春夫の試みはこの問いへの挑戦だったことが窺われて来る。春夫はまず、談話者を自己診断の徹底した理路整然たる思考の持主として性格づけ、また語り出されるプロットの論理的整合性を強調した。これにより、彼女の談話自体は、それが虚偽であるという情報を何ら内在させぬ、強靭なリアリティーを獲得することができた。

しかし、春夫はそこで踏みとどまらなかった。冒頭の前置きと作品末尾とに〈編者〉を介入させ、怜悧な〈彼の女〉の正体が、実は〈変態心理者〉であると指差し、談話内容の信憑性を根柢から否定せずにはいられなかったのである。〈作者と作者たるの権威〉は春夫の場合、芥川とは正反対の目的で行使されている。

同様の構造は、長崎の阿片窟で起きた殺人事件を、容疑者の阿片中毒者自身が探偵行動で究明しようとする「指紋」（『中央公論』一九一八・七増刊）にも指摘できる。回想形式の〈間接談話〉で伝えられる友人Ｒ・Ｎの言動は、当初の〈私〉から見たところ狂人の所業そのものであった。が、Ｒ・Ｎの詳細な説明を聞き、彼の行動が筋道正しい論理に基いていたことを認めた時、今度は〈私〉が妻から狂人扱いされているのを感じている。理路整然たるＲ・Ｎの推理を共有しかけた途端、語り手は最初のＲ・Ｎ同様の地位に転落し、正気を疑う他者の無理解な視線に曝されてしまうのである。日常的な常識の世界が非日常的〈空想〉の外縁を取り囲み、それを否定してかかるという型は、ここにも存在しているのである。

目の牢獄――「指紋」と「円光」

以上二作品の共通性から、春夫における〈空想上のリアリテイ〉が、〈空想〉内部の合理化と、談話者の理性そのものを疑問視して信憑性の根拠を剝奪するという、二階層の合理化によって演出されていたことが見えてきた。それは、いかに緻密な合理性・論理性といえども、個人の主観の枠を踏み越えてまで通用する保証はない、という認識論的な問題を孕んでいる。特に「指紋」の場合、長崎の阿片窟跡から屍体が発見されたことで、Ｒ・Ｎの語る殺人事件は実在していたことになり、また金時計と映画のフィルム双方に残された指紋の一致が動かぬ物証となって、彼の推理を客観的に証明するにもかかわらず、作品は物証を信じた語り手〈私〉の精神状態に疑惑を喚起するのであり、事件の真相をなおも確定しようとはしないのである。

明らかな客観的証拠を挙げながら、その信憑性への疑いをも作品が同時に提起できるのはなぜか。それはこの作品が全知視点によらず、身体性を具えた〈私〉という作中人物に単一焦点化した語りを採用したことが決め手である。この場合、推理が真実として認定されるか否かは、作品の外から断定されるのではなく、指紋の一致を確認する〈私〉の視覚認識一本に委ねられる仕組みになる。つまり、読者がR・Nの立論を受け入れるためには、まず〈私〉の「目」を信じることが要求されてくるのである。果して、個人の感覚器官としての「目」は、客観性の根拠たり得るのか。

> 私は未だ、今日でも、これを書きつつある今日でも、あのフヰルムのなかの指紋と、時計の蓋のなかの指紋と、その二つがどこがどう違つて居るかを、まだどうしても発見できない……私は自分の目を疑ふことは尚更出来ない。それは神を信じないより以上の冒瀆だから。

自己の視覚映像を「信仰」という形でしか提示できない〈私〉の苦衷が滲む発言である。個体の感覚器官（目）が個別的なものである以上、それを介した世界認識も結局は個別性を背負わざるを得ない。とすれば、個人の主観は決して、実在そのものの認識にも、あるいは間主観的な客観認識の合意にも、原理上は到達し得ない。この認識の孤立性という一種の強迫観念にとらわれた存在が〈私〉であり、主観主義の選択は、追い詰められた結果の居直りなのである。

このように、主客の決定的な断絶に直面しながら、それを乗り越えるすべもなく、主観への籠城宣言をする〈私〉の懐疑論的な立場は、同時期、二科展の連続入選者として知られ、精力的に油絵の制作に励んでいた春夫の作画姿勢にもぴたりと重なり合っている（「立体派の待遇を受る一人として」『読売新聞』一九一七・九・一六）。

> 私は私の目を神と信じて（また誰れしもさうするより他に仕方がないのだ）それを目の僕《しもべ》である手が、出来

る丈け忠実に写さうとして居るばかりです。私は私の目で、物の存在を認識しやう《ママ》として居るのです（略）私の手が他のいかなる人の目の奴隷にもなるべき筈でもなく、なれるものでもないからです。

「現実」（客観的真実）の認識共有を自明視する態度、すなわち、人間の世界認識はア・プリオリな実在の忠実な反映であるため、個体間の認識は寸分違わず一致するという素朴実在論的な無垢の信頼は、ここでは跡形もなく失われている。原仁司が指摘するように、〈春夫が作家として成長を遂げた大正期は、創作主体が解体する〈現実〉を把捉する際に、すでに十九世紀科学の客観性の概念による理解が破綻を来たしていた時節でもあった〉[5]。同文中、春夫が「後期印象派」に賛同する理由もそこに窺い得よう。ただし、そのセザンヌらの強烈な主観主義的「写実」が、春夫の場合、〈誰れしもさうするより仕方がない〉というネガティヴな選択結果である点にこそ、実は重大な意義が隠れている。

　この問題について述べる前に、「現実」の解体を視覚認識の「個別性」を基軸に暴き出す「指紋」のモチーフが、小説試作第一年目の成果、「円光」（『我等』一九一四・七）の段階でかなり明確に方法化されていたことを先に指摘しておきたい。

　この作品が、「写実」概念にゆらぎが生じた新時代の風景を巧みに主題化した作品であることはすでに述べた通りである（本書第四章参照）。画家である夫にとってのヒロインは、丸髷を結った現実の妻に過ぎないが、彼女をかつて崇高な存在のように賛美していた批評家（彼女の肖像の依頼人）の記憶からすれば、その姿は〈ボッチチェリがMagnificatのマドンナ〉（【口絵】）のように円光（ハロ）を戴いていなければならず、それを描くのが真の「写実」だという主張になる。この言い分はいかにも奇矯で、通常なら狂信者の妄想として手もなく排除されるべきところだが、「円光」の面白さは、その主張にある種の説得力が生まれるような、極めて巧みな工夫が伏線に施されていることなのである。

マドンナ、円光、マグダラのマリアなど、画家の妻の肖像画を求める依頼人の手紙には、彼が『聖書』に基づく世界観で彼女を理想化していたことを窺わせるが、実はこれを解釈のコードとして機能させると、作品の各所に散在する伏線がたちまち統合されて、新たな物語が出現する仕掛けがあるのである。例えば画家の制作の場面には、〈この制作もまた月曜日に初まって土曜日に完成した〉という殊更な曜日表示がある。何かに並列させるようなその謎の言い回しを、ひとたび『旧約聖書』の文脈で考えるなら、「創世記」の天地創造がすぐに連想されることになる。そこから、芸術家による芸術の創造は、神による世界の創造に等しいというメッセージが浮かび上がってくるのである。また、絵を描き始めようとした瞬間、一羽の〈鴿《はと》〉がアトリエに迷いこんできたという不可解な場面の意味も、『新約聖書』を思い起こすなら、ヨルダン川におけるキリストの受洗を、鴿に化身して祝福した聖霊の登場が踏まえられていると理解できる。(6) それを手荒く逐い出したこの画家の制作は、つまりは、対象の聖化（理想化）を怠った不完全な創造であるとの意味づけがなされ、完成した肖像画に対する一見理不尽な依頼人の酷評にも有力な根拠を与える仕組みになっている。

しかし、そもそも『聖書』という認識の枠組みを持たない画家の側からすれば、〈鴿〉を〈地主の家のだね〉と判断するのは極めて常識的な態度である。自己の視覚映像の正当性を押し付ける依頼人の主張はもちろん独善の範囲を出ず、現に彼の酷評は、画家にとって何らの反省材料にもならなかった。〈一番深く強く愛してくれる人を私も一番深く強く愛するのですわ〉と語る〈彼の女〉の愛が、結局どちらの男にふさわしいのかも作品によって決定されることはない。それは読者の恣意的な判断に最後まで委ねられたままである。〈丸髷の怪しく美しき〉肖像画と、〈円光燦然たる彼の女〉の記憶と。作品はただ、これらのあまりにも懸け離れた二つの女性像を、両者両様の認識の相違に基づく視覚映像の齟齬として、相対的に提示するばかりなのである。

「円光」の評価については従来、依頼人の手紙の主張を春夫自身の芸術論として文脈から独立させ、空想や美意識の重要性を説くその内容面を重視するのが一般的であった(7)。だが、依頼人の主張が画家を説得し得るまでの一般性を持たないものとして描かれた事実にも、ここでは特に注意しておきたい。作品全体を支える論理はむしろ、真実は一つで、誰もがそれを同じように認識できるという素朴な生活常識に対する徹底した懐疑である。画家に巣食う芸術上の問題点も、この観点から再び検証し直してみる必要があるだろう。

不安な身体──「歩きながら」と「戦争の極く小さな挿話」

実在論的発想が虚妄に過ぎないことを曝露する小説として、「円光」の完成度は極めて高い。その周到さは〈彼の女〉の造形に凝縮されている。享けた愛を等分に報いるだけだという、見る者の心を映し出す鏡のような〈彼の女〉の不気味さは、その愛し方だけではない。〈黙つて優しく、快よげな苦しげな、寂しげな、楽しげな〈略〉モナリザの笑を笑〉うという〈彼の女〉は、外貌においてすら不確定な謎の女性なのである。二人の男の〈彼の女〉像を、優劣・真偽の判断の利かない相対的な位置に留め得たのは、ひとえに〈彼の女〉の内面と外貌との断定的提示を注意深く回避した地の文の功績と言ってよい。

さて、このように描かれる〈彼の女〉は、言わば向き合う者の主観を映しこみ、見え方の自在に変化する可塑的な存在となる。さればこそ制作終盤、画家が〈この甘く美しい唇を、果して、その男は一度も吸はうとはしなかつたらうか〉と考えた時、その疑惑は〈厭はしい形を具へて〉実際の目に見えて来たのである。画家はほとんど無意識にその主観的な映像を描いてしまった。視覚映像や絵画の忠実性に全く疑念のない画家は、平然としてその肖像を〈可なり忠実な写実〉と呼ぶ。けれども、この瞬間にこそ、画家が自明視する不動の客観性〈写実性〉は、覆うべくもない破綻を自ら示していたのである。

実は、同じことが作中ではたびたび起きている。例えば、〈「追想」の額縁に納めて〉アトリエ一面に掛けられた〈海洋と空とのスケッチ〉である。新婚旅行の追想は、確実な視覚対象として額縁に保存されていたはずだった。が、それすら肖像画の制作依頼に狼狽した画家には、〈紺碧が鼠色に緑色が黒に見え〉るという不確実性を露呈している。作品終盤の挿話も同様であろう。肖像画の返品と、酷評を連ねた手紙を読んだ後、デッサンしかけた雲の形がいびつに歪んで見えたのは、真に対象が変化した結果だろうか。このように、「円光」の地の文が次々と暴くのは、視覚映像の安定性が、認識主体の流動性によって事々に揺らぎ、確実さを失う姿なのである。客観主義を切り崩すもう一つの反例をここに見ることができる。事物の見え方は、個別の認識主体間で異なるばかりでなく、刻々と移ろいゆく同一主体においても常に不確定なのだ、と。

目が曇りのないレンズではなく身体器官の一つであるがゆえに、対象を歪めて映すかも知れぬという懐疑は、明治期の断片を除く春夫初の小説「歩きながら」（原題「一疋の野兎とさうして一人の外国人」『我等』一九一四・四）の描写実験が前提とする世界観でもあった。通りがかりに見た肉屋の店先で解体され、やがて血まみれの肉塊になって行く野兎を、一見仮借のない即物性で描き出したと見えるこの作品も、決して透明な視線からなされたいわゆる「客観描写」などではない。〈何だかこの兎は未だ子供だつたといふ気もちがする。憐憫の情が無意識にかすかに眼に働いてそんな観察をさせるのかも知れぬ〉とあるように、観察は認識を問い返す契機ともなっているのである。そもそも、野兎を観察する認識主体の〈余〉には、作品の前半部分で濃密な身体性が付与されている。冒頭、疼《うず》く虫歯の形状を舌先で確かめるという生々しい体内感覚の描写があり、〈俺〉は自己の「身体」を、未確認の客体として内側から点検して行く。そして、〈俺のこの幼少からの齲歯もきつと何か精神的に、霊《たましひ》の上に必ず反映してゐるに相違ない〉と考えている。

このような〈俺〉の論理によると、「霊」の全的な把握を目指すには、まず「身体」を既知のものとする必要が生じる。野兎に執拗な視線を送る〈余〉の観察動機は、このことと決して無関係ではあるまい。なぜなら、野兎の血を〈脹れた歯ぐきをつぶすと出るやうな〉と形容したり、見物人の中にいて野兎の醜さを揶揄する〈女の児〉への嫌悪感が、子供時代に自分の顔を汚く観察したに違いない歯医者への反感と呼応したものであったりするように、〈余〉の見方は、野兎の肉塊と自己存在との間に、強力な隠喩関係を構築しているからである。潜在的に野兎を自分の不定形な「身体」の代替物とみなす〈余〉は、得られた認識の中から、自己の「霊」の実態を析出しようとして、必死に観察を続けるのである。

　ところで、今日の身体論の基本的な立場では、「精神」と「身体」とを峻別するデカルト的二分法は極限概念に過ぎず、具体的な人間存在においてそれらは不可分に統合されたものと考えられている。しかし〈俺〉の場合、霊肉に影響関係は認めるものの、両者を対立項とする前提自体は保持されており、心身二元論の枠組みは、彼の発想を根強く縛りつけている。この時、「身体」（齲歯）は、「精神」（霊）すなわち認識主体を〈無意識〉の領域で蝕み、その同一性に動揺を与えるノイズ（不安要素）にしかならないだろう。「身体」は、自分の中にいる得体の知れぬ「他者」として、不気味に眺め返されるのである。

　このような、違和感を伴う「他者」としての「身体」が、極限状態において跳梁を始める恐怖を描いた作品として、日露戦争の実体験を聞書きした作品「戦争の極く小さな挿話」（『星座』一九一七・五）は、小品ながら、やがて定本後書きに〈Anatomy of Hypochondria〉（憂鬱症の解剖）と呼ばれる『田園の憂鬱』と実に近接した作品と言い得るだろう。

　遼陽附近での戦闘中、伝令に遣わされた内山一等卒が出発直後に撃たれたのを、塹壕の中の〈私〉や他の兵が間近に目撃する。内山は靴を脱ぎ、足の指で銃の引金を引いて自決したが、転倒する時の奇妙な形、空を見上げる姿、また解く必要のない靴紐をわざわざ全部解く〈全然無駄〉な行為など、死を前にした内山の一連の動作は不可解な謎として、兵の間に強く記憶される。やがて休戦。一つの事件が起きたのは、〈私〉〈K曹長〉が湯浴みのため、靴を脱ごうとした時だった。

「おれはかうする度に、内山を思ひ出すよ。思ひ出してしかたがないよ。」／と、或るそんな時に、私がさう言つた。さうすると、／「曹長殿もでありますか。」／と、平素極くひよう《ママ》きんで、この男が何か口を利きさへすれば、外の兵はきつと笑ふといふので有名な或る兵が、即座に、併し、いつになく真面目に答へた。／すると、その場に居合すほどのものは、皆、一度にひひと笑ひ出した。それがいかにも物凄かつたので、一同は互にその自分達の声を気味悪がつて、互の顔を見合せた。

理解不能な動作をするのは、実は内山の体だけではなかったのである。確かに、戦闘場面の段階でも、塹壕の兵には異変の兆候があった。内山の動作に過剰な注意力を払いながら、一方で応戦の手を休めないという意志と行為との分裂。〈こんな時には、妙に頭は頭、眼は眼、手は手、とそれぞれに動いて居るらしい〉と表現される「身体」のグロテスクな自己運動が、やがて兵士らの自覚にのぼるまでに顕在化したのが引用の場面だったのである。こうなれば、〈その後、誰言う《ママ》となく、内山はどうも誰か我々のうちの者が打つた弾に当つたのぢやなからうか〉という疑惑が生じてくるのも必至であろう。「身体」の異状を自覚して自己同一性が根底から崩された兵士たちは、自己の責任能力に疑心暗鬼を募らせ、ついには自分達が知らずに手を下した可能性を考え始めたのである。

逆にそのような不安から逃れ、自己同一性を積極的に回復しようと企てたのが、「或る女の幻想」の〈彼の女〉や、「指紋」のR・Nだったと言えよう。〈彼の女〉の苦悶は、〈真白な部屋〉という抽象空間に〈解剖台の上の死屍のやうに横はつて居る〉「身体」の記憶が、意識の連続性の中に組み込めず、宙吊り状態になっていることへの不安から生じていた。それを説明づけるための言葉を探し求めて、〈彼の女〉は自己の閲歴を、緻密で合理的な「物語」（自分史）に編み上げて行こうとしたのである。R・Nの探偵行動も、〈若しかするとあの殺人者が自分ではないかといふ怖ろしい自分自身に対する嫌疑を自分自身に晴らして、その上にあの厭はしい悪夢から逃れたい〉との目的が明かすように、それは阿片吸引で主体性を喪失した「身体」の無実を証明することによって、自己同一性の危機を克服する手段なのであった。

個性という孤独――祈りとしての「詩」

以上五作品の分析により、春夫の初期小説を貫流するモチーフが明らかになったと思う。間主観的に共有され得る「現実」も、統一性ある「自我」（認識主体）への信頼も、個々の作中人物においてのみ通用する〈空想〉に過ぎない――ということを、認識につきまとう「身体」の個別的・流動的な属性の提示によって摘発する小説群、とこれらは総括することができよう。ここで「自我」ということに標的を絞れば、それは二重の脅威によって解体の危機に瀕していた。第一に、認識の個別性に由来する客観からの逸脱であり、第二に、主観の流動性に伴う「自我」それ自体の不統一である。他者の承認と、生きた斉一性の主観的感覚と、これら自己同一性《アイデンティティー》の重要な因子を二つながら失った「自我」の危機を、春夫はいかに処理しようと試みたのだろうか。

大正中期を風靡した人格主義への屈折した関わり方には、「自我」の現状についての春夫の認識が端的に表れている。「芸術即人間」（『新潮』一九一九・六）において春夫は言う。固定的な〈いい人格〉など存在しない。人間の心には形がなく、常に流動してやまぬ。性格もまた他者との関係性において多様な現れ方をするものだ。[8] 特に芸術家の場合それは複雑で、自ら統御できないこともある。人格自体がかくも不確定ならば、一般に言う〈人間即芸術〉は成り立たない。そこで春夫は逆に、〈芸術即人間〉の立場を取る。

〈芸術家が彼自身に沈潜する場合、平生はさまざまなものに故障されて、完全に働かせることの出来ないところのすべての彼が、そこに本来の姿をもつて悉く現はれて、彼自身のなかに、複雑な霊妙な活躍を初める〉。その結果、〈満足した統一のうちに〉見出された自己の姿こそ〈永遠不朽の我〉〈絶対の我〉なのだ。芸術家は、〈恰も人格ある人が、人格の統一ある彼自身をもつて常に人人に現はれると全く同じく〉、芸術において〈最高の自己〉を表現する——これこそ春夫の芸術至上主義の根本理念である。すなわち芸術とは、芸術家という特異な「個性」が、その創作活動に主体的に従事することで、本来の「人格的統一性」を確保する手段だと言うのである。

もちろん、芸術家に特権性を付与したこのような発想に、大正作家の典型的な天才主義や選民意識を見ることは難しくない。だが、むしろ芸術という切り札を強引に使用し、ある種、居直ることでしか当時の人格主義に参与して行けない所に、春夫の一つの特質が垣間見えているのではないだろうか。春夫が言う〈芸術即人間〉はその実、決して楽天的な自己陶酔を語るものではなく、「身体」をもって世界の中にある「存在」のリアルな動態こそが「自我」を崩壊させる曲者だと意識されたときに、その「自我」を保とうとして現れる一つの祈りの様式なのである。

さて、春夫が示す〈永遠不朽の我〉〈絶対の我〉という強固な「自我」への憧憬は、芸術〈家〉の特権化に比例して、〈詩〉をも極度に理想化した。〈正体の知れない大きな寂しさを最も激しく感じて現世の相を楽しむにつけ、悲しむにつけ、苦しむにつけ、常にこの寂しさを現世の諸々の感情と同時に一度に感ずる〉とき、芸術家は存在にまつわるその〈寂しさ〉を満たすため、〈一般の人々が無いかも知れないと感ずるであらう何ものか〉に惹かれる〈傍点春夫〉。〈神〉や〈絶対境〉や〈永遠の世界〉などのようにそのイメージはまちまちだが、とにかくこの普遍的な〈何ものか〉に憧れることで心の高揚を覚える。〈その心の状態の諸相を「詩」と私は呼んでゐる〉（「「詩」といふこと」『文章倶楽部』一九一九・一二）という。つまり、流動する心理現象の基底に、純粋で深遠な動かぬ本質的感情（寂しさ）を見出し、それに浸り切って「普遍」を信仰する心性を、春夫は〈詩〉と呼んだのである。ちなみに〈詩人〉は、〈常に主観のみに拠る。詩人は主観ある事を知つて、客観を知らない。といふよりも、彼には主観と客観とが全然同一のものなのである。（略）人間性が所謂唯一の客観性だといふ信念によつて、勝手に自分の主観を遠慮なく突き進めて行く〉（「詩人に就て」『文章倶楽部』一九一九・一〇）と、主観の普遍的価値に一点の疑念も抱かぬ存在として措定される。

　春夫はデビュー直前のこの時期、生田長江・江口渙という白樺派排撃の急先鋒を恩師と親友に持ちながら、彼らの最大の論敵である武者小路実篤に格別な親近感を示している[9]。江口による「芸術派」の命名以来、春夫の芸術至上主義は谷崎的な仮構性・幻想性に引きつけて理解するのが今日まで一種の定番と化しているが、その視座からは見えにくいこの問題も、〈詩人〉という語を手掛かりにすればその実情に近づくことが可能である。正義・愛・人道を忌憚なく高唱する白樺派を、春夫は極めて肯定的な意味で〈詩人のやうに歌ふ《ママ》て居る〉（「武者小路実篤氏に就て」原題「彼等に感謝する」『中央公論』一九一八・七）と賛美していた。その信念の強靭さを評価したのである。春夫独特の人格主義的な芸術至上論によって措定された〈詩人〉の像にしても、武者小路の世界観をまるごと敷衍したものと言えるほど、その発想には類似性がある。

　よく言われるように、武者小路ら白樺派の基本理念は、自己の芸術的天分を確信の土台として、「個性」の伸張がそのまま「人類の意志」を体現することになるという力強いエゴイズムの思想にあった。その「個」（主観）と「普遍」（客観）との幸福な調和は、主客の深い断裂に直面していた春夫にとって、限りない魅力と映ったはずなのである。画業に勤しむ春夫が、「後期印象派」を師表と仰いだ事実を改めて思い合わせてみたい。言うまでもなく、セザンヌ以下「後期印象派」の主観的な作画理念の受容は、白樺派の強烈な自我主義に格好の理論的支柱を与えていた。

しかしその際、春夫が端無くも消極的な姿勢を露呈していたことが気にかかる。〈私の目を信じ〉るというエゴイスティックな主観への信頼を、〈誰れしもさうするより他に仕方がない〉と直後に翻す春夫のアンビヴァレンスである。主客合一論の雛型と呼べる「詩人に就て」さえ同様に、〈宇宙の方から云へば、千人の人間に対しては、宇宙は千の焦点をもつてゐる。さうして、一つ〳〵の焦点に一つ〳〵の問題を与へてゐる〉と、個々人の主観の相対性を言明し、白樺理念との差異をいつの間にか語ってしまうのである。

確かに、武者小路らの考える「普遍」とは、自我の外に他者の主観を想定する所から経験的に帰納された客観性とは異なる。その本質は、社会性・他者性の完全な閑却の上に立つ超越論的観念論である。〈小説〉を書けば必ず主観の相対性に突き当たり、他者との認識共有の不可能に筆が及ぶ春夫の問題意識は、かかる超越論では到底解決されようはずがなかった。なぜなら、春夫にとっては、「自我」を相対化する「他者」の存在もまた「身体」と同様に脅威であり、難問だったからだ。この意味で、武者小路の提示する強固な「自我」は、春夫にとって心底羨望の対象となり、芸術至上主義の理想的な人格モデルとはなり得ても、それは同時に現実感のない〈夢想〉の域を出なかったのである。春夫が人間感情の純粋な本質なるものを、〈寂しさ〉という語で表現せざるを得なかった理由もここにある。「個」がどこまでも背負う孤独感へのやみがたい自覚から、「普遍」に到達する唯一の手段として〈詩〉に取り縋ろうとするものの、一方ではそうした理想化の無理を苦々しくも承知していたのが春夫なのである。

このアンビヴァレンスは創作「青白い熱情」（『中央公論』一九一九・一）にはっきりと見て取れる。ポーの詩にインスピレーションを得て少女像の制作を続けた画家のＡ・Ｆは、対象への思いつめた情熱から、ついに少女そのものを寝台に出現させ、乱舞の末に死ぬ。その一部始終を目撃した浪漫主義詩人の〈私〉が小説の語り手である。翌朝跡形もなく消え去っていた少女の幻影を、その晩の〈私〉が〈実在〉と感じ得たのはなぜか。〈私〉の注釈によれば、Ａ・Ｆが〈短い一生を常にあの少女を空想するといふ奇異な方法で彼の精神を統一しつづけて来た〉結果、その時の画室に〈彼の幻影と、彼の意志とが犇きながら満ち充ちて居た〉からだと説明される。人並み外れた精神の〈統一〉が、認識の絶対的な隔てを乗り越えて、理解ある者の主観を共振させるという、春夫の芸術至上理念の円満に成就した理想形が、ここには稀有な幸福な瞬間として描き出されている。

　ところが、その体験は回想の時点で、語り手による手厳しい合理化を被ってしまうのである。〈全く彼の意志に征服され〉るという本来あり得ない主観の合致が起こったのは、連日の徹夜の末、長篇叙事詩を完成させた後の〈可なり激しい神経衰弱〉状態に〈私〉があったからだと、状況の特異性に依存するものとしてそれは片付けられてしまう。語り手は、一方ではＡ・Ｆの信念を賞賛し、芸術への献身を決意しておきながら、語りの態度においてはそのような芸術観への懐疑を語ってしまっている。妻に狂人として処遇されるいつもの結末は、実は語り手の〈私〉が自分自身を作中人物として突き離し、他者として対象化している時点で、すでに語り手自身が先取りしているのである。

　結局、春夫が初期小説で掘り当てた「自我」にまつわる二つの脅威は、芸術への信仰と、芸術家としての帰属意識の確立という処方箋によってすら、そう簡単に除去されるものではなかったことが分かる。白樺派流の楽天的な「自我」信仰、すなわち「個」即「普遍」の思想に同一化するには、春夫はあまりにも、「個性」の特権化が必然的に陥らざるを得ない客観性からの逸脱、すなわち、いつでも「アブノーマル」なものとして孤立し得る「個性」のネガティヴな側面を知り過ぎていたのである。しかし、まさにそこにこそ春夫の得がたい特質があるという見方もできる。というのも、このような目配りによって、他者性の欠落した自我主義や芸術至上主義の独善性が、常に監視され、内部告発され続けるからである。

他方、春夫の芸術至上主義自体の肯定面を取り上げるならば、瞬間的に人格統一を実現する〈祈りの様式〉[10]として〈詩〉に積極的な意義が与えられ、詩作再開への概念的な動機付けがなされた点であろう。〈散文〉との相対関係の中から、春夫が〈詩〉を、他者や社会の介在せぬ自我主義の枠として意義付けていたのであれば、第一詩集『殉情詩集』（一九二一・七、新潮社）が上梓された際、大逆事件の刑死者・大石誠之助を悼んだ「愚者の死」（『スバル』一九一一・三）などの、社会問題に鋭敏な批評性を発揮した旧作の「傾向詩」が故意に遠ざけられ、「ためいき」（『スバル』一九一三・六）及び近作の恋愛抒情詩のみで詩集の内容が構成されたとしても不思議はない。春夫にとって〈詩〉は今や、拠りどころを失った「自我」が、主観の統一と純粋化を希求するための絶望的な〈祈り〉の手段とされたのだからである。つまり、〈散文〉の試作をくぐり抜けたことで、〈詩〉に期待するものも変容したと考えられるのである。

「傾向詩」の破棄という現象面だけを捉える立場からは、初期春夫の軌跡はひとえに、社会的な批評性を放擲して行く過程のように考えられてしまいがちだが、それは違うのではないか。批評的役割はむしろ〈散文〉の方に継承されて行ったと考えられるからである。事実としても、他者の視点を介して自己の立脚点を見つめ直して行く春夫の批評、特に文明批評は、当時の水準として類のない公正な多角的理解を、やがていかんなく発揮することになる。

散文における彼の批評の最初の試金石となったのが台湾紀行である。「台湾もの」の代表作と言える「女誡扇綺譚」（『女性』一九二五・五）は、〈私〉の身勝手な南方植民地幻想が、世外民や〈下婢〉といった「他者」にとっての「現実」を理解することによって破綻するさまを描いていたが（本書第三章参照）、そのほかの「台湾もの」の稀有な批評的達成についても引き続き確認していく必要がある。

注1　松井栄一「「心持」と「気持」」（『武蔵大学人文学会雑誌』一九八二・三）。
2　赤塚行雄『「気」の構造』（一九七四・五、講談社現代新書、一八～一九頁）。
3　〈わたくしは詩を書きながらもやはり散文に対する志を捨てない。詩では散文ほど存分なことが書けないと思ったからである。しかも、わたくしはまだ自分の散文の文体を見出せないでいたのである。わたくしは、はじめ結晶した文体を求めながらも、国語の性質はわたくしの考えたような、ドライでかっちりした文字の結晶は得られそうもないと思っているところへ、現われたのが武者小路の自由画のような文体であった。思いあぐんでいたわたくしは、終いに結晶体のスタイルはあきらめて、この流動体のスタイルに転向してしまった〉（佐藤春夫「詩文半世紀24　流動型文体に転向」『読売新聞』夕刊、一九六三・二・六、五面）。
4　惰性的人道主義の凌駕をロマンティシズムに期待した江口渙は、春夫をデビュー前夜の段階で、谷崎・芥川を代表とする「芸術派」の新人として触れ込んでいた（「文壇の大勢と各作家の位置」『中外』一九一八・八）。かねて江口に賛同していた『新潮』（「不同調」一九一八・八）が、その姉妹誌『文章俱楽部』と共に、一九一九（大正八）年の春夫の芸術論のほとんどを掲載する媒体となった事実は象徴的である。芸術至上主義者としての春夫像は、江口、谷崎、『新潮』と、彼らの課した役割を必死に演じることで新進作家たらんとした春夫との意図的な合作と言ってもよい。
5　原仁司「佐藤春夫における絵画と自我の問題―『田園の憂鬱』成立の前景―」（『國語と國文學』一九九〇・八）。
6　〈鴿〉の用字が、当時の標準訳文（いわゆる『明治訳聖書』）と同一表記であることも裏付けとなる。〈イエスバプテスマを受て水より上れるとき天忽ち之が為にひらけ神の霊の鴿の如く降て其上に来るを見る〉（「馬太伝」四―一六）。本来、「鴿」（Pigeon＝イエバト）は「鳩」（Dove＝キジバト）と表記上の区別を有する。
7　中村三代司「『田園の憂鬱』への階梯―作品形式と方法をめぐって―」（『國語と國文學』一九八一・四）、海老原由香「小説家佐藤春夫の出発点―『円光』をめぐって―」（『國語と國文學』一九九五・二）など。

8　人間の性格とは〈外界の他の人間に結びつく〉関係性の概念だ、という極めて今日的な認識を示した春夫は、同文中、この種々に現象する「自我」の流動性を表現するには〈一篇の小説を要する〉と言っている。本章で考えた春夫の存在論とジャンル意識の密接な関連性をここにも見ることができる。

9　〈何と言っても武者小路君は「後に来る者《ヤンガアゼネレエション》」にいい影響をして居る〉という「同人語」（『星座』一九一七・四）以来、生涯一貫して評価が高い。辛辣な批評で知られた『七月の雑誌と私と』（「創作月旦（1）」『新潮』一九一九・八）でも、武者小路の「へんな原稿」（『改造』一九一九・七）には惜しみない賛辞を与えている。

10　〈自分が芸術の才能があり、亦芸術と云ふものは一種祈りの様式である事に気が付いた時に、自分を美しいものにする機会をつくる方法として芸術が一つの宗教の様な意義を持つ〉（「音楽的な作品、芸術の宗教的な意義」『雄弁』一九一九・三）。このような〈芸術〉のあり方を春夫が、〈詩〉と呼んでいたことはすでに確認したとおりである。

第八章 「旅びと」論——紀行と小説

「日月潭に遊ぶ記」

「田園の憂鬱」（『中外』一九一八・九）の成功によって谷崎潤一郎や芥川龍之介と並ぶ人気作家となった佐藤春夫が、一九二〇（大正九）年七月から一〇月まで台湾に滞在し、のちに「台湾もの」と呼ばれる多くの作品を残したことが、近年ようやく注目を集めるようになった。「植民地台湾」を小説の題材として初めて正面から取り上げた作家であることから、九〇年代以降、台湾文学研究の分野から再評価が始まり、徐々に関心が広がってきたのである。

しかし、佐藤春夫の業績を包括的に捉える研究が十分進んでいない状況のなかで、「台湾もの」のみを対象とする再評価のあり方に問題がなかったわけではない。この場合、研究者の論点は、植民統治に対する春夫の政治的態度の是非に集中することとなり、論者の恣意的な判断基準が持ち込まれやすかったことも事実だからである。一方、それを回避するために、作者の状況に寄り添いながら「台湾もの」を捉えなおすにしても、例えば米谷《まいや》香代子との家庭生活の破綻や、谷崎潤一郎の妻・千代に対する禁じられた恋の傷心など、年譜によって知られる作者の実生活を、そのまま作品読解の根拠に据えるという素朴な作家論の方法から自由になれていたとは言いがたい。春夫の旅行中の行動は、打狗（高雄）・台南・厦門滞在の状況を中心として謎の部分が多く、外部資料から文壇状況との関連の中で「台湾もの」の位置づけを探る観点も導入していく必要がある。徹底的にその実態を解明して行く実証研究が不可欠であろう。また、作中の言葉そのものに向き合う言説研究や、

さて、現状で未解決の重要課題としては、例えば、日本の台湾統治に対する批判的言説を、春夫はいついかなる形で獲得したのか、ということがある。統治者の倨傲や被統治者の不満に現実の旅を通して触れ、反省意識や義憤を感じることと、それを言葉で表現することとは別問題である。表現とは感情や倫理観の問題であるのみならず、より多くの方法的な問題を伴うからである。また、「台湾もの」には、恋愛がらみで「旅愁」を語る「私」の私的な感傷と、植民地の政治問題に対する公憤とが同居しているが、異質に見える二つのモチーフが同居していることにはどのような意味があるのだろうか。

これらの問題への具体的なアプローチとして、この章では紀行文「日月潭に遊ぶ記」(『改造』一九二一・七)と、のちにそれを小説化した「旅びと」(『新潮』一九二四・六)の二作を取り上げたい。春夫の台湾統治への違和感が、批判的言説として姿を現すまでの過程を、両者の比較から辿ってみたいと考えるのである。

「日月潭に遊ぶ記」は原題「日月潭に遊ぶの記」として、『改造』第三巻第八号夏期臨時号(一九二一・七)の特集「変つた避暑地」(目次タイトルは「新らしい避暑地」)に寄稿された。依頼記事としての性格上、旅行案内を主眼とした文章で、台湾原住民研究者の森丑之助から贈られた案内書『台湾名勝旧蹟誌』[1]の忠実な引用を所々にちりばめながら、自己の体験記に客観的な解説を肉付けしたものである。内容は、暴風雨による鉄道路線の寸断で、阿里山登山を諦めた〈私〉が、二八水から鉄道と台車(トロッコ)を乗り継いで集々に着き、一泊の後、総督府民政長官(これは慣用となっていた旧称で、正しくは総務長官)の命による電力会社の手厚い歓待を受けながら椅子駕で日月潭に到り、「化蕃」(固有の生活伝統を維持する「生蕃」と、外部民族との同化が進んだ「熟蕃」との中間にある台湾原住民を指した当時の称)の集落で伝統舞踊を見て宿に帰るまでの二日間の記事である。

杵歌で名高い日月潭のサオ族（著者蔵）

語り手の〈私〉は、旅行時につけた〈手帳〉の存在を仄めかしながらも、〈面倒だからいい加減でよからう〉〈何とかいふ停車場——手帳を見なければ忘れてゐる〉と言ってあえてそれを開こうともしないひどく物ぐさな人物を装っている。しかし実のところ、彼は手許の『台湾名勝旧蹟誌』を開いて自分の辿った道のりを調べ、関連記事を細かく書き写すことも厭わない極めて勤勉な人物なのである。プライヴェートな「旅愁」の再現より、新しいリゾート地として植民地の風物を紹介すること。〈私〉の主眼がそこにあることは明らかだ。もちろん、それこそがこの特集における原稿依頼の趣旨であれば不思議はないだろう。

　創作ではなく紀行文、それも紹介記事である以上、記述が説明的になることは当然だが、重要なのは、『台湾名勝旧蹟誌』からの引用を随所に用いたことが、台湾を語る〈私〉の姿勢の取り方に決定的な影響を及ぼしていることである。同書は『台湾鉄道旅行案内[2]』のように、駅ごとに最寄りの名所や旅館、各種公共施設、里程や鉄道運賃等を羅列した実用本位の観光ガイドブックとは異なり、碑文や廟宇の考証を主とする歴史探訪の手引きであって、山間部の記述はほとんどが清朝政府による「蕃地」（台湾原住民の生活区域を指す当時の称）の制圧の歴史――すなわち「理蕃」と「王化」の歴史に費やされている。語り手の〈私〉は椅子駕で辿った旧道が、実に一二五年の歳月をかけて整備されたことを本書の記述で後から知り、書物から得たこの知識を、旅行の最中に案内人から聞いた「化及蛮貊」という刻石の話や、〈蕃人の侵撃にそなへ〉〈展望が利くやうに〉高所へと迂回していく嶮路の記憶に重ねて行くのである。また、杵歌を聞きに「水社化蕃」の集落へと向かう船上の描写でも、大樹の精から生まれたという〈蕃王〉が、台湾巡撫の呪術によって大樹もろとも滅ぼされたという伝説を長々と引用し、その上で次のように書き加えるのである。

この荒唐無稽な伝説をどこまで打興ずるかは人人の自由として、今から約二百年の昔、清の雍正年間に、この日月潭一帯の地にあつた水沙漣蕃社の骨宗と呼ぶ勇敢な大頭目が清の統治に対して頑強な対抗を試みて撃殺されたことは歴史上の事実であるといふ。しかしそれは昔のことで、今、このあたりの地は蕃界に隣してはゐるけれども、既に王土のうちである。白鹿を逐うてここに移住した化蕃は我々――この風光を訪ねる者の座興を助けて土産の酒を楽しむのである。

「蕃地」としての過去を語る歴史書の引用は、反対に「王土」としての現在を強く照らし出すのである。〈生蕃が蜂起して霧社の日本人は全滅した〉と集々の宿で聞き、その噂に驚きながらも、山中の日月潭まで何の躊躇もなく踏み込んでいく〈私〉の姿は、すでに「王土」と化した地への信頼感を無言のうちに語っている。そしてようやく到着した日月潭は、「水社八景」として、とうの昔に雅客の詩材にすらなっていたのである。

私の目の前のこの世界は、大きくさうして何となく佗しい景色である。が、日本人の謂ゆる佗しさ、俳句のやうな佗しさとは何となく自づと違ふ。気のせいかやはり雄大なところのあるへんな佗しさだ。私は無学でいい例は知らないが、何だか杜甫あたりの詩情の或るものにはこんな佗しさがありはしないか。沈着なそれでゐてどうにも為し難い鬱憂を発散するやうな美しさ。高貴な人が平然としてうらぶれてゐるやうな佗しさ。父祖伝来の大きな吾が家の軒端が傾いてゐるやうなうす汚さ、なつかしさ。

台湾山中の辺境の風景を〈杜甫あたりの詩情の或るもの〉に喩えて違和感を覚えないこの感性は、ここが政治的にのみならず、文化的にも中華圏に組み込まれた土地であることを前提にして成立する。その意味で〈私〉は、『台湾名勝旧蹟誌』のまことによい学習者であったと言えるだろう。「王土」のうちにあって、宿の二階から〈山水洪秀〉の湖景を眺め、〈楼に登りて欄に凭るといひ度いところだが〉と、無邪気に漢詩人を気取ることさえできたのである。

日月潭を目新しいリゾート地として読者に推奨するこの文章では、過去の危険を物語る『台湾名勝旧蹟誌』が、かえって現在の安全を保証する根拠として機能させられて行くのである。結果的に「日月潭に遊ぶ記」は、同書が説く宮々一世紀半に及ぶ「王化」の成果を、身をもって体験する現場リポートになっているのである。個人の印象記を超え、外部資料による有益な情報提供を図った〈私〉のサーヴィス精神は、図らずも自分の旅を、「王化」の軌跡を辿る旅として位置づけることになったのである。

したがって、この文章には台湾の山岳地方に対する「王化」や「開発」の歴史を、抑圧や破壊の歴史として振り返る姿勢はほとんど見られない。清朝を相手に果敢に戦った誇り高い民族の末裔が、今や〈水社の芸者〉と呼ばれるまでに落ちぶれ世俗にまみれている現状を憂慮するわけでもなく、また、ダム開発で水没する風景に感傷

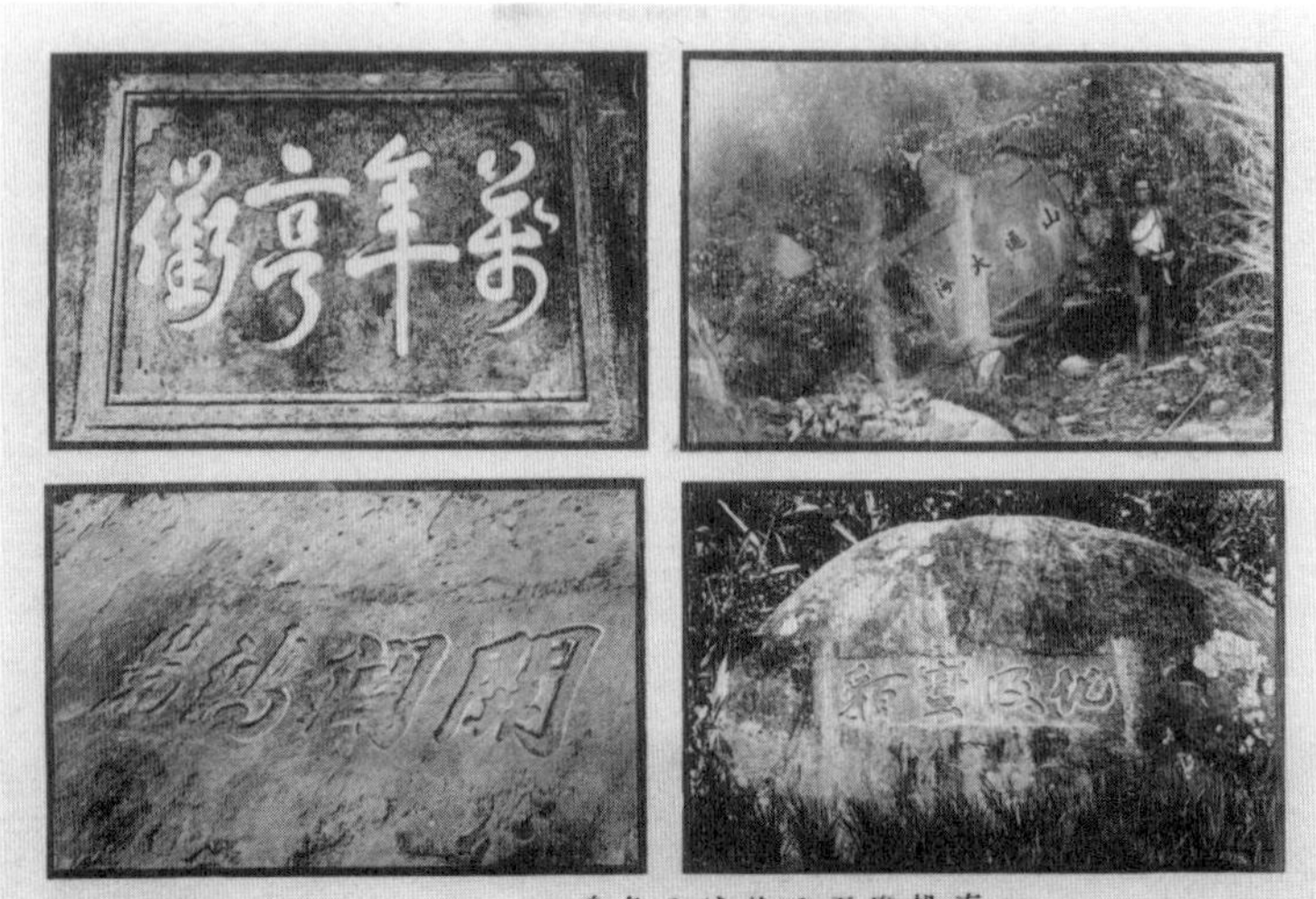

南投廳下に於ける名碑

「王化」の軌跡を示す古道の刻石
右下が「化及蛮貊」（著者蔵）

を抱きながら、それを景観破壊と捉えるだけの意識もそこにはまだ表れていない。そもそも、中華皇帝の威光が辺境の夷狄に及ぶという意味での「王化」と、帝国日本による近代的な植民地インフラの「開発」とでは、時代と主体に違いがあることすら〈私〉の中では格段に区別されることはなく、曖昧なままに地続きとなっているようなのである。

〈民政長官下村宏氏〉の指示で電力会社の大げさな接待を受けることを、〈気取らずに言ふとさういやな気持ちでもない〉〈大分得意であつたとお思ひなさい〉と語る〈私〉は、「王化」の場合と同様に、「開発」に対しても無批判で、むしろそれを享楽すらしている。とはいえこれは、〈私〉の倫理観や想像力の欠如を示すものというよりも、表現上の要請から必然的に選びとられた発想の枠組みであったろう。旅行先の安全性をPRする避暑地紹介の文章のなかで『台湾名勝旧蹟誌』の情報を活用する場合、「王化＝開発」を支持する言説となることは、個人の嗜好を超えて避けられない事態だったはずだからである。

王化と開発の外側へ

一方、『新潮』第四〇巻第六号（一九二四・六）の「創作」欄に掲載された「旅びと」では、『台湾名勝旧蹟誌』からの引用がすべて、丹念に消されている。試みに該当箇所を並べて比較したものが、次の表である。検証の便宜のために付した頁数は、『定本佐藤春夫全集』（臨川書店版）によるもので、「日月潭に遊ぶ記」は第二七巻、「旅びと」は第五巻に収録されている。

No.	「日月潭に遊ぶ記」（紀行文）	「旅びと」（小説）
①	今、手もとにある台湾名勝旧蹟誌を開いて見ると「土地公鞍嶺眺望」と題して「南投街集々の南約三里十一丁の所にあり。乾隆の初年小径始めて開き未だ山名あらざりしが、道光十五年、鞍上に土地公廟を建て、始めて土地公鞍嶺と名く。光緒八年、呉光亮此の険を削り、大道を開き、埔里社に通ず云々」とある。（七頁）	道案内が指をさして言ふ――あちらからのが、陳有蘭渓。こちらからのが、濁水渓。それからふりかへつて、梢にかくれて見えないがあのあたりが目ざす日月潭。ここにある小さな社が土地公廟――むかし、蛮人を追つぱらつて通行が自由になつた記念に建てたものであらうといふ。――私たちが来たのは乾隆の初年に初めて開けた小径を辿つたわけである。流石の物知りも教へてくれなかつたが、私は後に書物で見た。（一〇頁）
②	私は台湾名勝旧蹟誌の「驚くべし海抜二千五百尺の山上周囲四里に余れる大湖あり。水深平均一丈五尺、常	山上の湖水と聞いて、碧くつて鏡のやうなと思つたのはうそだつた。（一一頁）

	に紺碧を作して池底、蛟龍の潜むかと疑はる」といふ文字にだまされて、何となく雄大清澄な境地を考へてゐたのであつた。しかし、私の目にうつる日月潭は周囲四里に余る山上の大湖ではなく、ただ馬鹿に大きな沼である。（七頁）	
③	宿の二階から見ると——楼に登りて欄に凭るといひ度いところだが——大山連嶺が真正面に突立つてその足もとに、日の光を浮べた水が凝乎としてゐる。古人の所謂水社八景なるものの「山水洪秀」は一目で見わたすことが出来る。（八頁）	ここの二階の欄干は丸木のままである。（略）景色に似つかはしい質素な建物で、それに何よりの事には眺めが素晴らしい。湖光一望のうちとでも言ふのであらう。（一二二頁）

このほかに、「日月潭に遊ぶ記」では長い引用文を伴った「水社化蕃」の由来の説明も、〈百五十年ほどむかし嘉義の方から白鹿を逐うて来た一隊四十人ほどの蕃人が、水社大山で道を失して三日彷徨した果にここを見つけて、そのまま移住してしまつたとの事である〉と、出典を隠した要約文に変えられている。

「旅びと」では『台湾名勝旧蹟誌』という参考書の存在自体が抹消されており、漢学臭ただよう名所記風の引用や、それを受けた漢詩人気取りの語り口（③）もことごとく排除されている。土地についての具体的な情報は、物知りの監督の話や（①）、一般知識（②③）の中に溶かしこまれているのであり、旅行時に誰かから直接聞いた情報として、実体験に結び付けられている。唯一後付けの知識に拠る部分でも、具体名を削った〈書物〉という曖昧な言及があるのみで（①）、これは文献資料に対する〈私〉の無関心さをかえって際立たせる効果を生んでいる。

これらの書き換えは、観光紹介枠で必要だった参考書が、創作枠で不要になったという程度の意味にとどまるものではない。『台湾名勝旧蹟誌』を作中から排除することは、旧作の記述を制約していた「王化」と「開発」のイデオロギーから〈私〉を解き放つという重大な意味があるからである。

安閑と住み慣れて、外の同類がだん〳〵山奥へ逃げ込むのも知らぬげに、彼等はいつの間にか王土の民になつた。勇猛な精神をどこに投げすてたのか、ふるまひ酒に酔うて祖先からの神聖な歌と舞踏とを、物好きな旅客に見せものにしてゐる。――おい！　霧社の奥ではお前たちの仲間が、今おれたちの仲間を怖ろしい攻め殺しにしたといふ噂をお前たちは知つてゐるか。

この「化蕃」への感想に見られる〈おれたちの仲間〉という言葉は、歴史化された清朝の統治史とは別に、日本の統治が〈お前たちの仲間〉との間に紛争を引き起こしており、自分もまたその一方の当事者であるという現況の認識をはっきりと示している。また「旅びと」では、日月潭が安全な「王土の中」にあることよりも、「王土の果」の辺境にあることの方が強調され、遠くさすらいの旅に出た〈私〉の「旅愁」を語るにふさわしい日常からの距離感が用意されているのである。

さて、内容面において「旅びと」が「日月潭に遊ぶ記」と異なるのは、前作ではわずかに一場面、〈顔の上の半分が自分の好きな或る人に心持似てゐる〉と出てくる宿屋の〈女中〉のことが、大きくクローズアップされている点である。〈私〉は〈大へん好いてゐるひと〉への恋情と〈大へん好かない女房〉への嫌悪とに悩み、〈台湾三界へ放浪しに出た〉。そして日月潭の宿の女に〈大好きなひと〉の〈おもかげ〉を認めるのである。「化蕃」から水社の宿に戻った夜、激しい通り雨をきっかけに女の身の上話に耳傾け、月光を見ながら〈平静を欠く二三分〉を過ごすも、手を触れるわけでもなく、翌朝女に見送られて宿を発つ——というのが、「旅びと」になって初めて付け加えられたプロットの概要である。

そもそもこの作品は、台湾から内地に帰った〈私〉が、しばらく経ってから旅行を振り返り、数人の興味本位な聞き手を相手に宿の女の思い出を語り聞かせるという談話形式の枠組みを持つ小説である。過去の旅行時と談話時の現在との間に十分な時間経過が設定されたことにより、語り手には、かつての自分の心境を分析する視点が与えられている。それは例えば、女との出会いを叙述する次の場面からも窺うことができよう。

「……さきほどからお待ち申し上げて居りました。それでも大へんお早くお着きで」と言つて私が迎へられたといふのはそこの宿屋での事である。——それやみんな本当の言葉に違ひない。今朝から前触れがしてあつたさうだ。相手は宿屋だ。前触れがあつてみれば待つてはゐたらう。こんな山で一月に一度ぐらゐの客だから、いくらかは珍らしくもあらう。泊りの客が三時に着いたのでは早いお着きだ。少しはお世辞を言つてもよからう。——私はこんな行列で乗込んだほどなのだ。あたりまへだ。／そのあたりまへの言葉が、その女の口からはしんみりとひびいたが、不思議に私の耳に入つた。／別嬪かつて?／私だつても、その時はまだ声の方に気を取られて顔までは注意してゐなかつた。（略）／私を座敷へ入れて、手をついてお辞儀をした。顔を上げるところを見た。悪くはない。色が白い。だがそばかすがある。整つた顔立で、まるで違ふのに、おもかげがどこか、さつき言つた私の大好きなひとに似ないではない。

現在の〈私〉は、過去の感傷を分析するだけの理知的な判断力をそなえた語り手になっている。彼女もまた〈長官の命令〉で〈私〉にかしずく人々の一員であったことは言うまでもない。それを承知した上で語り手は、その事務的な言葉がなぜ当時は特別な魅力を持って聞こえたのかを検証しようとする。もちろん「旅愁」のなせる業に他ならないが、では、女が〈私〉の中に掻き立てた「旅愁」とは何だったのか。その正体を見極めることが、語り手にとっての本題なのである。

「旅びと」における旅愁

「旅愁」が特定の時と場に密着した一過性のものであることは、旅行中の〈私〉にも分かってはいた。日月潭での夜のつれづれに、〈私〉はふと〈この水のほとりの一軒家の夜に於ての秋の情懐〉を手紙にしたためようとする。しかし、〈ここで書いた手紙でも五六里も行つて明日出すとなれば、枯れてにほひが抜けさうで〉書くのをやめたと言っている。その消えゆく〈にほひ〉を惜しむ感情を、翌朝の出立時に摘んだ香水茅〈レモングラスの同種〉をいつまでも嗅ぎ続ける〈私〉の行動に象徴化した春夫の手際は実に見事である。言葉に封じ込めることもできず、まして写真にも残せないその移り香のような捉え難さ——淡くカタチにならないこの儚さこそが「旅愁」の生命なのである。

当時の〈私〉は、宿の女に恋人の〈おもかげ〉を重ね合わせて心惹かれたが、冷静に考えれば二人の顔立ちに共通点はない。〈魅惑の正体〉を振り返ると、〈私の心にふれたものは、それはあの女ぢやなく、あの女の抱いてゐたその悲しみではないだらうか〉という現在の解釈が語られる。具体的存在としての女ではなく、ふとした瞬間に彼女が見せる〈悲しみ〉の表情が遠い恋人の〈おもかげ〉を偲ぶよすがになったからだと言うが、この言葉は同時に、カタチを超えた所で人を幻惑する「旅愁」の解き難い謎を物語る言葉でもあろう。

彼女にとって、通りすがりの旅びとと濃密な沈黙の時を過ごしたことは一再ではない。つい一か月ほど前にも、どうやら何度目かの堕胎を経験したとの噂も聞こえる彼女である。しかし、〈私〉は彼女に一指も触れぬまま宿を立ち去った。彼女の魅力は〈私〉にとって、カタチにあったのでなく、内地の恋人を思わせる〈悲しみ〉の表情にあったからである。仮に〈私〉が彼女の実体に触れていたとしたら、その行為は恋人と似ても似つかぬ〈殖民地の宿屋の女中〉の平凡さを確認することにしかならなかっただろう。だから〈私〉は、「旅愁」からあえて外に出ようとはせず、彼女の具体的な生活に立入ることを回避するのである。その態度は、彼女の打明け話を聞く次の場面にも顕著に表れていたはずである。

女は尋ねもしないことを、ぽつり〳〵手繰るやうに語りつゞけた――ひとり言めいて素直に。ランプのかげにうなだれて袂を弄んでゐる。私が食事を終へても催促をするまではお茶も気がつかない。／江州長浜の糸とり娘といふのが、あたりの景と情とに対して妙に支那めいた牧歌のやうな気持を私に感じさせた。（略）もつと立入つて身の上ばなしを聞いたら、白樂天は歌ふかどうか知らないが、松崎天民なら書くだらう。しかし私はむかうで言ふだけしか聞かなかつた。さうしてあとは雨の音を聴いてゐた。

客と女中の垣根を越えたかに見える彼女の打ち解けた態度に誘われて、この場面は、本来なら二人が同じ立場で向き合い、心通わせてもおかしくない場面である。しかし〈私〉は、彼女の出身地の江州長浜から、江州司馬に左遷された白樂天を連想し、落魄の中で出会った妓女の身の上話に同情を寄せる名詩「琵琶行」の情緒にひたっている。〈文学者〉らしい教養の中に閉じこもり、彼女の生活に触れるのを避けてしまうのである。

権田和士はこれこそが典型的な〈春夫文学の美の造形法〉だと指摘する。〈主人公の感慨によって、彼女の生きてきた実際の生活には、《支那めいた牧歌》という芸術的ヴェールが被せられます。作者は、彼女の体験した労苦を覆い隠すことによって、女中の「あはれ」な美を生み出しているのであり、読者はこのフィルターを通し

日月潭の涵碧楼

1920年９月19日、春夫が宿泊した宿。（著者蔵）

た「美」より他に受け取ることはできません〉[3]。宿の女に恋人の面影を投影し、芸術を楯にして現実から目を背ける主人公は、確かに権田の言う〈ロマン派的気質〉の持ち主である。

だが、ここでは同時に、身の上を語る彼女の態度にも注意する必要があろう。彼女もまた、〈尋ねもしないこと〉を〈ひとり言めいて〉語り出すのであり、その挙句〈お茶も気がつかない〉ほど自分の感情に浸りきっているのである。闇の中で二人きりになり、彼女の放つ魅惑から逃れるようにして〈私〉が座敷へと戻ったあと、彼女は月かげの差す縁側にいて、一体何を思ったのだろうか。胸騒ぎを覚える〈私〉をよそに、彼女の念頭からは案外〈私〉の存在は消え去っていたのではないだろうか。翌朝の会話には、自分が捨てられたことを受け入れられず、過去のあだな約束を信じて、来るあてのない東京からの指輪を一途に待ち続ける彼女の傷ましい姿が語られている。〈それや内地が恋しうございます〉と言う彼女が、もし〈私〉にある種の親しみを感じているのだとしたら、彼女もまた

〈私〉に――そして幾多の旅びとに――去って行った恋人の〈おもかげ〉を重ね合わせているのである。その意味で彼女は、内地に思いを寄せながら植民地をさすらう〈私〉の写し絵とも言える存在になっている。(4)

闇の親和力

「旅びと」では、〈私〉が宿の女に内地の恋人の影を求めたように、彼女もまた〈私〉に恋人の影を求めていた。彼女にとっても月下の沈黙の時間は、〈私〉を媒介として過去の恋人との追懐にひたるひとときであり、だから翌朝になって、彼女は思い出したように指輪の一件に執着したのだと言える。〈私〉と宿の女との出会いは、別人の〈おもかげ〉を投影し、また投影される者同士としての、非-人称的な、無名の男と女の出会いであった。日常性を超越した山の中は、個人を縛る固有の条件から人を解放し、悪縁によってすれ違ってしまった恋しい人との擬似的な「出会い」を幻想させてくれる空間だったようなのである。(5)ここで「旅びと」の末尾が次の言葉でしめくくられていることに注目すべきだろう。

殖民地にゐる男たちが、あの女に心を牽かれるとしたら、私にはそれが何だかひどく面白い。――旅びとは道の辺の秋草に目をとめるよ。さうして私は、嵐の次の朝に砕けてゐる秋草を見たのであつたらう。

台湾を襲った大暴風雨の回想から始まる冒頭との照応で、〈嵐の次の朝に砕けてゐる秋草〉に彼女を喩えた印象的な結末である。その比喩に含意される現実は痛々しい。彼女についての噂を耳にした〈私〉は、自分だけでなく、他にも多くの男たちが彼女に魅了され、また彼女から旅立って行ったらしいことを知るのである。そして内地に思いを残す彼女によって、皆が自分のように「望郷」の念を誘い出されていることに、〈私〉は興味を覚えるのだという。各々事情は異なるはずでありながら、植民地に流れてきた人々には、「郷里」を捨ててきた心残りをどこかに抱える「旅びと」としての共通した精神風景がある。彼女との出会いを通じて、在台内地人たちが分かち持つそのような内面世界を、〈私〉は端無くも垣間見た思いに捉えられているのだろう。

女と二人で月を見る沈黙の場面は、植民地に繋ぎ留められた彼女の「旅愁」が〈私〉を魅惑する作中のクライマックスだが、人を沈黙に誘い込む「旅愁」の魅力は、「化蕃」集落からの帰途の場面にも描かれている。水上の涼風に〈ふと故郷恋しの思ひ〉に誘われ、皆が〈申し合せたやうに押黙〉る場面である。〈陰気〉な〈櫓の音〉と〈度を超えて哀切〉な〈蕃人の杵の音〉だけが響くこの場面において、人々はそれぞれ別の心を抱きながら、共に「旅愁」の思いでひとつにつながるのである。個々の事情を言葉にすることは、夕飯時の彼女がそうであったように、かえって彼我の隔たりを生みだすことにしかならない(6)。彼女について〈私〉の注目するのが、言葉の内容よりも声・足音・表情であることは偶然でなく、また、〈いつまでも杵を鳴すぢやないか〉と船上の沈黙を破った運送屋の言葉に、通弁の若者が〈不機嫌らしい声で〉答えたという場面も、言葉は「旅愁」の妨げになるという事情を物語るものに相違ない。

そして、闇は、この「沈黙の共同体」が成立するためには欠かせない背景である。彼我の境界を溶かしこんでしまう闇の蠱惑は、〈闇といふものは不思議なものだ〉という〈私〉の感懐に素直に表現されている。〈自分の舟の人顔でさへ、煙草を吸はなけやもう見わけがつかない〉暗い水の上だからこそ、櫓の音は昼間と違った響きをたたえ、遠い杵音は〈景色全体がどうやら怯え戦いてゐる〉と感じられるほど哀切に聞こえるのである。

思えば、この日月潭の湖畔の夜を照らす光源は、煙草の火にはじまって、漁火・提灯・ランプ・月光などの薄明りに限られている。これらは侘しさの効果的演出であるだけでなく、実は日月潭の電力工事によって近い将来に実現される未来像、すなわち〈台湾全体を、動くものも光るものも悉く電化して未だ余力がある〉という光り輝く南方植民地のイメージと対立するものでもある。〈私〉の「旅愁」は、「沈黙の共同体」を創出する「闇」への愛おしさを語ることで、「文明批評」の鋭い一閃を放っているのである。

竣工の暁には（と工学士は言つた）ここの水も今よりもう一丈は優に深くなる。ここの景色とても悪くなろう筈はない。――折角の工学士の言葉だつたけれども抗議が言ひたかつた。君よ、水深きが故に尊からず。／私は工学士の説明を聞きながら、半ばは事業を壮なりと思ひ、半ばはそんな事をしてそれが一体何になるのだと人間を軽蔑したい感じがして、それをどちらに決めようかと戸迷ひする気持だつた。

内地につながるそれぞれの〈悲しみ〉を抱いて植民地に流れてきた者たちを、「旅愁」の名のもとに一つに包み込む闇の親和力。その安らかな世界は〈人の心を救ふ心細さ〉と評される日月潭の〈老病孤愁の相貌〉とともに、「開発」によって遠からず台湾から消え去ろうとしていたのである。

「光」による台湾の「開発」に背を向け、あえて「闇」への親しみを語ること。夜の描写を持たない「日月潭に遊ぶ記」と比べて、「旅びと」が大きく飛躍しているのはこの点である。(7)「旅びと」の世界において、感傷的な「旅愁」と理知的な「文明批評」とがその根元で結びついているさまを見て取ることができよう。

「私語り」の批評性

最後に、「日月潭に遊ぶ記」が「旅びと」へと書き換えられたことの意義を、春夫の作家としての軌跡を捉える観点から考えてみたい。

春夫が台湾に滞在した一九二〇（大正九）年は、日本の文壇状況の一つの転機と目される年である。この年に発表された宇野浩二の小説「甘き世の話」（『中央公論』一九二〇・九）[8]は、「私小説」という用語を現在の意味で意識的に用いた最初の文学作品であると考えられている。「私小説」が文芸用語として広く定着し、類似概念の「心境小説」と共に全文壇的な論議の的となるのは一九二四（大正一三）年まで下るが（私小説論争）、宇野の小説の主人公が言うように、「作中の〈私〉」＝「小説の署名人」という読解の枠組みに依存した身辺雑記の量産現象が、この時期にかなり顕著になっていたことは確かである。このことは、明治末年から続く「自然主義」対「反自然主義」の文壇構図が、「私」を表現する小説の流行という一つの文学潮流のなかで、曖昧に解消されていったことを意味している。「私」の獣的な実生活の赤裸々な暴露（自然主義）と、「我」の特権的な内面世界の表出（浪漫主義）という二つのモチーフの境界線は、ようやく見失われようとしていたのである。

一九一八（大正七）年以降、「李太白」（『中央公論』一九一八・七）、「指紋」（『中央公論』臨時増刊一九一八・七）、「青白い熱情」（『中央公論』一九一九・一）、「海辺の望楼にて」（『中央公論』一九一九・九）など、人工美の極致を描く作品を次々と有力誌の『中央公論』に載せ、「反自然主義」作家としての名声を獲得した春夫は、一九一九（大正八）年に自らを鼓舞する調子で「芸術至上主義」を高く掲げたが、一九二〇（大正九）年にはほとんど作品が書けない停滞期を迎え、台湾へと旅立っている。そして翌年、メディア上に再登場した春夫は、「剪られた花」（『中央公論』一九二一・一〇、一九二二・一、一九二二・四、『改造』一九二二・二、『新小説』一九二二・六、『新潮』一九二二・八）、「佗しすぎる」（『中央公論』一九二三・四）、「厭世家の誕生日」（『婦人公論』一九二三・六）など、禁断の恋に落魄した主人公の「心境」を描く「私小説」作家へと転身を遂げていった。

深刻なスランプの時期を挟んだこの転身のきっかけは、一九二一（大正一〇）年の「小田原事件」（谷崎潤一郎夫人・千代への恋慕とその破局）の影響があることは確かであろう。だが、このスランプの時期に、春夫が「日月潭に遊ぶ記」や「南方紀行」（『新潮』一九二一・八〜一一、『改造』一九二一・九、『野依雑誌』一九二一・一一）などの本格的な紀行文を初めて書いたことは意外にも見落とされている。ジャンルの性質上、そこに語られるのは「私」の観察である。ごく大雑把な言い方をすれば、旅行の実体験を文章化する手続きが、従来の作風とは異なる「私小説」の分野へと春夫を導いたと見ることができよう。台湾・福建地方への旅行は、行き詰っていた春夫にとっては確かに新生面をきり拓く転機となったのである。

だが、一口に「私小説」と言っても、〈私〉をどのレヴェルで捉え、どのレヴェルで機能させるかによってはまるで違ったものになる。ここで取り上げた「日月潭に遊ぶ記」から「旅びと」への書き換えを見て言えることがあるとすれば、それは紀行文である前者の場合、「〈私〉が描く」スタイルであったのに対し、小説としての後者が「〈私〉を描く」スタイルになっているということだろう。春夫のなかで「私小説」の方法が成長していくプロセスがそこに示されている。

「旅びと」の体験告白のスタイルは、形式的にみて単純なものではない。それは無理解な聞き手に語り聞かせるという対話の「場」を作中に用意しているのである。すでに見たように、植民地の宿の女が内地の恋人と二重写しになったのは、「旅愁」による幻惑の力が大きかったが、考えてみれば、言葉を超えた黙契であるところの「旅愁」を、内地の日常の中で他者と共有するのは極めて難しい。「旅愁」への共感がない所で、下手に女への思いを語れば、その思い出は世俗の様々な曲解や冷やかしにまみれることは避けられない。そこで「旅びと」に試みられているのは、聞き手の世俗的な解釈をあえて先取りしながら、これをかわし続けていく方法で体験を語ることだった。実際、「旅愁」の繊細な実感を守るには、それがほとんど唯一残された精一杯の方法だったのではあるまいか。「日月潭に遊ぶ記」が名所案内に終始したのは、もとより雑誌の企画意図に沿った雑文と言えばそれまでのものだが、「旅愁」のリアリティーをいかに表現するかということについて、春夫が十分その方法を摑み得ていなかった点にも理由はあると思われる。

さて、旅行中の実感を守るためのこのような操作が、ここに得難い副産物を生みだしていることにも注目しておこう。冷やかし半分の相手の反応を先取りした上で、台湾旅行時の〈私〉の姿をお道化ながら語っていくこと。それは他者の目によって己れの見え方を問題化していく「批評」の芽生えに他ならない。例えば、次の場面はどうだろうか。

寛大で好奇的な要路の顕官が、公文で命令を出したのだ。——私をせいぜい歓待してやれ！　と言つて。思ひ屈してこの南方の岸までうろつきに来た私は、文学者といふ資格で待遇されてゐる。半ばは気紛れのやうに発せられた長官の命令を受取つて、人々は、文学者といふものはどんなものだか知らないが、何しろ長官の命令だとあつて見れば、気の毒に、私がどんな小僧でも私を篤くもてなさなければならないものと決めてゐるらしい。

どんなえらい御役人が通るかと思つたに違ひない。（略）あたりまへだ。私はふたりの輿丁の外に五人以上のお供を私の駕籠のあとさきへ従へてゐる。私ひとり駕籠の上に聳えてゐる。唯、えらいお役人にしては、貧弱なのは私のお人柄と風態だつた。痩せ細つた青二才だ。白いヘルメットは安ものの、ボール紙が心だから廂のところがぐにやぐにやになつてしまつてゐる。（略）それだからこそ人々は一そう私を見るのだらう。さういふ男が何だつてあんな物々しい行列をつくつてゐるのだらうと。

「日月潭に遊ぶ記」では、同じ場面が、〈こんなに丁重に扱はれては擽つたい気がしてならないが、気取らずに言ふとさういやな気持ちでもない〉とされているのに比較すると、語りの姿勢においては両者の間にはいかにも遠い隔たりがある。「旅びと」の〈私〉は、照れ隠しはあるにしろ、総督府や電力会社の接待が明らかに分不相応だということを知っているのである。この意識は当然、命令に盲従して〈青二才〉を担ぎあげるような植民地社会の官僚主義と事大主義に対する徹底した皮肉の眼差しへと反転していくものであり、ひいては虚飾に満ちた人間社会への文明論的な批評意識を構成していくものである。(9) 繰り返して言えば、そのようなアウトサイダーとしての〈私〉を可能にしたのが、「〈私〉を描く」＝自己を他者化する「私小説」的語りの技法だったと見ることができるのである。第三章でも見たように、「文明批評」と「私語り」とは、春夫において矛盾するものではなかった。春夫の「私小説」について、さらに章を改めて考察を続けることにしよう。

注1　春夫は、杉山靖憲『台湾名勝旧蹟誌』（一九一六・四、台湾総督府）の「日月潭」（三五二〜三六一頁）及び「土地公鞍嶺眺望」（三九九〜四〇〇頁）を参照している。引用は原書に極めて忠実である。『佐藤春夫宛森丑之助書簡』（二〇〇三・三、新宮市立佐藤春夫記念館）に収録されている一九二〇（大正九）年八月一二日付の森書簡に〈今朝名勝旧蹟誌一冊御送り致置ましたから、これを地方御巡察の手引となされ度〉と見えている（六頁）。

2　台湾総督府鉄道部が編集・発行した戦前の台湾旅行ガイドのスタンダードで、一九一六（大正五）年版以降戦時中まで、不定期でたびたび改訂版が発行されている。詳しくは曾山毅「『台湾鉄道旅行案内』と植民地台湾の「旅行空間」」（『九州産業大学商經論叢』二〇〇七・九）を参照。

3　権田和士「佐藤春夫の方法―「旅びと」の女性造形を中心に―」（『群馬県立女子大学国文学研究』二〇一〇・三、一六〇〜一六一頁）。

4　蜂矢宣朗は、〈春夫が旅人であると同時に、そこに登場する宿の女中もまたある意味で旅人なのである〉とした上で、〈しみじみと答える女との間には、旅人としての共感がある〉と指摘する（「「旅びと」覚書―佐藤春夫と台湾、続稿―」『香椎潟』一九八二・三、八六〜八七頁）。

5　異世界に足を踏み入れたことの自覚は、椅子駕籠に乗って山越えをする場面に巧みに表現されている。〈私〉はそこで四五ヶ月前に参列した、自分の故郷の花嫁行列のことをふと思い出している。その花嫁は、周囲が〈私〉の許婚者だと思っていた娘で、〈私が父母の思ひどほりに何もかも運んでゐたら〉自分のもとに嫁入りしていたかも知れない花嫁だった。

6　山口理絵は、台湾・福建旅行時の春夫の心境に触れ、『南方紀行』（一九二二・四、新潮社）に登場する朱雨亭との間に取り交わされる沈黙の意味について、〈恋に破れた現在の「私」の心境には、たしかな言葉の応酬よりも、「相異つた二つの世界に住んでゐて、しかも互に通ふべき道もない」ような朱雨亭との疎遠のほうが、むしろ似つかわしいのである〉と述べている（「南方旅行の事」『定本佐藤春夫全集』第二七巻附属「月報32」二〇〇〇・一一、臨川書店、五頁）。沈黙の意味合いは、「旅びと」の場合も同様である。

7　邱若山は、「旅びと」に〈夜と早朝の世界〉が登場することを指摘し、この女と二人だけの〈一切の邪魔者が排除された世界〉を加えたことで、〈「叙景」の世界から「抒情」の世界への転換〉が果されたとする（「佐藤春夫・「旅びと」の世界―その抒情の原点と創作事情―」『日本文化研究（筑波大学大学院）』一九九〇・一二、一〇八頁）。

8　ただし、「甘き世の話」の作中では〈「私」小説〉という括弧付きの言葉として登場する。

9　中村星湖の同時代評「六月の小説と戯曲」（『時事新報』一九二四・六・一四）に、〈自分としては、風来の一文学者を、たゞ上長官の命令があつた為めに、気味わるいまでに鄭重に送り迎へする水電会社か何かの社員たちの官僚主義といはうか、事大主義といはうか、田舎へ行けば行く程大抵の旅人の感ずるあれを、この作者がよほど皮肉に摘発してゐる点に一種の痛快味を覚え、日月潭のかなたの化蕃の原始的な踊りの描写に特に敬服した〉という評価がある。

第九章　「秋刀魚の歌」と「剪られた花」——「詩」を拒む「詩人」

「私小説論争」の異端者

「私小説」と言えば、作家が日常体験の些事を描いたものというイメージが現在でも依然として存在し続けている。したがって、非日常の世界を描く「浪漫主義」の文学と「私小説」とでは、互いに相容れないものとする見方も一般にはまだ根強い。だが、「私」(余)が「私」について語るという自己語りの形式は、日本の近代文学史として見ても、「浪漫主義」文学の起源と言える森鷗外の「舞姫」(『国民之友』一八九〇・一)がすでにそうだったのであり、むしろ「写実主義」を唱えた坪内逍遙や、二葉亭四迷の方が三人称で「人情」と「世態風俗」の客観表現を追求していた事実には考えるべきものがある。「告白」は日常世界で秘匿されている「心」の内奥を開示する意味での非日常的行為であり、語るべき「自我」の追求と不可分な創造行為とも言える。それゆえに現実の場面では、しばしば「恋愛」やそれに対する憧憬が、世俗の規範を乗り越えるヒロイックな個人主義的実践として「告白」の主要な内容になる。「告白」はもともと「浪漫主義」において取り扱われてきた方法なのであった。

しかし、この「告白」の文学が、明治末期の日本では「自然主義」的リアリズムの文脈に取り込まれたことである種の混乱が生じ、「私」の表現をめぐって「自然主義」と「反自然主義」の区別がほとんど意味をなさなくなるまでに流行現象となったのが大正期であるとさしあたりは考えられる。大正末期に至っていわゆる「私小説論争」が起こり、「私小説」に並んで「心境小説」「本格小説」などの新しい文芸用語を派生させながら、全文壇的にジャンル区分の理論化を図ろうとする気運が生じたのも、そのような流行現象の拡がりに対する反応だったはずである。

デビュー以来、〈空想〉作家としての振舞いを続けてきた春夫もまた、大正後期には自己の失恋体験に基づく小説を連作する「私小説」作家へと「転身」を遂げていくことになる。そもそも「私小説論争」の火付け役となった中村武羅夫《むらお》が、彼の用語で春夫を「心境小説」の代表作家の一人に数えているのである。[1] しかし、春夫自身は自分が「心境小説」作家とされることに違和感を抱いていた節がある。その一方で、「私小説」については、ゲーテの「若きウェルテルの悩み」に代表されるドイツ浪漫派の一人称小説「イヒ・ロオマン」（通常イッヒ・ロマンと称する）と同一視してその流行を肯定していた。ここに春夫のジャンル意識を窺う上での重要な問題が存在するように思われる。まずは「私小説論争」における春夫の位置取りを把握することにしよう。

論争の嚆矢《こうし》となった中村武羅夫の議論の要点は、「心境小説」を〈作者自身の見方、感じ方、即ち作者自身の「心の動き」を書かうとする〉小説と定義してこれに日本独特の性格を認め、一定の評価を与えながらも、その流行は〈付和雷同〉の〈群集心理〉によるものであり、〈或る人間なり生活なり〉を〈全円的〉に描こうとする「本格小説」に比べれば、傍流の域を出ないとする批判的見解であった（「本格小説と心境小説と」『新小説』一九二四・一）。

これに対して久米正雄は、〈私はかの「私小説」なるものを以て、文学の――と云つて余りに広汎過ぎるならば、散文芸術の、真の意味での根本であり、本道であり、真髄であると思ふ〉と述べた上で、「私小説」は〈「私」をコンデンスし、――融和し、濾過し、集中し、攪拌し、そして渾然と再生せしめて、しかも誤りなき心境〉が加わった「心境小説」にして初めて、「告白」や「懺悔」を超えた芸術になると論じている（「「私」小説と「心境」小説」『文芸講座』一九二五・一、五）。宇野浩二もまた、「心境小説」が〈作者の人となりや境遇を知つてゐるのでなければ理解しにくいなどといふのは、決して完全なものではない〉としながらも、〈「私小説」の面白さはその作者の人間性を掘り下げて行く深さである〉と述べ、「私小説」と同義であるがやや〈進歩した形〉としての「心境小説」を弁護した（「「私小説」私見」『新潮』一九二五・一〇）。「心境小説」を「私小説」の発展形と見ている点で、彼ら「私小説」擁護派の見方は一致しており、また両者を「本格小説」に対立するものと捉える点では、批判派である中村武羅夫と用語の概念配置を共有している。「論争」とは言うものの、三者の間で議論の土台に大きな違いはない。

しかし、この概念配置を独自に組み替えてしまった点が佐藤春夫の突出したところである。「文芸時評」（『中央公論』一九二七・四〜九）によれば、〈幾人かの作中人物を悉く「私小説」に於ける「私」の如くに描くことによつて、所謂「本格小説」ができる〉のだから、「私小説」と「本格小説」の間に本質的な相違はない。しかし、「私小説」と「心境小説」との間には〈余程の違ひ〉があり、〈若し一個の文芸批評家としての立場からの答案を要求されるならば、「心境小説」の賛成者ではない〉という。久米や宇野が曖昧に同一視していた「私小説」と「心境小説」とを春夫ははっきり区別し、それぞれに対して異なる態度を示したのである。

これに先立って、春夫がラジオ放送の談話筆記「イヒ・ロオマンのこと」（原題「文芸茶話」『文章倶楽部』一九二六・七）で、「私小説」を高く評価していた点も注目される。〈文学者は私小説を書く義務があるとさへ考へて居る〉というほどに熱のこもったその主張は、端的に反俗の精神から来ている。〈世俗の人は唯々体裁だとか、名誉だとか、利益だとか、さう云ふものをのみ考へて居るに対して、さう云ふものは眼中にないと云ふ志を持って居るのが外の人と文学者と違ふ所ではないか〉。このような自負に芸術家としての「選民意識[2]」の片鱗が見られることは確かであろう。だが、春夫の論点は文学者の卓越性を誇示する所にあるのではなく、社会のアウトサイダーだからこそ可能な「批評性」と「闘争性」にあることを見なくてはならない。〈見つともなさを忍んで真実を云ひ得るものは、文学者の外にない〉、〈本当に自分の人生観なり理想なりから考へて、正しいと云ふ事があつたならば世間体と戦はなければならぬ〉――告白ということの悲壮な「意気込み」こそが「私小説」を意義あらしめるという考え方である。

「本格小説」と「私小説」に本質的な区別を認めない春夫は、先に掲げた翌年の「文芸時評」において、この主張を「小説」全般に当てはまる性質とし、議論をさらに一歩進めて、「小説」の使命は「性格の描写」と「文明批評」にあるという説を展開している。

> 小説は世態と人情とを描くのが本来の使命だ、といつたならば人々は僕の云ひ草の余りありふれた古めかしさに失笑するかも知れぬ。けれども若しこの同じことを、小説といふ芸術の使命は描写といふ方法によつて作中人物の性格を明かにし作中の時代の文明批評をするにあるといひ直したならば、或は多少真顔で聞いて貰へさうな気もする。人情を写してそれがもつとも深いところに到達すればそれは自づから性格の描写にならざるを得ないし、世態を描いてその間に作者の識見を潜ませてゐたならばそこに自づから文明批評を生み出さずには措かないのである。（略）僕は性格の描写と文明批評とを小説道を行く唯一の車の両輪だと信じてゐる。この外の車は多分、小説道以外の別の文芸の野道を行きつゝあるのである。
>
> （「文芸時評」）

では一方の「心境小説」に関して、春夫は何が不満だったのだろうか。「文芸時評」で彼が説く理由の要点は、〈余りに個人的であり余りに日常生活に終始し、作中人物は余りに作者の生活に即するがために作品の世界は非常に狭隘にな〉っているということに尽きよう。その弊害は第一に、〈主人公なる一個人が社会とどんな交渉を有つた立場にあるかを明確に読者に意識させることが出来ない〉ことであり、第二に、〈作者の個人的生活を熟知せずしては、これらの作品はその意味を充分に知ることが出来ない〉ことである。社会性が欠如した作家の生活からは「文明批評」が生れにくいし、何者とも説明されない主人公の観察や感想が述べられるだけでは「性格の描写」が徹底されない。このように、「私小説論争」において、春夫は題材と技法の両面から「心境小説」への不満を語っていたのである。

ジャンル論としての「「風流」論」

これまで見てきたように、「私小説論争」では「私小説」「心境小説」「本格小説」という新造語の概念規定と優劣の判定が主な論点となっていた。だが、そうした論調が表層に囚われていることを批判し、「心境小説」流行の社会的背景にまで考察を徹底させた点にも、この論争における春夫の突出性がある。すなわち「心境小説」とは、空想を題材とするしかない青年時代に作家となり、ジャーナリズムへの対応のみに追われて社会的成熟の機会を失った者が自己韜晦して書く〈早老者の詩〉だと言うのである。

> 僕は「心境小説」の隆盛をわれ〱の当年の青年作家の止むを得ざる多産と生活的狭隘とまた無意識の偸安から来る早老と、しかしまだ磨滅しつくさずに残つてゐる才能との奇妙な混血児ではないかと考へるのである。僕の観察は余りに己れを以て他を類推するに過ぎるだらうか。ともあれ所謂心境小説は余りに個人的であり、同時に心理にのみ終始し、さうして微妙な陰影をのみ求めるのを見て僕は、これらの小説作品を早老者の詩だと考へるのである。
>
> （「文芸時評」）

〈早老者の詩〉を脱し〈壮年者の文学〉を求めよというこの文章の論旨は、春夫がすでに「イヒ・ロオマンのこと」で示した「私小説」への期待——「批評性」と「闘争性」の希求——によく合致している。

ところで、「心境小説」を語るのに「詩」を持ち出してくる点には、詩人作家としての春夫らしい特質が最もよく現れている。もちろん、レトリックの上からは、同時期に『改造』誌上で応酬が始まった「小説の筋」論争との関連も無視できない。「小説」の要件を〈構造的美観〉(「饒舌録」『改造』一九二七・三)に限定する谷崎潤一郎に対し、〈「話」らしい話のない小説〉の存在を〈最も詩に近い小説〉(「文芸的な、余りに文芸的な」『改造』一九二七・四)として認めようとした芥川龍之介の見方にそれは重なるのである。

ただし、〈最も詩に近い小説〉に惹かれる自己を戒める点で、春夫は芥川とはその立場を大きく異にしていた。〈この散文詩は曇り日のやうに美しい〉と春夫は言う。そこにはまぎれもなく〈面白さ〉がある。だが、これは飽くまでも〈鑑賞家〉の自己が言う言葉であって、〈文芸批評家〉の自己の方はそれを許さない。〈僕は心境小説の作者を面白い一派の散文詩人として鑑賞する外には、所謂小説家としては余りにせせつこましい無用な人間記録を作つてゐるものだと感ずる〉——どうやら春夫の中には、「小説」を自立させるために「詩」を断ち切らなければならないという強迫観念があるらしい。裏を返せば、そのように「意志」することが必要なほど、「詩」は小説家春夫にとって何か命取りになるほどの魅力を放っていたということである。

ほとんど注目されない重要な事実がある。それは、日本文化論として言及されることの多い春夫の「「風流」論」(『中央公論』一九二四・四)が、一面ではジャンル論であり、約三年後に起こる谷崎と芥川の「小説の筋」論争を極めて正確に予言していたということである。そこで紹介されているのは、一九一九(大正八)年頃のエピソードだというから、谷崎の推薦を受けて春夫がデビューした直後の時期であり、ほとんど毎日のようにお互いを訪問する中で、春夫が自身の「芸術至上主義」を固めようとしていた時期にあたっている。その頃、谷崎は現代人の根柢にも「風流」を慕う心が息づいていることに気がつき、〈それを菜食主義的の美食と呼んでしかしそれが人々から青春を奪ひ、人々を消極的なものにするといふので、彼は彼の所謂菜食主義的の芸術の蠱惑《こわく》に対してひどく怖れを抱いてゐるかのやうであつた〉という。春夫は別段その「風流」を脅威とも感じず、ただそれを〈月光的恍惚〉と呼び、芥川もまた〈谷崎のやうに何もあゝ戦慄するにも及ぶまい〉と言っていたという回想が、「「風流」論」の枕になっているのである。この論の全体の論旨を辿れば、「風流」とは「詩」的情緒に当たり、「小説」とは正面から対立するものとされているから、谷崎と芥川の「風流」観の相違は、そのまま「詩」〈詩情〉の魅力に向き合う態度の相違として理解できる。

ここでもう少しこの「「風流」論」について考えてみよう。それが書かれる直接のきっかけは、第一〇回「新潮合評会」(『新潮』一九二四・三)の席上で、室生犀星の「田舎暮し」(『中央公論』一九二四・二)と「造り花」(『新潮』同)とを「心境小説」と認定する結論に合意が生まれかかったとき、犀星の「心境」を形容した「風流」の語義の理解に、参加者間で大きな食い違いが発見されたことに由来している。〈風流と云ふ心境は、どちらかと云へば意志的なものだ〉と主張する久米正雄の「風流意志説」は、結局のところ徳田秋声、久保田万太郎、加能作次郎らの支持を集めることになり、「風流感覚説」を主張した春夫は完全に孤立した形になった。これに発奮して、自己の真意を改めて細説しようと書かれたのが「「風流」論」なのである。

春夫によれば、およそ人間の〈精神の目ざめ〉とは〈自然の無限大に対する人間の微小〉を感得することであり、この悲痛な事実に抗おうとする「意志」が文明の原動力になってきたという。しかし、日本の民族性の上にこの〈精神の目ざめ〉が訪れたとき、そこに発生したのは〈無常感〉という一つの美感に過ぎなかった。〈ものゝあはれ〉や〈さびしをり〉の原点もここにある。「風流」の徒とは、この〈無常美感〉の上に生活する〈芸術的享楽者〉であり、彼らの〈詩的耽美生活〉は決して「意志」的なものではない。この〈無常感〉という伝統的な感覚は、現代でも〈我々のなか〉を貫いており、〈人間的意志脱落〉の瞬間にこそその事実が顕現するのだ、というのが春夫の主張である。

> 風流の精神とは正に、人間的意志が小さければ小さい程い、のだ。即ち人間としての意志が極度に於て最小限度であることである。この語感に於て、現代よりもむかし、小説作者乃至小説よりも詩人乃至詩、会合よりもひとりの方、また談論風発よりも拈華微笑の方が、――以上すべての後者が以上すべての前者よりも風流だと思へるのは、正に、後者が前者よりも人間的意志がより一そう少なくて事足りるからに外ならない。人間意志の紛糾を極めた葛藤を凝視しそれを組み立てたところに意味のある近代小説を、仮りに風流的芸術家に示して、これが芸術の上乗だと説いたとしたら、彼等は恐らくその刹那に卒倒してしまふかも知れない。バルザックと芭蕉とこの二人は文学の両極である。
>
> （「「風流」論」）

ここには、「人間意志」の有無を基準にして、「詩」と「小説」とを対立項と見なす発想がはっきりと見て取れる。「小説」は〈人間意志の紛糾〉を描くものであり、「詩」は〈意志が極度に於て最小限度〉であるところの「風流」に結びついているというのである。そして春夫の立場はというと、〈現代人であるところの私は、風流などいふものを、実際、一言の下に馬鹿にしたいやうな気持さへ持つてゐる〉。だが一方で、〈しかも私は同時に、風流なるものを無視し去ることが出来ないところの伝統人としての私、日本人としての私を実に屢々見る〉。「「風流」論」は一面において、「詩」と「小説」に対する春夫の公式な態度表明にもなっていたのである。

「詩」の魅力を忌避する春夫の立場は、〈散文芸術を律するに、詩によつて立てられた美学を襲用してゐる迷妄を痛快に指摘〉した論として広津和郎の「散文芸術の位置」（『新潮』一九二四・九）に賛同を示した同年の「散文精神の発生」(『新潮』一九二四・一二)にも見られる。主張の眼目は、古典的均整の美を重視する「詩精神」に対し、混沌に美を見出した「散文精神」にすぐれた近代性を認めようと呼びかける点にある。あるいは翌年、萩原朔太郎に対して「詩人」と「小説家」の二つの顔を使い分ける自身のダブルスタンダードを説明した文章「僕の詩に就て」(『日本詩人』一九二五・八)にも同様の論旨はさらに明確に現れている。

僕は純粋な日本語の美に打たれることが折々ある。言葉とはつまり霊のことだ。さうして近代人ではなく世界人でもない自分の魂を凝視して溺愛することがある。(略)即ち僕は僕のなかに生きてゐる感情が古風に統一された時に詩を歌つてゐる。(略)ただ散文家佐藤春夫は甚だしく好事家でもあり、今日の青年でもある――つもりだ。昨日を愛することが、どうして今日を愛し、今日を生きることの害になるだらうか。昨日の思ひ出に僕は詩人であり、今日の生活によつて僕は散文を書く。詩人は僕の一部分である。散文家は僕の全部である。

(「僕の詩に就て」)

以上のように、「詩」と「散文」の双方を成立させる「精神」のあり様を新旧二項対立で単純化しながら、自らの本領を「散文」の側に見出そうとする春夫の立場は、大正末期の「「風流」論」あたりから急速に彼の持論として確立されて行った経緯が窺われる。

重要なのは、これらの文章が単なる春夫個人の問題ではなく、「心境小説」の流行に対する文壇全体の関心と連動していたことだろう。中村武羅夫の「心境小説」批判に対し、久米正雄や宇野浩二が反論を展開したのに続いて、芥川龍之介が、「小説」の芸術性の根拠を「詩的精神」に見出し、「「話」らしい話のない小説」という奇妙なアイデアによって「詩」と「散文」の融合を企てる。ちょうどこの時期に春夫は、彼らに逆行するかのように、「小説」を「詩」から独立させようという盛んな「意志」を燃やし始めたのである。誰もが「詩人」的「小説家」の代表格と見て疑わない春夫が、まったく意外にも広津和郎の〈散文芸術は、直ぐ人生の隣にゐる〉という説に賛同したのは、ある種捨て鉢とも言える自己否定の現れであった。それは関東大震災後の復興に向かう大衆文化の勃興の中で、短篇小説の黄金時代が終焉し、新聞の長篇連載が人気を集めていく状況や、「心境小説」の「芸術性」に安住する既成文壇を、新感覚派やプロレタリア文学が目覚ましい勢力で挟撃するといった文学界の地殻変動に対する春夫なりの焦燥感の現れと見てよいものかも知れない。

消えてゆく「あなた」に

さて、ここからは少し時代をさかのぼり、一九二一（大正一〇）年を転機として、春夫の創作の中心が「私小説」（「心境小説」）に移っていったことの背景を捉えてみたい。その題材は、恋人と親友をある恋愛事件で共に失った詩人が、市井の幸福を夢見ながら孤独に東京の町中をさまよい歩くというもので、「小田原事件」後の落魄した心境を作品化したものである。具体的にはA「剪られた花」（掲載誌は注参照、一九二一・一〇～一九二二・八）[3]、B「侘しすぎる」（『中央公論』一九二三・四）、C「厭世家の誕生日」（『婦人公論』一九二三・六）、D「一情景」（『新小説』一九二三・七）などの諸作がある。E「この三つのもの」（『改造』一九二五・六～一九二六・一〇）は事件の経緯そのものに踏み込んで、心境の表現のみに深入りしてきた従来の「心境小説」的手法を超克しようとする意欲作だったが、結局は未完に終わった。これらの関連作を含み、大きく括って「私小説」的と言える昭和初年代までの作品（臨川書店版全集三巻～七巻の範囲）を、その判断理由とともにリスト化して本書巻末の【付録3】に掲げたので参照されたい。

いま挙げたA～Eの作品が、春夫の「私小説」に分類されるということは、伝記情報や年譜が整備された現在ではほとんど常識化していると言ってよいだろう。だが、例えば当時の春夫の愛読者であった平野謙が、〈作者の身の上などちつとも知らずに、作品だけを純粋に愛読して満足していた[4]〉と述べていることから見ても、「小田原事件」の経緯はすぐさま作品読解のための参照項（【付録3】では「外在的サイン」と呼ぶ）として機能したわけではなかったらしい。遠藤郁子は平野のこの回想を取り上げ、〈当時の読者の多くは、作品のモチーフとなった作者自身の失恋事件の実態を知らないまま、佐藤春夫の〈失恋もの〉に触れた〉と指摘し、「小田原事件」の経緯が一般読者にも共有され始めたのは〈昭和にはいってからのことかもしれない〉という重要な見解を述べている[5]。

ただし、主人公の名が〈赤木清吉〉であるという共通点（A・B・E）や、住所が〈青山四丁目〉（A）であること（初出ではより正確に〈青山南町四丁目〉）、誕生日が「四月九日」（C）であること、春夫名義で発表された別作品からの正確な引用や、現実の作品に酷似した主人公の創作が登場すること（A・B・D）など、作品どうしの関連性や作家の実生活との符合を暗示する情報（【付録3】では「内在的サイン」と呼ぶ）が作中にちりばめられていることも見逃せない。谷崎が「神と人との間」（『婦人公論』一九二三・一〜一九二四・一二に断続発表）で事件を作品化した際、谷崎自身をモデルとする悪魔派の作家には〈添田〉の名が与えられたが、その連載中に発表された「佗しすぎる」で、春夫が〈添田〉の名を意図的に借用するという露骨な例も存在している。注意深い読者であれば、主人公と春夫とをある程度重ねて読むことも可能だったはずで、作品にはそのような仕掛けが確かに施されているのである。

今日、資料や証言から知られている「小田原事件」のあらましを述べれば次のようなものである。一九二〇（大正九）年一〇月、台湾旅行から帰った春夫は、その足で小田原の谷崎潤一郎宅に向かい、不貞の疑惑があった内縁の妻と離別の手続きを進めている。その後、谷崎の願いに後押しされる形で意中の谷崎夫人・千代との交

小田原御幸浜の養生館

1921年1月、春夫は「青木貞吉」の名でここに潜伏した。(著者蔵)

際が開始された。ところがその一二月、千代の妹・せいに求愛を拒絶された谷崎は、一方的に家庭の修復を宣言して、自ら提案した春夫と千代との結婚に向けた交際の許可を撤回する。春夫は谷崎宅に近い旅館・養生館に「青木貞吉」の偽名で逗留し(6)、時々千代の訪問を受けることで対抗するが、この行動が谷崎の逆鱗に触れて劇しい応酬となり、一九二一年六月以降、その年の内に両者は交際を絶つことになる(7)。

　事件を題材とする「心境小説」において、主人公が「詩」の書ける作家となっているのは特に重要である。現実でも、事件に直接関わる文学上の成果は最初「詩」の形式で現れ、第一詩集『殉情詩集』(一九二一・七、新潮社)のなかに結実した。収録詩の原型は養生館滞在中に構想されたらしく、「自序」に付された日付の四月一三日までにはほぼ詩集の形に仕上がっていたことが分かる。この制作の驚くべき迅速さは、詩が千代へのメッセージを担う媒材だったことを考えれば当然で、多くの詩が、「わたし」(われ)から「あなた」(君)に呼びかけるスタイルを取っているのも、これらの詩の発表がプライヴェートな「ささやき」を代弁するものだった事情を考えれば容易に納得できる。

だが、『殉情詩集』で重要なのは、この「ささやき」を受け取る相手の存在が次第に稀薄化し、自分だけが一人取り残されていくプロセスを、詩の排列によって示した点にあるのだろう。(8) 熱心な「ささやき」を繰り返しても、「あなた」からの反響はもう何も期待できない。『殉情詩集』に続いて発表され、春夫詩の中で最も人口に膾《かい》炙《しや》している「秋刀魚の歌」(『人間』一九二一・一一)はこの絶望の風景を歌ったものである。いまその全体を次に掲げておこう。

あはれ
秋風よ
情《こころ》あらば傳へてよ
——男ありて
今日の夕餉に　ひとり
さんまを食《くら》ひて
思ひにふける　と。

さんま、さんま、
そが上に青き蜜柑の酸《す》をしたたらせて
さんまを食ふはその男がふる里のならひなり。
そのならひをあやしみなつかしみて女は

いくたびか青き蜜柑をもぎて夕餉にむかひけむ。
あはれ、人に捨てられんとする人妻と
妻にそむかれたる男と食卓にむかへば、
愛うすき父を持ちし女の兒は
小さき箸をあやつりなやみつつ
父ならぬ男にさんまの腸《はら》をくれむと言ふにあらずや。

あはれ
秋風よ
汝《なれ》こそは見つらめ
世のつねならぬかの團欒《まどゐ》を。
いかに
秋風よ
いとせめて
證《あかし》せよ　かの一ときの團欒《まどゐ》ゆめに非ずと。

あはれ
秋風よ
情あらば傳へてよ、

夫を失はざりし妻と
父を失はざりし幼兒とに傳へてよ
――男ありて
今日の夕餉に　ひとり
さんまを食ひて
涙をながす　と。

さんま、さんま、
さんま苦いか鹽つぱいか。
そが上に熱き涙をしたたらせて
さんまを食ふはいづこの里のならひぞや。
あはれ
げにそは問はまほしくをかし。

〈あはれ／秋風よ／情あらば傳へてよ／男ありて／今日の夕餉にひとり／さんまを食《くら》ひて／思ひにふけると。〉〈あはれ／秋風よ／汝《なれ》こそは見つらめ／世のつねならぬかの團欒《まどゐ》を。〉――この詩の本当のペーソスは恐らく、擬似家庭的な団欒の場所を失った事実にあるよりも、むしろそのメッセージが宙に浮いてしまうことの悲劇にあるのではないだろうか。「ささやき」は本来〈ふたり〉（「感傷風景」）の間で〝交わされる〟ものであり、受け止めてくれる〈あなた〉がいることが、発話の動機になる。しかし、「秋刀魚の歌」の男がいま〈汝《なれ》〉と言って呼びかけるのは、頼りない〈秋風〉であって恋人その人ではない。この「詩」の人称のない発話者の心の中からは、彼の訴えを聞き届けてくれるであろう彼女の姿が、すでに見失われているのである。(9)

それならば一体、「秋刀魚の歌」を構成する言葉は誰に向けられた発話なのだろうか。発話者は、自らを〈男〉と呼ぶ。〈その男〉は〈妻にそむかれたる男〉で、相手の〈女〉は〈人（夫）に捨てられんとする人妻〉であった。彼女には〈女の兒〉がおり、娘にとって父は〈愛うすき父〉である。彼らは愛されぬ者どうし寄り添って〈一ときの團欒〉を喜ぶが、結局〈女〉の夫が家庭に戻り、〈男〉だけが〈ひとり〉秋刀魚に涙を注ぐ現在であるという――。仮に「秋刀魚の歌」が、発話者の言う通り彼女（〈女〉）への伝言を企図したものであるならば、以上の情報は全くの蛇足である。ならばこの発話が、事件の当事者とは無関係な第三者、つまり「読者」を宛先にしていることは明らかだろう。発話者は孤独の中に沈淪しながら、一方ではその苦しみの由来を一つの「物語」と化し、「わたし」をみじめな〈男〉と客観化して、「読者」の視線の前に投げ出すのである。〈あはれ／げにそは問はまほしくをかし〉という結末には、直接的な歎きの声（あはれ）と、それを突き放す揶揄の声（をかし）との両方が畳み込まれており、「わたし」の分裂した現状を的確に要約する。

念のためここで言う「読者」とは、本や雑誌でこの詩を読む生身の読者である以前に、テクストの内部に構造化され、この詩のナレーションのカタチを暗に決定づけている仮想的な存在、すなわち「内包された読者」である。「ふたり」のユートピアから脱落した「わたし」は、無人称ながら孤独なうめき声をあげる第一の「わたし」と、それを客観視するこれも無人称の「語り部」のような第二の「わたし」との二役に分離している。第一の「わたし」は不在の「あなた」にかわって〈秋風〉に呼びかけるが、第二の「わたし」が新しい話し相手に選んだのはこの「内包された読者」であろう。なるほど、自己憐憫も自嘲も「発話」である以上は、オーディエンスの全くいない場所でそれらは成り立ちにくい。「発話」は基本的に相手を必要とするからである。

以上のように、詩の言葉を「発話」というコミュニケーションの問題から捉えてみると、「小田原事件」の渦中から絶交を経過する一九二一（大正一〇）年の一年足らずの間に、春夫の「詩」の性格が急旋回した事情が明確になる。それは端的に、「詩」のなかから「語り部」が誕生するプロセスと言い換えてもよい。「彼女」から「読者」へと「あなた」（詩の送り先）が切り替わる時、当然そこでは第三者に向けた〝散文的〟な説明が必要になり、歎きに浸るよりは自嘲的に振る舞うことが要求される。「秋刀魚の歌」はその意味で、すでによほど「小説」に近づいてしまった「詩」――壊れた「詩」――と呼ぶことさえできるだろう。

書けない地獄の語り方

さて、同時期に連作された「剪られた花」のシリーズは、春夫の「私小説」としては画期的な意味を持つ。もちろん、それまでの春夫にも実体験に由来する作品が皆無だったわけではない。例えば、最初の短篇小説「円光」（『我等』一九一四・四）は、尾竹ふくみへのプラトニックな失恋が題材であったし、文壇デビュー作「田園の憂鬱」（『中外』一九一八・九）は、中里村における遠藤幸子との郊外生活を描いたものである。だが、それらが飽くまでも芸術的寓意や空想を主眼として「日常」性を超越するものだったのに対し、「剪られた花」では初めて、〈私〉の「日常」そのものが作品の焦点になった。語り手の〈私〉は明確に職業作家であり、〆切に迫られてなお進まぬ筆を噛んでいるのである。

このような作家的「日常」を描く「私小説」では一般に、「書く」行為そのものが持つ意味への作家らしい自問自答が一つの読みどころになるだろう。だが、「剪られた花」ではそれが単なる内省では済まずに、なぜ「書きたくない」のか、しかしなぜ「書く」のかを、「読者大衆」に対してパブリックに弁明するという、「職業作家」としての身振りが強調されている。さらに本作には、「書きたくない」のに「書く」理由をそれぞれ説明し続けていくうちに、ある時点で〈私〉の「書く」行為が破綻し、「書けない」ことの本当の内実が露呈してくる場面がある。沈黙と隣あわせになりながらも、表現がぎりぎりの所で己を維持する綱渡りのような緊迫感が、「剪られた花」の大きな読みどころの一つなのである。

最初〈私〉は、「書きたくない」理由を、ある有夫の女性〈あの女〉との恋愛事件で消耗した結果、自身が〈人生の批判に使ふ何の尺度もない〉状態に陥ったからだと説明していた。しかし、それでも「書く」理由については、〈私のなさけない生活のほんのおほまかなスケッチ〉を〈君たち〉〈読者〉に見せることで、ネクタイを買う〈小遣銭を得〉たいからだと嘯《うそぶ》いていたのである。虚脱した心を見せまいと、外見上は颯爽《さっそう》として東京市中を〈旅行〉する際に、〈私〉が〈武装〉の道具として毎度手に入れるのがネクタイであった。〈私〉が作中で披露するこのネクタイ談義は同様に、表現の上でも「読者」に対する一種の〈武装〉になっていることに注意したい。ニヒリズム〈虚無感〉に足を掬《すく》われ、沈黙へと導き入れられそうになる危うい一線に立つ〈私〉は、ともかくも「書く」ために、路傍の「読者」を話し相手に選び、精一杯虚勢を張ってみせるのである。

〈武装〉としての語りとは、例えば次のような挑発的な物言いのことである。〈そんなやすつぽいところにお前のなぐさめがあるかと笑ふことの出来る人は、大きな声で私を笑殺してくれたがいい〉〈一本のネクタイにある私の三度の喜びに就てのこれだけの説明を聞いてもまだ、私を嘲笑ふ人があつたならば私は慍りはしないしまたさうする理由もないけれども唯その人を私は嫉むつもりである〉。これらの過敏とも言える防禦の姿勢の由来を別の角度から見ると、それは〈あの女〉を失ったときから始まるネクタイへの偏愛が、〈私〉にとっては彼女への愛の代償行為だったからだと考えてみれば合点がいくだろう。世間からいかに笑いものにされようとも、〈私〉が主張したい〈このネクタイを愛する〉という言葉には、確かに〈あの女〉への愛情告白が寓意されているのである。

だが、〈武装〉だと思ってつい口にしたこの言葉が、実は今最も言ってはならない禁句だったことに気づいたとき、〈私〉は本当に話ができなくなる。彼女の夫が家庭に戻ることで役割がなくなった〈私〉は、相手の幸福を真に祈るために、今はもう決して「あなた」を求めるようなそぶりを表に見せてはならなかった。せめて記憶の中の「ふたり」の絆を「ひとり」で守ることのみが、最も純粋な愛の形式だと自戒していたはずなのである。だから、ネクタイに仮託しているとは言え、行きずりの「読者」の前に己の愛情をさらけ出すことは、本来この自戒を破るタブーなのだった。その反省意識が、今度は本当に「書けない」事態を招き寄せてしまうのである。

人間たるものが人生を一本のネクタイ以上には愛し得ない。笑ひ事にしてはあまり悲しすぎる。悲しいと言はうにはあまりをかし過ぎる。………／………（この点線の間で私は書き悩んで三日間書いたり消したりした。さうしていよいよ〆切日が来て私は何とかこれを纏めなければならないことになつてゐる）で、こんなことを書いてゐるうちに私の考もどうやら少しづつは変つて来てゐるらしいのである。それで私はかう書き悩んでゐるのである。今度、原稿料をもらつても私はもう無邪気にネクタイなどは買へないかも知れない。しかもこれに代る外の喜びがそれまでに見出されなかつたら、私はただネクタイの喜びを失つただけの事になるのかも知れない。

このような事態は、元を糺《ただ》せば〈私〉が「職業作家」である所に原因がある。もちろん現実の春夫が「職業作家」であるせいだということではない。生活のために〆切を抱えながら原稿を売る仕事に携わる存在として主人公が設定されていることに、問題が含まれていると見るのである。端的に言って、本作のような語りは、〈私〉が無名の文学青年では成立しない。なぜなら、彼には気心の知れた文学仲間はいても、まだ不特定多数の「読

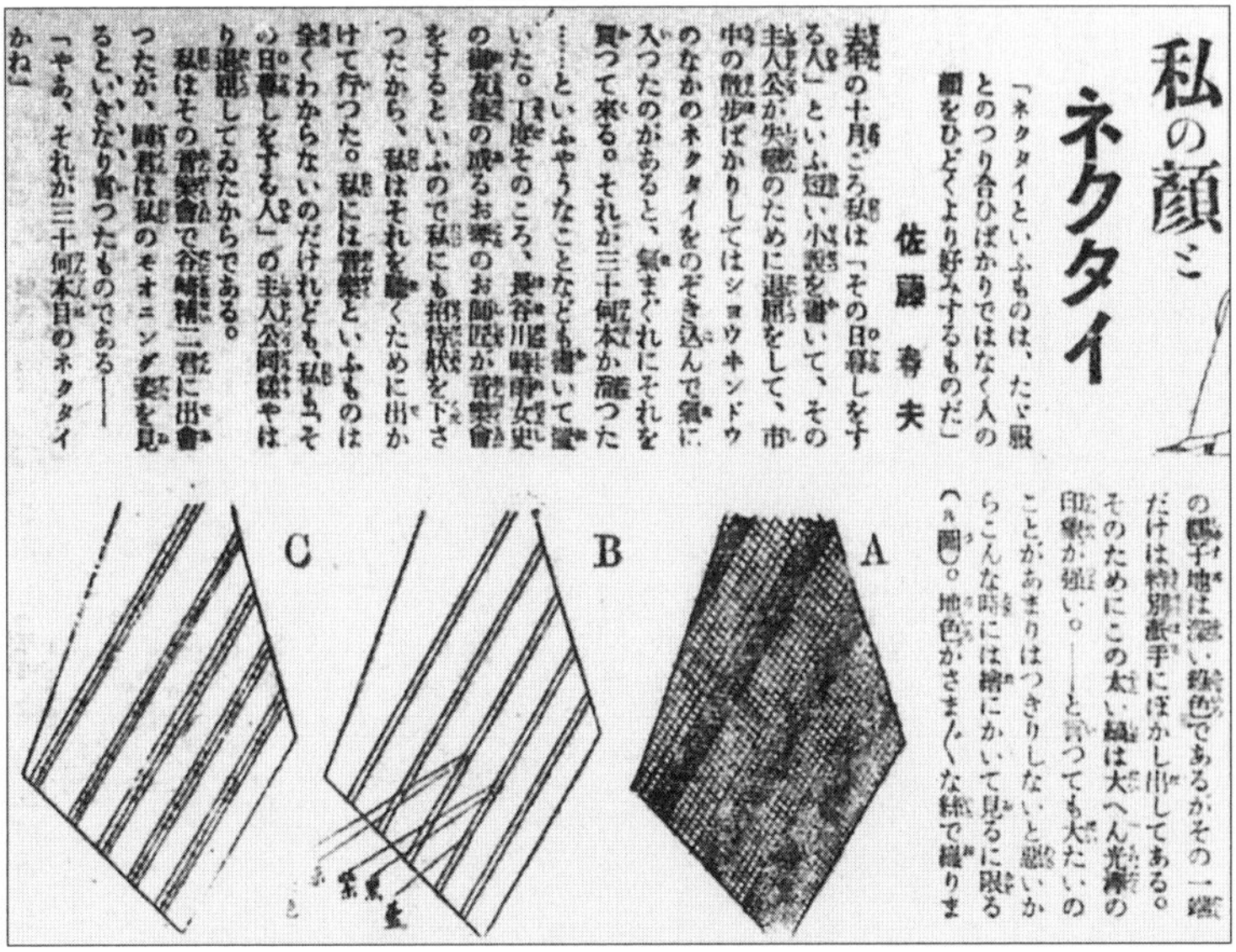

私の顔とネクタイ

「ネクタイといふものは、たゞ服とのつり合ひばかりではなく人の顔をひどくより好みするものだ」

佐藤春夫

去年の十月ごろ私は「その日暮しをする人」といふ短い小説を書いて、その主人公が失職のために退屈をして、市中の散歩ばかりしてはショウヰンドウのなかのネクタイをのぞき込んで気に入つたのがあると、気まぐれにそれを買つて来る。それが三十何本か溜つた……といふやうなことなども書いて置いた。丁度そのころ、長谷川時雨女史の御友達の或るお弟子のお師匠が音楽会をするといふので私にも招待状を下さつたから、私はそれを聴くために出かけて行つた。私には音楽といふものは全くわからないのだけれども、私も「その日暮しをする人」の主人公同様やはり退屈してゐたからである。

私はその音楽会で谷崎精二君に出会つたが、同君は私のモオニング姿を見るといきなり言つたものである――

「やあ、それが三十何本目のネクタイかね」

の繻子地は濃い緑色であるがその一端だけは特別派手にぼかし出してある。そのためにこの太い縞は大へん光沢の印象が強い。――と言つても大たいのことがあまりはつきりしないと悪いからこんな時には絵にかいて見るに限る（A図）。地色がさまぐな絲で織りま

週刊誌でのネクタイ談義（【口絵】）

小説の主人公を春夫自身がメディア上で演じている。（『サンデー毎日』1922.4.9）

者」がいないからである。「読者大衆」への呼びかけという文体は、〈私〉の職分が「職業作家」であって初めて選択可能になるのであり、彼らの前に自己を晒し者にすることで、「ひとり」の世界の純粋性が毀損されるのである。[10] そうした作家としての業《ごう》のようなものがこの小説には描かれていると言ってもよいだろう。

このように、「職業作家」として「書く」ことの有害な副作用に気づいたとき、〈私〉は〈武装〉的な強がりとは別に「書く」ことの新しい意味を再定義せざるを得なくなる。そして、〈どうしてもその事について外に洩らさないでは、私の心のなかはそのために今にも弾ぜそうにふくれ上ってそのために息がつまるかと思へるほど苦しくなる〉、だから告白するのだという新たな論理で「書く」主体を立て直すのである。「読者」に対する無理な虚勢ではなく、胸に風穴を開けるために「書く」こと。そこに生れる文章はより悲痛なうめき声になるかも知れ

ないが、それで胸中に余裕が生まれるなら、告白は治癒の第一歩ともなるだろう。
もっとも、回復への道のりはかなり遠い。ぼんやりしているとつい、出すつもりのない手紙を書いたり、繰り返し自作の「詩」を口ずさんでいたりする〈私〉の中には、いまだに過去の涙もろい「詩」に浸ろうとする執着が根強いからである。それは忘れようとする意識的な努力が、無意識の生理に反するものだということを示している。興味深いのは、このような内的葛藤を、文芸ジャンルへの適合性という角度から〈私〉が問題化していく点である。

心が情熱のために灼熱されてそれが純一なものになつたときに、それが純一になればなるほど正しい形で透明に結晶する。少くとも私の詩は自分にとつてはそのやうな作用であつた。けれども私の心はもう今になつてはそれほど激しい情熱のあるものでもなくまた私の感情はさまざまの複雑した理性のためにもう純一なものではなくなつてゐた。さうしてまた三四月前まではつくることのできた詩が、私にはもうだんだんと出来なくなつてゐた。

ただ困憊し切つて佗しく味気ないだけのその私の籠居を少しでも私は自らで慰めるには、私はどうもやはり何か書きでもするよりよんどころなくもあつた。けれども私は所謂小説――主として人間同志の意志が紛糾し合つたりしてゐるところを描くものである小説なるものを、もともと書けもしないが上に、それでなくとも今目のあたりに自分が人生そのものに圧しつぶされかかつてゐるこのやうな日ごろに私は、どうしてそんな小説などを書けるものではない。（略）一たい小説などといふものはどんな人生の悲しい事実に向つても決して目をそむけもしなければ又軽々しく笑ったり怒つたり歎いたりしないやうなそんな真直ぐな男々しい心を持ってこそ出来もしよう。

「詩」は、恋人に向かって「ふたり」の絆を「ささやき」かけるときに生れる。「わたし」のメッセージを無条件で受け入れてくれる「あなた」という聞き手が必要なのである。だからこの絆への確信が揺らぎ始めると、「わたし」には「詩」が書けなくなる。「ふたり」の楽園＝「詩」の世界から追放されたいま、「わたし」は自分をどう誤解するかも予測のつかない「読者」を取り巻きに想定し、自嘲の言葉を自ら紡ぐことで、「ひとり」の世界をとりあえずは守ろうとするのである。楽園喪失の原因は何か、本当の罪は誰にあるのか――彼は「小説」的達観を得れば、「読者」の思惑など気にせずに、関係者の理非を絶対的な基準から裁断できると考えているようである。だが、それはある意味「神の視点」を求めることに等しい不可能な目標であるに違いない。

結局のところ、「剪られた花」においては、「詩」は戻れない過去に置かれ、「小説」は辿り着けない未来に置かれている。だが、本作の主人公が、現在の座標を、「詩」も「小説」も「書けない」ディストピアとして定位し、その現状を否定し続けることに「書く」ための原動力を見出していくのだとすれば、それこそがいかにも「職業作家」らしいしたたかな表現戦略だと言うこともできる。のちに「心境小説」という文芸用語が、本作を代表例の一つとして誕生したとき、春夫がそれを「職業作家」意識の産物と捉え、さらに「詩」と「小説」との中間形態と理解したのもうなずける。この発想は確かに、「剪られた花」のジャンル論において先取りされているのである。

震災後、「心境小説」作家という与えられたレッテルを拒否し、春夫が自立した「小説」への憧れを盛んに語り始める事情については先に述べた通りである。それは加速し始めた大衆社会の成熟と伝統破壊の気運を前に、詩的伝統美の世界＝「風流」に安住していては状況に適応できないとする危機感の現れでもあったろう。一九二五（大正一四）年六月、『改造』誌上で連載が開始された「この三つのもの」（〜一九二六・一〇、未完）は、すでに発生から五年が経過した「小田原事件」を再び題材にしながらも、複数の作中人物に己を語らせる言わば複合的「私小説」の手法を用いて、「本格小説」を組み立てようとする試みであった。そこでは、主人公一人に感傷を吐露させる「心境小説」のスタイルを克服し、〈人間意志の紛糾〉の諸相を見極める真の「私小説」が目論まれていたのである。

だが恐らく、何が「心境小説」であり何が「私小説」であるのか、あるいは何が「詩」であり何が「小説」であるのかという問いに絶対的な答えはあり得ない。むしろそれよりも、告白の聞き役は誰なのか、それがテクストにどう構造化されているのかという問題にこそ、その作品の性格を測るのにより多くの示唆が含まれているように思われる。会えない恋人に呼びかけるのか、批判的な読者を想定し、斜に構えて己の世界を守るのかという選択――。佐藤春夫の「失恋小説」を同じ経緯から生まれた「詩」と並べたときに教えられるのは、「あなた」を誰にするのかという設定ひとつで表現のカタチがこうまで変わってしまうのかという、単純だが極めて重大な事実なのである(11)。

注1　中村武羅夫は「心境小説」の代表的作家として、春夫を筆頭に葛西善蔵、永井荷風、室生犀星、広津和郎、志賀直哉、宇野浩二、菊池寛の名を挙げている。

2　中村光夫は次のように指摘する。〈芸術家は決して特別の「本能」を持つて、彼をまつたく理解しない環境に出現するものでなく、逆に芸術的公衆のなかから育つた選手と見る方が、かりに佐藤氏の場合を例にとつても、実状に近いのです。／したがつてそれを自然に無視できるのは、芸術家を普通人とは別種族と見る、選民意識が極めて強く働いてゐたためです〉（『佐藤春夫論』一九六二・一、文芸春秋新社、五七頁）。

3　各誌に分散発表され、後に『剪られた花』（一九二二・八、新潮社）の総題で単行本化された。初出タイトルは、①「その日暮しをする人」（『中央公論』一九二一・一〇）、②「続その日暮しをする人」（同一九二二・一）、④「空しく歎く」（『改造』一九二二・二）、③「後の日に　或は「続々その日暮しをする人」」（同一九二二・四）、⑤「「剪られた花」の一節」（『新小説』一九二二・六）、⑥「墓畔の家」（『新潮』一九二二・八）。

4　平野謙「作品解説」（『佐藤春夫集（日本現代文学全集二五）』一九六九・一、講談社、四二四頁）。

5　遠藤郁子『佐藤春夫作品研究　大正期を中心として』（二〇〇四・三、専修大学出版局、一三三頁・一三五頁）。

6　この偽名については養生館で同居した澤田卓爾の証言がある（「荷風・潤一郎・春夫―同時代者に聞く実生活の一側面」『群像』一九六五・一〇）。初出「その日暮しをする人」（注3の①）で主人公の名とされる「貞吉」の由来か。「後の日に」（注3の③）のあとがきでは「赤木清吉」。単行本でも「赤木清吉」が採用され、これが春夫の「心境小説」における主人公の名の定番となった。

7　「小田原事件」の真相に関する当事者の証言に、佐藤春夫「僕らの結婚―文字通りに読めぬ人には恥あれ―」（『紀伊新報』一九三〇・九・一九～一〇・一二）、小林倉三郎「お千代の兄より」（『婦人公論』一九三〇・一一）、谷崎潤一郎「佐藤春夫に与へて過去半生を語る書」（『中央公論』一九三一・一一～一二）、谷崎終平『懐しき人々―兄潤一郎とその周辺』（一九八九・八、文芸春秋）、和嶋せい子・瀬戸内寂聴「対談「痴人の愛」のモデルと言われて」（瀬戸内寂聴『つれなかりせばなかなかに―妻をめぐる文豪と詩人の恋の葛藤』一九九七・四、中央公論社）がある。春夫と谷崎の往復書簡が公開されたことで、さらに経緯が明らかになった（『中央公論』一九九三・四、六）。

8　『殉情詩集』は、「同心草」「書の月」「心の廢墟」の章題を持つ三章からなる。離れていても二人は「同じ心」だと確信できた時期が過ぎ、心が記憶の「廢墟」と化すプロセスを暗示するタイトルである。竹田家所蔵の草稿によれば、元の章題は「翼ある歌」（「かつては翼ありし歌」を訂正）「書の月」「翼なき歌」だった（中村三代司「佐藤春夫『殉情詩集』―成立過程における編集意図を中心に―」『文学』一九八八・五に紹介されている）。当初の形態は、〈わたし〉のメッセージが宛先を見失っていくプロセスをより鮮明に打ち出していたことになる。

9 『殉情詩集』収録の「琴うた」には、〈空ふくかぜにつてばやと／ふみ書きみれどかひなしや、むかしのうたをさながらに／よしなき野べにおつるとぞ。〉の一節があり、メッセージの不達を歎くモチーフがすでに登場する。だが、「秋刀魚の歌」のように、「読者」を意識した人物説明や自嘲はまだ見えない。これらの新たなモチーフは、『殉情詩集』後段の「メフィストフェレス登場」に雛型が示されている。ト書きのあるこの詩では、分裂した自己の対話劇（騎士と悪魔の対話）を、見世物としてオーディエンスに提供するという戯曲形式を採用したことで、効果的な自嘲が生み出されている。

10 内心の秘密を行きずりの「読者」に告白すると、己の世界の純粋性が損なわれるというこの感性は、大衆文化勃興の時代に向き合う春夫の反俗的な姿勢を考えるカギだろう。春夫文学は「読者」の好奇的な視線に反撥しながら、「孤独」を愛する者の理解に訴えかけるのである。逆に言えば、反撥の形式によってしか、純粋性は装えないということにもなろう。「旅びと」（『新潮』一九二四・六）の対話形式について論じた第八章を参照されたい。

11 「わたし」から「あなた」への呼びかけ形式の語りについて、安藤宏はこれを一人称表現における「対話モード」と呼び、〈自―他コミュニケーション〉の息吹を積極的に文体に取り入れていく志向〉を持った言文一致体の工夫の一つと捉えている（『近代小説の表現機構』二〇一二・三、岩波書店、六八頁）。春夫の場合、この形式は文語詩にも「心境小説」にも現れており、「対話モード」は言文一致体のみに限定されない。本稿では、メッセージの宛先である「あなた」を、発話者の「わたし」が「恋人」から「読者大衆」へと切り替えることと、「詩」から「小説」へのスライドとが共起している可能性を示した。

第四部

異境への旅

「日本人」であることの不安

第一〇章　「女誡扇綺譚」と台南——世外民たちの横顔

旅の批評性とは

従来、浪漫主義や抒情性の側面からのみ論じられてきた佐藤春夫の文学は、一九七〇年代の河原功[1]の業績を先蹤として、九〇年代の邱若山[2]・藤井省三[3]以降、台湾関連作品のクローズアップによって大きく転換した。一八九五（明治二八）年の日清講和条約（下関条約）によって日本の植民統治下に入った台湾は、当時の用語で「内地人」（日本内地からの移民）「本島人」（漢族系移民の子孫）「蕃人」（原住民）の三つの階層から構成される不平等な社会であったが、春夫の「台湾もの」はそれぞれの階層の立場に触れて植民地に生きる悲哀を描いている。他に例を見ないその多角的な視野の広さが評価されたのである。

春夫の台湾滞在は一九二〇（大正九）年七月六日から一〇月一五日に及ぶ。その間、八月下旬には対岸の福建省まで足を伸ばした。当時、台湾初の文官総督である田《でん》健治郎は、原敬首相の唱える「内地延長主義」に呼応して同化政策を進めていた。だが春夫は、九月一六日に打狗（高雄）の東熙市《ひがしきいち》宅から台北までの縦断旅行に出発して三日目の九月一八日、サラマオの原住民が叛乱を起こしたことを聞き、その後滞在した霧社で、鎮圧隊が続々と送り込まれてくる様子を目撃している（「霧社」『改造』一九二五・三）。また台中近郊の阿罩霧（霧峰）で会った民族運動家の林獻堂（春夫は別人の〈林熊徵〉と誤る）には、自分の善意の中に潜む支配者の傲慢さを看破され、漢族エリート層にわだかまる日本統治への激しい不満を突き付けられた（「殖民地の旅」『中央公論』一九三二・九、一〇）。春夫の縦断旅行には総督府による便宜が図られ、それを指示した下村宏総務長官は、後に文士の筆による統治実績の宣伝を期待していたと明かしている。(4) しかし結果的に、春夫の作品は為政者の同化政策が画餅に過ぎぬことを示すものとなった。現在にいたる春夫の「台湾もの」の人気は、総督府の思惑に左右されない自由な精神と批評性の高さに対する評価を前提に築かれている。

一方、同じ旅の産物でありながら、『南方紀行』（一九二二・四、新潮社）はほとんど注目されることがなく、長いあいだ不遇に甘んじてきた。(5) 一九二〇年当時の福建省の歴史状況に関する知識が、日本国内では極めて不足していたことに主な原因があろう。だが、『南方紀行』の特色は、まさにそのような、日本人の盲点となりがちな場所を描いている点にこそあると言えるのかも知れない。同時期に中国を訪れた谷崎潤一郎（一九一八）や芥川龍之介（一九二一）が、大手新聞社の経済的支援により、天津や上海などの著名な租界を鉄道でめぐり、訪れる先々で現地日本人の手厚い歓迎を受けるものであったのに対し、春夫は乏しい資金を手に、出会ったばかりの中国人を案内人として、不自由な英語を操りながら、知人もいない外国の安宿を泊まり歩いたのである。殊に五四運動を経て排日感情が高まっていたこの時期の福建省は、日本人の旅行客が安心して観光できるような状況にはなかった。その意味でも、春夫の旅の記録は貴重な歴史的証言になっている。

批評性という言葉は、あまり手軽に使うべきでない重みのある言葉である。とりわけ近代作家のアジア紀行の場合、慎重にその内実が吟味される必要がある。紀行文の表現分析が歴史評価に直結するこの分野では、毀誉褒貶いずれの立場を取るにしても、現代の論者の期待のあり方ひとつで作品の価値が決められてしまう性急さに傾きがちだが、果してそれでよいのか。旅行の実体験を復元するのは困難だとしても、極力それに迫る努力は評価を行う前の大前提だろう。旅行者が経験できる範囲に限界があるのは当然として、その旅はその土地のどのような歴史状況下の旅だったのか、その場所のどの側面を見ることができたのか、そして得られたはずの見聞がどのような選択や解釈を経て表現に定着されたのかを問う綿密な検証を経て初めて、批評性ということは明らかにできるはずなのである。

第四部では、一九二〇年の台湾旅行・福建旅行について、現地調査から得られた情報をもとに、「女誡扇綺譚」（『女性』一九二五・五）と『南方紀行』のそれぞれに描かれた体験の性質とその意味付けについて検討していきたい。この旅は、「私」を描く春夫の方法に一つの転機をもたらしているが（本書第八章参照）、もう一方では、〝土地の声をいかに聞くか〟という春夫の歴史空間認識の鋭敏さを証明しているという意味で、都市論的な観点からも興味の尽きない研究テーマである。調査の過程では、春夫の旅に様々な形で関与した人々の子孫の所在が判明して資料の提供を受ける幸運に恵まれた。また伝承が途絶えていた建物の由来や歴史的事実を明らかにしたことで、現地に郷土史的な関心を喚起することもできた。本書においてはこのような実証研究が、作品読解にいかなる展望をもたらすのかを重視したい。例えば、作品の舞台となった「廃屋」や「旗亭」（料亭）が実在した事実を突き止めたことで、新たに作品の何が理解できるようになるのかを考えてみたいと思う。

廃屋の再発見

台湾南部の都市台南は、鄭成功がオランダ東インド会社を駆逐して承天府を置いた反清復明の拠点であり、鄭氏三代の政権が敗れて清朝統治下に入ったのちも、長らく台湾全島を管轄した行政府（台湾府）の所在地だった。今でも「府城」と言えば古都を誇る台南の称である。一九二〇年夏、台湾に三ヶ月余り滞在した佐藤春夫は、この街を訪れて小説「女誡扇綺譚」の構想を得た。現地の新聞記者の〈私〉が、台湾漢詩人の世外民の案内で、台南外港の安平《アンピン》を歴史散策した帰りに、市街西郊の「禿頭港《クツタウカン》」と呼ばれる古い運河地帯の「廃屋」に迷い込み、不可解な女の声に呼びかけられることから始まる小説である。怪奇趣味と異国情調あふれるファンタジーの体裁を取りながら、結末に婢女の哀切な死を配し、台湾植民史に対する理解の深さと、固陋な身分制度に対する静かな問題提起を含む本作は、台湾でも高い評価を得ている。

台南を廃港の街として印象づけるこの「廃屋」はどこにあったのだろうか。実のところこれ自体が長い歴史を持つ問いである。台湾に関して数多くの紀行文を残している春夫が、なぜ台南訪問記を書かなかったのかは分からない。だが、「女誡扇綺譚」には、現実に街を歩いた者の実感にじかに訴えかける描写が随所にあり、戦前の台南在住の文芸愛好家の中に熱心な探求者の一群を生み出して行った。例えば台南第一中学校の歴史教師だった前嶋信次（一九〇三～一九八三、イスラム学者）やその教え子の上原和（一九二四～二〇一七、美術史家）は、台南の運河地帯に作品の舞台を探し求めた思い出を戦後まで懐かしそうに語っている。[6] 台南第二高等女学校で一九三七（昭和一二）年から一九四〇（昭和一五）年まで国語の教鞭をとった新垣《にいがき》宏一は、この探索に最も熱中した人物である。新垣は生徒の通訳で「禿頭港」の廃屋を探し当てたり、高雄で東熙市の歯科医院（春夫の滞在先）を継いでいた高野《こうの》福次に取材して陳聰楷（前左営庄長）に辿り着き、春夫と台南を歩いた日の記憶を聞き取ったりしている。きわめて旺盛になされたその探訪研究の記録は、『台南新報』の後継紙『台湾日報』を発表の舞台として、「台湾文学艸録（十七）～（二〇）佐藤春夫のこと」（一九三八・一一・一～一六）、「仏頭港記（一）～（六）文学的遺跡を尋ねて」（一九三九・六・一三～二一?）、「「女誡扇綺譚」と台南の町（一）～（六）」（一九四〇・四・?～五・七）などの詳細な経過報告となってあらわれ、「『女誡扇綺譚』―断想ひとつふたつ―」（『文芸台湾』一九四〇・七）にまとめられた。

「廃屋」のモデルについては「「女誡扇綺譚」と台南の町」が最も詳しい。新垣によれば、その家の住所は当時の台南市入船町二丁目一六三番地。敷地南側には作中に描かれた銃楼が一基残っており、一九四〇（昭和一五）

年当時は改造されて歴史家の石暘睢《ようすい》（一八九八〜一九六四、台南歴史館）の持ち家になっていた。一九三三（昭和八）年頃、前嶋信次が撮影した改造前の写真（【口絵】）を見ると、正面が彎曲した特徴的な形状をしている。[7]〈崩れた石垣の向ふのはづれに遠く、一本の龍眼《ゲンゲン》肉の大樹が黒いまでにまるく、青空へ枝を茂らせてゐて、そのかげに灰白色の高い建物があるのは、ごく小型でこそはあれ、どうしたつて銃楼でなければならない。円い建物でその平な屋根のふちには規則正しい凹凸をした砦があり、その下にはまた真四角な銃眼窓がある〉という作中の描写に確かに近い。

当時の住人の石の談話では、ここは台南五条港の一つ新港墘《シンカンケン》の一番奥で、官設造船所の「軍工廠」、呉氏経営の「南廠」と共によく繁栄した陳氏経営の「廠仔《チョンア》」と呼ばれる私設造船所の跡だという。『南部台湾紳士録』[8]には、新港墘街四二番戸の薪炭業者・運送業者の「陳家滿」の名が見え、銃楼裏手の古びた二階家には弟の「陳家永」の表札が掛かっていた。かつて三基あった銃楼は石の幼時には現存の一基しかなく、春夫が見たのもこれだろうという話である。また、陳家は没落して主屋も人手に渡ったが、祖先を祀った王爺廟の「代天府」がかつての家の中心に残されているという。新垣の以上の報告は、春夫が台南を訪問してから二〇年後の「廃屋」の姿を伝えるものである。

それからまた七〇年以上の歳月が過ぎた二〇一一（平成二三）年二月、著者（河野）は安平出身の蔡維鋼の協力を得て、新垣が示した「廃屋」の現況に関する第一回の現地調査を行った。日本時代の入船町二丁目一六三番地が現在のどこに相当するのか。戦後の地名改正で現在の台南に旧地名の名残はなく、春夫の作品の舞台だという伝承自体も地元ではすでに絶えていた。そのためこの時の調査では場所を特定するに至らなかったが、[9]後日参照できた一九三三（昭和八）年当時の地番入地図（岐阜県図書館所蔵）[10]と現在の地図との照合から見当をつけることができた。そこは現在の台南市中西區民族路三段一七六巷附近——南北に走る金華路と東西に走る民族路との交叉点から東北角の狭い路地を入ったあたりである。

この場所は、かつての新港墘と仏頭港とが最も接近する一帯に二つの港道（運河）に挟まれてあるから、春夫が前者を「禿頭港」（仏頭港）に誤ることは十分起こり得ただろう。新垣も前嶋も「禿頭港」の地名に否定的だが、それが確かに仏頭港の古い表記の一つであったことは、福州船政学堂の学生がフランス海軍将校の指導で作成した近代的な実測図（一八七四～一八七五）(11)からも明らかである。春夫の作品はむしろ、この古称が一九二〇年代にはまだ活きていたことを逆に証明するものとなっている。

清代台南の三大造船所について、陳信安・許瑜芳は次のように紹介している。一七二五（雍正三）年、台南西北部（現在の立人國小西側）に設立された官設の「台澎軍工道廠」（軍工廠）は、一八二三（道光三）年七月の台風による「台江閉塞」（台南・安平間の内海の閉塞）で出船不能となり、一八四八（道光二八）年に市街西南部（現在の保安市場一帯）の臨海部に移転。旧廠を「北廠」、新廠を「南廠」と称したが、一八六六（同治五）年、福州船政局で鋼鉄軍艦の製造が開始されると、軍工道廠の木造軍船建造は衰退した。一方、民間船廠には新港墘陳家の「北小廠」と、南廠北頭里呉家の「南小廠」とが存在し、前者は「廠仔内」すなわち民族路三段一七六巷に存在したとある。(12)

現役時代の「廠仔」の姿が偶然描かれた地図も見つけることができた。台湾割譲に抵抗して独立した台湾民主国が、劉永福の安平脱出によって崩壊した二日後の一八九五（明治二八）年一〇月二一日、台南に入城した日本軍が占領直後に作成した縮尺二万分之一地形図『台南』（一八九六年製版、陸地測量部・臨時測図部）である。反撃による市街戦を想定した軍事地図であるため、防禦陣地となる施設が強調されており、石垣で囲われた「廠仔」が街の中から浮き出している。ここに引いたのは、原図の関連部分を左に九〇度回転させ、下方（西側）の安平から市街に進入する際の貿易船の視界をイメージしやすくしたものである。運河を伝って台南城に近づくと、右手には兵営の「鎮海営」が、左手にも要塞のような石垣を持つ「廠仔」の姿が眼に入る。「廠仔」が銃楼を具えた武装船廠だったのは、富豪を狙う海賊の侵略に備える意味があったわけだが、こうして見ると、運河の最も奥まった場所で防禦の便が図られる一方、海風を吸い込むように両袖をひろげた陳氏の屋敷は、貿易船の進路を導く恰好の目印であり、海上からは台南の門戸と見えたに違いない。〝地の利〟〝水の便〟を活かした「廠仔」の立地を見ると、港の栄枯盛衰と切り離せない関係にあったことがよく理解できる。

二〇一二（平成二四）年八月二九日、著者と蔡は第二回現地調査でこの場所を訪れた。そこは路地に囲まれた東西約六〇メートル、南北約一〇〇メートルの一見何の変哲もない一区画であったが、中心部に続く約一メートル幅の脇道を進むと、朱塗の木柵のある古風な廟が、いきなりのしかかるようにあらわれた。深い庇の下には

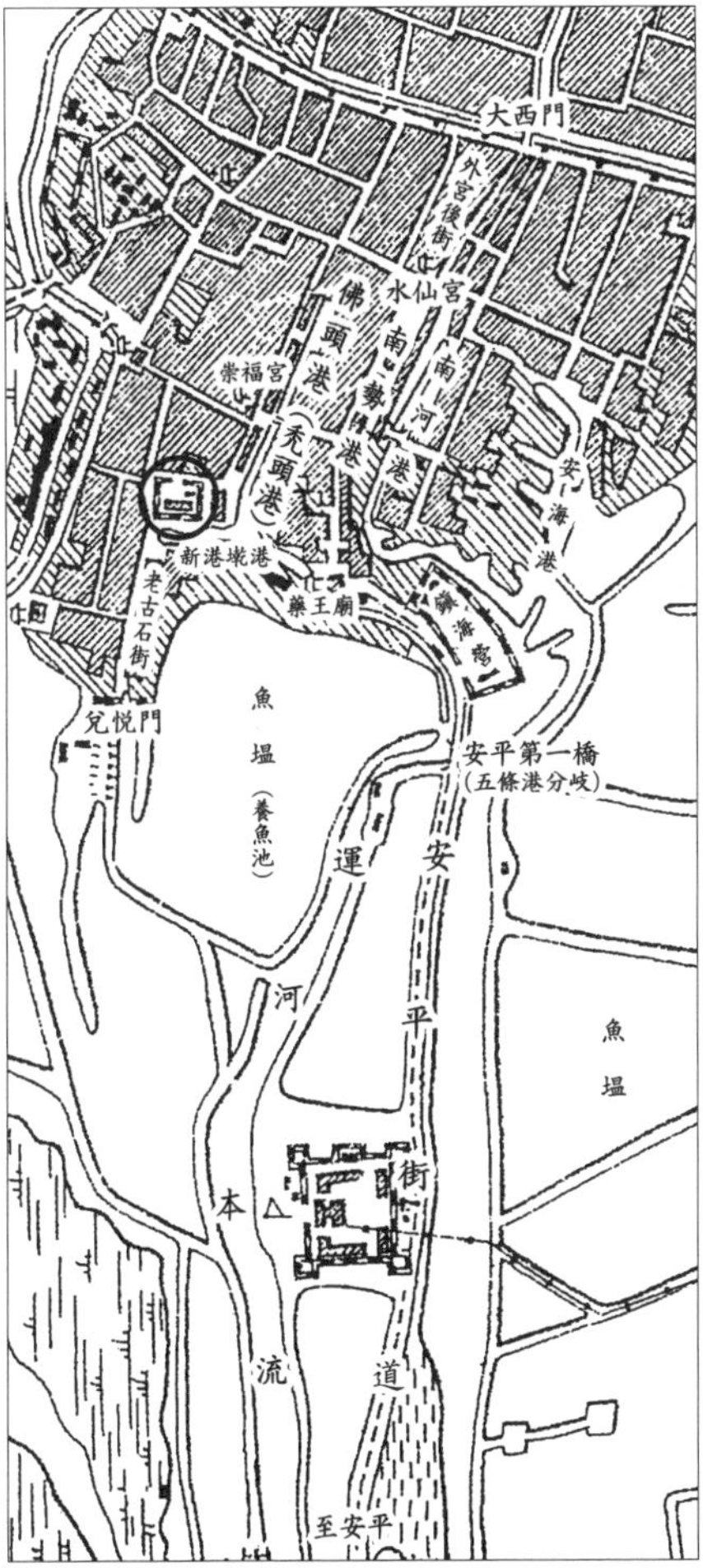

1895年測量『台南』の一部
文字を追加。囲み部が現役時代の「廠仔」。
（国立国会図書館蔵）

陳家の家廟「廠仔內代天府」
（2012年著者撮影）

「代天府」の額。扉の両側には「溫容嚴格尊崇三府」「王道代天信仰王爺」と赤紙の門聯。木柵の間から暗い内部を透かし見ると、祭壇には黄金の瓔珞《ようらく》を戴いた赤面美髯の神像が安置され、背後の龕《がん》には「溫府王爺」の名を中にして、右に「陳府王爺」、左に「吳府王爺」の神名が緋色の背景に黒々と浮き上がっていた。見上げれば、時代のついた漆引の扁額に「神通廣濟」と雄渾な金泥の四大字。それは「同治戊辰年葭月穀旦」すなわち同治七年一一月吉日（新暦一八六八年一二月）に「軍工職銜　陳進輝」が奉納したものとある。ここは紛れもなく、港と命運を共にした陳氏一族の家廟だったのである。[13]

「代天府」の先には駐車場があり、これに面して東側には屋根がすっかり崩落した二階建ての廃墟が、南側には相当時代のついた平屋建ての家が残っていた。いずれも「閩南《びんなん》古厝《こせき》」と称する台湾・福建地方に特有の、馬の鞍のような切妻屋根を特徴とする伝統民家である。平屋の家の方は古さびてはいるが、煉瓦造りの上に漆喰を塗り重ね、丁寧に壁仕上げが施されている。〈あの壁をごらん。あの家は裸の煉瓦造りではないのだ。美しい色ですっかり化粧してゐる〉という世外民の言葉を髣髴とさせる造作である。また、切妻屋根の鞍部に注目すると、T形とS形の装飾金具がシンメトリーにつけられていた（【口絵】）。これは屋内の梁を外壁に固定する耐震構造で、「壁鎖」（鉄剪刀）と称するものである。台湾全島的にも極めて珍しい造作で、最も早期に都市開発された台南の赤崁楼（プロヴィンティア城、後の承天府）附近にしか見られない古建材である。安平にも赤崁城（ゼーランジア城）の古城壁にその剝落した痕跡がある。世界的にはオランダの古民家にも例がある。つまりこれは、東インド会社がこの地域を支配した時代に（一六二四～六二）、オランダから持ち込まれた建築様式が台南に根付いたものの生き残りだったのである。

「廠仔內」に残る閩南古厝
（2012年著者撮影）

　黄天横が一九六〇年代に調査した段階でも、「壁鎖」のある古建築は台南市内に二〇ヶ所余りしか残存せず、その内二例は「廠仔」からの採取であった。残存建築物の推定創建年代は、鄭氏政権時代の永暦年間（一六六一台湾入府時～八三）から、清朝の康熙（一六六二～一七二二）、嘉慶（一七九六～一八二〇）、道光（一八二一～五〇）、咸豊（一八五一～六一）、光緒（一八七五～一九〇八）年間だと言うから、一七世紀中葉から二〇世紀初頭の二五〇年間にわたる。[14]

　次に二階屋を見ると、増築部分を除く奥の半分（写真右側）はやはり閩南式の鞍部を持った瓦屋根で、これにもS字の「壁鎖」が見える。一階側面の漆喰が剝落した壁からは、煉瓦と老古石を積んで作った軀体が覗いている。老古石は澎湖島を主産地とする珊瑚化石で、喫水の

二階屋の廃屋
破損した壁から老古石が覗く。（2012年著者撮影）

浅いジャンク船の重しにも利用された。新港墘街の西隣にある「老古石街」は、乾隆年間の城池図[15]にも名が見える古街であるが、石暘睢はその由来を家屋や塀の建材に老古石を多用した地域だからだと説明している[16]。作中には「廃屋」のある街の情景が、〈この一廓は非常にふんだんに石を用ゐてゐる。みな古色を帯びてそれ故目立たないけれども、このあたりが今まで歩いて来たすべての場所とその気持が全く違つて、汚いながらにも妙に裕かに感ぜられるといふのも、どうやら石が沢山に用ゐてあることがその理由であるらしい〉と記されているが、それは台南西郊の運河地帯の特徴ある情景を確かに切り取っていたのである。この二階屋もまた、旧時代の港町の建築遺産であった。

後に取得した土地登記簿によれば、著名な郷土史家の石暘睢が戦前（一九三五～一九四四）住んだ居宅の地番は入船町二丁目一六八番地。現在は民族路に面した錦興農具廠の一角に当たる。該当する場所にはもう銃楼は残っていない。あばら家になっていた二階屋も二〇一三（平成二五）年に取り壊され、二〇一八（平成三〇）年現在確認できる「廠仔」の遺構は、わずかに平屋と代天府を数えるのみの危機的状況になっている。

台南五条港とその時代

陳氏の「廠仔」に関する考証は、台南市文献委員会が一九五三年一二月から翌一月にかけてこの地区で行った聞き取り調査が唯一詳細なものである。その記録「採訪記」[17]には、新垣の記事に見えない内容も若干含まれている。廠主陳氏の祖籍は泉州府晋江県南門外十九都圩頭郷。神牌によれば、大陸の一世は逸名、二世朝和公（開台始祖）、三世廷午、四世進輝、五世友義（軍功五品、諡純朴）、六世澤明・澤和、七世家滿・家永、そして八世を迎えて〈家道大落〉、一九五三年の年少世代で九世を数えたが、陳氏の大厝（主屋）はすでに売却され他人の所有に帰していた。陳氏は代々肺が弱く夭折の家系であるという[18]。一族末裔の老婦人は、半世紀前の結婚時、「廠仔」はすでに造船業を廃業していたこと、船廠はかつて「南埕廠」とも呼ばれたこと、道路側（南）・主屋背面（東）・港側（西又は北）に銃楼が存在したことを証言している。また、七一歳（一八八四年生）の黄得老人は、「廠仔」の元塗装職人で、同廠では最大三百石積みの木造船を製造したことがあり、常勤の職人は十数人で繁忙時に臨時工を雇ったこと、一人前になるのに三年四ヶ月の見習い期間があったこと、給金は潤沢で生活に不安はなかったこと、職人集団の儀礼についてなど多くの記憶を語っている。

以上の記録によれば、「廠仔」は春夫が訪問する約二〇年前の一九〇〇年前後までは現役だったことになる。「没落」を一八六〇年頃に設定する「女誡扇綺譚」とは異なる部分である。また、豪商の祖先が泉州出身ということでは一致するものの、作品で入植先を阿罩霧（現霧峰）とする点は、「かの一夏の記」で春夫が、〈女誡扇綺譚の建物や安平の風景は実景のつもりである。その他は中部地方での見聞に空想を雑へて作つた〉[19]と語る通り、阿罩霧林家の由来が元になっている。さらに、〈沈は本当に安平港の主だつたと見える。――沈家が没落すると一緒に、安平港は急に火が消えたやうになりました〉という一節が示すような、人（一族）・場所（港）・モノ

（建物）を一つの運命に結びつける世界観は、ポーの「アッシャー家の崩壊」からの摂取が明らかだが、そのような文学的な世界観の採用を春夫に促したのは、木造ジャンク船時代の終焉と共に土砂に埋もれ、安平と五条港が文字通りの廃港になりゆくありさまを見た台南体験に他ならない。その感慨は、新興の港町打狗（高雄）に寄寓した春夫だからこそ一層に深いものだったと思われる。台湾総督府鉄道部発行『台湾鉄道旅行案内』の一九一六（大正五）年版と一九二三（大正一二）年版の「安平港」の記述を比較してみると、それがよく分かる。

此の地は清仏戦後四開港場の一にして対岸貿易の要津たり。大阪商船会社の台湾沿岸航路の寄港地として南部物資の呑吐港なり、然れども近時港内次第に埋まり、大船巨船の碇泊に便ならず、故を以て其の繁栄は漸次打狗に奪はれつゝあり。

（一九一六年版・六一頁）

清仏戦争後は、基隆・淡水・高雄と共に本島の四大港として、外国貿易が盛となつたが、近来、港口の閉塞と共に、大船の碇泊に便ならず、其の繁栄は、全く高雄に奪はるるに至つた。

（一九二三年版・一五六頁）

ここには、時間をかけてゆっくりと滅びつつあった一つの港に対する死亡認定のプロセスが刻まれている。春夫が訪れた一九二〇年前後こそ、安平の衰頽が決定的となり、台湾南部主要港の地位が名実ともに打狗（高雄）へと移った転換期に相当するわけである。

一九〇八（明治四一）年、打狗では一五年計画でコンクリート護岸と防波堤の造成が始まり、蒸気船と鉄道を直結して大量輸送が可能な近代港湾が出現しつつあった。残土で埋め立てた広大な更地の上には事業熱に燃えた内地からの移民が押し寄せ、対岸砂洲上の台湾集落・旗後街（旗津）とは全く異なる「内地人」の商業区を出現させたのである。東熙市もそのような移民の一人で、その片鱗は東の家を〈朝日を浴びたその新築の一戸〉と記す春夫の文章にも現れている。一方、喫水の浅い快速帆船であるジャンク船には好適だった従来の港は、広さと深さの問題に加えて鉄道へのアクセスの悪さが重なり、時代から取り残されていった。明るい根無し草の活気に沸く新興都市と、激動の歴史を鈍色に淀ませて傾いてゆく港の廃市と。植民地インフラの整備によって興隆し、また凋落して行く対照的な二つの街の相貌を、春夫はその目で捉えてきたことになる。

　五条港の歴史についても触れておきたい。世外民が作中で参照している絵地図「台湾府古図」は、一六八三（康熙二二）年に清朝が鄭氏政権を打ち破り、台湾を版図に組み込んだ康熙年間の「輿圖」（一七〇四以前成立）に基づくものである。安平港外「七鯤身《こんしん》」と称する七つの砂洲と、台湾府城（台南）にとり囲まれた潟湖である台江は、静かな入江で天然の良港を形成していたが、それも一八二三（道光三）年の台風で激変。台江の半分が土砂に埋まり、沖合一里にあった一鯤身上の安平と台南とが地続きになってしまう（台江閉塞）。このとき港湾の利権を管理していた商人組織の「三郊」が、安平から台南に到る水路を改めて開いたのが五条港の発祥である。[20]もっとも、一七五二（乾隆一七）年の『重修臺灣縣志』所載「臺灣府城池圖」には、「老古石」「関帝港」「媽祖港」の名とともに後に仏頭港となる水路と、「北勢街」の名とともに南勢港となる水路が見えており、五条港は旧来の港道（運河）を修復整備したらしいことが分かる。その水路は、市街手前の「安平第一橋」（二重橋）附近で五つの港道に分かれ、「大西門外」と称する城西の商業区の奥深くまで達していた。現在一般に五条港と称えるのは、北から順に新港墘港、仏頭港（禿頭港）、南勢港、南河港、安海港の五本の港道で、附近の神農街（旧北勢街）には今でも、二階に扉を持つ木造商家建築が多数残されている。船の積荷を保管して上から荷車に積み込む仕掛けである。日本の占領後、台湾総督府は一九〇七（明治四〇）年から総工費二九万円をかけ、一四年計画で港内浚渫事業を展開したが、安平の北に河口を持つ塩水渓の土砂と風浪により港の埋没に歯止めがきかず、港道幹線も年ごとに移動する有様だった。そこで一九二二（大正一一）年、別に総工費七五万円を予算として新運河開鑿工事を開始、一九二六（大正一五）年の開通式を迎えるにあたって、五条港は歴史的使命を終えた。[21]港道は戦後まで排水溝などとして細々と痕跡をとどめていたが、現在ではそれも暗渠化され、地上から水路の名残は全く見出せなくなった。台江跡の広大な魚塭（養魚池）も埋め立てが進み、いま旧五条港地区は、最寄りの海岸線から五キロ以上も隔たった内陸にあって、かつての潮の香を嗅ぐことはほとんどできない。

実在した酔仙閣

「女誡扇綺譚」には、「廃屋」から市内に戻った二人が、死霊の声だという女の呼びかけの正体をめぐって旗亭で口論する場面がある。

「では言ふがね、亡びたものの荒廃のなかにむかしの霊が生き残つてゐるといふ美観は――これや支那の伝統的なものだが、僕に言はせると、……君、憤つちやいかんよ――どうも亡国趣味だね。亡びたものがどうしていつまでもあるものか。無ければこそ亡びたといふのぢやないか」

「君！」世外民は大きな声を出した。「亡びたものと、荒廃とは違ふだらう。――亡びたものはなるほど無くなつたものかも知れない。しかし荒廃とは無くならうとしつつあるもののなかに、まだ生きた精神が残つてゐるといふことぢやないか」

口論の舞台になった店の名は「酔仙閣《ツイツエンコ》」。これが春夫の来南時に実在した旗亭なのかどうかが長い間の懸案だった。この分野の研究は台南の郷土史でも進んでおらず、当初は手がかりすらほとんどなかったのである。

少し年代をくだれば、一九二〇年代の台南に「酔仙閣」を名乗る台湾料理の名店があったことははっきりしていた。台南州庁舎（現台湾文学館）の玄関前から西に延びる末広町（現中正路）の二丁目は、一九三二（昭和七）年、沿道がタイル貼りの三層楼に統一され、日本時代は「台南銀座」と呼ばれて盛観を呈した。銀座通の東端

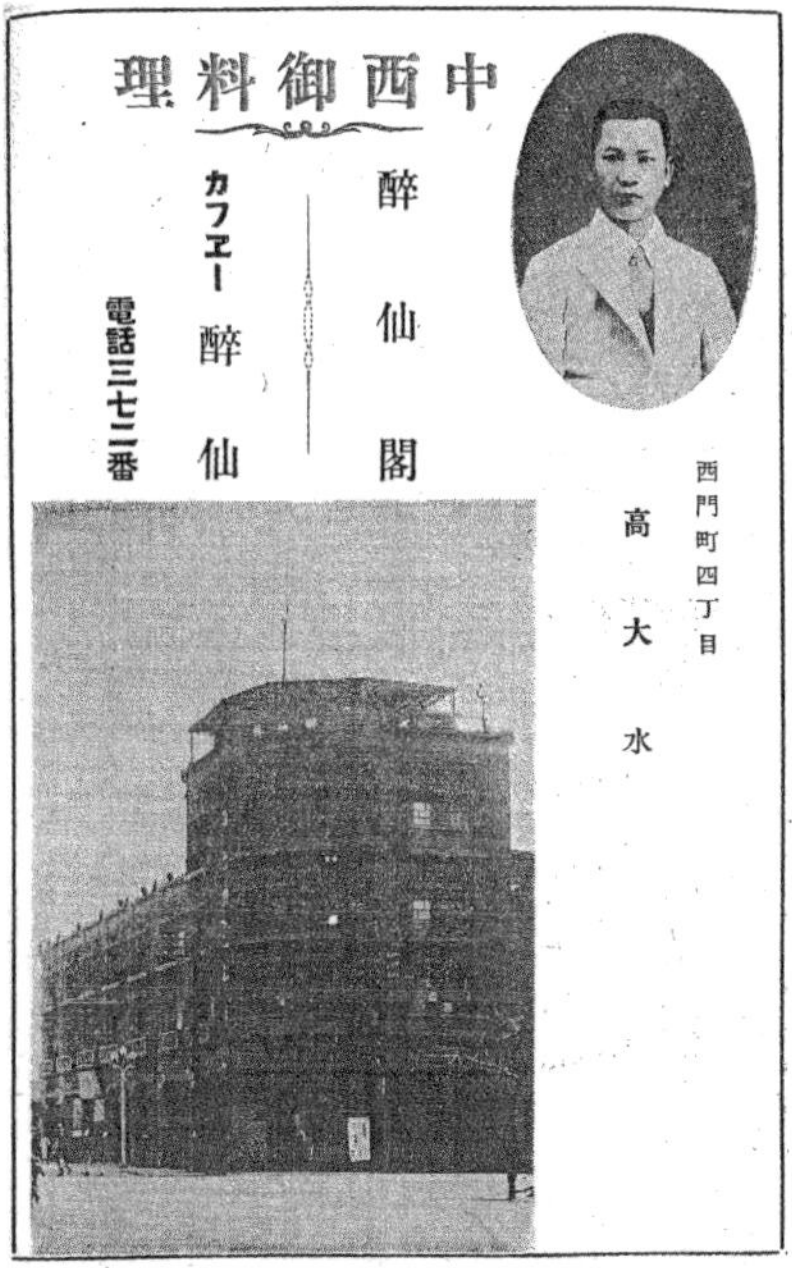

「酔仙閣」広告

左が永楽町時代（『台南新報』1922.1.1）、右が西門町移転後（『台南市商工案内』1934.7台南市勧業協会）。（臺南市立圖書館蔵）

（市内側）角地、白金町（現忠義路）の交叉点には、台南唯一のエレベーターを持つ五層楼の「ハヤシ百貨店」があり、建物は戦時中に空爆を受けながら今もモダン台南を偲ばせるランドマークとして保存され、二〇一四（平成二六）年に再びデパートとして復興された。一方、西門町（現西門路）に接する西端角地には、これとペアになる類似デザインの四層楼があり、紅燈を点じたその窓からは夜ごと絃歌の声が流れていた。これが高大水経営、絶頂期の「酔仙閣」である。真杉静枝は一九四一（昭和一六）年春にここを訪れ、官能的な旗袍に身を包んだ芸妲《ゲイトア》（歌

妓）たちの美声に酔いしれたという。[22]今では広告に覆われて外観は損なわれたが、建物の構造は当時のものが残されている。

この著名な「酔仙閣」が、果して「女誡扇綺譚」の「酔仙閣」と結びつくのかが、最初の疑問であった。「酔仙閣」が登場する文献の年代を遡ってみると、一九二二（大正一一）年元旦の『台南新報』年賀広告にその名が見える。〈大歓迎忘年会新年宴会／台南市永楽町参丁目拾弐番地／支那料理店　酔仙閣／高得／設備改良、価格大勉強、嶄新御料理提供、弐百名以上の宴会は引受致候、特に御客様の御求めに応じ申候〉。[23]所在地は永楽町三丁目一二番地、経営者は高得、二〇〇名以上の宴会が可能だったと言うから、かなり大規模な店舗である。翌年の年賀広告では経営者の名が高金溪に変わり、三七二番の電話番号が記載されている。[24]ところがこの永楽町店舗は、一九二九（昭和四）年九月、台南警察署から危険家屋と認定され、翌年三月末までに移転または新築するよう命じられた。[25]「酔仙閣」の所在地が、一九三〇（昭和五）年以降の商工録では明治町三丁目一六六番地（現成功路二八五巷三號に後続の旗亭「広陞楼」跡として現存）となっているのは、この命令に余儀なくされて、店舗を移転したものだろう。[26]経営者もこの時から高大水に変わった。[27]やがて一九三二（昭和七）年に「台南銀座」が新造されると、七月「酔仙閣」はこの目抜き通りの目立つ一角に打って出た。[28]西門町四丁目七九番地（中正路一七一號の現「寶島鐘錶」）の角地、真杉静枝が訪ねたのはこの三代目の店舗である。

さて、いくつかの商工録が、この高氏「酔仙閣」の創業年代を一九二一（大正一〇）年と記載していたのが悩みの種であった。[29]もしこの記載が事実なら、春夫の来南時に現実の「酔仙閣」は存在していなかったことになる。だが、『台湾日日新報』紙上に次の二つの記事を発見したことで、高氏以前から「酔仙閣」を名乗る旗亭があったことは確実になった。一つは一九一九（大正八）年九月一七日「赤崁短訊」欄の〈▲爲妓鬪命　陳福者臺南市看西街陳蕚棣之侄也。與外宮後街醉仙閣酌婦名玉燕者。交最深。盟山誓海。必欲爲之脫籍（後略）〉（六面）、もう一つは一九二〇（大正九）年一一月二八日「地方近事（台南）」欄の〈▲台湾軽鉄総会　台湾軽鉄株式会社にては二十七日市内永楽町三丁目酔仙閣に於て第八回定時株主総会を開き引続き正午より午餐会を催ほすと〉（四面）である。春夫がこの附近を散策した一九二〇（大正九）年八月には、「酔仙閣」はすでに営業していたことになる。

　さらに一九一八（大正七）年発行の『台湾商工便覧』[30]からは、〈酔仙楼　台南市本町三丁目（電一四二）／支店　永楽町一丁目（電三七二）／店主　唐大漢〉という記述も見つかった。一九一六（大正五）年、台湾の伝統的地名を日本風に改称する町名改正の公布後、新町名が施行される一九一九（大正八）年四月一日までの間に、永楽町は一丁目と三丁目が逆転するから住所に齟齬はない。何より電話番号の一致によって、この「酔仙楼」支店が「酔仙閣」の前身であることがはっきり分かる。その誕生の経緯については、『台湾日日新報』一九一三（大正二）年の漢文欄に興味深い報道があった。

◎酒樓競爭　臺南市內酒樓。以竹仔街醉仙樓爲第一。此次又買收外宮後街（坐）花樓。改營支店。因恐同街水仙樓與之競爭顧客。竝設計向該樓厝主。加稅租借。厝主許之。遂亦歸其掌握。該樓主唐學如心甚不甘。乃與寶美樓主肅宗漢及市內紳商數名。向王麗生租出該街勝發號故址。卽在醉仙樓支店對面重新整頓。將改築三層樓。取名西薈芳目下正興工建築云。

（『台湾日日新報』一九一三・七・一七、六面）

　約言すれば、市内竹仔街（のち本町三丁目）の酒楼「酔仙楼」が、外宮後街（のち永楽町三丁目）の「坐花楼」を買収して支店にしたが、客の取り合いになることを恐れて、競合する「水仙楼」の建物を家主との直接交渉で強引に借り上げてしまった。この処置を不服とした「水仙楼」の店主・唐學如は、同業「宝美楼」および資産家の協力を得て、「酔仙楼」支店の対面に新たな酒楼の開店を計画。その名を「西薈芳」とし、建物を改築して三層楼にする工事に取り掛かる所だという。人々の耳目を聳動したこの「酒樓競爭」には続報がある。

◎酒樓開張　臺南市牛磨後街唐學如。前募集股資數千金。就外宮後街勝發號故址。重新建築三層樓。其初計劃木造。嗣因當局恐有危險之虞。命改砌以雁齒磚。目下工事已將告竣。不日開張酒館。取名西薈芳。現正準備一切將來與竹仔街辭（醉）仙樓及支店。當不免競攀顧客也。

（『台湾日日新報』一九一三・一一・六、六面）

◎酒館開張　臺南市牛磨後街唐學如。與本島猖（娼）寮主鄭天德、陳登榮、謝相、曾溫、謝氏銀等。合資經營酒館於外宮後街。取名西薈芳。其設備經已完成擇十二日開張。聞鄭等向本島貸座敷組合。借出金一千圓。往北購買花枝。前來款客。於陪酒而外。別有所圖云

（『台湾日日新報』一九一三・一二・一四、六面）

「西薈芳」は当初木造で改築する計画だったが、当局から危険性の指摘を受けて煉瓦造に変更。一九一三（大正二）年一二月一二日に開店した。経営には娼寮（台湾遊廓）が参画しており、「本島人貸座敷組合」から借金して台北の芸妲（北妓）を招いたほか、接客にも特別な趣向を凝らしていると言う。本来、外宮後街の独占を狙っていた「酔仙楼」の店主唐大漢が、自分の店先でライバル店が繁盛する様子を見て黙っているはずがない。

◎旗亭鬪勝　臺南市外宮後街西薈芳旗亭。經已開張矣。其陪席藝妓。與開仙宮街寶美樓。及本島人貸座敷聯絡。減收買笑資金。以故五陵年少。趨之若鶩。而同街醉仙樓支店。亦思出奇制勝。修整其門面。擴張其席次。租出隔鄰太興隆樓上兩進。鑿壁安門。聯爲一氣。大加修飾。宴會可容二十餘席。其門面亦將改張西洋

式。雇二老口街湯川鹿造爲之包建。工資豫按二百數十圓現正著手。將來必有壯麗可觀。二比競爭。不知何所底止也。

（『台湾日日新報』一九一三・一二・三〇、四面）

地元遊廓と気脈を通じて花代を廉く抑え、富貴の子弟が続々押し寄せる人気店として滑り出した「西薈芳」の活況を見た「酔仙楼」支店は、隣家「太興隆」の二棟の二階を借り、内部で繋げて二〇余席の宴会が可能な大部屋に改造。正面玄関も西洋式に改築することで事業拡大を図った。工費予算二百数十円。請負人は「湯川組」（建設業）組頭の湯川鹿造。

このように、「酔仙楼」支店と「西薈芳」との顧客獲得競争は壮烈なもので、巷間の話題ともなっていた。その主人公・唐大漢は、清末に福州から台湾に渡り、もと鳳山県衙門の厨房に勤めていた料理人であるという。台湾割譲時に台南に移り、竹仔街に茶館を経営したが、のち借財して料理店（酔仙楼）を開業。利益を上げると支店（外宮後街）及び餅舗を起して事業の拡大に努めた。しかしほどなく病臥し、一九一八（大正七）年冬に死去すると、店は邱氏の手から王象へ、そして蔡才へと転売が続き、一九二一（大正一〇）年には経営再建が図られる。が、もはや過去の栄光を取り戻すすべもなく姿を消した[31]。

この経緯からすると、「酔仙楼」支店が本店から独立して「酔仙閣」に看板をかけ替えるのは、唐大漢の歿後、店舗が売り出され、経営者が変わっていくさなかのことであったと考えられる。一九二二（大正一一）年版『日本紳士録』には、〈蕭福金　割烹業、永楽町三ノ一二（営業税）三八八（電話）一四一（店）〉の記載がある[32]。この時期の経営者は高金溪のはずだから、紳士録には古い情報が残ったのだろう。隣に見える〈蕭宗琳　割烹業、錦町三ノ一三六（営業税）三七四（電話）四六五〉の記載は「本島人料理店」の名店「宝美楼」を指しており、蕭福金はその同族だった可能性が考えられる。

春夫が陳聴楷に連れられて置酒したと思われるのは恐らくこの蕭氏による一時的な経営の時代で、本店から独立して間もないかつての「酔仙楼」支店だったことになる。「西薈芳」との競争過程で玄関は豪華な西洋風に改造されたものの、建物自体は旧時代の旗亭や商店の再利用であり、歌妓たちの絃歌のなかに、繁栄したかつての港町の幻影を呼び覚ますこともできただろう。歴史ある本店は創業者の死後没落したが、支店はこのあと経営者となった高氏一族の手で大きく育てられ、二度の移転を経ながら、「西薈芳」「宝美楼」とともにモダン台南の一シーンを演出する巨大料理店に成長していく。

「酔仙楼」支店と「西薈芳」とが覇を競った外宮後街は、台南大西門の外側正面に位置する。[33] それは城西の運河地帯から市内に戻る道筋にあたり、「女誡扇綺譚」のさりげない場面転換は、現実の台南の地理関係に忠実に対応するものだったのである。そこは五条港および安平街道へと連なる台南の海の玄関口で、対岸への門戸と言える第一流の商業区であり、かつては城壁（その跡地が西門町大通り、現在の西門路）を隔てて城内の内宮後街と対になっていた。水神を奉祀して船人の信仰を集めた水仙宮の裏側に当たることが街名の由来であるが、一九一九（大正八）年四月一日、新町名施行で永楽町三丁目に編入された。永楽町三丁目一二番地は日本時代、外宮後街二一番戸、庚一二七五番地、永楽町三丁目一二番地と変遷し、大正期の地籍図と現在図との照合から分かる現住所は宮後街二〇號。[34] ここを訪ねると、安平と台南をつないだ陸路の大幹線に沿った旧外宮後街が、わずか五メートル程度の幅員しかなく、延長八〇メートルほどの完全な裏通りになっていることに驚く。戦後に道路となり、今では台南美食屋台のメッカとなっている國華街側の出口から二軒目の民家が元の「酔仙閣」の所在地だが、すでに建物は新しい。だが、隣の三軒目に残るクラシカルな二階建てを調べると意外な経歴が分かった。

宮後街一九號、旧永楽町三丁目一一番地、今向かいの商店「玉記」の倉庫になっているこの地所は、一九〇七（明治四〇）年の新聞資料に〈外宮口《ママ》街二十番戸西洋雑貨商泰興隆〉と出てくる広東出身の貿易商の店があった場所である。「泰興隆」はその後も時期の異なる複数の新聞記事に登場し、一九一八（大正七）年一〇月に経営破綻するまで比較的長く営業していた。「酔仙楼」支店が「西薈芳」に対抗するため二階を借りた隣の店とは、「太興隆」ならぬ「泰興隆」が正しかったようである。発音の一致による誤記で、外宮後街に「太興隆」の記録が一切見つからないことにもこれで説明がつく。「泰興隆」の破綻後、医師嚴錫昌が一九三〇（昭和五）年三月に内科耳鼻科医院の「存養堂」を開設するまで、この永楽町三丁目一一番地に商工録類の記録はない。この開設の時期は正しく、台南警察署に命じられた「酔仙閣」の移転期限に一致している。これは「存養堂」開設までの空白期間、この建物を「酔仙閣」が占有していたことの傍証となるだろう。

二〇一八（平成三〇）年も現存する宮後街一九號の古びた近代建築は、「酔仙楼」支店拡張部分であり、「酔仙閣」の一部の遺産であることが、この調査を通じて分かった。建物の来歴についての記憶は台南でも風化していたのである。(35) もっとも、危険な老朽家屋として当局に睨まれたことが「酔仙閣」移転の原因であるならば、その後で医院が開業するときに何らかの改造が加えられたと考えるのが自然である。現在の建物の一階部分は車庫として利用されているが、腕木で持ち上げた小作りな露台にのぞむ二階部分は、アーチ型の扉の左右に方形窓を組み合わせた洋館風で、象牙色の木部が、淡い空色の外壁によく調和している。それががっしりと直線的な露台の勾欄と、くすんだ卵色の女兒牆に縁取られ、少し奥まった感じの印象を与えている。女兒牆の中央に控え目に作られた半円形の山牆には、月桂樹と円盤のレリーフがはめ込まれていて、漆喰の文字は剝落しているが、辛うじて「嚴」の形が分かる（【口絵】）。これがどこまで「酔仙閣」時代の外観を保っているのかは不明だが、短冊形の地所に、間口からは想像もつかない奥行きを持つ台湾商家建築の常で、この現「玉記」倉庫も二階屋を三進（三棟）連ねた広い内部空間をもっており、その第二進（中央）には明らかに「泰興隆」時代まで遡る蔵造りの様式が残されている。台南ではこうして、歴史遺産が今でも意外なところから発見されるのである。

芸妲《ゲイトア》と文人

永楽町時代の「酔仙閣」の内部で撮影されたと思われる貴重な店主家族と芸妓の集合写真を高氏子孫の呉坤霖氏に見せてもらった。港町として繁栄した旧外宮後街の最後の残照である。「女誡扇綺譚」に「酔仙閣」の店内の様子が分かる描写はないが、ここの馴染みだった〈私〉と世外民の酒席がどのようなものであったかが、二人の会話から想像できる箇所がある。

あそこへは全く近よる人もないと見えるね。そのくせあの家は、女ひとりで入つて行つても何も怖ろしい事もないほど、異変のない場所なのさ。若い美しい女――芸者《ゲイトア》の玉葉仔《ゲフユア》のやうな奴かな。いや、若い女でなくつて――

資産家の世外民がすべて出資する二人の宴席には、芸妓が呼ばれることもあったようなのである。ちなみに「玉葉仔《ゲフユア》」とは実在の芸妲《ゲイトア》の名と思しく、『南方紀行』の「鷺江の月明」章に、〈台湾の歌妓たちの名を聞いて記した〉ものとして、〈「柑仔《ガンマ》」「却仔《キヨーア》」「阿招《アチヨオ》」「錦仔《ギムマ》」「玉葉《ゲフユア》」「寶玉《ホオギア》」「寶青《ホオチン》」「寶蓮《ホオレン》」〉の名が、厦門の歌妓たちの名と比較されている。新垣宏一は、〈一夜本島人の青楼見物に出かけたが、室内の暑さに閉口した春夫は「電扇はないか〳〵」と部屋中を見まはしながら言つたさうであるが、当時は未だ台湾には電扇といふものがわづかしか見られない時代であつたので、これは陳氏の強い印象となつてゐる〉[36]という陳聰楷の証言を紹介しており、これらをあわせて考えると、「女誡扇綺譚」や『南方紀行』に垣間見えている台湾教坊（花柳界）の消息は、陳聰楷の案内による台南での取材が活かされた可能性が高い。

台湾総督府新庁舎会議室の壁画制作でも知られる太平洋画会の石川寅治（一八七五～一九六四）は、春夫来南の三年半前、一九一七（大正六）年二月前半の二週間を春夫と同じ台南の旅館四春園に過ごし、ある日スケッチのため〈台南日日新聞〉〈台湾日日新報支社または台南新報のことか〉の記者・呉宴珍の案内で〈当地一流の料理店といふ酔仙楼〉に出かけている。「酔仙閣」の本店にあたる店である。その折の記録は、大正中期の「本島人旗亭」の雰囲気をよく伝えるものであろう。

「酔仙閣」永楽町時代の集合写真
中央矢印が店主・高金溪。1927年10月2日撮影。（呉坤霖氏提供）

> 酔仙楼と云ふのは名流にも似ず、頗る固陋な汚ならしい建物の料理屋であつた、何れを見ても好個の部屋らしいものはなかつたが、其中で画を描くに最も適した部屋を選んで、兎も角も酒肴と美人（台湾芸者）とを命じた、軈て此の席に侍したのは罔腰《ばんえう》と云ふ年齢漸く十八歳位の色の白い、皮膚の美しい小柄な女であつた。頭髪を右横でぴつたり分けて、後の領首の所で束ねて結んで居る、前から之を見ると、丁度男が髪を分けて居る様に見えた、襟の高い黒地に綾の

ある緞子の衣服を着、耳朶に宝玉を点じ頸に金鎖を掛け手に金環を嵌めて居る、之は本島に於ての最も瀟洒な、所謂ハイカツた装え《ママ》であるとの事であるが、それで足を纏足して居ない処を見ると、新らしい女たることを証明して居るのであつた。此の女は客を遇することが非常に巧妙で、時々片語の内地語を交へて盃を強い《ママ》る処などは、余程内地化して居る様に思つた(37)

若き日の陳聰楷（左）
（陳錦清氏提供）

「酔仙楼」は城内大西門辺の竹仔街（本町三丁目）に店舗を構える台湾料理の名店で、一九〇七（明治四〇）年には新聞にその名が見えるが(38)、店主唐大漢の死後急速に経営状態が悪化したらしく、『台南新報』一九二一年六月一一日六面漢文欄には「▲酔仙樓維持聲價」と題して経営再建に関する記事が出ている(39)。しかし石川が訪問した当時は〈饌精美設備完全都人士恆藉爲宴遊之所〉として〈南部著名料理店〉の栄誉を担っていた。「酔仙楼」のような台南の旗亭は芸妲の居住空間でもあって、芸妲は需めに応じて出局し、琵琶と歌によって宴席に華を添えたのである。その主な顧客は地主や豪商で漢学の素養がある知識人も多く、石川を案内した呉宴珍もまた「南社」の詩人だった。「南社」とは、当時台北の「瀛社」台中の「櫟社」とともに台湾三大詩社と称された台南の漢詩結社で、一九〇六（明治三九）年創立。その詩会は大西門内外（城西）に集中していた旗亭で挙行されるのが常だったという。(40)

うっかり読んでいると、「女誡扇綺譚」の「酔仙閣」には場末の居酒屋のような勝手なイメージを当てはめてしまいがちだが、事実は二〇〇名以上の大宴会ができるような高級料亭であった。ここに紹介する芸妓の絵葉書の裏側にも次のような手書きの解説がある。〈台湾の芸者を唱書妓と云ふ。唱書妓は十才頃より十六七迄を限度とし其以上になると嫁入するらしい。琵琶の形をしてゐるのは妓が用ゐる三味線だが四絃でバチは使はない。この唱書妓一人とその師匠である曲先生といふのを連れて一夜でも三十分でも定価八円となつてゐる。その花代の高いこと驚く外はない。これで見ると内地芸妓は安売をする。すればこそ外国に発展して行けるのかとも推せられる。唱書妓はナカ〳〵小奇麗、実物を見ると可愛い顔をしてゐる〉。台南の旗亭は、単なる居酒屋ではなく、芸妓の音楽を愛で、詩琴酒を楽しむ地元漢詩人の風雅の拠点としての意味をも担っていた。(41)

琵琶と二胡を奏でる台湾芸妓

文人と漢詩の応酬をする者もいた。写真には纏足が写っている。（著者蔵）

閩南音楽「南管」の研究家で、自身も南社同人であった許丙丁（一九〇〇～一九七七）の回想によれば、航路安全の神・水仙宮を中心とする城西地区は、清代当時台湾第一の商業区であったばかりでなく、茶楼酒肆櫛比し、夜ごと絃歌嬌声に湧きかえる歓楽地として、最盛期安平港の財力をたっぷりと吸引した場所だった。晩清には珍珠・喜鵲・玉鳳・玉盞の「娼寮四美人」を輩出し、それぞれ陳雨三（進士陳望曾の弟）・施士洁（進士）・李品三（阿片豪商）・許南英（進士）ら名紳豪商に見初められている。一九二〇年代の台南芸妲には文人名士から贈られた書画・対聯を自室に飾ることで自らの声価を顕示する習慣もあった。南社の詩人は往年の文人の風流にも劣らず、城西の花街にあって〈吟風弄月、縦情詩酒〉——思うさま詩を吟じ酒を飲み、薄命の芸妲のために数多くの名文対聯を生み出した。台北出身の「詩妓」王罔市（香禪）が文人と応酬する一代の名妓として台南教坊に喧伝されたのもこの頃である[42]。文人が詩を贈り、芸妓が音楽に乗せてこれを返すこの文化的伝統は、趙雲石・連雅堂ら南社の同人が中心となって発行した文芸紙『三六九小報』（一九三〇・九・九～一九三五・九・六、臺南三六九小報社）にも顕著で、台南各詩社の作品を常時掲載したほか、写真と讃を添えた名妓評判記「花叢小記」を常設欄とし、創刊号以来五年間で二九〇名の芸妲を取り上げるという力の入れようだったのである。

日本統治期に旧知識階級がこぞって花街に出入し芸妲との交流に日を送った背景について、「花叢小記」の詳細な調査を行った向麗頻は次のように指摘している。当時台湾中南部の指導者は大半が世襲地主層であり、花街で多額を費やす強大な経済力を持っていたほか、その多くが伝統的な漢学の教育を受けた知識人であり、文化的・民族的なアイデンティティーから大陸の影響を強く受けていた。一八九五（明治二八）年日本の台湾統治時代に入ると、これらの知識人たちは強烈な民族意識に駆られ、あるいは抑圧を受けて捌け口が見出せず、自然やみがたい憂悶の情を鬱積させた結果、「同ジクハ是《これ》天涯淪落ノ人」（白樂天「琵琶行」）の感を芸妲に抱き花街で詩酒に耽る放蕩生活を送る者も多かったのだという[43]。

して見れば、「女誡扇綺譚」に「酔仙閣」という旗亭が登場することの意味は極めて大きい。安平と府城の物流の大動脈を担った大西門外の外宮後街。台湾第一の港の称はすでに過去のものとなり、南部繁栄の中心は新興の打狗（高雄）に奪われてしまったが、華やかなりし時代の語り部のような芸妲が住まう城西の旗亭は、世外民にとっては港の栄華が辛うじて息づく懐かしい空間だったに相違ない。「酔仙閣」にしばしば立ち寄り、時には「玉葉仔」が奏でる琵琶に耳傾けながら、詩を吟じ美酒に時を忘れる。日本の台湾支配に対する世外民の〈反抗の気概〉は、何も〈統治上有害〉と危険視されるような漢詩を新聞に投稿するという直接的な形にのみ表れてくるのではない。「酔仙閣」に入り浸るというその行動自体もまた、世を捨て世に捨てられた棄民を意味する「世外民」を名乗ったこの男の、鬱屈したプライドの表現だったのである。それにしても、本来なら対極的な立場にあるはずの〈私〉を、そうした台南漢詩人の取っておきの隠れ家にいつも招き入れて、思う存分に酒を飲ませてくれた世外民の友情は得難い。もちろんそこには高級料亭で莫大な散財を続けてもゆるがぬ財力への自信と、自らを「統治者」だと思い込んでいる「内地人」の鼻をへし折るような彼の意地があることは確かだが、それでも尊い彼なりの好意の示し方がそこにはある――〈私〉がそのことに気づいたかどうかは別として。

土地の歴史が囁きかけるかぼそい声に耳傾け、過去の幻影を眼前に招き寄せようとする世外民が、その日の歴史散歩を大西門外の旗亭で締めくくるというのはいかにも意義深い行動である。それ自体が水仙宮に守られた港町台南の栄光の名残を探る歴史散歩であり、伝統的な文人として祖先の土地に繋がれた絆を再確認する行為であったからである。いかに世外民とても、本気で廃屋の怪談を鵜呑みにして怯えていたわけではないだろう。その心情を〈私〉が理解しようともせず、一口に〈迷信〉扱いしたから彼は腹を立てたのである。このように考えると、「女誡扇綺譚」に登場する世外民という人物は一つの象徴として理解されるのである。それは一九二〇年前後の台湾に実在し、やり切れぬ思いを抱いて詩琴酒の風流に身をやつしていた多くの台湾知識人たちの横顔を、今に伝える存在なのである。

禿頭港の沈家・再論

本章の前半では、新垣宏一の説によって陳家船廠「廠仔」の現況を報告した。その後、土地登記簿と複数の古地図の照合から、大正期の「廠仔」の建物状況を把握することができた。陳家の所有地は、一九一二（大正元）年に総面積約八一六坪が一括登録され、ここに建坪合計約二七六坪の一五棟が記載されている。別人の所有分を含めると、登記簿があるものだけで「廠仔」の全体は一一一〇坪以上、ここに建坪合計三一七坪の一九棟が建っていた計算になる。かつてはそのすべてが陳家の所有だったに違いない。「廃屋」についての作中の描写をいま一度確認すると次のようなものである。

濠を庭園の内と外とに築いた家は、その正面からの外観は、三つの棟によつて凹字形をしてゐる。凸字形の濠に対して、それに沿うて建てられてゐる。正面に長く展がった軒は五間もあり、またその左右に翼をなして切妻を見せてゐる出屋《だしや》の屋根は各四間はあらう。それが総二階なのである——（略）土の上へこの家の見取図をかき、それから目分量で測った間数によつて、この建物は延坪百五十坪は悠にあると計算した。

濠（運河）に面した建物だけで延坪一五〇坪、それが一棟の大きさで、〈裏へ来て見ると、その楼の後には低い屋根が二三重もつながつてゐた。所謂五落の家といふのはこんなのであらう〉とあり、全体は〈恰も小規模な古城の廃墟を見るやうな感じ〉だという作中の描写に、「廠仔」の規模は合致するようである。実際の「廠仔」の建物の配置を知るために、台南全域にわたって建造物の輪郭を明らかにした一九〇七（明治四〇）年発行の実測図「市区改正台南市街全図」[44]と大正期の地籍図を重ね、「廠仔」の部分だけを切り出してみた。造船場である以上、船溜があったと考える方が自然だが、地図からはよく読み取れない。新垣の取材に答えた地元の住民は、昔は石垣の所を幅十間位の運河が通い、邸内も船溜になるくらい凹字状に引込んでいた（「仏頭港記」[45]）と言っている。敷地の中心の空き地になっている部分がその掘割の跡であろうか。

さて、問題は「廠仔」の土地登記簿に見える二階屋が、一八・六坪（延坪三七・二坪）の一棟しかないということである。新垣が見た「陳家永」の家もこれに違いなく、建物の大きさからすると二〇一三（平成二五）年に

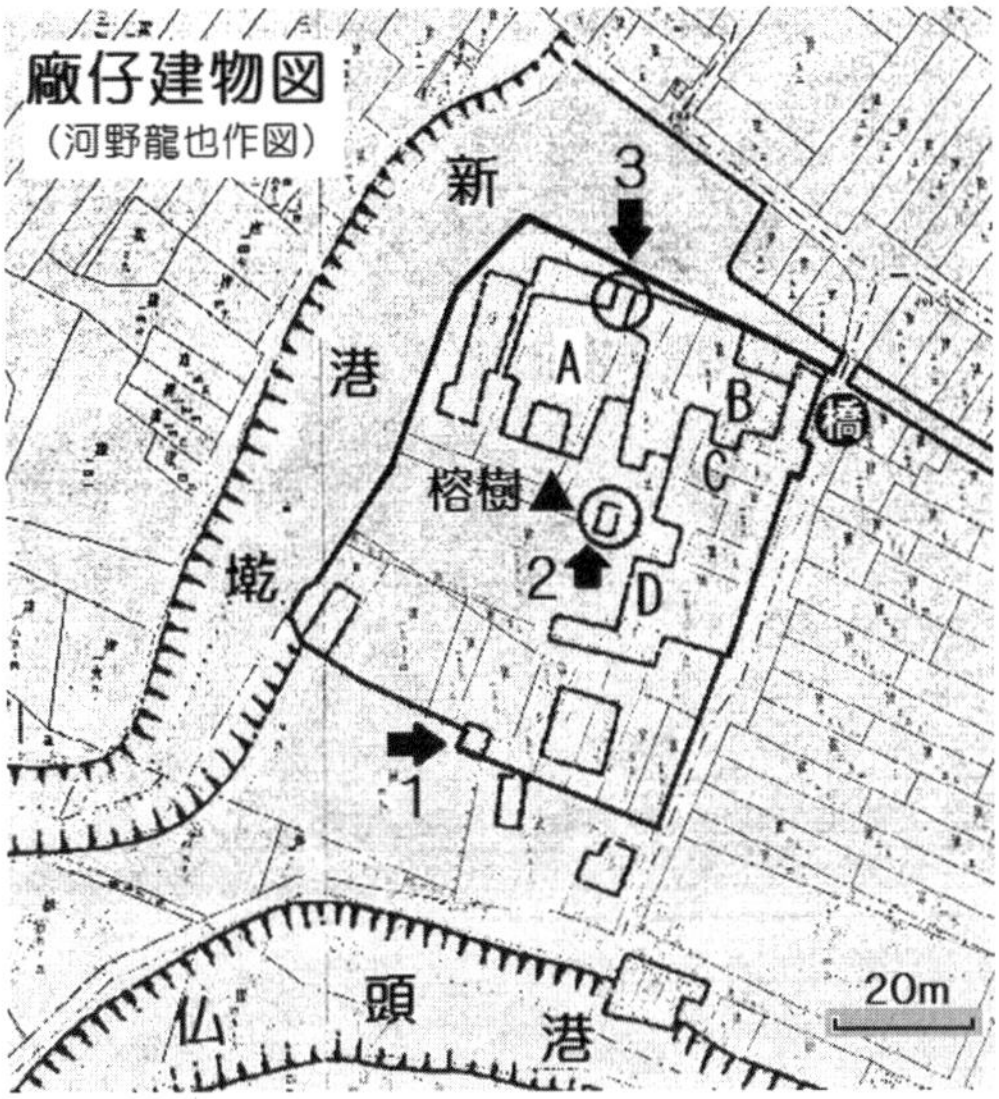

「市区改正台南市街全図」（1907）
（国立国会図書館蔵）

1：南側銃楼（新垣が見たもの）
2：港側銃楼
3：北側銃楼？
A：陳家大厝（主屋）
B：代天府（現存）
C：二階屋建物
D：平屋建物（現存）

地籍図は中央研究院人社中心 GIS 專題中心（2016）[online] 臺灣百年歷史地圖より。
Available at: http//gissrv4.sinica.edu.tw/gis/twhgis/[2017.1.13]

取り壊された二階屋（図中のC）と見てよいだろう。望楼というほどの規模で、東の陸地側の門を監視する機能があったと思われる。新垣は住民に遠慮して邸内ではそれ以上の調査を行っていないが、「廠仔」の家屋群がもともと平屋を主体とするものだったとすれば、「廃屋」のモデルは違う家なのだろうか。

実はこの「廃屋」については別の証言が存在している。台南出身の詩人・楊熾昌（一九〇八～一九九四）の「女誡扇綺譚」與禿頭港」（一九八五）[46]である。楊はこの文章で、数え一三歳の一九二〇（大正九）年当時、『台南新報』漢文編輯部で働く父の楊宜緑（号天健）をしばしば訪ねた折に、主任の三屋大寿（正しくは大五郎）から、そこにふらふら出入りする二〇代で眼鏡をかけた痩せぎすの人を、客員身分で働く佐藤春夫だと教えられたと述べている。[47]その後「女誡扇綺譚」を読み、一九二八（昭和三）年九月中旬にモデルとなった家の二階を訪ねてみると、門や窓は破れ、作中の花嫁が臨終を迎えたという黒檀の寝台もなく、一面の塵埃の中に蜘蛛とヤモリが壁を伝い走っている有様だったが、凹凸形の銃架や外壁の銃眼が残っていたとする。戦後、比較文学者の太田三郎[48]と再訪した折には、二階の廊下にまだ銃眼も確認できたのに、最近文章に書こうとして訪れてみると、道路拡張のため家はもう見つからなかったという。

楊は端午節の龍船競漕が行われていた頃の「禿頭港」を思い出し、西岸には貿易商や三郊組合（台南の対岸貿易商組合）の倉庫、商店が林立していたことを述べ、港に波止場を持つ二階建の豪邸の痕跡もここにあったように書いている。しかも、終始この家を自然に「沈家」と呼んでいる。具体的な描写には乏しいが、楊が「禿頭港の沈」の実在をそのまま前提としてこの文章を書いていることは明らかである。調べてみると、「禿頭港」（仏頭港）南岸の北勢街（現神農街）には、確かに沈姓を持つ対岸貿易の豪商が存在した。歴史家連横（号雅堂・一八七八～一九三六）の岳父にあたる沈徳墨という人物である。

連横の『臺灣通史』下巻（巻三五）「貨殖列傳」（一九二〇）[49]によれば、沈徳墨（号鴻傑・一八三七～一九〇六）

は泉州安渓の人。父に随い一三歳で厦門に商業を学び、やや長じて航海術を習得、東洋南洋と幅広い取引を持ち、行く先々で言葉を学んだ。渡航先は日本・ベトナム・シャム・ジャワ・ルソン・シンガポールからウラジオストクに及んだという。台湾の茶と砂糖を天津・上海に融通して利益を上げ、一八六六（同治五）年台南に定居。英語を駆使してイギリス商人と商社を経営したほか、ドイツ商人と共同で輸入品を台湾南北に売り、台湾商品を西洋に輸出。紐西蘭《ニュージーランド》海上保険代理店の開店は台南保険業の嚆矢であった。またドイツの機械を導入して新営荘で製糖業を試みたほか、阿罩霧の林朝棟との角逐や官の統制による困難を冒して集集で樟脳生産に努める多角的な経営者ぶりだったが、晩年はやや事業不振に傾いたという。

沈徳墨の台南の家についてはは興味深い事実がある。沈は一八八五（光緒一一）年五月、ドイツ商人のラウツ・ウント・ヘースロープ商会（Lauts & Haesloop 以下L&H）の買弁を務めるにあたり、北勢街二一番戸の土地と家を一七〇〇円（メキシコ銀）で購入して担保に納め、また阿片と砂糖を扱う自家の商号「瑞興洋行」を提供して樟脳販売を請け負っている。しかし、L&Hの経営は不振で、一八八九（光緒一五）年一二月の事業撤退まで、合弁中に沈から貸し付けた一万五〇〇〇円程の金の清算も行われなかった。合弁の停止後返却される約束の土地家屋の権利書も汕頭《スワトウ》に持ち去られていたが、沈一家は事実上の抵当として北勢街の家を使用した(50)。ところが日本時代に入った後の一九〇〇（明治三三）年になって、汕頭のL&Hが駐淡水ドイツ領事を通じて台湾総督府外事課にこの土地と建物の所有権を申し立てたのである。総督府は、外国人による清国領内の土地所有契約自体が独清通商条約違反で無効であったとし、一九〇一（明治三四）年に土地を官有化するが、その上でL&Hに永代借地権を附与する妥協を行った。これに対して沈徳墨は、一九〇二（明治三五）年、建物の所有権を主張してL&Hと対立。総督府外事課と台南庁の対応の齟齬によって事態は泥沼化したが、ちょうど臨時台湾土地調査局による全島土地調査が行われたのを機に、所有者をL&Hとする台南地方法院の決定書を台南庁から土地調査局に提

沈徳墨
（『臺灣通史』國立臺灣圖書館提供）

出。沈の届出書を無効としてなかば強引にL&Hの所有を確定し、一九〇四（明治三七）年、総督府外事課からその旨をドイツ領事に通知して幕を引いた(51)。

沈の主張を事実とすれば、彼は自己資本で買い取り、本来なら返してもらえるはずの土地と家を、相手から与えられた抵当として使用し続けるという奇妙な形でここに住んでいたために、結局は官と外国商会にみすみす所有権を奪われる形になってしまったことになる。その後も沈家はここに住み続けたようだが、第一次世界大戦後、その家屋は「敵国人財産」とみなされ、財産解除の対象になっている。一九二三（大正一二）年七月、この家の清算額一〇四七円六〇銭は沈家に対してではなく、外務省からドイツ大使を通じ、元「所有者」のヘースロープへと送金された(52)。

開港地としての大西門外

仏頭港（秃頭港）を背後に控えた北勢街沈家の戸番は、総督府文書では〈北勢街二十一番戸〉である。一方、沈徳墨が台湾土地調査局に提出した文書を、外国商会と買弁の特殊な関係を示す資料として収録した『台湾糖業旧慣一斑』の方では〈北勢街十八番戸〉とあって、戸番が一致しない。しかし、一九〇九（明治四四）年九月一日の台南庁告示第九四号[53]には、庁内永代借地の一つとして、国庫所有台南市庚一〇三三番地の建物敷地〇・〇六〇四甲（一七七・二二坪）を、仏銀二千員の借地料支払済として、〈在清国汕頭　独乙国　ラウツ、ウンド、ヘースロップ（瑞興洋行）〉に〈無期限ニシテ且ツ無条件〉で認める旨の告示が見える。これは一九一九（大正八）年町名改正後の台南市永楽町二丁目一三六番地に相当する場所である。

一方、建物については『台湾糖業旧慣一斑』に収録された典契（第五九ノ二）にやや詳しい記述がある。

> 北勢街北畔、瓦厝兩宗、前後相通、前壹座、參進、貳埕、一爐下、竝樓二個、一水井、東至朱家宅、南至街路、北至本家宅、後四坎三落、東至施家宅、西至王家宅、南至本家宅、北至佛頭港止、另有買過水井一口、前後門窓戸扉俱各齊備、前手四至亦俱儎明上手契内（一二二頁）
>
> 【訳】北勢街北側の瓦葺建物二群で前後つながったもの。前面は三棟、中庭二、竈一、附属の楼閣二、井戸一。東は朱家の邸、南は街路、北は自邸まで。後面は四軒分の幅を持つ三棟で、東は施家の邸、西は王家の邸、南は自邸、北は仏頭港まで。別に井戸一を購入。前後とも門窓戸扉すべて備わり、所有者の履歴と面積は上手契（土地家屋と共に持ち伝えられる売買契約書の束で権利書に相当）に明記されている。

同書収録の別文書（第五九ノ七）には〈家屋乙座、計五棟〉とあり（一二四頁）、文中の〈本家宅〉は前後にまたがる同じ棟を二度数えていることが分かる。総督府文書中の台南庁報告（一九〇一年八月一〇日）にも、〈前面約二間半（約四・五Ｍ）後面約五間（約九Ｍ）建家五棟有之〉と見え、これも参考になる。さらに、沈徳墨の曽孫にあたる作家の林文月は、祖父連横の伝記『青山青史―連雅堂傳[54]』の中で、祖母の実家のこの家を次のように

日本軍台南入城直後の大西門外

中央が外宮後街、中央右寄りの旗棹が水仙宮、その右方に林立する旗は外国商会のもの。遠景右方が「廠仔」附近。遠景左方が安平。陸地測量部『台湾諸景写真帖』1895.10.25撮影。（国立国会図書館蔵）

紹介している。

由於瑞興洋行內部債務關係、合夥的德國商人無力償債、便留下一幢坐落於北勢街的洋房而返回德國。從之、沈氏繼續獨立經營「瑞興洋行」、而沈家的人也就遷居於那幢當時最豪華摩登的洋房裡。這一幢二層樓的洋房有五進深、樓下後面大部分供做倉庫、存放著準備裝船的貨品。

【訳】瑞興洋行内部の債務で、共同事業者のドイツ商人は返済能力がなかったため、北勢街に位置する洋館を残してドイツに帰国した。そこで沈氏は「瑞興洋行」の経営を単独で継続することになり、沈家の人々もすぐさま当時最も豪華でモダンだったその洋館の中に引っ越した。この洋館は二階建で五進（縦に並んだ五棟）の奥行があり、一階の後方は大部分が倉庫に充てられ、装船に使う器具が置かれていた。

一八九七年、徳墨の娘沈璈（号筱雲）は二四歳で二〇歳の連横に嫁した。偶々連の家にペスト患者が出たため、二人は北勢街の沈家に避難して新婚生活を送り、翌年ここで長女の連夏旬が誕生する。『青山青史』の多くは夏旬の思い出に拠ると言い、その生家の描写も十分信憑性が高い。二階建で五進（五落）、豪華でモダンな洋館、仏頭港に面した倉庫、そこに仕舞ってあった装船具、家の主は有能な貿易商――どれを取っても「港」の華やかな時代を昔語りに語る「女誡扇綺譚」の「廃屋」そっくりの道具立てと言えよう。

案外見過ごされて来たのが「走馬楼《ツアウベラウ》」という中国南方に特有の建築用語である。これは二階以上の建物の周囲を回廊式のベランダが巡っている形式のもので、風が吹き抜けて涼しい。特に「女誡扇綺譚」の場合は壁に化粧煉瓦を使っている所から、中西折衷で並んだアーチの曲線が美しいいわゆる「ベランダ・コロニアル様式」の瀟洒な洋館を思わせる（もっとも、内部については〈支那家屋に住み慣れてゐる世外民には大たいの見当が判ると見えて〉とあるため中国風なのだろう）。一八六〇年、天津条約の発効で開港地となった安平には、イギリス・ドイツの商館が続々と進出し、台湾から砂糖と樟脳を輸出、逆に台湾には阿片と雑貨を持込む取引で大きな収益を上げた。その物流を担ったのが五本に分かれた運河で、大西門外はその荷捌場として発達し、外国商館の多くがここにも出張所を持ったのである。こうした開港地のハイカラな雰囲気は、懐かしさを売り物にした現在の台南西部からは想像もつかない。だが、日本の領台初期、安平と大西門外が一括して外国人雑居地に指定されていた事実を看過してはなるまい。

これらの外国商人は、取引を円滑にするため地元の習慣に通じた現地の商人を買弁として雇い商品販売を委託するのが一般的であった。一方買弁にも、各種の外国権益を自分の商売に利用できるメリットがあり、両者の間には、互いをしたたかに利用しながら商売を大きくしていく共存関係が存在していた。しかし、彼らの取扱品がやがて総督府の資金源として統制されるようになると、利益を上げられなくなった外国商館は豪華な空屋を残して撤退して行った。現在安平には英商徳記洋行・独商東興洋行の二棟の外国商館が保存されているが、春夫来南の当時は大西門外の側にもこれに似た荷捌場の遺構があったはずである。作品の舞台を北勢街の沈家に設定してみると、アジアの海域を広く股にかけた沈徳墨の活躍と共に、開港地としての大西門外の風貌がにわかに立体感を増してくる。(55)

だが、根本的な問題がここに一つある。「女誡扇綺譚」で老婦人が回想する〈沈家〉の没落は〈まだつひ六十年になるかならぬかぐらゐの事〉とされている。〈私〉と世外民が附近を散策した年代は、〈この二三年後に台湾の行政制度が変つて台南の官衙でも急に増員する必要が生じた〉という所から一九二〇年の地方自治制度施行の二・三年前、すなわち一九一七年か一九一八年頃と推定され、単純にその六〇年前ならば一八五七年前後となる。すると〈沈家〉の没落は一八六〇年の安平開港よりも早く、買弁であった沈徳墨の活躍の時代よりも古い世代の貿易商だったと考える必要がある。淡い紅色の漆喰で塗り、空色のほそい輪郭を持った、走馬楼のあるハイカラな作中の家のイメージは開港地の建物を思わせるが、年代設定にはズレがあるのである。

また、地籍図に基づいて一九〇七年の実測図から該当地番上の建物の形状を切り出してみると、やはり疑問が沸いて来ない訳ではない。第一に、延坪一五〇坪で総二階の家ならば建坪七五坪を意味し、それが〈五落の家〉（五棟からなる家）の一棟だというのに、実際の地所は総面積一八〇坪に満たず、周囲にも家が建て込み過ぎているのである。第二に、古地図で船溜が確認できず、凹形の建物はありそうにないこと。第三に、敷地内に銃楼の存在が確認できないこと。そもそも町中にあり、二階建で眺望の利く建物に銃楼が必要だったのかどうか。そして第四に、春夫の台南訪問当時、ここは無住の「廃屋」などではなかった。外務省外交史料館保管の「外国旅券下附表」（台南庁）によれば、一九二〇年八月二四日に沈清根が商業視察のため汕頭・厦門・福州・上海への旅券を取得、またその兄で戸主の沈清良が九月一四日に親族訪問のためジャワへの旅券を取得している。申請時の両者の現住所は永楽町二丁目一三六番地である。

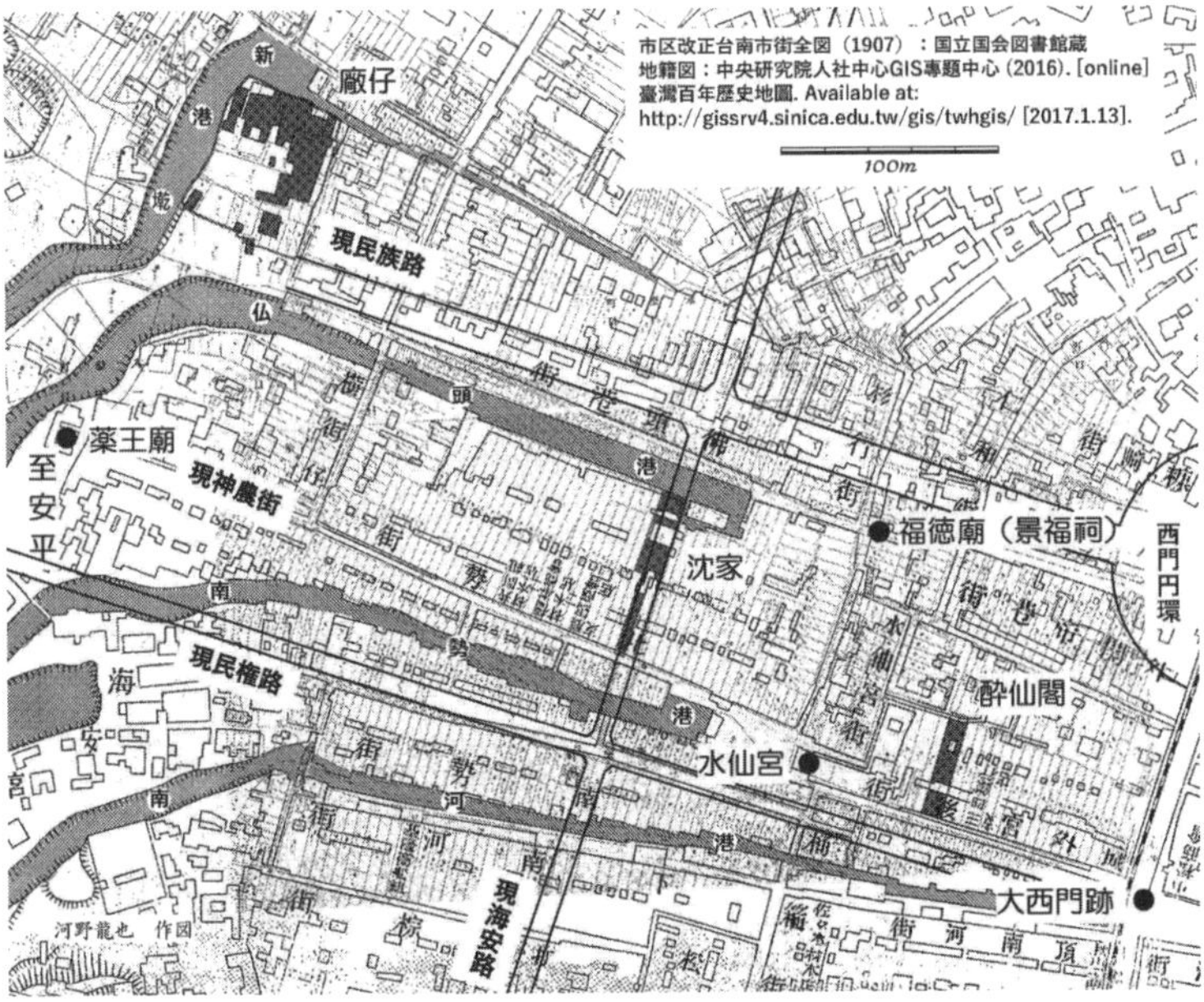

北勢街「沈家」中心図

地籍図上に1907年の建物図と20～30年代の開通道路を重ねたもの。

こうして見ると、銃楼を確実に備え、城郭のような一画を構成していた「廠仔」説にも依然として説得力がある。「廠仔」と北勢街の沈家の距離は歩いて一〇分弱、北勢街の沈家と「酔仙閣」も歩いて二・三分ほどの至近距離にあり、春夫が仏頭港の北側を散策したのであれば、そのすべてはごく自然に目に映ったはずなのである。恐らく、建物の規模や銃楼は「廠仔」に基づき、場所や主屋は北勢街の沈家や安平の洋館を参考にしたというのが、現段階では最も妥当な想定であろう。もう一つ、現地の近くで要塞のような建築には、旧兵営の「鎮海営」（現協進國小の一部）があるが、早期に姿を消したため、一九二〇年代に遺構があったかは不明である。貿易商のプロフィールには、沈徳墨が活かされているかも知れない。

ところで、北勢街の沈家は今どうなって

いるのだろうか。土地登記簿によれば、ドイツ人の財産解除で官有になったこの土地と建物は競売にかけられ、一九二三（大正一二）年に黄戊巳が取得、一九二六（大正一五）年には黄欣・黄溪泉（作家黄靈芝・歴史家黄天横の父）に売却されたのち、一九三七（昭和一二）年、元の総面積一七七・二二坪のうちの一一二・九六坪（約六四％）が道路用地として台南市に所有権移転されている。したがって、一九三九（昭和一四）年に旧仏頭港の一帯をあれほど歩き廻った新垣宏一は、この家の完全な姿を目にすることができなかった。水仙宮前から北に福徳廟（景福祠）へと進み、そこのT字路を西に薬王廟の方面へと進んでいった時、古色豊かな狭巷を楽しんでいた新垣の前に突然、真新しく切り開かれた十字路が現れる。取り崩された家の壁面を見ながら進もうとするその瞬間の新垣に、まさにその削られた家こそ沈徳墨の邸だったと伝えたら、さぞ驚き落胆したことだろう。あと二年この家が長く完全な形を地上に保っていたなら、新垣の報告は現在見るのとまた違った形になっていたのだろうか。[56]

楊熾昌が太田三郎と再訪した家がここだとすれば、一九三七年に地所の半分以上を道路に削られたこの家は、戦後も辛うじてまだその一部を保っていたことになる。だが、二〇一六年現在、景福祠の華表《とりい》から外に出て道を渡り、この場所に立った人の目に映るのは、輻輳する自動車の車列と、道幅を三倍近くに拡げた海安路の中央分離帯にある、殺風景な駐車場の光景である。

注1 河原功「佐藤春夫「殖民地の旅」をめぐって」（『成蹊國文』一九七四・一二）
2 邱若山「佐藤春夫台湾旅行行程考」（『稿本近代文学』一九九〇・一一）
3 藤井省三「植民地台湾へのまなざし―佐藤春夫「女誡扇綺譚」をめぐって」（『日本文学』一九九三・一）
4 下村海南（宏）「女誡扇綺譚を読みて」（『東京朝日新聞』一九二六・四・三、六面）。

5　例えば、〈『南方紀行』は、中国の何をどのように見、考えたかという問題を検討するには、いささか物足りない〉（森﨑光子「佐藤春夫と台湾・福建省の旅―『南方紀行』『霧社』の旅―」芦谷信和・上田博・木村一信編『作家のアジア体験　近代日本文学の陰画』一九九二・七、世界思想社、七六頁）、〈当時の中国がなぜこのような悲惨な状況に陥ったか、その原因を彼（春夫）はほとんど考えなかった。中国内部の問題も勿論見逃すことはできないが、西欧と日本による侵略という暴挙に対して、彼は批判の筆を執らなかった〉（周海林「『南方紀行』と『霧社』―佐藤春夫、中国への初旅が意味するもの―」『早稲田大学大学院教育学研究科紀要別冊』一九九五・三）など、従来は言及自体が少なく、評価も低かった。

6　前嶋信次は島田謹二との対談で、〈台南にも数年住みましたが、その頃はよくあの小説の筋をたどっては、その跡を探し歩いたものです。（略）東京へ来ましてから、竹田竜児先生が佐藤先生の甥でいられるので、そのつてで私も先生のお宅へ伺いました。それは確か昭和二十七、八年のころであります。それでどうもあの、禿頭港というところは見つからないのですが、もしや、仏頭港のことではありませんかとおたずね致しました、先生は「いや確かにあれはクッタオカンだった」とこう言われました。奥様がそばで聞いておられて、「あなたがあのようなものを書かれたので、皆さんが迷惑していられるんですよ」と言われましてね（笑声）〉と述べている（「対談・佐藤春夫における東洋と西洋」『三田評論』一九七〇・八、七頁）。また上原和は国分直一との対談で、〈中学の一年の時に読みまして、学校の帰りにずっと廃港の台湾人街の方にその小説の舞台を探しに行きまして、それですっかり迷子になってベソをかいたことがあります。その『女誡扇綺譚』を読むことによって、台南の港である安平とその対岸にある一衣帯水の福建省の泉州との間に非常に密接な船の往来が昔からあったことがよくわかりました〉と述べている（「海上の道と古代史」『東アジアの古代文化』一九七八・一、一二三～一二四頁）。なお、台南居住者ではないが、戦後の探訪録には許丙丁の案内を受けた太田三郎の「佐藤春夫『女誡扇綺譚』の舞台」があり、廃屋の詳細についての記述はないものの、港の変遷を知ることができる（『群像』一九七一・三、二六二～二六三頁）。

7　新垣宏一が『台湾日報』に紹介した前嶋信次撮影のこの写真の原版は、石暘睢の旧蔵コレクションとして台南歴史家の黃天横に継承された。黃天横・吳毓琪（林佩蓉・柯榮三編）『固園文學史曁石暘睢庋藏史料圖錄選』（二〇一四・一一、國立臺灣文學館）に「新港墘銃樓」として収録されている（一九〇頁）。今回、口絵として掲げるにあたり、前嶋登氏、株式会社平凡社に格別な御芳志をたまわった。謹んで御礼申し上げたい。

8 『南部台湾紳士録』（一九〇七・二、台南新報社）の記載は、新垣が収録している通り。〈陳家滿　台南第三三保々正、薪炭行、貨物運送及艀船運送業、新徳美号、台南新港墘街二四番戸〉（五一頁）。

9 このときの調査報告は拙稿「消えない足あとを求めて―台南酔仙閣の佐藤春夫」（『實踐國文學』二〇一一・一〇）を参照されたい。

10 中島新一郎「地番入台南市地図」（一九三三・一二、竹中商行・橋本商店）。

11 "Plan de la ville de T'aï-ouan-fou." 1893. Map. Imbault-Huart, C. *L'île Formose, histoire et description [The island of Formosa, history and description]*. Paris: Ernest Leroux, 1893, between pp. 172-173.

12 陳信安・許瑜芳「百様行業領風騷」（范勝雄等編『長河落日圓・台南運河八十週年特展圖錄』二〇〇六・一一、台南市文化資産保護協會、四-一〜二一頁）。

13 「代天府」に関しては、次の記録がある。〈所在　入船町二ノ一五八／教別　儒教／祭神　温王爺、陳王爺、呂王爺、高夫人／創立　約百年前（不詳）／信徒　十四人／例祭　旧暦一月十五日、五月十五日、八月十五日／管理人　永楽町二丁目　陳家滿／財産　不詳／沿革＝本廟は陳家滿の家廟にして同人が現住宅を建築の際其一棟を廟としたるものにて建立上特記すべき縁起などある筈なし祭神の温王爺は泉州より之を迎へたるもの、如きも他は陳家が支那在住中奉祀したるものを渡台に際し平安を祈る為め奉じ来りたるものなるべしと伝へらる〉（相良吉哉編『台南州祠廟名鑑』一九三三・一二、嘉邑城隍廟附設慈善会、二九頁）。

14 黃天横「臺南的壁鎖」（中國文化學院臺灣研究所編『臺灣文物論集』一九六六・一一、中華大典編印會、三〇三〜三一二頁）。

15 王必昌編『重修臺灣縣志』（一七五二）。

16　石暘睢「西區拾遺」(『臺南文化』一九五四・四、臺南市文獻委員會、三四頁)。

17　臺南市文獻委員會編纂組「採訪記—西區採訪初錄」(『臺南文化』一九五四・四、臺南市文獻委員會、六三～六五頁)。

18　「採訪記」では、ここから一世代を二五年として試算し、二世朝和公の渡台を乾隆中葉(一七六〇年代)と推定。また五世友義の軍功五品を一八三二(道光一〇)年の張丙の乱平定に関連づけているが、四世進輝が代天府の扁額を奉納したのが一八六八(同治七)年であることに鑑みると、疑問が残る。扁額を根拠にするなら、陳家の一世はより短くなる。

19　佐藤春夫「かの一夏の記—とぢめがきに代へて—」(『霧社』一九三六・七、昭森社)。

20　「台湾府古図」が描く康熙年間に禿頭港(仏頭港)の地名が成立していたかは疑わしい。戦後出版された新装版『女誡扇綺譚』(一九四八・一一、文体社)は、表紙装画に「台湾府古図」を用い、原図にはない「禿頭港」の文字を書き加えているが、実際の禿頭港とは異なる場所を指しており、飽くまでもデザインとして理解すべきものになっている(【口絵】)。

21　日本領台以後の浚渫事業概要は、「今日開通式を挙る台南新運河は斯くして出来た」(『台南新報』一九二六・四・二五、五面)に拠る。

22　「酔仙閣」は〈この町で一流だといふ本島人料亭〉として紹介され、入口に店名を書いた板の額が懸り、二階では胡絃を伴奏にした〈大陸的な〉男声楽団の演奏があった。その後、裏口の〈芸妓部屋〉で指名した〈梅花〉と、後に宝美楼から到着した〈台南一の芸妓だといふ「月華」〉の二人を招き、〈北京あたりから来た歌劇の中の一節〉(京劇の歌詞、すなわち北管であろう)を聞いたという(真杉静枝『南方紀行』一九四一・六、昭和書房、一五六～一六一頁)。真杉は、芸妓の旗袍の官能性を賛美しているが、これはカフェー時代のモダン化した芸妲のもので、一九二〇年代初頭までは広袖の上着に褲(ズボン)の姿であった。

23　『台南新報』(一九二二・一・一、三二面)。

24 〈台南市永楽町三丁目（電話三七二番）／御宴席料理屋　酔仙閣／高金渓〉（『台南新報』一九二三・一・一、三三面）。

25 〈（台南警察署は十日朝）本島人料理店として一流と称せられてゐる台南市永楽町三丁目の西薈芳及酔仙閣に対し来る昭和五年三月末までに移転又は新築をなすべしまた一箇月以内に現在の家屋にして危険の箇所及非衛生的の便所等につき相当の修理を加ふべし然らざれば営業許可を取消との痛烈な命令を発した〉（「西薈芳や酔仙閣等／一流料理店に厳命／来春三月迄に移転又は新築せよと／台南警察署の大英断」『台湾日日新報』一九二九・九・二、七面）。

26 山田仙八編『大日本実業商工録　台湾版』昭和六年度（一九三一・六、大日本実業商工会、台南州三四頁）、常岡恒子編『帝国商工録　台湾版』昭和七年度第二版（一九三二・六、帝国商工会、一四〇頁）。

27 経営者高氏外戚の呉坤霖氏から、明治町店舗の開業は一九三〇（昭和五）年五月であること、高得（一八六五年生）の長男が高金渓（一八九四年生）、次男が高大水（一八九九年生）であるとのご教示を受けた。呉氏は「醉仙閣」の商号を復活させ、台南裕豊街に洋菓子店を営んでいる。

28 〈臺南市醉僊閣旗亭。這番爲移轉末廣町。訂明三日星期。午後六時。招待官紳各界。在同所開移轉披露會。〉（『漢文台湾日日新報』一九三一・七・二、四面）。

29 高瀬末吉編『大日本商工録』昭和五年版（一九三〇・七、大日本商工会、台湾一九四頁）、高瀬末吉編『大日本商工録』昭和六年版（一九三一・三、大日本商工会、台湾一九四頁）、山田仙八編『大日本実業商工録　台湾版』昭和六年度（一九三一・六、大日本実業商工会、台南州三四頁）、岡田源喜編『大日本実業商工録　台湾版』昭和七年度（一九三三・三、大日本実業商工会、一五頁）。

30 鈴木常良編『台湾商工便覧　第一版』（一九一八・一〇、台湾新聞社、第二編二五三頁）。その第二版（一九一九・一一、同、第四編三二三頁）にも、全く同じ記載がある。

31 「雪白梅香」欄（『台湾日日新報』一九一八・一二・六、六面）、「來函照揭」欄（『台湾日日新報』一九一八・一

二・二八、六面）の各投稿文および「醉仙樓維持聲價」（『台南新報』一九二二・六・一一、六面）による。

32　高橋正信『日本紳士録』廿七版（一九二二年版）（一九二三・一二、交詢社、台南一一頁）。

33　木谷花「大日本職業別明細図信用案内№一七〇台南市」（一九二九・六、東京交通社）。范勝雄編『昨日府城・明星台南―發現日治下的台南』（二〇〇七・一二、台南市文化資産保護協會）の中扉に収録されたものを参照。

34　日本時代の旧地番と、現在の住所との対応関係の詳細は、拙稿「佐藤春夫の台湾滞在に関する新事実（二）―土地資料を活用した台南関連遺跡の調査―」（『實踐國文學』二〇一六・一〇）を参照されたい。

35　『帝國旅人佐藤春夫行脚臺灣』（二〇一六・一一、紅通通文化出版社）は、地元の「達人」による文学案内を掲載しているが、春夫と台南のテーマが注目され始めたことに刺激されたもので、内容は一九三九（昭和一四）年に新垣も見て否定した近代建築の「呉氏別墅」（のちの林叔桓別墅「礪園」）を「沈家」と説明するほか、「廠仔」陳家の説明にも「醉仙閣」の場所にも甚だしい事実誤認がある。裏付けのないこのような情報が、地元の証言として活字化され流布されることに深い憂慮を抱かざるを得ない。

36　新垣宏一「「女誡扇綺譚」と台南の町（三）」（『台湾日報』一九四〇・五・一）。

37　石川寅治「台湾旅行」（金尾種次郎編『新日本見物―台湾樺太朝鮮満洲青島之巻』一九一八・六、金尾文淵堂、四四〜四五頁）。

38　『漢文台湾日日新報』一九〇七（明治四〇）年二月二二日掲載の「名角角勝」には、台南市竹仔街醉仙楼の主人唐大漢が福州の名優五六名を台南に招き、旧正月に合わせて公演を打ったことが見える。

39　福建省出身者が経営していた酔仙楼は数年前台南市民王象に譲渡されたが資力払底し昨年（一九二〇年）共同経営に乗り出した。しかし経営方針が安定せず損失が嵩んだため、今般出資者の一人蔡才に営業権を一任することになった、という内容。

40　楊熾昌「臺南的藝旦」（『聯合文學』一九八五・一、七八頁）。

41　「醉仙閣」も例外ではない。例えば、一九二七（昭和二）年三月、江蘇省出身の放浪画家王亞南（一八八一〜一九三二）を迎えて台南名士が盛大な歓迎会を開いたとき、会場に選ばれたのが「酔仙閣」で、その時の数多くの詩の応酬は『游臺吟稿』（沈雲龍編・近代中國史料叢刊第九二輯収録、一九七三・五、文海出版社）にまとめられている。〈毎思海上問芝田。身到瀛南俗慮蠲。畫意詩情活潑地。城堙石化奈何天。嘯吟有侶蒙投轄。山水無聲合鼓絃。多謝東君親密甚。陶然許列醉中仙。（醉仙閣酒樓）〉（王亞南「臺南各界歡迎會卽席」、二一頁）。

42 許丙丁「臺南教坊記」（『臺南文化』一九五四・四、臺南市文獻委員會、一九～三二頁）。

43 向麗頻「《三六九小報》〈花叢小記〉所呈現的臺灣藝旦風情」（『中國文化月刊』二〇〇一・一二、六四～六五頁）。

44 「市区改正台南市街全図」（一九〇七・七、財藤勝）。

45 新垣宏一「仏頭港記（六）」（『台湾日報』一九三九・六・二二）。

46 楊熾昌「「女誡扇綺譚」與禿頭港―赤嵌時代取材臺南的故事」（『臺南文化』一九八五・六）。楊がこの文章で、主屋に銃架や銃眼があるように書いているのは春夫の原作と異なる。

47 新垣宏一は「台湾文学艸録」で、当時から言われた春夫の『台南新報』記者説を、小説と事実を混同した〈滑稽なリアリスト〉の説と一蹴している。島田謹二（松風子）は「『女誡扇綺譚』の話者について」（『文芸台湾』一九四〇・一〇）で同様の立場を示しながら、寄稿を依頼された事実はあるという春夫自身の直話を紹介している。

48 太田三郎（一九〇九～一九七六）「佐藤春夫『女誡扇綺譚』の舞台」（『群像』一九七一・三）には南管（中国南方伝統音楽）研究家の許丙丁（一八九九～一九七七）の案内で神農路（旧北勢街・現神農街）を歩いたことが出てくるに過ぎない。

49 連横（雅堂）『臺灣通史』下巻（一九二一・四、臺灣通史社、一一一八～一一一九頁）。

50 臨時台湾旧慣調査会『台湾糖業旧慣一斑』（一九〇九・一一、臨時台湾旧慣調査会）。

51 「臺南市内ニ於テ獨商ラウツ、ウンド、ペスロップ商會カ占有スル土地ニ關スル件」『臺灣總督府公文類纂』國史館臺灣文獻館藏、典藏號：00000628005および「臺南北勢街家屋ラウス、ウンド、ヘース、ロープ登記ニ關スル件」『臺灣總督府公文類纂』同、典藏號：00004800001。

52　JACAR（アジア歴史資料センター）Ref. B07091119500（第1画像目から）、敵国人及第三国人財産／独欧州戦争関係敵国財産管理一件管理財産解除、個人ノ部　第八巻（5.2.13）（外務省外交史料館）。

53　『台南庁報』第五五九号（一九〇九・九・一）。

54　林文月『青山青史―連雅堂傳』（二〇一〇・八、有鹿文化、四一～四二頁。元版一九七七）。

55　連横は一八九九（明治三二）年、『台南新報』前身の『台澎日報』記者就任以来、一九一九（大正八）年まで断続的に長く台南新報社に勤めており、楊熾昌が言うように春夫が『台南新報』の人脈と接点を持っていたとすれば、連の岳父沈德墨やその家について社員から教えられた可能性は十分にある。

56　ただし、新垣はその後この附近でかなり綿密な聞き取りを行っている（「仏頭港記」）。またその文章には『臺灣通史』も登場する。それでも沈家の話題が登場しないのはやや不可解である。また楊熾昌が訪問したのがこの家だとすると、戦後も一部残存した建物に、戦前の調査で新垣が注目しなかったのは少々不審である。地所の狭い沈家の邸宅が「廠仔」ほど作品の舞台に似ていなかったことも考え得る。

付記　二〇一一年以来の本テーマの研究過程で、次の方々に調査協力、資料提供、ご助言を仰ぎ、様々な場面でお世話になりました。ここに記して厚く御礼申し上げます。

故黄天横氏、前嶋登氏、河原功氏、下村作次郎氏、陳信子氏、陳錦清氏、呉坤霖氏、蔡維鋼氏、陳慕眞氏、謝惠貞氏、和泉司氏、恩田重直氏、国立国会図書館、國立臺灣圖書館、中央研究院、高雄市左營區公所行政中心、臺南市地政事務所、臺南市立圖書館、公益財団法人日台交流協会、國立臺灣文學館、外務省外交史料館、株式会社平凡社。（順不同）

第一一章　『南方紀行』論——歴史と物語のあいだ

動乱の中国へ

一九二〇（大正九）年七月六日の基隆《キールン》到着から一〇月一五日の基隆出発まで、約三ヶ月に及ぶ台湾旅行中、佐藤春夫は当時の日本人作家としてはかなり珍しい場所を訪れている。七月二一日、打狗《タカオ》（高雄）を出発した春夫は二二日から八月四日までの約二週間、台湾海峡対岸の福建省まで足を伸ばし、歴史ある貿易港の厦門《アモイ》と、東アジア初の社会主義政体が試みられていた実験都市の漳州《しょうしゅう》を見物しているのである（八月五日基隆着）(1)。ここ南福建（閩南《びんなん》）と言えば、台湾に住む多くの漢族にとっての祖先の土地であり、台湾社会を海洋文化として理解するためには格好の機会を春夫は手に入れたことになる。その結果が例えば「女誡扇綺譚」（『女性』一九二五・五）に登場する船問屋の豪商沈氏であり、対岸から来るはずの婚約者を待ち続ける花嫁のイメージであろう。これらは、台湾海峡が果たした海上の道としての役割を知って初めて構想できるものである。また、台湾中部で一大権勢を誇った阿罩霧《アダム》（霧峰）林家の正系である林季商（諱資鏗、号祖密、一八七八〜一九二五）が、日本の支配を忌避して厦門の鼓浪嶼《コロンス》に邸宅を構えていたことは、国籍を超えた中国南方圏の文化的紐帯の強さを春夫に印象づけたに違いない。ところが、台湾での「外地」体験に基づく作品が、日本の統治政策の危うさを見据えた柔軟性があるとして評価が進んでいるのに対し、春夫の初の「外国」体験を描いた紀行文『南方紀行』（一九二二・四、新潮

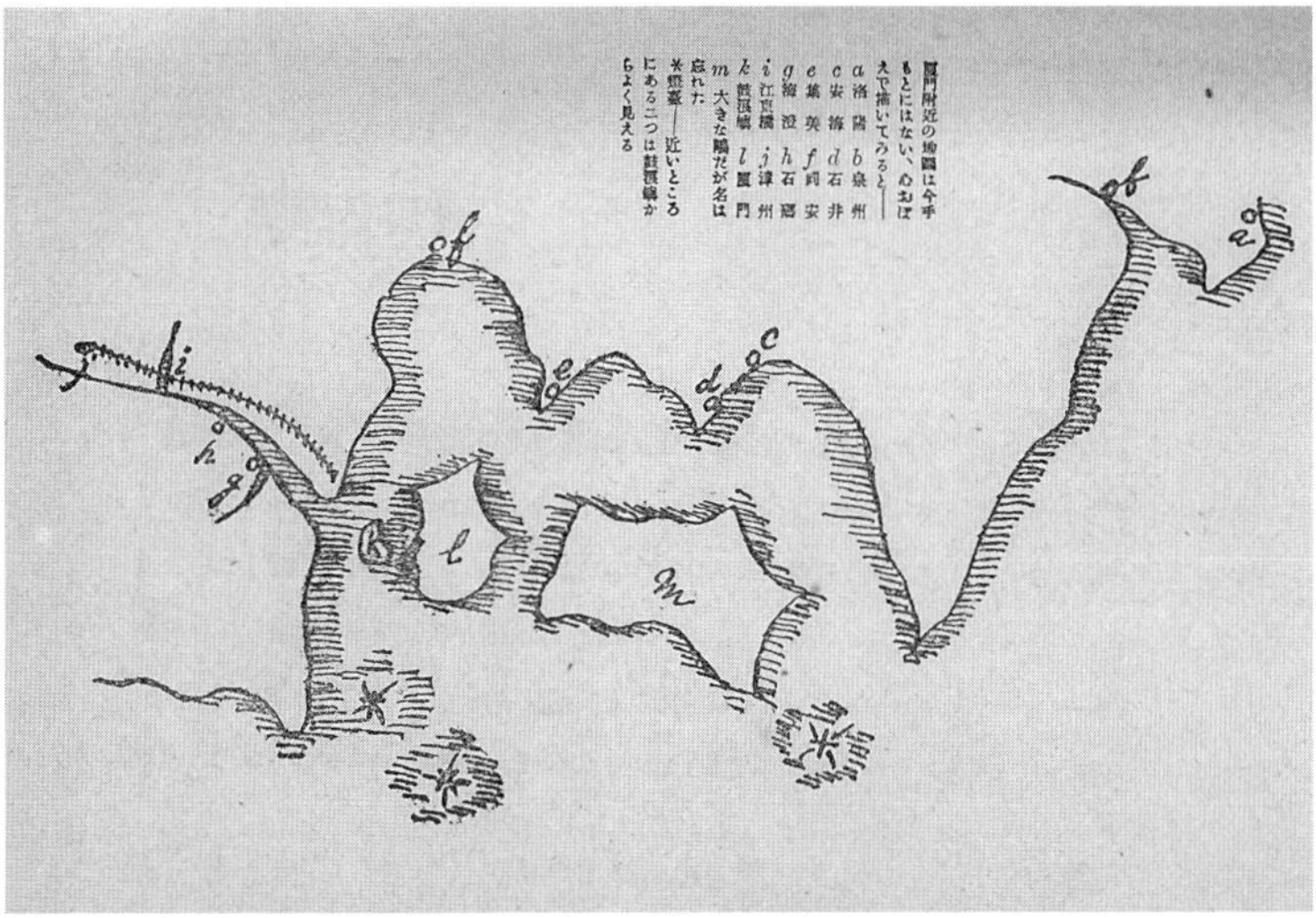

佐藤春夫自筆の『南方紀行』付図

a 洛陽　b 泉州　c 安海　d 石井　e 集美　f 同安　g 海澄　h 石碼　i 江東橋　j 漳州　k 鼓浪嶼　l 厦門　m 大きな嶋だが名は忘れた（金門島）

社）については、同じ旅行の産物であるにもかかわらず、ほとんど顧みられてこなかった。正確な旅程も訪問先も従来は具体的な調査が全く進んでおらず、紀行文の性格を掴むための拠り所となる情報が不足していた。

大正中期の日本では、いわゆる「支那趣味」への関心が高まりを見せていた。清朝崩壊後に大量の美術品が日本にもたらされたことや、大陸鉄道網が整備され旅行しやすくなったことなどがその背景にはある。この時期、ジャーナリズムの期待を背負って作家の間にも中国紀行が一つの流行現象となってゆく。徳富蘇峰（一九一七）、谷崎潤一郎（一九一八）、芥川龍之介（一九二一）といった著名作家が、大手新聞社の支援を受け、相次いで中国を訪れたのである。彼らの訪問先が決まって北京・天津・漢口・南京・上海などの周遊であったのは、当時の中国の長距離旅客輸送の路線によるもので、南北は京漢鉄道と津浦鉄道、東西は長江の水運に限られていた。[2] 春夫のように陸上交通の未発達な周辺都市を訪ねる例は、その意味でも極めて例外的だったのである。のみならず、案内人が打狗で出会ったばかりの鄭という中国人だったこと、渡航先には一人も知合いがいなかったこと、護法運動や五四運動の勃興により中国の政情が極めて不安定な時期にあったことなどが、春夫の旅をますます貴重なものにしている。春夫の体験は、すでに一通り西洋化が済んだ巨大租界の中で、近代的なホテルに泊まり、日本人に案内されて旅行した他の文学者の中国紀行とは異次元の世界にある。それは言わばより生々しいレヴェルの「異文化体験」だったことは確実である。

『南方紀行』の情報源は、案内人の鄭と交わした英会話に基づくものと一応は考えられる。だが、簡単な会話では到底把握できないような複雑な内容も含まれていることに注目すれば、鄭以外に巧みに日本語を操る現地在住者の談話も取り込まれているはずなのだが、そのような人物との交流は記述の表層には現れてこない。『南方紀行』には、書きもらされたり伏せられたりした事実が意外にも多いのではないかと思われる。また、予備知識を持たずに旅行した春夫は、当然のことながら様々なレヴェルでの盲点をかかえこんでおり、それがこの旅行記に曖昧さをもたらしている場合も少なくない。とは言え、逆にこの地方の実情を十分知っていたとしたら、春夫は厦門・漳州への旅行を敢行するだけの決断ができただろうか。日本人が伝手もなく旅行するには、当時の南福建は安全とは言いがたい事情があったからである。

『南方紀行』の旅は、「かの一夏の記」（『霧社』一九三六・七、昭森社）によれば〈丙牛先生の提案があつた〉から企てられたと春夫は回想している。丙牛とは雅号で、春夫の台湾旅行に様々な便宜を図った台湾原住民研究者の森丑之助である。しかし、旅行当時の資料によれば、この旅は春夫の方が企画して森に相談したらしい形跡がある。打狗の逗留先であった東熙市の歯科医院に技工助手として務めていた鄭が、たまたま厦門出身だったことから彼の案内で対岸地方を訪ねることを思いつき、資金は台中に本社を持つ台湾新聞から原稿料を前借りして調達したことが父豊太郎宛の書簡から読み取れる。[3]

ほとんど計画らしいものもなく、偶然に後押しされ、鄭にすべてを委ねる形で行われたこの旅行は、当初は単純な物見遊山の意図を出るものではなかったらしく見える。だが、旅の性格は出発後になって大きく変化していく。厦門で交流を持った人々が口々に噂する漳州駐留の開明軍閥・陳炯明《ちんけいめい》（一八七八～一九三三）の斬新な社会改造のやり方を聞いて、春夫は不便を忍んでもそれを自分の目で確かめに行こうと決意しているのである。この意味で、『南方紀行』の第五章に収録された「漳州」は、明確な社会観察の目的意識を持つ都市訪問記となり、紀行文に一つの重要な性格を付与する章となった。八月一日から三日まで二泊かけて行われた漳州訪問は日程的には旅の終盤にあたるが、現代中国に対する春夫の見方の原点を具体的に探る意味で、最初にこの「漳州」の章を中心に取り上げてみたい。

漳州訪問の経緯

一九二〇（大正九）年七月二二日朝、嵐から逃れるように厦門島に到着した春夫と鄭は、その後約二週間、華僑で有名な路地の町厦門と、その市街地からわずかに一衣帯水を隔てた共同租界の鼓浪嶼（二〇一七年世界遺産登録）に滞在し、古刹南普陀寺や本土の集美と称する漁村に建設されつつあった華僑の子弟向けの集美学校、そして寮仔後の花街などを訪ねて過ごし、〈厦門に於ける第十二日――旧暦六月十七日〉、漳州参観へと出発している。これは新暦八月一日のことである。[4]

内陸の漳州へは、平時なら漳厦鉄路を使うが、これが内戦以来営業停止中であったため、従来の水運を利用するほか手段はない。龍渓（九龍江）の広大な河口を陸に沿って小蒸気で進み、石碼《チョオベイ》からは手漕ぎの川船でこの福建省第二の大河を溯上する。作中の記述によれば〈一昨々日〉、つまり七月二九日、この小蒸気に乗り遅れるという失態があったため、春夫の漳州見物には三日の遅延が生じたらしい[5]。その結果、八月二日を限度に台湾に帰る鄭にかわって、急遽新しい通訳を手配する手間が必要になった。春夫は厦門市内の旭瀛《きょくえい》書院（現地の台湾籍民を対象とする公学校）を訪問し、〈岡本氏〉（岡本要八郎院長）から徐朝帆・余錦華という二人の台湾籍の教師を推薦された[6]。出発前に森丑之助が送ってくれた紹介状が、ここで役立ったものと推測される。結果的に見ると、この想定外の計画変更は『南方紀行』にとって大きな打撃となった。というのも、春夫の手帖に詳細な観光案内を残して行った事情通の鄭とは異なり、新しく通訳についた二人は、漳州には全く不案内で、日本語にもさほど習熟していなかったからである。当日はこの二人に加え、台北の医学校出で漳州に開業し、陳炯明の下で一等軍医を務めていた許連城も同行することになった[7]。

　これほどにまで漳州見物に期待していた理由を、春夫は〈厦門に着いた日以来、どこでも噂を聞かせられる漳州の土地を、又、そこで画策をしてゐる陳炯明の仕事を見たい〉ためだと記している。広東（粤《えつ》）の軍閥・陳炯明が「援閩粤軍」と称して福建省（閩《びん》）の漳州に駐留していた事情については、辛亥革命以来の近代中国史を押さえておかなくてはならない。一九一二（民国元）年一月に成立した中華民国は、その軍事基盤を北洋軍閥に頼っていたため、大総統袁世凱の専横を許し、中国同盟会の功労者で議会政治を主張した宋教仁は暗殺、これに抗議した孫文・黄興らの第二革命も鎮圧されてしまう。袁は帝国主義列強と結び付き、国内利権を切り売りすることで財政基盤を確保、一九一五（民国四）年一二月には帝政を布告するが、これが雲南護国軍の蔡鍔《さいがく》をはじめとする西南勢力の離叛を招く結果となり、ここに軍閥割拠の状況が出現する（第三革命・護国運動）。袁世凱は翌年になって帝政を解消するが病歿。その後も張勲の復辟（清朝復活運動）を平定した段祺瑞が北京政府の実権を掌握して反動化したため、一九一七（民国六）年七月、孫文は再び主権在民の建国理念（臨時約法）の遵守を唱えて広州で護法運動を開始する。南方派の有力な反政府系軍閥である唐繼堯の雲南軍（滇《てん》軍）と、陸榮廷・莫榮新の広西《カンシー》軍（桂《けい》軍）の軍事力を恃《たの》んで広東軍政府を樹立した孫文は、九月に大元帥に選任され、一二月に厦門の北軍（北京政府側）攻略のため速やかに「援閩粤軍」を組織した。その総司令に任命されたのが陳烱明である。

つまり、陳烱明が福建省に兵を進めて来たそもそもの理由は、孫文の意向によって段祺瑞派の福建督軍・李厚基を討伐することにあった。南軍（援閩粤軍）ははじめ苦戦するが、閩南軍司令の林季商ら福建の孫文支持者の活躍や、浙江軍（北軍援軍）の一部が南軍に投じたこともあって、一九一八（民国七）年五月までに陳烱明の軍勢は福建西南部をほぼ制圧する。だが、後述する軍政府内部の混乱で六月には李厚基と和平協議に入らざるを得なくなり、停戦ラインを確定の上、一九一八（民国七）年八月、陳烱明は「閩南護法区」と名付けた占領区の首府・漳州に進駐したのである。[8] 陳は臨時約法の精神を尊重し、漳州の都市改造・社会改革に着手する。

この間の事情を春夫の『南方紀行』はどのような形で要約しているのだろうか。いま最も注目すべき記述は次の箇所にある。

> 陳烱明は広東の人である。初め、兵を養つて故郷の広東で勢力があつたが、広西軍の莫榮新の威力に押されて陳烱明はどうしても広東を逃げ出さなければならなかつた。そこで、陳烱明は自分の軍隊を率ゐて福建省の方へ落ちて来たのである。さうしてその軍勢を自ら援閩粤軍（福建を援ける広東軍）と号した。勿論彼自身が総司令である。一たい彼は何の為めに兵を擁してゐるかといふのに、彼の目的とするところは現に不統一に大きな中華民国を聯邦共和国にしよう。即ち支那に於て各々異つた方言を使ふ民だけそれぞれに独立した政府を形作つて、その地方的な独立政府の聯邦を中華民国としよう。さういふのが彼等の理想なのである。

『南方紀行』は必ずしも歴史叙述を目的にしたものではない。が、仮にこれを歴史的文献として見た場合に問

陳炯明（1878〜1933）

題になるのは、何よりも護法運動の中心にいた孫文の存在が見過ごされている点である。文中の「聯省自治」は、広東福建の安定を最優先に考える陳炯明の立場から出たもので、中国全土の武力統一を主張する孫文との大きな火種であった。この革命路線の違いが最終的に両者の埋めがたい溝となり、一九二二（民国一一）年六月、陳炯明は突如孫文に砲撃を加える（六・一六事変）。その結果、中国統一は蔣介石による一九二八（民国一七）年一二月の北伐完了まで先延ばしになるのだが、護法運動の初期段階において、陳炯明の広東軍は孫文が信頼できる唯一の直轄軍だったのである。

それというのも、「援閩粤軍」が福建省で進撃を続けていた頃、両広（広西・広東）の完全支配を狙う陸榮廷は、四川に向けて勢力を築きつつあった雲南軍の唐繼堯と共に旧国民党政学派の岑春煊《しんしゅんけん》を担ぎあげ、勝手に北京政府と停戦交渉を始めてしまったからである。全国統一を掲げる孫文には、広東軍政府が単に軍閥間の利害調整の場と化したように見え、憤慨して一九一八（民国七）年五月に広州から上海へと脱出している。陳炯明が李厚基と停戦協議をせざるを得なかったのはこのためである。しかし、一九二〇（民国九）年初頭、軍政府内で雲南軍と広西軍が内紛状態になると、これを巻き返しの好機と捉えた孫文は、陳炯明に広州反攻を指示した。軍費の不足を理由に「閩南護法区」への居座りを決め込んでいた陳も、広東軍の莫榮新部隊が福建省境を侵し始めると反撃を開始。八月一六日に漳州を出発した。[9] この第一次粤桂戦争の開戦は、春夫の漳州訪問からわずか半月後のことである。

以上のように、当時の福建省は、北伐の再開に向けて孫文が巻き返しを図る中国革命史の歴史的転回を担う最前線だったのだが、『南方紀行』では、粤軍の入閩も広東への反攻も、ともに陳烱明と莫榮新との私闘という側面から描かれるにとどまっている。〈陳烱明とはどんな人か。その人たちが漳州で何をしてゐるか〉という関心から記述が始まる以上、「漳州」を書きあげる春夫の努力は専ら、〈山師的な陳の人となり〉[10]（大久保典夫）の描出に注がれていくのは避けられない。〈毀誉相半〉する謎の人物を追って内陸都市に潜入し、漳州の新公園でそれらしき人物に出会うも確証を得ぬままに帰還するという叙述の骨格には、探偵小説的な物語化の論理が働いていると見るべきである。その点、厦門市街の怪しげな印象を、阿片吸引者の台湾商人（陳）のイメージに集約して見せた『南方紀行』の第一章（厦門の印象）が、初出では「探偵小説に出るやうな人物」（『野依雑誌』一九二二・一一）とされていたことも思い合わされよう。春夫にとって俯瞰的・客観的な状況説明はむしろ二義的なものであり、事実関係の精査よりも謎めいた人物像の造形の方が主眼となっていることは確かである。〈山師かも知れない〉謎の巨魁・陳烱明、〈粗雑な頭脳ではあるかも知れないが、一種高貴な心情を持つた人〉林季商、〈国士を以て自任してゐる〉許督蓮——この三人の確執を軸に、『南方紀行』は華南の軍事動向を「性格劇」として描出していくのである。

安海事件の真相

近代中国を一種の戦国絵巻として描き出す「漳州」の中で、三人の性格は次の安海事件の記述で最も印象的に述べられる。以下、『南方紀行』の記述に基づき、春夫が理解した限りでの「安海事件」の顛末について最初にまとめておこう。

厦門近郊の安海で徳政を布《し》き庶民の人気を集めていた〈許督蓮〉は、〈勝手に福建を荒らしてゐる〉広東軍の陳炯明に密かに不快な思いを抱いていた。彼はかつて袁世凱時代に厦門で北京政府の秕政を鳴らした新聞社の社長で、南軍側の人間である。福建人の自立を目指す許は、〈どういふ考か喜んで陳炯明を迎へ〉た地元の徳望家・林季商に密使を送り、陳を見捨てて安海に来るよう呼びかけた。だが、〈軽々しく土豪と協力して土匪の頭と誤解されるやうなことがあつては、名誉ある父祖に対して申訳がない〉と林の姿勢は慎重であった。早春の頃、避難民を満載したジャンク船が続々入港するのに驚いた厦門市民が尋ねると、〈名もない烏合の衆〉の〈雲南軍〉が大挙して安海に侵入し、今市街掠奪戦の最中だという。敵は策謀をもって一度退却し、安心した安海住民が再度〈許督蓮〉を迎え入れたのを見すまして大軍で再来、三日にわたる市街白兵戦で安海を破壊し尽くした。〈死者三千、安海に処女なし〉と報道される惨劇の中で、独身の許が孝養を尽くしていた八〇歳になる老母にも残酷な暴力が振るわれたらしい。一連の安海蹂躙は兵力や軍資の点から見て陳炯明が裏で操作していることは疑いなく、〈許督蓮〉の密使の一件を察知した陳は〈雲南軍〉を使嗾して、本来同志である筈の許に陰湿な報復をした——以上が『南方紀行』の記述である。

史実はどうか。局地的な戦闘であるためか、軍閥割拠時代の通史の中に「安海事件」の記述はほとんど見出せない。そこで当時の厦門領事館及び台湾軍参謀部が蒐集していた情報に当たってみると、事件の主役として陳炯明と方聲濤の二人の名前が浮上する。

雲南軍の指揮下を離れて広西軍莫榮新の下についた方聲濤は、一九一九（民国八）年春に厦門の北、永春方面（安渓・安海・徳化附近）において援閩粤軍第一支隊の許崇智（陳炯明の腹心）を駆逐した。方聲濤は所属部隊（福建軍）を「靖国軍」と称してここを占拠したが、軍資の基となる樟脳・阿片生産地の所有権や、軍の提携条件を巡る齟齬から地元勢力の宋淵源（閩南軍）・林季商（援閩粤軍第二預備隊司令）の二人と確執を生じる。これを見澄ました陳炯明は即座に軍事介入を開始、宋・林を掩護して方聲濤を安海附近にまで追い詰めた（一九一九年一二月二七日在厦門領事藤田栄介報告[11]）。この行動は単なる復讐という以上に、福建の民心を掌握している三者が、地元の反陳勢力を糾合して粤軍の脅威となることを未然に防ぐ意味合いもあったかと考えられる。

一方で方聲濤は、今や孫文・陳烱明ラインの敵対勢力となった軍政府に救援を依頼、海軍司令・林葆懌が広西軍及び雲南軍旅団の安渓投入で応じる（一九二〇年一月一二日同報告[12]）。この間安渓の戦線では、宋淵源・林季商に朱得才（粤軍第二軍混成第四旅団）が加わるも、方聲濤部下の楊持平がしぶとく持ちこたえ（一月二〇日同報告[13]）、三月下旬に至ってついに本隊の許崇智が永安から出動。許崇智は即座に永春を奪還、また部下の李炳榮・援閩浙軍の陳肇英も安渓を占領。勢いに乗る陳烱明は朱得才に下令して雲南軍を安海の地に追い詰めた。安海の許卓然（閩南靖国軍第二路司令）は形勢不利と見るや夜間厦門に逃亡し、方聲濤はもとより粤軍の大量投入に圧倒された宋淵源までもが詔安に避難したため、粤軍はあっけないほど簡単に安海を占領した（台湾軍参謀部四月二一日報告[14]）。さてこの先が問題の「安海事件」である。安海には靖国軍の敗残兵が粤軍の隙を狙って潜んでいた。

〈安海附近ニ於ケル敗残ノ靖国軍ハ四月十四日午後ニ至リ粤軍ヲ攻撃シテ之ヲ退却セシメシモ同夜十時頃粤軍ハ南安方面ヨリ大軍ヲ以テ安海ヲ攻撃シ砲火ヲ注キタル為靖国軍ハ敗退シ人民ノ死者千余人ニ及ヘリ〉（同地現下ノ状況ハ粤軍三指揮官、李炳榮、徐瑞霖（許軍長ノ部下）及潘雨峯（粤軍ニ属スル土匪操縦者）ノ勢力争ヒヲナシ指揮統一セサル為実員三営ヲ有シナカラ四月十四日僅ニ百名ニ足ラサル靖国軍敗残兵ノ為ニ安海ヲ奪還セラレタルモノニシテ後ニ増援ヲ得テ約一時間ノ後之ヲ回復シタルモ粤軍ハ安海回復ノ後掠奪其他頗ル残忍ナル行為ヲ敢行セリ〉（五月一一日同報告[15]）。圧倒的な勢力を恃んで安海を易々と陥れた粤軍が、内輪揉めしている所を敗残兵に攻められて動顚し、逆上の結果、安海蹂躙に及んだというのが事の真相であるらしい。

この狼藉により粤軍が安渓・安海附近の住民感情を甚だしく害したことは春夫の書いた通りで、陳烱明は事件後の五月五日、漳州にあった陳肇英（浙江軍）を該方面に派遣、現地に不名誉を残した粤軍に代わって彼らに守備を委任することにした(同)[16]。また、陳は戦功のあった林季商を粤軍第九支隊司令へと格上げしたが、林は広東出身の度し難い兵卒に不快を覚え、別に〈親兵隊〉の組織を願い出て六月三日に安渓へと赴いている。これは方聲濤の勢力が除去されたことで広州反攻の可能性が高まる中、粤軍帰粤後も福建にとどまろうとする林の態度表明とも見られる動きであった(台湾軍参謀部六月一五日報告[17])。

『南方紀行』はこの間の事情を、〈林季商は、陳烱明も亦土匪と何の選ぶところもなかつたのを観て、表面的には陳氏と何の齟齬もないけれども今は漳州軍の参謀といふ名を空しくして漳州に近い徳化の地に手兵を蓄へて隠れて居る。この粗雑な頭脳ではあるかも知れないが、一種高貴な心情を持つた人はこの地方の不穏を彼一身の責に帰して、徳化が由来磁器の産地であるといふので陶窯を設けて古風な手法で製陶を試みたりして、身を風流に托する方法で、やつと心中の憂悶を遣つてゐるとも言はれて居る〉と解説しているが、事件を境に林が陳烱明と一線を置き始めたことは、史料に照らしても確かなようである。

当時の外務省と日本軍が把握していた上記の情報が正確であるとして『南方紀行』の記述を検証すると、春夫の事実誤認が少なくとも二点明らかになる。安海攻撃の主体は援閩粤軍の主力部隊であって、軍政府派遣の雲南軍は逆に安海への援軍であったこと。そして陳烱明の軍事行動の動機は、許卓然(許督蓮)[18]の林季商に対する造反の慫慂(真偽未詳)などよりもずっと広い背景を持っていたことである。実際の目的は莫榮新の福建における拠点(方聲濤)を潰すことであり、かたがた護法運動中に組織された地元民軍(宋淵源・林季商)を分断して、閩南における陳の影響力を確立しようとする動きだった。歴史的に見れば、これは孫文の護法運動の理念から、権力志向の陳が逸脱を開始する過程を刻んだ事件と考えられるわけだが、当時の福建住民にとっては、二人の革命路線の対立よりも、地元の民軍を迫害する余所者という観点から陳への反感が募っていたことは想像に難くない。雲南軍を裏で操って味方軍を追い詰め、故意に侮辱や弑逆を恣にするというエピソードの中には、実際より以上に陳烱明を奸智に長けた策略家として貶める意図が介在している。厦門地方での報道や民間の噂話を情報源とする春夫の記録は、そうした地元の輿論に強く影響されたものだったのである。

開明軍閥・陳烱明

もっとも、春夫は陳烱明の「開明的」な側面を紹介することも忘れてはいなかった。漳州見物の本来の目的は、〈そこで画策をしてゐる陳烱明の仕事を見たい〉という所にあったからである。こうした陳への期待は、彼が厦門鼓浪嶼に住む台湾出身の銀行家・林木土（一八九三〜一九七七）の邸宅から、紀州新宮の父親に宛てて書いた手紙の中にも現れている。〈明日は漳州と申すこの川上二時間のところを見物いたします。ここは南軍が大活躍の地で、市区改正やら公園建設やら新思想の鼓吹やらで人気を専ら集中してゐる場所です〉（七月二七日付、佐藤豊太郎宛[19]）。

当時陳の本拠地であった「閩南護法区」の首府漳州は、〈閩南的俄羅斯[20]〉（南福建のロシア）と呼ばれ、中国人自身の手で社会主義政策が実現されつつある都市として内外の注目を集めていた。台湾軍参謀部は入漳後わずか一年半の間に達成を見た陳烱明の改革を次の一〇項目に分類している（一九二〇年三月四日報告[21]）。A警察（事務改善、監獄新築）、B市区改正（都市改造、護岸工事）、C買菜場ノ設置、D衛生（清掃車・公厠の導入、地方衛生会による貧民の医療救済、私娼一掃のための遊廓設置と検黴実施）、E教育（教育局設置、留学生のフランス派遣、夜学校・図書館新設）、F殖産興業（造林・樟脳採取の奨励、農業学校・工読学校の設立）、G軍隊ノ教育（観兵式挙行・軍官講習所設立）、H交通（郊外公路建築）、I娯楽機関（漳州公園、演劇場、美育倶楽部設立）、J新思想ノ宣伝（思想書の公開・販売、白話報「閩星」「閩星日刊」の発行）。この報告書は陳の業績を、〈如何ニ彼レカ漳州ニ其根拠地ヲ作成スルニ努力シアルヤヲ窺知スルニ足ルモノアリ〉と評価しながら、〈但シ之カ為地方ニ対スル収斂ハ往々酷ニ過キ怨嗟ノ声ヲ耳ニスルコト蓋シ已ムヲ得サル所ナリ〉として、過酷な税を課す強権的な改革に住民の不満があったことも伝えている。

この資料に照らし合わせてみると、『南方紀行』で春夫が言及した項目は、AとGを除く八項目にまで及んでおり、漳州の街づくりに関して、春夫の摑んだ情報がいかに正確だったかが見えてくる。特にユートピア小説「美しき町」（原題「美しい町」『改造』一九一九・八〜一二）の作者でもある春夫にとって、Bの都市改造は興味の中心にあったらしく、〈この石甃《いしだたみ》が問題の石甃なのであらう。これの一丈に就て両側の家々が銀二十五円づつ支払はせられた――精々が五円ぐらゐの仕事に五十円も金をとつたと厦門で噂をしてゐたのはこれの事であらう〉と、理想都市の実現にかかる現実的なコストまでが事細かに記してある綿密さである。このデータは台湾軍参謀部の報告とも正確に一致する。[22]

では、厦門において事前に情報を耳にし、強い興味を覚えて漳州を訪れた春夫は、陳炯明の施政を実見してどのような感想を抱いたのだろうか。策略家としての陳のイメージを払拭する契機がこの漳州見物には含まれていたはずなのだが、結論から言えば春夫を待っていたのは落胆である。川船の乗継ぎのため漳州の玄関口に当たる石碼に上陸した春夫は、陳の改革により三倍幅の道路と公園ができた新造の街を見て早くも次のような感想を漏らしている。

> 両側の家は厦門の市街に見るやうな汚いしかし或る重厚な気持を帯びた煉瓦造ではなく、新らしく白く薄つぺらな洋館まがひの、小さな活動写真小屋のやうな感じのものだ。この意味ではたしかに町は悪くなつたであらうと思へる――少なくとも亡国的の美観がなくなり、さればと言つて新興の勢力がごく稀薄なあるかないか程のマヤカシものだから心細い。

この公園なるものを見ただけで、気の早い話だが、私は陳炯明が少し嫌やになつた――それまでは唯単純な好奇心だけで、好悪の念はちつとも雑つてはゐなかつたのだが、やはりこの男も山師かも知れない。人格そのものが山師でないなら、少くとも今現に漳州でしてゐる仕事といふのは純粋な仕事ではないかも知れない。旅の者である私は旅の者相応な無責任でもつて、少々早まるかも知れないが毀誉褒貶相半するこの人の噂の、毀と貶との側へ極く微量の分銅を置かうかと用意してゐる。

この第一印象は漳州に入ってもほとんど修正されることはなかった。春夫の漳州到着日の足取りは、許連城の宏仁医院（図中②）に荷物を預け、許の長男の案内で新設の道路から漳州公園（③）に至り、旧城東門の公設市場（東市場④）を見て妓楼の一廓（康楽道⑤）を見学、その後再び公園（③）に戻って軍幹部と思われる一行に出会い、孔子廟（文廟⑥）を通って宏仁医院（②）に戻るというものであった。援閩粤軍の一等軍医にして〈漳州びいき〉の立場にあった許連城は、長男の少年に指示して陳炯明の改革の成果を誇示させるつもりがあったのだろう。案内されたのはほとんどが陳の街づくりの要所だったことが分かる。もちろんそれは春夫自身の要望でもあったのだが、〈家々は石碼で見たやうな安普請で、もう落成してゐるのに何だか未だ普請中のやうに落ちつかない。先づ言つて見れば、田舎の郵便局と歯医者の家と都会の床屋の家と活動写真館とがその一族を引きつれて立ち並んでゐるといふ有様である〉、〈先づ公園を見せた童児は、公園を抜けて東門に近い公設市場を見せる。だが私はそんなものを見たつて何にもならない〉と言う。せっかく意を尽くした少年の案内も、春夫を失望させるだけだったらしい。もっとも、通訳であるはずの台湾人教師に、〈あまり日本語で話をしない方がいい。皆、日本人を嫌つてゐるから〉と迷惑顔をされ[23]、少年の説明を全く理解できずに連れ回されるだけの市内見物では、興味が持てないのも無理はなかった。

その一方で、春夫が目を惹かれたのは、陳烱明の新政ツアーとは無関係な〈寄り道〉先の光景だったことに注目したい。それは孔子廟——宋朝に朱熹が講義を行った由緒ある儒学の街・漳州の文化的中心——が、今や見る影もなく荒廃している様子であった。〈廟の木で出来た部分は手のとどく限り剝ぎ砕かれてゐた。冬ごもりのうちに兵卒たちがここへ集つて来て、焚火の料にしたのに相違ない。現に今も、七八人円居して夕明りのなかで夢

漳州の町並み
（2010年著者撮影）

【次頁】「漳州市全図」の一部（1939・6、軍令部）
（国立国会図書館蔵）

①新橋　②宏仁医院（許連城宅）　③漳州第一公園　④東市場
⑤康楽道（妓楼）　⑥文廟（孔子廟）　⑦水月亭（観音堂）
⑧中華旅社（少司徒街）　⑨福建省立第八中学（旧丹霞書院）
⑩魏麗華斎（印泥店）　⑪芝山　⑫龍文塔（龍門塔）　⑬旧橋
⑭南山寺（南院）
※黒線部が再開発された石畳の道。網掛部は旧城域。

【佐藤春夫の経路】

・1920年８月１日
①新橋→②宏仁医院→③公園→④東門の公設市場→⑤妓楼→⑥孔子廟→②宏仁医院→⑦観音堂→⑧中華旅社

・1920年８月２日
⑧中華旅社→⑨中学校→②宏仁医院→⑩印泥の老舗→⑪芝山（朱子廟・農事試験場・仰止亭・考棚）→⑫龍門塔遠望→②宏仁医院→⑬旧橋→⑭南院→②宏仁医院　〔８月３日厦門へ〕

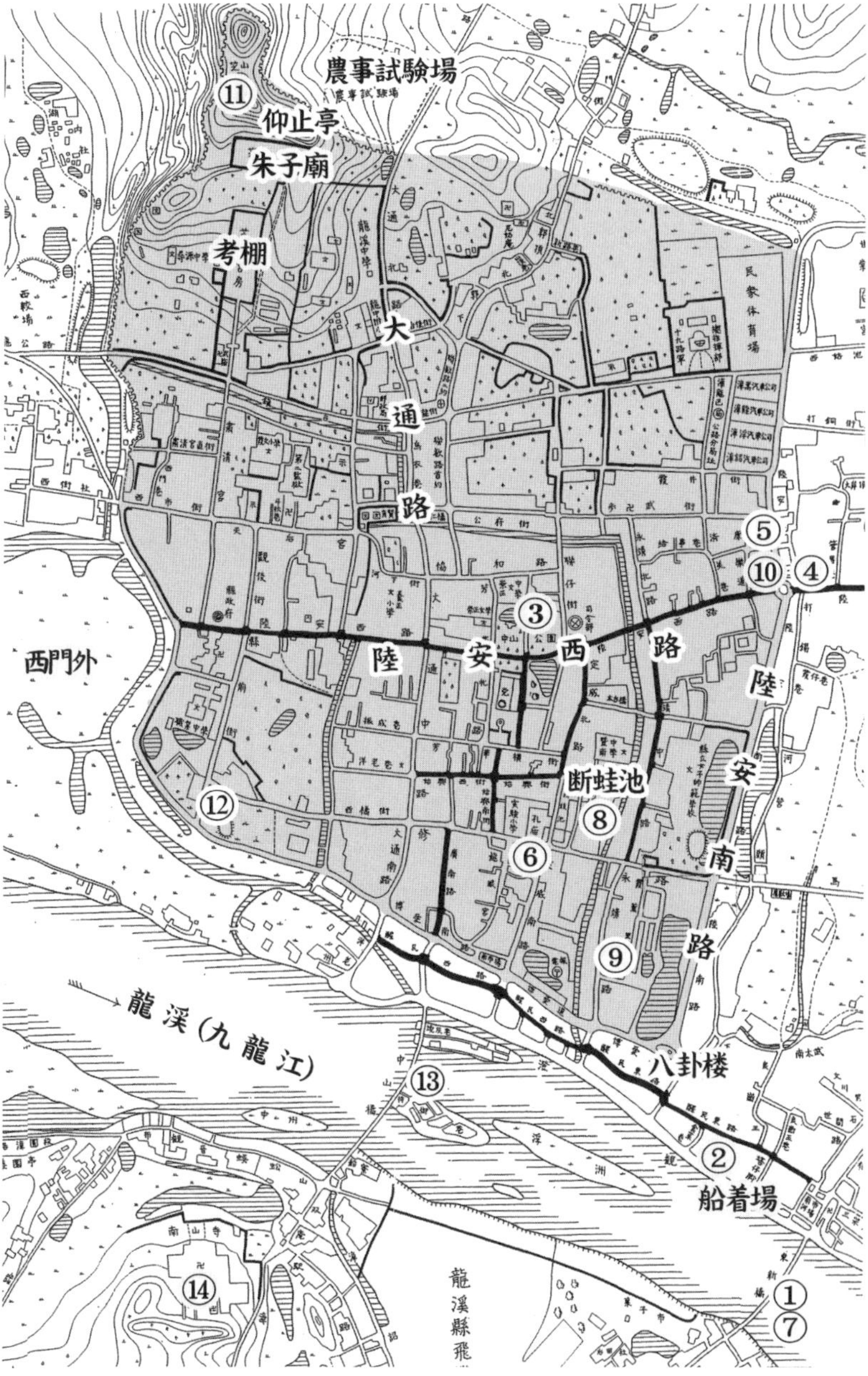

農事試験場
⑪
仰止亭
朱子廟
考棚
大
通
路
西門外
陸
安
西
路
③
⑤
⑩
④
陸
安
南
路
断蛙池
⑧
⑥
⑫
⑨
龍渓(九龍江)
八卦楼
⑬
②
船着場
⑭
①
⑦

中になにかしてゐる――多分博奕に耽つてゐるのであらう〉。かくして後に打狗に戻った時、春夫が父に宛てて再びしたためた手紙のニュアンスは、漳州に行く前とはよほど違うものになっていた。〈支那は、厦門と漳州と、集美といふところとを見物いたしました、漳州は南軍の陳烱明といふ将軍が新政府を始めて（一年ばかり前から）新思想で革命的のやり口が大に問題になつてゐます。古いものはどんどん破壊する主義らしく、惜しい建物などがめちゃめちゃになつてゐます〉（八月一一日付、佐藤豊太郎宛）[24]。本来春夫は、伝統的な景観や文物を見るために漳州に出かけたのではなかったはずである。だが、石碼や漳州で行われている都市改造と社会改造を〈新興の勢力がごく稀薄なあるかないか程のマヤカシもの〉としか感じられなかった春夫は、そうした〈マヤカシ〉の代償に破壊されて行く〈亡国的の美観〉に却って哀惜の念を募らせる結果となった。

総じて「漳州」の章から窺われるのは、中国の内発的な近代化に対する強い関心と、その近代化についての抜きがたい懐疑の眼差しとである。それは第三章の「集美学校」（『新潮』一九二一・九）にも典型的に表れていたはずである。次にこの章に簡単に触れながら、「漳州」に露出している春夫の発想様式を整理しておきたい。

近代化への懐疑

集美は厦門島に向き合う本土の小さな漁村で、一九一三（民国二）年、南洋で財を成した華僑の息子・陳嘉庚と陳敬賢の兄弟が、私財一五〇万円を投じてここに華僑の子弟向け教育校である集美学校を建設した。現在でもこの地区には各種学校が林立し、「集美学村」という広大な学園都市を形成している。春夫が訪れた一九二〇（民国九）年には、翌年の厦門大学開学に向けて学生の募集が始まっており、厦門市街南郊の古刹南普陀寺院の附近には、大学新校舎の建築予定地が決まっていた。〈財を吝んで公共的な事業には決してそれを費さうとはしない支那人としては、ただ地方的にといふだけではなく、支那全土でも珍らしい奇特な事として、旅行者などが

1920年代の集美学校

1920年7月30日の春夫の訪問時、写真左の大ホールでは、キリスト教徒の親睦会（閩南激励団）が開催されていた。（著者蔵）

時々、集美を見物に行くさうである〉。春夫もまた集美に関心を抱き、鄭と一緒に厦門から舢舨《サンパン》（渡し船）に乗り込んだ。

二人は集美中学を参観の途中、校医と中国古典の講師を兼ねている陳鏡衡という人物に出会い、春夫を小説家と知ったその老詩人から一篇の七言絶句を贈られている。その詩は、〈如雷灌耳有隆名／游歴萍逢倒屣迎／小説警時君著譽／黑甜吾國愧難醒〉〈【訳】雷鳴が轟くように名高いあなたが、ふらりと放浪の旅にお出でになったのを（はきものを履き違えるほど興奮して）熱烈に歓迎いたします。小説は鋭く時代を批評してあなたは名声を高めますが、熟睡を貪る我が国の醒め難いことを恥じ入っております〉と読めた。このとき春夫の眼前には、厦門市内で見た様々な光景が去来したのだと言う。

陳鏡衡の前掲の詩は、素よりただ形式的な一片のお世辞にしか過ぎない他奇の無いものではある。但、厦門に来て以来折にふれてさまざまなものを見たり聞いたりした私には——兵火の絶えない現下の国情やら、夜間に市街のすこし裏どほりを通れば行く先き先きで軒なみに行人を呼びかける私窩子の群れや、それらの私娼窟に雑つて所々にあるといふ阿片窟や、いかがはしい、それこそ意想外にいかがはしい画面の覗きからくりが、少年子弟の見るに任せて路傍で行はれてゐるのや、それから苦力が路傍の狭い空地に踞して小石と地面とを道具にして「行直」といふ遊戯の方法で賭博をしてゐるのは未だしも蕭洒たる洋館のなかに煌煌たる電燈の下でしかも路から見える二階のベランダに出て、金ぶちの眼鏡をかけた教育のありげな若い婦女子が括然として賭博に余念のないのを見たその同じ目で、「黒甜吾國愧難醒」を読むと、加之《しかのみならず》それが新しい文化の種をこの痩地に蒔かうとする集美学校に職を奉じてゐる人の心から出たものだと思ふ時、この一句は必ずしも空虚ではないやうに思へて、一介の游子も亦彼の国のために彼の心事を憐むことが出来るやうな気がする。

〈新しい文化の種をこの痩地に蒔かうとする集美学校〉の試みに対して、春夫はもちろん共感を惜しまない。だが一方、陳鏡衡の部屋を辞し、校舎を見学した春夫は、創立者兄弟の大きな写真が玄関先に掲げてあるのを見て途端に不愉快になる。〈陳兄弟のこの学校もやはり、上海から俳優を呼び広東から仕掛花火を取寄せて人々の耳目を聳立たせる還暦祝とその目的に於て五十歩百歩の仕事に思へたからである。いや、この方が寧ろ邪気があるとさへ感じた〉。つとに春夫は、華僑を主体とする地元資産家の別荘が立ち並ぶ鼓浪嶼で、贅沢な還暦祝の準備に余念がないある邸宅の庭（菽庄花園）を通り抜けている。[25] 春夫は集美学校設立の精神にもそれと同じ種類の、しかも公益をタテマエとするだけにより一層手のこんだ自己顕示欲を嗅ぎつけたのだと言う。

春夫が『南方紀行』で現代中国の諸事象を評価する際に共通して見られるのは、ある事業が結果としていかに公益の理念に適っているかということよりも、それを行う事業主に善意があるか否かを問う人格主義的な立場である。[26]今一度「漳州」について見れば、〈上海だとか広東だとかいふ外国人の手で出来上つた文明の市街を、彼等中華民国人自身の手でこの片陬《へんすう》の地に建てよう〉という陳烱明の目標は、仮に自軍の兵士を養うための公共事業創出の側面があるとしても、近代化への自助努力に関心を寄せる中国民衆の期待を背負う企画であったことに変わりはない。だが、そのような一面は、〈やはりこの男も山師かも知れない〉という陳個人の人格に対する疑いによって後景に退いてしまうのである。これと同様に、内戦・貧困・私娼・阿片・賭博の蔓延、そして風紀の乱れなどの頽廃状況の中で、その打開のために着手された教育事業への共感は、これ見よがしな〈と春夫には見える〉陳兄弟の二枚の写真によって動揺する。

1920年頃の鼓浪嶼の菽庄花園と観海別墅
（著者蔵）

　『南方紀行』の出版から一五年後、日中戦争が勃発した一九三七（昭和一二）年の『改造』一二月号「南方支那号」に、春夫は「厦門のはなし」と題して再びこの旅の記事を寄せている。それは「漳州」の章とほぼ重なる内容を縮約した短文なのだが、〈支那といふ国の真相を知る〉ために依頼されて旅の記憶を手繰りよせる春夫の語り口は、『南方紀行』の時のそれとはかなり異なっている。先に触れた陳烱明入閩の事情について、「厦門のはなし」では次のように解説されている。

収穫のすんだ後を見越して漳州に入った陳烱明は、この平原地方の中心地の富裕で大に有為なところへ目を着けて来たことは言はずと知れてゐたが、いよいよその正体を発揮しはじめて、漳州の市街を大改築するといふ意嚮を示した。一体支那の新しい都市と言へば上海香港その他皆、外国人の手で開かれたところで支那人自身の手で出来た新都が何処に一つあるか。これを自分が漳州に建設して中外に示さなければならないといふ陳烱明の意嚮は壮んであるが、やがては富豪から大金をしぼり出し、庶民に悪税を課さうとする前触れである。はじめから言はぬ事ではない、果して奴は立派な仮面の下に福建を荒しに来た曲せ者であつた。

〈一たい陳烱明の仕事は坊間では毀誉褒貶相半ばしてゐる〉という未知数の人物像が一種の魅力を放っていた『南方紀行』とは異なり、「厦門のはなし」にあるのはすでに、陳を疑う余地のない山師として断罪しようとする意図である。春夫はさらに続ける。

兵卒を遊ばして置いて給料を渡すのでは困るから民衆の仕事を兵卒のために見つけてやつて、それに対して徴収した金で兵を養ひ、序に上まへをはねるといふやり方なのであらう。損をする筈のない受負仕事をあとからあとから考案して行つて四百余州を巡業した末は一身代こしらへるばかりか人足が無暗とふえたころには一戦争をおつぱじめてアワよくば天下を取るやうな運を見つけるといふ段取になつてゐるのが支那の軍閥といふものらしい。（略）漳州で支那軍閥のやり方を見て来てゐる自分は蔣介石の抗日もいづれは何か大がかりな儲け仕事なのだらうとかねがね考へてゐた。

地方軍閥の一例に過ぎない陳炯明の都市政策に対する疑念が、そのまま北伐後の国民政府に対する評価へと一般化されているだけでなく、〈蒋介石の抗日も〉という形で全く別次元の問題にも及んでいる点にここでは注意を向けておきたい。それは本文の冒頭に近く、〈毎度の事で、あの時は何が動機になつてゐたやら思ひ出しもしないが、排日気分の濃厚な折で特に福建地方が甚しく、厦門はあれでも開港場だからさほどでもなかつたが、福州、泉州などは到底安心して旅行出来ない事が厦門で判つたので引返した事であつた。さうだ、何か福州で事件があつた後であつたらしい〉と述べている所にも正確に対応する。福州事件（福州の排日運動に対する日台居留民の暴行事件）後の沿海各居留地に排日気分が濃厚な折、厦門の中国人社会のただ中に一人取り残されて、南華大旅社の夜に味わった不安と孤独（第一章「厦門の印象」）とは、「厦門のはなし」の中ではきれいに拭い去られてしまっている。〈言葉の不通から双方で意志を判断し合ふ方法の全然ないことのはずみから、仮りに私が殺されようとも、さうして私の屍が海のなかへ投げ込まれても、全く、厦門では方法もないであらう〉とまで思いつめた生々しい恐怖の感覚を切り捨てた所に「厦門のはなし」は成立しているのである。

もちろん、その萌芽が『南方紀行』の中に存在することは否定できない。陳炯明の漳州近代化政策や陳嘉庚・陳敬賢兄弟の教育事業に共感しつつも疑念を付す春夫の立場は、中国人自身の手による近代化能力を疑う「厦門のはなし」の立場へと発展して行く可能性を持っていた。この意味で、現代中国で見聞した有名無名の人物像を活写することに精力を傾けた『南方紀行』は、まさにその物語化の手法、すなわち状況理解よりも人物造形を焦点とした所に歴史資料としての問題があったわけだが、一方では、人物評価を目指しながらも最終的な結論を先延ばしにするサスペンスにこそ、文芸としての紀行文の面白さがかかっていたことも争えない。春夫が漳州から台湾に帰った直後に勃発した第一次粤桂戦争について、〈それにしても人情は妙で、ただあの日私が二日ほどそこを覗いて来たといふただそれだけの因縁で、私はなるべく漳州が勝てばいいとも思つた〉と語っているように、

『南方紀行』の末尾には、陳烱明を応援する気持すら表明されている。人物評価に最終的な結論を出していたわけではなかったのである。

鄭君の正体

「厦門のはなし」が中国の近代化に対する疑惑と、軍閥に対する嫌悪感とを前面に押し出した文章になっているのは、当然、日中戦争勃発後に発表された時代性による所が大きい。だが、陳烱明がここまで極端に悪玉扱いされるのは、交戦相手国への単純な敵愾心という以外にも理由があるようだ。『南方紀行』は福建の動乱を陳烱明と莫榮新の私闘として描いたが、「厦門のはなし」を支えるプロットは、〈私利私慾を捨てて国家と民衆とに尽す〉許督蓮の理想が、〈福建を荒しに来た曲せ者〉の陳烱明に踏みにじられるというものである。つまり、善玉の悲劇を強調するために、悪玉の役回りが陳烱明に担わされたという、物語の二項対立構造による部分も大きい。だからこの許督蓮については、同じ中国の武装勢力であっても、〈この手の大人物が現れる日が来たら中華民国も救はれるのであらうか〉という手放しの賛美なのである。そしてこの人物に対する高評価は、『南方紀行』の当時から一貫していることにも注目する必要があるだろう。

「許督蓮」とは一体何者なのだろうか。安海の近代化に貢献した司令官というそのプロフィールに相当する人物は、やはり「許卓然」としか考えられない[27]。許卓然（一八八五～一九三〇）は泉州出身で、厦門を拠点に辛亥革命に関わり、一九一四（民国三）年中華革命党福建支部を創設、一九一七（民国六）年閩南靖国軍を組織して孫文の護法運動（倒段）に参加した。この間、袁世凱時代には厦門で反政府系報紙『声応報』（一九一二）『民鐘報』（一九一六）を発行、後に国民党員として福建勢力の糾合に尽力するが、一九三〇（民国一九）年に暗殺されたという人物である[28]。これは『南方紀行』に見えている、〈彼は、以前、袁世凱の政府のころに厦門に居て、一新聞の社長をしてゐた人である。当時、尖鋭な筆法で堂々と北京政府の秕政を鳴らして民意を鍾《あつ》めたが、たうとう政府の忌諱に触れて厦門を追放された〉という記述にも正しく合致する。

ただ、福建においてこそ革命の功労者だったかも知れないが、民国初期の軍閥史のなかで許卓然の名は必ずしも広く知られているわけではない。そのような人物を、春夫はなぜこれほど大きく取り上げて賞賛したのだろうか。ここで俄然問題になるのが情報提供者の存在である。春夫の厦門旅行の周辺人物を洗い直してみると、そこには意外な経歴の持ち主が登場していた。打狗から厦門まで春夫を連れていった案内人の〈鄭君〉である。調べて分かった彼の名は、鄭享綬《ていきょうじゅ》という。

〈鄭君〉は作中にフルネームが明かされておらず、従来の研究ではその実像に迫る手がかりが一切見出されてこなかった。〈打狗で歯科医を開業してゐる中学時代の旧友東君の書生〉で、〈姉夫婦を手頼つて今は打狗に居るのだが、厦門の生れで厦門の中学校を出た男〉、そして養元小学校の校長〈周〉とは〈中学時代の同窓〉であるということだけが『南方紀行』からわずかに窺い得る〈鄭〉の経歴である。ただし、『南方紀行』以外にも〈鄭〉に言及した春夫の文章が二篇ある。「かの一夏の記」（『霧社』一九三六・七）と、「暑かつた旅の思ひ出」（連載随筆「覊旅つれづれ草」『世界の旅・日本の旅』一九五九・一〇）である。

前者には、打狗旗後街の砲台跡から街へ降りていくと、〈Hの弟子で技工の手伝をしてゐる某といふ本島人〉が、〈家のなかへ呼び入れて杏仁のお湯などをくれ〉たこと、〈時には自分の案内を口実に附近の芸者屋などへつれて行〉ったことなどが述べられている。後者はその芸者屋見物の一件について詳しく、〈鄭〉が春夫の同意を得ると大喜びで芸者屋に駆け込み、麦酒を鯨飲したあと別室に倒れて女と相擁していたこと、そして先に帰ろうとする春夫に追いすがり、今見たことを先生（東熙市）には秘密にしておいてほしいとしおらしく囁いたことなどが述べられている。〈いつも神妙に見える鄭が、この夜は妙にはしやいで、脚下の彼自身の影と相擁して踊る

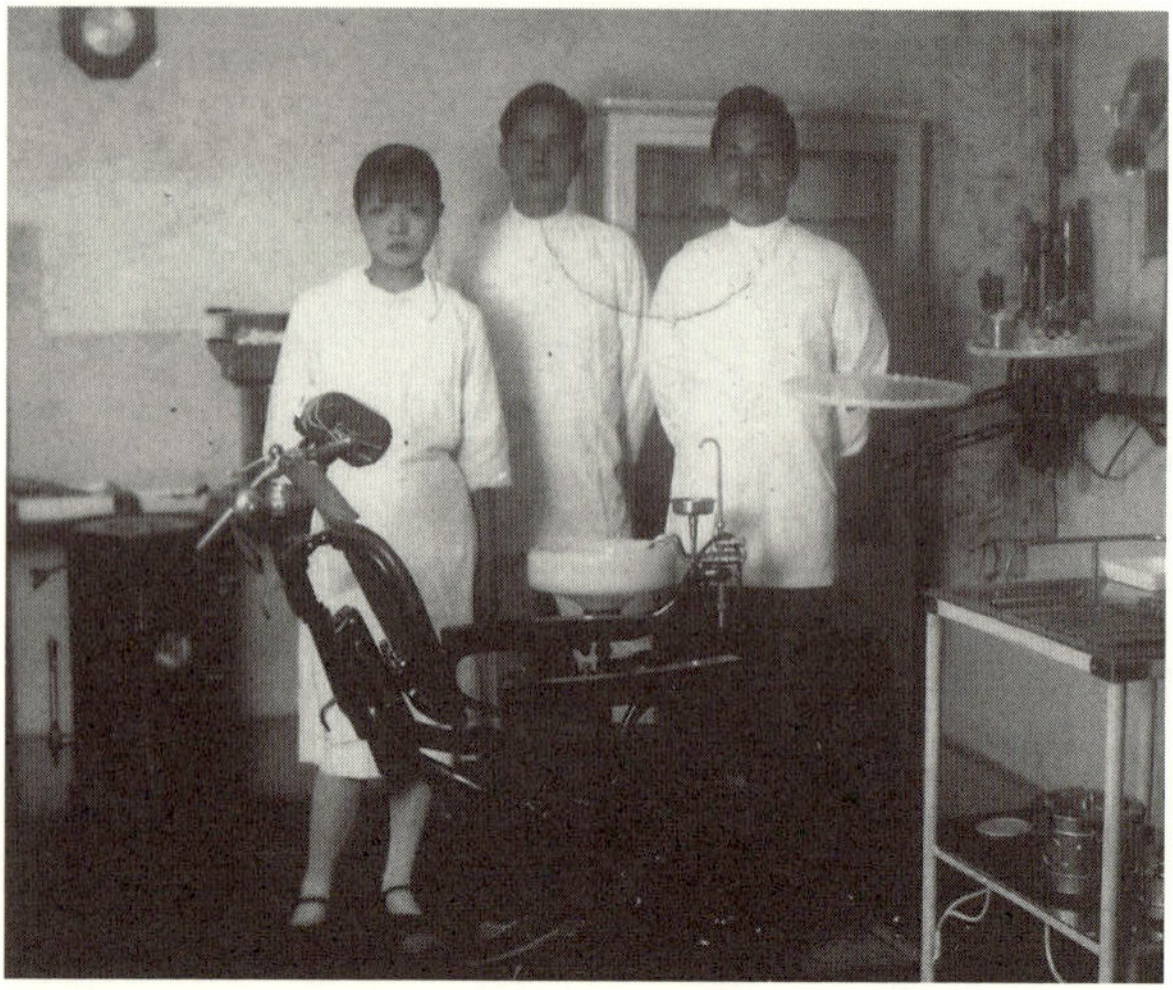

鼓浪嶼の東歯科医院

博愛会医院を退職して独立開業した1930年頃。中央が鄭享綬と推定される人物。右が東熙市。（東敏男氏提供）

やうな浮かれた足どりで急ぐのである。変に昂奮する奴であった〉という春夫の感想には、〈鄭〉への親しみと懐かしさがあふれている。

それが鄭享綬であるということには二つの根拠がある。一つは、一九二一（大正一〇）年に高雄の歯科医院を後輩の高野《こうの》福次に委ねて台南に移った東熙市が、一九二三（大正一二）年三月から歯科部新設のため、台湾総督府が厦門で経営していた博愛会医院に赴任する際、助手として呼んだのが鄭享綬であったこと。[29] もう一つは、春夫と〈鄭〉の宿泊先となった鼓浪嶼の養元小学で、当時校長を務めていた〈周〉（周坤元）と鄭享綬とが、中学の同窓生だったということである。

鄭享綬と周坤元（?～一九四一）の二人が学んだ鼓浪嶼の尋源中学（一八八一年創立）とは、養元小学（一八八九年創立）の上位学校として卒業生を受け入れており、いずれも新教系の米国帰正会（American Reformed Church）が経営する先覚的なミッション・スクールであった。校長は米国人ピッチャー牧師で欧米人の教員もおり、この二人であれば春夫と流暢な英語で会話することが可能だったはずである。[30] 作中の〈鄭〉にクリスチャンの知人が多いことは、教会学校卒であれば納得でき、また集美学校で行われていたキリスト教のサマースクール（閩南激励団）[31]で、〈鄭〉が陳鏡衡（士衡）と親しく会話していた理由も見えてくる。陳鏡衡は一九一三（民国二）年開学当時の集美小学に赴任し、後に師範校医となっているが、それ以前は厦門の尋源中学で教鞭を執っていた[32]。一九二〇（民国九）年現在〈二十四五の青年〉であったという周坤元と鄭享綬は、時期的に見て彼の教え子だった可能性が高い。

厦門郷土史の記述中、鄭享綬と周坤元の名は意外な所に登場する。福建討袁計画を指導した中華革命党員の一人、丘廑兢《きゅうきんきょう》の回想録である[33]。中華革命党は、一九一四（民国三）年六月、袁世凱の独裁体制を挫くべく孫文が東京で結成した革命党であるが、厦門でこれに呼応した葉青眼、許卓然、陳金芳らは、比律賓《フィリピン》中華革命党を通じて孫文から厦門支部設立の認可を受け、福州・泉州で党員を勧誘、また福建地区の武装集団を取り込んで「閩南討逆軍」（のち福建護国軍に編入）を結成した。彼らは討袁武力闘争に備えて武器・弾薬の調達、爆弾製造を急ぎ、また日本の対華二十一ヶ条要求を呑んだ政府を糾弾する寓意劇「亡国鏡」を上演するなどして、市民の啓発と資金調達を図っている。さらに傅振基が尋源中学、陳金芳が英華書院、周駿烈が迴瀾書院で宣伝活動を展開し、学生組織も作られていった。しかし、武力闘争では敗北が続き、「閩南討逆軍」は寨仔湖の大本営を郊外の天柱山に移動、また同安城総攻撃では幹部の潘節文・庄育才の二名を含む数名の戦死者を出して撤退するなど敗北が続いた。形勢逆転を図る革命党は、政府の逮捕権が及ばない共同租界の鼓浪嶼に身を避けて「厦門起義」の計画に取り掛かるが、かねて進めていた学生勧誘が実を結び、学生軍志願者が続々と結集し始める。その中に周坤元と鄭享綬の名が認められるのである。

就在这时候、各方面来的人日多、学生方面参加革命的更形踊跃！　记得当时寻源中学参加的有：邵庆元、周坤元、朱鸿谟、邵仁敏、郑享绶、王保元等；迴澜书院学生参加的除周骏烈、陈兆麟外、还有郑炳辉等；英华

书院参加的学生也不少。（二三頁）

【訳】まさにこの時、各方面から来る人々は日増しに多く、学生で革命に参加する者もますます活気づいた。当時尋源中学から参加した者に邵慶元、周坤元、朱鴻謨、邵仁敏、鄭享綬、王保元などがおり、迴瀾書院からは周駿烈、陳兆麟以外に鄭炳輝もいた。英華書院から参加した学生も少なくなかったのを覚えている。

彼らの計画とは、総司令を葉青眼、学生軍指揮及連絡担当を朱震、敢死隊及民軍指揮を趙剛、学生軍誘導及連絡担当を周駿烈とするもので、学生軍の任務は、電話会社、電燈会社、中国銀行の制圧であった。その間、民軍および敢死隊は鼓浪嶼から厦門に上陸し、思明県政府と道尹公署を占領して、予め内通しておいた駐厦政府軍の下級軍官がこれに応じて蜂起するという筋書であった。決行は一九一六（民国五）年二月二日午前一時。

ところがこの計画は、軍事会議に紛れこんでいた内偵によって事前に露顕し、頓挫する。内偵の連絡を受けた福建督軍・李厚基は直ちに袁世凱に報告、袁は上海海軍総長・劉冠雄に指令を出し、二月一日早朝、陸戦隊を満載した軍艦二隻が厦門に派遣されてきたのである。形勢不利と見た革命軍は計画を断念し、同志は各地に帰還して行った。(34)

春夫によれば、〈鄭〉は姉夫婦を頼って打狗に渡ったということであるが、(35)鄭享綬が実際どのようにして東熙市と知り合ったのかははっきりしない。分かっているのは、鄭が少なくとも一九一七（民国八）年までは尋源中学に在籍して陸上選手として優秀な成績を収めていること（この年五月に東京で開催された第三回極東オリンピックにも出場している）、(36)一九二三（民国一二）年一一月から厦門博愛会医院の歯科雇として東熙市のもとで働き、一九二八（民国一七）年度中には同院を辞職していること、(37)その後一九三一（民国二〇）年には思明南路で鄭享綬牙科を経営しており、(38)翌年には中山路門牌一四に同牙科があったこと、(39)一九三三（民国二二）年一〇月に、集美学校系列の教育雑誌に「兒童與牙齒」(児童と歯)と題する小文を寄せていることにとどまる。[40]

春夫が語る〈鄭〉の姿はややコミカルに戯画化されたものである。だが、鄭享綬が『南方紀行』の案内役であるとすれば、彼は春夫と出会うわずか四年前、決死の覚悟で反袁闘争に身を投じた革命学生の一人であった。このとき同志として共に働いた記憶は、周との堅い絆となっていたはずである。周坤元は倒袁運動が一段落を告げた後も革命勢力への支援を続けたらしく、許卓然がフィリピン華僑の林翰仙の支援で発行していた反政府系新聞『民鐘報』(一九一六年一〇月一日創刊)が李厚基の忌諱に触れ、一九一八(民国七)年五月二八日の摘発で出版停止に遭った際、周校長はその関係者を養元小学の宿舎に匿い、彼らの厦門脱出を幇助している。[41] 春夫と鄭享綬がその同じ宿舎に滞在するわずか二年前の出来事である。当然周はその時の模様を鄭に熱心に語りながら慨嘆したはずで、同席した春夫はその話題をもとに『南方紀行』の「漳州」章を書いたことになる。[42]

つまり春夫の旅は、少年時代に危険を冒して革命に身を投じようとした若き活動家たちの人脈をたどる旅だったのである。春夫が南軍最前線の地・漳州を見物することに強い執着を見せたのも、彼らとの交流を考えれば容易に説明がつけられる。『南方紀行』で〈許督蓮〉が称揚されていることの裏側には、鄭と周という「許卓然」配下の元学生革命家たちの無念の思いがわだかまっていたのであった。言い方を変えれば、実行間際に幻と消えた「厦門起義」の夢の余燼が、春夫に「漳州」の一章を書かせていたのである。

注1　〈▲佐藤春夫氏　台湾打狗港に滞在中なりし氏は廿一日厦門に渡つた〉(「よみうり抄」『読売新聞』一九二〇・七・二八、七面)という報道と、「大阪商船株式会社配船表」(一九二〇・七・五及び八・四、商船三井社史資料室蔵)によって、往路は打狗広東線の蘇州丸、復路は基隆香港線の開城丸に、この日程で乗船したことが分かる。

2　西原大輔『谷崎潤一郎とオリエンタリズム　大正日本の中国幻想』(二〇〇三・七、中央公論新社、一〇四～一〇五頁）に詳しい。

3　一九二〇（大正九）年七月一一日付の佐藤豊太郎宛書簡に、〈東君の助手に支那厦門産れの青年が居て、彼は甚だ流暢に英語を話す上に、兄が当地支那人中有数の商人とかにて、台湾人支那人の上流に可なりの交際あるらしく、その青年がいろいろと案内をしてくれるのでなかなか便利です。（略）青年は同地方の産で殊に厦門の学校の宿舎を利用し得る便利やその他知人等も多いよし、得がたい好機会と思ふから、ちよつと支那まで渡つて見ます。——旅費は台湾の印象といふ文章を台湾新聞に書け——一枚二円五十銭出すといふから、前金をもらつて行きます〉と見える（『定本佐藤春夫全集』第三六巻、二〇〇一・六、臨川書店、三七〜三八頁）。当時の『台湾新聞』は散逸して春夫が実際に寄稿したかは分からない。七月二〇日付の春夫宛森丑之助書簡には、〈此度厦門へお遊びに行から《ママ》るさうですが私の旧友て《ママ》同地に学校経営に当り居る岡本氏なる篤学者が居られます〉（牛山百合子翻刻『佐藤春夫宛森丑之助書簡』二〇〇三・三、新宮市立佐藤春夫記念館、五頁）と見え、春夫自身からの希望だったらしい様子が見える。

4　日付は『南方紀行』の単行本による。初出の「漳州」（『新潮』一九二一・一〇）では、〈厦門に於ける第十一日——旧暦六月十六日〉（新暦七月三一日）とあるのが刊本収録時に訂正された。八月一日は実際には厦門上陸後第一一日目に当たるため、初出・単行本とも春夫の数え方にミスがあるか。福建台湾での春夫の旅程については、作品内の情報を網羅的に整理した邱若山の「佐藤春夫台湾旅行行程考」（『稿本近代文学』一九九〇・一一）があるが、これは春夫の日数計算に基づいている。

5　作中の情報から逆算したこの日付にも疑問が残る。一九二〇（大正九）年七月二七日付の佐藤豊太郎宛書簡の記述には、〈明日は漳州と申すこの川上二時間のところを見物いたします〉と見え、これに依拠すれば、最初の漳州計画は七月二八日だったことになる（『定本佐藤春夫全集』第三六巻、二〇〇一・六、臨川書店、三九頁）。

6　岡本要八郎（一八七六〜一九六〇）は、北投石の発見で有名な鉱物学者。一九一三（大正二）年から一九二八（昭和三）年まで、厦門旭瀛書院長の任にあった。一九二〇（大正九）年七月二〇日付森丑之助書簡（前出）に、

〈若しも同地に於て何か御用を生せ《ママ》し場合には御相談になれは全君《ママ》は諸地の事情に通暁し殊に支那人間にも徳望のある人ですから屹度お役に立つこと、信し此《ママ》うちに御紹介状を入れ置ます必要の際に御行使下さる様願ます〉（牛山百合子翻刻『佐藤春夫宛森丑之助書簡』二〇〇三・三、新宮市立佐藤春夫記念館、五頁）と見える。徐朝帆（一八八九〜一九四一）は台湾総督府国語学校の公学校農業教員課程を一九一三（大正二）年一〇月に修了、同じく余錦華（一八九八〜?）は公学校師範部乙科を一九一七（大正六）年三月に修了した（『台湾総督府国語学校一覧』一九一七・一〇、二六二・二三三頁）。旭瀛書院訓導職在職期間は、徐が一九一八（大正六）年〜一九三二（昭和七）年、余が一九二〇（大正九）年〜一九二三（大正一二）年。

7　許連城（一八八三〜一九三一）は、台湾総督府医学校を一九〇六（明治三九）年に修了し（『台湾総督府医学専門学校一覧』一九二五・一一、一一九頁）、漳州南門外大路頭に宏仁医院を開業していた（谷了悟『南閩事情』一九一九・六、台湾総督官房調査課、一九一頁）。『南方紀行』では日本語を使った形跡が全くないように書かれているが、実は日本語に堪能であったらしく、次のような紹介文がある。〈漳州に行つて吾人の最も愉快に感ずるのは医師許連城氏のある事である、氏は台湾総督府医学校の卒業生で台湾に在りし事前後七八年、秩序ある教育を受けた漳州唯一の医者で評判も従て善く非常に繁昌して居る、氏は営業の都合上天主教信者と云ふ事にはなつて居るが能く日本語を解するの故を以て最も本邦と善く特に日支関係を密接ならしむるため本邦若しくは本島留学生を招致する上に多大の便宜がある〉（益子逞輔『南支那』一九一三・三、台湾銀行、一二五頁）。旅行中、春夫の前ですら故意に日本語を使わなかったのだとすれば、〈あまり日本語で話をしない方がいい〉という余錦華の恐れも杞憂ではなかったのだろう。一方、医師である許連城には、陳烱明の福建攻略の際、蔣介石の部隊で衛生隊長を務めていた経歴がある（郑之翰「闽南护法区的漳州片断」中国人民政治协商会议漳州市芗城区委员会编『漳州芗城文史资料（合订本）第一卷』二〇〇九、一六五頁）。

8　〈八月三十日　援闽粤军攻克福建漳州。「此间人民大多数表示同情于南方、南军之行亦颇有秩序」（『民国日报』一九一八・九・一三）〉（段云章・沈晓敏『孙文与陈炯明　史事编年』二〇〇三・一〇、广东人民出版社、一二三一頁）。

9　この箇所の通史的記述は、主に陈贤庆『民国军阀派系』（二〇〇八・六、北京・团结出版社）の第八章「粤系」（一三七〜一六七頁）に依拠する。

10　大久保典夫「12佐藤春夫△南方紀行▽」（村松定孝・紅野敏郎・吉田凞生『近代日本文学における中国像』一九七五・一〇、有斐閣、八七頁）。

11　外務大臣内田康哉宛「靖国軍ノ内訌ニ関スル件」JACAR（アジア歴史資料センター）Ref.B03050122300（第一五画像目）、各国内政関係雑纂／支那ノ部／地方第二十四巻（1-6-1）（外務省外交史料館）。

12　内田康哉宛「漳州ニ於ケル情況報告ノ件」一、宋淵源ト方聲濤ノ衝突及粤軍一部ノ動員、JACAR：B03050122300（第五〇〜五一画像目）、各国内政関係雑纂／支那ノ部／地方第二十四巻（1-6-1）（外務省外交史料館）。

13　内田康哉宛「漳州ニ於ケル情況報告ノ件」三、安渓附近ノ交戦及漳浦方面ノ警戒、JACAR：B03050356900（第三一一画像目）、各国事情関係雑纂／支那ノ部／厦門（1-6-1）（外務省外交史料館）。

14　南支情報第四五号「厦門事情（附雑件）」軍事一、南軍ノ内訌、JACAR：B03050123500（第一一六〜一一七画像目）、各国内政関係雑纂／支那ノ部／地方第二十五巻（1-6-1）（外務省外交史料館）。

15　南支情報第五五号「厦門事情」軍事一、在福建南軍ノ内訌（続報）、JACAR：B03050123600（第二二五〜二二六画像目）、各国内政関係雑纂／支那ノ部／地方第二十五巻（1-6-1）（外務省外交史料館）。なお、上海で発行されていた『申報』の報道は少し違っている。その内容は以下の通り。《一九一九（民国八）年、雲南軍の方聲濤は、厦門北部から陳炯明の勢力を排除し、安海を拠点に福建の在来民軍を「靖国軍」に編成した。ところが、靖国軍第七旅団長・劉漢臣は、陳炯明の慫慂で造反を決意。先に靖国軍編入を拒んだ宋淵源一派と謀り、一九二〇（民国九）年三月一六日、泉州洪瀬から安海へと南下する。しかし靖国軍の許卓然・張貞らと三度交戦の結果ことごとく敗退。陳炯明に救援を求め、李炳榮・許崇智・朱得才ら粤軍参謀の掩護で四月初旬に安海を奪取した。許卓然・張貞は厦門に潜伏していたが、搬送中の粤軍の弾薬を奪い、四月一三日深夜、安海の東南西三門に放火。焼失家屋一三〇余、民間の死者六〇〇余に及んだ。粤軍守備隊は倉皇として逃げ出したが、許崇智は内偵の結果、靖国軍が一〇〇名に満たないことを知り、一四日ただちに反攻。李炳榮・朱得才・林季商も合流し、城外からの集中砲火で安海を陥落させる。このとき両軍の死傷兵は五〇～六〇名、人民の死傷者は一〇〇〇名に達した。》（「閩粤軍戰記」一九二〇・四・六、「閩南靖國軍戰訊」一九二〇・四・一二、「安海戰事之慘狀」一九二〇・四・一三の各記事による）。

16　浙江軍はもと北軍（北京政府側）の援軍として福建に派遣されて来たが、一九一八（民国七）年夏に呂公望・陳肇英が南軍側に回り、陳の支持者として漳州に入った。『南方紀行』には漳州公園で見かけた将軍の一行について、同行者の余と徐とが、陳烱明か浙江軍の軍人かと噂し合う様子が描かれている。〈「どうして。浙江軍の軍人が今来てゐるのですか」と僕は尋ねたが、別に浙江軍の将軍と決めるべき理由も無いやうであつた。余君と徐君とは時々こんな風に大した拠所のないことを考へては言ふ面白い人であつた〉と春夫は言うが、この反応はむしろ、南軍の編成に関する春夫の側の知識不足を露呈している。

17　南支情報第六三号「漳州事情」軍事四、林祖密親兵ヲ編成セントス、JACAR：B03050124300（第四八画像目）、各国内政関係雑纂／支那ノ部／地方第二十六巻（1-6-1）（外務省外交史料館）。

18　春夫の言う〈許督蓮〉は、経歴から見て安海司令官の「許卓然」に該当する（後述）。

19　『定本佐藤春夫全集』第三六巻（二〇〇一・六、臨川書店、三九頁）。

20　〈漳州只有一間日報叫做「閩星日刊」又有一個半週刊、叫做「閩星」、同是一個機關所出的。從他們的言論看來、很像是傳播社會主義的、有人告我說、漳州是閩南的俄羅斯、據此看來、却不能說此無因了〉（【訳】漳州には毎日刊行の新聞として「閩星日刊」のみがあり、他に週二回刊行の「閩星」があって、いずれも同じ機関から出版されている。彼らの言論を見るに、社会主義を広めようとするものらしい。漳州を閩南のロシアだと言った人があるが、ここからすると、それも故なしとはしない）「游漳見聞記　漳州文化運動的眞相」（『北京大學學生週刊』第一四號、一九二〇・五・一、二一面）。

21　南支情報第二二号「漳州事情」一、漳州ニ在ル陳烱明ノ抱負及其実行、JACAR：B03050122600（第一七五～一八〇画像目）、各国内政関係雑纂／支那ノ部／地方第二十四巻（1-6-1）（外務省外交史料館）。

22　〈漳州従前ノ市街ハ敷石道ナルモ旧式ニシテ凹凸甚タシク到ル所階段ヲ有シ交通至テ不便ナリシモ陳カ高圧的命令ヲ以テ之レカ改善ニ着手セシメ其費用トシテ沿道各商店間口一丈ニ付銀二十五元（即チ相対二軒ニテ五十元）ヲ出サシメ市区道路ノ改正ヲ励行セリ〉（南支情報第二二号「漳州事情」一、漳州ニ在ル陳炯明ノ抱負及其実行、JACAR：B03050122600（第一七五画像目）、各国内政関係雑纂／支那ノ部／地方第二十四巻（1-6-1）（外務省外交史料館））。

23　「漳州」では不親切な人物とされる徐朝帆・余錦華だが、半年前の福州事件が象徴するように、日中の板挟みになった台湾籍民の複雑な立場を考慮すべきである。一九二〇（民国九）年一月創刊の『閩星日刊』は盛んに排日記事を掲載していたし、五月四日（五四運動一ヶ年）には、漳州南門の寿民医院長・張春暉（台湾医学校出身の漳州人）が日本製の医療器具・薬品の供出を拒否して腕力沙汰に及び、国民大会学生等の襲撃を受ける事件も起きていた（台湾軍参謀部・南支情報第五七号「漳州事情」内政二、漳州ニ於ケル学生ノ横暴、一九二〇年五月二七日、JACAR：B03050123800（第三二八～三二九画像目）、各国内政関係雑纂／支那ノ部／地方第二十五巻（1-6-1）（外務省外交史料館））。このニュースは厦門にも伝わっていたはずであるから、二人が日本人の支持者と誤解されぬよう神経質になるのも当然であった。

24　『定本佐藤春夫全集』第三六巻（二〇〇一・六、臨川書店、三九頁）。

25　〈月夜の海岸を歩いてから山かげにある或る別荘の庭園を通り抜けたのだが、そこにはやつと人間が通れるだけの洞窟になつた道を人工的に造つてあつて、その洞から出るとすぐに二間ほどの石橋がかかつてゐて、その石橋の上に来ると夜気に雑つて蓮の匂が幽に漂うてゐた〉とされるこの庭園の名は『南方紀行』に記されていないが、一九一三（民国二）年鼓浪嶼港仔後海岸に造成された林爾嘉の別荘「菽庄花園」（現存）と推定される。ここには仮山庭園と蓮池がある。林爾嘉（一八七五～一九五一）は台湾の巨大資本・板橋林家の一員で、下関条約締結後に父の林維源と鼓浪嶼に移住した。ただし一九二〇（民国九）年当時は数え年四六で、〈還暦祝〉ならば本人の祝いではない。春夫は他にも「観海別墅」（現存）を訪ね、そこの主人・黄奕住（一八六八～一九四五）と会っている。

両者は厦門市の電話・電燈・水道など都市インフラの整備に多大な功績を残した人物である。一九一九（民国八）年に発足した市政会では林が会長、黄が副会長を務め、この組織の主導のもと、一九二〇（民国九）年に厦門都市改造の第一歩となる開元路の造成が始まった。『南方紀行』の中には、民族資本家である彼らの優雅な、あるいは贅沢な暮らしぶりの記述はあっても、その社会的貢献については言及がない。厦門の近代化はまだ始まったばかりだったのである。

26　「新しき村」の準備に取り掛かった武者小路実篤に対し、文壇大勢の冷笑的雰囲気が漂う中で、春夫が武者小路ら白樺派を次のように評価していたことも、ここでは注目に値する。〈彼等が善を愛して居る、或は愛しようとして居ることが、本当の心持からであるか、偽善者のやうにであるかを、よく考へて見てやるべきである。さうして、勿論彼等は本気で、心からさうしようとして努力して居ることは確かである――やうに私には思へる〉（「武者小路実篤氏に就て」原題「彼等に感謝する」『中央公論』一九一八・七）。

27　肝心の人名に取り違えが起きたのは恐らく旅行当時のメモの問題で、閩南語（南福建の方言）を書き記す際に使われる教会ローマ字式の表記では、「許卓然」がhí-toh-jiân、〈許督蓮〉がhí-tok-liân となる。情報提供者に走り書きで教えてもらったこの発音表記の「h」を「k」に、「j」を「l」に読み誤り、後から別人のアドヴァイスで漢字を当てはめた場合に起こりうるミスである。

28　厦門市图书馆编『厦门人物事典』（二〇〇三・六、鷺江出版社、一六六頁）。

29　「大正拾参年度厦門博愛会事業成績報告書」（JACAR：B05015217700（第二二一画像目）、補助（病院、学会、民団、学校）／補助関係雑件第二巻（H.4.0）（外務省外交史料館））の職員一覧表に、〈歯科副医長　東熙市　医学生教務歯科学担任〉に並んで〈歯科雇　鄭享綬〉の名も見えている。翌年発行の小冊子『厦門博愛会医学校第一回卒業紀念誌』（財団法人厦門博愛会医学校編、一九二五・七、厦門博愛会、二八頁、JACAR：B05015217700（第二六四画像目）、補助（病院、学会、民団、学校）／補助関係雑件第二巻（H.4.0）（外務省外交史料館））によれば、鄭の着任は歯科部の正式成立を受けて、一九二三（大正一二）年一一月となっている。東熙市の経歴の詳細については拙稿「佐藤春夫『南方紀行』の中国近代（三）―東熙市と鄭享綬―」（『實踐國文學』二〇一三・一〇）および同「佐藤春夫、台湾で居候になる―インタビュー・東熙市一家の記憶から―」（実践女子大学文芸資料研究所『年報』二〇一四・三）を参照されたい。

30　山口昇編『欧米人の支那に於ける文化事業』（一九二一、日本堂、一一五五頁）。

31　『激勵團報告書』（一九二一、閩南基督教士激勵團委辦）によれば、閩南激励団は聖書講読を中心とするキリスト教徒の夏季合宿で、春夫滞在時、第三回激励団が集美学校で挙行されていた。会期は一九二〇年七月二六日～八月一日。『南方紀行』「集美学校」章を参照。

32　〈姓名〉陳士衡〈字〉鏡衡〈籍貫〉福建同安〈職務〉校醫〈資格〉曾任尋源中學教員〈入校年月〉九年二月〉（集美學校文藝部編『福建私立集美學校校友會第一期雜誌』一九二〇・一〇、集美學校校友會、三〇頁）。〈姓名〉陳士衡〈別號〉鏡衡〈性別〉男〈籍貫〉福建同安〈曾任職務〉小學教員／師範校醫〈到校年月〉二年一月〈離校年月〉十年二月〉（集美學校二十周年紀念刊編輯部編『集美學校二十周年紀念刊』一九三三・一〇、七六頁）。

33　丘廑兢「闽南倒袁运动记」（中国人民政治协商会议福建省厦门市委员会文史资料研究委员会编『厦门文史资料第九辑、一九八五、一～二五頁）。

34　その後、第二次計画もあったが、一九一六（民国五）年六月に袁世凱が死亡。黎元洪大総統の元で臨時約法と議会が復活したため、孫文の命令で解散となった。旧福建護国軍総司令部は福建流籌部と改称し、厦門竹仔街に事務所を置いて許卓然が残務整理に当たった（台湾総督府政況報告並雑報第一巻「支那並支那人ニ関スル報告（第二十七報）」JACAR：B03041649800（第三八五～三八六画像目）、台湾総督府政況報告並雑報第一巻（1-5-3）（外務省外交史料館））。

35　『南方紀行』では〈姉夫婦を手頼つて〉となっているが、「暑かつた旅の思ひ出」では、〈鄭の従妹〉で〈歯医者〉の〈細君〉となっている。

36　洪卜仁「追寻轰动厦门的赛事」（同编『厦门体坛百年』二〇〇八・六、厦门大学出版社、八～九・一一頁）。許俊

雅は、鄭が「厦門起義」未遂後に国際試合に参加していることから、〈似乎並未受倒袁運動影響〉（【訳】倒袁運動の影響を受けなかったようだ）と指摘している（「佐藤春夫《南方紀行：厦門採訪冊》裡的人事物」許素蘭主編『回眸凝望・開新頁―臺灣文學史料集刊　第七輯』二〇一七・八、國立臺灣文學館、九六頁）。

37　財団法人厦門博愛会「昭和三年度事業成績並収支決算書」JACAR：B04012788500（第一九一・二一一・二一六画像目）、本邦病院関係雑件第一巻／四、博愛病院関係（在厦門）（I.3.3）（外務省外交史料館）には鄭享綬の名が見えない。

38　〈鄭享綬　中國　思明南路〉（陳佩眞・蘇警予・謝雲聲編『厦門指南』第九篇（齒科）一九三一・五、厦門新民書社、一二頁）。

39　〈中山路（商號）鄭亭《ママ》綬（門牌）一四（營業）牙科〉（工商廣告社編纂部編『厦門工商業大觀』一九三二・六、厦門工商廣告社、六二頁）。

40　鄭享綬「兒童與牙齒」（『集美初等教育界』一九三三・一〇、三〇～三三頁）。

41　李硕果「厦门《民钟报》创办始末」（中国人民政治协商会议厦门市委员会文史资料研究委员会编『厦门文史资料第一〇辑』一九八六・九、七五頁）。

42　周坤元はその後、一九二二（民国一一）年にアメリカに留学し、教育学修士号を取得。一九二九（民国一八）年から一九三三（民国二二）年まで尋源中学校長を務め、日中戦争の勃発で出国。ビルマ・シンガポール・マレーの華僑学校校長を歴任し、一九四一（民国三〇）年、在職中に病歿した。詳しくは拙稿「佐藤春夫『南方紀行』の中国近代（四）―筆談が生んだ「誤解」―」（『實踐國文學』二〇一七・三）を参照されたい。

付記　本章の考証過程では次の方々に資料のご提供や調査のご協力をたまわりました。謹んで御礼申し上げます。

故東敏男氏、東哲一郎氏、洪卜仁氏、白樺氏、岡本正豊氏、徐世雄氏、蔡懷哲氏、呉光輝氏、錢劍峰氏、呉志虹氏、李宇玲氏、洪瑜瑛氏、郭立欣氏、加藤信男氏（商船三井社史資料室）、国立国会図書館、外務省外交史料館。

（順不同）

第一二章　眠る男と煙の女──「日本人」であることの不安

蔣介石とひとつの舟に

その日、数日来の嵐もやんだ鷺江《ろこう》の海は青い月夜であった。ここ厦門《アモイ》港の鼓浪嶼《コロンス》は、巨岩と緑樹の間に洋館を鏤《ちりば》めた共同租界の美しい小島である。一九二〇（大正九）年七月二六日夜、その一軒の洋館のベランダに、海上を照らす月の夜景と茶の香を楽しむ二九歳（数え）の佐藤春夫の姿があった。家庭問題に苦しみ、同じ立場に置かれた谷崎千代への思いを心に秘めて台湾放浪の旅に出かけた彼は、打狗《タカオ》（高雄）の友人東熙市《ひがしきいち》宅で助手の鄭《てい》享綬《きょうじゅ》と出会い、知り合ったばかりの彼を案内人にして、とうとう知人もない異国まで来てしまったのである。

春夫の向い側に腰かけている紳士は、この邸の主人の林木土《りんぼくど》。(1)「鷺江の風光の美は西湖に優るとも劣るものではない」と話す彼は、二八歳の若さで新高銀行の厦門支店長をつとめ、文芸にも造詣の深い俊才である。その言葉に、中国は他の地方を知らない春夫も思わず納得してしまう。月の厦門にはそれほど心惹かれるものがあった。(2)

翌朝、春夫は郷里新宮の父に宛てて手紙にこう書いている。

私は林木土と申す台湾の紳士の知遇を得て昨夜もここに宿めて貰ひました。（略）邸は鼓浪嶼第一等の風景を占め、平面坪約五十坪の三層楼です。そこの椽《ママ》側で海の月夜を見て居ると、浦嶋になりさうです。（七月

二七日付、佐藤豊太郎宛書簡[3]）

厦門の海上を照らしたこの晩の清月は、林木土の洋館からわずか数百メートル先の別の洋館に逗留していた意外な人物の心をも深く捉えていた。三四歳の蒋介石（一八八七〜一九七五）である。その日の彼の日記にはこう書かれている。〈月色清朗、風光和涼、到嶼以來、以今日氣候爲最佳也（七月二六日）〉【訳】月の色は清く、風光は爽やか。鼓浪嶼に来て以来、今日の気候が最もすばらしい[4]。蒋介石日記と『南方紀行』の双方の記録をさらに比較してみると、二人の行動はこの数日後、一つの場所でぴたりと重なっていた。

林木土一家

1923年頃、鼓浪嶼に新築した家の前で。（林偉星氏提供）

　春夫が滞在した一九二〇年の厦門は、北洋政府軍の李厚《りこう》基《き》と、これに対抗する広東軍政府派遣の陳炯明《ちんけいめい》とが対峙する南北停戦ラインの最前線であった。北伐を指揮した孫文は、二年前広東軍政府内のクーデターで失脚。上海に潜伏しながら漳州《しょうしゅう》駐留の陳炯明に、広州奪還と革命再開を再三打診しているところであった。しかし入城以来二年間で漳州を「閩南《びんなん》のロシア」と呼ばれる社会主義都市に改造した陳炯明は、閩南での勢力拡張に余念がなく、言を左右にして呼びかけに応じる気配がない。蔣介石は、彼を説得する孫文の密使として、七月一〇日から八月五日まで厦門に滞在していたのである。

七月二二日から八月四日まで厦門に過ごした春夫もまた、到着以来たびたび噂を耳にする陳炯明に興味を持ち、漳州訪問の準備を早い段階で始めている。予定の漳州連絡船に乗り遅れ、用事で一足先に台湾に帰る鄭の代わりに別の通訳を探すなどタイムロスはあったが、その分南洋帰りの華僑が設立した集美学校を見学したり、名家の御曹司・林正熊[5]と妓館で豪遊したりと得難い経験をした。そして八月一日、厦門停泊中の小型蒸気船で漳州へと出発したのである。

同日の蔣介石日記には次のようにある。〈五時、起床。看報。上午、起程赴漳。途中看報。乃知段已完全失敗、然而其在國內之勢力、終難消滅也。下午五時、抵漳、入總部。晚、與總座談天。十時睡（八月一日）〉（【訳】五時起床。新聞を読む。午前、漳州に出発。途中、新聞を読む。そこで段祺瑞《だんきずい》が完全に敗北したのを知った。だが、国内における彼の勢力を破壊し去るのは難しい。午後五時、漳州到着、総司令部を訪問。夜、陳炯明総司令と話す。一〇時に寝る）。春夫の漳州行が〈厦門に於ける第十二日――旧暦六月十七日〉であったという『南方紀行』（一九二二・四、新潮社）の記述を信じるならば、彼が見た〈隅田川の一銭蒸気のまあ五倍あるなし〉の小さな老朽船には、直皖《ちょくかん》戦争による段祺瑞失脚の記事に目を光らせる無名時代の蔣介石も乗っていたはずである。ちなみに、八月三日の帰路にも二人は同船したものと見られる。

残された蔣介石日記から明らかになったこの邂逅に、春夫は生涯気づくことはなかったろう。だが、春夫の中国旅行は事実として、第一次粤桂《えっけい》戦争の開戦（八月一六日）を促す孫文の密使と、船上で知らずに出くわしてしまうような内戦の最前線を行くものだった。その意味で、春夫の『南方紀行』は、北伐挫折後の停滞期が破壊され、中華民国統一へと歴史が動き出す発火点になった街への貴重な潜入ルポにもなっていたのである。

すでに触れたように、鉄道と汽船による大陸周遊ルートが確立した当時、多くの文学者が相次いで中国を訪れ、それぞれに印象記を残した。だが、新聞社からの潤沢な資金援助と地元日本人社会の手厚い歓迎を受けて租界や景勝地を巡った彼らの旅行スタイルが、視察以上のいわゆる「異文化体験」になりにくかったことは否めない。その中で春夫の場合、そもそも中国人を案内人として英語で会話するような旅であったために、その旅行の趣は全く異なっていた。排日気運が特に濃厚だった当時の福建省で、華僑向けの安宿や教員宿舎など中国人社会の只中に入り込み、内戦再開を準備する革命軍の中心地まで見に行くという、これほど怖いもの知らずの旅を他に誰が行い得ただろうか。

前章では、軍閥割拠時代の前線における日本人の稀少な証言として『南方紀行』の歴史的価値を評価してきたが、ここでは中国近代史のもう一つの焦点である「排日」が、本作においてどのように受け止められているのかを確認していくことにしよう。

路地裏の「愛国」

『南方紀行』の第一章「厦門の印象」はもと「探偵小説に出るやうな人物」（『野依雑誌』一九二一・一一）のタイトルで発表され、刊本収録に際して改題された。『南方紀行』は全六章からなるが、初出時から「南方紀行」の総題で連載された第五章「漳州」（『新潮』一九二一・八）、第三章「集美学校」（同、一九二一・九）、第四章「鷺江の月明」（原題「月明」同、一九二一・一一）とは異なり、小説風で独立性の強い章である。他に、第二章「章美雪女士之墓」（『改造』一九二一・九）、第六章「朱雨亭のこと、その他」（原題「空しく歎く」『改造』一九二二・二）があり、単行本収録時に旅行日程を追って順番が整理された。「厦門の印象」の梗概は次の通りである。

厦門出身の〈鄭〉を案内人に、打狗から台湾海峡を渡った〈私〉は、船内で探偵小説の人物のように派手で怪しげな身なりをした〈陳〉という商人と道連れになる。厦門では南華旅社に二泊。一泊目は〈鄭〉に置き去りにされ、〈陳〉も自室を締め切って出てこない。二泊目は、〈鄭〉〈陳〉のほか二人の台湾人に誘われて近くの芸者屋に出かけるが、言葉の通じない〈私〉は疎外感を味わうだけだった。別の店に向かう一行に取り残されて再び部屋に戻ったとき、宿のボーイに仕掛けられたいたずらから、街に漂う「排日」の雰囲気を思い出し、今になって身に迫る恐怖を感じ始める。三日目、〈私〉と〈鄭〉は養元小学校長の〈周〉の取り計らいで、鼓浪嶼にあるその学校の職員宿舎に宿替えするが、〈陳〉はそこに小さな荷物を預けて出かけたまま、再び戻らなかった。後で〈鄭〉に聞けば、彼は私娼の家で阿片を吸い眠っているのだろうという。台湾に戻ったあとも、〈私〉には〈陳〉の行方がいつまでも気にかかって仕方がないのだった。

初出題が示すように、この文章は〈陳〉という台湾商人の不可解なイメージに、厦門市街の不気味な印象を重ね合わせたものである。物語の骨格は、台湾から厦門へ、厦門から台湾へとUターンする〈私〉の往復の軌跡と、厦門の街中まで直進したまま帰還のルートを断ちきってしまう〈陳〉の片道の軌跡とが対比される形になっている。〈陳〉の足首を摑んで離さない厦門は、怖しくも抗い難い魅力を持った場所として描き出されるが、いつまでも彼の行方を気にする〈私〉もまた、その言い知れぬ魅力に当てられているようなのである。それほどまでに〈私〉の心に巣食い続ける厦門とは、一体いかなる場所だったのだろうか。

現実の厦門は、民間交易港の長い歴史を背負い、福建華僑の出港地としても長く世界に名の通った街であった。都市としての起源は、一四世紀末の明代初期、倭寇監視の要塞が作られたのが最初で、鎖国撤廃後の一六世紀以降、漳州附近から台湾を目指す移民の出口となり、また近海を治めた鄭成功の「反清復明」の拠点ともなった。

春夫渡航時の厦門・鼓浪嶼の地図を見ると、この港が背負ってきた歴史をありありと見ることができる。長い城壁に囲まれた計画的な大都市とは異なり、小さな要塞（水軍提署）に過ぎなかった厦門では、軍事的な庇護を得て交易が活性化した結果、海岸線の近くから市場が発達し、城壁を呑み込むような形で街が形成されたのである。帝国主義の時代になり、厦門でも一八五二（咸豊元）年に海後灘イギリス租界が設置されるが、十分な用地がなかった島上の厦門では、旧市街海岸部のわずかな一角にそれは寄生して設けられた(6)。この点で厦門は、旧市街から離れた湿地帯に大規模に造成され、やがて街の機能の中枢を占めて行った上海や天津などの場合と大きく異なる。ただし、外国人の住宅購入は鼓浪嶼の側で進め

厦門・鼓浪嶼関連図

鼓浪嶼（左方）は宮川次郎『厦門』（1923.10、盛文堂）、厦門市街（右方）は国立国会図書館蔵『厦門城市全図』（1911.7、全閩新日報社）による。

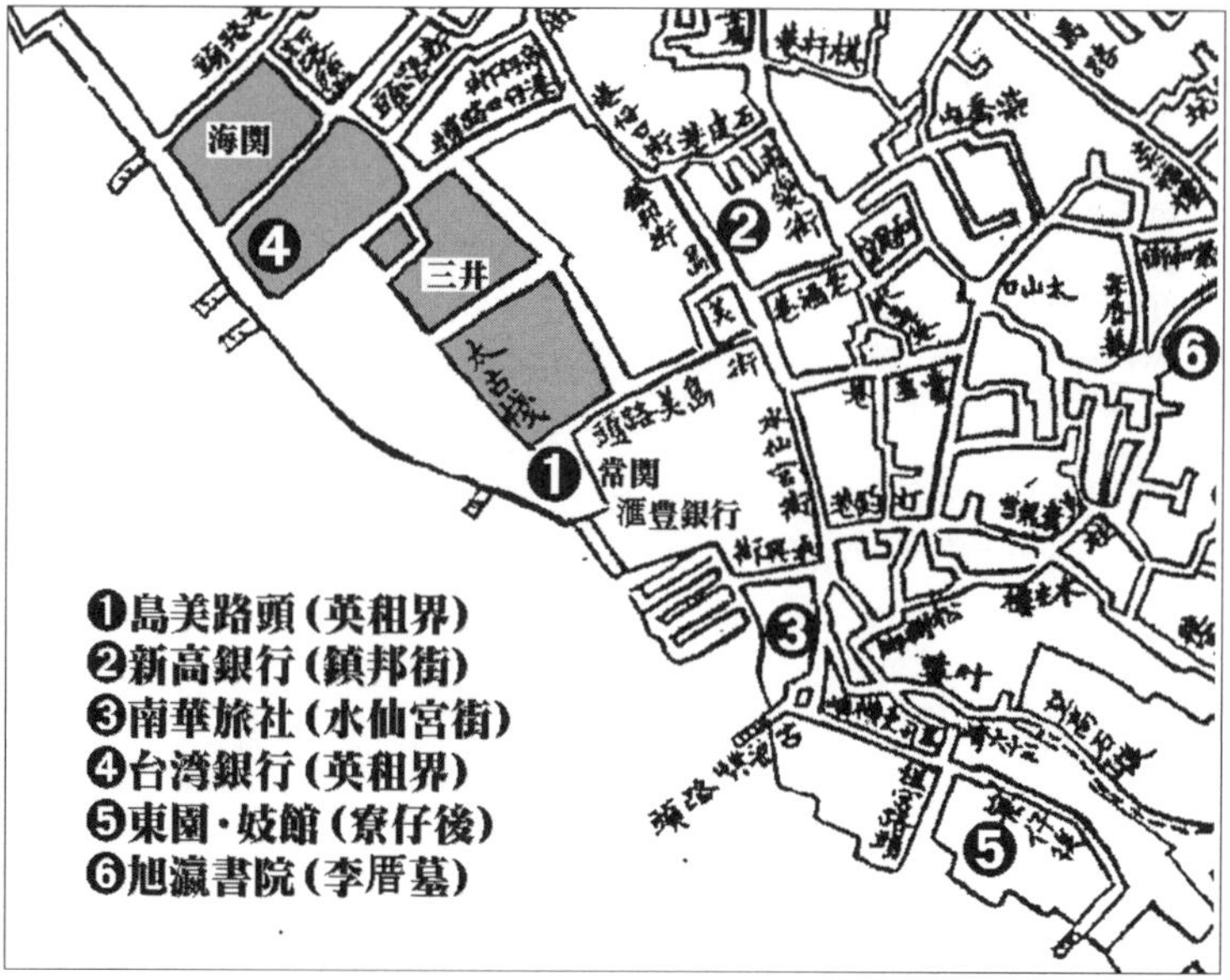

厦門バンドの拡大図
英租界（着色部）の裏手に巨大な「迷宮」が迫る。（国立国会図書館蔵）

られ、一九〇二（光緒二七）年には共同租界（英米独仏日等）として、翌年ここに工部局が設立された。

厦門で日系漢文紙『全閩新日報』を編集していた宮川次郎の案内書には、厦門の都市構造の特徴が次のように要約されている。厦門市街は〈海岸地方に各国会社銀行大商店があつて西洋式建物軒を並べて居るが一歩市街に入れば通風悪しく道路狭く家屋不潔を極め其の上道路は下水の上に凹凸甚しい花崗岩を敷詰めたものであるから常に悪臭を断たぬ。（略）市区は何等秩序なく雑然混然として宛然迷宮の感がある〉[7]。開港地のハイカラな外観は書き割りのように厚みがなく、〈一歩市街に入れば〉そこは網状の路地がどこまでも続く「迷宮」のような世界だったのである。

さて、春夫の「厦門の印象」は、この貧弱な租界と巨大な裏町とがコントラストをなす厦門の特殊な都市構造に意識的なテクストである。厦門の第一印象としてまず言及されるのは、海岸線の家々に描かれたおびただしい数の煙草の広告であった。

陸には石垣の根を海水に洗はれてその直ぐ上に家が立てられてある。「客桟」と大きく家の壁一ぱいを看板にしたのもある。さうでない家には、殆どの家の壁にも種々雑多な煙草の広告が、雨風に曝されて彩色の褪せた絵や文字などで一面に塗り埋められてある。なかにはパイレエトだとかピンヘッドだとか、ピイコックだとか、私の子供のころにうちの車夫などが吸つてゐた煙草の絵もある。——妙なところでなつかしい思ひ出の種を見つけるものである。煙草の広告は家の壁だけではまだ足りないと見えて、家家の後に突兀としてゐる巨巌の一つに海賊牌香煙と大きな字が彫りつけてある。

この光景は、続いて登場する旅館の室内描写と明らかに対をなすように仕組まれている。黒い蜘蛛の巣だらけの陰気な部屋の壁面に、〈喜鵲牌香煙か何かの広告びらである三色版の上海風俗の美人〉がただ一点の彩りを添えている〈南華大旅社の特別優等の部屋〉。喜鵲牌香煙《きせきはいこうえん》とは、民族資本家の簡照南（日本華僑）が設立した南洋兄弟煙草有限公司（一九〇五年創業）の商標の一つである。この会社が英米六社共同出資の中国英美煙公司（British American Tobacco Co. 一九〇二年創業）と繰り広げた中国市場争奪戦はあまりにも有名で、後発の南洋は外貨（輸入品）排斥と国貨（国産品）奨励を旗印に、中国民衆の愛国心を露骨に鼓吹する広告手段で販路を拡大していった。主力銘柄はずばり「愛国」。そして例えば英美が自社ブランドの「三炮台」香煙（Three Castles）とデザインが紛らわしいとして南洋に「三喜」香煙商標の使用中止を求めると、南洋は一応承諾したが、しかし改名後のラベルに「原日三喜」と銘打って逆に外資系の横暴を糾弾し、「愛国」的購買者の支持に訴えたのである。そ

近代的景観の厦門英租界

春夫一行の上陸点。右寄りの旗を立てた石造建築が台湾銀行厦門支店。その奥の旗のある煉瓦建築が海関（税関）。1920年代。（著者蔵ネガより）

の改名後の銘柄こそ「喜鵲牌香煙」だった[8]。

巧みな広告戦略を駆使した南洋煙草の販売促進に大きく貢献したのがカレンダー付きの色刷り美人画（月份牌）である。その一九二〇年版（民国九年版）のポスターが残っていた（【口絵】）。明るい洋館の応接間で、椅子を後ろ手に立つ若い上流婦人像である。前髪を下げた短髪に若草色の襖褲（上着とズボン）姿は中西折衷の最新モードである。繻子《サテン》織仕立ての彼女の服にはＮＹ（社名Nanyang の頭文字）の縫取りがあり、左隅の机上の灰皿には吸いさしの紙巻が細い煙を上げている。図の下方に並んだ「愛国」「長城」「双喜」などのパッケージデザインの中にはもちろん「喜鵲」牌も見える（下段左から二番目）。南華旅社の部屋で春夫が見た美人画はこれだった可能性が高い。この「愛国」企業のポスターは、「日本人」である〈私〉がこの部屋で受けることになる一つの〝洗礼〟を予告する伏線にもなっている。

一方、海岸地方に溢れていた煙草の銘柄はどれもが「外貨」である。パイレエト＝海賊牌（老刀牌）もピンヘッド（品海）も英美煙公司の主力銘柄であり、またピイコックは日本の村井兄弟商会（一八九四年創立）が英美煙公司の母体となった米国煙草会社と合同で中国参入を図った銘柄であった。このように、「厦門の印象」には、外から租界に殺到する外国資本の攻勢と、これを内部から迎え撃とうとする愛国企業とが激しくせめぎ合う経済戦争の一端が、街を彩る煙草広告の違いを使って巧みに捉えられていたわけである。

本作の優れた着眼点はそれだけではない。例えば、厦門上陸後に宿探しを始めた〈鄭〉に連れられてこの「迷宮」に入った〈私〉は、目標物もなく見通しも利かない路地で方向感覚を奪われ、確かな判断が何もできない恍惚たる思考停止に陥っていく。しかしこのとき、〈私〉の前に白昼夢のように現れたある乗物は、当時のこの街の特質をこれ以上ないほど雄弁に物語る厦門名物の一つだった。


一間あるかないかの街幅の石甃《いしだたみ》の上を歩きだした。割合に賑やかな通りと見えて、雑貨店がところどころに目につく。歩いて行くうちに肉や魚を商ふ店や、店さきに古着を吊したところなどがあつて多分厦門でも二流ぐらゐの通だらうと察せられる。狭い人どほりをかきわけて一丁の輿《こし》が来た――ヘルメツトを冠つた洋服の紳士が乗つてゐる。東洋人には相違ないが支那人でも日本人でもないひよつとすると何か複雑な――といふのは例へば馬来人と支那美人となどの混血児かも知れない……やうな気がする。学者とでも言ひたい痩せた風貌で、疎らな頰鬚と下賤でない鼻すぢが特徴である。三十七八だらう。……そんな用もない男を見て歩いてゐると、鄭が一軒の家の中へどんどん這入つて行く。ここも宿屋なのだらう。

厦門の典型的な裏通り
1920年代の鞭鼓街。「客桟」（華僑向けの簡易宿）が所狭しとひしめく。（著者蔵ネガより）

台湾や福建では一般に「轎《きょう》」と表記されるこの輿は、二〇世紀に入っても自動車はおろか人力車すら寄せ付けない厦門の唯一の交通機関だった。都市史研究の恩田重直によれば、「迷宮」厦門の構造は、複雑な花崗岩地形の斜面を等高線のように這う曲がりくねった幹線と、幹線どうしの高低差を連絡する無数の階段とからなり、それは「前低後高」を理想とする当地の家造りの自然な帰結なのだと言う。[9]「車輛」が通行できない狭隘な路地と階段を特徴とし、近代交通を頑強に拒む厦門旧市街の象徴が「轎」（輿）だった。その登場は、ここが租界とは異なる旧来の生活空間であることを確かに告げていたのである。

なお、一九二〇年代の厦門の都市情報を調べると、鄭と〈私〉とが宿泊した南華旅社は、イギリス租界から南に逸れた下町の水仙宮街に実在していたことが分かった。[10]ここは水に因む五神（大禹、伍子胥、屈原、王勃、李白）を祀った水仙宮の門前にあたり、路地の南端は明末から台湾各地へと移民を送り出してきた古い路頭（船着場）として海に開口していた。また、隣接する寮仔後街は航路安全を司る媽祖宮（潮源宮）を中心に栄え、門前町の常として大きな花街を形成していた。附近の「客桟」には多くの出稼人（華僑）が自炊しながら南洋通いの汽船を待っており、背後の望高石（望哥石）の高台には、船出して帰らぬ夫を待つ妻が石に変わったという「望夫石」の伝説も残されている。明末以来三〇〇年の歴史を持つこの水仙宮街は、ジャンク船時代、日本・台湾から南洋に及ぶ幅広い交易港として発展してきた港町・廈門の記憶を濃厚に漂わせた空間だった。皮相な西洋化を誇る租界とは対照的な庶民の生活がそこにあった。

〈町はづれ〉の発見

「廈門の印象」では、二日目以降、言葉が通じないことによる孤独感の表白が頻出するようになる。同行者の〈鄭〉や〈陳〉が廈門の路地裏の世界に溶け込んで行けば行くほど、反対に〈私〉は、自分を招かれざる客であると感じ、彼らとの間に壁を意識し始めるのである。

そもそも案内人の〈鄭〉は、台湾在住だが廈門の出身で、日本語が話せず、〈私〉の案内や通訳はすべて筆談と英語で担っていた。互いに母国語でない言葉を操る不便さにおいて、二人の立場は対等だったのである。しかし、廈門に着き、船を降りたとたんに状況は一変する。旧友や新たな知人と積極的に関わっていく〈鄭〉とは反対に、〈私〉は「廈門の言葉」が形作る〝場〟から疎外され、孤立感を深めて行った。この孤立感は、〈鄭〉と〈陳〉のほかに二人の客を加えて五人の宴会が始まった二日目の晩に決定的となる。〈言葉が解らないことが主な原因だらうが、私はどうもひとりでのけ者にされてうれしくは無いのである〉と、〈私〉の不満は明確な形を取るのである。

この一文を皮切りに、「廈門の印象」では、言語の不通に起因する疎外感が頻繁に言明されるようになる。皆で芸者屋に出かけても、言葉の通じない〈私〉は、〈気むづかしい顔〉で〈異邦人という気持ちを沁み沁みと噛みしめて味ひながら〉同行者の酔態を傍観しているしかない。また彼らの方も、〈異邦人なる私にはもう一向話しかけようとはしないで、彼等の言葉――私には決して解らない言葉で話し合つてゐる〉。そして〈鄭〉は仲間に〈私には解らない言葉の二三句で何かを言つて〉約束を交わすと、部屋に〈私〉を送り届け、厦門の路地の闇の奥へと消えてしまうのである。一人取り残された〈私〉は、〈言葉の解らない人間たちのなかで〉眠らねばならない不安に怯え始め、その結果、ようやく〈日本人に対する反感の激しい今日このごろのこの町〉に一人でいることの危険を悟り始める。

> 私は今晩もまた不安な気持ちで言葉の解らない人間たちのなかで、寝させられるのかと思ふと鄭の思ひやりのない仕うちが腹立しかった。（略）見も知らないところへ、只一人の知つた人も傍に無しで――全く今日は陳も居ないのだから――、その上一言も言葉が通じなくて、――それはまだいいとしても日本人に対する反感の激しい今日このごろのこの町だのに……私はそんな風に考へつづけて、酒の後では一層神経的になる自分の空想をもて余した。――実際、今ここへ誰かが忍び込んで、いや堂々と闖入して来て私にどんな無理な註文をしても――金をせびられても私には全く一文もない。私は鄭を信用して、――かうなつてはあまり信用し難い鄭を信用して、彼にすつかり金は托してゐるのだが――果は言葉の不通から双方で意志を判断し合ふ方法の全然ないことのはずみから、仮りに私が殺されようとも、さうして私の屍が海のなかへ投げ込まれても、全く、厦門では方法もないであらう。たとひ方法があつたところで私が殺されて仕舞つては何もならない……

ここには、言葉の障壁が繰り返し反芻されるなかで、単に「異邦人」の孤独とのみ意識されていた自分の感情が、次第に「排日」の標的たる「日本人」としての疎外感へとより具体的に読み替えられていく様子が捉えられている。ちょうどこの時、背中に痛みを感じて寝台の茣蓙《ござ》をめくってみると、そこから古びた豚の背骨のかけらが転がり出して来る。想像の中の敵意の刃先が形を取って現れたかのようなタイミングである。

これはどうもボオイか何かの悪戯に相違ない。料理場の近くで犬がしやぶりさらしてあつた奴を、私が日本人と見てとつてこんな怪しからんことをしたものだと見える。私はその忌々しいものを足で牀の下に蹴り飛した。さてもう一度電燈を消して、この地方での日本人の不評判を思つて見る――つい昨日散歩の路上であゝの町はづれの壁に見出した落書のことを考へる。「青島問題普天共憤」「勿忘國恥」といふのがあつた。――日貨排斥のものとしては「勿用仇貨」「禁用劣貨」などともあつた。「こ奴は日本人だ！」といふやうなことを言ひながら私につつかかつて来た酔漢もあつた……。

一九一九（民国八）年の五四運動は、日本が袁世凱政権に提示した「対華二十一ヶ条要求」（一九一五）のうち、山東半島の旧ドイツ権益移転（青島問題）について、第一次世界大戦後のパリ講和会議が追認したことへの抗議から始まっている。このとき厦門では、約四〇〇〇名の学生を動員するデモ行進が展開された(11)。さらに同年末、福建省都の福州では、日本人と台湾籍民が排日活動中の中国人学生を襲撃する「福州事件」が発生し、日本政府は拘束者の釈放を求めて軍艦「嵯峨」を派遣、北洋政府がその撤退を求めるという事態に発展したのである。この結果、一九二〇（民国九）年当時の福建省は、中国全土でも最も対日感情が悪化していた地方として知られていた。

注目したいのは、自分が当地では嫌われ者の「日本人」であることを自覚したこの時になって、前日の光景が映画のフラッシュバックのように〈私〉の意識に呼び戻されている点である。五四運動にまつわる政治的スローガンや日貨排斥の標語、また酔漢の悪態など、厦門の街は最初から「排日」の記号で溢れかえっていた。にもかかわらず、豚の骨の一件が起こるまで、〈私〉はそれを自分の身に関わる事態だとは認識していなかったのである。「女誡扇綺譚」の〈私〉が、「禿頭港」を散策しながら「港」にいることを忘れていたように、物を視界に納めることとその意味を把握することとは別次元の問題である。「厦門の印象」でも、信頼していた案内人との間に壁を感じ、この空間における自己の異質性を気にし始め、豚の骨によってそれをはっきり思い知るという段階を経て初めて、前日見た光景の意味を理解できるようになる。

　ここでのポイントは、言葉による疎外感が、厦門の都市構造に対する理解を〈私〉に促している点だろう。「排日」の標語はそもそも、外国人に管理された租界には残りにくく、かと言って彼らの目に全く触れない地元の生活空間にあったのでは意味がない。それが書かれるべき場所は、外国人の目に触れて手を出しにくい場所、すなわちソト（租界）に向いたウチ（現地社会）の外縁が選ばれることになる。するとそこには、一つの街を二つに区切る〝境界《ボーダー》〟がおのずと示されることになる。

　イギリス租界から上陸した初日の〈私〉は、何も知らずにこの〝境界《ボーダー》〟を通り過ぎて路地の「迷宮」へと入り込んで行った。[12]「轎」に乗った外来者の登場は、駕籠《かご》舁《か》きの案内なしではたちどころに道に迷うその場所の危険性を知らせていたのだし、宿の壁に貼られた中国の「愛国」企業の煙草広告は、そこが租界とは異なる価値観を持つ人々の生活圏であることを告げていた。これら〝異界〟の表徴を最初は単なる背景画としか見ていなかった〈私〉も、頼みの〈鄭〉が英語を話さなくなったことで、ようやくここが租界とは権力関係が逆転した世界だということを顧みざるを得なくなる。そしてそのような場所に一人で紛れ込んでいる外国人旅行者の圧倒的な無力さに愕然とするのである。〈私〉がこのとき〈町はずれ〉という語を獲得しているのは興味深い。この言葉は、

〈鄭〉の中に他者を見、都市の中に他者の領域を探り当てた〈私〉における〝境界《ボーダー》〟の発見を意味する言葉なのである。

このように、「日本人」であるという〈私〉のアイデンティティーは、「排日」の標的になり得る身の自覚という極めてネガティヴな形で獲得されているのである。そのことが内外で異なる相貌を持つ厦門の街の二重構造の理解につながっていくところに「厦門の印象」の個性がある。土地に意味を読む春夫の確かな地政学のまなざしは、〈町はづれ〉という言葉を〈私〉が手に入れるプロセスにこそ活かされている。

「異邦人」と「日本人」

「言語」が自己認識において大きな役割を果たすことは、『南方紀行』に繰り返し説かれる所である。英語による〈鄭〉との対等な意思の疎通が断たれた時、〈私〉は疎外感や孤独感から「排日」の標的たる「日本人」としての自己像を背負い込むようになった。だが、それでその後の〈私〉が厦門に恐怖や不快感のみを抱き続けたのかというと、そうでもない。〈私〉には、言葉が分からないことを逆手にとって異国情調を楽しもうとするポジティヴな志向も存在しているからである。『南方紀行』における〈私〉の自己認識は、「日本人」と「異邦人」という二つの言葉の間を微妙に揺れ動いている。このアイデンティティーのゆらぎの様相を第四章の「鷺江の月明」について見ていくことにしよう。

「鷺江の月明」は、厦門最大の花街である寮仔後街《リヤウアアウ》での遊興を描いた章である。遊興と言っても歌妓に歌わせながらやたらと酒を飲むばかりのものである。この日、近郊の集美で学校参観をした〈私〉は、帰りの舟の上で鷺江（厦門港）の夕景に深い感慨を催し、この満月の良夜を花街で楽しもうと〈鄭〉に持ち掛ける。もともと酒と美人に目がない〈鄭〉は大喜びし、鼓浪嶼に住む資産家の御曹司・林正熊を誘い出して舟を寮仔後に付けさせた。林正熊の父、林季商（祖密）は台湾中部、阿罩霧《アダム》（霧峰）林家の正嫡、日本の支配を嫌って中国本土に復籍した武将であるが[13]、その子は柔和な貴公子であった。〈私〉は彼と美妓・小富貴との並んだ姿を眺め、〈私に恋物語を書かせればこの二人を書く〉と、彼らの美貌を讃えている。特に小富貴については、〈彼の女は私がいままで見た女性、それには私の故国のものも加へたなかでも、やはり「真美《チンスイ》」と呼ぶべきであつた〉と絶賛に近い感想を抱くのである。さらにそこで聞いた音楽も、〈今まで音楽によつて一度も真に愉快を感じたと思へない私から、私の心を説き難い昂揚の状態に導いたことは我ながら訝しい事であつた〉と書いている。

言葉の通じない宴席であることは、「厦門の印象」の〈芸者屋〉と少しも変わらないはずなのに、「鷺江の月明」の〈私〉は、〈言葉がわかれば何れはこの女たちも日本の芸者と同様に卑俗なことを無意味に喋り立ててゐるに違ひないのだが、何もわからない私にはその朗かな異境の言葉はただ啼鳥の声か何かのやうに聞かれるのが有難い〉と述べ、〈悄然としてゐる異邦人を、妓女たちが時々思ひ出してはまだ満ちてゐる杯を手つきによつて無理に飲ませて、その上に新らしく麦酒を注いでしまふと再び暫は顧みなくなるのを感謝しながら〉月を仰ぎ、アイヘンドルフの「郷愁」の一節を〈私の国の言葉で〉幾度も低く呟いては陶酔に浸ったと言うのである。

ここに意外な事実が一つある。それはこの寮仔後という花街に〈私〉が訪れたのは、これが初めてではなかったということである。この街は「堂子班」という北管（北方音楽）を専門にした上級の歌妓が集まる街で[14]、南華旅社があった水仙宮街のすぐ隣町にある。「厦門の印象」で孤独に嫌気がさした〈芸者屋〉も、〈そんなに遠くない家だつた〉と記述される通り、寮仔後にあった妓館の一つと見て間違いない。そのときの厦門の芸者に対する〈私〉の第一印象は、〈少しも美しくはないし、その歌は私にはいいも悪いも全く風馬牛だつた〉という酷評だった。ところが「鷺江の月明」では、同じ紀行文の記述とは考えられないほど評価が一変しているのである。

雨の中、陋巷を濡れながら歩いて出かけた前者と、月の照らす浪の上を舟で漕ぎ寄せた後者とでは、街から受けた印象がよほど違っていたのだろう。両者が同一の街であることにすら〈私〉は気づいていないようだ。だが、そのような体験自体の相違だけでなく、この落差は表現の側にも原因があるに違いない。どちらの章でも遊興の場における〈私〉は「異邦人」と表現されている。だが、「厦門の印象」ではそれが疎外感を象徴する言葉として反芻され、やがてネガティヴに「日本人」のナショナリティーへと結びつけられていくのに対し、「鷺江の月明」場合、「異邦人」であることは、旅愁を味わうための特権的な条件とされているのである。

鼓浪嶼の林季商邸

宮保第烏楼。1920年７月30日、春夫と鄭は林正熊を誘い、満月の下、舟で寮仔後の花街に出かける。(2010年著者撮影)

「鷺江の月明」は、実に多種多様な海外芸術のイメージで彩られている点でも特色のある章である。〈タゴオルの筆〉が描き出した磯の白鷺を横目に、暮れゆく鷺江の夕景は〈アルベエル・サマンの詩〉も〈アンリ・ド・レニエの物語〉も遠く及ばぬ美しさであった。厦門の街明りは〈タアナアの構図〉、我々が乗る舟は〈ホヰスラアが描き出した舟〉、この景色の中で「異邦人」の〈私〉は、まだ見ぬ美妓・小富貴の噂に心躍らせている。

厦門の旅を楽しもうとするなら、〈私〉は「日本人」であってはいけない。〈私〉の口ずさむ歌がドイツ語からの訳詩である点も重要である。もし仮に、ここに引用されたのが日本の俗曲だったとしたら、せっかく

水辺の寮仔後街
（著者蔵）

の場面は台無しになったであろう。訳詩の言語は実際には「日本語」なのだが、それすら〈私の国の言葉〉という言い方で直接性が避けられている。言語とアイデンティティーの関連付けについて、『南方紀行』の記述は実に慎重かつ周到なのである。

「鷺江の月明」の章は、「厦門の印象」で自分を一度「日本人」にしてしまった〈私〉が――つまり、自分を中国における排斥の対象者として具体的にイメージしてしまった〈私〉が、芸術的意匠の力を借りて再び自分をコスモポリタンな「異邦人」へと押し戻し、失われた「旅愁」のロマネスクな世界を回復してみせようとした物語と読むことが可能である。その際、〈言葉の不通〉はかえって想像を楽しむためのポジティヴな条件に転換されているのである。

そして実のところ、「厦門の言葉」の共同体に拒絶される「日本人」としての体験を描いた「厦門の印象」でさえ、〈言葉の不通〉は恐怖の引き金となるばかりではないことにも注意すべきである。〈私には解らない言葉の二三句で〉符牒を交し、秘密の場所に遊びに行った〈鄭〉と〈陳〉。〈鄭〉は帰還するが、〈陳〉は路地の奥で出会った私娼への愛に溺れながら、阿片の煙の中で眠り続けているのだと言う。そんな〈陳〉の行方をいつまでも気にし続ける〈私〉もまた、〈陳〉を捉えた厦門の街の破滅的な魅力に強く惹きつけられているらしい。「厦門の印象」に底流するこの種の想像力についてもう少し詳しく見てみたい。

眠りと煙、そして女

小説『田園の憂鬱』と紀行文『南方紀行』の間には、ジャンルにも文体にも大きな隔たりがありながら、そこには明確な共通性も存在している。それは「不眠」の苦しみと「熟睡」への憧れが語られていることである。「厦門の印象」の結末に阿片窟で眠り続ける〈陳〉の姿を描き、「集美学校」では陳鏡衡の〈黒甜我國愧難醒〉（「黒甜」は熟睡の意）という漢詩を登場させる『南方紀行』は、〈熟睡の法悦〉を求めて田園に移住する若者を描いた『田園の憂鬱』と同様に、その物語性の根柢に「眠り」のテーマを潜ませている。

「厦門の印象」は、「熟睡」する〈陳〉と「不眠」に陥る〈私〉とをはっきりした対比関係で描き出している。〈私〉の場合、初日の夜こそ〈昨夜からのつかれで深く眠つた〉が、言語の壁に疎外感を覚え、街に漂う「排日」の雰囲気に気がついた二日目の晩は、〈益々神経がそそくれて来て目が冴え〉、安心して眠ることができなくなる。それに対して〈陳〉は、南華旅社に到着した直後から部屋を閉め切り、物音も立てずによく眠る男として描かれている。彼がこのとき阿片を吸っていたらしいことは結末になって仄めかされるのだが、ようやく部屋から出てきた〈陳〉に〈随分よく寝ましたね〉と声をかけながら、内心〈性的行為の遂行のあとでこんな顔をするものだが〉とやや飛躍した観察を彼について行う〈私〉には、深い「眠り」を快楽に結びつけ、これに強く執着する志向性が存在するようなのである。さればこそ〈眠りつづけ〉る陳のイメージが、結末では幾度も脳裏にリフレインされるのである。

このような「眠り」の側面に注目して「厦門の印象」を読むなら、それは次のような物語として要約されることになるだろう。すなわち、「排日」の意図を隠した「迷宮」に心地よい「眠り」を奪われた〈私〉が、逆に底しれぬ「眠り」の快楽を「迷宮」から許された〈陳〉に嫉妬する物語である、と。〈私には決して解らない言葉〉

で密約を取り交わし、「迷宮」の闇の奥へと楽しげに繰り出して行った同行者の後ろ姿が疎外感の源であるならば、〈私〉の満たされぬ思いとは、言うまでもなく、自分も「迷宮」に迎えられたいという一種の片想いであったはずだ。厦門の路地裏のどこにでもあるという阿片窟の話を聞いたとき、〈私〉が即座に〈行つて見たい〉と反応するのは、その心が奥深い処で「迷宮」の秘密に惹きつけられていることの証拠である。路地を幾重にも巻き込んだ禁断の場所で美女と出会い、彼女と阿片の夢を共にする〈陳〉は、「迷宮」が放つ魅惑の根源を見極めようとして帰れなくなった破滅的な美の冒険者にも喩えられるだろう。「迷宮」から拒絶された〈私〉にとって、その死体のように眠る彼の姿は、どこか路地の街・厦門と究極の抱擁を果した姿に見えていたはずなのである。

そのような〈陳〉のイメージを、〈私〉が妄想の中で先取りしている場面がある。「迷宮」に潜む「排日」の悪意に気づき、眠れなくなった二日目の晩に、強盗に殺され、厦門の海に投げ込まれる〈私の屍〉をイメージする場面である。不安に苛まれ、南華旅社の暗い一室に輾転反側するその死体のような〈私〉の姿を、紫煙をくゆらせながら見おろしている一人の女がいる。南洋煙草の広告美人である。注意したいのは、この場面の〈私〉を取り巻く「煙」と「女」と「死」の三つの道具立てが、〈私〉の想像する〈陳〉の状況とそっくり同じだということなのである。

言語の壁と「排日」の壁に手痛い拒絶に遭って「眠り」を失った〈私〉は、そのかわり〈殺され〉るという奇想の中で二度と目覚めぬ「眠り」を手に入れる。そして、海に投げ込まれ、「迷宮」の街に体ごと溶けてしまうのである。この妄想は、表面的には「排日」の街・厦門に対する恐怖の感情によって生み出されたものではありながら、その中には死を賭しても「迷宮」への一体化を望む、〈私〉の秘めやかなタナトスが見え隠れしていることを見逃してはならないだろう。

ならば、「迷宮」のなかで死んだように眠り続ける〈陳〉の姿は、厦門に置き去りにしてきた〈私〉自身の幻の〈屍〉なのだと言えるかも知れない。〈陳〉への執着には、〈陳〉になれなかった自分への心残りを読む必要がある。台湾に戻ってすら、いつまでも彼を思い出し続ける〈私〉は、三〇〇年の庶民生活が築きあげた「迷宮」厦門が奏でるセイレーンの唄の魔力からいまだに解放されていない。拒絶されたことにより、〈私〉はますます強く厦門の「迷宮」の謎に惹きつけられているのである。

「厦門の印象」は、厦門という都市の意味的な布置に関わる重要な景物について書き洩らすところがない。租界と旧市街との〝境界〟は、列強と中国の、近代社会と伝統社会の、あるいは侵略と抵抗の二つの力が拮抗する界面でもある。言語面での情報に制限がある視点人物の〈私〉は、その界面の意味に即座に気づくわけではないが、何気なく目にした風景の記憶は、〈私〉の無意識の領域にパズルのピースとして確実に蓄積されていくのであり、それが徐々に組みあがることで、厦門の都市空間の構造が、〈私〉の意識に一つの絵模様を浮かび上がらせる。そのプロセスこそ本作のドラマなのである。

厦門の現地社会を「魔窟」と捉え、そこに恐怖と魅力を感じる〈私〉の視点は、あるいは典型的なオリエンタリズムであるとして批判の対象になるものかも知れない。本作における「排日」にしても、〈私〉のオリエンタリズムを禁じる一方、それ自体が「魔窟」の一つの表象として機能している点では両義的である。だが、そのような形式的な批判で見過ごしてはならないのは、この「厦門の印象」には、〈私〉が「排日」に気づく心理的な経過が克明に描き出されているということなのである。

「日本人」であるという〈私〉のナショナル・アイデンティティーは、最初から自明だったのではない。同行者や現地人と打ち解けられないもどかしさから、それは極めてネガティヴなものとして獲得されていくのである。そして、当時国籍によっては中国と日本とに分断されながらも、同じ言語と同一の祖先によってこの土地に強い結びつきを持つ台湾人が、虚構の国籍をやすやすと越えて厦門で安逸な「眠り」を貪ることに、〈私〉は羨望を隠さない。

この〈私〉には、国籍や言語が障害として強く意識されている。「日本人ならざるもの」を目指し、コスモポリタンに憧れながら、結局は「日本人」であることをどこかで受け入れなければならないことにも気づいていた春夫の苦悩は、海外体験を描く紀行文のモチーフにもはっきりと現れているのである。

注1　林木土（一八九三～一九七七）は、一九一二（明治四五）年台湾総督府国語学校卒業、枋橋公学校に勤務の後、一九一四（大正三）年新高銀行設立の準備に加わり、一九一八（大正七）年同行厦門支店開設に際して支配人として赴任。一九二〇（大正九）年には台湾紳章を受けている。豊南信託銀行董事長、台湾公会長、厦門台湾居留民会長などを歴任、一九四七年台湾に戻った。

2　「羇旅つれづれ草―鷺江、西湖、玄武湖」（『世界の旅・日本の旅』一九六〇・四）。

3　一九二〇（大正九）年七月二七日付、佐藤豊太郎宛書簡（『定本佐藤春夫全集』第三六巻、二〇〇一・六、臨川書店、三九頁）。

4　蔣介石の日記は、スタンフォード大学フーバー研究所が保管し公開している。蔣介石がこのとき滞在していた建物は、鼓浪嶼鶏姆嘴口E二五四號の洋館で、現在鼓声路二号にある琴海庄園海景酒店の建物に当たるという（邵銘煌『探索林祖密』二〇〇九・一〇、海峡學術出版社、四四頁）。洪卜仁氏・白樺氏のご教示によれば、春夫が滞在した林木土邸は戦後接収され、現在も南京軍区鼓浪嶼療養院の敷地内に残されているという。両者は鼓浪嶼南岸の至近距離にある。

5　林正熊（一八九九～一九八六）。字は少密。林季商長男として上海に生まれる。上海聖約翰《ヨハネ》大学から福州第十三中学に転じ、英華書院卒。一九二五（民国一四）年に父が北洋軍閥の張毅の部下に暗殺されると、報仇を誓って国民党に身を投じ、何應欽より福建国民軍第三游撃隊司令に任命され林志民と名乗ったが、生来の眼病を悪化させ四〇歳で失明。一九四九（民国三八）年、台湾に帰還。（許雪姫「林秀容女士訪問紀録」『中縣口述歴史　第五輯　霧

峰林家相關人物訪談紀錄（下厝篇）』一九九八・六、台中縣立文化中心、二四〜二五頁）。

6　恩田重直「重層する中国近代都市／厦門」（『ＳＤ』二〇〇〇・四、七九頁）。

7　宮川次郎『厦門』（一九二三・一〇、盛文堂、一五〜一六頁）。

8　中国科学院上海经济研究所・上海社会科学院经济研究所编『南洋兄弟烟草公司史料』（一九五八・九、上海人民出版社、九三〜五頁）。

9　恩田重直「重層する中国近代都市／厦門」（『ＳＤ』二〇〇〇・四、八一〜八三頁）。

10　南華旅社は、一九一九（民国八）年、台湾籍民黄迺川が元警察局の建物の払い下げを受け、福建籍民に貸与して開業し、一九三六（民国二五）年まで水仙路（旧水仙宮街）に存続した（「厦門旅館業之衰落／遠東南華將宣告破産／他方掙扎終難久持」『南洋商報』一九三六・三・五、二〇面）。日本人向けの旅行案内には全く登場せず、中国人向けの案内書には、その名が見えている（一九二三年調査『増訂中國旅行指南』第一三版、一九二六・七、商務印書館、【五八】厦門一頁）。

11　厦门市档案局・厦门市档案馆编『近代厦门教育档案资料』（一九九七・五、厦门大学出版社、六四五頁）。

12　春夫が参照した『厦門事情』（一九一七・一一、厦門日本居留民会）には「上陸ノ注意」として〈市街ハ案内者ナクンバ、帰路ヲ見出スニ苦シムベシ。（略）可成信用アル曾遊ノ人、又ハ当地在留者ノ出迎若シクハ案内ヲ需ムルヲ安全ナリトス〉（四頁）と見える。〈私〉は〈鄭〉の案内があったからこそ外国人が無闇には入らない「迷宮」の中へと〝境界〟を超えて踏み込めたわけだが、この〝境界〟をこだわりなく往来できる〈鄭〉とは立場が異なっていたのだということに後から気がつくことになる。

13　林季商（一八七八〜一九二五）は本名資鏗、号祖密。阿罩霧林家第七代当主。復籍時の事情について、『南方紀行』には、〈父の林季商は、もと台湾第一の名家で台湾籍民であったが日本政府の統治に不満でもあったのか、「自分はやはり劣等の民だから劣国たる清国民でありたい」と言ひ張つてどうなだめても聞かずに還籍願を出して、たうとう厦門へ来てしまつた人であるといふ〉とあるが、実際には〈大漢民族豈能受倭奴之辱！〉だったという（黄富三・陳俐甫編『霧峯林家之調査與研究』一九九一・一二、林本源中華文化教育基金會、三七七〜三八一頁の陳漢光撰文）。一九一三（民国二）年、林季商が復籍したのは中華民国で、孫文の革命支持者だった点から、〈清国民でありたい〉との発言は考えにくく、全台営務で中法戦争（一八八四〜八五）に功があり、日本の領台時に大陸に引揚げた父の林朝棟との混同があるか。

14　春夫は「北管」を〈北館〉に誤っている。「北管」は京劇などの北方音楽で、厦門では寮仔後の堂子班（童子班）に限って演奏される。また、林正熊が一夜に三度演奏させた〈開天冠〉も「開天官」とあるべきで、「北管」の演目「天官賜福」の演奏を指す。陰暦一日と一五日の特別な出し物で、客が贔屓の歌妓の顔を立てるために注文する習慣があり、一回の料金は、一九一四（民国三）年の調査では六元、一九二三（民国一二）年の調査では六元から一二元、一九三一年のガイドには一〇元とあり、八元という『南方紀行』の高額な祝儀が裏付けられる（『中國旅行指南　第四版』一九一五・一〇、商務印書館、一二九頁および『中國旅行指南　第一三版』一九二六・七、商務印書館、【五八】厦門二頁、陳佩眞・蘇警予・謝雲聲編『厦門指南』一九三一・五、厦門新民書社、第七篇一八頁の記述による）。

付記　本章の考証過程では次の方々に資料のご提供や調査のご協力をたまわりました。謹んで御礼申し上げます。
林秀容氏、林偉星氏、洪卜仁氏、白樺氏、秦剛氏、上海市歴史博物館、国立国会図書館、スタンフォード大学フーバー研究所（順不同）

付録1　「故郷」の幻影を「疎開先」に追う――戦後の創作ノートから

疎開中の創作ノート

本書で検討してきたのは、主に佐藤春夫の大正期の作品についてである。半世紀以上にわたる活動から見れば、それはごく初期の一部分に過ぎない。ただし、この期間だけでもなお論じきれない多くの論点が春夫にはある。その上に、昭和の初期・戦中・戦後に到る激動の時代に多様な姿となって現れた春夫の活動の軌跡を辿ることは、いかにも巨大な課題として目の前に聳えている。

だが、今回注目した初期春夫の核心的モチーフである「フルサトの希求」というテーマは、その後もこの作家を生涯にわたって動かしていく重要なファクターであり続けたことに変わりはない。それはよく言われてきた単純な「望郷」や「郷土愛」のようなものではなく、より虚構性を帯びたものとしての「フルサト」の摸索なのであり、時に現実の「郷里」を拒絶する原理にもなり得るものだということに注意しておきたい。そしてこの「フルサトの希求」こそ、多面体と言われた春夫の長い活動を通じてブレなかった展開の中心と言うことができる。

これから紹介するのは、近年発見された春夫の疎開中の創作ノートである。春夫のフルサト意識がいかに長く戦後まで持続するテーマだったかの傍証ともなろう。大正期から外れるため付録と銘打ったが、この資料は、本書で捉えた春夫のモチーフの行き着く先を示している。あえて巻末に収録する理由もそこにある。

＊

二〇〇九（平成二一）年秋、春夫が長野県北佐久郡平根村字横根（現佐久市横根）の疎開先で使用した一冊のノートが発見された（『朝日新聞』朝刊、二〇〇九・九・七、一四面に関連記事がある）。それを著者は同年一一月の古書市で入手した。旧蔵者の榑澤《くるみさわ》龍吉《りゅうきち》は同地出身の詩人で、郷土史研究家である。一九〇四（明治三七）年、平根村の旧庄屋の家に生まれ、立教大学在学中に白鳥省吾の詩誌『地上楽園』の同人となった。宇都宮師団に入営後、満州に渡り関東軍（牡丹江師団・東寧師団）に所属。終戦後はシベリア抑留を経て、一九四八（昭和二三）年佐久に帰郷し、八月七日に疎開中の春夫と初めて面会した。公職追放中、佐久地方の歴史に関する案内人として春夫の取材にしばしば同行し、「戦国佐久」（『文芸春秋』一九五〇・一二）、「好色燈籠縁起」（『改造』一九五一・一一）、「佐久の内裏」（『群像』一九五四・一〇）など、春夫のいわゆる「疎開もの」の成立に大きく貢献した人物である。著書に詩集『軍国時代』（一九六一・一〇、大地屋書房）、和訳詩集『懐風藻』（一九七二・九、學燈社）、評釈『佐藤春夫詩集　鑑賞佐久の草笛』（一九七四・一二、學燈社）などがある。

ノートはB6判（縦一八三ミリ×横一二九ミリ）。茶色の表紙に横書きで「NOTE BOOK」、裏表紙には「時間表」が刷り込まれている。発行所などの記載はなし。酸性紙だが状態良好。ただし若干の水濡れがある。本体は藍色罫紙縦二六行一五枚を二つ折りにし、二か所を針金綴じにしたもの。もとは六〇頁と思われるが、五七・五八頁が切り取られ、残存五八頁のうち三〇頁を使用している。全体はブルーブラックのペン書き。一ヶ所のみ赤鉛筆の書き込みがある。内容はほとんどが詩の草稿で、一二種二〇篇の詩稿が確認できる。その内訳は、『まゆみ抄』（一九四八・一一、信修社）所収の「浅間の噴火を見て」「戸隠」「木曾の秋」と、『抒情新集』（一九四九・六、好學社）所収の「山中望郷曲」「長男《ながを》歩む」「野にうたふ歌」「野のうた」。既発表の旧稿からのメモとして「望郷五月歌」の一節（『閑談半日』一九三四・七、白水社）。それに臨川書店版新全集未収録の詩稿四篇（「歎息」

佐藤春夫創作ノート・内容一覧

頁	内容	初出	初収
【表紙】	メモ	–	–
【1】	漢詩人メモ	–	–
【2】【3】	「淺間の噴火を見て」稿	未詳	『まゆみ抄』 1948.11 信修社
【4】【5】	「長男歩む」稿	未詳	『抒情新集』 1949.6 好學社
【5】	「歎息」稿	未詳	全集未収録
【6】	「戸隱」A稿	未詳	『まゆみ抄』 1948.11 信修社
【7】	「戸隱」B稿	未詳	『まゆみ抄』 1948.11 信修社
【8】【9】	「野のうた」A稿	『令女界』1948.2	『抒情新集』 1949.6 好學社
【10】	「野のうた」B稿	『令女界』1948.2	『抒情新集』 1949.6 好學社
【11】	「野のうた」C稿	『令女界』1948.2	『抒情新集』 1949.6 好學社
【12】【13】	「妖獸」A稿･B稿	未詳	全集未収録
【13】	「さまざまのうた」A稿	未詳	全集未収録
【14】	「望鄕五月歌」一節(メモ)	『婦人公論』1931.6	『閑談半日』 1934.7 白水社
【16】	「さまざまのうた」B稿	未詳	全集未収録
【17】【18】 【19】	「木曾の秋」稿	未詳	『まゆみ抄』 1948.11 信修社
【20】	メモ	–	–
【21】	「野にうたふ歌」一節	『別册文藝春秋』1948.10	『抒情新集』 1949.6 好學社
【28】【29】	「山中望鄕曲」A稿	『令女界』1948.4	『抒情新集』 1949.6 好學社
【30】【31】	「山中望鄕曲」B稿	『令女界』1948.4	『抒情新集』 1949.6 好學社
【32】	「野のうた」D稿	『令女界』1948.2	『抒情新集』 1949.6 好學社
【33】	「野のうた」E稿	『令女界』1948.2	『抒情新集』 1949.6 好學社
【48】	「日が暮れる」異稿か	〔佐々木英之助宛書簡〕	全集未収録
【53】	間取図か	–	–
【55】	人名メモ	–	–
【56】	地図メモ	–	–
【裏表紙】	メモ	–	–

いる。特に「野のうた」では五種類の草稿が確認できる。

「妖獣」「さまざまのうた」および〔無題詩（「日が暮れる」異稿か）〕を含み、いずれも夥しい推敲の痕跡を残している。特に「野のうた」では五種類の草稿が確認できる。

残された詩稿から、このノートが使われた時期を推定することができる。春夫の疎開生活は、横根の秋元節雄方に間借りして、一九四五（昭和二〇）年四月二八日（数え五三歳）に始まり、一九五一（昭和二六）年一〇月一八日（五九歳）が区切りとなった。ただし、戦後は文京区関口町の自宅と往復することもあり、また、一九五七（昭和三二）年には同集落に「見山居」と名付けた別荘を構えて夏季の避暑地とするなど、佐久との縁は続いた。さて、このノートに見える浅間山噴火（【2】【3】、以下この記号でノートの該当頁数を示す）は一九四七（昭和二二）年七月六日、戸隠旅行（【6】【7】）は同八月、藤村記念館落成式（【17】～【19】）は同一一月一五日。また、「山中望郷曲」の原型「四月の郷愁」（【28】～【31】）の冒頭に、〈佐久の郡のさすらひに／四たびの春はめぐり來ぬ〉と見えており、この詩の初出掲載が一九四八（昭和二三）年四月の『令女界』である所から、〈四たびの春〉は一九四五（昭和二〇）年到着時の春をも含む四度目の意味と理解できる。ノート後半、二条河原落書になぞらえた〔無題詩〕（【48】）は、臨川書店版全集三六巻二六二頁の佐々木英之助宛書簡（一九四八・九・二〇）に見える歌謡曲詞「日が暮れる」の内容に近い。これらのことから、このノートは一九四七（昭和二二）年夏から翌年春までの約一〇ヶ月間、断続的に使用されていたものと考えられる。

韜晦された時局批判

ここではまず、異稿がノート中最多の五種にのぼる「野のうた」（『抒情新集』所収）を例に取り上げてみよう。初出は『令女界』第二六巻第二号（一九四八・二）の巻頭口絵にあたる「画譜」欄。甘美な画風で戦前の女学生間に人気を博した蕗谷虹児《ふきやこうじ》のイラスト入りで、「抒情詩」と銘打たれている。全文は次の通りである（『抒情新集』本文と大きな違いはない）。

勿《な》わらひそ／われ野に老いぬ／うるわ《ママ》しきをとめも知らず／／わたがめに／君説《と》くなかれ／唇紅《くちあか》く眉ながき子を／／香ににほひ／やはらかき衣着《きぬき》たる子は／八衢《やちまた》に君よ見るべし／／いざさらば／われは野に出で／風そよぐ葦《あし》を見んとす

（「野のうた」雑誌掲載形）

さて、この詩の構想が最初に現れるのは、ノートの【8】【9】（A稿）。【10】（B稿）には聯分けが済んだ稿が現れ、【11】（C稿）では「われ野に老いぬ」の表題案が付される。一方、【32】（D稿）と【33】（E稿）に見える稿は初期のA稿に近く、A→D→E→B→Cの順で成立したことが想定できる。

ここでは原形のA稿と、それが大きく変化するE稿とを取り上げ、特にその第二聯（下記引用傍線部）にはっきりと現れている構想の転換を確認したい。文中の〔 〕は原文での削除箇所を示し、（ ）と傍線は著者（河野）の補足である。抹消・挿入等は必要なものに限ってある（以下同）。

みな粗朶を負ひ牛を曳き／村に少女はあらずとも／道には花のしじにして／天つ少女のおもかげを／みなとりどりに宿したり／／誰ぞやみやこの行きづ（ず）りに／口いたづらに赤くして／眉引なか（が）きをとめらが／何〔か〕をなまめく〔まなづかひ〕風情とか／面影を説く痴れびとは。／／われ野に住めば老いたれば／時の好尚《このみ》を忘れたり／みやびをつくす若人の／われなにくみそをとめこ（ご）の／花にしかずと歌ふとも／／柔き衣着たる子を君が見ば／われは野に出で／風そよぐ蘆を見と（ん）とす

（「野のうた」A稿【8】【9】）

われ野に老いね／うるはしき／をとめも知らず／／わが行く道に／咲く花を／あはれとぞいふ／／〈手弱女を村には見ねど／道のべは花ここだ咲き／おもかげに天つをとめを／思ふかな／誰ぞや都の行きづり《ず》に／口紅く眉長き子を／説く人は／〉君説くなかれ／口紅く／眉長き子を／柔き衣たる子は／八巷に／友よ見よかし／／われは野に出で／風そよぐ／葦を見《ん》とす

（「野のうた」E稿【33】）

推移稿を辿ってみると、この短い詩がいかに複雑な試行錯誤を経て成立したかに驚かされる。村の女と都の〈をとめ〉（手弱女）、地上の〈をとめ〉と〈天つをとめ〉（＝花）、〈若人〉と〈われ〉、〈花〉と〈蘆〉といった対比構造を思いつく限り導入して構想をふくらませておき、それをE稿【33】で大胆に刈り込む（大幅な削除箇所がある）。こうして錯綜したイメージを整理し、最終的には自然の景物（風そよぐ蘆）に慰めを得る〈われ〉の枯淡な老境に統一感を付与している。

この推敲過程で最も興味深いのは、傍線部における都会娘の造形上の変化である。特にA稿【8】【9】では、〈粗朶を負ひ牛を曳〉く田舎娘との対比で、〈柔かき衣着たる〉都会娘の様子が詠われている。だが、少女雑誌の巻頭におよそふさわしからぬ次の一節は、この詩が当初は全く別な構想のもとに落筆されたことを物語っていよう。

誰ぞやみやこの行きづり《ず》に／口いたづらに赤くして／眉引ながきをとめらが／何かなまめくまなづかひ／面影を説く痴れびとは

（「野のうた」A稿【8】第二聯）

〈口いたづらに赤く〉〈なまめくまなづかひ〉を送る女たちとの〈行きづり《ず》〉の出会い。それを都会の土産話に村で吹聴する好色な〈痴れびと〉。これらの語によって暗示されるのは、戦後の焼け跡に横行した街娼のイメージである。〈われ〉が〈時の好尚〉にそむき、孤独な老境の中に閉じこもるのは、〝敗戦国〟の現状に対する深い絶望感の裏打ちがあった。「野のうた」が少女向けの「抒情詩」にまでアク抜きされる以前には、戦後風俗の頽廃を歎き皮肉る時事批評の側面があったのである。

ノートに含まれる新発見の詩四篇のうち、三篇までは同様の社会批判を題材にしており、当時の春夫の鬱屈した憤懣を伝えている。

日の本と誰か云ひけん豊悪《あし》原くさぐさの罪生ひ茂り／ぬば玉の闇を食《は》まずは生きがたき化け者の國となりにける／〔ぬば玉の闇に生きつつわれもまた世の光とはなりがてぬかも／天照す日の大神のこもらひしむかしがたりもいまに見るかな／〕久方の天つ岩戸を押しひらく手力持てる人もあらなく

（「歎息」【5】）

村に電燈消ゆるより／打ち松が枝を燃しくゆし／むかしの如く暗ければ／里にむじなの來啼くとよ／やつか《（が）》嶺《ね》の八谷は／月もくまなきに／人間界の暗さかな／且つ歎きつつ且つ哂ひ／妖獸やがてかへりゆく

（「妖獸」【12】）

文化文化のかけ聲で／敗戰國にはやるもの／車外乗車や窓もぐり／個人の自由で集團行動／新圓階級新かなづかひ／あんちゃ（ん）野球野孃舞／パンパンむすめ仙化《（花）》がみ／筍生活裸美女／公僕といふわいろとり／かすとりといふ酒もあり

（「無題詩」【48】）

「二条河原落書」をもじった〔無題詩〕に関しては、前述のように私信に書かれた「日が暮れる」（佐々木英之助宛）との関連が考えられるほか、新宮市立佐藤春夫記念館所蔵ノート「追1－050」（B5判上製二〇〇頁）のノンブル「3」裏面に次の発展形が見え、「上野の初夏―東京哀歌のうち―」（『サンデー毎日』一九四九・六・一二）とも類縁関係が想定できる。

不忍の池の蓮折れ／あれにぞあれて夕まぐれ／狐にあらぬますらをの／女にばけて行き來しぬ／／上野の花を誰か見ん／ぱんぱんといふをとめ子や／ちやりんことい ふ童らに／上野《のがミ》の原は占められて／／は《(ぱ)》んぱんむすめ仙花がみ／あろはしやつにあるばいと／公僕といふわいろとり／かすとりといふ酒もあり／あいおんあらしすぎゆけば／あんちやんチーム野良だんす／みんしゅの秋はほがらかに／遊びくらして日がくれ（る）／文化日本の建設は／道遠くし（て）日がくれる／／阿兄《あには》はバアテン／乃父《おやぢ》はセンパン／可憐小妹《いとしいもとは》は《(ぱ)》んは《(ぱ)》ん娘子《むすめ》

（タイトル候補「都の春」「東京通信」「臺東區口吟―東京哀歌のうち―」）

しかし、占領期に出版された四冊の新作詩集『佐久の草笛』（一九四六・九、東京出版）、漢詩訳詩集『玉笛譜』（一九四八・四、東京出版）、『まゆみ抄』『抒情新集』はいずれも「野のうた」がそうであったように、自然への讃歌と、世を捨てた老いの境地に「風流」を求める抒情性が中心となっており、時事批判や慨歎の詩もあるものの、これらの未収録詩のようなあからさまな表現は収録が見送られている。しかし、純化された詩、統一された詩集を求めて形を整えていく以前の混沌とした発想力の根源には、多分に時局への批判精神があり、それを韜晦していく長いプロセスが存在していたのである。

「疎開者」というアイデンティティー

ここに元『群像』編集長の大久保房男（一九二一〜二〇一四）が語り伝えて有名になった一つの逸話がある。大久保は春夫の担当編集者として長く関口町の家に出入りし、同じ熊野人として春夫の公私にわたるよき理解者

「野のうた」掲載誌面の挿絵（蕗谷虹児画）
（『令女界』1948.2）

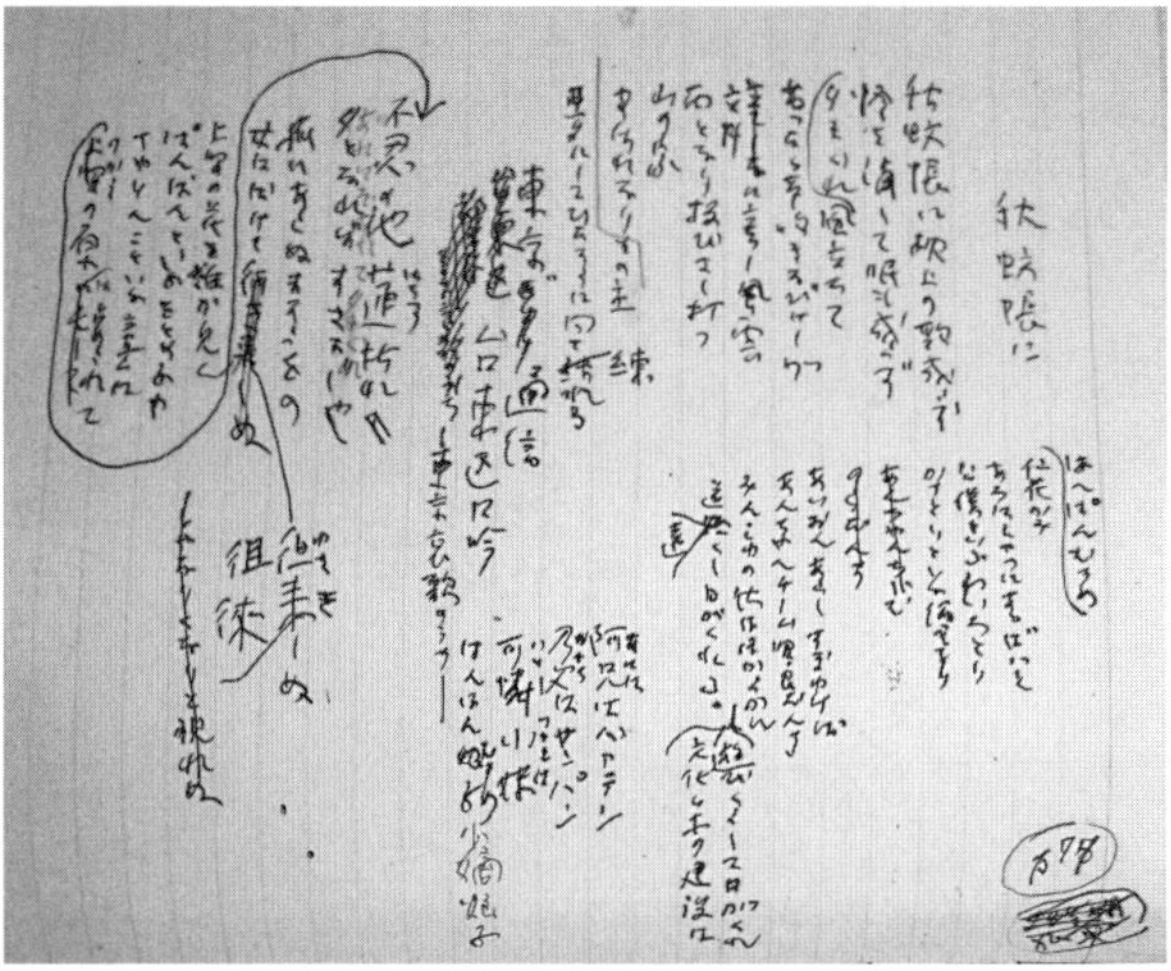

春夫創作ノート（追1-050）３丁裏
（佐藤春夫記念館蔵）

であった。その大久保が、一九四六（昭和二一）年一一月に講談社に入社したばかりの頃、ある話を社内の編集会議で耳にする。当時の春夫は誰彼かまわず、「日本が戦争に勝ったのだ」と言うので、周囲の編集者や新聞記者が気を揉んでいる、というのであった。後に大久保自身が春夫に直接真意を確かめたところ、春夫からは次の答えが返ってきたという。

戦争の勝ち負けはどちらが戦争目的を達成したかだ、日本の戦争目的は欧米の国々によって植民地にされている東亜の国々を解放して独立させることだった、どうだ、東南アジアの国々は次々に独立したではないか、つまり日本の戦争目的は達成されたのだ、だから日本は戦争に勝ったのだ、戦闘に負けただけだ

（「戦争責任の追及と佐藤春夫氏」『終戦後文壇見聞記』二〇〇六・五、紅書房、一八二頁）

『文学時標』や『新日本文学』が文学者の戦争責任を厳しく追及していた当時、もしこの発言が彼らの耳に届いていたら、戦争のタテマエを結果論で正当化するものと受け取られ、集中砲火を浴びた可能性は高い。注意深く聞けば、話題の要点は勝敗の判定にあり、戦争の賛否そのものでないことは明らかである。だが、春夫はこの頃、戦時中の「愛国詩」（戦争詩）をはじめとする国策協力が問題視され、ただでさえ論壇の標的になり易い状況にあった。

ところが、編集者たちの懸念はむしろ別の所にあったらしい。諧謔とはいえ、これは当時の絶対権力であった占領軍への明らかな挑発を意味していた。「反動」性よりもこの「反権力」性に、編集者たちは春夫発言の〝不穏さ〟を認めていたのである。戦後占領期における春夫のこうした反抗の身構えは、大逆事件検証の姿勢などとも考え併せると興味深いテーマだが、資料の乏しさから今までほとんど研究が積み重ねられてこなかった分野で

ある。占領軍の徹底したプレスコード（検閲）や、それを見越した出版側の自主規制によって、実情を知る手がかりが残りにくかったという経緯も作用しているに違いない。それだけに、直筆資料の解析が、今後大きな役割を果し得る分野であるとも言える。

さて、戦時中の「愛国詩人」が戦後の文学界に生き残るために、メディア上でいかに振る舞い、どのように表現主体の再建を試みるかは実際に死活問題だったはずである。その舵取りについて考える上で、春夫が当時「疎開者」だったということには、単なる事実以上に大きな意味があったのではないかと思われる。会合や越冬などの必要で上京する機会が増えていったにせよ、六年半もの間、生活の拠点を佐久に置いて疎開生活を続けたことは、食料品の調達など実生活上の理由はもちろん、文学上の要請としてもそれが必要だったと考えられるのである。というのも、この時期の春夫にとって、山中から社会に鬱屈を洩らす「世捨て人」のスタイルは、一種の文学的手法として欠かせないものになっていた事情があるからだ。

かへらずと　わが云はなくに／麗日《うつひ》さす都はあらで　焼けほろび／ぬば玉の闇屋の市に／名を追はん力なければ（略）世にそむき人を厭ひて／山びとゝならんとすらむ／髪白く翁さびたる／わがこころわれも知らなく

（「樹下石上の歌」『まゆみ抄』序詩）

われ若くして天地《あめつち》を／をとめ心をたたへしが／また時ありて眉をあげ／ますらをぶりとはやされて／國をうれひの歌ありき。／／われ老いぬれば天地を／をとめ心をたたへつつ／また時ありて人知れず／むせぶなみだはあるものを／はげしき歌よ今いづこ。／／國のさかりに人となり／國おとろへて老となる／佐久の郡の漂泊《さすらひ》を／わくらばに問ふ人あらば／雲うるはしと答へまし。

（「老残歌」『抒情新集』所収）

ここに現れる〈われ〉は、戦中に抱いた昂揚感の残骸に自ら傷つきながら、〝敗戦〟ですさんだ世情に愚痴をこぼしつつ、不屈のプライドを隠している田舎老人のイメージである。漂泊者や老人、山びとなどの「世捨て人」のポーズを取ることで、逆に春夫が違和感に満ちた戦後社会の中に居場所を見つけていくのは興味深い。この田舎老人を自称する資格を春夫に与えてくれるのが、他ならぬ佐久という土地であり、「疎開者」という境遇だった。

ここに紹介した創作ノートの中からも、東京との距離感を詩の推敲過程で意識的に調整しようとする春夫の姿が見て取れる。〈佐久の郡のうらぶれに／四度《たび》の春はめぐり來ぬ〉で始まる「山中望郷曲」（『抒情新集』所収）である。この詩は、春寒の佐久に鳴きわたる頬白《すとと》の声を耳にして、椿咲きうぐいす啼く故郷の海辺が幻視されるという〈のすたるじや〉を主題にした三聯からなる詩である。その最終聯の詩の結びの部分が、ノートに二種見える未定稿（【28】～【31】）のうち、先に成ったと思われるA稿の段階ではかなり違う形になっていた。

潮《しほ》のしらべにあくがれて／うぐひす啼ける丘《をか》ちかく／醜草《しこくさ》いかに生《お》うるとも／父祖十代の園生あり／日はきららかに照るものを

（「山中望郷曲」完成稿）

海のしらべに　あこがれて／うぐひすなける　丘のかげ／父祖十代の〔家なれど／縁なければなかなかに／わがすむべくもあらずして〕園生あり／都〔音羽の森かげに〕目白の坂ゆけば／我文ぐらもあるものを

（「山中望郷曲」A稿〔仮題「四月の郷愁」〕【29】）

この詩は本来、〈父祖十代の家〉に対する〈のすたるじや〉と、異郷にさすらう切なさをひたすら詠いあげる方向にむかって言葉を紡いでいたはずである。ノートの前段の部分でも、〈那智のみやまの瀧つ瀬に／潮の岬の燈臺に／行く雲しばしとどまらば〉（【28】）と、帰れない郷里へのやみがたい憧れが奏でられていたのであった。しかし郷里との〈縁〉の薄さを歎く段に至ると突然、都内目白坂の上（音羽の森かげ）に〈文ぐら〉があるから、とあまりにも現実についた理由が帰れぬ事情として示されてくる。一見「漂泊者」と見える詠い手が、実は東京に強い係累がある者だということが端なくも露呈してくるのである。

こうなると、〈うらぶれ〉（ノートでは〈さすらひ〉）の身であるという詠い手の言葉も、いま彼が佐久にいるということも、どちらの意味も、この詩の世界の中では稀薄にならざるを得ない。東京に帰るべき場所があるなら彼は「漂泊者」ではないし、郷里を思う〈のすたるじや〉の手づるなら、焼け残った〈音羽の森〉の自然からでもそれなりに摑み出せるはずだからである。

むろん春夫がそのことに気づかないはずはない。決定稿からは当然、わが〈文ぐら〉の一節は消されている。このことによって、ふとした運命から佐久に流れて来て、四度目の春を迎えるほどこの地に根付いてしまった今も、気づけば異郷の鳥の声に誘われ、故郷の春を一途に思い出してしまっているという純粋な〈のすたるじや〉の世界が形作られることになった。

ちなみに、最初〈都音羽の森かげに〉と呼ばれていた〈文ぐら〉の場所が、次に〈都目白の坂ゆけば〉と書き直されているのは、恐らくこの詩が別の可能性の入口に立った瞬間の消息を伝えるものである。現在の「疎開先」と記憶の中の「故郷」とで、時空を超えて鳴き交わす〈頬白〉と〈うぐひす〉。その美しい声の競演の中から、やはり春を告げる鳥の名を背負った〈目白坂〉の地名が縁語として引き出されてきて自宅が案じられるというこの書き換えには、巧みな言葉遊びの面白さがある。そのような機智の方面を狙うのか、それとも枯淡な〈のすたるじあ〉を純粋に歌い上げるのかという選択は、この詩を編む春夫にとっての一大局面になったことは確かとはできない。

であろう。だが、いずれにしても、この詩の振り出しに〈都〉への関心がはっきり存在していた事実を見逃すことはできない。

〈ますらをぶりとはやされて〉〈はげしき歌〉を詠んだと自認する春夫は、〝敗戦〟によって〈おとろへ〉た日本の命運に重ねて、自らの身を〈老残〉と自嘲した（「老残歌」）。このことは、春夫が過去に蓋をして「新生」した訳ではなく、表現主体としての連続性を放棄しなかったことを意味している。その是非はともかく、春夫にとっては自分を〈老残〉と貶めることが、自らとともに〈おとろへ〉た日本の現状を揶揄する原動力となっていることに注目したい。そして、「老残者」としての自己規定を可能にしたのが春夫にとっての「疎開」なのであった。落魄の「疎開者」を演じ続ける姿勢は、批評の自由度を確保するために必要不可欠なふるまいだったのではなかろうか。

今回このノートに残されていた様々な詩の未定稿を分析して最も興味深く思われたのは、あらゆる詩語の可能性を探って構想を膨脹させていく最中に、生々しい現実の影がふと顔を出す局面があることであった。特に「山中望郷曲」では、「郷里」はそもそも帰れない場所として遠ざけられてあり、「疎開先」という擬似故郷に「フルサト」の代償を求める「われ」の心理構造があらわれてくる。その「棄郷」の理由は完成稿でははっきりとしないが、未定稿では東京に自宅があるからだとあからさまに書かれていたことの意味は大きい。というのも、自宅を〈文ぐら〉つまり書庫・書斎と呼ぶこの詩の詠い手の正体は、大久保房男流に言えばまさに「文士」以外にはないのであって、〈父祖十代の家〉を朽ちるにまかせても、彼は出版界の中心たる東京との宿縁の中で生き抜かねばならない存在なのであった。そこには確かに、初期春夫以来の「棄郷」のヒロイズムが生きており、「郷里」を喪失した「疎開者」に自らを擬す彼のアイデンティティーは、状況が一変した社会の中で、「文士」として生き抜こうとするぎりぎりの身構えであった。春夫の「フルサトの希求」は、情況に応じてそのつどメロディーを微妙に変化させながら、こうして戦後にまで脈々と奏でられていくのである。

付記　春夫の創作ノートの閲覧と公開については、新宮市立佐藤春夫記念館に格別なご配慮をいただいた。また、誌面掲載にあたり、蕗谷龍夫氏、新発田市観光振興課にお世話になった。誠に有難く、ここに記して心からの謝意にかえたい。

なお、春夫の年譜記事は『定本佐藤春夫全集』別巻一（二〇〇一・八、臨川書店）の牛山百合子作成「年譜・著作年表」に拠る。ただし、疎開先への転居の日付を資料に基づいて訂正した。楜澤龍吉の経歴は『軍国時代』（一九六一・一〇、大地屋書房）所収の佐藤春夫序文および『佐藤春夫詩集　鑑賞佐久の草笛』（一九七四・一二、學燈社）の「著者略歴」に拠った。

＊創作ノートと翻刻

翻刻の凡例

〔　〕＝抹消個所　挿入記号および傍線部＝挿入個所　□＝判読不能　□囲いの文字は、不明瞭（推定）個所

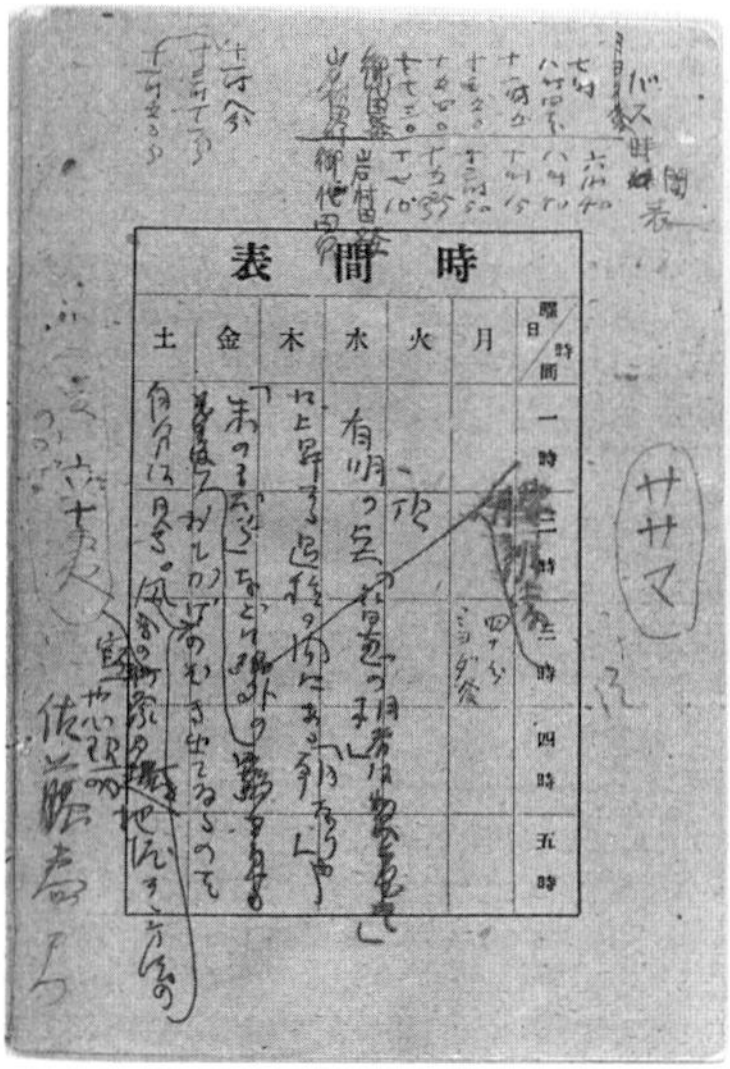

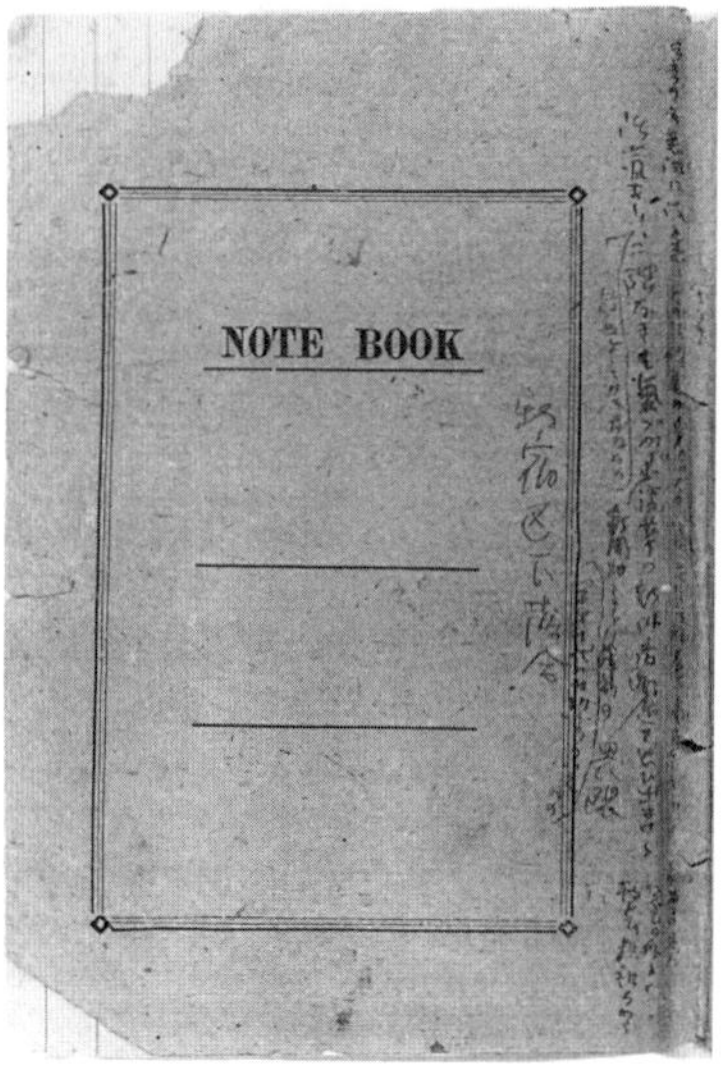

【表紙】

□□の無意識に注意したのは（※以下手擦れにより判読不能）
活氣あり、二階なきも氣づかず、浅草の新□店〔附近〕通を思ひ出させる
新開地とよりは〔□前〕の 界隈
□□として□を上げるため □する代には□□□□□□□の

新宿區下落合

ササマ

【裏表紙】

バス時〔刻〕間表
〔ミヨタ發〕

七時	六時40
八時四分	八時40
十一時五	十時15
十三五〇	十三時50
十五四〇	十五325
十七三〇	十七10
御代田發	岩村田發
岩村田行	御代田行

十一時八分
十三時十一分
十一時五〇分

腰辨當 四十分
ミヨダ發

有明の頂點「智恵の相者」〔はわれを見て〕
に上昇する過程の間にある「朝なり」や
「朱のまだら」などに鷗外の〔影を見る〕
〔見ては〕おもかげのぞき出てゐるのを
自分は見る。風 その〔物〕象の〔把〕を把握する方法の
寫 や心理〔の〕の

友 辛夷
のかげ

佐藤春夫

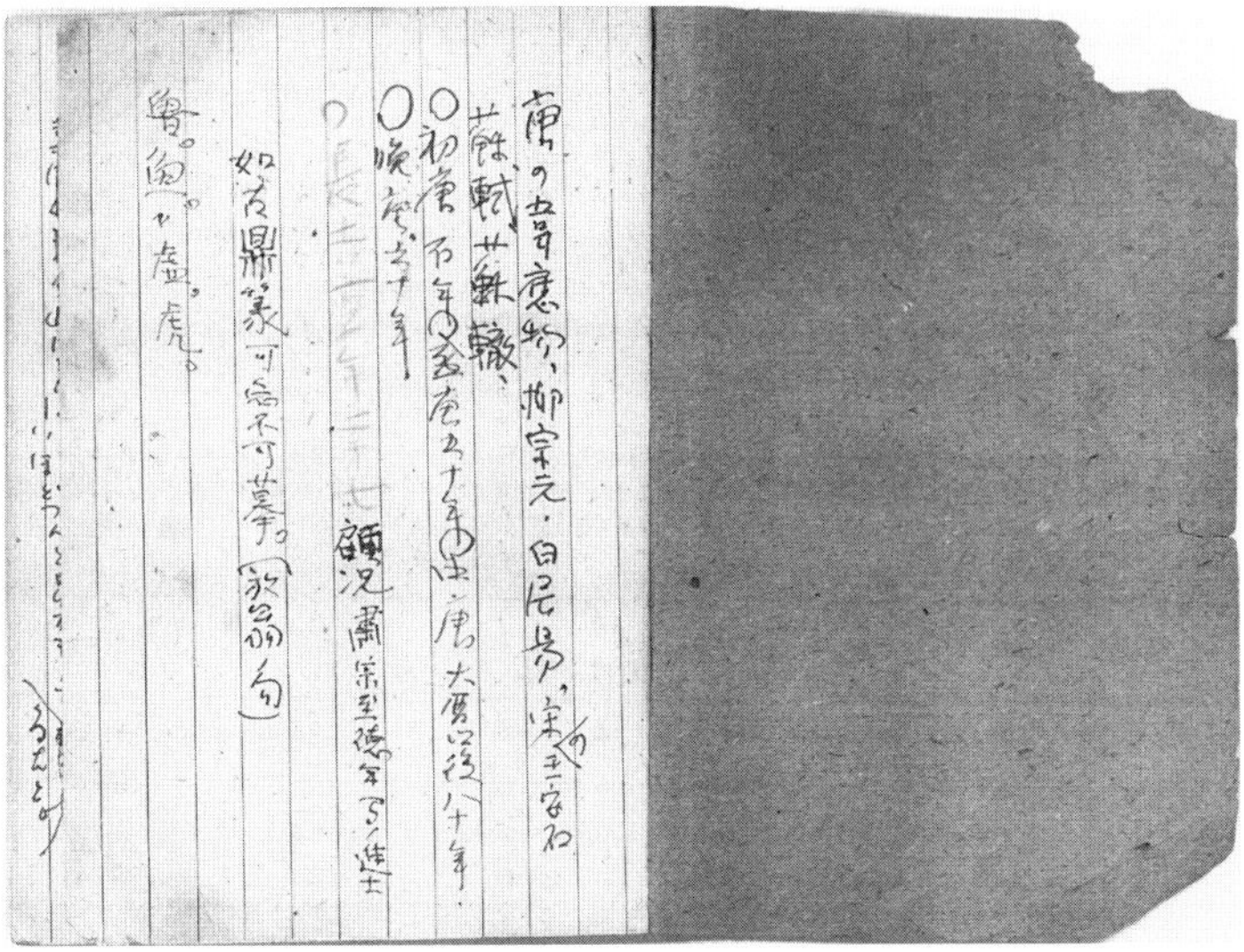

【表見返し】

（※空白）

【1】

唐の韋應物、柳宗元・白居易、宋の王安石

蘇軾、蘇轍

○初唐　百年○盛唐五十年○中唐大暦以後八十年

○晩唐六十年

○長吉享年二十七　顧況粛宗至徳年間ノ進士

如古鼎篆可愛不可摹。（放翁ノ句）

魯。魚。虚。虎。

（※この頁「長吉享年二十七」のみ赤鉛筆）

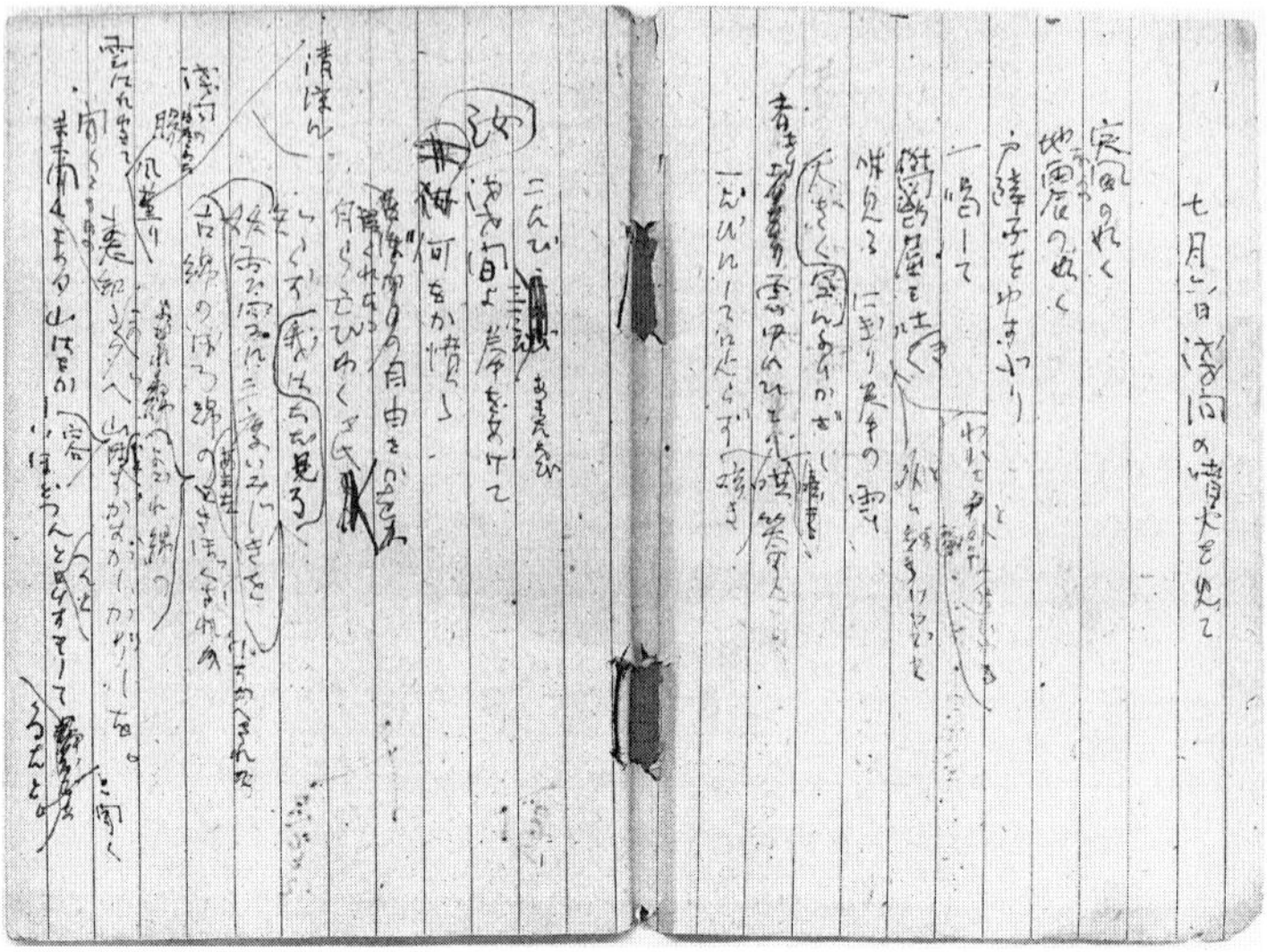

【2】

七月六日淺間の噴火を見て
突風の如く
地震《なゐ》の如く
戸障子をゆすぶり
一喝して　われを〔戸〕外《と》に追ひやる
鬱屈を吐き〔く〕〔外《と》に〔立ち〕驅けいでて〕
唯見る　にぎり拳の雲
大きく空に　ふりかざし　〔呟き〕
者あり〔者あり〕雲中にひとり　哄笑す
一たびにして足らず　呟き

【3】

二たび〔三たび〕三たびあまたたび
淺間よ　拳をあげて
汝〔汝〕〔何〕何をか憤る
〔名ばかりの〕誤られたる自由をか
自ら亡びゆく民〔をか〕をか
清涼に　知らず我は　ただ見る
妖雲空に三度いみじきを
古綿のぼろ綿のあまたときほぐされ〔か〕打ちかへされ〔て〕
淺間の　腸《はらわた》〔よごれ綿〕よごれ綿の
雲はれゆきて風薫り
〔また〕知るこの夕べ山〔は〕容いとすがすがしかりしを。
聞くこの日の　つんと
〔また聞くこの〕夕山はをかしいほどつんとりすまして〔靜かであ〕ゐたと。と聞く

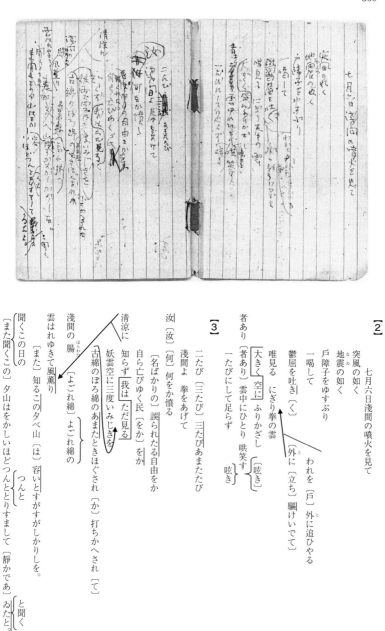

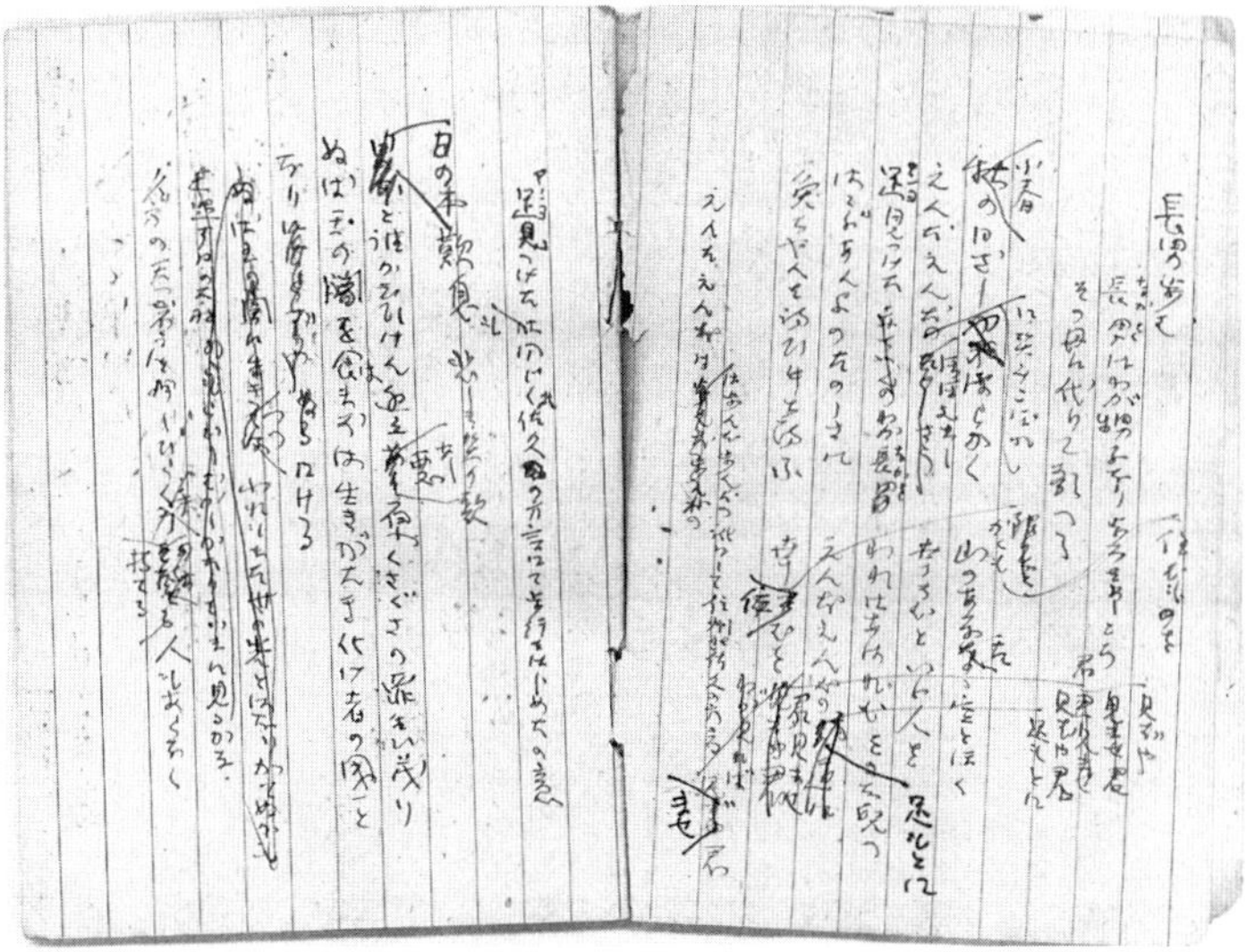

【4】

長男歩む

長男《ながを》はわが甥子なり歩みそめしころ
その母に代りて歌へる

住むものを

見ずや
〔見ませ君〕
君
〔君見ませ〕
見ずや君

小春
〔秋〕の日ざし〔のや〕やはらかく
に笑みこぼれ
〔限りなく〕かくも
山のあな〔た〕たの空とほく
足もとに
えんだえんだ〔のたのしさう〕ほほえみし
幸すむといふ人を
足もとに
足《アンヨ》見つけた〔赤ちゃんの〕わが長男《ながを》
われはあはれむをさな兒の
はこぶあんよのたのしさに
えんだえんだの細道に
兎ちゃんを訪ひ牛を訪ふ
幸〔す〕むを〔見ませ君〕君見ませ
住
〔わが見れば〕

えんだえんだは歩んだ歩んだの訛にして信州北佐久の方言　見〔ずや〕ませ君
〔歩んだ歩んだの〕

足《アンヨ》見つけた〔は〕も同じく北佐久〔□〕の方言にて歩行をはじめたの意

【5】

歎息　悲しき笑の歌

日の本
〔日の本〕と誰か云ひけん豊〔あし〕原くさぐさの罪生ひ茂り
悪《あし》
ぬば玉の闇を食《は》まずは生きがたき化け者の國と
なり〔にけらずや〕〔ぬる〕にける
〔ぬば玉の闇に生き〔ては〕つつ　われもまた世の光とはなりかてぬかも〕
〔天照す日の大神のこもらひしむかしかたりもいまにみるかな〕
久方の天つ岩戸を押しひらく手力〔を持てる〕〔のあ〕持てる人もあらなく

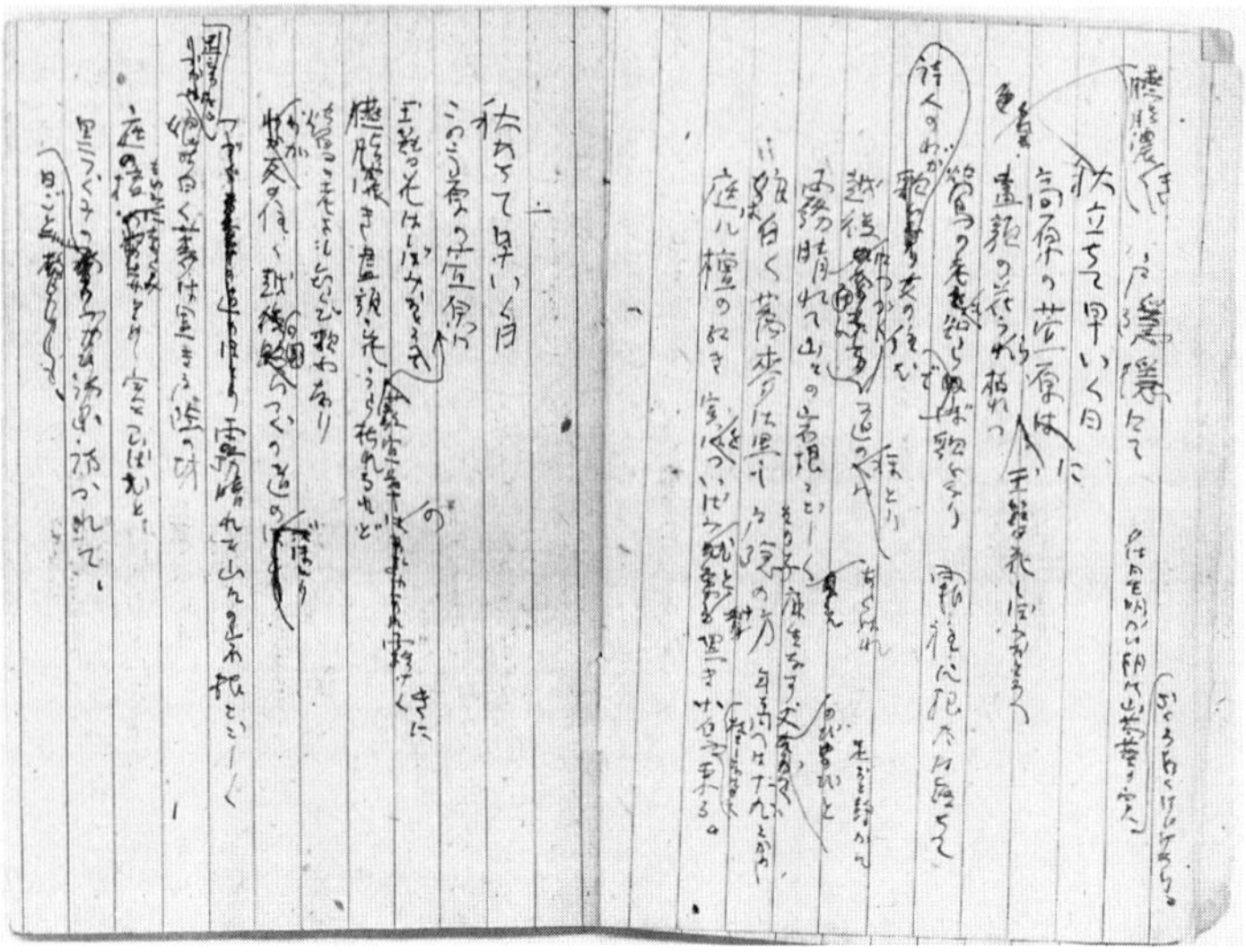

【6】

臙脂濃き　戸〔隱〕隱にて　夕は星明かに朝は山芍藥の實　ざくろの如くはじけたり
秋立ちて早いく日
〔くれな〕高原の萱原〔は〕に　玉簪花しぼみおとろへ
〔色〕　晝顔の花う〔れ〕ら枯れつ
鶯の老〔を〕も知ら〔ねば〕で歌ふなり　霧柱に根太は落ちて
詩人のわが〔歌ふなり〕友の住む
越後〔にへのみち〕〔につづく〕通ふ道の〔べに〕ほとり
霧晴れて山々の岩根こごしく〔見え〕あらはれ
娘は白く蕎麥は黑し戸隱の坊
庭に檀の紅き實〔は〕をついばみ〔に來る〕むと黑き小鳥來る。　枝をしなはせて

（※下部余白）
足おと靜かに
その子麻生なす丈〔たかく〕のびのびと
年を問へば十九とかや

【7】

秋たちて早いく日
この高原の萱原に
玉簪花はしぼみおとろへて　藪萱草〔は〕の〔あざやかに〕露け〔く〕きに
臙脂濃き晝顔の花うら枯れるれど
鶯の老をも知らで歌ふなり
〔わが〕わが友の住く越〔後路〕の國につづく道の〔ほとり〕〔べ〕ほとり
〔つづく□□の道のほとり〕霧晴れて山々の岩根こごしく
〔足音しづか〔に〕なる〕娘は白く蕎は黑き戸隱の坊
庭の檀《まゆみ》〔の□□〕に赤らみそめし實をついばむと
黑つぐみの〔訪づ〕日ごと□□して〔つがひ訪ふ〕訪づれて。

【8】

みな粗朶を負ひ牛を曳き
村に少女はあらずとも
道には花のしじにして
天つ少女のおもかげを
みなとりどりに宿したり

時の〔みやび〕〔はやり〕好尚《このみ》を忘れたり
われ野に住めば〔老い〕老いたれば
〔老いたれば〕
〔かく歌ふとも〕みやびをつくす若人の
われなにくみをとめこの
花にしかずと歌ふとも

誰ぞやみやこの行きずりに
口いたづらに赤くして
眉引なかきをとめらが

何〔か〕をなまめく〔まなづかひ〕風情とか
面影を説く痴れびとは。

【9】

が見ば
〔目に疎〕君〔は〕
柔き衣着たる子〔は〕を〔目にうとく〕
われは野に出で
風そよぐ蘆を見ととす

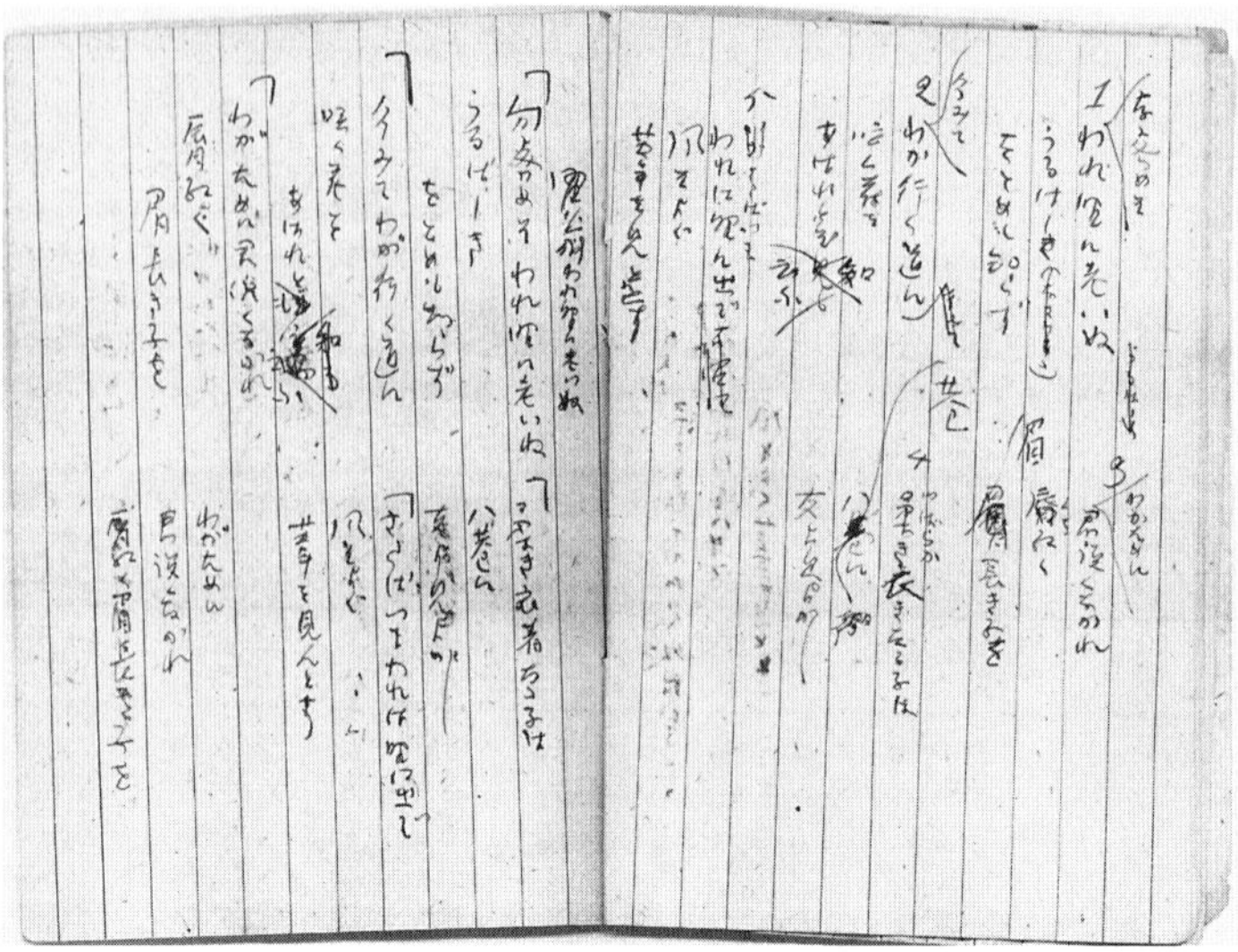

【10】

1 な咎めそ　われ野に老いぬ　〔うるはしき〕
うるはしき〔(なさけある)〕
をとめも知らず
2 イみて　わか行く道に　〔イみて〕
咲く花を
あはれとぞ　〔知〕〔見る〕
云ふ
3 わかために　君説くなかれ
眉　脣《くち》紅く
〔眉〕長き子を
巷
4 柔《やはらか》き衣きたる子は
八巷に　衢
友よ見よかし
5 〔いざ〕さらばいま
われ野に出で〔古沼に〕
風そよぐ
葦を見ととす

【11】

〔野翁〕われ野に老いぬ
「勿咎めそ　われ野に老いぬ
うるはしき
をとめも知らず
「イみてわが行く道に
咲く花を
あはれと〔も〕も〔云ふ〕云ふ　知る
「わがために君説くなかれ
脣紅く
眉長き子を

「柔き衣着たる子は
八巷に
友よ見よかし
「さらばいまわれは野に出で
風そよぐ
葦を見んとす
わがために
君説くなかれ
脣紅く眉長き子を

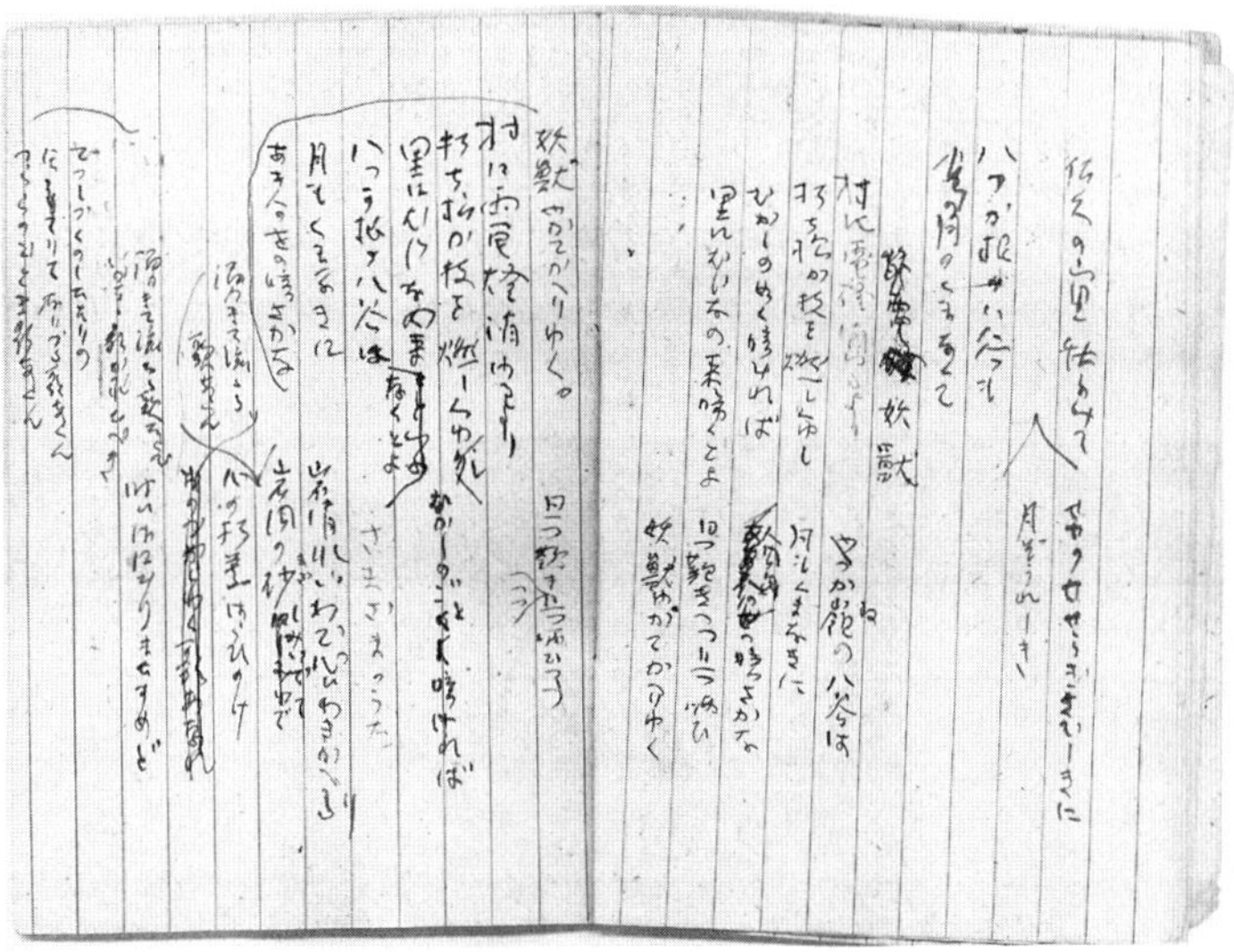

【12】

佐久の山里秋ふけて
八つが根の八谷も
〔八つの〕月のくまなくて
〔節電怪〕妖獣
村に電燈消ゆるより
打ち松が枝を燃しくゆし
むかしの如く暗ければ
里にむじなの來啼くとよ

せせのせせらぎさむしきに
月ぞうれしき

やつか嶺《ね》の八谷は
月もくまなきに
〔ああ人の世の〕人間界の暗さかな
且つ歎きつつ且つ哂ひ
妖獣やがてかへりゆく

【13】

妖獣やがてかへりゆく。
村に電燈消ゆるより
打ち松か枝を燃しくゆ〔り〕し
里はむじなの來〔るといふ〕なくとよ
八つが根の八谷は
月もくまなきに
ああ人の世の暗さかな
湧きて流るる
歌あらん
湧きて流るる歌ならで
いかなる歌か求むべき
そのしづくのしたたりの
□〔□□〕てりてなりつる歌あらん
つららのごとき歌あらん

且つ歎きつつ且哂ひつつ
むかしのご〔く〕とく暗ければ
さまざまのうた
岩清水いわで心にわきかへ〔る〕り
岩間の砂《まざ》〔にしみいで〕しみいでて
心の朽葉はらひのけ
〔おのづからわく歌あなれ〕
時にはにごりまたすめど

【14】

かつは聞け〔——〕　（閑談半日）
浦の濱ゆふ□重なすあたり何處と
男一人の勞力は三反半。三人にて一丁歩。

【15】

（※空白）

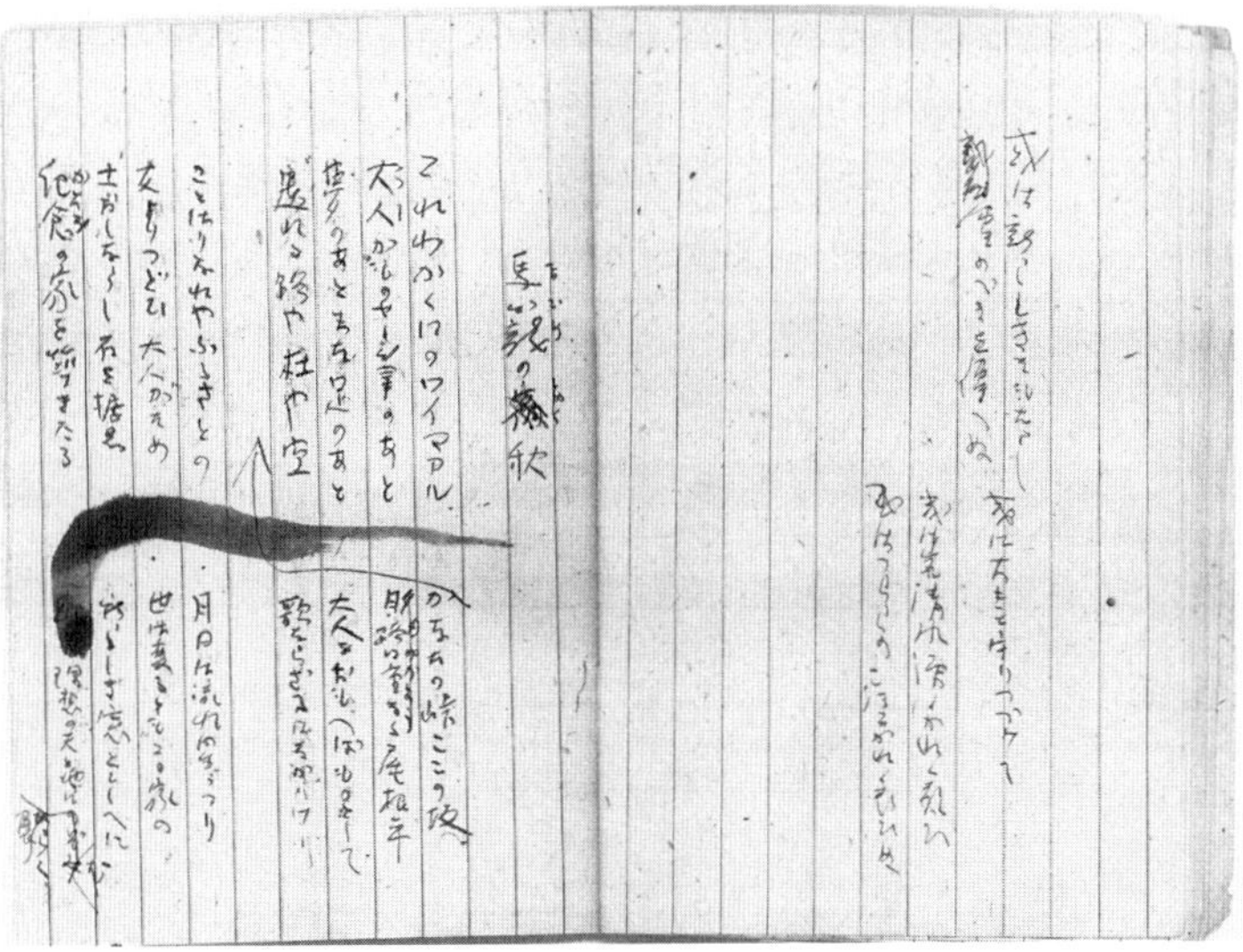

【16】

或は新らしきをもたらし　或は古きを守りつづけて
〔或は〕傳ふべきを傳へぬ
　或は岩清水湧くか如く歌ひ
　或はつらのこほるか如く歌ひぬ

【17】

馬籠《まごめ》の〔宿《しゆく》〕秋

これわかくにのワイマアル
大人《うし》かものせし筆のあと
夢のあとまた足のあと
遺れる路や杜や空

かなたの峠ここの坂
目路に重なる〔日かがよう〕尾根平
大人をおもへばものとして
歌ならざるはなかりけり

ことはりなれやふるさとの
友よりつどひ大人がため
土おしならし石を据ゑ
記念《かたみ》の家を築きたる

月日は流れ星うつり
世は變るともこの家の
新らしき窓とこしへに
〔□□〕理想の天と地に〔のぞみ〕〔む〕

展｝ひらく

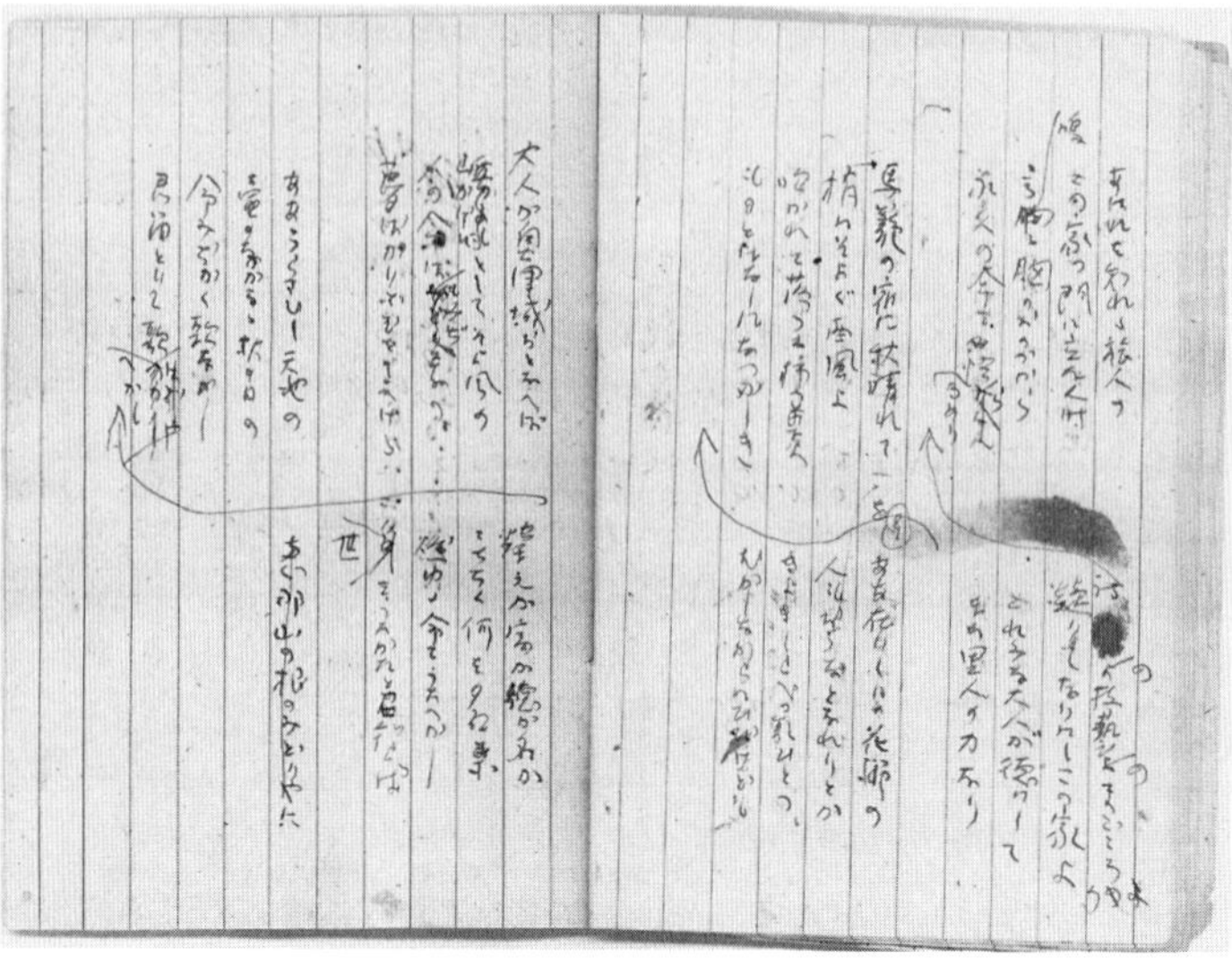

【18】

あはれを知れる旅人の
鳴
この家の門に立たん時
高〔胸〕る胸のおのづから
永久の命を悟〔り〕らなん〕 るめり

詩〔よ〕の 技藝〔よ〕の まごころ〔の〕〔よ〕の
凝りてなりにしこの家よ
これみな大人が徳にして
また里人の力なり

馬籠の宿に秋晴れて
梢にそよぐ西風よ
吹かれて落つる柿の葉よ
ものとはなしになつかしき　を？

ああ在りし日の花櫛の
人もおうなとなれりとか
きよきしらべの歌ひとつ
むかしながらにひびけども

【19】

大人が奥津城おとなへば
〔丘のふもと〕山かげにしてそよ風の
人の命は〔みどり〕もみぢ葉の
夢ばかりとぞをしへける
ああらさむし天地の
壺のなかなる秋の日の
命みぢかく歌ながし
君笛とりて歌〔へかし〕〔はずや〕 へかし

榮えか富か徳か名か
こちたく何を夕紅葉
燃ゆる命をうたへかし
〔身〕世をうたかたと君知らば
〔恵那山の根のみどりやに〕

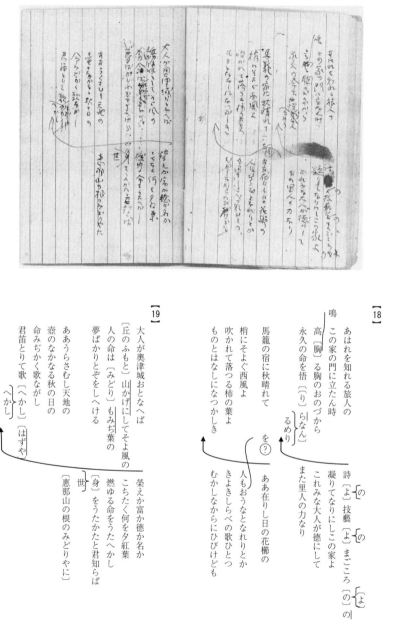

【20】

妙高の根に雪はかがやき
熊坂も長坂山もうららかに

【21】

千金の
襤褸を賣れ

（※【22】〜【27】空白）

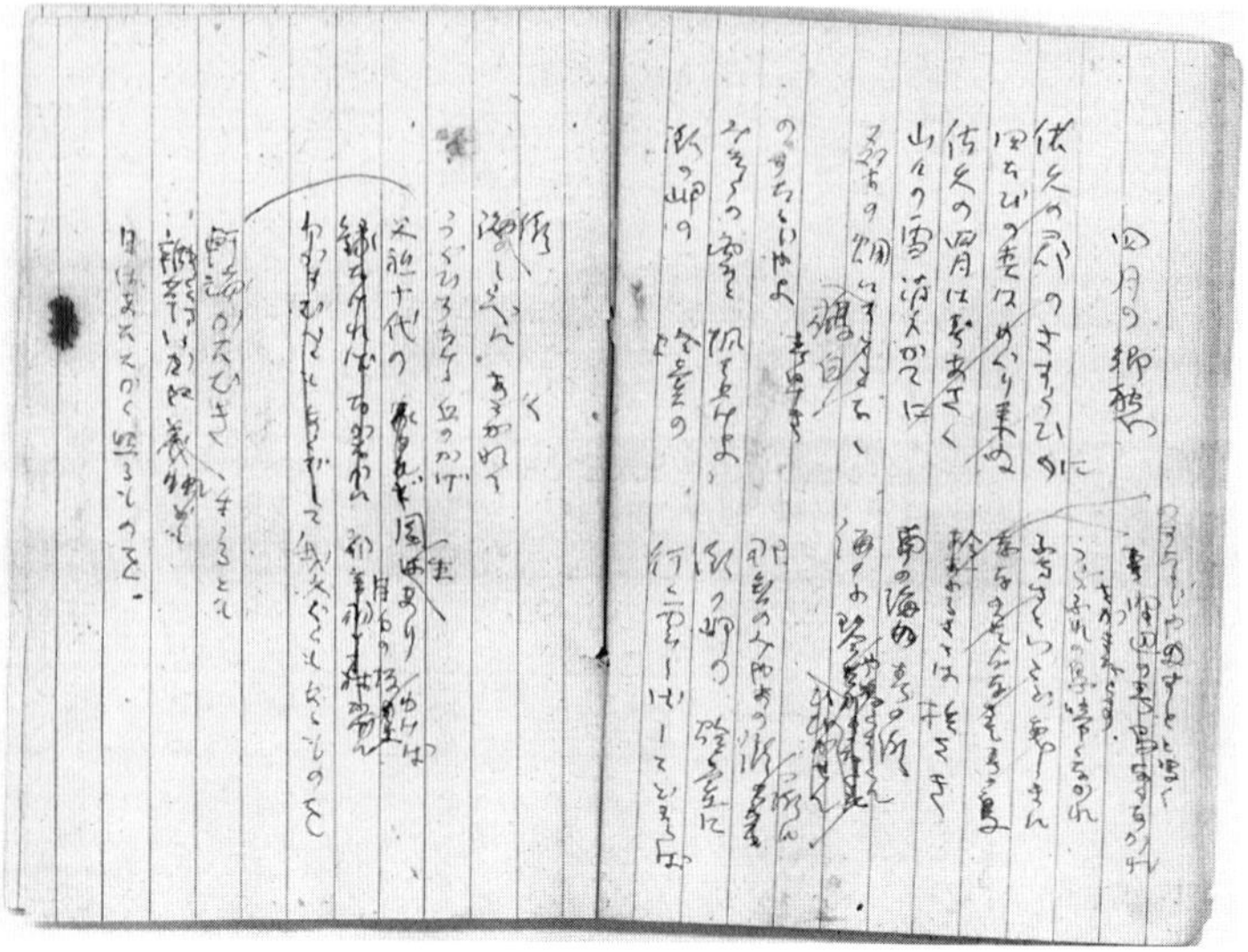

【28】

四月の郷愁

佐久の郡のさすらひ〔の〕に
四たびの春はめぐり來ぬ
佐久の四月は春あさく
山々の雪消えがてに
桑の畑に〔すとと〕頬白なく
春早き
のすたるじやよ
みそらの雲と　帆を上けよ
潮の岬の　　燈臺の

のすたるじや〔よ〕のすとと鳴く
〔春〕〔野邊の春鳥なくなかれ〕
〔をかきならす〕
うらぶれの鳥啼くなかれ
ふるさといとど戀しきに
ななきそななきそ春の鳥
〔ああ〕今ふるさとは椿さき
南の海〔に〕の春の潮
海の小琴〔をかきならす〕や鳴らすらん
〔ひびかせん〕
那智のみやまの瀧〔の音〕つ瀬に
潮の岬の　燈臺に
行く雲しばしとどまらば

【29】

{潮
海のしらべに　あ〔こ〕{く}がれて
うぐひすなける　丘のかげ
父祖十代の　〔家なれど〕園〔は〕{生}あり
〔縁なければなかなかに〕　都〔音羽の森かげに〕目白の坂〔の上〕{ゆけば}
〔わがすむべくもあらずして〕我文ぐらもあるものを
軒端かたむき　生ふるとも
雑草《あらくさ》い〔かに〕とど〔茂れども〕
日はあたたかく照るものを。

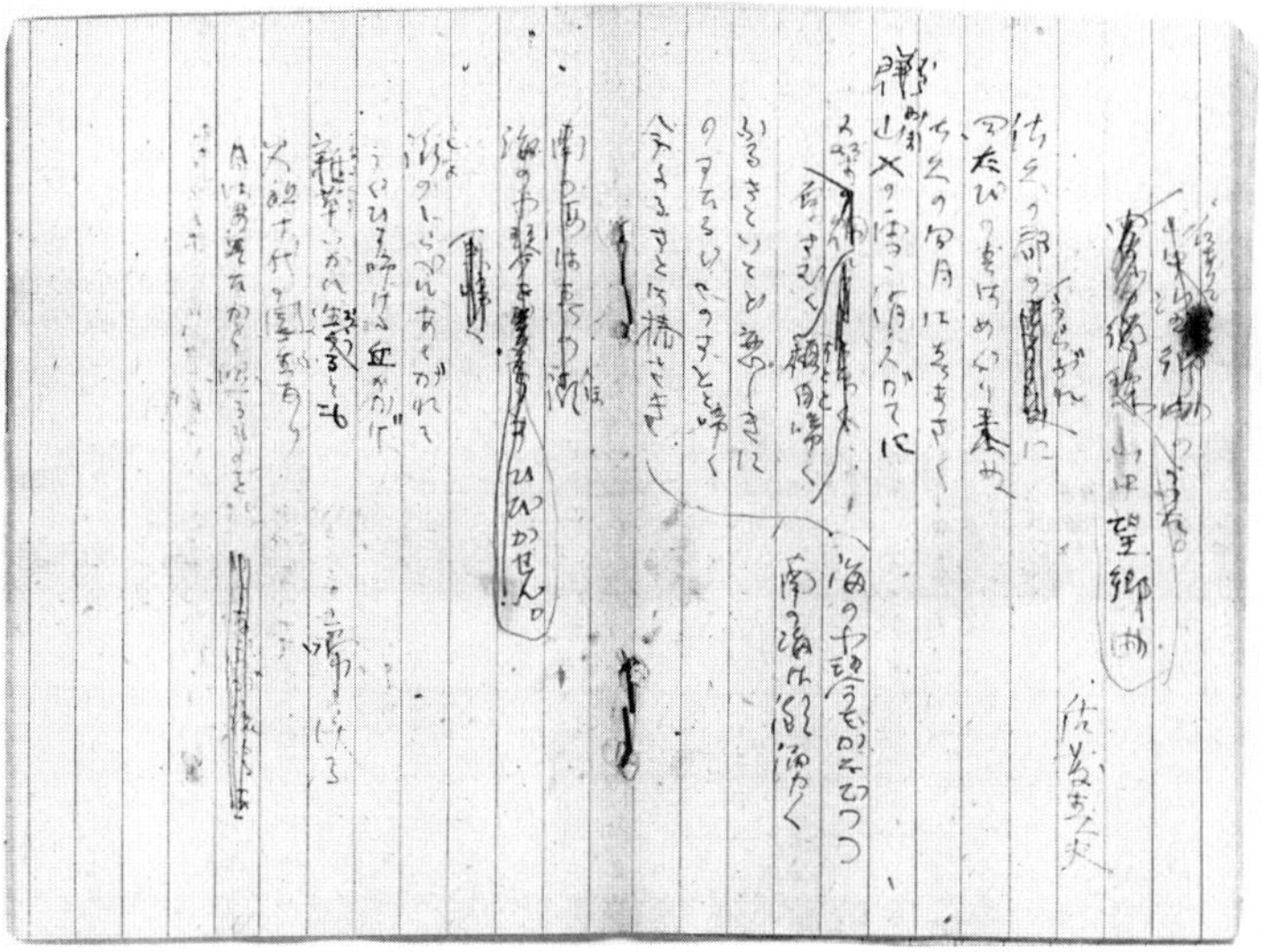

【30】

にありて
〔山中望郷〔曲〕のうた。〕
〔四月の郷愁〕山中望郷曲

佐藤春夫

佐久の郡の〔さすらひ〕うらぶれに
四たびの春はめぐり來ぬ
佐久の四月は春あさく
群山《むらやま》〔々〕の雪消えがてに
桑〔の畑にすととなく〕
原さむく頬白《すとと》啼く
ふるさといとど戀しきに
のすたるじやのすとと啼く
今ふるさとは椿さき
海の小琴をかなでつつ
南の海は潮湧く

【31】

〔南の海は春の潮《しほ》〕
〔海の小琴をかきならす〕〔ひびかせん。〕
〔鳥啼く〕
潮《しほ》のしらべにあくがれて
うぐひす啼ける丘のかげ
雑草《あらくさ》いかに生《お》〔う〕るとも　啼ける
父祖十代の園生《そのふ》あり
日はあたたかく照るものを。〔日はなごやかに流るるを〕

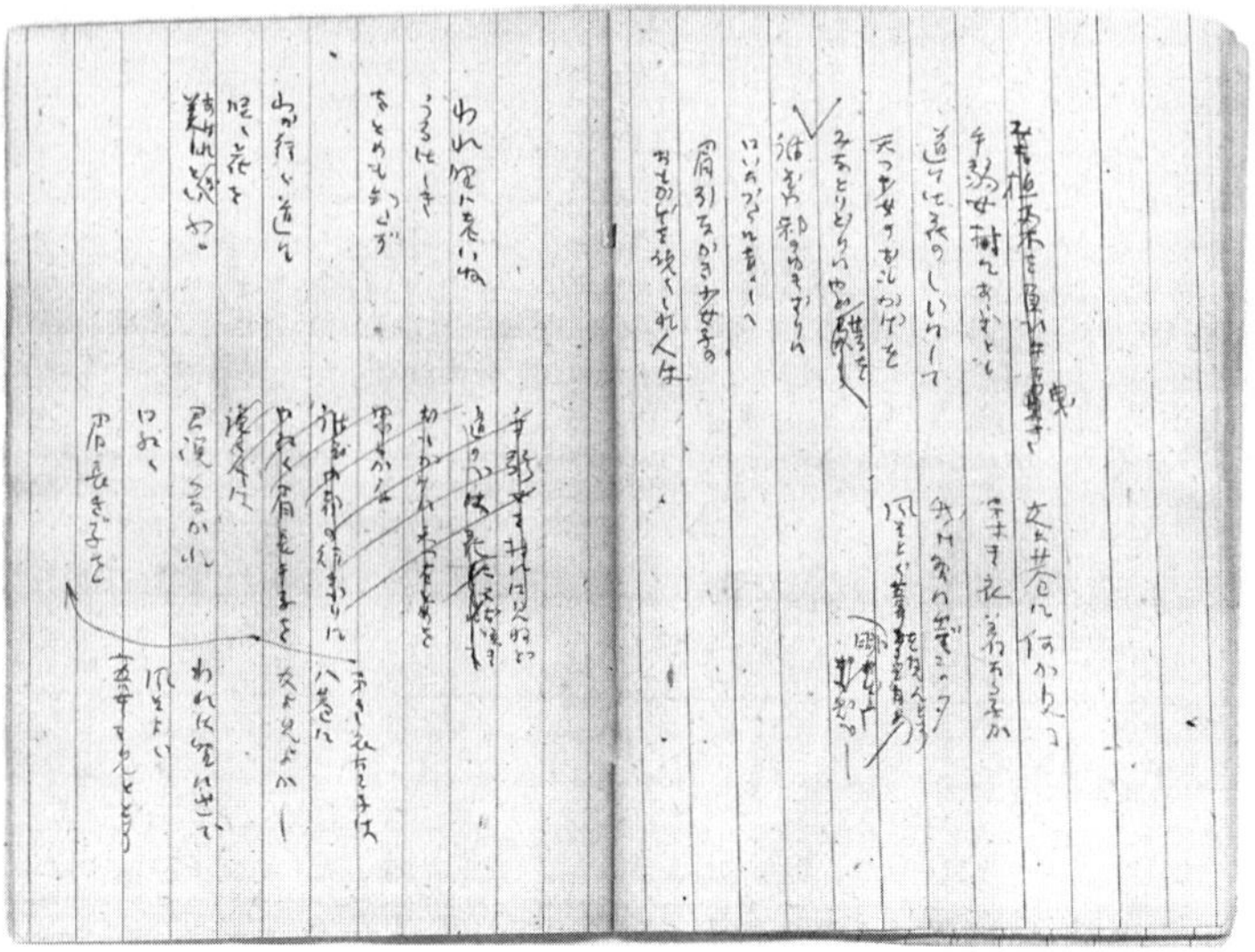

【32】

〔みな粗朶を負ひ牛を〔負〕曳き〕
手弱女村にあらずとも
道には花のしじにして
天つ少女のおもかげを
みなとりどりにやど〔したり〕せるを
誰ぞや都のゆきずりに
口いたづらに赤くして
眉引きながき少女子の
おもかげを說くしれ人は

友よ巷に何か見る
柔き衣着たる子か
我は野に出でこの夕
風そよぐ葦〔をこそ見め〕を見んとす
〔眺めばや□□むべし〕

【33】

われ野に老いね
うるはしき
をとめも知らず
わが行く道に
咲く花を
〔美し〕あはれとぞいふ

〔手弱女を村には見ねど〕
〔道のべは花〔しじにして〕ここだ咲き〕
〔おもかげに天つをとめを〕
〔思ふかな〕
〔誰ぞや都の行きずりに〕
〔口紅く眉長き子を〕
〔說く人は〕
君說くなかれ
口紅く
眉長き子を

柔き衣たる子は
八巷に
友よ見よかし
われは野に出で
風そよぐ
葦を見とす

（※【34】～【47】空白）

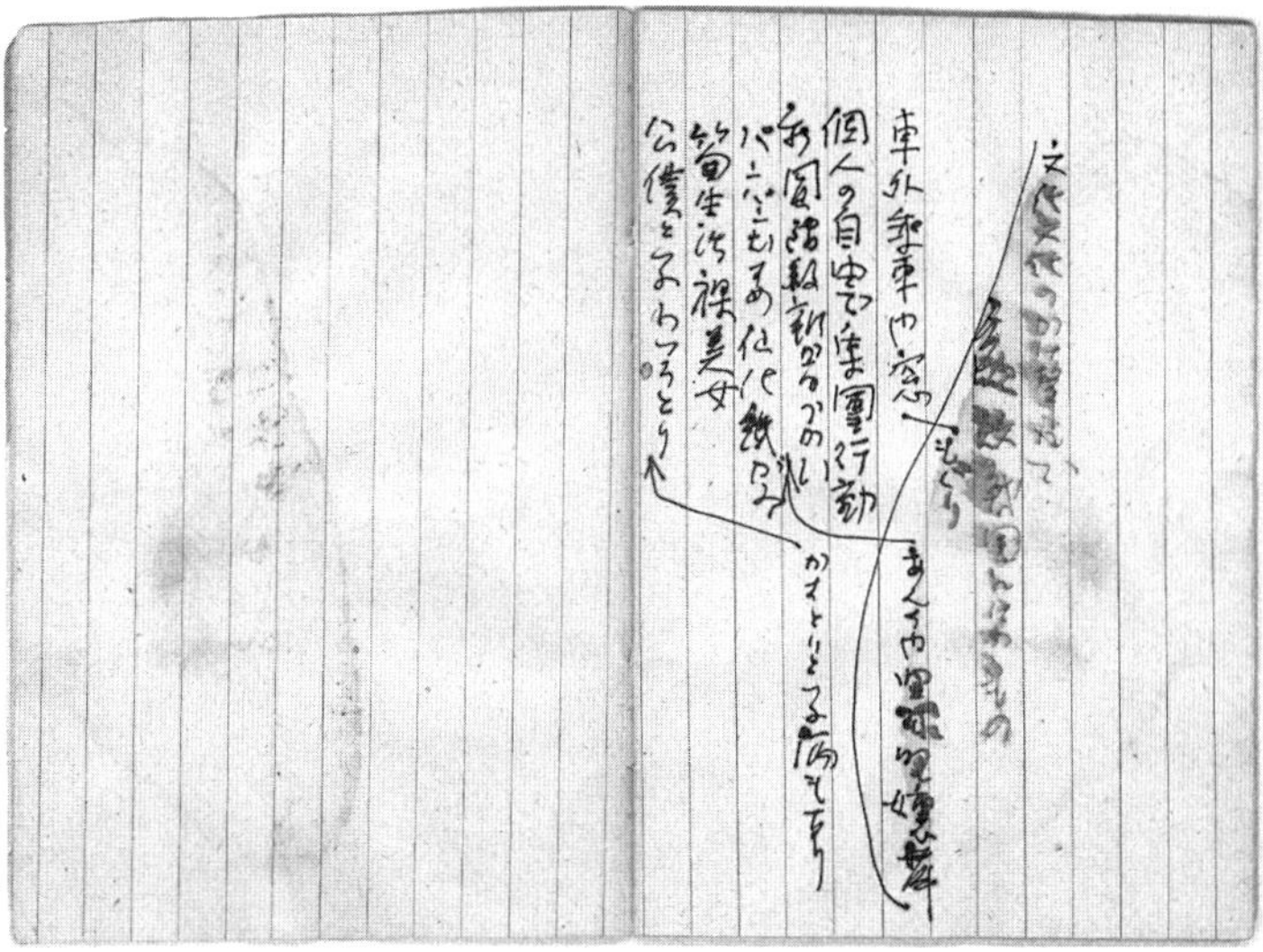

【48】

文化文化のかけ聲〔に〕で

〔この頃〕敗戰國にはやるもの

もぐり

あんちゃや野球野嬢舞

車外乘車や窓

個人の自由で集團行動

新圓階級新かなづかひ

パンパンむすめ仙化〔紙〕がみ

かすとりといふ酒もあり

筍生活裸美女

公僕といふわいろとり

【49】

（※空白）

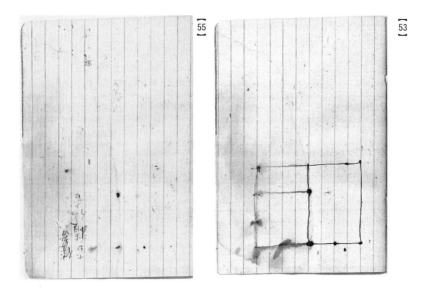

【53】

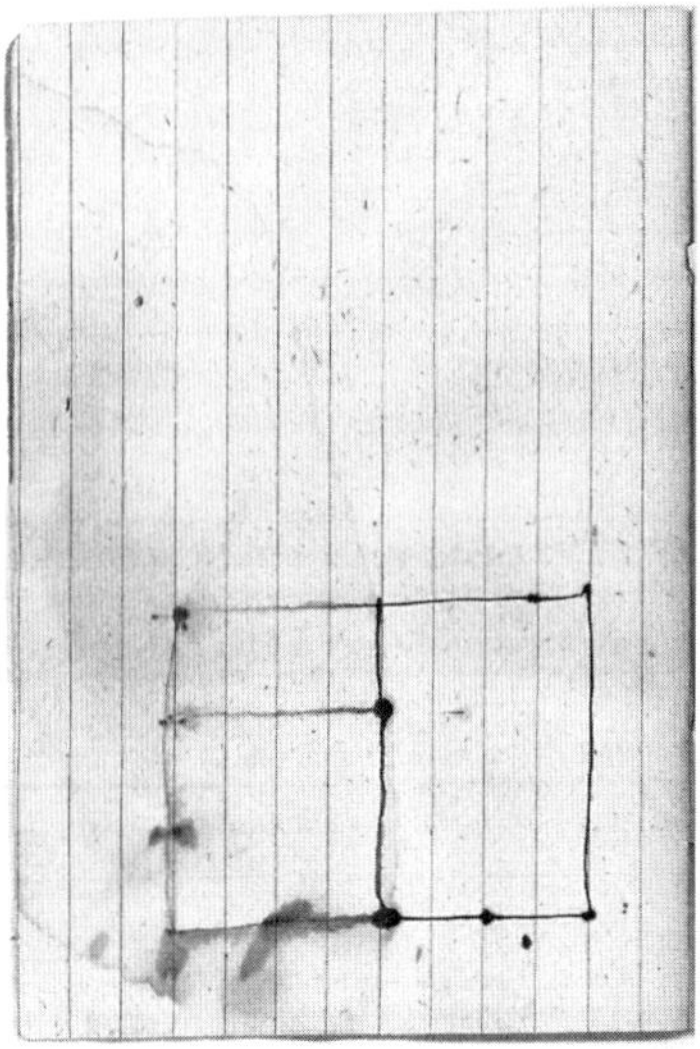

【55】

【56】

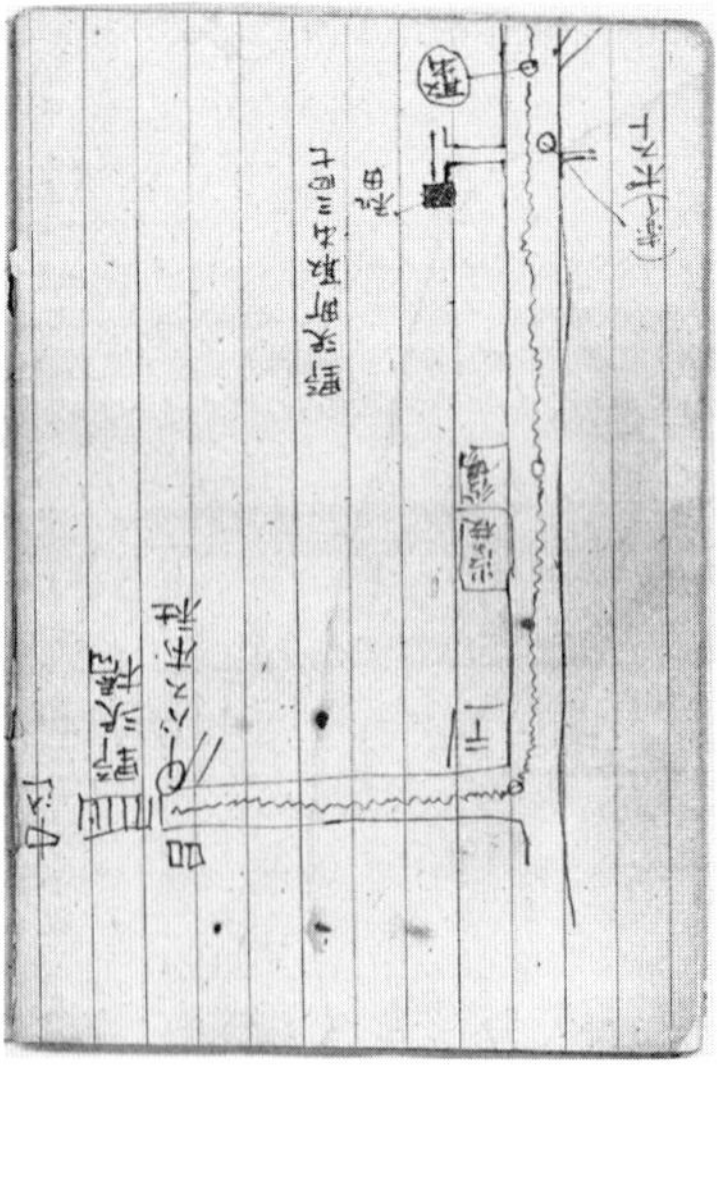

（※【57】【58】切り取り。【59】【60】【裏見返し】空白）

付録２　『田園の憂鬱』における「気分」「気持」「心持」の全用例

「気分」六例

１．さうすれば、風のやうに捕捉し難い海のやうに敏感すぎるこの人の心持も気分も少しは落着くことであらう。（一章二〇三頁）

２．彼の狂暴ないら立たしい心持は、この家へ移つて来て後は、漸く、彼から去つたやうであつた。さうして秋近くなつた今日では、彼の気分も自ら平静であつた。（六章二一八頁）

３．どす黒い臭とどす黒い色とを持つたその特有の煙、それは馬鹿げた感激の後に来る重い気分に似た煙が、一度にどつと塊つてさもけだるげに昇つた。（一三章二三九頁）

４．まるで苦行者が苦行をでもつづけるやうに自分自身の気分を燃える炎のなかに見つめて、犬や猫にとり囲まれて蹲つて居る自分。これは若しや本当の自分自身ではないので、本当のものは別にちやんと何処かに在るので、ここの自分は何か影のやうな自分ではないのか！　そんな気持がひしひしと彼に湧いて来た。その心持が彼に滲入つた時に、冷たい感覚が彼の背筋の真中を、閃くが如くに直下した。（一三章二四〇頁）

５・６．彼はつるべを落す手を躊躇せずには居られない。それを覗き込んで居るうちに、彼の気分は井戸水のやうに落着いた。汲み上げた水は、寧ろ、連日の雨に濁つて居たけれども、彼の静かな気分はそれ位を恕すには十分であつた。（二〇章二六〇頁）

「気持」一三例

7.「ねえ、いいぢやないか、入口の気持が。」（一章二〇六頁）

8.（この心が常に、如何なる場合でも彼の誠実を多少づつ裏切るやうな事が多かつた）さて、彼はこの花の木で自分をトうて見たいやうな気持があつた――「薔薇ならは花開かん」！（五章二一六頁）

9.何か有頂天とでも言ひたい程な快感が、彼にはあつた。さうして無暗に、手当り次第に、何でも引き切つてやりたいやうな気持になつた。（五章二一六頁）

10.それは恰も、あの主人に信頼しきつて居る無智な犬の澄みきつた眼でぢつと見上げられた時の気持に似て、もつともつと激しかつた。譬へば、それはふとした好奇な出来心から親切を尽してやつて、今は既に全く忘れて居た小娘に、後に偶然にめぐり逢うて「わたしはあの時このかた、あなたの事ばかりを思ひつめて来ました」とでも言はれたやうな心持であつた。（八章二二四頁）

11.「馬鹿な、俺はいい気持に詩人のやうに泣けて居る。花にか？　自分の空想にか？」（八章二二五頁）

12.この老婆のくどい話は結局、何のことであるかは解らなかつたけれども、彼の気持をじめじめさせるには、何しろ十分すぎた。（九章二二九頁）

13.こんな日頃に、ただ深夜ばかりが、彼に慰安と落着きとを与へた。鶏の居ない夜だけ、鎖から放して置くことにした犬が、今ごろ、田の畔をでも元気よく跳びまはつて居るかと想像することが、寝牀のなかで彼をのびのびした気持にした。（一〇章二三〇頁）

14.はて！　何時の間にこんなに変つたのであらう？　何のために変つたのであらう？　彼は、実に不思議でならない気持がした。（一二章二三六頁）

15.彼自身も先刻からの、妙に胸さわぎのするやうなその臆病な気持も、うすら寒いのも、一つは確にそれのせ

いに相違ないと考へた程に空腹なのであつた。（一三章二三八頁）
16．まるで苦行者が苦行をでもつづけるやうに自分自身の気分を燃える炎のなかに見つめて、犬や猫にとり囲まれて蹲つて居る自分。これは若しや本当の自分自身ではないので、本当のものは別にちやんと何処かに在るので、ここの自分は何か影のやうな自分ではないのか！　そんな気持がひしひしと彼に湧いて来た。その心持が彼に滲入つた時に、冷たい感覚が彼の背筋の真中を、閃くが如くに直下した。（一三章二四〇頁）
17．現世以上の快楽ですね。／闇と露との間に山深くねて、／天地を好い気持に懐に抱いて、／自分の努力で天地の髄を掻き撈り、（一八章二五四頁）
18．さうして、陰気な気持ちは妻の言つたとほり、いやな天気から来たものだつた――と、彼は思つた。（二〇章二六〇頁）
19．彼の心持が犬の声になり、犬の声が彼の心持になる。暗い台所には、妻が竈へ火を焚きつける。妻が東京へ引き上げたいといふ気持は、たしかにこんな時に彼処で養はれるに違ひない。（二〇章二六四頁）

「心持」三六例

20．「嗟、こんな晩には、何処でもいい、しつとりとした草葺の田舎家のなかで、暗い赤いランプの陰で、手も足も思ふ存分に延ばして、前後も忘れる深い眠に陥入つて見たい」といふ心持が、華やかな白熱燈の下を、石甃の路の上を、疲れ切つた流浪人のやうな足どりで歩いて居る彼の心のなかへ、切なく込上げて来ることが、まことに屢であつた。（一章二〇二頁）
21．さうすれば、風のやうに捕捉し難い海のやうに敏感すぎるこの人の心持も気分も少しは落着くことであらう。（一章二〇三頁）

22. たとひ新婚の夢からはとつくに覚めたころであつても、こんな暑さの下ででも、ただ単に転居するといふだけの動機で心持がふだんよりもずつと活き活きとして来て、こんなことを考へて悲しんだり、喜んだり、慰んだりすることの出来るのは、まだ世の中を少しも知らない幼妻の特権であつたからだ。（一章二〇五頁）

23. 彼はこの家の周囲から閑居とか隠棲とかいふ心持に相応した或る情趣を、幾つか拾ひ出し得てから、妻にむかつてかう言つた。（一章二〇六頁）

24. 彼の妻は牧歌を歌ふ娘のやうな声と心持とで、自分の養子である二疋の犬に物云うて居る。（三章二一〇頁）

25. 彼は悪人の最後を舞台で見てよろこぶ人の心持で、松の樹の上で植木屋が切り虐む太い藤蔓を、軒の下にしやがんで見上げて居た。（五章二一七頁）

26. 彼の狂暴ないら立たしい心持は、この家へ移つて来て後は、漸く、彼から去つたやうであつた。さうして秋近くなつた今日では、彼の気分も自ら平静であつた。（六章二一八頁）

27. その時、言葉といふものが彼には言ひ知れない不思議なものに思へた。（略）それらの言葉の一つ一つを、初めて発明し出したそれぞれの人たちのそれぞれの心持が、懐しくも不思議にそれのなかに残つて居るのではないか。（六章二一九頁）

28. さうして或る一つの心持を、仲間の他の者にはつきりと伝へたいといふ人間の不可思議な、霊妙な慾望と作用とに就ても、おぼろに考へ及ぶのであつた。（六章二一九頁）

29. そんな時の彼の心持は、ただ一人で監禁された時には、無心で一途に唐草模様を描き耽るものだといふ狂気の画家たちによほどよく似て居た。（六章二二〇頁）

30. 彼は螢の首すぢの赤いことを初めて知り得て、それを歌つた松尾桃青の心持を感ずることが出来た。（六章二二一頁）

31.「薔薇ならば花開かん」彼は思はず再び、その手入れをした日の心持が激しく思ひ出された。（八章二二四頁）

32. それは恰も、あの主人に信頼しきつて居る無智な犬の澄みきつた眼でぢつと見上げられた時の気持に似て、もつともつと激しかつた。譬へば、それはふとした好奇な出来心から親切を尽してやつて、今は既に全く忘れて居た小娘に、後に偶然にめぐり逢うて「わたしはあの時このかた、あなたの事ばかりを思ひつめて来ました」とでも言はれたやうな心持であつた。（八章二二四頁）

33・34. さうして、それ等のなかにつつまれて端坐した彼に、或る微かな心持ち、旅愁のやうな心持ちを抱かせた。（九章二二五頁）

35. 始めの内こそ、それらの雨にある或る心持を寄せて楽しんで居た彼も、もうこの陰気な天候には飽き飽きした。それでも雨は未だやまない。（九章二二五頁）

36. その時或る説明しがたい心持で、身構へて把つて居た自分の杖をふり上げると、自分の前で何事も知らずに尾を振つて居る自分の犬を、彼は強たかに打ち下した。（一〇章二三一頁）

37・38. 彼は不可思議な遠眼鏡の底を覗いて、其の中にフェアリイ・ランドのフェアリイが仕事をして居るのをでも見るやうに、この小さな丘に或る超越的な心持を起しながら、ちやうど子供が百色眼鏡を覗き込んだやうに、目じろぎもしない憧れの心持で眺め入つた。（一二章二三六頁）

39. 彼は犬を鎖から放してやつて、それを台所の方へ呼んで来た。うす暗い隅隅の多い台所は、彼ひとりではもの淋しかつたからである。犬どもは彼等の主人の心持をよく知つて居たかのやうに、土間にしやがんでゐる彼の傍へ来て、フラテも、レオも、二疋とも彼にすり寄つて坐つた。（一三章二三八頁）

40. まるで苦行者が苦行をでもつづけるやうに自分自身の気分を燃える炎のなかに見つめて、犬や猫にとり囲まれて蹲つて居る自分。これは若しや本当の自分自身ではないので、本当のものは別にちやんと何処かに在るので、ここの自分は何か影のやうな自分ではないのか！　そんな気持がひしひしと彼に湧いて来た。その心持が彼に滲入つた時に、冷たい感覚が彼の背筋の真中を、閃くが如くに直下した。（一三章二四〇頁）

41. その一瞬間は、彼にとつては非常に寂しく、切なく、寧ろ怖ろしいものであつた。そんな時には、何かが声か音かをたててくれればいいがと思つて、待遠しい心持になつた。（一六章二四六頁）

42. けれども夜の時計の音は、あまり喧しく耳について、どうしても寝つかれなかつた。それの一刻の音毎にそそられて、彼の心持は、一段一段とせり上つて昂奮して来た。（一六章二四六頁）

43. 彼はそれを聞き入りながら、つひそれの口真似を口のなかでして、その上、臥てゐる自分の体を少し浮上がらせる心持にして、体全体で拍子をとつてゐた。（一六章二四八頁）

44. 又、あの一時の睡眠をも持たない夜が、戸の隙間からほのかに明け渡つた時に、ふと小鳥のしば鳴きを聞くあの淋しい、切ない、併しすがすがしい、涙を誘はうとするやうな心持は、確かに懺悔心になつたであらう。（一七章二五〇頁）

45. 併し、風の日は風の日で、又その特別な天候からくる苛立たしい不安な心持が、彼を胸騒ぎさせたほどびくびくさせた。（一八章二五二頁）

46. それはモノトナスな、けれどもなつかしいリズムをもつた畳句のある童謡で、また謡の心持にしつくりと嵌つた遊戯であつた。（一八章二五二頁）

47・48・49. 決して思ひ出したことのないやうな事柄ばかりが後へ後へ一列に並んで思ひ浮んで来た。その心持がふと、彼に死のことを考へさせた。こんな心持は確に死を前にした病人の心持に相違ない。（一八章二五四頁）

50. 偶然、それは「森と洞」との章のメフイストの白であつた。この言葉の意味は、彼にははつきりと解つた。

これこそ彼が初めてこの田舎に来たその当座の心持ではなかつたか。（一八章二五五頁）

51・52．妻の人差指には、薔薇の刺で突いたのであらう、血が吹滲んで居る。それが彼の目についた。併し、そんな心持を妻に言ひ現す言葉が、彼の性質として、彼の口からは出て来なかつた。寧ろ、その心持を知られまい、知られまいと包んで居る。（二〇章二六二頁）

53．彼の言葉のなかには、その言葉で自分を和げて、妻の機嫌をも直させようとする心持があつた。（二〇章二六二頁）

54・55．犬どもは声を揃へて吠えて居る。その自分の山彦に怯えて、犬どもは一層はげしく吠える。山彦は一層に激しくなる。犬は一層に吠え立てる……彼の心持が犬の声になり、犬の声が彼の心持になる。暗い台所には、妻が竈へ火を焚きつける。妻が東京へ引き上げたいといふ気持は、たしかにこんな時に彼処で養はれるに違ひない。（二〇章二六四頁）

＊用例は、新潮社版定本（一九一九・六）に拠る。
＊引用本文と頁数は、『定本佐藤春夫全集』第三巻（一九九八・四、臨川書店）のものを示した。

付録3　佐藤春夫「私小説」一覧（大正〜昭和初期・臨川書店全集三巻〜七巻）

＊この表は、「私小説」らしさが読者において判断される基準を測るために試作した。井原あや・梅澤亜由美・大木志門・大原祐治・尾形大・小澤純・河野龍也・小林洋介編『「私」から考える文学史―私小説という視座』（二〇一八・一一、勉誠出版）〔JSPS科研費17K02464〕に収録した著者作成リストの詳細版である。

＊項目中の「内在的サイン」とは、作者とその周辺人物がモデルになっていることを暗示する作品内のしかけを指す。自作言及や連作による共通性の提示、モデルを想起させる名前やイニシャルの採用、現実の作家に符合する情報の提示など、同時代の読者に現実のモデルをアピールするような書き方がなされている場合の要素を数えた。

＊項目中の「外在的サイン」とは、作品内にある示唆ではなく、作品外の情報から当該作が「私小説」と判断される場合の情報源を指す。同時代的には作家の私生活の報道や身近な人物による暴露、あるいは自作解説や単行本での関連付けがこれに当てはまるが、研究の進展によって伝記情報が補完され、後世になって「私小説化」される場合も含まれる。

＊「内在的サイン」と「外在的サイン」の境界には当然不分明な領域がある。飽くまでも整理のための便宜的指標として理解されたい。

	作品名	掲載紙誌・年月	作者の登場名	視点人物	職業	内在的サイン	外在的サイン	備考
1	歩きながら	『我等』一九一四・四	余＝おれ	余＝おれ	不明	余・おれ	自解	内言では〈おれ〉。見舞いの時の路上の光景。自作解説は平出禾宛書簡一九五四・六・四。【病人＝平出修。】
2	円光	『我等』一九一四・七	余（書簡）	画家＝彼（一部妻）	批評家		報道 同時代評	失恋報道は『時事新報』一九一四・五・六。生田長江がモデル問題に言及（『反響』一九一四・七）。【画家＝安宅安五郎、妻＝尾竹ふくみ、批評家＝春夫。】
3	西班牙犬の家	『星座』一九一七・一	私＝自分＝おれ	私＝自分＝おれ	不明	フラテ（愛犬）	自作との共通性	『田園の憂鬱』の舞台を題材とする幻想小説。犬の名〈フラテ〉が「病める薔薇」「田園の憂鬱」「都会の憂鬱」などと共通。
4	病める薔薇	『黒潮』一九一七・六 『病める薔薇』一九一八・一一天佑社のち『田園の憂鬱』一九一九・六新潮社	彼	彼（一部妻）	芸術家志望	前書き	自解	三上於菟吉宛の献辞に〈田園生活の記録〉。彼は芸術家志望。一九一六年の実生活を題材とする。「お絹とその兄弟」ほか感想・自伝類で、発表直後から多数の自己言及あり。【彼＝春夫、妻＝遠藤幸子（女優）。】
5	田園の憂鬱	『中外』一九一八・九	彼	彼（一部妻）	芸術家志望		自解	彼は詩を書くが、作家か画家かは不明。一九一五年の実生活を題材とする。「お絹とその兄弟」ほか感想・自伝類で、発表直後から多数の自己言及あり。【彼＝春夫、妻＝遠藤幸子（女優）。】

6	月かげ	『帝国文学』一九一八・三	私	R・N	不明	前書き自作言及	作品集で関連付け	「私小説」的演出のフィクション。『病める薔薇』（一九一八・一一、天佑社）で前書きを追加し、「指紋」と関連付ける。紹介者（私＝春夫）の友人として辻潤の実名が登場。「指紋」に登場する阿片中毒患者〈R・N〉の幻想的手記を「指紋」の作者（私）が紹介する。
7	指紋	『中央公論』一九一八・七	私＝佐藤君	私＝佐藤君	不明	作者名	作品集で関連付け	「私小説」的演出のフィクション。旧友〈R・N〉は〈私〉を〈佐藤君〉と呼ぶ。『病める薔薇』（一九一八・一一、天佑社）で「月かげ」と関連づけられる。
8	お絹とその兄弟	『中央公論』一九一八・一一	私（聞き手）	お絹（体験者）	作家	自作言及	自作との共通性	聞き書き。自作言及あり（『病める薔薇』）。〈お絹〉は『田園の憂鬱』の登場人物。
9	私記	『中外』一九一九・一	俊一	俊一	作家志望	タイトル	自解	発表翌月の「恋・野心・芸術」（『文章倶楽部』一九一九・二）で、本作を自己モデル小説として解説。そのことで小説が伝記的注釈の意味を持つ。家業は医者。〈俊一〉は芸術至上主義に魅せられ作家志望。父の期待を裏切って小説家を志す〈俊一〉が、自分のために父が用意した北海道の農場を再訪する物語。
10	形影問答	『中央公論』一九一九・四	私	私	小説家	著書	自作出版	月の使者に出会った〈私〉は、〈私〉が出した第一短篇集（『病める薔薇』を連想させる）が彼の〈孤独と退屈との研究〉記録であると聞かされ、憤慨

									してこの文章を書く。
11	わが生ひ立ち	『大阪朝日新聞』一九一九・七・二三～八・二		私	私	不明	タイトル		伝記的注釈としての幼時回想。
12	美しき町	『改造』一九一九・八～一二		私（紹介者）	私（談話者E氏）	小説家	自作言及		「私小説」的演出のフィクション。聞き書き形式。冒頭で自作「指紋」「どうして魚の口から金が出たか?といふ神聖な噺」に言及。画家の〈E氏〉には作品「都会の憂鬱」（絵画だが『田園の憂鬱』を連想させる）がある。
13	蝗の大旅行	『童話』一九二一・九		僕	僕	不明	紀行形式	報道	「よみうり抄」などで共有される作家動向（台湾旅行）。
14	その日暮しをする人	『中央公論』一九二二・一〇	『佗しすぎる』一九二三・七 改造社	私＝貞吉	私＝貞吉	小説家	清吉もの 住所	連作化 友の反応	〈貞吉〉は単行本『剪られた花』収録時に〈清吉〉に変更（後から続篇と整合化）。この名前は、「小田原事件」における谷崎の翻意を受けて、一九二一年一～二月頃、谷崎に対抗し千代と密会するために滞在した小田原養生館での偽名「青木貞吉」に基づくか。住所が青山南町四丁目で春夫と同一。「私の顔とネクタイ」（『サンデー毎日』一九二二・四・九）に〈貞吉〉＝春夫とする谷崎精二と芥川龍之介の反応を紹介。「清吉の愚痴」と改題して『佗しすぎる』に再録。
15	続その日暮しをする人	『中央公論』一九二二・一		私	私	詩人・小説家	清吉もの 年齢	連作化	〈私〉は「その日暮しをする人」と同じ〈私〉と説明される。年齢が二九歳で符合（ただし満年齢）。

16	空しく歎く	『改造』一九二二・二	『剪られた花』一九二二・八 新潮社	私	私	小説家	清吉もの 自作言及	連作化 自作との共通性	自作「その日暮しをする人」「厦門採訪冊」に言及。福建紀行文「南方紀行（二）漳州」（『新潮』一九二一・八）に重なる内容。『南方紀行　厦門採訪冊』（一九二二・四、新潮社）に「朱雨亭の事、その他」として収録。現実の紀行文との関連付けが強化される。
17	後の日に或は「続々その日暮しをする人」	『中央公論』一九二二・四		私＝赤木清吉	私＝赤木清吉	詩人・小説家	清吉もの 自作引用	連作化 自作との共通性	後書きに〈或る長編小説の主人公赤木清吉が書いたもの〉と注釈。『殉情詩集』（一九二一・七、新潮社）収録の「後の日に」を引用。【私＝小説家、彼＝谷崎だが画家の設定、あの女＝谷崎千代。】
18	「剪られた花」の一節	『新小説』一九二二・六		私	私	詩人・小説家	清吉もの 自作言及	連作化	前書きに自作言及（「その日暮しをする人」）。
19	墓畔の家	『新潮』一九二二・八		私	私	詩人・小説家	清吉もの 擬似自作	自作との共通性	「抒情集」の出版に言及（『殉情詩集』一九二一・七、新潮社を連想させる）。作中の〈私〉の訳詩（アアネスト・ダウスン「憂たてさ」）が、春夫の『我が一九二二年』（一九二三・二、新潮社）に同題で収録。
20	都会の憂鬱	『婦人公論』一九二二・一～一二		彼＝小澤峯雄	彼＝小澤峯雄	芸術家志望	擬似自作 家族	関係人物の作品	『田園の憂鬱』の後日談。デビュー前の苦労時代を題材に。擬似自作言及は「花咲かぬ薔薇の話」（現実の『田園の憂鬱』）、雑誌「殉教」（現実には『反響』）。作家付帯情報は父の職業（医

	21
	佗しすぎる
	『中央公論』一九二三・四
	『佗しすぎる』一九二三・七 改造社
	赤木清吉
	清吉
	詩人
	清吉もの 擬似人名 自作引用
	連作化 関係人物の作品
者）、父の開墾地（北海道）、妻の職業〈女優〉、犬の名〈フラテ〉〈レオ〉。生田春月『相寄る魂』中篇（一九二一・一二、新潮社）の内容と共通性あり。『都会の憂鬱』の〈江森渚山〉、『相寄る魂』の〈江添忠治〉のモデルは江連沙村（重次）。『相寄る魂』で〈江添〉を愚弄する〈西尾宏〉のモデルにされ、春夫は春月と絶交。【江森渚山＝江連沙村、大川秋帆＝上山草人、瀬川瑠璃子（弓子）＝遠藤幸子、ゴドさん＝坂本紅蓮洞、半澤成二＝諏訪三郎。】	原稿（瀧田樗陰旧蔵）に残るタイトル案は「赤木清吉」。擬似人名は、〈お京〉（谷崎千代）。連載中の谷崎潤一郎「神と人との間」（『婦人公論』一九二三・一〜一九二四・一二）に登場する〈添田〉（谷崎がモデル）の名を流用。「第三回創作合評」（新潮座談会）（『新潮』一九二三・五）は「その日暮しをする人（剪られた花）」と関連付けて批評。単行本収録時に自作「ある人に」（『東京朝日新聞』一九二三・一・三）を清吉の作品として挿入。同作は春夫の詩文集『我が一九二二年』にも「詩稿」として収録される。【清吉＝春夫、芳蔵＝秋雄（春夫弟）?、お京＝谷崎千代、添田＝谷崎。谷崎「神と人

									との間」では、添田（文学者）＝谷崎、穂積（医学士）＝春夫、朝子＝千代。】
22	春の夜	『改造』一九二三・四		××××君	私＝××××	画家		伝記事項	「清吉もの」の関連作として単行本『佗しすぎる』に収録。本郷菊富士ホテルでの谷崎の行状を描いたものか。〈四年前〉の遠藤幸子との別離（実際は一九一七年春）を回想。【A子・Dの夫婦＝？、B（活動の背景デザイン家）＝谷崎、C＝映画社員、ある先輩＝生田長江、E＝田中純。】
23	厭世家の誕生日	『婦人公論』一九二三・六		私＝××××	私＝××××	文士	誕生日・年齢	伝記事項	〈私〉は匿名だが、誕生日が四月九日。「今年で三十二になる」（実際は満三十一歳、数えの三十二）。同じメディアで谷崎の「神と人との間」が連載中（ただしこの月は休載）。
24	一情景	『新小説』一九二三・七		並木秋三	並木君	小説家	擬似自作・擬似人名	同時代評	〈並木〉の近作「裏切者」は、同月発表の「指輪」（『改造』一九二三・七）を連想させる。類似性を持たせた人物名。「剪られた花」「指輪」との関連性を川端康成が指摘（『国民新聞』一九二三・七・三）。久米正雄〈モデル問題に邪魔される〉（「第六回創作合評」〈新潮座談会〉『新潮』一九二三・八）。なお、「指輪」も『佗しすぎる』に収録、関連性を強化。【並木秋三＝春夫、前田絢太郎＝谷崎潤一郎、お喜代＝千代、桂子＝せい子。】

25	春宵綺譚	『君と僕』一九二三・八	佐藤春夫	私（春夫と別人）	不明	作者名		むじなに化かされた春夫の話を私が聞く。いかにもフィクション。自己を戯画化。
26	死を見た話	『文章倶楽部』一九二三・一一	私	私	不明	私		震災の体験談。
27	車窓残月の記	『改造』一九二四・二	私	私	小説家	前書き	自解	前書きに体験談として解説。旅行中に見た女の現在を案じ、〈婦人雑誌〉で呼びかける（初出には都合で『改造』掲載に変更となった旨の注記がある）。自作解説〈事実あのとほりあつた〉（「第十回新潮合評会」『新潮』一九二四・三）。一九一三年末から一四年初九州旅行。
28	少年	『女性改造』一九二四・五	等	等	文学少年	故郷		太平洋・坊主山・城山など新宮らしき地形。【等＝春夫、芳子＝大前俊子（初恋の人）、行男＝中村楠雄（のち俊子と結婚）?、房子＝江田しづ（俊子の姉）?。】
29	旅びと	『新潮』一九二四・六	私	私	文学者	紀行形式	報道 自作との共通性	「日月潭に遊ぶ記」（『改造』一九二一・七）の発展形。台湾・福建旅行＝一九二〇年六月～一〇月。
30	わが生ひ立ち	『女性改造』一九二四・八～一一	私	私	文筆家	タイトル		幼時回想録。丹鶴城など新宮の地名。〈私の生まれたのはS町である〉。C子（千代）・I夫人（「大震災見舞手紙の一つ」『新潮』一九二三・一〇に出る〈青山の私の女友〉の〈I・M〉、「佗しすぎる」の〈澄江〉か）への呼びか

								け（女性雑誌を意識）。
31	窓展く	『改造』一九二四・一〇	私	私	不明	手記形式	訪問記事	〈私〉＝犬好き。〈内縁の妻〉が〈半年ほど前からこの家にゐる〉。岡本一平「詩人訪問」（『新潮』一九二四・三）が当時の生活状況を伝える。後出「時計のいたづら」との関連性。水守亀之助〈作者身辺の事実を見聞のまゝ淡々と書き流したものだらう〉（『時事新報』一九二四・一〇・一〇）。【私＝春夫、A＝タミ（春夫妻）、R＝富ノ澤麟太郎？、T＝？。震災後、タミと一時新宮に住み、帰京後は信濃町の弟秋雄方に寄寓。】
32	時計のいたづら	『改造』一九二五・一	我々の主人公＝彼	彼	詩人	自作言及 頭文字	自作との共通性	〈私〉が彼を紹介。「窓展く」らしき『改造』に出た作品を登場させ、〈あいつがもう書いたんだな。佐藤でせう?〉〈彼奴。――書くことがないものだから。〉【彼＝ヘボ詩人（春夫）、A＝秋雄、T子＝タミ、他にH（社会主義者）、I。】
33	鼠	『婦人公論』一九二五・一	E	E	小説家	手記形式	同時代評 伝記事項	仙台東北学院文学部講演会（一九二四・一〇・二〇）に出席。久米正雄〈佐藤の私小説〉（「第二十一回新潮合評会」『新潮』一九二五・二）。【小説家E＝春夫、T＝川路柳虹、Y＝田中純、弓子＝遠藤幸子。】

34	霧社	『改造』一九二五・三	予	予	文士	紀行形式	報道 自作との共通性	台湾・福建旅行＝一九二〇年六月～一〇月。
35	砧（田舎のたより）	『改造』一九二五・四	私	私	小説家	タイトル 故郷 家族 通信形式	伝記事項	新宮滞在中（一九二四・一一～一九二五・一〇）。〈私〉＝小説家（春夫）。祖父〈鏡村〉等が実名で登場する身辺雑記。
36	この三つのもの	『改造』 一九二五・六～ 一九二六・一〇	赤木清吉	赤木 お八重 北村	小説家	清吉もの 擬似自作		『剪られた花』と同じ主人公名〈清吉〉の採用。〈清吉〉の代表作＝「煙れる田園」。〈北村〉＝悪魔的作家と呼ばれた。舞台が小田原。〈それぞれの人物にも十分興味をつなぐことが出来る〉（『国民新聞』一九二五・四・二六）、細田民樹〈「わびし過ぎる」その他に片々と描いた題材〉（『東京朝日新聞』一九二五・一二・三）。【赤木清吉＝春夫、北村総一郎＝谷崎、美代子＝米谷香代子、お八重＝千代、お雪＝せい子、大野＝白秋。】
37	回想	『新潮』 一九二六・一～一一	僕	僕	詩人	タイトル		〈自伝〉と明記。〈詩人〉を自称。
38	警笛	『報知新聞』 一九二六・一一・五～ 一九二七・三・一一	牧沢信吉	刑事 楯並 路子 牧沢	詩人・小説家	擬似自作		「魔女事件」（一九二六・五～一〇）に取材したフィクション。1～34章は〈牧沢〉〈生存〉と〈涼枝〉〈死亡〉との心中事件が関係者に与えた動揺。35章で〈作者〉が介入し、36～105章は〈牧沢〉の手記（一人称〈私〉）。スト

								ーリー小説から心理小説へ。〈牧沢〉の作品「恋と友情」＝「この三つのもの」。106～124章は、〈牧沢〉の手記を読んだ関係者の反応。〈牧沢〉と妻〈路子〉の和解。【牧沢信吉（詩人・小説家）＝春夫、路子＝タミ子、野々木涼枝＝山脇雪子、楯並猛之介＝谷崎潤一郎（女性美を描く画家）、佐紀子＝千代、北畠明（少年）＝?。】
39	去年の雪いまいづこ	『婦人公論』一九二七・一～一〇	私＝並木秋三	私 T子	詩人・作家	自作言及 頭文字	自作との共通性	「魔女事件」に取材したもの。〈私〉＝小説家（詩も作り、実作が登場。追いすがるT子に〈並木さん〉〈秋三さん〉〈先生〉などと呼ばれる）。「警笛」らしき小説に言及。【T子＝タミ、J＝谷崎、C子＝千代、Y子＝山脇雪子（〈私〉の浮気相手の「魔女」。運動雑誌の記者）、H（書生）＝長谷川幸雄、K（文学青年）、W（その友人を騙る詐欺師）、A（有名な詩人）、X新聞、A（Y子の情夫）→後でGに変更、文学少年（Y子に翻弄される）＝?。】
40	人間事	『中央公論』一九二七・一〇～一一	私	私	作家	実名	報道 反論	実名小説。来日の田漢・雷を村松梢風と迎える。『文藝戦線』派（葉山嘉樹・里村欣三）も迎えに来る。新潮合評会や、山本実彦による歓迎会に芥川と出席したことなども出る。後半は辜鴻銘との出会い（芥川『支那遊記』に登場）が中心となる。芥川追悼を意図

								したもの。
41	奇談	『女性』一九二八・一	記者	この家の主人＝話者	不明		伝記事項	台湾旅行もの。志なかばにして死んだ〈松原〉の思い出を語ったもの。【〈この家の主人〉＝森丑之助（原住民族研究者）。〈記者〉＝春夫。】
42	海の人	『太陽』一九二八・一	私	私	不明	故郷		出奔した女給と乗り合わせた〈私〉と船員との対話。徳島から大阪への航路。〈私〉＝〈紀州半島の人間〉。
43	足立先生	『改造』一九二八・九	岡本	岡本	作家		伝記事項	郷里に一年滞在したあと、大阪の宿に来て先生と偶然同宿する（一九二五・一〇中旬。大阪北川旅館）。両者とも作家。不遇時代の〈岡本〉に期待を寄せていたのが〈足立先生〉。〈岡本〉は台湾旅行前に大阪に寄り靴を買った。大杉栄の虐殺事件に触れる（伏字あり）。【足立先生＝馬場孤蝶、岡本＝春夫、妻＝タミ子、大竹＝大杉栄。】
44	山の日記から	『平凡』一九二八・一一	自分	自分	作家	実名		実名小説。養老温泉で脚気の療養。谷崎潤一郎、偕楽園、泉鏡花、芥川龍之介。原稿の仕事。自分の無造作な仕事ぶりを反省。脚本の仕事に迫られて見た夢に芥川の架空の戯曲が登場。怪物屋敷を扱ったもの。
45	コメット・X	『サンデー毎日』一九二九・三・二〇	H・S＝S先生	私	作家	頭文字		弟（夏樹）の家に同居した時分の思い出。〈一千一秒〉物語でモデルを暗示。〈彼〉（稲垣足穂がモデル）は童話作家で〈衆道家〉。〈私〉は〈H・S〉〈S

								先生〉と呼ばれる。稲垣と絶交の契機となる。【彼＝稲垣足穂、私＝春夫。】
46	更生記	『福岡日日新聞』一九二九・五・二七～一〇・一二	須藤初雄	須藤 猪股	作家 精神医	家 擬似人名	広告	単行本出版時（一九三〇・九、新潮社）、島清事件の真相を語るモデル小説として宣伝される。八角塔の家。【青野辰子＝舟木芳江、浜地英三郎＝島田清次郎、石田＝生田長江、須藤初雄＝佐藤春夫、三雄＝佐藤秋雄、時岡鶏鳴＝徳田秋声。】

（河野龍也　作成）

初出一覧

第一章 書き下ろし

第二章 書き下ろし

＊第三章 「佐藤春夫「女誡扇綺譚」論—或る〈下婢〉の死まで」（『日本近代文学』二〇〇六・一一）

第四章 「画家の眼をした詩人の肖像—佐藤春夫「田園の憂鬱」論」（『日本近代文学』二〇一八・五）〔JSPS科研費26770086〕

＊第五章 「佐藤春夫「五月」から『田園の憂鬱』へ—〈祈禱〉を描くという戦略—」（『國語と國文學』二〇〇六・八）

＊第六章 「佐藤春夫『田園の憂鬱』成立考—〈芸術的因襲〉の位置づけをめぐって—」（『東京大学国文学論集』二〇〇九・三）〔JSPS科研費20820013〕

＊第七章 「「自我」の明暗—佐藤春夫の〈詩〉と初期小説—」（『國語と國文學』二〇〇四・一）

第八章 「紀行から批評へ—佐藤春夫が台湾を描くとき—」（張季琳編『日本文学における台湾』二〇一四・一〇、中央研究院人文社會科學研究中心）〔JSPS科研費26770086〕

第九章 「告白の相手は誰か—佐藤春夫の〈詩〉と〈私小説〉」（井原あや・梅澤亜由美・大木志門・大原祐治・尾形大・小澤純・河野龍也・小林洋介編『「私」から考える文学史—私小説という視座』二〇一八・一一、勉誠出版）〔JSPS科研費18K00289・17K02464〕。

第一〇章 「佐藤春夫「女誡扇綺譚」と港の記憶—再説・禿頭港と酔仙閣—」（『実践女子大学文芸資料研究所年報』二〇一三・三）を中心に、「消えない足あとを求めて—台南酔仙閣の佐藤春夫—」（『實踐國文學』二〇一一・一〇）、「佐藤春夫の台湾滞在に関する新事実—台南酔仙閣と台北音楽会のこと—」（『實踐國文學』二〇一四・三）〔以上JSPS科研費22720078〕、「佐藤春夫の台湾滞在に関する新事実（二）—土地資料を活用した台南関連遺跡の調査—」（『實踐國文學』二〇一六・一〇）、「「女誡扇綺譚」の廃屋—台南土地資料からの再検討—」（『成蹊國文』二〇一七・三＝蔡維鋼との共同報告のうち河野龍也の担当部分）〔以上JSPS科研費26770086〕の各論文の一部を加えて再構成。

＊第一一章　「佐藤春夫『南方紀行』の中国近代（一）―一作家が見た軍閥割拠の時代―」（『實踐國文學』二〇一一・三）を中心に、「佐藤春夫『南方紀行』の中国近代（二）―漳州訪問先のこと―」（『實踐國文學』二〇一二・一〇）、「佐藤春夫『南方紀行』の中国近代（三）―東熙市と鄭享綬―」（『實踐國文學』二〇一三・一〇）〔以上ＪＳＰＳ科研費22720078〕の各論文の一部を加えて再構成。

第一二章　「佐藤春夫『南方紀行』の路地裏世界―厦門租界と煙草商戦の「愛国」」（『アジア遊学』二〇一三・八）〔ＪＳＰＳ科研費22720078〕に「言語体験としての旅―佐藤春夫の「台湾もの」における「越境」―」（『跨境日本語文学研究』二〇一六・六）〔ＪＳＰＳ科研費26770086〕の一部を加えて再構成。

付録１　「〝疎開者〟佐藤春夫の〝敗戦〟―詩稿が語るもの」（『日本近代文学』二〇一四・一一）〔ＪＳＰＳ科研費26770086〕および「新資料・佐藤春夫創作ノート（翻刻）―信州佐久・疎開生活の一端―」（『実践女子大学文学部紀要』二〇一三・三）〔ＪＳＰＳ科研費22720078〕。

付録２　書き下ろし

付録３　書き下ろし

博士学位論文を構成した論考には＊印を付した。ただし本書への収録に際してさらに大幅な加筆を行った。また、それ以外の論考も、学位論文のテーマに関連付け、一書にまとめるために必要な修正を施してある。

本書は、ＪＳＰＳ科研費18K00289・17K02464の助成を受けた成果の一部をなすものであり、平成三〇年度実践女子学園学術・教育研究図書出版助成を受け、『実践女子学園学術・教育研究叢書25』として、出版されるものである。

薔薇《さうび》の誘惑——あとがきに代へて

君は來るべき國を誤つた。君はなぜ、韻律のある國語の地方へ行かなかつた？
——佐藤春夫「形影問答」

佐藤春夫の初期の短篇に「西班牙犬の家」（『星座』一九一七・一）といふ小品がある。愛犬のフラテに導かれて「私」が雑木林のなかに迷ひ込むと、眼の前に草屋根の洋館が現れるといふ異界訪問譚の一種である。窓から見える机の灰皿には火の點いた煙草があつて人の氣配がするのに、中に這入ると年老いた西班牙犬が留守番してゐるだけ。色刷りのホキスラアの額を懸け、洋書とアンティークに充されたその家の間取りは一間で、何故か室内の中央に造られた水盤から、水が溢れて家の外へと流れ出てゐる……。

水盤を除けば、その部屋は如何にも歐羅巴の何處かにありさうな書齋の一室である。繪心があつて目の觀察に頼りがちな「私」が、フラテの耳と鼻に主導權を譲ることで見つけたその家は、「私」の心の『見えない』場所＝無意識の領域＝に隱れてゐた憧れを形にしたものに違ひない。奥深い雑木林のやうな『心』の地下を流れる、美的水脈の源を聽き分け嗅ぎ當てる彼の旅は、日本の現實とちぐはぐなこんな西洋趣味の小部屋へと續いてゐたのである。「私」は少し氣取るやうに、「西洋風の扉を西洋風にたたいて」中の様子を窺つてみる。

ところが、憧れの部屋に這入つた彼は、そこにある本に書かれた西洋の『言葉』が何一つ讀めないことを發見する。氣配を殘して姿を消した住人の代りにそこにゐた西班牙犬とは當然『言葉』が通じない。物言はぬ犬の注視に氣後れを感じて家を出た彼が窓から覗くと、西班牙犬は「あゝ今日は妙な奴に駭かされた」と呟いて立ち上がり、老人に姿を變へて洋書の頁を繰り始める。

この奇妙な作品の寓意を考へるのに、こんな『なぞ〳〵』を拵へてみるのは何うだらう。『變つた西洋人の家がありまず。その家を訪ねた客は、住人に會つても家の中では會話が出來ないのに、外から覗くとちやんと話が日本語で聞えます。この家の壁に開いてゐる不思議な窓の名前は何でせう？』

正解は多分『飜譯』だらう。さうだとすると、美の源泉たる水盤を取り圍む家の壁は『言葉』の壁である。客は家＝西洋＝の住人と直接『言葉』を交へることは出來ないが、その窓＝飜譯＝を通じてなら、住人の話を人の『言葉』として聽き取ることが出來る。それにしても、窓の向うの室内にある本は皆埃まみれだし、壁の時計は半世紀も時代がついてゐて、針も遲れてゐるさうだ。これは一體何うした事だといふのだらう？

佛蘭西語を學んだ永井荷風が、モーパッサンの日本人ファンとして逸早く巴里を訪ねた時でさへ、文豪は疾うに土の下に眠つてゐた程である。日本人の間にブームが起きる頃、本場でそれは骨董品屋のショウケースに收納されてゐる。飜譯を介した文化受容の宿命と言へばさうであらう。無論その『遲れ』を猛烈な勢ひで取戻したのが大正期なのだが、家の中身が古びてゐるのは、飜譯文化一般の戲畫だと言へば、話が出來過ぎだらうか？

改めて見直せば、この家には書齋しかない。臺所や便所や寢臺など、凡て人の生理に關はるものを缺いて何うやつて生活するのだらう。生活文化の背景を知ること無しに、取敢へず相手の書齋から觀念の輸入を急ぐのは、これも致し方ない飜譯の限界である。だが、大正コスモポリタンの典型たる「私」は、そのやうな文字の文化に育まれて、西洋＝世界への憧憬を過剩に膨らませて行つた若者の一人なのである。特定の如何なる國でもない、バタの香のする彼岸の夢としての西洋を、所謂『國際化』が進んだ現代を生きる我々は、疾うの昔に忘れてしまつた。しかし、大正世代の讀書人を自負する若者達は、極東の島國に生れながら、飜譯といふ「窓」を通じて覗き見た西洋に、精神の起源を求めるといふ或る種無謀な憧れを内面化してゐたのである。

唯、「西班牙犬の家」の「私」の場合、『言語』と『生活』とを閑却したその憧れに、何處か蜃氣樓を追ふやうな虚しさを自覺してゐる點が、當時としては稍〻特殊と言へるかも知れない。さうでなければ、『言葉』の壁の向う側にゐる住人と最後まで『出逢へない』この話が書かれた筈はないし、抑〻憧れの書齋の内部がこれ程居心地の悪い空間として描かれることもなかつた筈である。手なづけた積りの洋犬が、最後には「咬みつきはしないだらうか」と思ふ迄に得體の知れない相手と見えて來るのも暗示的である。

『無人の西洋』ともいふべきこの表象は、目立たないが實は春夫の初期作に底流する重要な主題の一つである。『田園の憂鬱』（一九一九・六、新潮社）の主人公は、白い洋館が立ち並ぶ「人通り一人もない」都會の幻影を不眠の夜毎に見せられてゐるし、「外形では殆んど一種純然たる西洋館」を連ねた「美しき町」（原題「美しい町」『改造』一九一九・八、九、一二）の計劃都市は、結局人の住まぬ紙摸型が完成した所で頓挫してゐる。これらの幻影の町のイメージからは、人の『生活』が影のやうに脱落してゐる。外形的に西洋の摸倣をすることは可能でも、中身は人の魂の住まぬ拔殼だとでも言ひたげな自嘲を、春夫は繰返し形にしてゐたのである。

しかし、こんなニヒルな自嘲の下に、含羞みながら希望を匿してゐる所にこそ、春夫の心憎い魅力がある。西班牙犬の家の南側の窓の下には、きら〳〵と春の光にかゞやく水流に根を洗はれて、紅い小さな薔薇の花がわがもの顔に亂れ咲いてゐるのである。美の源泉は『言葉』の壁の向う側にあるけれども、そこから湧いた水は床下から滑らかに外へと滲み出してこの地の土壌＝彼の「心」＝を潤し、香氣ある美しい花を咲かせる。

薔薇は、『田園の憂鬱』の主人公にとつて西方的美意識の象徴であつた。外來の美意識を、『心』に絡み附く生來の「因襲」だと言ひ切る所に彼の欺瞞があるにしても、彼の願ひは西洋の薔薇＝藝術＝をこの日本の片隅に自分の手で咲かせてみたいといふいぢらしい決意なのである。「西班牙犬の家」と『田園の憂鬱』といふ二つの初期作に登場する薔薇の花には、『言葉』の壁による分斷を乗り越えて、何うにか西洋の美の水脈を己の『心』に導き入れたいと身悶えした大正コスモポリタンの切なる願ひが込められてゐる。言はゞ、この可憐な夢の花に就いて書かうとしたのが本書である。

＊

本書の構想は、二〇〇九（平成二一）年に東京大學に提出した博士學位論文「佐藤春夫研究」に基づくものである。たゞし、その後約一〇年の間に發表した論文から關聯性の強いものを選んでこれを增補すると共に、學位論文收錄の舊稿自體にも必要な修正を施し、冒頭に二章分の書下ろしを加へた。構成に關してはほゞ全面的に見直し、極力テーマの明確化を圖つた結果、言はゞ過去の私と現在の私との合作のやうな書物として出來上つた。

最初の頃私が目標にしてゐたのは、春夫の作品夫々から『物語構造』と『主題』とを抽出し、そこに共通する『志向性』を明らかにすることで、生身の作家とは違ふ言表主體としての『春夫』像を現象學的に記述することだつた。役者の私生活を探るのではなく、舞臺上に於ける表情や聲の作り方に、役者自身も意識せぬ一定の癖や法則を見附けようとする遣り方である。

その際注目したのは、デビュー前の春夫に畫家修行の經歴があつたことである。外界の再現から內面の表出へと大きく關心を移行させた當時の洋畫界の旋回は、文學の關心と何う響き合つてゐたのか。二つの藝術ジャンルの交響を讀み解く爲めに、先づは春夫の作品を『主觀』と『客觀』のキイワードで整理する認識論的な切口を考へたのがこの研究の振出しである。大正期の洋畫界の理論的な課題の中心が認識論だつたからである。

『物語構造』の形式的特徵や『主題』の共通性を捉へる上で、このアプローチは確かに一定の有效性を發揮した。しかし、類型を探つて物語の單純化を目指す作業では、個別の作品が全體的な系＝システム＝として具へてゐる多義性や豐饒性を十分に捉へることが出來ない。この弱點は特に『田園の憂鬱』を分析する際の困難として意識された。敢へて近代文學中の奇書と呼びたい『田園の憂鬱』の、その贅澤な迄に過剩なイメージの集積は、散在する伏線を回收して上手に最後を締め括るやうな『物語』的因果律の世界を内部破壞してゐる。今思へば、四方八方に觸手を伸ばし、互ひに絡み合ひ乍ら意味を生長させるそんな奇書を前に、單線的な物語展開と單獨的な主題の存在を前提とする分析方法で立向つても、一向に齒が立たないのは當り前だつたのである。

『物語構造』が何處にあるかと躍起に探すのではなく、寧ろ『物語』の殼が何う壞されるのか。何故壞れるのか。これらの逆轉の發想を抱いて『田園の憂鬱』と再び附合ひ始めたのは極く最近のことである。この發想轉換に伴つて、春夫文學の全體に對しても、近年では論理や形態の分析だけでなく存在論の側面からもアプローチすることが大事だと考へるやうになつた。自分の分析方法は常に自覺し續けたいが、特定の方法には固執せず恬淡である方が、相手の話がよく耳に入る。重要なのは、夫々の方法を活かし得るレヱルや範圍を混同しないことだ――春夫研究に關しては、今はさう考へることで、先の見通しが隨分開けて來たやうに感じてゐる。

春夫の文學は、單に技術の問題だけで論じればその面白さが理解出來るやうな代物ではない。或る種の『生き方』の提示として見た方が、その幅の廣さをより切實に味はへるタイプの文學であらう。無論『生き方』と言つたからとて、別に作家論の復權とか、人生論的な鑑賞法の推奬とかいふ業界內のせゝこましい議論がしたい譯ではない。例へば、「西班牙犬の家」のやうに、煌びやかに日本離れした幻想世界を描いて登場した春夫のハイカラさと、『能火野人』と號して熊野出身の土俗性を強調した『望鄕詩人』との結びつきを何う考へるのかといふ問題である。或は『大逆事件』の犧牲者を悼んで「愚者の死」を書いた叛逆の少年詩人が、如何にして日本の對外膨脹を支持する『愛國詩人』になつたのかといふ問題である。これらの謎は個々の作品を論じるのに匹敵して興味深い人間探究のテーマであり、春夫を扱ふ以上避けて通れない難問である。その解明に、作品の形式や論理の構造を明晰化するだけの方法で立向ふのは、何う考へても戰ふ前に自ら武裝解除するやうなものである。矢張り一つの感性が、時代の中でどんな『生き方』として現れたのかを、纖細に柔軟に多角的に見て行く粘り强さを持ちたいものだと思ふ。

今回、これら春夫研究の重大な課題を詳しく取上げることは見送らざるを得なかつた。だが、決して問題解決を先送りした積りはなく、今後の究明に必要な春夫の急所を明確にすることで、論者の責任の一端は果せたものと考へてゐる。その急所を一言で言ふなら『故郷』である。それは必ずしも紀州熊野や日本を指すのでは無い。

ニーチェの超人思想に感化されて『日本人ならざるもの』を目指したこの青年は、己の精神の起源を一度は本氣で『西洋』に求めた。大正といふ飜譯文化全盛の時代は、かうした空想上の出自僞裝が一つのアイデンティティーになり得た時代だつたのである。いや、アイデンティティーは何時の時代も出自僞裝なのだらう。そして人は常にその僞裝の代償を要求され續ける。現に、彼が本氣になればなる程、彼の中で『棄郷』の疾しさは膨脹し續けたのであり、彼我を隔てる『言葉』の問題は、何處までも彼を苦しめたのである。『風流』といふ傳統的な美的享樂の感覺を斥けることに『意志』を燃す一方、それが自らの存在に深く喰込んだ誘惑であることをも強く意識せずにはゐられなくなつた。春夫に「「風流」論」(『中央公論』一九二四・四)がある所以である。

こゝには、文化的出自の意味での『故郷』に對する兩面感情=アムビヴレンツ=がよく見えてゐる。そして恐らく、東西の狹間で『故郷』へのアムビヴレンツに惱み續けた春夫は、やがて時代が變化した時、西洋でも日本でもない『亞細亞』といふ新たな中間領域の中に幻のフルサトを見つけてしまつたのではないだらうか? 所謂戰爭協力の問題はその點で、『日本回歸』の文脈よりは寧ろ、「愚者の死」以來の普遍性に對する『鄕愁』=『日本人ならざるもの』への憧れ=と、その反面にある『棄鄕』の疾しさとが、『亞細亞』の上で折合つたものと理解し直す必要がある。こゝに私がこれから取り組む昭和期春夫論の骨格がある。

＊

春夫研究を始めたのは紀元二〇世紀最後の年、二三歳の時である。それから約二〇年に及ぶ研究の道のりを振返ると、苦しいことには覺えがなく、嬉しいことが多かつた。その間の主な成果を纏めた本書には、『田園の憂鬱』との惡戰苦鬪の經過と、「女誡扇綺譚」(『女性』一九二五・五)を生んだ春夫の臺灣・福建旅行に關する調査への熱中ぶりとが歷然としてゐる。

元々日本の近代文學に關心を持つてゐた私が、學部時代に英文學を專攻したのは、縣立浦和高校で英語を教はつた野口正先生の影響が大きい。英文科では富士川義之先生から世紀末文學の手ほどきを受け、主にオスカー・ワイルドを學んで視野を擴げることが出來た。一方で國文古典も面白く、小島孝之先生、多田一臣先生の演習に參加し、駒澤大學から出講されてゐた高橋文二先生の源氏物語の講義に醉つた。

改めて國文學の大學院に進學を志した際には、ジョージ・ヒューズ先生が親身に相談に乘つて下さり、卒業論文はラフカディオ・ハーンで書いた。ヒューズ先生は殆ど每週のやうに卒論の草稿に朱筆を入れ、完成すると我が事のやうに喜んで「君の將來を心から祝福する」と言つて下さつた程である。教師としての大事な姿勢は、このとき先生から教はつたと今思ふ。

英文科に提出したラフカディオ・ハーン論を小泉八雲論に直して國文の門を敲き、私は幸ひに安藤宏先生のゼミナアルに入ることが出來た。しかし、近代文學の硏究方法に就いて基礎の修練が足りなかつた私は、直ぐに自信を挫かれてしまつた。その時偶〻臺北に留學してゐた高校同級生の淸水雅之君が誘つて吳れたのが、臺灣との運命的な出逢ひになつた。友情に篤い彼の交遊關係の中に、如何にも精悍な感じのするセデック族＝臺灣原住民の一＝の曾大偉君がゐて、冬季休暇に我々を彼の實家へと招いて吳れた。西暦二〇〇〇年代最初の夕べ、臺北から一日がゝりで山奧に入つた霧社近傍にある曾君の家が、私の硏究人生の原點である。

この日の夕食が今でも忘れられない。大學で日本語を學んでゐた曾君は祖母と日本語で話し、父母とは國語＝北京語を基礎とする標準華語＝で話した。曾君の父母は祖母に日本語交りの臺灣語やセデック語で話しかけ、祖母の應答は多くがセデック語だつた。そしてこれらの卓上の會話を、大學院に通つてゐた曾君の姉が流暢な英語で通譯して吳れた。肉、魚の煮物に竹筒で蒸した米と刺身が並ぶ珍らしい食卓の上では、實に五つもの言語が飛び交ひ話題に花を咲かせてゐたのである。街はミレニアムのお祭り騷ぎの夜、私は臺灣の奧深い山中で不思議な世界に身を浸してゐた。

日本に歸つてからも、この晚の光景が頭を離れなかつた。英語を除けば四種類の異なる言葉を使ひ乍ら、一つの家族が食事を圍んでゐる臺灣原住民の生活に就いて無性に知りたく思つた。この土地で一九三〇（昭和五）年に起きた『霧社事件』＝日本統治期最大の原住民蜂起から鎭壓までの淒慘な悲劇＝の文獻も必死に捜して學んだ。國民黨の戒嚴令が解かれて自由化が進み、臺灣本來の住民であるといふ誇りを持つて『原住民』或は『原住民族』を自稱し始めた彼等が、抑壓されて來た自文化の保存に大きな努力を傾注してゐることも知つた。

あの時の熱意は、今思へば、私自身が臺灣に忘れ物を探すやうな氣になつてゐたのかも知れない。一九一二（明治四五）年に鹿兒島から臺灣に渡つた曾祖父は、一九一九（大正八）年に臺東で祖父を儲け、その後臺北に移つて比較的樂に暮したらしいが、敗戰後、背囊一つで內地に還され結核に斃れた。苦しい引揚生活の中から我家の戰後が始つたと聞いてゐたが、離れて暮した祖父に、臺灣時代のことを詳しく尋ねる機會は殆んど無かつた。祖父を亡くした後になつて、私が臺灣に惹きつけられたのも何かの因緣だらう。

恰もその頃、藤井省三先生の肝煎りで、中國文學科に河原功先生が非常勤で招かれ、日本統治期の臺灣文學の講座が開かれてゐた。『霧社事件』の資料で先生の御名前を知つてゐた私は、快哉を叫んでその熱心な受講生になつた。そこで佐藤春夫の『臺灣もの』の魅力にのめり込んだ。春夫に就いては『殉情詩集』やその背景となつた谷崎千代とのいきさつ、ハーンの在米時代の文章を譯してゐること位は知つてゐたが、臺灣各地から對岸の福建省まで旅行し、日月潭やあの霧社の原住民のことも書き記してゐたとは知らなかつた。是非春夫を學びたいと考へるやうになつた私を、安藤宏先生が大いに勵まして下さつたのが身に沁みて嬉しかつた。かうして人生を賭けても悔いない研究テーマに出逢へたのは幸せなことだつたと思ふ。

折よく臨川書店版の『定本佐藤春夫全集』が刊行されてゐる最中だつた。大學の圖書館から新刊を一冊づゝ借りて來ては貪るやうに讀んだ。學生には少し高額に過ぎ、架藏の本は後で纏めて古本屋に出てゐたのを、重大な決心で買入れたものである。それでも稀覯本になつてゐた講談社版全集の時代に比べて何れだけ研究環境に惠まれたか知れはしない。これも僥倖の一つである。

春夫の二つの全集を世に送り出す柱となつた牛山百合子さんにお會ひしたのは、私が博士課程に進み、二五歳で初めて學會發表をした名古屋の日本臺灣學會の時である。横濱伊勢佐木町の事務所に屢〻お話を伺ひに參上するやうになつたのはもつと遲く、三三歳の二〇一〇（平成二二）年、佐藤方哉さんの悲報の後、お聲がけ戴いてからであつた。春夫御長男の方哉さんには、生前御目に懸ることが遂に出來なかつた。心から悔やまれる。しかし、牛山さんがお連れ下さつた御蔭で、佐藤家御遺族に御挨拶申し上げることが叶つた。

高橋百百子さん、竹田長男さんにはその後何時も濃やかな御心遣を賜り、大切な御品を澤山見せて戴いた。小林榮助さんにも春夫や太宰治の貴重な逸話を色々御披露戴いた。榮助さんの御尊父は、久樂堂の原稿用紙で作家間の人氣者だつた倉三郎さん（千代の兄）である。

また、これは院生時代からだが、新宮市立佐藤春夫記念館にも本當に長い間手厚く研究を支へて戴いてゐる。辻本雄一館長、三峪さわ代さん、阿部知子さんと職員の方々は、書生上がりのやうな私がお訪ねする毎に溫かい熊野の人情を示して下さつた。

御遺族と記念館の皆樣には、常に言葉で言ひ盡せない程の感謝の氣持を抱いてゐる。

『群像』元編輯長で長く春夫を擔當された熊野人の故大久保房男さんにお引合せ下さつたのも牛山さんである。

大久保さんが沁々と仰有つた、「あなたは若いから佐藤さんに會へなかつたのは惜しいね。私は佐藤家に行くのが樂しみだつた」といふ言葉は、世俗に囚はれず眞實を語る者といふ大久保さんの特別な用法による『文士』への敬愛に溢れた眞率な言葉として、淸らかに美しい響きを持つてゐた。それを聞いた瞬間は、私も佐藤家の居間に春夫と對坐してゐるやうな氣がした。

文學は常に『人間研究』だといふのが牛山さんの座右の銘である。それは多分、『作家研究』とは似て非なるものであらう。私の話が理に落ちると、「佐藤先生といふ方は、だつて、本當にいらした方なんだもの」と諭されることもあつた。牛山さんの中で『佐藤先生』はまだ生きてゐた。これが存在といふことのリアリティーだと、その場面を思ひ返すたびに、言外の意味の重い手ごたへを確かめてゐる。作家の直接的な記憶は實體驗によつてしか得られないが、殘された作品からは、作家と言はず人間の『生き方』を眞劍に考へることが出來る。これが後から來た者のなすべき務めであらう。時代の中に生きる術として文學があることの意味を考へるやうになつたのは、牛山さんから私が享けた敎への最たるものである。そのことに深く感謝しつゝ本書の刊行を牛山さんに御報告出來るのをこの上無い喜びとしたい。

春夫研究を通じて、私は多くの方に御世話になり、又多くの友人に惠まれた。特に臺灣・福建での春夫の足跡を辿る調査で出逢つた方々は數多い。

こゝでは本書に貴重な圖版を御提供下さつた臺南歷史研究家の故黃天横さん、東熙市御子息の故東敏男さん、陳聰楷御令孫の陳錦淸さん、林木土御令孫の林偉星さん、臺南「醉仙閣」の吳坤霖さんの御名前を掲げて深い感謝の意を表したい。

博士論文以降に成つた『臺灣もの』の調査報告は、全體のバランスを考へて收錄しなかつた內容も多い。訪臺から恰度一〇〇年となる二〇二〇年に、舊臺南州廳舍を改裝した國立臺灣文學館で開催豫定の記念展示の爲め、これら未收錄の研究成果は別に一書に編む計劃である。第二彈となるその書を以て、外にも多くの皆樣から享けた御恩義にお酬いしたいと考へてゐる。

故黃天橫さん、故東敏男さんには本書の途中經過を御覽戴いたのみになつてしまつた。誠に申し譯なく殘念で堪らない。しかし、敏男さんの御子息で歌手の哲一郎さんには、臺南の記念行事でエネルギー溢れる春夫詩の新曲を御披露戴ける豫定である。哲一郎さんと手を携へて、忘れ物を探す旅を、新たな創造の旅に繫げて行けたらと願つてゐる。

日本學術振興會特別研究員の身分で御世話になつた成蹊大學の林廣親先生から、二〇一〇（平成二二）年に安平出身の蔡維鋼さんを御紹介戴いた。それから蔡さんは私の研究人生にとつてかけがへのない友人になつた。戰前、臺南二高女の新垣宏一が見附けた儘長く埋もれてゐた「女誡扇綺譚」の廢屋を、蔡さんと一緒に探し廻つた路地裏探訪は、永遠に續くやうな樂しい時間旅行だつた。また、臺灣料亭「醉仙閣」の建物が現存することを突き止めた本研究が現地の報道で注目され（二〇一七年九月）、吳坤霖さんと共に保存の爲めの輿論を振起するのに協力し合へたことも嬉しい。吳さんは同店經營者の子孫として家族の歷史を掘り起こし、場所は別だが同じ商號を復活させて洋菓子店を營んでゐる。報道を契機に春夫が訪ねた「醉仙閣」のある宮後街は、屋臺街で有名な國華街に近い『臺灣最短の老街』として見物客の呼込みを始めてゐる。このやうな反響の早さは如何にも臺灣らしく賴もしい。文化遺產として望ましい形で保護されるやうに祈りたい。

戰前・戰後の長い抑壓が解かれ、臺灣では今多くの文獻が公開され、特に若い世代の間で、空白化した歷史を取戾さうとする熱心な動きが加速してゐる。ところが、世代交替が進んだ現在、歷史文獻の大部分を占める日本語資料の解讀に困難が生じてゐる現實もある。自らの土地の歷史が殆ど外國語の記錄からしか手に入らないといふ情況は、多くの日本人には想像しにくいことだらう。だが、臺灣にそのやうな情況が生じた原因を考へれば、これは決して他人事で濟む話ではない。
歴史の恢復へと關心が高まる臺灣で、佐藤春夫が果す役割は益々重要性を帶びてゐる。『臺灣もの』のほゞ總ての文章を收錄する增補版新裝本『殖民地之旅』（二〇一六・一一、前衛）が、春夫研究の先達邱若山先生によつて近年再刊された。今述べた通り、現地の一般的な言語で日本統治時代の文獻が讀めるといふことは、春夫研究の範疇を超えて、歴史に關心のある臺灣の若い世代には福音である。今後、日臺が歴史認識を深め合ふ上での重要な布石になるだらう。

臺灣と福建に於ける春夫の再評價は、既に二〇一六（平成二八）年六月から大きな動きを見せ始めてゐる。前年新宮で開催された春夫歿後五〇年の記念行事を契機に、下村作次郎先生の御盡力で、春夫を主題とする國際シムポジウムが國立臺灣文學館で盛大に實現した。また同月、秦剛さん、吳光輝さんの呼びかけで厦門大學に開かれた國際シムポジウムでは、『南方紀行』や魯迅との關係、中國文學の飜譯の問題等で春夫が議論の中心となつた。今、『南方紀行』には邱若山繁體字譯（『文學臺灣』二〇一三・一〜二〇一五・一）のほか、大陸で出版された簡體字譯（胡令遠・葉海唐共譯『南方紀行』、二〇一八・三、浙江文藝出版社）まで存在してゐる。二〇〇八（平成二〇）年に厦門で現地調査を始めた時誰にも話が通じずに途方に暮れたことを考へると、隔世の感がある。

繰返す迄も無く私の研究の一半は、この一〇年に餘る歳月、日本國內の調査だけでは收まらない旅行記の探求に割かれた。海外をフィールドにした根氣の要るこの研究は、日本學術振興會科學研究費助成事業（科研費）の支援無しには決して考へられなかつた。本書に收錄した成果には、「佐藤春夫のジャンル意識とナショナルアイデンティティに關する研究」2007 特別研究員獎勵費 07J08887、2008-2009 若手研究（スタートアップ）20820013、「佐藤春夫肉筆資料の文獻學的研究」2010-2014 若手研究（B）22720078、「佐藤春夫舊藏資料による文壇ネットワークの解析」2014-2018 若手研究（B）26770086、「〈私〉性の調査と〈自己語り〉ジャンルとの比較による日本

「私小説」の總合的研究」2017-2020 基盤研究（C）17K02464 の各助成が活用されてをり、今回の書籍化は「佐藤春夫資料に基づく文學者の國際交流とアジア表象の研究」2018-2023 基盤研究（C）18K00289 の一部を成してゐる。記して茲に深い謝意を表したい。

劃期的な春夫再評價の年となつた二〇一六（平成二八）年に、職場の實踐女子大學から一年間の海外研修が認められ、臺北にある中央研究院で調査三昧の日々を送り乍ら人脈が築けたのは、千載一遇の貴重な經驗になつた。妻と幼い息子を連れて私自身も初めての海外生活だつたが、中國文哲研究所に訪問學人として受入れて下さつた張季琳先生の、研究面から生活面に亙る何處までも親切な御配慮は忘れ難い。不安の無い充實した滯在が出來たのは一にも二にも張先生の賜物である。特に記して御禮を申し上げたい。子を抱へての生活では、年輩者と幼少者を最優先に考へる臺灣社會の禮節と寬容さに富んだ風土が身に沁みて有難かつた。

『心』の問題を扱つて内向化した大正文學の粹ともいふべき『田園の憂鬱』周邊の研究と、現地調査から微細な事實關係を明らかにし、約一世紀前の旅行の實態に迫らうとする臺灣・福建紀行作品の研究とは、最初私の中では別々のものとして著手された。年を經るに隨つて研究方法として統合するのが難しくなり、それが長い間春夫研究の書籍化を躊躇ふ心理的な負擔ともなつて來た。しかし、歿後五〇年以降、春夫の特質を綜合的に考へる幾つかの機會に惠まれた結果、春夫に就いて言ひ古されて來た『望郷』のキイワードが、單なる郷土愛でない重大な翳りを帶びた別物に見え始めたのは、一種の戰慄を覺えるやうな體驗だつた。

『望郷』といふ言葉には、郷里に對する裏切りの意識がある。この疚しさが無い所に『望郷』も無い。郷里をタブー視する心理が、春夫の小説の主人公に代償としての『田園』を希求させる。こゝまで來れば、『西洋』や『殖民地』や『疎開先』といつた『新天地』に幻のフルサトを求める『放浪』も、『望郷』の代名詞だつたことが了解されるだらう。私の研究に於いて別々に見えてゐたものは、春夫に於いて一つのものだつた。この確信が本書を世に問ふ勇氣を與へて呉れた。

それは一つの閃きではあるが、何の素地も無い所に生れたものでは無い。『佐藤春夫讀本』(二〇一五・一〇、勉誠出版)の編輯作業が、『多面體』と謳はれる春夫の絢爛たる才能を大きく俯瞰する絶好の機會を與へて呉れた。寄稿者の皆樣と、この企劃を容れて下さつた新宮市立佐藤春夫記念館、勉誠出版の御好意溢れる決斷、又最初に春夫案内を提案し、遠く新宮にも足を運んで下さつた現春陽堂書店の堀郁夫さんにはこの場をお藉りして改めて御禮申し上げたい。

事文學研究に關する限り、はたちの讀者に分らぬ言葉で書かれてゐるものは、必ず何處か間違つてゐる。一番文學を必要としてゐるその世代の人達を差置いて、何の文學研究だらう。『佐藤春夫讀本』の編輯で考へたのはそのことだつた。高度で、發見があり、正確で、噓が無く、しかも易しい言葉で書かれてある。今回の本書が獨り善がりにさういふ書物だと言ふ大それた自信は無いが、尠くともそれを念頭に置き乍ら、讀みにくい舊稿を直した積りである。江湖の御批正を仰ぎたく思ふ。

臺南には、物事に精通し深奥に達してゐることを示す『巷仔內』=ハンアライ=といふ魅力的な言葉がある——と蔡維鋼さんが敎へて呉れた。直譯すれば『路地の奥』である。佐藤春夫といふ町は、路地の複雜さでは正しく臺南にも厦門にも匹敵する。しかも、未だに誰も全體圖を見たことのない町である。一度這入つたら何處へ拔けるか分らない、事に依れば出られないかも知れない。さういふ路地の町を一から測量して、『巷仔內』を究めようとする氣の遠くなる作業は、思へば學生がいつも後押しゝて呉れた。

二〇〇四(平成一六)年に非常勤講師に任ぜられて初めて敎壇に立つた筑波大學附屬駒場中學校以來、現在奉職中の實踐女子大學、非常勤で通つた白百合女子大學・成蹊大學・清泉女子大學・早稲田大學に於いて、講義の機會を與へて下さつた多くの皆樣、そして各敎室で熱心に耳傾けて呉れた學生達に心から感謝したい。智識慾とはその分野の地圖を手に入れたいといふ熱意であつた。その熱意を學生と共有する時間は研究生活の醍醐味である。地圖の比喩では無いが、見て分り樂しめるといふことは、一般讀者や學生に馴染みの薄い研究對象ほど重要なことだと思ふ。取材寫眞や自家所藏の古寫眞以外にも、各所藏機關が御提供下さつた多數の圖版によつて本書に光彩を添へて戴いたのを感謝したい。また、研究書としては何かと面倒な注文の多い本書の出版を快くお引受け下さつた鼎書房の加曾利達孝さん、雙文社出版以來親身に相談に乘つて下さり、同社解散後も長い間御心に掛けて、鼎書房から出版を實現して下さつた小川淳さんに心から感謝申し上げたい。實際、小川さんの御盡力と粘り强い勵ましが無ければ、私は何時迄も拱手して到底一書を成すことも出來なかつたに違ひない。

東京大學の多田一臣先生、藤井省三先生、藤原克己先生、長島弘明先生、安藤宏先生には、二〇〇九（平成二一）年、本書の基礎となつた博士論文を御審査戴いた。嚴しくも溫かい御言葉の數々を頂戴し乍ら、お認め戴いた成果を世に問ふ迄にこれほど長い時間を費してしまつたことを心からお詫びしたい。

特に學部の御講義以來御世話になり、日本近代文學の樂しさと、その幅廣い研究方法に就いて蒙を啓いて下さつた安藤宏先生には、啻に感謝の一念あるのみである。この二〇年の間、先生には御心配ばかりをお掛けしてしまつた。人にものを敎へるといふ畏れ多い立場に仕立てゝ戴いて、年だけは最初に御目にかゝつた時の先生を超える迄になつてしまつたが、今私の前に嘗ての自分のやうな譯の分らぬ學生が現れたら、先生ほどその靑二才を面白がり、勵まし、心を開いて敎へ導くことが出來るだらうか。況して博士論文から一〇年、打てども響かぬ相手に書籍化を促し、期待し續け、時に假借無き鞭撻を加ふるに於いてをや。思うて玆に到る時、先生の叱咤に祕められたる溫情と暗涙の數を知り、有難さと、長くそれにお應へしなかつた申し譯無さとに、殆んど言葉の力の滅せんとするを憾みて、只管項垂れるの外なす無き身を恥ぢるのみである。

私は樣々な偶然の出逢ひと、こんなにも多くの方々の御厚意によつて研究を續けて來ることが出來た。大學院在學中は、同期の佐藤淳一君をはじめ、先輩後輩の皆さんと志のある所を俱に語ることが出來た。そして又、職を得た實踐女子大學は、研究者を非常に大事にして𠍱れる氣風の學校で、教員間にも互ひを敬ひ高め合ふ稀有な雰圍氣がある。八木書店の講座、私小説の研究會ほか採々な勉强會で御一緒する皆さんからも多くの刺戟を受けてゐる。總ての方々に感謝の言葉を述べたい。

今回、學園から出版助成を受け、本書は『實踐女子學園學術・教育研究叢書25』として刊行される運びになつた。御審査戴いた栗原敦先生、高瀨眞理子先生に厚く御禮申し上げると共に、學園のこの寛大な制度と職員の方々の多大な御力添へに深謝したい。特に國文學科を御退任された栗原敦先生には、研究者として又教育者としての範を目の當りに示して戴き、今回の出版に際しても多くの御助言を賜ることが出來たのは幸せである。

最後に私事乍ら、かゝる小著を得るのに家族に迷惑をかけること遂に三世代に及んだのを羞ぢ、深く詫びたく思ふ。私の我儘を許容して何も言はずに大學院への進學を後押しゝて𠍱れた兩親、私を信じて研究生活を支へて𠍱れる妻、鐵道旅行に行きたいのを取敢へず摸型の汽車で滿足し、私の机邊に三千世界の廣野を夢想してそれを疾驅させてゐる五歳になる息子に、濟まないと思ひつゝ、心から感謝してゐる。

西暦貳千拾九年正月廿七日

摸型の軌道の上から

河野龍也記

著者紹介

河野龍也（こうの・たつや）

一九七六年、埼玉県入間郡大井町（現ふじみ野市）生れ。

二〇〇七年、東京大学大学院人文社会系研究科博士課程単位取得退学。二〇〇九年、「佐藤春夫研究」にて博士（文学）学位取得（東京大学）。

日本学術振興会特別研究員（ＰＤ）、東京大学助教を経て、二〇一〇年より実践女子大学。現在、文学部教授。

編著に『佐藤春夫読本』（勉誠出版、二〇一五年）、共編に『「私」から考える文学史　私小説という視座』（勉誠出版、二〇一八年）、『大学生のための文学トレーニング　近代編』（三省堂、二〇一二年）、『大学生のための文学トレーニング　現代編』（三省堂、二〇一四年）など。

佐藤春夫と大正日本の感性

――「物語」を超えて

発　行――二〇一九年三月二十日

著　者――河野龍也

発行者――加曽利達孝

発行所――鼎　書　房

〒132-0031　東京都江戸川区松島二―一七―二

TEL・FAX　〇三―三六五四―一〇六四

印刷所――太平印刷社

製本所――エイワ

ISBN978-4-907282-54-7　C3095

索　引

凡　例

1、人名は**ゴチック**、作品名は「　」、書名は『　』で表示した。
2、人名・事項は一般的な現代表記を主に、別称を（　　）で併記した。
3、作品名は『定本佐藤春夫全集』に準拠し、初出題は（　　）で、作中の章題は〔　　〕で示した。
4、外国人名は、姓で項目をたてた。